W. Germann

Johann Philipp Fabricius

Seine fünfzigjährige Wirksamkeit im Tamulenlande

W. Germann

Johann Philipp Fabricius
Seine fünfzigjährige Wirksamkeit im Tamulenlande

ISBN/EAN: 9783743411265

Hergestellt in Europa, USA, Kanada, Australien, Japan

Cover: Foto ©Raphael Reischuk / pixelio.de

Manufactured and distributed by brebook publishing software (www.brebook.com)

W. Germann

Johann Philipp Fabricius

Johann Philipp Fabricius.

Seine funfzigjährige Wirksamkeit im Tamulenlande

und das Missionsleben des achtzehnten Jahrhunderts
daheim und draußen,

nach handschriftlichen Quellen geschildert

von

W. Germann,
luther. Missionar.

Erlangen, 1865.
Verlag von Andreas Deichert.

Druck der Universitäts-Buchdruckerei von E. Th. Jacob in Erlangen.

Vorrede.

Auf eine zusammenhängende, kritisch gesichtete Geschichte der lutherischen Mission im Tamulenlande von ihren Anfängen bis auf die Jetztzeit herab ist schon lange das Sehnen vieler Missionsfreunde gerichtet, und hätte es Gott gefallen, den seligen Dr. Graul nur ein Halbjahr länger am Leben zu erhalten, so würde dieser Wunsch nun schon erfüllt sein. Gottes Gedanken sind nicht unsere Gedanken.

Gelegentlich der Vorarbeiten zu jenem Werk wurde ich von meinem verehrten Lehrer in die umfänglichen gedruckten Berichte unserer ältesten Mission eingeführt, er machte mich aufmerksam auf die dunkleren Parthieen und versprach mir dahin wirken zu wollen, daß ich längere Zeit in dem Halleschen Missionsarchiv die alten Acten durcharbeiten dürfe. Durch Dr. Grauls plötzlich eingetretenen Tod ist wenigstens diese seine Absicht nicht vereitelt, Herr Director Dr. Kramer hat in der freundlichsten und vertrauensvollsten Weise mir die Benutzung des Archivs gestattet. Natürlich verpflichtete mich diese Vergünstigung zugleich, die gefundenen werthvollen Nachrichten den weiteren dafür interessirten Kreisen vorzulegen.

Wer nun auch nur einen Blick auf Schriftstücke des vorigen Jahrhunderts gethan hat und zudem die Breite und Weitschweifigkeit der alten Halleschen Schule etwas kennt, wird zugeben müssen, daß eine Veröffentlichung selbst nur der wichtigeren Briefschaften unverändert und unverarbeitet nicht wohl thunlich ist. Daher glaubte ich mich berechtigt, jene Pflicht mit dem andern länger gehegten Wunsche vereinigen zu dürfen, die ehrwürdige Gestalt des alten Missionars Fabricius, dem neben Ziegenbalg und Schwartz viel zu wenig Beachtung zugewandt ist, den Missionsfreunden wieder vertrauter zu machen. Grade über Fabricius Leben und Wirken war ja bisher ein Schleier gebreitet und doch steht er durch den täglichen Gebrauch seiner Bibel und seines Gesangbuchs in unsern tamulischen Gemeinden unserer Mission am nächsten. Die Bedeutsamkeit und die Länge seiner Wirksamkeit über funfzig Jahre, bot zugleich die beste Gelegenheit, ja nöthigte zumeist, andere wichtige Ereignisse in sein Leben zu verflechten.

Bei meiner ersten Absicht, die dunkeln Stellen unsrer Missionsgeschichte mit Worten der Acten selbst zu beleuchten, bin ich bis zuletzt so consequent verblieben, daß ich fürchten muß, dem Lebensbilde von Fabricius dadurch geschadet zu haben. Zu diesem Lebensbilde habe ich ferner auch nicht im Geringsten Vorarbeiten Anderer benutzen können, und ich selber bescheide mich gern nur einige Bausteine herzugetragen zu haben. Meine größte Belohnung würde sein, wenn künftig für Fabricius sich ein Platz fände in den populären Biographien unserer alten Missionare, zum wenigstens der Platz, den bisher B. Schultze occupirt hat.

Mir selbst verbot schon die Natur meiner Quellen eine populäre Darstellung zu versuchen. Ich mußte mich begnügen, den manichfaltigen Stoff einiger Maßen zu gruppiren und ihn in einzelnen abgeschlossenen Bildern vorzulegen, damit nicht das Vielerlei und die Maße lästig falle und ermüde. Die beiden ersten Kapitel, welche einen kurzen Abriß der tamulischen Geschichte und Götterlehre enthalten, wollen mit dem Arbeitsfeld der Mission bekannt machen und tragen hoffentlich Manches zum Verständniß des Folgenden bei. Gern hätte ich noch in einem Schlußkapitel die Geschicke der Madras-Mission bis auf unsere Tage verfolgt, aber die mir sehr kurz zugemessene Zeit eilte zu Ende.

Möchte der Leser mit dem unabänderlich festgesetzten Termin meiner Abreise in etwas auch die Mängel der Einkleidung entschuldigen ich wollte lieber in der Form fehlen, als mir im Inhalt Mangel an treuer Gewissenhaftigkeit vorwerfen lassen. Wenn auch von den Meinen nichts besteht, giebt dies Büchlein ohne mein Verdienst doch immerhin beachtenswerthe Beiträge zu unserer Missionsgeschichte, und wenn mir der HErr die Kraft schenkt, in ähnlicher Weise die Dunkelheiten in Ziegenbalgs Leben aufzuhellen, so kann ohne weiteres Durchsuchen der Archive, da uns ja Fenger eine gediegene Arbeit aus den Kopenhagener Acten geschenkt hat und da die Londoner Berichte sämmtlich veröffentlicht zu sein scheinen, allein nach dem gedruckten Material die Geschichte der alten lutherischen Mission neu bearbeitet werden.

Man erkennt es mit Recht an, daß unsere Zeit vorwiegend geschichtliche Auffassung und geschichtliche Arbeiten liebt, leider hat die Kirche von diesem geschichtlichen Zuge noch wenig gespürt und für das Missionsgebiet endlich scheint die Geschichte gar nicht vorhanden zu sein. Nicht nur daß viele Missionsfreunde die apostolische Praxis ganz unvermittelt möchten angewendet sehen, sondern selbst von einer neugegründeten apostolischen Mission würden sie sich abwenden, sobald eine noch neuere aufkäme. Endlose Zersplitterung ist jetzt die größte Gefahr unserer Missionen, weil der Sinn der Athener stets Neues zu hören und anzufangen, zum Grundfehler unserer christlichen Kreise geworden ist. Für historische Continuität ist kein Sinn, für die Verpflichtungen, welche die Geschichte auflegt, ist kein Gewissen vorhanden. Einmal schon ist die tamulische Mission von der Heimath aufgegeben worden, zum zweiten Mal kann die lutherische Kirche nicht die Schmach auf sich laden, das Arbeitsfeld der Väter treulos zu verlassen und von ihrer glänzenden Geschichte sich loszusagen. Gerade hundert Jahre nach Fabricius' Landung hat der erste Sendbote der lutherischen

Dresdener (Leipziger) Mission das Tamulenland betreten. In diesem Jahre wird der fünfundzwanzigjährige Gedenktag dieser erfreulichen Wiederaufrichtung der Mission begangen, so kommt denn unser „Johann Philipp Fabricius" als ein Festgast mit dem Wunsche, daß die Nachfolger an Treue eifriger und erfolgreicher ihm gleichkommen, daß aber seine Leiden ihnen erspart bleiben möchten.

So gehe denn, mein Büchlein, hinaus im Namen des HErrn und kehrst du ein in ein altbefreundetes Haus, bring meine Grüße, die letzten vom heimathlichen Strande, und überall, wo du Herzen findest, bekümmert um den Schaden Josephs und trauernd ob der jämmerlichen Gestalt unserer theuern Kirche, da sprich deinen Segenswunsch:

Es müsse wohlgehen allen, die arbeiten an den Mauern Jerusalems daheim wie draußen!

Stralsund, den 21. August 1865.

W. Germann.

Kapitel 1.

Das Camulenland und seine Geschichte.

Die Erde ist überall des HErrn und überall kündet sie Seiner Hände Werk. Es giebt keine Sprache noch Rede, da nicht auch diese Stimme, die Offenbarung Gottes in der Natur, vernehmlich dazwischen tönte. In manchen armen Ländern freilich ist sie durch den Fluch des Sündenfalls also gedämpft, daß fast nur noch ein Seufzer sich hören läßt, das Seufzen der Creatur nach Erlösung. Hinwiederum über andere Gebiete ist eine solche Fülle der reichsten Gaben ausgegossen, daß man denken sollte, des Menschen Auge kann sich solchem Segen nicht verschließen, er muß mitsingen in dieser immergrünen, lieben Sommerzeit, da alles singt:

> Ich selber kann und mag nicht ruh'n,
> Des großen Gottes großes Thun
> Erweckt mir alle Sinnen;
> Ich singe mit, wenn alles singt
> Und lasse, was dem Höchsten klingt,
> Aus meinem Herzen rinnen.
>
> Ach denk' ich, bist du hier so schön,
> Und läßt es uns so lieblich geh'n
> Auf dieser armen Erden:
> Was will doch wohl nach dieser Welt
> Dort in dem festen Himmelszelt
> Und gold'nen Schlosse werden!

Die fernen Völker reden dann wohl in Sagen und erzählen in Märchen von dem Wunderlande des äußersten Ostens,

> Wo Balsam weht, wo Meere wallen
> Auf Bernstein, Felsen von Korallen;
> Wo gluthbefruchtet selbst die Höhen
> Mit Diamanten schwanger gehen;
> Wo Flüsse, gleich vornehmen Bräuten,
> Mit Gold in ihren Fluten gleiten;
> Würz-Lauben sich mit Sandelhainen
> Zum Erdenparadies vereinen.

Das Tamulenland nimmt nur einen verhältnißmäßig kleinen und nicht den bevorzugtesten Theil dieser viel besungenen und viel gepriesenen großen indischen Halbinsel ein, die von den Schneebergen des Himalaya bis zum Cap Comorin, vom Indus zum Brahmaputra in einer Länge von etwa 400 und einer Breite von 300 Meilen sich erstreckt. Es ist das Küstenland von Palleacatta (Pulicat fünf Meilen nördlich von Madras) bis zum Cap Comorin, begränzt westlich von der etwa 2000 Fuß hohen Kette der Ghats und östlich bespült von dem bengalischen Busen. Die südlichste Provinz Tinnevelli kann uns nicht von überwuchernder Vegetation berichten, es ist ein sandiges Land, wo im Schweiß des Angesichts arme Palmbauern sich nähren; denn die Perlen, welche an der berühmten Fischerküste im Busen Manaar gefunden werden, kommen nicht ihnen, sondern der Regierung zu Gute. Ihr nördliches Grenzland dagegen, die Provinz Madura, vom Vaigaru durchströmt, ist ein uraltes Culturland, nur muß man die von dem wilden Stamm der Marrawer bewohnten Sandsteppen am Meere ausnehmen. Ihr in Ramnab residirender Fürst nannte sich Herr der Brücke, nämlich der Brücke nach Ceylon über die Inseln Ramesseram, wo der größte Wallfahrtsort des Südens, und Manaar. Immer breiter wird jetzt das Land, immer näher drängt sich das Gebirge an die westliche, die Malabar=Küste, plötzlich verschwindet es ganz, eine der merkwürdigsten geologischen Erscheinungen, Malabar und Coromandel sind durch die schönste natürliche Handelsstraße, die Gapspalte (wo neuerdings auch eine Eisenbahn durchgeführt ist) mit einander verbunden. In derselben liegt die Grenzstadt gegen Malabar, Palghat und Coimbatur; ihr vorgelagert sind die reichen Provinzen Tritschinopoli und Tanjour, an welche vor andern der tamulische Dichter Tiruvalluver gedacht hat, wenn er singt:

Gut das Land, wo Doppelwasser, Berge,
Flut dorther und feste Fürstenburg [1]!

Es hat Doppelwasser, von oben aus den Wolken und von unten aus den Quellen, die Fülle; zur Winterszeit, wenn der Nord=Ostmonsum weht, November bis März, wo das Thermometer bis auf 15 Grad Wärme fällt und die Tamulen vor Kälte zittern, gießt es in Strömen herab. Im Sommer aber, wenn der Süd=Westmonsum über die entgegengesetzte Malabarküste Winter und Regen bringt,

---

[1] K. Graul, Indische Sinnpflanzen und Blumen. Erlangen bei A. Deichert. 1865.

ergießen sich von den Bergen her, welche die Wolken nicht herüber-
lassen, gewaltige Fluten in die vorliegende Ebene. Unmittelbar aus
der Gapspalte steigt nämlich das hohe Nilagirigebirge auf, die blauen
Berge mit dem erquickenden Alpenklima, die sich nördlich im Kurg-
gebirge fortsetzen. Auf den Kurgs entspringt der Cavery, der tamulische Nil, die Nilagiris aber senden ihm seinen bedeutendsten Nebenfluß, den Bovany. In seinem Laufe von etwa 80 Meilen bewässert
er zuerst die Hochebene von Mysore, durchbricht dann in wilden Fels-
thälern und Wasserstürzen die Ghats, bei Tritschinopoli sendet er
nördlich den Colerun ab und bildet so ein Delta, das an Frucht bar-
keit dem alten ägyptischen nichts nachgiebt. Unzählige Arme und
tausende kleiner Kanäle verbreiten das befruchtende Wasser über die
von prächtigen Kokosgruppen durchwirkten Reisfelder, so daß es
schließlich dem Cavery fast geht wie dem Vater Rhein, er verläuft
sich im Sande, er stirbt aus Freigebigkeit, der höchst gepriesensten
tamulischen Tugend, und mag sich trösten mit dem Dichterwort:

Tod ist Galle; doch auch die wird Honig,
Droht dem Edlen Spendunfähigkeit.

So viel Berge er in seinem Oberlauf gesehen, eine so völlige
Ebene durchzieht er im Unterlauf, und nur künstliche Dämme können
hindern, daß sich nicht die Wasser der ausgesandten Arme bei hoch-
gehender Flut wieder mit ihm vereinigen. Die tamulische Sage weiß
auch diesen völligen Mangel an Hügeln und Erhöhungen recht wohl
zu erklären. Als der Held Rama seinen Kriegszug wider Ravana
den Dämonenkönig auf Ceylon unternahm, um seine geraubte Gattin
Sita wieder zu gewinnen, hat er die Berge ausgerissen und in's
Meer geworfen, damit eine Brücke für sein Kriegsheer nach Ceylon
hinüber entstände. Und es ist ihm nicht ergangen, wie jenem Riesen
auf Rügen, der doch einige kleine Hügel wieder aus seiner Schürze
verlor, er hat sein Werk ganz gethan. Erst nördlich vom Colerun
beginnen die Ghats allmälig der Küste näher zu rücken, ja sie lagern
Vorberge vor sich her, wie die Scherveroy's bei Salem (wovon das
alte Tscherareich benannt), einzelne Bergkegel liegen noch weiter im
Lande, auf einem derselben ist die berühmte Bergfeste Gingi erbaut.
Die hier entspringenden Flüsse Ponar und Palar haben daher einen
kürzern Lauf und sind lange nicht von der Wichtigkeit des Cavery.
Ihre Namen „Goldfluß und Milchfluß" klingen sehr glückverheißend,
aber sie thun wenig dazu, es ihren Anwohnern zu schaffen; da sie nur
auf den Ost-Ghats entspringen, also nicht von den Regengüssen der Westküste sich füllen, bringen sie auch nur wenig Wasser in die Ebene mit,

und es ist ein höchst zweideutiger Ersatz, daß von ihnen viele feste Städte, wie Bangalur, Belur, Arcot bespült werden. Nicht einmal den Städten an ihren Mündungen, Sabras und Cubelur, haben sie durch gute Häfen Bedeutung gegeben, Madras und Pondischeri sind viel bedeutender geworden.

Das ganze, in kurzen Worten also gezeichnete Land ist wohl bevölkert, wenn auch nicht übervölkert. Man rechnet an 13 Millionen Tamulen, doch sind dann die tamulischen Bewohner des nördlichen Ceylon und des südlichen Travancore auf der Westküste mit eingerechnet. Die Tamulen bilden aber nur einen Zweig eines größern Völkerganzen, oder vielmehr sie sind der Stamm und ihre Nachbarn im Westen und Norden, die Malayalim, Tulus, Kanaresen und Telugus Zweige der Dravida-Familie, die einst ganz Indien besaß, dann von den einwandernden Sanscritvölkern aus den Ebenen des Nordens in die Hochlande des Dekhans, des Südlandes, zurückgedrängt wurde. Ueber diese älteste Zeit können wir kaum Vermuthungen aufstellen, die Sprache erweist die Dravida's als ein turanisches Volk, also verwandt mit den Türken, Magyaren und Finnen in Europa; dieselbe feste, unabänderliche grammatische Regel, das Bedingende und Regierende immer dem Bedingten und Abhängigen vorzusetzen, weshalb der für's Türkische gegebene Rath, einen Satz am Ende anzufassen und so aufzuwickeln, auch für's Tamulische ganz practicabel ist.

Alte griechische Geographen erzählen von der „großen Insel der Kolias, Taprobane (das heutige Ceylon) die Mutter in Asia erzeugter Elephanten", von Komar (das heutige Cap Comorin „die Jungfrau"), einer Feste und Meeranfurth. „Zu dieser pflegten diejenigen zu wallfahrten, welche durch Waschungen und Reinigungen sich entsühnen und der Ehelosigkeit weihen und heiligen wollten für ihr übriges Leben, sowohl Männer als Frauen. Denn Zeugnisse fanden sich, daß vor Zeiten an dieser Stelle die Göttin je nach den Mondenwechseln hier zu baden im Brauch gehabt hatte. Von diesem heiligen Orte an breitete sich nun die Landschaft bis zu den Kolchiern hin, wo die Perlbänke liegen, deren Fischerei von den Verurtheilten betrieben ward."

Man hat sich hier nun an den Namen der Kolchier gehalten und sie combinirt mit den bekannten Kolchiern im Nordosten des Schwarzen Meers, wohin einst die Argonauten zogen, das goldne Bließ zu holen. Man hat in der angeführten und andern Stellen von einem alten Venusdienst gelesen und die unkeusche, unbrahmanische

Verehrung des Lingam daneben gehalten und, indem man sich erinnerte, daß Ramesseram Sonneninsel genannt wird und auf Ceylon nachweis= bar Sonnendienst herrschte, ein vollständiges Religionssystem herge= stellt. Es habe ein uraltes Reich der Rakschus (der Riesen) bestan= den mit der Hauptstadt Banawassy auf der Westküste, von der noch mächtige Ruinen übrig sind. Die Inschriften auf den Trümmern Mahalipurs südlich von Madras sollen in der Sprache dieser Stadt und ihrer Dynastie verfaßt sein, auch die berühmten Felsentempel bei Bombay und Punah werden dahin gerechnet. Wie aber im Norden das jüngere Geschlecht der Pandu's die ältern Kurus besiegte, welchen Kampf das Mahabharatha beschreibt, so unterlagen später auch im Süden die alten Sonnenverehrer, die Koros den Pandionen [1]).

Wie viel von diesen Vermuthungen Wahrscheinlichkeit beanspru= chen könnte, bleibt hier billig dahingestellt; die letzte Thatsache, daß Pandja's im Süden sich ansiedelten und dort eine Stadt Madura gründeten, ist allerdings nicht umzustoßen, und ebenso wenig gewagt ist es, aus den beiden Namen zu folgern, daß diese Einwanderer aus Magadha im Gangeslande stammten. Ferner läßt sich erkennen, daß sie nicht als Eroberer, sondern als friedliche Einwanderer kamen und zwar zur See. Als Landungsplatz gilt die Insel Ramesseram und als ungefähre Ankunftszeit das Jahr 600 v. Chr. Doch erscheint diese Einwanderung nicht als der erste Versuch der Sanscritaner im Tamulenlande sich niederzulassen. Im Ramayana vielmehr hören wir von dem ersten Versuch der Arier sich erobernd im Süden auszubrei= ten und aus der Sage läßt sich schließen, daß Rama bei seinem Zuge gegen Ceylon (oder einen andern, nicht so südlichen Zielpunkt) unter den Eingebornen selbst Beistand fand. Sie empfangen dafür freilich schlechten Lohn, ihr Fürst Hanuman wird zu einem Affenkönig herab= gewürdigt. Rama fand im Süden schon den berühmten Weisen Agastja vor, als Oberhaupt der dortigen Waldeinsiedler, und ge= wann ihn als Rathgeber und Führer; er wohnte allein in tiefem Walde, jedoch in der Nähe seines Bruders und andrer Einsiedler. Es scheint demnach, daß die brahmanische Religion damals ähnlich sich ausbreitete, wie das Christenthum in spätern Jahrhunderten durch Klöster; die Krieger kamen dann zu ihrer Beschützung hinterdrein. Einen großen Theil des Landes fanden sie mit Wald bedeckt, ein guter Zufluchtsort für wildere fleischessende Stämme der Urbewohner, deren

---

[1]) Vgl. namentlich C. Ritter, Vorhalle europäischer Völkergeschichten vor Herodot.

Reste noch in den verkümmerten Poliern des Pulneygebirges hinter
Madura sich erhalten haben; fischfangende Küstenbewohner erscheinen
als zweites Element, den Haupttheil aber bildeten gewiß Nomaden-
stämme, „die dem Ackerbau abhold und weder Städte noch Tempel
bauend, auf ihren Wagen im Lande hin und herzogen"[1]), von welchen noch Ueberbleibsel auf den Nilagiris zu finden, die Tobawas.
Noch jetzt bezeichnen die Tamulen den Bau ihrer Häuser als ein „Zu-
sammenbinden." Obgleich Nomaden, hatten sie ihr Land recht lieb,
sie nannten es Tamil „Süßigkeit" und eine gewisse Culturstufe ist
ihnen jedenfalls zuzuschreiben, denn mag man auch Agastja, den Re-
präsentanten der brahmanischen Missionen im Süden, den Anfänger
aller tamulischen Wissenschaften nennen, das eigenthümliche Alphabet
ist gewiß eigenstes Product der Tamulen. Die Umwandlung aber aus
Nomaden zu Ackerbauern danken sie den Brahmanen, die auf Ramesseram landend auf der gegenüberliegenden Küste zunächst die Stadt
Kurkhi bei Ramnab gründeten (daher wohl die griechische Nachricht
der Kolchier) und dann den Waigaru hinaufziehend Madura erbauten.
Der Stifter des Reiches Madura gehörte nach den Berichten zur acker-
bauenden Kaste und kam aus dem Norden; sein Name Pandja bezeichnet ihn als Sprößling des Fürstengeschlechtes der Pandu's. Der
Ruhm dieses Reiches der Pandionen erreichte zur Zeit der Kaiser
Augustus und Claudius selbst Rom. Näheres erfahren wir zunächst
aus der beglaubigten Geschichte Ceylons.

Die erste brahmanische Colonie auf Ceylon, welche ein Jahr
nach Budbha's Tod, 542 v. Chr., angesetzt wird, stand unter Führung eines Widschaja. Als seine Begleiter ihn aufforderten, sich zum
König weihen zu lassen, lehnte er es ab, weil er keine ebenbürtige
Gemalin habe. „Sie sandten daher eine Gesandtschaft zu dem Könige Pandava in dem südlichen Madura und warben um seine Tochter Widschaji ("Siegerin"). Dieser berieth sich mit seinen Ministern
und beschloß, seine Tochter und die Töchter von 699 Ministern nach
dem schönen Sihala (Ceylon) zu senden; die Väter, die ihre Töchter
ihm anboten, beschenkte er reichlich. Er rüstete dann ein Schiff aus,
auf welches er seine Tochter und die übrigen mit Geschenken an Elephanten, Pferden, Wagen und Dienerinnen und mit einem Gefolge
von achtzehn vornehmen Begleitern nach Lanka (alter Name für Ceylon) absandte. Das Schiff landete in Mahittha (Mantotte im Nord-

---

[1]) R. Graul, Reise nach Ostindien IV, 150 ff.

osten bei Manaar), welches eben daher seinen Namen „großer Landungsplatz" empfing"[1]). Diese Sage in geschichtliche Prosa übersetzt
besagt offenbar nichts Andres, als daß Bibschaja „der Sieger" mit
Hülfe der Madurafürsten die Ureinwohner besiegte. Für diesen Beistand ward auch nach Madura Tribut gezahlt. Den tamulischen Herrschern aber wuchs der Appetit unter dem Essen, sie hatten einmal den
Weg nach Mantotte gefunden und stellten sich nun öfter auch unge-
beten ein. Zuerst landeten zwei Tamulen Sena und Gupta, er-
schlugen einen Ceylonischen Fürsten und beherrschten dessen Land
22 Jahre, bis sie wiederum 205 v. Chr. von Asala getödtet wurden.
Ihnen erstand ein Rächer in Elara, der auf 44 Jahre die tamulische
Herrschaft aufrichtete und sein Reich bis an die Mahavali-Ganga,
also über die ganze nördliche Hälfte der Insel, ausbreitete. Er herrschte
gerecht, war aber ein Feind der Buddhisten, deren Religion sich seit
245 v. Chr. auf der Insel festgesetzt hatte. Als der König Duschtaga-
mani ihn in einem Zweikampf überwunden und auch seinen Neffen
Bhalluka sammt einem großen Heer erschlagen hatte, 161 v. Ch., und
nun über den Verlust an Menschenleben trauerte, trösteten ihn darum
seine buddhistischen Priester, mit Ausnahme von zwei Buddhisten seien
alle übrigen erschlagenen Ketzer nur Sünder und den Thieren gleich
zu achten. Die Brahmanen nun konnten die untergeordnete Stellung,
auf die sie im singhalesischen Staat herabgesetzt wurden, nicht ertragen,
und begünstigten die Unternehmungen der Fremdlinge, riefen sie auch
wohl gar herbei. So landeten um das Jahr 100 wieder 7 Tamil-
fürsten mit großem Heer und nöthigten den König zur Flucht. Es
herrschte aber Uneinigkeit unter ihnen, ein Anführer verdrängte den
andern, ihre Herrschaft war eine harte, und einer wagte es sogar das
verehrteste Heiligthum, den Almosen-Topf Buddhas, zu entführen.
Da entstand große Sehnsucht nach dem vertriebenen König, und sobald
er sich nur zeigte, erhob sich das Volk und warf das Joch der verhaßten Fremden ab 88 v. Chr., die schon nach 40 Jahren sich durch
Liebschaften wieder am Hofe der Königin Anula einzuschleichen wußten,
aber ohne dauernden Erfolg. Erst um 430 n. Ch. benutzte ein tamulischer Fürst den Umstand, daß die Königin-Mutter von Ceylon aus
seinem Geschlecht stammte, gewann einen Theil der Vornehmen und
gründete eine Herrschaft. Einfälle und Verjagungen wechselten seitdem

---

[1]) Für diesen Theil der tamulischen Geschichte ist außer „Lassen, Indische
Alterthumskunde" vornehmlich „Taylor, Oriental Historical Manuscripts"
benutzt.

in bunter Reihenfolge mit einander ab, und zerrütteten die ganze Insel
furchtbar, bis endlich gegen Ende des 10. Jahrhunderts die Herrschaft
Tobfeinde für immer gebrochen wurde.

Der Ertrag für die eigentliche tamulische Geschichte ist demnach,
wie wir sehen, auch aus den Ceylonischen Berichten nicht eben groß;
so viel aber geht mit Gewißheit daraus hervor, daß die Staaten des
gegenüberliegenden Festlandes eine bedeutende Macht besaßen, bedeutend
genug um schließlich trotz des Unterliegens dem ganzen Norden der Insel
eine tamulische Bevölkerung und brahmanische Religion zu geben. Mit
Recht kann man von Staaten reden, denn jene Eroberer kamen nicht allein
aus dem Reiche Madura, sondern auch wie Elara aus dem nördlich angren-
zenden Tschola. Neben diesen beiden wird constant noch ein drittes Reich
Tschera genannt, das nördlich von Madura und östlich der Ghats
gelegen (Coimbatur ist ein Hauptort) ein Binnenreich war, wenn es
nicht wie allerdings schon dem Namen nach wahrscheinlich, auf der
Malabarküste auch die Landschaft Kerala besaß. Die tamulische Sage
macht die Stifter der drei Reiche zu Brüdern, und wenn damit ihr
ungefähr gleiches Alter angezeigt werden soll, ist dies nicht weit gefehlt.
Sampanna = Pandja der Vater des ersten eigentlichen Königs von Madura lud zur Hochzeit seines Sohns auch die Könige von Tschola und
Tschera ein. Aber durch starke Regengüsse und Ueberschwemmungen
wurden sie genöthigt, an einem Ort unterwegs einen vollen Monat
liegen zu bleiben. Zur Feier des wichtigen Ereignisses baute dann
dort der Pandufürst die Stadt Kaljanapuri und erhob sie zeitweilig
zur Residenz. — Es scheint auch weiterhin am gerathensten die Geschichte
der beiden andern Reiche in Verbindung mit den Schicksalen des süd-
lichsten Landes zu geben, weil Madura's Geschichte die bei weitem
klarste ist. Hier sei vorläufig bemerkt, daß die Beziehungen zu Tschera
meist friedlicher Art sind, Handel und Wandel betreffen, zwischen
Tschola und Madura dagegen fast immerwährende Fehden ausgefochten
werden. Die ältesten Hauptstädte beider Reiche lagen offenbar zu
nahe an einander, Kurkhi wie schon erwähnt südlich vom jetzigen Ramnad, der Hauptstadt des Marrawerlandes und Wariur (Uriur) an
der Nordgrenze dieses kleinen Gebiets oder doch jedenfalls noch nahe
dem Cavery bei Tritschinopoli. Eine Verlegung war nicht zu umgehen, die Pandus wichen zuerst nach Süden aus, indem sie Madura
gründeten. Es lohnt sich, die darüber berichtete Sage aufzunehmen.
„Ein Kaufmann verirrte sich auf der Heimreise von Malabar im
Walde und entdeckte beim Suchen nach dem rechten Wege einen alten
Sivatempel. Als er nun dem Gott seine Verehrung darbringt, erscheint

ihm derselbe und besiehlt, dem Könige die Entdeckung anzukündigen, damit er dort eine Stadt gründe. Dasselbe befahl der Gott auch dem Könige im Traum; der gehorchte, ließ den Wald aushauen, den verfallenen Tempel wiederherstellen und die große Stadt Madura erbauen." Es ist dies der älteste Bericht von der Uebung des Sivadienstes im Süden. Merkwürdiger Weise spielt Siva bei Verlegung der Tschola-Residenz wieder eine Rolle.

Die Herrscher Tschola's leiteten sich von einem Gefährten Rama's her; nachdem eine ganze Reihe dieser Fürsten in Wariur residirt, gründete Abonda (auch Tonda genannt), wahrscheinlich bewogen durch die immer mehr nach Norden drängende Macht des Madurareichs, die neue Stadt Kanki oder Conjeveram am Palar, c. 470 v. Ch., wo bisher eine große Waldwildniß gewesen war. Dort erbaute er auch dem Siva und seiner Gattin einen Tempel (noch jetzt ist Conjeveram eine rechte Tempelstadt), und weil er ein eifriger Verehrer dieses Gottes war, hätte er ihn für sein Leben gern in dem heiligsten Tempel zu Madura verehrt, aber es schien unmöglich wegen der ererbten Feindschaft. Freilich diese Spannung war wohl eigentlich mit aus Feindschaft gegen den Sivacult entstanden; zweimal hatten seine Vorfahren ein Heer von Samanals oder Buddhisten gegen Madura geführt und waren geschlagen [1]). Der durch den Tempelbau versöhnte Gott wußte Rath; er verlieh seinem Verehrer das Privilegium, alle Morgen durch die Luft sich nach Madura zu begeben [2]). Auf die Dauer mochten diese häufigen Besuche doch nicht verborgen bleiben, die beiden Fürsten kamen in persönliche Berührung und ordneten die gegenseitigen Verhältnisse auf's friedlichste und beste, so daß es dem Tscholafürsten erwünscht schien, seine Tochter dem Pandion zur Frau zu geben. Der fürstliche Nachbar ging gern auf den Plan ein und entsandte seinen jüngern

---

[1]) Es ist dies die älteste dunkle Erinnerung, daß die Buddhisten bald nach ihres Stifters Tod im Süden sich auszubreiten suchten.

[2]) Da die Zuwendung zum Sivaismus dem Tscholareich wenig Nutzen brachte, indem der Gott im entscheidenden Augenblick sich immer seinen alten Verehrern in Madura zuneigte, fanden es die spätern Fürsten gerathen sich Bischnu anzuschließen. König Nila von Conjeveram war es sehr darum zu thun, sich von Bischnu's Fluch zu befreien. Der berühmte Samudragupta aus dem einflußreichen, Bischnu besonders verehrenden Guptageschlecht im Norden, der etwa bis 230 n. Ch. regierte, gewährte ihm dazu seine Mitwirkung. Auch unter den Tscherafürsten wird ein eifriger Verehrer Bischnu's erwähnt, Bischnugopa zu Anfang des 4. christl. Jahrhunderts. Dies die ältesten Erwähnungen der beiden großen brahmanischen Secten.

Bruder Raji-Mamam als Brautwerber, aber der Brautwerber machte
sich durch irgend welche List zum Ehegemahl und überredete dann seinen Schwiegervater ihn auf den Thron zu erheben. Der Versuch mißglückte, beide wurden geschlagen und gefangen, der Tscholafürst jedoch
ungeschädigt in sein Reich entlassen.   Schon unter den Söhnen
erneuerte sich der Kampf um die oberste Herrschaft.   Nach einem an-
fänglichen Siege wurden die Tschola's zuletzt überwunden und ihrem
Reich völlig ein Ende gemacht oder in mehr tamulischem Gewande:
der Pandion Varaguna floh mit seinem Heer und da es in der Gegend viele Teiche oder Tanks gab, deren Oberfläche von lauter Lotos-
blättern verdeckt war, ward er getäuscht und gerieth in solchen See, kam
aber glücklich wieder heraus.   Der Tscholafürst jedoch sammt seinem
ganzen Heer wurde ein Opfer seiner Unvorsichtigkeit und theilte das
Schicksal Pharaos und seiner Aegypter.

Varaguna's 25 Nachfolger waren unbedeutend und wußten die
große Macht der vereinigten Reiche nicht zu gebrauchen noch zu behaupten; den Handel scheinen sie sehr begünstigt zu haben, von einem
wird erzählt, er habe selbst Schifffahrt getrieben. Das nördliche Vor-
gebirge Ceylons wird ja in jener Zeit als von Schiffen umschwärmt
geschildert; südindische Fahrzeuge gingen bis Java, ja bis China, besonders lebhaft war der Verkehr sowohl um das Cap Comorin als zu
Lande mit der Malabarküste, von wo die europäischen Völker ihre
Waaren abholten.   Durch diesen einträglichen Handel stieg die Macht
der dort herrschenden Tscherafürsten so bedeutend, daß sie zum ersten
Mal als Eroberer auftreten, Tschola erobern und das Pandja-Reich
stark bedrohen.   Vicramadeva eroberte außer Tschola auch noch
Karnata, den südwestlichen Theil des Dekhan, wodurch er es seinen
Nachfolgern ermöglichte, ihre Residenz von dem mehr nördlichen Skan-
bapura nach Talakab (Dalavanapura) am obern Cavery zu verlegen.
Vor Madura aber mußte er Halt machen; denn zum Glück hatte dort
wieder ein kräftiger Fürst um diese Zeit (gegen Ende des 2. christ-
lichen Jahrhunderts) den Thron bestiegen, Namens Vamescha-
Segara, vielleicht der Gründer einer neuen Dynastie.

Die erste Zeit seiner Regierung hatte Segara auf Verschönerung der
Stadt, Bau von Palästen und Tempeln, aber auch einer starken Festung verwandt, die ihm wahrscheinlich zur Vereitelung der Belagerung
Vicramas mehr nützte als die gerühmte Hülfe des Gottes Siva.
Seitdem hatte er Frieden und vollbrachte Friedensthaten.   Die folgen-
reichste ist unzweifelhaft die Gründung der hochberühmten wissenschaftlichen Academie zu Madura, wohl hauptsächlich um das Studium

der Landessprache und damit der Profanlitteratur zu fördern. Es wurden 48 Lehrer angestellt, in ihrer Gesammtheit Samgattar oder Versammlung genannt, die berühmtesten unter ihnen Narakira, Vana und
Kapila. Die Regeln der tamulischen Sprache wurden in Sutras oder
Lehrsätze gefaßt, bald stieg das Ansehen der Academie so, daß kein
Werk mehr Eingang fand, wenn es nicht ihre Billigung erlangt hatte.
Die verschiedensten Wissenschaften wurden dort cultivirt, unter andern
sollen dort auch die Ziffern erfunden sein. Die 48 oder richtiger 49,
denn Siva pflegte ungesehen bei ihren Berathungen mitten unter ihnen
zu sitzen, bildeten eine Art Doctorencollegium, das bei seinen Prüfun-
gen sehr strenge verfuhr. Sie hatten auch ein untrügliches Kennzeichen, ob Jemandes Werke preiswürdig seien, die von Siva geschenkte
Bank, welche vor dem Doctoranden sich entweder ablehnend zusammen-
zog, oder ausdehnend ihm einen Sitz verlieh. Einmal jedoch äußerte
sie diese prächtige Eigenschaft auch gegen die Herren Examinatoren
selber. Die waren gar übermüthig geworden und hatten sich, wie es
scheint, von der verachteten Landessprache allein zum Sanscrit gewandt.
Da nun kommt der aus niedrigem Geschlecht entsprossene Dichterfürst
Tiruvalluver mit seinem großartigen gnomischen Gedicht, dem
Kural[1]). Die Academiker können keinen Fehler herausfinden und
schrecken zusammen, „wie wenn der Tiger auf die Schafheerde stürzt,
wie wenn das Feuer den Bambuswald erfaßt"; auch Querfragen vermögen Tiruvalluver nicht in Verwirrung zu bringen, er antwortet in
hochtamulischen Versen. Nun noch die letzte Probe, die goldne Bank!
Sobald der Kural sie nur berührt, schrumpft sie plötzlich zusammen,
daß nur der Kural Platz behält, und sämmtliche Academiker fliegen
in den vorliegenden Lotusteich.

Wenn vermuthet ist, daß mit Tiruvalluver eine Reaction gegen
die Sanscritgelehrsamkeit eintrat, so spricht sehr dafür, daß er erwie-
sener Maßen zur Secte der Djaina's, einem Nebenzweig der Buddhisten gehörte, welche ja überall des Volks und daher auch der Landessprachen sich annahmen; Tiruvalluvers Leben bildete dann eine kleine
Episode in dem großen mörderischen Kampf der Buddhisten und
Brahmanisten. Es ist bekanntlich eins der merkwürdigsten geschichtlichen Ereignisse, daß die in Vorderindien entstandene Buddhalehre
dort fast ganz sammt jeglicher Erinnerung daran verschwunden ist und

---

[1]) Den Kern der schon angeführten Ostindischen Sinnpflanzen und Blumen
von Dr. K. Graul bilden Sinnsprüche aus dem Kural, und sind in der meister-
haften Uebertragung selbst die Anfangsreime und Alliterationen nachgebildet.

ſich rings um die Grenzen des Landes, in Ceylon, Hinterindien und Tibet gelagert hat. Daß auch in der tamuliſchen Geſchichte dieſer Gegenſatz eine große Rolle geſpielt hat, ſahen wir ſchon an dem reli= giöſen Charakter vieler Kriege mit Ceylon, ſuchen wir jetzt noch andre Spuren auf, denn nur Spuren ſind übrig geblieben, da die Brah= minen nicht blos Geſchichte zu machen, ſondern mehr noch Geſchichte ungeſchehen zu machen wiſſen. Alle Schriften der Bubbhiſten ſind ver= tilgt bis auf ſolche, die man durch Vorſetzung einer brahmaniſchen For= mel noch reinigen und ſich aneignen zu können glaubte, und über bubbhiſtiſche Reiche und Könige ſagen die brahmaniſchen Werke conſe= quent kein Wort. Ueber die Berge reichte jedoch glücklicher Weiſe ihre Macht nicht und ſo iſt uns denn der intereſſante, leider geographiſch etwas verworrene Bericht eines chineſiſchen Pilgers Hiuen Thſang aus dem Anfang des 7. Jahrhunderts erhalten. Er unterſcheidet merk= würdiger Weiſe Tſchola von einem ſüdlicheren Lande Dravida, wäh= rend man lieber die Lage umkehren möchte[1]), die Dravidahauptſtadt liegt am Meere und treibt einen bedeutenden Handel.

Wir werden kaum irren, wenn wir dieſe Seeſtadt in dem alten Königsſitz Mahalipur, den berühmten Siebenpagoden ſüdlich von Madras, wieder erkennen, die vom Meer immer weiter verſchlungen werden[2]).

---

[1]) Jedenfalls ergiebt ſich aus dieſer Nachricht die Theilung des eigentlichen Tſcholareichs in eine nördliche und ſüdliche Provinz. Der Unterſchied beider iſt uralt. Ptolemäus nennt im Norden das Nomadenvolk der Sorai mit der Haupt= ſtadt Arcatu und die Soringer im Süden mit der Reſidenz Orthura, offenbar das ſchon erwähnte Wadiur oder Uriur. So kommen auch die Nachrichten der Einge= bornen von dem Tondalande am Palarfluß und dem ſüdlichern Tſchola zu ihrem Recht. Ziegenbalg ward berichtet, daß die ganze Coromandelküſte früher aus drei Reichen beſtanden habe: Tondamandalam, Tſcholamandalam und Pandamandalam. (Mandalam heißt ſo viel als Reich.) Nach dem zweiten Reich hätten die Por= tugieſen die ganze Küſte Coromandel benannt. Aehnlich lauten Taylor's Nach= richten. Wir möchten daher annehmen, daß die erſte brahmaniſche Ackerbauer= Colonie ſich am Vaigaru niederließ, daß nicht viel ſpäter eine zweite Abtheilung die Gegend von Uriur ſich erwählte und wiederum einen Schößling nach Con= jeveram am Palar entſandte. Damit ſtimmt recht ſchön, daß grade in jenen drei Landſtrichen noch jetzt die angeſehenſten Vellaler oder Ackerbauer anſäſſig ſind, die für ſich das Prädicat Pilley „Kind“ d. h. des Königs Kind beanſpruchen und alſo gleichen Urſprung wie dieſe prätendiren.

[2]) Das ſonſt ſtets als Hauptſtadt genannte Kanki (Conjeveram) war näm= lich um 500 von dem mächtigen Tſchalukjafürſten Pulakeſi in Brand geſteckt.

Viel wichtiger noch sind die Nachrichten des buddhistischen Pilgers über seine Glaubensgenossen in beiden Reichen. In dem nördlichen Tscholalande bestand der Buddhismus nicht mehr, die alten Klöster lagen in Ruinen, wenige Geistliche nur waren übrig geblieben. Das ganze Land war sehr verwüstet, wohl nicht allein durch Ueberschwemmungen, sondern auch durch die vorhergegangenen Glaubenskriege. Räuber trieben an hellem Tage ihr Handwerk, die Bewohner waren grausam und leidenschaftlich, die brahmanischen Götter aber herrschten und hatten viele Anhänger, namentlich die sonst unbekannte Nirgranthasecte. Welch ein Gegensatz zu dem südlichern Dravida! Das Land fruchtbar und wohlbebaut; die Einwohner tapfer, aufrichtig, wahrheitsliebend, gerecht, den Wissenschaften ergeben. Buddha's Religion in höchster Blüte, in den 100 Klöstern leben an 10,000 Geistliche, während die brahmanischen Götter sich mit 80 Tempeln begnügen müssen.

Südlicher ist der Pilger nicht gekommen, er erhielt Nachricht, daß in Ceylon der König gestorben und darnach innerer Zwist ausgebrochen sei. Er reiste also quer durch's Land nach der Malabarküste und umging demnach Madura, weil dort wahrscheinlich für ihn nicht viel Erfreuliches zu schauen war. Vamescha Segaras des Gründers der Madurensischen Academie 15. Nachfolger Arimarbana hatte einen sehr weisen, auch als Dichter berühmten Minister Manilla-Vasacher. Dieser verwandte nach der Sage das Geld, welches er zum Ankauf von Pferden erhalten, auf die Ausschmückung einer Tempelhalle des Siva. Als nun die Pferde nicht kamen, ward Manilla-Vasacher in's Gefängniß geworfen und schrecklich gefoltert. Deß zur Strafe ließ der Gott den Fluß Vaigaru übertreten. Die ganze Bewohnerschaft ward zur Arbeit aufgeboten, auch Siva erschien als Kuli (Arbeiter), that aber nichts, antwortete auch dem fragenden König nichts. Da versetzte ihm dieser erzürnt eins mit dem Stock; „alle Insassen des königlichen Palastes, beides Menschen und Vieh, fühlten den Schlag, und nicht allein, auch Sonne, Mond und Sterne fühlten ihn; sogar Brahma in seinem Paradiese ward dadurch verstört und Vischnu erwachte aus seinem Schlummer." Noch jetzt weint jeder Tamule, wenn er die Geschichte hört, wie mag erst dem König zu Muth gewesen sein, als der Kuli plötzlich verschwand und die Stimme des Gottes ihm aus der Luft zurief: „Manilla-Vasacher ist unschuldig, er hat das Geld zu meinem Dienst verwandt, verzeihe ihm!" Der König war natürlich froh, so mild davon zu kommen und ward ein Anhänger Sivas. Manilla-Vasacher aber zog nun weiter nach Sidam-

baram, der alten Tempelstadt nördlich vom Cavery, einem Hauptsitz
der Buddhisten, und überwand sie alle durch seine Beredtsamkeit und
unumstößlichen Beweise.

Die Wirkung scheint aber nicht von Dauer gewesen zu sein, die
Buddhisten kamen wieder auf, bis endlich zu Anfang des 9. Jahrhun-
derts der König Guna=Pandja ihnen den Todesstoß versetzte. Schon
vorher waren sie in den nördlichen Reichen unterlegen, wie sich aus
den Einzelheiten der folgenden Erzählung ergiebt. Guna=Pandja war mit
Vanila=svamini, Tochter eines Königs von Tschola, eines eifrigen
Sivadieners verheirathet; sie überredete ihren Gemal, den berühmten
Sivalehrer Gnanasamandarha an seinen Hof zu ziehen. Bald war dessen
Einfluß so überwiegend, daß er eine förmliche Verfolgung über die
Buddhisten verhängen konnte, sie wurden verbannt, ein großer Theil
gegen 8000 sogar gehängt [1]); es floß viel Blut, aber das Land war
doch gereinigt, besonders nachdem auch die Academie aufgehoben war.
Der herbeigeholte Sivait, selbst Haupt einer neuen Secte, sicherte den
Brahmanismus durch Gründung einer neuen Hierarchie. Das Land
war gereinigt, aber auf Jahrhunderte hin geschwächt; wenn auch noch
die angestammten Fürsten auf dem Thron sich behaupteten, so doch stets
nur als Vasallen der benachbarten Dynastieen, zunächst von Tschola,
das gleich Tschera und Madura auch seine Blütezeit erleben sollte.
Tschola's Macht stieg das ganze 10. Jahrhundert hindurch besonders
unter Vira=Soren und erreichte den Gipfel um das Jahr 1000, Tschera,
Südkanara, das nördliche Dravida, Madura, dessen König nach Ceylon
floh, fiel ihm zu. Tanjour war der Fürsten Krönungsstadt, wie sie
denn überhaupt dem Land am Cavery große Aufmerksamkeit zuwand-
ten und viele Canäle gruben, um die Fruchtbarkeit zu befördern. Auch
als Patrone der Litteratur erscheinen sie, an König Rajendra's Hof
lebte Kamben der gefeierte Dichter des tamulischen Ramayana, das
von Kennern über das Original gesetzt wird. Das in der indischen
Geschichte so wichtige Jahr 1000, wo die Muhammedaner unter Mah-
mud dem Ghaznaviden in die nordindischen Ebenen einfielen und sich
ein Reich begründeten, bildet auch einen gewissen Ruhepunkt für die
Geschichte der tamulischen Reiche. Bis dahin machten sie gleichsam

---

*) Die Geschichtserzählung der Brahmanen verdeckt natürlich diese Grau-
samkeit und erzählt, daß alle weisen Samanals, nachdem verschiedene Ordalien zu
ihren Ungunsten ausgefallen, sich selbst in hartnäckiger Verblendung auf die aufge-
steckten Pfähle gespießt hätten, während die große Menge nicht schnell genug Asche
bekommen konnte, sich das h. Sivazeichen an die Stirn zu malen.

eine Welt für sich aus, alle Fehden und Kämpfe waren nur häusliche Streitigkeiten; das Vindja = Gebirge schloß den Dekhan sicher ab gegen die nördlichen Ebenen, die dortigen mächtigen Herrscher erlangten auch wohl im Süden Ruhm und Ansehn, namentlich Asoka und Samubra= gupta, aber erobernd sind sie kaum eingedrungen. Dies änderte sich zwar auch durch den Einfall der Muhammedaner nicht gleich, es dauerte lange, bis die Wellen an die tamulische Küste schlugen, aber seit jener Zeit erhielten die andern dekhanischen Reiche in Nordwest und Nordost die Obmacht, und darum müssen wir ihnen jetzt etwas Aufmerksamkeit schenken.

Die einheimischen Berichte erzählen von 7 fremden Dynastieen, welche Theile des Landes oder auch das Ganze beherrschten, lassen es aber sehr an genauern und einzelnen Nachrichten fehlen. Vor an= dern treten im äußersten Nordwesten die Tschalukjas von Kaljani (bei Bombay) hervor, ein Radschputen=Geschlecht; im 5. Jahrhundert schon sehr mächtig, dann zurückgedrängt, gelangten sie im Anfang un= sers Jahrtausends wieder zu Bedeutung, so daß der Moment höchst ungünstig gewählt war, als der Tscholafürst Arivarideva im Hochgefühl seiner Macht auch sie angriff. Seine schwachen Nachfolger mußten es büßen, um 1050 ward Tanjour erobert, etwa gleichzeitig auch das un= ter großer Anarchie seufzende Madura, und das ganze Land dem Ge= biet der Kaljanifürsten einverleibt, bis 1189 ihre stärkeren südlichen Nachbarn, die Bellalas aus dem Hochlande von Mysore, und ver= schiedene Telingafürsten als Stärkere über sie kamen. Den Siegern fiel auch das ganze Coromandel als Erbschaft zu, doch duldeten sie wenigstens einheimische Vasallenkönige. Im Jahre 1324 schien auch dieser letzte Schatten von Freiheit verloren gehen zu sollen, die Muhammedaner, deren Sultan Mu= hammed III. unsinniger Weise seine Residenz von Delhi nach Deoghir (Dauletabad) im Dekhan verlegt hatte, machten einen schrecklichen Ein= fall, mit Mord und Plünderung, sie wollten die verhaßten Götzendiener ganz vertilgen. Die tamulischen Priester hatten nichts Eiligeres zu thun als sich mit ihren Götzenbildern nach Malabar zu retten, das arme Volk aber blieb den fanatischen Muhammedanern Preis gegeben. Da kam unerwartete Hülfe, die Bellalas in Mysore erholten sich von ihrem ersten Schrecken, verbanden sich mit ihren Nachbarn im Telu= gulande zu Walangar und der eben aufkommenden neuen Macht in Bisnagar, verjagten die Muhammedaner und restituirten die einheimi= schen Fürsten. Sicherheit gegenüber so schrecklichen Feinden konnte man sich nicht lange versprechen, wenn nicht ein fester Damm gegen

sie gebaut wurde. Diesen festen Damm gewährte auf Jahrhunderte
hinaus das berühmte Kaiserreich von Bisnagar [1]), das bald das
ganze Land vom Krischna abwärts unter seine Botmäßigkeit brachte.

Die ganze indische Geschichte weiß kein Beispiel, daß je Fürsten
aus so niedriger Kaste entstammt sind, wie diese Könige von Bisnagar
(Sangama, ihr Stammvater, war ein Telugu aus der Kaste der Ku-
rubu oder Schafhirten), aber sie führten ein ruhmvolles Regiment. Die
Wissenschaften erfreuten sich der größten Pflege an ihrem Hofe, selbst
Minister traten als Schriftsteller auf, Philosophie, Grammatik, Erklärung der Veda's nahmen einen neuen Aufschwung. Toleranz herrschte
bis zum Syncretismus, der dort verehrte Gott Harihara ist schon seinem Namen nach eine Mischgestalt von Vischnu und Siva, und in
Gebeten auf erhaltenen Inschriften werden die verschiedensten Götter
neben einander angerufen. Leider läßt sich von den untergebenen Fürsten von Madura und Tschola in dieser Zeit nicht berichten, daß sie
sich dadurch zu einem Wetteifer hätten anstacheln lassen. Die Zeiten,
wo der Fürst Harihara (auch Adi-Vira-Pandja genannt c. 1050)
selbst zur Feder griff, um tüchtige Sanscritwerke, wie Nala und Da-
majanti, ins Tamil zu übersetzen und eine Sentenzen-Sammlung her-
auszugeben, waren entschwunden; wir hören dafür von innern Unruhen und Dynastieenwechsel. Die Nachbarn in Tschola aber konnten
mit ihrer Hauptstadt nicht zur Ruhe kommen; im Norden war die
Nachbarschaft zu gefährlich geworden, auch der Einfluß zu sehr beschnit-
ten, so wanderten sie denn zurück nach Uriur. Doch die Götter blieben ihnen ungünstig, ein Sandschauer begrub die Stadt und tödtete
viele Einwohner [2]). So ward nun Combacomm Residenz, welches
noch einige Anzeichen früherer Machtherrlichkeit bewahrt hat. Auch
Mayaveram zeigt noch Reste eines Palastes; wann Tanjour, die alte
Krönungsstadt wieder bleibender Fürstensitz geworden, ist nicht bekannt.
Sicher war sie es vor 1538. In diesem Jahr marschirte nämlich Vira-

---

[1]) Bisnagar, später auch nach einer Vorstadt Anagundi genannt, an der
Tumbudra, einem südlichen Nebenfluß des Krischna, noch in Ruinen großartig.

[2]) Da die Thatsache feststeht, auch durch analoge kleinere Fälle in Madras,
August 1824 und Juni 1833, die Möglichkeit bewiesen ist, zumal von Trankebar die
gleiche Sage geht, liegt darin mit ein Beweis, daß Uriur in sandiger Gegend
nahe dem Meer gelegen. Es ist die alte Grenzstadt zwischen Tanjour und dem
Marrawerlande, zeitweise Hauptstadt einer Neben-Dynastie, wo Juan de Britto den
Märtyrertod erlitt und wohl nicht, wie Wilson und nach ihm Taylor anzunehmen
scheint, der gleichnamige Ort Uriur bei Tritschinopoll.

Segara Fürst von Tanjour, wie fortan dies zweite Königreich immer benannt wird, mit großer Macht gegen Madura und verjagte den König Chandra-Segara, der zum obersten Raja von Bisnagar floh und um Hülfe bat: „Vira-Segara hat mit Gewalt Besitz von meinem König- reich ergriffen." Der Raja wahrscheinlich Krishna aus der neuen Linie der Narasinha wandte sich darauf zu Nagama-Naicker, seinem Oberstatthalter in Arcot: „Das Südland steht unter deiner Obhut, nicht wahr? so brauche denn deine Mittel, geh, sammle eine Armee, züchtige Vira-Segara und setze Chandra-Segara wieder auf den Thron." Der erste Theil ward pünktlich erfüllt, nicht so der zweite, denn Nagama-Naicker behielt das Land für sich. Der Raja darob sehr erzürnt, beruft einen Kriegsrath: „Nun, ihr Herrensöhne, ihr Söhne kundiger Helden, sprecht! wer von euch wagt es und bringt mir Na- gama's Kopf?" Alle schwiegen, da erhob sich Visvanatha, Naga- ma's Sohn, trat zum König und sprach: „Giebst du mir Urlaub, so geh ich und bringe dir Nagama's Kopf."

„„Was, du willst gehen, und deinen Vater in Ketten schlagen?"" „Raja, ich esse dein Brot; dein Dienst ist meine Pflicht. Gilts mei- nem Herrn zu dienen, nimmer denke ich dann des Vaters." Und er zog hin, nahm den Vater gefangen, erwirkte ihm durch seine Ver- dienste Verzeihung und gewann sich selbst einen Königsthron, da der dankbare kinderlose König von Madura ihn zum Erben erwählte. So kam mit Visvanatha 1559 die Carnataca-Dynastie auf den Thron von Madura, deren Nachkommen noch jetzt, freilich herabge- kommen, zu Vellikuritschi im Sivaganga-Gebiete wohnen.

Visvanatha und sein ausgezeichneter Minister Ariya-Natha-Mu- theliar führten eine so weise und feste Regierung, daß die tamulische Geschichte kein zweites Beispiel bietet. Madura wurde erweitert, ein neues Fort gebaut, große Wasserbauten ausgeführt, neue Städte ge- gründet, den aus dem Norden vor den Muhammedanern flüchtenden Teluguleuten Aecker angewiesen. Zu jener Zeit wurden die nach Ra- messeram Pilgernden oftmals im Tanjourschen bei Tritschinopoli geplün- dert, er tauschte sich nun Tritschinopoli gegen Valam (1½ Meilen südlich von Tanjour) ein und ward durch großartige Bauten und Ver- besserungsarbeiten der eigentliche Gründer der Stadt und Festung. Die Tempel wurden überall hergestellt, namentlich in Sirengam, einer be- rühmten, pagodenreichen Insel bei Tritschinopoli, wo einst Rama ge- ruht haben soll. Das Wohl der Unterthanen war des Fürsten erste Sorge, der tapfere Held trauerte über Kriegsleiden. Als einst fünf

Häuptlinge in dem von seinem Minister kaum beruhigten Tinne=
velli sich empörten, erbot er sich als der Eine gegen fünf zum Zwei=
kampf. Sie lehnten es in dieser Form ab und sandten nur ihren
stärksten Mann. Visvanatha ließ ihm den Vortritt und parirte glück=
lich den Hieb, und dann zertheilte er den Gegner in zwei Hälften. Die
überlebenden Vier, ihrem Versprechen getreu, befahlen ihrem Heer und
Volk sich zu fügen und wanderten selbst in die Fremde. Und die Göt=
ter zum Zeichen ihres Wohlgefallens an solcher Treue und edler Ge=
sinnung sandten einen Blumenregen aus der Höhe herab. Visvanatha
starb nach 26jähriger Regierung.

Aus der Zahl seiner Nachfolger heben wir Tirumali=Nai=
ker hervor (1622—1662), der sich durch seine großen Bauten, die
jetzt in Trümmern Madura's Zierde bilden, bei der Nachwelt einen
großen Ruhm begründet hat. Sein kostbarer Palast, fast in sarace=
nischem Stil, ist viel beschrieben und besungen; eine prächtige Pilger=
herberge aus grauem Granit trägt ihm noch jetzt manchen Dank ein
und in der Mitte des heiligen Teiches, den er gegraben und mit einer
weiß=rothen Mauer umgeben, auf einer grünen Insel hat er selbst
in einem pagodenartigen Mausoleum seine Ruhestätte gefunden. Sonst
läßt sich aus seiner Regierungszeit noch nachtragen, daß, als während einer
Krankheit Tirumali's die Mysurier ins Land fielen, der Marrawerfürst
von Ramnad als sein General sie zurückschlug, und deß zum Dank von
allem Tribut befreit wurde.

Die Königin Mangama, achtzehn Jahre hindurch, von 1695
an, Regentin für ihren minderjährigen Sohn, ist ein Beispiel, wie oft
kleine Ursachen große Wirkungen nach sich ziehen. Eines Tages, als
sie Betelblätter und Arecanüsse kaute, das unentbehrliche Confect der
Tamulen, nahm sie es aus Versehen in die linke, für die Tamulen
unreine Hand, und weil sie dies als ein großes Verbrechen erkannte,
suchte sie es wieder gut zu machen, baute große Landstraßen mit Her=
bergen daran, besetzte sie mit Bäumen, grub Wasserbassins, vertheilte
Lebensmittel, kurz sie ward eine ganz ausgezeichnete Regentin und
weithin gepriesen. Ehe wir nun daran gehen zu berichten, wie nach
dem kinderlosen Tod ihres Sohnes, 1732, Thronstreitigkeiten die
Muhammedaner in's Land riefen, müssen wir noch Ereignisse aus der
Geschichte Tanjours und des nördlichen Gebiets berichten.

In Tanjour konnte man die Abtretung Tritschinopoli's, die
sicher nicht ganz freiwillig hergegangen war, nicht verschmerzen. Der

König Achyuta=Vijia[1]), ein großer Verehrer Bischnu's, ritt sogar, so lange die Beziehungen noch einigermaßen freundlich waren, jeden Morgen die 4—5 Meilen nach Sirengam dort zu beten und als dies nicht mehr anging, baute er sich in seiner Hauptstadt einen hohen Thurm, daß er wenigstens nach der heiligen Kapelle hinblicken könne. In solcher Gemüthsstimmung wagte es der Fürst von Tritschinopoli um seine Tochter zu werben, bekam aber entschiedenen Abschlag. Es entsteht ein Krieg, die Feinde siegen durch die Uebermacht ihrer Ge= schütze und bringen durch Breschen und Thore in die Stadt Tanjour ein. Der 80jährige König liegt mit geschlossenen Augen da und betet, und macht sich Bischnu's heiliges Zeichen vor die Stirn. Das Volk kommt klagend gelaufen: „O großer König, die Feinde sind schon in der Festung." Er läßt sich nicht stören und macht nur ein abwehren= des Zeichen mit der Hand. Nun kommen Gesandte des feindlichen Feldherrn, sie bieten Frieden, wenn er seine Tochter ihrem Fürsten zur Ehe geben wolle. Wieder nur ein Zeichen mit der Hand. Das Ge= bet ist beendigt, er steht auf, läßt die ganze Familie an einem Platz sich sammeln und ringsherum Pulverfässer aufstellen, mit dem strengen Befehl, alsbald Feuer anzulegen, wenn er Botschaft sende. Da kommt sein Sohn, der wegen eines Versehens in das Gefängniß geworfen war, der feindliche Feldherr hat ihn befreit, er aber will mit seinem Vater sterben, auch ihm geht die Ehre über das Leben. Demüthig bittend steht er vor seinem Vater, sie liegen sich in den Armen; Feinde zeigen sich an den Thoren des Palastes, auf gegebenen Wink stürzen sich die königlichen Weiber in bereit gehaltene Schwerter, die Diener zünden das Pulver an, ein Schlag, das ganze Schloß steht in Feuer. Der König und sein Sohn stürzen gleichzeitig sich mitten unter die Feinde, schlagen sie nieder zur Rechten und Linken, bis sie endlich selbst unter den vielen Streichen verbluten. Im gleichen Augenblick aber sahen die Priester von Sirengam den König Achyuta=Vijia mit seiner ganzen Familie in den Tempel treten, sie besprengen ihn mit heiligem Wasser und führen ihn in's Heilige; plötzlich ist die ganze Erscheinung verschwunden.

In Tanjour ward als Vicekönig Ahagiri eingesetzt, vom alten Königsgeschlecht war nur ein Sproß dem Blutbad entronnen, eine Amme entfloh mit dem zweijährigen Sengamalabasu nach Nega= patnam und erzog ihn dort in dem gastfreundlichen Hause eines kleinen

---

[1]) In den alten Missionsberichten, wo er Atschudavischeia geschrieben wird, ist vieles aus seiner Regierung berichtet. H. R. I, 910 ff.

2*

Kaufmanns bis zum 10. Lebensjahr. Da entdeckte ihn ein alter Be-
amter seines Vaters, brachte ihn hülfeflehend an den Hof des Sultans
von Bisiapur, und von diesem an den Mahrattenhäuptling Ekoji
zu Bangalur gewiesen, bewog er Ekoji gegen Tanjour anzurücken.
Der Moment war günstig, der Vicekönig hatte sich mit seinem Herrn
überworfen, die Stadt ward genommen und der junge Fürst auf den
Thron gesetzt. Er sollte ihn nicht lange behaupten; da er den alten
Beamten seines Vaters nach dessen Meinung nicht genug ehrte, sondern
den gastfreundlichen Kaufmann vorzog, stachelte dieser den Ekoji, der
in Combaconum ein Besitzthum erhalten hatte, an, sich selbst des
Throns zu bemächtigen. Ekoji verjagte den Fürsten 1674 und begründete damit die neue Dynastie der Mahratten. So herrschten
nun Fremde in dem alten Tschola und Maburareich, aber es waren
doch Hindu's, Beschützer der alten Religion und der alten Sitten; viel
schlimmer befanden sich die Bewohner des ganzen Gebiets nördlich vom
Colerun, sie waren den Muhammedanern zur Beute gefallen.

Nach jenem schrecklichen Einfall Muhammed III. bildete, wie
gesagt, das Reich Bisnagar die Schutzmauer des Südens gegen diesen
Feind. In solcher Aufgabe ward es dadurch unterstützt, daß im Nordwesten sich das neue muhammedanische Reich der Bahmini's erhob,
und also die Feinde sich selbst in Schach hielten. Freilich mußte auch
mit den Bahmini's manche Fehde ausgekämpft werden, doch auch diese
Gefahr schien beseitigt, als nach dem Tode des letzten Sultans 1526
das ganze Land nördlich vom Krischna sich in 5 Reiche spaltete: Bisiapur, Berar, Ahmednagar, Biber und Golconda, und wirklich nahm
auch unter der Narasinha-Dynastie Bisnagar einen neuen Aufschwung.
Dem Aufschwung folgte leider ein ebenso schnelles Sinken, und es
zeigte sich wieder einmal, daß den verhaßten Ungläubigen gegenüber
die Muhammedaner zusammenstehen. Ramaja von Bisnagar, durch
seine große Macht und zahlreichen Siege übermüthig geworden, hatte
sie freilich auch dadurch gereizt, daß er sie mit Geringschätzung, ja
höhnisch behandelte; in der großen Schlacht bei Talikota 1565 wurde
der neunzigjährige Fürst durch Verrath gefangen und getödtet, darnach
sein Heer völlig geschlagen, die Hauptstadt erobert und die Macht des
Reiches gebrochen. Wohl gelang es Gliedern des alten Herrscher-
hauses sich in Tschandragiri bei Tripetti dem Nordpunkte des Tamulenlandes festzusetzen, aber nur bis zum Colerun reichte ihr Gebiet, Tanjour und Mabura hingegen erklärten sich für souverän;
auch der Statthalter in Gingi folgte bald diesem Beispiel und gründete sich ein eignes Königreich, so daß ihre Macht wenig südlich über

Arcot und Velur hinaus sich erstreckte. Mit so geringen Kräften ver=
mochten sie den Muhammedanern von Golconda nicht zu widerstehen,
deren Fürst noch dazu Statthalter oder Subah des Großmoguls von
Delhi war, also nöthigenfalls eine zahlreiche Kriegsmacht stellen konnte;
c. 1660 eroberten die Muhammedaner Tschanbragiri, darnach auch
Gingi und daß sie nicht alsbald auch über den Colerun drangen, hin=
derte nur der im nordwestlichen Hochland neu entstandene Kriegerbund
der Mahratten, die ungefähr um jene Zeit sich Tanjours bemächtigten.
Der Subah von Golconda setzte einen Statthalter oder Nabob in
die Stadt Arcot und übergab ihm das ganze nördliche Coromandel
als das Reich Carnatik.

Nach dem gewöhnlichen Lauf der Dinge kümmerten sich die Na=
bobs von Arcot bald wenig um ihre Oberherren, die Subahs von
Golconda, und suchten wiederum ihre Macht auszudehnen. Der Nabob
Daust=Ali wollte gern für seinen Sohn Sabder Ali und seinen
Tochtermann Scander Sahib neue Königreiche gründen; die schon
angedeuteten Thronstreitigkeiten in Madura gaben ihm erwünschte Ver=
anlassung Scander Sahib mit einem Heere dahin abzusenden, der
Tritschinopoli 1736 für sich eroberte. Tanjour anzugreifen fand sich
auch bald ein Vorwand in der Verweigerung des Tributs, die Hindu=
fürsten mußten unterliegen, da erschien plötzlich der Mahrattengeneral
Ragogi=Bussola mit großem Heer, passirte durch Verrätherei eines
Brahmanen einen wichtigen Paß, kam Daust=Ali in den Rücken, be=
siegte und tödtete ihn in einer mörderischen Schlacht am 20. Mai 1740.
Nur die Nähe der edelmüthig gastfreien Franzosen in Pondischeri
rettete die übrigen Glieder seiner Familie. Von diesem Zeitpunkt an,
den wir uns als vorläufige Grenze gesteckt haben, greifen die Euro=
päer so gestaltend in die tamulische Geschichte ein, daß ein Rückblick
auf die Entstehung jener merkwürdigen Kette europäischer Niederlassun=
gen von Palleacatta im Norden bis Tuticorin im Süden unumgäng=
lich nothwendig ist und zugleich die bisherige Geschichtsübersicht wesent=
lich ergänzt.

Schon von den ältesten Zeiten an hatten die reichen Producte
und großen Schätze Indiens die Völker des Westens angelockt. Ninus
und Semiramis, Kyros und Alexander hatten von Norden her mit
den Waffen in der Hand einzudringen gesucht; friedliche Kaufleute,
zuerst die Phönicier, waren auf ihren Schiffen über das rothe
Meer an die indischen Küsten gekommen. Die Fahrten nach Ophir,
an denen auch König Salomos Schiffe Theil nahmen, sind ja be=
kannt, und dies Ophir war nach den sichersten Berechnungen eine Stadt

an der Indusmündung; unter den geholten Waaren aber werden südindische Producte selbst mit den einheimischen Namen benannt. Die Griechen und Römer suchten nach der Einnahme Alexandriens auch die Malabarküste auf, wohin dann die Händler der Ostküste kamen, bis sie schließlich selbst den Weg nach Coromandel fanden. Die Einnahme Alexandriens durch die Muhammedaner versperrte den Europäern diesen Weg, und sie waren ganz den arabischen Zwischenhändlern preisgegeben, da änderte die Umsegelung Afrika's durch Vasco de Gama und seine Landung zu Calicut 1498 die ganze Lage und machte bis in's 17. Jahrhundert hinein die Portugiesen zu Herren dieses Handels. Nachdem die ersten dreißig Jahre genügt hatten Malabar ihnen zu unterwerfen, schritten sie weiter vor auf die gegenüberliegende Seite zunächst nach Ceylon, und obwohl sie auf dem östlichen Festlande nie zu bedeutendem politischen Einfluß gelangten, trieben sie doch von den schon um 1540 besetzten Punkten aus, von Tuticorin, Negapatnam, St. Thomä (wie sie Mailapur nannten) einen einträglichen Handel.

Die Unterwerfung Portugals durch die Spanier gab deren erbittertsten Feinden, den Holländern, erwünschte Veranlassung den Portugiesen in Ostindien einen Platz nach dem andern abzunehmen und sich allmälig an deren Stelle zu setzen. Zuerst ließen sie sich in Kareikal, Sadras und Palleacatta nieder, im Jahre 1658 eroberten sie Tuticorin und St. Thomä, während Negapatnam sich freiwillig ergab. Der holländische Prediger und erste protestantische Missionar Baldäus war zugegen und hat uns von dem damaligen Zustande des Landes manche Einzelheiten berichtet. Der Krone von Velur (dem reducirten Bisnagarreiche) sind die Naiker (Fürsten) von Gingi (Chengier), Tanjour und Madura unterthänig, der von Gingi als Cuspidoor (Waschbecken)-Träger, der von Tanjour als Schirmträger und der Naiker von Madura hat den Betel zu reichen. „Die Stadt Chengier ist trefflich mit Volk besetzt, mit dem Palast des Naik verzieret, wird dreimal so groß geschätzt als Rotterdam, ist in einem großen Thal gelegen und hat südhalben einen schönen frischen Fluß, ist rundum mit Wällen und doppelten Mauern von Arduinstein umgeben und mit 4 großen klippichten Bergen umringet und verstärket; auf dreien derselben liegen drei unüberwindliche Castelle, und' auf dem vierten eine herrliche Pagode. Von wegen der schrecklichen Höhe kann man kümmerlich auf die Castelle kommen. Der Hofstaat des Naik stehet unten am Fuß zwischen zwei Castellen, an sich selbst sehr herrlich und überaus fest und stark. Auswärts von der Stadt lieget noch eine Festung auf einem großen hohen Steinrotzen zur Befreiung des vornehmsten Zu-

gangs und Näherung zu der Stadt. Oben auf diesen Schlössern
(welches zu verwundern) sind schöne Brunnen und Weiher und frische
Wasseradern nebenst anmuthigen Lustgärten. Man hat hier wenig
Stücke Geschütz und die sie haben sind von Eisen geschmiedet, oder
von großen und langen eisernen Stäben mit starken Reifen von selbi-
gem Metall, wie ein Faß zusammengebunden; sie treiben schwere Kugeln von Stein, die sie wissen rund zu hauen."

„Der von Visiapur hatte zuvor das Land durchstreift, die Pagoden zu Pferdeställen gemacht. Alles Gewächs auf dem Felde war ver-
heeret und verzehret, der Landmann hatte keinen Samen den Acker zu
besäen, die Einwohner keinen Reis noch sonst zu essen. Zu Tausenden kamen die armen Menschen nach der Stadt sich mit Weib und
Kindern zu verkaufen, von wegen der schrecklichen Hungersnoth, die
Gassen und Straßen lagen wie mit Leichen überstreut: in Wahrheit
ein schrecklich und erbärmlich Schauspiel. Man konnte etliche umsonst
und um's Brot zu Sclaven bekommen, der höchste Preis war 4 oder
5 Gulden für die Person; in die 5000 wurden nach Jaffnapatnam
(Nordspitze Ceylons) verführet, nicht weniger nach Columbo und etliche
Tausend nach Batavia und andern Orten. Die Elenden sahen mehr
einem Todtengerippe als lebendigen Creaturen ähnlich, schwarz von
Natur und nu noch mehr durch Magerheit, mit ausgemergelten Beinen,
hohlen eingefallenen Backen, die Augen tief im Kopf stehend, der
Bauch wie ein leerer Sack hangend, die Haut hart geworden und ver-
schrumpfen, durch welche man alle Rippen und Beiner liegen sah;
hiezu kamen schwere Fieber und Kinderblattern, wovon zu Tausenden
dahin sturben, so daß einem das Herz im Leibe erschrak und weh that,
wer dieses Elend und Jammer ansahe."

Die holländischen Plätze waren wirklich ein Zufluchtsort für
viele Elende und gewährten einige Abhülfe in dem namenlosen Jammer, der schon seit Jahrhunderten das Land getroffen. Den Holländern war es ja überhaupt dort nicht um Eroberungen, sondern um
den Handel zu thun und sorgfältig vermieden sie irgend welche Ueber-
griffe. Von Engländern und Franzosen läßt sich ein Gleiches nicht
rühmen. Die Kriege Ludwig XIV. verpflanzten sich auch auf indischen
Boden, die Franzosen nahmen den Holländern 1662 St. Thomä
ab, um es schon nach 2 Jahren an den König von Golconda zu verlieren, während die Mahratten gleichzeitig[1]) ihnen gestatteten in Pon-

---

[1]) Nach andern Nachrichten erfolgte die Besetzung Pondischerri's nach der
zweiten Einnahme und Wiederaufgabe von St. Thomä 1674.

bischeri eine Niederlassung zu gründen. Durch die Holländer von
dort vertrieben, erhielten sie es in dem Friedensschluß von Ryßwick
(1697) wieder zurück. Unter den Statthaltern Martin und Dümas
nahm Pondischeri trotz der geringen heimatlichen Unterstützung stetig
zu; weil die Statthalter stets selbst die Bauplätze anwiesen, hat es
grade und reinliche Straßen bekommen und ist eine der schönsten indi=
schen Städte geworden, die um 1740 schon 120,000 Einwohner zählte.
Durch Dümas' weises Verhalten in den innern Streitigkeiten wuchs
der französische Einfluß mehr und mehr, und als sein Verbündeter
Scander Sahib Tritschinopoli eroberte, räumte er c. 1739 den Fran=
zosen auch die zum Tanjour'schen Gebiet gehörige frühere holländische
Factorei Kareikal zwischen Tranlebar und Negapatnam ein trotz aller
Gegenbemühungen der Holländer, die schon einmal 1688 erlangt hatten,
daß der Fürst von Tanjour die Franzosen aus Caverypatnam ver=
jagte. Da auch später an der Spitze der Franzosen so geistvolle und
kühne Männer wie Dupleix, La Bourbonnaie und Lally standen, lag
die Zukunft des Landes ganz in ihren Händen — wenn nicht die Eng=
länder gewesen wären.

Die Engländer suchten bald nach ihrer Niederlassung bei Surate
auf der Westküste nördlich von Bombay auch Verkehr mit der Coro=
mandelküste. Zu Masulipatam und später zu Armegon, bei Nellur
erhalten sie freien Zutritt; aber von den Königen zu Golkonda allzu=
sehr bedrängt, lassen sie sich 1639 im Gebiet des Raja von Tschan=
bragiri nieder, der ihnen die kleine Stadt Madras abgetreten, zu
deren Schutz sie die Burg St. Georg erbauen, ihre erste unabhängige
Besitzung in Indien, um die sich alsbald eine Menge Menschen ver=
sammelte. 1653 schon wird Madras zu einer Präsidentschaft erhoben
und 1688, als es englisches Stadt= und Gemeinderecht erhält, zählt
es mit dem zugehörigen Gau 300,000 Seelen. Um die Franzosen in
Pondischeri zu beaufsichtigen und die weitere Ausdehnung ihrer Macht
nach Süden zu verhindern, erkaufte die englische Compagnie 1690 auch
das Fort zu Tevanapatnam bei Cudelur, wo vorher nur eine Handels=
factorei gewesen, von Rama=rasa, Fürsten zu Gingi, einem Sohn des
Mahrattenhäuptlings Siwosi=rasa (Sevagi). Wie vorher die Festung
von Madras nach dem Patron der Engländer Fort St. George be=
nannt war, so diese neue Erwerbung nach dem Patron der Schotten
Fort St. David. Beide Patrone haben tapfer für ihre vereinigten
Völker gestritten; denn Niemand wird es wohl damals geahnt
haben, daß dieser Nation noch das ganze Land zufallen könnte.
In einer Pilleyars Pagode zu Tanjour findet sich in einen Stein

ausgehauen folgende Weissagung: „Wenn durch 12 Geschlechter die
Belaler, durch 4 die Waruger (Telugus), durch 2 die Marattier
und ein Marrawer werden regiert haben, so werden endlich die Ankaner
oder Brahmanen die verfallene Oberherrschaft zu Tanjour erlangen."
Die guten Brahminen haben die Rechnung ohne den Wirth gemacht
und die verachteten Parangi's (Franken) vergessen, und dem tamulischen Dichter ist es wohl nicht eingefallen, wenn er die Erfordernisse
eines gewandten Ministers schildert:

> Spalten und Gespaltnes ein'gen, Ein'ges
> Halten aber — ist Ministers Amt,

daß er damit den Feinden zugleich das wirksamste Mittel angegeben
hat, sich sein Vaterland zu unterwerfen. In den zahlreichen unaufhörlichen Kämpfen bis Ende des 18. Jahrhunderts handelte es sich
doch eigentlich nur noch um die Frage: wer soll herrschen, Franzosen
oder Engländer? Es folgten schreckliche Zeiten der Verwüstung und
Verstörung, aber es waren doch die Wehen einer neuen Zukunft, das
Joch der Fremdherrschaft sollte endlich dem Jammer und Elend ein
Ende machen.

Freilich diese Hülfe galt zunächst nur dem äußerlichen Leben, in
noch schlimmere Ketten hatte der Götzendienst die Tamulen geschlagen,
um so schwerer, je weniger sie gefühlt wurden. Die Erlösung von
diesem Joch ihnen zu bringen, war die Aufgabe der kleinsten und fried-
lichsten Nation, die sich im Tamulenlande niedergelassen, der D ä n e n
in T r a n k e b a r. Von Trankebar sollte ihnen Licht über ihre schmäh-
liche Knechtschaft der Finsterniß gebracht werden, von dort sollten die
Diener Dessen ausgehen, der da gesprochen: „Kommet her zu mir
alle, die ihr mühselig und beladen seid, ich will euch erquicken. Nehmet auf euch mein Joch, denn mein Joch ist sanft und meine Last
ist leicht."

Kapitel 2.

Das tamulische Heidenthum und die Anfänge der christlichen Mission.

Die tamulische Götterlehre in ihrer stufenmäßigen Entwicklung zeigt uns ein immer tieferes Herabsinken von den Anklängen an die ursprüglich reine Gottesoffenbarung zu dem Dienst der Geschöpfe, der vergänglichen Menschen, der Vögel und vierfüßigen Thiere, ja bis zu einem wirklichen Teufelsdienst. Da sie sich für weise hielten, sind sie zu Narren geworden und zu Knechten der Sünde[1]).

Wenn unsere ersten Missionare den Heiden die Thorheit vorhielten, wie sie sich doch vor messingnen und hölzernen Figuren niederwerfen und sie als Götter verehren könnten, so wollten die Gelehrten den Vorwurf durchaus nicht gelten lassen und behaupteten, auch sie wüßten nur von einem einzigen göttlichen Wesen, das der Ursprung aller Dinge sei. Dies höchste Wesen Parabaravastu hat, nach ihrer Beschreibung, alle Eigenschaften des christlichen Gottes; es ist ewig, allmächtig, allwissend, heilig, gerecht, obwohl rein geistig und unkörperlich, hat es doch Lust bei den Menschen zu wohnen und sie zu beseligen in dieser und jener Welt. Der Dichter Sivawakkier preist es als unermeßlich, als Anfang und Ende: "Es ist Keiner

---

[1]) Die folgende Darstellung ist wesentlich Auszug eines nur handschriftlich erhaltenen Werkes von Ziegenbalg "Genealogie der Malabarischen Götter", 365 große Quartseiten. Die Vorrede und Widmung an den Prinzen Karl von Dänemark, datirt Trankebar August 1713. Schöne farbige Abbildungen der Götter sind von einem Brahminen nach den Originalen in den Pagoden gezeichnet. Der Text ruht auf sorgfältigem Studium der heidnischen Religionsbücher und giebt oft wörtlich die Briefe, in denen die Weisesten und Unterrichtetsten der Nation Ziegenbalgs Fragen eingehend beantwortet haben. Ich habe nur die bekannteren Namen in der herkömmlichen Schreibart gegeben und sonst um des historischen Werthes willen aller Aenderungen mich entschlagen. Bei der jetzt beliebten Weise zu verallgemeinern kann solche Darstellung der in einer Landschaft (hier Tanjour), herrschenden Auffassung gewiß nur berichtigend wirken.

mehr als nur Einer. Dieser Eine ist der Herr über Alles. Er ist
ewig und bleibet der ewig Einige. — O Gott, ehe als ich dich erkannte, irrte ich überall herum. Aber nun ich dich erkannt habe und
nüchtern worden bin, bist du der Einzige den ich begehre und sonst
Keiner mehr." Im Buche Warababbu heißt es: „O du allerhöchstes
Wesen, der du bist der Herr Himmels und der Erden, ich fasse dich
nicht in mein Herz. O du König des Himmels, wem soll ich mein
Elend klagen? wo du, der du mich regierst und erhältst, mich verläßt,
so kann ich in dieser Welt nicht leben. O rufe mich doch, daß ich zu
dir komme." Außer diesem höchsten Gut ist nichts zu finden, was
Ruhe giebt: „Du magst sehen außer dich oder inner dich, so findest
du nichts, daher suche das einzige wahre Wesen." Die Seelen von
Gott geschaffen, haben einen Zug zu Gott, echt tamulisch ausgedrückt:
„Die Schildkröte, so im Meer herumschwebt, legt ihre Eier am
Strande, scharrt sie in die Erde und geht in die weite See. Aber
weil sie solche Eier stets in Gedanken als an einem Seilchen hat, so
folgen alsobald die Jungen, wenn sie aus den Eiern gekrochen sind,
ihrer Spur nach, bis sie zu ihr kommen. Also hat Gott uns in die
Welt gesetzt, ist aber oben im Himmel. Jedoch hat er uns stets im
Sinne als an einem Seilchen. Gehen wir seiner Spur nach, so finden wir ihn." Der Glaube an Gott hat große Kraft: „Es ist ein
allgegenwärtiges höchstes Wesen; glaubst du an dieses, so kannst du
deinen Leib, die Welt und den Himmel beherrschen." Die Vereinigung und Einwohnung Gottes wird köstlich geschildert: „Als du mich
schufst, kanntest du mich. Aber ich habe Dich erst kennen lernen, als
ich zu Verstand kommen bin. Ich mag sitzen, gehen oder stehen, wo
ich will, so werde ich deiner nicht vergessen. Du bist mein worden
und ich bin dein worden. Ich habe es mit meinen Augen gesehen und
mit meinem Gemüthe erkannt, daß du, o Gott, zu mir gekommen
bist als wie ein Blitz vom Himmel fällt." Ein Heide schrieb von diesem höchsten Gott an Ziegenbalg also: „Er ist ein solches Wesen, das
mit nichts verglichen werden kann. Alle Eigenschaften, die wir an
den Menschen für gut und köstlich halten, sind nur Abschattungen
seiner göttlichen Eigenschaften. Er kann so viel Eigenschaften annehmen, als er immer will; denn indem er etwas denkt, ist er es auch.
Er hat eine Gestalt und doch auch wieder keine Gestalt. Er ist von
unvergleichlicher Schöne, von unermeßlicher Weisheit, von unbegreif-
licher Gütigkeit, von unendlicher Gnade, Liebe und Barmherzigkeit,
von unergründlicher Demuth und Geduld. Nach solchen Eigenschaften
regieret, erlöset und erhält er alles. Alle 14 Welten können ihn nicht

begreifen, als der da weit über ihnen in einem hellen Lichte wohnet. Man kann ihn aber erkennen aus dem Gesetz, das er gegeben hat, aus den Wundern, die er in der Welt thut; desgleichen auch aus dem Verstande und der Vernunft, die er den Menschen gegeben hat, und aus den Werken der Schöpfung und Erhaltung. Was seinen Dienst anlangt, so besteht er vornehmlich in Liebe und Glaube; denn in unserm Gesetz wird dies für den vornehmsten Gottesdienst gehalten, wenn man mit Mund und Herzen Liebe und Glauben hat und alles aus Liebe und Glaube thut."

Als einmal ein junger Heide zum Christenthum übertrat, schrieb sein Vater an ihn: „Du weißt noch nicht die Geheimnisse unserer Religion; denn wir verehren nicht viele Götter auf ungereimte Weise, sondern unter ihnen allen nur ein göttliches Wesen. Es sind weise Leute unter uns, würdest du dich mit selbigen besprechen, würden sie dir alles erklären und deine Zweifel benehmen. Wer unsere Religion recht versteht, kann wohl darin selig werden."

Es werden wirklich hie und da noch einige Wenige gefunden, die alles Götzenwesen vernichten und dieses einzig göttliche Wesen ohne Bilder verehren, man nennt sie Gnanigel oder Weise[1]), aber die große Menge brauchte einen faßbaren Gott und die Gelehrten kamen diesem Bedürfniß mit der Theorie entgegen, daß ein unmaterielles Wesen keine materiellen Dinge schaffen könne, ehe es nicht eine körperliche Gestalt angenommen. Weil sie nun in der Natur alle lebendigen Geschöpfe aus der männlichen und weiblichen Kraft entstehen sehen, stellen sie sich auch beides in der Gottheit vereinigt dar und deuten dies in dem Symbol des Lingam an. Weitergehend wird die männliche und weibliche Kraft geschieden, von der männlichen Siva[2]) werden alle Götter, von der weiblichen Sakti alle Göttinnen abgeleitet. Dieser Siva wird abgebildet mit 10 Armen und 5 Gesichtern, von denen viere um das mittelste wie ein Kranz herumgelegt sind; die 5 Gesichter werden als die 5 höchsten Herren bezeichnet. „Diese

---

[1]) Es ist freilich in diesen apologetisch wohl verwerthbaren Aussprüchen nicht alles Gold, was glänzt, und ruht vieles auf buddhistischem und pantheistischem Grunde, ja diese stolzen Weisen stehen dem Christenthum viel ferner als die Armen am Geist. Manches mag sich auch wohl aus der Einwirkung des Christenthums erklären, doch sollten auch wir mit den alten Apologeten Funken des göttlichen Lichtes und Samenkörner des ewigen Wortes in der Heidenwelt anerkennen.

[2]) Dieser Name, schon an dieser Stelle, erklärt sich aus dem Vorherrschen des Sivaismus im Süden.

fünf Herren sind in dem höchsten göttlichen Wesen begriffen, welches durch sie alles ordnet und regiert, und sie auch wiederum in sich hineinnimmt, also daß in ihrer Verehrung nur Einer verehrt wird, der alles in allem ist." In so friedlicher Weise haben aber die indischen Völker aus den fünfen nicht eins zu machen gewußt, und wenn sie auch die fünf nicht eigentlich unterbringen können, sondern die drei letzten Gestalten in Siva vereinigen und darnach nur Brahma, Vischnu und Siva übrig behalten, so ist doch der Streit, ob das höchste Wesen mit Sivas oder Vischnu's Waffen und Abzeichen abzubilden sei, heftig genug geführt worden. Sakti, das Haupt der weiblichen Götterlinie, die Mutter aller Welten, welche der höchste Gott aus seinem Wesen entstehen ließ, als er viele Geschöpfe schaffen wollte, hat weniger Streit erregt, da sie nur mit einem Kopf und zwei Händen erscheint; und obwohl Sivas Verehrer sie unter dem Namen Parvati für sich beanspruchen, so sind doch vielmehr Andere dafür, daß sie in viel tausend Gestalten erscheine, sich in unendliche Göttinnen zertheilt habe, die aus ihr entsprungen, auch wieder in ihr endigen werden.

Aus dem Allen ergiebt sich, daß von der höchsten Gottheit an und für sich wenig geredet werden kann, da der über ihre Gestaltungen entstandene Streit auch schon in sie hineingetragen ist. Es ist ersprießlicher alsbald auf die Mummurtigel „die drei Herren" überzugehen, welche eigentlich jene fünf Gesichter sind und auch zuweilen als dreieinig geschildert werden. Das Volk weiß nichts von dieser Dreieinigkeit der eigentlichen Brahmaverehrer, der Brahminen, es ist völlig auseinander gegangen über der Frage, ob Siva, ob Vischnu? Da die Mehrzahl namentlich im Süden, dem Sivaismus ergeben ist, ist dieser zuerst zu betrachten.

Isuren, der tamulische Name Sivas, wird wegen seiner vielen Erscheinungen in dieser Pagode so, in jener anders dargestellt und dann auch unter andern Namen verehrt. Von allen Erscheinungen abgesehen, erscheint er stehend, hat vier Hände, zwei nach oben gerichtet, einen Hirsch und das Gewehr Maru haltend, zwei nach unten geöffnet anzuzeigen, wie er stets bereit sei zu trösten und zu geben. Auf der Stirn trägt er das heilige Abzeichen aller seiner Verehrer, Tirumuru genannt, drei horizontale weiße Striche von Kuhmistasche und in der Mitte ein Pünktchen, welches die Einheit in der Dreiheit abbilden soll, daneben noch ein andres Pünktchen, sein drittes Auge. Von Farbe ist er weiß, am Oberleibe bloß, am unteren Körper ein buntes Kleid; die Füße ruhen auf der Lotusblume. Sonst sitzt er auch wohl auf dem Stier Nandi und heißt dann Nandigesuren, in

einem Seſſel erſcheint neben ihm ſeine Gattin Parvati, der Stier
Nandi iſt in allen Sivapagoden abgebildet und hat Stoff zu vielen
Geſchichten gegeben. Sie zählen überhaupt 1008 Erſcheinungen Sivas,
wiſſen alle Plätze ſeiner Wunderthaten genau zu nennen und geben
den Pagoden und Teichen jener Orte einen beſondern Vorzug. Jeder
hat ſein beſondres jährliches Feſt, an dem die Erſcheinungsgeſchichte
zur Vorleſung kommt. Heilige Orte, wie Madura, wo er unter dem
Namen des alten Königs Sokkalinga verehrt wird, haben eine ganze
Chronik mit ſeinen heiligen Spielwerken gefüllt. Die Hofpoeten prie=
ſen nämlich ihre Herren als Erſcheinungen Iſurens, und daher rührt
die unendliche Menge ſeiner Namen und Wunder, daher auch die
mannichfachen örtlichen Gedenktage. Seine beiden Hauptfeſte ſind die
Hochzeit mit Parvati Tirukaljanum, 9—18 Tage lang, an deren einem
ſich die Tempeldienerinnen ein Vergnügen daraus machen, ſich und
andre mit gelbem Waſſer auf den Straßen zu begießen, und Tiru=
bugetſchi, den ganzen December hindurch, da dann bei den Teichen die
heiligen Geſchichtsbücher, Puranen, vorgeleſen werden; am meiſten
ausgezeichnet iſt der 31. December. Außerdem werden Iſuren viele
Faſttage gehalten, namentlich die Montage, eine Faſtnacht fällt jähr=
lich in den Februar. In ſeiner Pagode ſteht Iſuren nie allein, ſon=
dern außer dem Lingam im allerinnerſten, iſt dort noch eine ganze
Familie von Stein oder Metall zu finden, ihm zunächſt ſeine beiden
Weiber Parvati, die grünfarbige, welche jährlich im December von
den Frauen mit Faſten und Opfern angerufen wird, ihren Männern
Geſundheit und Glück zu ſchenken, ihr eigentliches Feſt Arippuram
aber, wo ſie um ihre Fürſprache bei Iſuren erſucht wird, im Juli
hat und Kenkei (Ganga), die Göttin des ſüßen Waſſers und der
Flüſſe, halb Fiſch halb Menſch. Das Bildniß der Kenkei muß in
Gedanken ergänzt werden, ſie liebt das Waſſer zu ſehr, um in eine
Pagode zu gehen. Ihr werden viele Feſttage zu Ehren gefeiert, denn
auf Waſchungen und Reinigungen geben die Hindus ſehr viel. Außer
dem Ganges, der wegen ſeiner Heiligkeit ſelbſt Kenkei genannt wird,
gibt es noch 8 heilige Flüſſe, deren Waſſer Viele in kupfernen Fla=
ſchen bei ſich tragen. Jeden October iſt zu Mayaveram ein beſuchtes
Badefeſt, im Februar wallfahrten nicht nur die Menſchen, ſondern auch
die Götterbilder nach Caverypatnam, denn das dortige Bad verleiht
vor andern Tugend und Reinheit des Herzens. Jedes zwölfte Jahr
trifft das Mamanganfeſt in Combaconum, das heiligſte von allen,
welches ſelbſt zur Zeitrechnung benutzt wird. Das Waſſer ſteigt dann
zuſehends, und wer an ſolchem Tage ſich badet und am Uſer von den

Brahminen die heiligen Geschichten sich vorlesen läßt und mit Spenden nicht karg ist, tilgt alle Sünden von Jugend an und erhält die Gabe, fortan ein gutes Leben zu führen.

Isuren hat sich zwei Söhne geschaffen, **Wikkinesuren** und **Supramanien.** Sein Lieblingssohn Wikkinesuren (Ganesa) auch Pilleyar „Kind" genannt mit dem Elephantenkopf ist der populärste. Er steht nicht nur in Sivas Pagoden, sondern hat auch besondere kleine Capellen in jedem Ort, an allen Wegen, in vielen Häusern. Wird er auch zu Zeiten nur mit ergebenen Geberden und Complimenten verehrt, sobald eine wichtige Sache begonnen werden soll, wird doch alsbald wirkliche Anbetung daraus. Denn ohne seine Hülfe würde selbst das Opfern nicht vor sich gehen. Zwei Fest= und Fasttage hat dieser Pilleyar; an einem wird er als Gott der Wissenschaften von Allen angerufen, die gern guten Verstand, Weisheit und Wissenschaft bekommen möchten, an dem andern als Gott des Hauses um Schutz und Mehrung des Hausraths; da werden ihm sonderlich Pfannkuchen gebacken und geopfert, die aber Abends nach vollendetem Fasten von seinen Verehrern zurückgenommen und verzehrt werden. Wer ihm Kokosnüsse opfert erlangt alles, was er bittet. Er erscheint den Menschen, um ihnen herannahendes Unglück zu verkündigen. Wenn etwas aus einem Hause gestohlen worden, und der des Diebstahls Verdächtige wird zur Pilleyars Pagode geführt, daß er seine Hand in heiße Butter stecke, so kommt zwar der Schuldlose ungeschädigt davon, des Schuldigen Hand aber läßt er verbrennen.

Nicht so beliebt, aber noch mehr geehrt ist **Supramanien.** Als einst der Riese Suren 2000jährige schwere Buße gethan und dafür von Siva die Herrschaft über alle Welten erlangt hatte, tyrannisirte er selbst die Götter, daß sie Siva um Hülfe baten. Der übertrug seinem Sohn Supramanien den Kampf, mit 6 Köpfen und 12 Händen bewaffnet, reitend auf einem Pfau und begleitet von allen Göttern zog er in den Kampf. In Tiruwirakari hinter Tilleiali bei Trankebar fand der siegreich endende gewaltige Kampf statt, deß zum Gedächtniß Supramaniens Verehrer das neuntägige Fest Kandasesti begehen. Sein Ruhm ist so groß, daß er in dem Ceylonischen Ort Kabirkamum selbst von den Muhammedanern als Prophet verehrt wurde und der König von Kandy ihn zu seinem Schutzgott erwählte. Doch benahm er sich bei einer andern Gesandtschaft zu dem Riesen Takken, der seinen Vater vom Thron stoßen wollte, nicht eben ehrenvoll. Er ließ sich unterwegs von singenden und musicirenden Frauen fesseln, daher die Pagodentänzerinnen, Devatasigel, die im Tamulen=

lande für unentbehrlich gelten, sich ihm am liebsten antrauen lassen,
da sie denn ferner nicht heirathen, wohl aber Unzucht treiben dürfen.
Seine gelbe Frau Dewanei hat er vom Götterkönig als Siegespreis
nach der Besiegung Surens erhalten, die braune Walliammen ist von
einem Hirsch geboren und von einem Korbbinder im Walde erzogen.
Der Dienstag ist ihnen gemeinsam heilig und an dem jährlichen Feste
Sastiwirubam bekommen sie reichliche Verehrung. Sivas Hofstaat ist
jedoch noch weit größer, außer den beiden Thorwächtern noch über
60 Menschen, die er wegen ihrer Frömmigkeit lebend in seinen Himmel auf dem Berg Kailasam aufgenommen hat. Sonne und Mond
sind entweder in Bildnissen dargestellt oder lassen sich durch zwei
brennende Lampen repräsentiren. „Wie denn diese Heiden überhaupt
Sonne und Mond nicht nur mit Gebetsformeln, sondern auch mit
Opfern verehren. Sonderlich haben sie den Sonntag zu einem allgemeinen Fasttag erwählt, darinnen diese und jene nach Belieben der
Sonne zu Ehren zu fasten pflegen.“ Auch dürfen unter den zahlreichen
Dienern nicht die Sivatudakkel vergessen werden, die in der Sterbe-
stunde zu den gläubigen Sivaiten kommen und zu ihnen sprechen:
„Ihr habt in der Welt solche Werke gethan, die Siva wohlgefielen,
darum sind wir nun gekommen euch in sein Paradies Kailasam zu
fahren.“ Die Herrlichkeiten dieses Paradieses vermögen doch aber nicht
alle Hindus anzuziehen, ein großer Theil verehrt Vischnu und seine
Familie, um nach dem Tode auf dessen Berg Veiguntam zu gelangen.

Nach der Vertreibung der Buddhisten scheint im Tamulenlande
der Sivaismus zeitweilig die Alleinherrschaft behauptet zu haben, obgleich die Vischnuiten grade diese That auf eine Erscheinung Vischnu's
zurückführen. Erst im 12. Jahrhundert gewannen sie wieder Boden
durch das Auftreten des zelotischen Sectenstifters Ramanuja, von
dem die Visischtadweita = Schule mit ihrer Lehre von der zur Einheit
werdenden Zweiheit, wobei die mit Eigenschaften begabte Gottheit in
der Gestalt der Weltseele als Ursache und in der Gestalt der Materie
als Wirkung erfaßt wird, ihren Ursprung herleitet. Der König von
Tschola zwar vertrieb ihn, aber der Telugufürst von Warankal, Vischnu-
verddhana, der soeben vom Djainathum zum Vischnudienst übergetreten
war, nahm ihn um so freudiger auf und sah es gern, daß er das
große Heiligthum von Tripetti an der Nordwestgränze des Tamulenlandes gewaltsam für Vischnu in Besitz nahm. Nach dem Tode des
Tscholakönigs nach Conjeveram zurückkehrend mußte er Vischnu dort
Duldung, auf der heiligen Insel Sirengam aber die Alleinherrschaft
zu verschaffen. Während Siva 1008 Tempel besitzt, werden von Vischnu

nur 108 aufgezählt, daher denn seine Anhänger oftmals im Disput ihre Gründe für die Oberherrlichkeit Wischnu's mit den Fäusten verstärken müssen. Dem Europäer erscheinen zwar die Unterschiede ebenso geringfügig wie etwa die Differenzen der muhammedanischen Secten, obwohl die Missionare einen Charakterunterschied beobachten und die Wischnuiten für unzugänglicher halten, weil ihr Glaube mehr auf Gefühlsspielerei, Phantasie und Sinnlichkeit beruhe. Dem Wischnuverehrer aber erscheint es als eine unausfüllbare Kluft, daß die Sivaiten zu ihrem gewöhnlichen Gebet eine Formel von 5 statt von 8 Buchstaben gebrauchen, auch ihre Gebete nicht nach der Perlenschnur Duleschimanibawaram, sondern nach der Rubbiratschangel recitiren, daß sie auf der Stirn nicht mit rother Erde das heilige Zeichen Tirunamam, sondern mit gelber Asche das Tirumanschanum machen.

Wischnu wird abgebildet mit grüner Leibesfarbe und 4 Händen, zwei hält er offen zum Geben und zum Trösten, zwei nach oben gestreckt, mit den heiligen Waffen Tschakkarum und Tschanku, die auch Viele seiner Anhänger zum Schutz gegen Feinde sich auf die Arme brennen lassen. Wischnu ist der erhaltende Gott, darum geht er bei jeder wichtigen Epoche in die Welt ein. Man zählt 10 solcher Avataren oder Verwandlungen. Ein Riese hatte die vier Gesetzbücher gestohlen und in's Meer versteckt. Weil nun Wischnu voraussah, wenn die Menschen ohne Gesetz lebten, würden sie in viele Sünden fallen, so verwandelte er sich in einen Fisch und holte sie wieder herauf, leider aber war von dem einen Buch schon ein Theil von einem andern Fisch verschlungen worden. Als Schildkröte hat er den Berg Mandira in die Höhe gehoben, damit ihn die Götter als Quirl gebrauchten, als sie aus dem Milchmeer den Unsterblichkeitstrank Amrita gewinnen wollten. Die Menschen und alle andern Creaturen fingen einmal an in die Erde zu versinken, da verwandelte er sich in ein Schwein, wühlte die Erde auf, daß sie wieder emporkamen. Die Sivaiten aber meinen, diese Verwandlung sei Folge einer Wette mit Brahma, wer zuerst Isurens Höhe oder Tiefe ergründen könne, da sich denn Wischnu bis zu seinen Füßen durchgewühlt habe. Zum vierten erschien er als der Held Rama, zum fünften als Parusurama d. i. Rama mit der Streitart, um die übermüthigen Kschatria-Könige zu demüthigen und die Brahminenherrschaft zu begründen. Ueber die sechste Verwandlung Wegubbuwa-Avataram berichtete ein Heide also an Ziegenbalg: „Es waren ehemals zwei Nationen Buddergel und Schamanergel (Buddhisten) genannt. Diese hatten eine schädliche Religion und machten lauter böse Secten. Sie lästerten Wischnu und Siva und zwan-

gen alle übrigen Malabaren, daß sie ihre Religion annehmen mußten.
Wer solche nicht annehmen wollte, den quälten sie sehr. Sie bestrichen
sich weder mit Tirunuru noch Tirunamam. Sie hielten nichts auf die
Reinigkeit des Leibes. Und ob sie gleich Bilder verehrten, hatten sie
doch das Ansehen, als wären sie Leute von keiner Religion. Sie
machten unter den Geschlechtern (Kasten) keinen Unterschied, sondern
hielten alle für gleich gut. Hierdurch wurde alle Ehrerbietung und
Aestimation zwischen Hohen und Niedrigen, zwischen Weisen und Un-
weisen aufgehoben. Die Bücher von der Theologie lästerten sie und
wollten, daß alle Menschen solchem ihrem Wesen sollten zugethan sein,
welche selbiges nicht mit Billigem wollten, denen thaten sie Gewalt.
Ihre Religion hatte keine Aehnlichkeit weder mit unserer malabarischen,
noch mit der mohrischen, noch auch mit der christlichen, sondern sie
war ein Verderb aller Religionen. Daher wollte sie Bischnu aus=
rotten, nahm eines Menschen Gestalt an, verfügte sich zu ihnen, eben
als wäre er einer von ihren Priestern, ging mit ihnen lange Zeit um
und aß und trank mit ihnen. Als er nun ihre Lehre und ihren Wandel wohl eingesehen hatte, zeigte er seine rechte Gestalt, verordnete
seine 12 Jünger und Diener, rottete solche Religion gänzlich aus und
ließ die seinige durch seine 12 Jünger wieder anrichten."

Als Narasinha, Mannlöwe, überwand Bischnu den Riesen
Iranien, der sich selbst an Gottes Stelle setzen wollte, indem er befahl
beim Beten nicht mehr Ohm nama, sondern Irania=nama zu sagen.
In der Wamana=Avataram erschien er dem mächtigen und freigebigen
König Maveli, wider den sich andre Fürsten beklagt hatten, und erbat
sich drei Schritt Land. Mit dem ersten durchmaß er die ganze Erde,
mit dem zweiten den ganzen Himmel und zum dritten setzte er seinen
Fuß auf Mavelis Haupt, daß er in die unterste Hölle versank; nur
einmal im November darf er auf die Oberwelt kommen zu sehen, wie
um einen brennenden Palmyrabaum vor den Pagoden seine Geschichte
dargestellt wird. Am beliebtesten ist Bischnu in seiner neunten, der
bis jetzt letzten wunderbarsten Verwandlung als der Hirt Krischna
(die zehnte Aschuwa=Avataram, worin er als Pferd die jetzige Welt
vernichten wird, steht noch bevor). Der Tag oder vielmehr die Nacht
seiner Geburt, Tschiendi genannt, wird an allen Orten zugleich an
einem Augusttage festlich begangen. Dann wird das Krischnakind in
eine Wammel gelegt und gewiegt, nnd weil er als kleines Kind einmal Butter gestohlen und deshalb Schläge bekommen hat, wird auch
dies dargestellt; ja auf keiner Abbildung vergißt man ihm die Butter-
kugel in die Hand zu geben. Ein zweites allgemeines Fest, das aber

nicht überall zu gleicher Zeit begangen wird, feiert Wischnu's Ver=
mählung mit Lakschmi, der Göttin des Glücks und des Reichthums.
Sie wird sitzend abgebildet mit Blumen in den Händen, welche zwei
Elephanten aus einem Wasserkruge begießen, ihre Leibfarbe ist gelb.
„Ihre Gestalt ist die Schönheit selbsten. Sie ist darzu gesetzet, daß
sie den Menschen Reichthum, die acht Glückseligkeiten und allerlei Güter
schenke. Einige verlangen von ihr Kinder und pflegen ihr vor und
nach Mittage in Liebe und Glauben zu opfern. Andere thun dies,
um von Armuth und Leidenschaften befreit zu werden." Ihr Ansehen
ist so groß, daß auch die Siwaiten ihr an Isurens Pagoden kleine
Kapellen anbauen und dort Opfer bringen. Die zweite Gemalin ver=
tritt bei Wischnu Pumadevi, die Erde. Von seinen drei Söhnen ist
am bekanntesten der mit dem Bogen bewaffnete, körperlose Liebesgott
Manmaden und seine Gattin Rabi. Außer vielen Dienern und
lebend in den Himmel aufgenommenen Verehrern findet sich in Wischnu's
Pagoden noch die Gestalt des Vogels Keruden, eines Geiers, der
ihm zum Wagen dient. Er wird sehr heilig gehalten, ganze Bücher
sind über ihn geschrieben, darinnen gewöhnlich Anleitung zu allerlei
verbotenen Künsten gegeben wird. So viel von der Familie Wischnu.

Ir der Ausrichtung von Opfern und der Feier der Secten unter=
scheiden sich die beiden großen Parteien der Wischnuiten und Siwaiten
wenig. Täglich breimal wird den Göttern ein Opfer gebracht; den
Anfang macht jedesmal das Abischegam, ein Salb= und Trankopfer,
wobei die metallenen Statuen mit dem Saft von Lemonen, Kokos=
nüssen, Honig bestrichen und nachdem sie mit Wasser wieder gereinigt,
sorgfältig angeputzt werden. Unmittelbar daran schließt sich das Rauch=
opfer Tiba=arabanei, da Sandelholz oder sonstiges Räucherwerk
in einer Pfanne angezündet und gegen die Figuren geschwenkt wird.
Ein Brahmine steht hinter dem bienstthuenden Priester und reicht ihm
alles Nöthige, denn bald ist über den Gott ein Sonnenschirm zu hal=
ten, bald mit einem Wedel Kühlung zu fächeln, bald ihm Blumen
zu streuen, und während dieser Ceremonien musiciren im Vordergewölbe
die Musikanten und die Tänzerinnen (Bajaderen) singen und tanzen
dazu. Zu einem vollständigen Opfer gehört noch das Speisopfer Rei=
vettiam. Auf einen niedrigen mit einem Tuch belegten Tisch werden
allerlei Eßwaaren als Butter, Milch, Rahm, gekochter Reis, Pfann=
kuchen gestellt und durch Gebetsformeln den Göttern geweiht. Zum
Schluß verzehrt der Priester mit seinen Dienern alles Eßbare. Die
Festtage werden durch ein Feueropfer Omam ausgezeichnet. In jeder
Pagode befindet sich eine mit Ziegelsteinen ausgemauerte Grube. In

3*

diese wird fünferlei Holz geworfen und so lange das Fest währt, bis=
weilen gegen 30 Tage, das Feuer erhalten. Brahminen stehen Gebete
recitirend umher, werfen Spähne nach und spritzen Butter hinein. Das
Darbringen dieser Opfer beschränkt sich nicht allein auf die Pagoden,
sondern wird auch von darin unterwiesenen und privilegirten Laien in
Häusern dargebracht, die dann wie in einer kleinen Hausapotheke all die
nöthigen kleinen Göttergestalten verwahrt halten und jeden Morgen
hervorholen. Keiner von den kleinsten Göttern darf vergessen werden;
um so merkwürdiger, daß einer der drei obersten Götter, Brahma, keine
Verehrung genießt; er ist eben weiter nichts als die personificirte Kraft
des Gebets.

In der heiligen Trimurti zwar wird Brahma als Weltschöpfer
gepriesen, er läßt die Menschen in die Welt geboren werden, er setzt
von vorn herein die Lebenszeit fest und schreibt Jedem ins Gehirn,
was ihn für ein Geschick treffen soll. Weil aber jede der beiden Haupt=
secten auch diese Thätigkeiten schon ihrem obersten Gott zugeschrieben
hat, so müssen sie sich anderweitig aus der Verlegenheit ziehen. Brahma
wird in den aus seinem Kopf entsprungenen Brahminen verehrt. „Die=
sen thut man allerlei Verehrung an. Wenn man ihrer ansichtig wird,
bezeugt man sich sehr ehrerbietig und demüthig. An Tagen, wenn
man sich von Sünden reinigt oder sonst heilige Handlungen vor hat,
giebt man ihnen nöthige Kleider, speiset sie, theilt ihnen Schätze und
Häuser mit. Man lebt so, daß sie sich nicht betrüben dürfen. Man
hört ihre Lehren und Vermahnungen mit Ehrerbietung, wandelt dar=
nach, geht mit ihnen in Liebe um, wirft dann und wann zu ihren
Füßen Gold und Blumen und thut ihnen einen Fußfall.“

Brahma's Gemahlin Sarasvati, die Göttin der Wissenschaften,
hat zwar auch keine Pagoden und empfängt keine Opfer, doch hat man
sie nicht ganz den Brahmanen überantwortet. Jährlich im September
wird ihr von Lehrern und Schülern, Poeten, Schreibern und Künst=
lern ein neuntägiges Fest gefeiert, daß sie guten Verstand und Wissen=
schaft mittheilen wolle. Auf einer Carete von Palmyrablättern wird
sie unter Sang und Klang durch die Gassen getragen. Schüler und
Lehrer begleiten sie in Procession und opfern ihr Griffel, Federn und
Bücher, die Soldaten legen ihr Degen, Flinten und Bogen zu Füßen.

Ist schon die eine der drei Mummurtigel=Familien nicht nur in
unserer Darstellung, sondern auch in der Verehrung zu kurz gekommen,
so ist es um so weniger zu verwundern, daß die nordischen Natur=
götter der ältesten indischen Zeit wie Indra, Agni, Varuna noch
schwerer sich unterbringen ließen. Einen ähnlichen Dienst wie den

Römern das Pantheon, leistet den Tamulen ihre Anschauung von den 14 Welten, denn in einer derselben, der Götterwelt Devalogam, ist Raum genug. Dort herrscht Inbra über 330 Millionen Götter, die nicht zu arbeiten brauchen, denn ein Baum reicht ihnen alle Speise, ein Brunnen den Unsterblichkeitstrank und die Kuh Kamatenu alles, was sie begehren. Ihr einziges Geschäft ist ihren Schöpfern, den obern Göttern, zu dienen und sie zu preisen. Sonst geht es in der Götterwelt ungefähr wie auf der Erde zu. Die Kinnarer, Sänge-rinnen und Tänzerinnen und die Tumburu's, berühmte Meister auf der tamulischen Cither, der Vinei, müssen für Unterhaltung sorgen, die Pannager machen mit Schlangen allerlei Spielwerk und kommt die Götter einmal Lust zu ernsteren Dingen an, so können sie den Dis-putationen ihrer Gelehrten, der Vittiajaser, zuhören, die auch allerhand Bücher schreiben und überhaupt alle 64 Künste und Wissenschaften, die auf der Welt nur stückweise gelernt werden, vollkommen verstehen. Haben sie Verlangen sich an der Regierung der Welt zu betheiligen und den Menschen Wohlthaten zu erweisen, so stehen ihnen die ge-flügelten Kimpuruscher und Tubakkel zu Dienst. Dafür wird ihrer dann beim Opfern beiläufig dankend gedacht, sonst sind sie nur grab-weise von den Menschen verschieden, die durch schwere Askese sich selbst die Aufnahme in die Götterwelt erzwingen können, wie man denn schon 48,000 solcher Rischi's oder Propheten zählt. Namentlich Siva liebt es, wenn seine Verehrer sich in die Einsamkeit zurückziehen, ihre Fa-milien und Güter verlassen und sich strenger Selbstpein unterwerfen, oder wenn sie als Bettler umherziehen, wie die Ordensleute der Anbi-gel und Manijarigel, welche auf den Treppen der Häuser ruhen und von den Almosen leben, die man ihnen reicht, wenn sie zu ihren messingnen Becken und Glöckchen Abends vor den Häusern ein Lied singen [1]). Viele aus der Büßer Reihen sind zu der Würde eines Rischi emporgestiegen und werden so abgebildet, wie sie einst Buße gethan. Kewubawer steht mit dem Kopf auf einer Nadel, die Füße in die Höhe gestreckt. Wanamiger steht auf einem Bein und hebt die Arme in die Höhe, die Schlangen haben wegen seines steten Stehens auf ihm ihr Haus gebaut und die Nägel sind zu Klauen geworden. Turu-vasi sitzt mitten im Feuer.

---

[1]) Die Taber sind ein gleicher Bettelorden bei den Bischnuiten, während die Paradesigel „Pilgrime" nur Einen Gott verehren, die Götterfiguren nur als Gleichnisse betrachten und nur der Sonne an jedem Morgen ihre Verehrung bezeugen.

Auch dadurch, daß die aus dem Norden eingeführte Sivareligion diesen asketischen und verzehrenden Charakter immer mehr ausbildete, vermochte sie die glühenden, phantastischen Südbewohner noch nicht zu fesseln; sie mußte eine förmliche Union mit den alten Landesgöttern eingehen, sie als untere Schutzgötter aufnehmen und auch dem Teufels= dienst eine Stelle einräumen; daher noch die neue Götterklasse der Kramabevas zu beachten ist.

Aufgabe der Kramabevas „Ortsgötter" ist die Beschützung der Landstraßen, Felder und Dörfer vor Pestilenz, Feuer= und Wassers= noth und vor den Teufeln, die solche Plagen verursachen. „Die Kra= mabevas sind ehemals um Gott die vornehmsten gewesen und haben große Herrlichkeit genossen; nachmals aber sind sie stolz und hoch= müthig worden, welches Gott gesehen und sie um deswegen durch einen Fluch aus der Seligkeit in diese Welt verstoßen hat. Der Fluch, den Gott auf sie geleget, bestehet darin, daß sie allenthalben auf der Welt herumschweben und die Menschen vor den Teufeln behüten müssen, als unter welchen sie die Oberherrschaft haben. Wegen dieser ihrer Bestallung pflegt man ihnen jährlich ein Fest zu halten und zwar einer jeden Person besonderlich. An der Welt Ende werden sie von ihrem Fluche befreit und wiederum zu ihrer ersten Herrlichkeit erhoben wer= den." An ihre Spitze hat man einen dritten Sohn Sivas schmutzigen Ursprungs, den Eyenar, gestellt. Er hat eine ganz rothe Haut, neben ihm sitzen mit einem untergeschlagenen Bein seine beiden Frauen. „Ihm werden allenthalben unter diesen Heiden eigene Pagoden aufge= baut, also daß sie in wenig Dörfern fehlen. Sie sind nicht eben groß und stehen gemeiniglich gegen Abend an einem von den Häusern etwas abgesonderten Ort, der mit Bäumen umgeben ist. Vor der Thür steht ein steinerner Altar. Zur Seite ist ein Gewölbe, worin Pferde, Ele= phanten, Vögel aus Holz geschnitzt aufgestellt sind, auf denen Eyenar mit Weibern und Gefolge an Festtagen herumgetragen wird. Vor solchen Pagoden stehen auf beiden Seiten sehr viele thönerne Figuren von Menschen und Thieren; denn wenn Jemand krank ist, gelobt er im Fall der Besserung solch thönern Bild mit Opfern zu weihen. Das tägliche Opfer, soweit es Trank=, Rauch= und Speisopfer ist, wird annoch von einem Brahminen verrichtet. Außerdem wird auf dem äußern Altar von einem Pandaram (Priester aus niederer Kaste) ein Opfer aus starken Getränken, aus unreinen Thieren, Schweinen, Böcken, Hähnen, wovor die blutscheuen Brahminen zurückschrecken, dargebracht."

Alle übrigen Kramabevas sind Frauen, Ammen d. i. Mutter genannt, gewöhnlich zählt man ihrer neun, die als Ausflüsse der

Sakti bezeichnet werden. Ellammen ist eines Brahmanen Tochter, deren edler Kopf aber durch seltsames Mißgeschick jetzt auf dem Rumpfe eines Pariaweibes sitzt. Mariammen ist die Göttin der Pocken und des Ausschlags; wird Jemand davon befallen, so heißt es die Göttin besuche ihn. An den Festen der Ankalammen kommen Abends die Weiber mit ihren Töchtern vor die Pagoden, zünden Feuer an und kochen Reis, den sie theils opfern, theils selbst verzehren. „Solcher= gestalt sieht man um die Pagoden viel hundert angemachte Feuer auf der Erden. Die Männer opfern Schweine, Böcke, Hähne, von denen sie auch etwas kochen und es haufenweis vor den Opferaltar legen." Die Pattirakali wird fast der Parvati Sivas Gattin gleichgeachtet, sie hat es sogar gewagt mit Isuren zu Sibambaram um die Wette zu tanzen. Sie vor andern liebt Blut, so daß auch die Brahminen sagen, anders könne sie nicht versöhnt und gesättigt werden. Ihr zu Ehren wurden jene Schwingfeste angestellt, wo an einem in den Rücken ge= schlagenen Haken Menschen sich herumschwingen ließen. In neuern Zeiten ist bekanntlich eine Secte entdeckt, die in ihrem Dienst Reisende ermordet, während Ziegenbalg berichtet: „Menschen pflegen sie ihren Göttern nicht zu opfern, es sei denn, daß sich einer selbst um's Leben bringen wollte, welches aber jetzt nirgends gehört wird. Wenn aber ein besessener Schatz aus dem Erdreich soll gegraben werden, so pfle= gen sie dem bösen Geist einen Menschen zu opfern. Jedoch muß sol= ches ganz geheim geschehen, sonst erfolgt harte Strafe darauf, ohne nur daß die Könige es offenbar thun mögen, als welche oftmals ihre Schätze mit einem Menschenopfer begraben, daß sie von Niemand sollen gefunden werden." Die Pattirakali und andre Feldgötter werden auch von den Hexenmeistern angerufen. Sie ziehen einen Kreis mit ge= heimnißvollen Characteren und citiren geheime Gebetsformeln. Der, welcher in die Mitte des Kreises gestellt ist, fängt an den Kopf zu drehen und außer sich zu werden, endlich redet der Teufel durch ihn und beantwortet alle Fragen. Kurz, die Schutzgötter sind nach allem kaum etwas anderes als Schutzteufel und wenn man ihres Schutzes nicht recht sicher ist, werden in der Angst auch wohl den eigentlichen Teufeln, sei es den schwarzen, Pegel, oder den rothen, Puvangel, Opfer gebracht.

Der Teufel ist ein Lügner von Anfang und hält nicht, was er versprochen; sie sind niedergefallen ihn anzubeten, wo aber sind die versprochenen Schätze und Reichthümer dieser Welt? Wie ist das arme Volk in aller Beziehung so elend jämmerlich und verkommen; wie viel Mühe und Unkosten machen sie sich ihre eingebildete Seligkeit zu

erlangen, da sie könnten umsonst das Gut aller Güter in Empfang
nehmen; denn schon lange hat der HErr seine Arme ausgebreitet, sie
Alle an sein Herz zu ziehen. Nehmen wir denn schließlich gleichsam
ein Reinigungsbad, indem wir kurz die ersten Versuche, Christum den
Tamulen vor die Augen zu malen und ihre Sündenknechtschaft zu
brechen, uns vorführen.

Die uralte zahlreiche Gemeinde der Thomaschristen auf der Westküste, deren Ursprung sich bis in's zweite Jahrhundert verfolgen läßt,
behauptet von ihrem vermeintlichen Gründer dem Apostel Thomas,
dem wegen seines einstigen Unglaubens diese ferne Gegend zugetheilt
sei, daß er die Berge überschreitend auch im Tamulenlande mit Erfolg
gepredigt und schließlich in Mailapur eine Meile südlich von Madras
den Märtyrertod erlitten habe. Mailapur war wirklich im Mittelalter
ein von Heiden, Muhammedanern und Christen besuchter Wallfahrtsort[1]).
Als es die Portugiesen 1547 eroberten, legten sie ihm den Namen
St. Thomä bei, während die beiden Berge in der Nähe wohl schon früher
der kleine und große Thomasberg genannt wurden. Auf dem kleinen erbauten die Portugiesen an Stelle der in der Belagerung zerstörten Kapelle
eine neue über der Höhle, darin der Apostel zu beten pflegte und auf dem

---

[1]) Außer arabischen Schifferberichten des 9. Jahrhunderts von Beituma
(Haus des Thomas) und der Nachricht von einer Gesandtschaft Alfreds des Großen
zur Kapelle des h. Thomas im Osten, deren Ausführung ohne jeden stichhaltigen
Grund angezweifelt ist (vgl. z. B. Hough Christianity in India I, 104 ff.),
haben wir aus dem 13. Jahrhundert den unanfechtbaren Bericht des Reisenden
Marco Polo, so daß die frühere Ausbreitung der Thomaschristen im Tamulenlande als historische Thatsache bezeichnet werden muß. Marco Polos Bericht lautet nach der Uebersetzung von Bürck (Leipzig 1855 S. 550): „In der Provinz
Maabar (ausdrücklich unterschieden von Malabar auf der Westküste) befindet sich
der Leichnam des glorreichen Märtyrers, des h. Thomas. Er ruht in einer kleinen
Stadt, die von wenig Kaufleuten besucht wird, weil sie ihrem Handel wenig dar-
bietet; aber in Andacht kommen eine große Menge Christen und Saracenen hierher.
Die Letzteren betrachten ihn als einen großen Propheten und nennen ihn Ananias,
was einen heiligen Mann bedeutet. Die Christen, welche hierher pilgern, sammeln Erde von der Stelle, wo er erschlagen wurde, die von rother Farbe ist,
und nehmen sie ehrfürchtig mit sich fort. — Die Christen, welche die Pflege der
Kirche haben, besitzen Wälder von den Bäumen, welche die indischen Nüsse tragen, und daraus ziehen sie die Mittel zu ihrem Unterhalt.“ Auf der Ostküste
giebt es bekanntlich jetzt keine Thomaschristen oder Syrer, es dürfte daher für die
dortigen lutherischen Missionare trotz alles Proselyteneifers einige Schwierigkeiten
haben, auch aus ihrer Mitte Proselyten zu werben. Dies gegen „Langhans
Pietismus und Christenthum. S. 65.“

großen, wo er getroffen von einem Lanzenstich sein Leben aushauchte, eine Kirche zu Ehren der h. Jungfrau. Aus dem wundersamen Sagenschatze scheint sich wenigstens so viel als historischer Kern zu ergeben, daß die Thomaschristen einst auch auf diese Ostküste sich ausgedehnt hatten, bis die Verfolgungen der Brahminen sie wiederum vertrieben.

Einen sichern geschichtlichen Boden haben wir erst bei den katholischen Missionszeit an. Um uns nicht durch das grade im Tamulenlande unter den Römischen so reichlich fortwuchernde heidnische Unkraut die Freude darüber verkümmern zu lassen, daß doch auch Christi Name gepredigt ist, wollen wir uns mehr an Data halten, wonach sie mit ihren Leiden, ja mit ihrem Blut Christum gepriesen haben.

Zuerst kamen katholische Missionare in den südlichen Theil des Landes zu den armen Bewohnern der Fischerküste. Von muhammedanischen Seeräubern bedrängt hatten sie sich an einen Landsmann in Goa, der Christ geworden war, um Hülfe gewandt. Die Portugiesen sagten zu unter der Bedingung, daß sie sich taufen ließen. Nach Besiegung der Feinde traten denn auch 20,000 dieser Paraver über. Als einige Jahre später 1542 der berühmte Franz Xavier zu ihnen kam, fand er aber eigentlich nur getaufte Heiden vor, an irgend welchen Unterricht war wegen Mangel an Priestern nicht gedacht worden. Mit großem Eifer ließ er von Eingebornen die Catechismusstücke übersetzen, lernte sie auswendig und zog nun mit einer Schelle von Ort zu Ort und brachte sie den zusammengeklingelten Zuhörern auch bei. Leider war er zu unruhig und zog, bevor er noch die Landessprache ordentlich gelernt, weiter nach China und Japan, ließ aber treue aufopferungsvolle Hirten zurück, die bei ihren Gemeinden auch während der Einfälle der räuberischen Badager aushielten und dabei den Tod fanden, wie P. Criminalis, Mendes und Ludwig de Vallo. Um 1600 zählte das Christenthum über 100,000 Bekenner und hatte schon in den drei Königreichen der Coromandelküste Madura, Tanjour, Gingi Wurzel gefaßt. Doch diese Christen gehörten alle den niedern Ständen an. Daher suchte nun der hochbegabte Robert de Nobili von 1606 an auch die höhern Kasten zu gewinnen, indem er sich für einen Brahminen des Ostens ausgab, der den verlornen fünften Veda bringe. Er accommodirte sich den heidnischen Gebräuchen, mied auch die niederen Kasten; er hatte zwar Erfolg, aber der Preis war zu theuer, es gab nun zwei christliche Kirchen mit verschiedenen Priestern, und mit getheiltem Sacrament. Die niedern Kasten durften nicht über die Schwellen der andern Kirchen kommen, selbst in Krankheitsfällen wies

man ihre Bitte um das Abendmahl zurück. Da erhoben sich alle andern
Orden wider diese jesuitische Praxis und es entspann sich ein hundert-
jähriger Kampf, der die christliche Kirche dem Untergang nahe brachte.

Erst das Leiden und Sterben Juan de Britto's verschaffte ihr
wieder einigen Glanz. Unter dem wilden räuberischen Volk der Marrawer hatte auch die christliche Lehre Eingang gefunden, aber kein
Missionar durfte wagen in's Land zu kommen, da die Herrscher stolz
darauf waren Hüter des sehr einträglichen Heiligthums zu Ramesseram
zu sein. Juan de Britto, einem hochabligen portugiesischen Geschlecht
entsprossen, wagte es dennoch als Superior der Mission 1686. Er
taufte Viele, ward aber gefangen und grausam mißhandelt und kam
dem Tode nahe. Auf's neue ward er 1693 gefangen und von dem
Fürsten zu Uriur, dem er auf sein Verlangen, ihn vom Aussatz zu
heilen, geantwortet: Gott allein kann heilen, enthauptet. Die Gemeinde aber erstarkte und mehrte sich unter den Verfolgungen.

1701 brach eine schwere langdauernde Verfolgung im Tanjourschen aus. Die Jesuiten pflegten jährlich vor ihrer Kirchthür zu Pondischeri ein geistliches Schauspiel aufführen zu lassen und wählten für
jenes Jahr die Legende vom Ritter Georg, wie er im Tempel zu
Delphi durch das Kreuzeszeichen die Götter in den Staub wirft und
zertrümmert. St. Georg war ein Hinduchrist, die Götter Griechen-
lands Vischnu und Siva und, als das Kreuzeszeichen keine Macht
über sie übte, stürzten sich sämmtliche Darsteller auf die Götzen, zer-
schlugen sie und traten sie unter die Füße. Die zuschauenden Heiden erfaßt es mit Schrecken und Wuth, die Brahminen schreiben an
ihre Standesgenossen in Tanjour; die veranstalten in ihres Königs
Gegenwart eine Wiederholung des Stücks, und als sie auf die Götterbilder losschlagen, wenden sie sich klagend an den staunenden Fürsten:
„Herr, so thaten die Christen, die du beschützest; Rache! oder es
trifft uns unzähliges Unglück." Es folgte schreckliche Rache. Die
Christen wurden geschlagen, ins Gefängniß geworfen und dem Hunger-
tode preisgegeben, auch einer der Missionare starb im Gefängniß; anderen wurden Vischnu's Waffen auf die Schultern gebrannt, alle Kirchen der Erde gleich gemacht und freie Religionsübung auf lange Zeit
hin untersagt.

Leider bestanden sehr viele eingeborne Christen in diesen Trüb-
salen nicht und auch unsere Freude über das Märtyrerthum ist nicht
ungetrübt. In einem Schauspiel mochte man die Götzen zu Boden
schlagen, sonst standen sie noch fest, so fest, daß viele heidnische Ge-
bräuche auch in der christlichen Kirche Duldung fanden. Aus der Ge-

schichte der Thomaschristen ist bekannt, daß die Heiden nicht gestatten wollten, Glocken in den Kirchen aufzuhängen, weil ihre Götter durch den Ton erschreckt würden. Hoffen wir zu Gott, daß diese Furcht zur Prophezeiung werde, daß die dunkeln Schatten verschwinden und fliehen, wenn nun die Glocke einen hellen lautern Klang giebt. Reiner schon ertönte sie, als die Portugiesen den Holländern weichen mußten und reformirte Missionare in den Küstenstädten und auf Ceylon an Stelle der Jesuiten traten. Philipp Baldaeus wird als erster protestantischer Missionar unter den Tamulen unvergessen bleiben.

Von 1656 an hat er 11 Jahre hindurch mit großem Eifer namentlich zu Jaffna im nördlichen Ceylon gearbeitet. Noch bei einem Besuch des Missionar Schwarz, hundert Jahre später, wußte man den Baum zu zeigen, unter dem er so häufig geprebigt. Besondern Fleiß verwandte er auf die Schulen und sah schöne Erfolge, zu ihrem Nutzen besorgte er einen tamulischen Abriß der christlichen Lehre. Ein bekehrter Brahmane besang in hochtamulischen Versen das Leben und Leiden unsers HErrn. Bald war auch das Matthäusevangelium, einige Psalmen, der kleine Catechismus in den Händen der Eingebornen. Baldäus Wirksamkeit erstreckte sich auch auf das gegenüberliegende Festland (in Negapatnam ordnete er das Kirchenwesen) und bis nach Malabar. Zahlreichen Heiden konnte er die Taufe ertheilen. Leider wurde seine Gesundheit erschüttert, und sein Abgang scheint noch durch einen Umschwung in der Gesinnung der Vorsteher der Ostindischen Compagnie beschleunigt zu sein. Die Krämer fürchteten Aufregung unter den Heiden und Beeinträchtigung ihres Handels; sie ließen nicht einmal so viel Geistliche hinausgehen als zur Erhaltung der gewonnenen Gemeinden bringend nothwendig waren. Und unter diesen wenigen Geistlichen hatten noch wenigere einen offenen Blick für eine wahrhaft evangelische Mission, sie vertrauten mehr auf staatliche Gesetze als auf die Kraft des Wortes, die Kahlheit ihres Gottesdienstes konnte zudem nicht dem ganzen Menschen eine Befriedigung gewähren.

Die katholische wie die reformirte Mission waren in traurigem Verfall, als von dem kleinen Trankebar her der Ruf ertönte: „Die deutschen Priester sind gekommen" und nun die Lebensströme des reinen Worts und Sacraments erst langsam, dann immer gewaltiger sich über das Land ergossen. Die folgenden Blätter wollen einige Bilder aus diesem lutherischen Missionsleben vorführen und an dem Leben ihres tiefstwirkenden Missionars, des alten Vater Fabricius, ihre eigenthümliche Tiefe und Innigkeit anschaulich machen.

Kapitel 3.

Wie Joh. Phil. Fabricius zum Missionsdienst vorbereitet wird.

Einige Meilen nördlich von Frankfurt, auf der Gränze des Niederlahngaues und der Wetterau, liegt abgeschieden zwischen zerklüfteten, waldbedeckten Bergen das Dörfchen Kleeberg. Es muß früher bedeutender gewesen sein als jetzt, wo die Bewohner nur mit Mühe zu einigem Wohlstande gelangen können. Noch heute ist es größtentheils von einer Befestigungsmauer umgeben, und der umfangreiche hohe Thurm im Hofe des alten, nur noch theilweise bewohnten Schlosses, erzählt uns von den Herrlichkeiten einer vergangenen Zeit. Vor 700 Jahren hatten sich die Grafen von Mörle, oder wie sie sich später nannten von Kleeberg, diese Burg erbaut. Nach dem Aussterben des Geschlechts wechselte die Herrschaft vielfältig ihre Erben und wurde bald so, bald anders getheilt — im Kleinen ein getreues Abbild des deutschen Reiches. Zu Anfang des vorigen Jahrhunderts besaß Hessen-Darmstadt zwei Drittel und Nassau (jetzt Alleinbesitzer) ein Drittel der Herrschaft, und zwei Amtmänner residirten daselbst, der Nassauer im Schloß, der Darmstädter im Dorf. Es kam aber zu keinerlei Kämpfen, und beide Obrigkeiten lebten friedlich neben einander; denn der darmstädtische Amtmann, Herr Fabricius, war ein friedliebender Mann, und obschon er einer angesehenen, weit verbreiteten Beamtenfamilie entstammte, neidete er doch nicht dem Nachbar sein fürstliches Haus, seine bescheidene Hütte barg ihm ja Schätze, die er um kein Königreich der Welt dahingegeben hätte.

Gott hatte ihm ein frommes, tüchtiges Weib bescheert, und acht gesunde wohlgerathene Kinder standen wie die Oelzweige um seinen Tisch herum und sorgten sich nicht, was sie essen und was sie trinken, wie sie einmal durchkommen würden im Leben, sie hatten ja einen treuen Vater und eine liebe Mutter. Vater und Mutter jedoch sorgten auch nicht ängstlich, sondern wie die Augen ihrer Knechte und Mägde auf die Hände der Herrschaft sahen, also blickten sie auf ihren

treuen Vater im Himmel. Reichthümer konnten sie einmal ihren Kindern nicht mitgeben, so sorgten sie an ihrem Theile dafür, daß der
Schatz über alle Schätze ihnen im Leben nicht fehle, sie zogen ihre
Kinder auf in der Zucht und Vermahnung zum HErrn. So waren
denn die ersten Wohlthaten, welche Gott dem kleinen Johann Philipp Fabricius, als er am 22. Januar 1711 in Kleeberg geboren
wurde, in's Leben mitgab, fromme gottesfürchtige Eltern und ein
christliches Haus, in dem auch der HErr Wohnung genommen hatte.

Vielleicht hat das von Spener in Frankfurt entzündete Feuer
auch einen Schein in das Haus des Kleeberger Amtmanns geworfen.
Bekanntlich erregte Speners Wirksamkeit in den darmstädtischen Landen
schon eine Bewegung, ehe noch der eigentliche Sturm über die von
Anton und Francke in Leipzig eingerichteten erbaulichen Vorlesungen
ausbrach. Der Hof begünstigte offen die Anhänger der Spenerschen
Richtung, und viele einflußreiche Adelsfamilien folgten diesem Beispiel.
Ein neues frisches Leben regte sich im ganzen Lande, und wenn auch
mancherlei Auswüchse hervortraten, so bot doch das wieder auf den
Leuchter gestellte einfache Wort Gottes auch die Mittel zu ihrer Be-
seitigung. Die alte Orthodoxie hatte musterhafte Formen und feste
Ordnung in Kirche und Haus geschaffen, der Pietismus mit seiner
Wärme und seinem Eifer belebte sie wiederum; kein Stand, kein
Berufskreis konnte sich dem gewaltigen Einfluß entziehen. Auch der
Amtmann Fabricius war sich seiner Pflichten als Hausvater bewußt
geworden, er hatte mit Josua gelobt: „Ich und mein Haus, wir
wollen dem HErrn dienen", und er sehnte sich einmal sprechen zu
können: „Siehe, hier bin ich und die Kinder, ich habe deren Keinen
verloren, die Du mir gegeben hast." Er wie seine Frau bewiesen einen
wahren Ernst in der Uebung des täglichen Gebets, das Wort Gottes
war ihre Lust, alles Weltwesen aber ihnen zum Ekel. Namentlich
der Sonntag wurde in gottseligen Uebungen mit Kindern und Gesinde
zugebracht, wobei denn auch der kleine Philipp die Wirkung des heil.
Geistes an seinem Herzen spürte, die Liebe Gottes empfand und zu
rechter Lust im Bibellesen erweckt wurde. Auf die Wahl treuer Haus-
lehrer verwandten die Eltern sonderliche Mühe. Die Mühe war nicht
vergebens. Solche gute Zucht und Ordnung mochte dem bösen Feind
übel gefallen, so daß er über Nacht kam Unkraut zwischen den Weizen
zu säen. Nachdem nämlich in Philipps 10. Lebensjahre die äußern
Umstände der Familie verändert und zerrüttet wurden, konnten die
Eltern auf seine Erziehung nicht mehr die gleiche Sorgfalt verwenden,

vermochten auch nicht, ihn vor dem schädlichen Einfluß bösen Umgangs
zu hüten. Ihre und der Geschwister Vermahnungen schlug er in den
Wind, las anstatt der Bibel lieber weltliche Bücher, und selbst die
Vorbereitung zum h. Abendmahl in seinem 13. Jahre machte nicht den
rechten Eindruck, da ihn die Gesellschaft eines Andern hinderte. Freilich
dürfen wir bei diesen, wie den noch folgenden Angaben nicht vergessen,
daß sie einem eigenhändigen Aufsatz entnommen sind, in dem er seinen
innersten Lebensgang darlegen will. Vor Menschenaugen wandelte er
stets ehrbar, und er muß selber zugestehen, daß seine äußere Scham=
haftigkeit und Beugung die Eltern bei guter Hoffnung erhielt, daß er
während des Confirmationsunterrichts äußerlich andächtig war und
auch manchmal das Anklopfen des HErrn hörte. Die Briefe, welche
ein in Kassel erweckter Candidat der Theologie an die ihm befreundete
Amtmannsfamilie schrieb, überzeugten und rührten unsern Philipp
kräftig. Das Gespräch, welches er am Confirmationstage mit dem
frommen Candidaten hatte, ist ihm unvergeßlich geblieben, und bei
einem wiederholten Besuch gewann er ihn vollends herzlich lieb. Auch
sonst noch ließ es Gott an Gnadenzügen nicht fehlen. Das Anhören
eines Sterbeliedes griff ihn also an, daß er nicht wußte, wie ihm
geschah, und er die Einsamkeit suchend lange weinte und betete. Zum
h. Abendmahl ging er nie, ohne die nahende Gnade Gottes merklich zu
spüren, daher er denn mit Recht unter die Schilderung dieses ganzen
Lebensabschnittes den Vers gesetzt hat:

> O wie hast Du meine Seele
> Stets gesucht zu Dir zu zieh'n,
> Daß ich aus der Sündenhöhle
> Möchte zu den Wunden flieh'n,
> Die mich ausgesöhnet haben.

Bei alledem konnte er nicht zu einer rechten Sündenerkenntniß
durchbringen, und es kostete noch manchen schweren Kampf, ehe er zu
einem ruhig und still dahinfließenden Leben in Gott kam, ohne wel=
ches doch sein Gemüth keine Ruhe fand. Weil er sich nun von der
freundlichen Stimme des Evangeliums nicht hatte zur Buße locken
lassen, begann der HErr mit den Hammerschlägen des Gesetzes an
seinem Herzen zu arbeiten. Er meinte die Unruhe des Gewissens mit
gesetzlichen Uebungen stillen zu können, er fastete, las Bußlieder, betete
und klagte, beweinte mit vielen Thränen seine Sünde — aber des
HErrn Stunde war noch nicht gekommen, noch hatte er ja nicht aus
innerstem Herzen kennen gelernt: Mit unsrer Macht ist nichts gethan.
Einmal an einem Sonntag Nachmittage wurde ein Stück aus Christian

Gerbers[1]) unerkannten Sünden der Welt vorgelesen, das traf sein
Herz und trieb ihn in die Enge. Einmal über das andere fiel er an
einsamem Ort auf die Kniee und betete den Anfang der Litaney: „HErr
Gott Vater im Himmel erbarme Dich." Er ging in großer Angst
umher, fühlte große Furcht vor der Verdammniß und dem Zorn
Gottes. Oftmals sang er in dieser Zeit das Lied: Ach HErr mich
armen Sünder straf' nicht in Deinem Zorn; er wandte sich an den,
der allein helfen kann und verzweifelte nicht:

Allein zu Dir HErr JEsu Christ, mein Hoffnung steht auf Erden,
Ich weiß, daß Du mein Tröster bist, kein Trost mag mir sonst werden.

Thomas a Kempis und Arnd's Paradiesgärtlein waren seine
tägliche Speise. Ein kräftiger Spruch schnitt ihm durch Mark und
Bein. Die innern Stürme wollten sich schwer legen, aber Gott zürnt
nicht ewig, das Flehen verwandelte sich in Lob und Dank früh und
spät. Wenn er jetzt durch die heimatlichen Fluren wandelte, erschien
ihm alles wie eine neue Creatur, in Feldern und Wäldern lobte er
Gott, süßer als Honig und Honigseim war ihm der Vers:

Wie bin ich doch so herzlich froh,
Daß mein Schatz ist das A und O
Der Anfang und das Ende!
Er wird mich auch zu seinem Preis
Aufnehmen in das Paradeis,
Deß klopf' in die Hände.
Amen! Amen! Komm' Du schöne Freudenkrone,
Bleib' nicht lange! Deiner wart' ich mit Verlangen.

Diese völlige Sinnesänderung fiel kurz vor Fabricius Abgang
zur Universität. Im Jahr 1728 bezog der 17jährige Jüngling zugleich
mit zwei Brüdern die Universität Gießen, um Jura zu studiren.
Wie löst sich dies Räthsel — denn Jedermann, auch wenn er dem
Christenthum der Juristen durchaus nicht zu nahe treten will, wird
doch nach dem Vorhergehenden statt Jura Theologie erwartet haben.
— Wie also löst sich das Räthsel? Zuerst werden wir bedenken
müssen, daß wie seine Vorfahren, der Vater und die älteren Brüder
diesem Stand angehörten und durch ihren Wandel das Sprichwort
„Juristen, schlechte Christen" zu Schanden machten, außerdem war
der eigentliche Entschluß schon in frühere Jahre gefallen, wo er den

---

[1]) Christian Gottlob Gerber, gest. 1731 als Pfarrer zu Lockwitz bei
Dresden, wirkte kräftig und eingreifend sowohl im Amt als durch zahlreiche
Schriften. Siehe die anziehende Lebensbeschreibung im „Pilger aus Sachsen" 1864.

Wunsch der Familie, einmal auf Theologie sich zu legen, fast mit Schrecken von sich gewiesen.

Auf der Universität hat schon Mancher den Kindesglauben verloren, Fabricius nicht also, und wenn er auch die Begierde zu Gottes Wort nicht immer in gleicher Tiefe bewahrte, fand er doch, so oft er strauchelte, immer Halt an dem rechten Spruch. Plötzlich unterbrach er seine Studien und ging auf ein Jahr nach Hause zurück, vielleicht hat er sich noch für zu jung gehalten. In eben diesem Jahr lag er an einem Fieber so schwer darnieder, daß große Todesfurcht ihn ergriff. Zu jener Freudigkeit, die sich sehnt abzuscheiden und daheim zu sein, hatte er es demnach noch nicht gebracht, doch als er 1730 nach Gießen zurückkehrte, ging er auch bald in der innern Entwicklung einen Schritt vorwärts. Um jene Zeit (1731) gelang es nämlich dem Landgrafen einen der allerbedeutendsten und würdigsten Vertreter der Halleschen Schule, den auch als Liederdichter bekannten Rambach nach Gießen als Professor zu ziehen. Ihm wurde ein bedeutender Einfluß auf die Ordnung der kirchlichen Verhältnisse gestattet, auch im academischen Leben setzte er die Abstellung mancher Mißbräuche durch. Er war ein geistlicher Character, ein Prediger, der durch seinen gefälligen Vortrag auch Fernstehende anzog und die Herzen entzündete. Auch Fabricius wurde alsbald von ihm gefesselt. Der junge Jurist versäumte keine seiner Predigten und Erbauungsstunden, er las alle seine Schriften und gewann ihn persönlich unbeschreiblich lieb. Sein liebster Zeitvertreib war, die beim täglichen Schriftlesen ihm aufgestoßenen kräftigen Sprüche in ein besonderes Buch zu schreiben und unter Rubriken einzureihen. „Und da mir Gott solche Süßigkeit in seinem Wort entdeckte, so entstund bei mir oft ein groß Verlangen nach dem studio theologiae, welches ich jedoch immer wieder vorbeigehen ließ, in Meinung, es sei nun damit zu spät."

So studirte er denn 3½ Jahr Jura, bis er im Herbst 1732 zu seinem ältesten Bruder Jakob, dem Nachfolger seines Vaters, der schon vor Philipps Universitätszeit gestorben sein muß[1]), nach Klee-

---

[1]) Kleeberg war bis 1765 Filial des im preußischen Kreise Wetzlar gelegenen Dorfes Obercleeen. Das dortige Kirchenbuch meldet nichts über den Tod des alten Amtmanns Fabricius. Das Kleeberger Kirchenbuch beginnt der Pfarrer Daniel Traubt 1735 mit der Bemerkung: „Viele, die Herr Pfarrer Jacobi selig getauft, sind nicht aufgeschrieben worden." Er selbst aber hat es nicht für nothwendig gehalten, die Verstorbenen zu notiren. — Diese Nachricht sowie die Mittheilungen über die Lage des Orts verdanke ich der Freundlichkeit des Herrn Pfarrer Mencke zu Kleeberg.

berg zog, dessen Kinder zu unterrichten. Wie ihn in der letzten Zeit des Gießener Aufenthalts sein Umgang wieder vom Gebetsernst etwas abgezogen, so nahm er dort zuerst an manchem weltlichen Zeitvertreib aus Menschengefälligkeit Theil, ob er gleich kein Wohlgefallen mehr daran hatte. Endlich im Frühjahr 1733 wagte er es, entschieden sich davon loszusagen, und diese Entschiedenheit wirkte auch auf seine Umgebung: „Gott gab Gnade, daß sein Wort unter uns in Schwang kam in diesem Hause, wo ich war, und daß unter der gemeinschaftlichen Betrachtung desselben, wir manche vergnügte Stunde hatten." Seine Treue im Unterricht wuchs, ja artete wohl manchmal in übertriebenen Eifer aus, was er später selbst herzlich bedauerte. Hin und wieder spürte er in sich große Neigung zur Theologie, und als sie einen Winter hindurch jeden Abend eine Stunde sich die Halleschen Missionsnachrichten über Ostindien, damals das einzige Missionsblatt, vorlasen, wuchs der innere Trieb so, daß ihn dünkte, er könne sein Leben lang nicht freudigen Gemüths sein, wenn er den göttlichen Wink von sich weise. Mit Thränen trug er Gott die Sache vor und bat Ihn, wenn es Sein Wille sei, möge Er ihm eine Gelegenheit schenken, noch einmal die Universität zu besuchen, ohne den Seinen wiederum zur Last zu fallen (er hatte nämlich auf Kosten der älteren Brüder studirt). Und siehe, Gott ließ sich herab; ein redlicher Freund aus Gießen machte ihn auf die Franckeschen Stiftungen in Halle aufmerksam, in denen so mancher junge Theologe Freistellen und Freitisch erhielte, auch durch Unterrichten zugleich sich durchhelfen und sich weiter bilden könnte.

Im August 1735 faßte er den Entschluß, im nächsten Frühling nach Halle zu gehen und legte zugleich das Gelöbniß ab, sich vom HErrn überall brauchen zu lassen, wo es Ihm gefalle. Diese neue Berufswahl ist nach allem fürwahr nicht leichtsinnig geschehen, erst nach langem, vieljährigem Widerstand seiner Vernunft entschloß er sich, durch eine Zeit seines Lebens einen Strich zu machen, das Streben und Arbeiten einiger Jahre für vergeblich zu erklären; er hofft aber doch, daß wie diese Zeit für den Menschen der Ewigkeit nicht unnütz gewesen ist, so auch von seiner wissenschaftlichen Arbeit noch manches ihm nützen könne, wie das Naturrecht und kanonische Recht, ein physisches und mathematisches Colleg.

Bis zum Frühjahr unterrichtete ihn sein jüngster Bruder Sebastian, der auch das theol. Studium erwählt hatte, auf's neue im Hebräischen, wie sie denn auch sonst noch Mancherlei mit einander trieben und sich recht zusammen schlossen. Mutter und Geschwister ließen sich überhaupt den Entschluß recht wohlgefallen, viele Freunde schüttelten zweifelnd ben Kopf, fromme Gemüther aber muthmaßten schon bamals, mit bem Joh. Phil. Fabricius habe gewiß Gott etwas Besonberes im Sinn, vielleicht möchte er noch zum Missionswerk auserlesen werben. Von vielen Gebeten geleitet zog er nach Halle. Bis Schlitz, etwa 10 Meilen weit, reiste sein Bruder Lutz mit ihm. Es war ein beweglicher Abschied, als wenn eine Ahnung bie Herzen ber Brüber burchzog, baß sie sich nicht wiebersehen würben. Den Ort ihres Abschieds haben sie noch lange im Gebächtniß behalten.

Als Fabricius nun, es war im Mai 1736, nach Halle kam, fanb er bort schon seine Wohnung bereitet. Ein Gönner hatte ohne sein Wissen ihn an Aug. Herm. Francke's Sohn, ben Prof. Gotth. Aug. Francke empfohlen, ber ihm eine freie Stube einräumte unb ihn auch balb zu ben übrigen Beneficien gelangen ließ. Er übernahm 3 Stunden täglichen Unterricht in ber Lateinschule unb bie Aufsicht über eine Schülerstube, ja im letzten Jahr warb er orbentlicher Präceptor bei ben Waisenknaben, unb babei hat er noch bie theol. Vorlesungen nach aller Möglichkeit besucht.

Eine rechte Vorstellung von Fabricius Thun unb Treiben in Halle läßt sich nur gewinnen, wenn wir kurz uns bas bortige theologische unb christliche Leben in's Gebächtniß zurückrufen. Die pietistische Partei hat von ihrem ersten Auftreten an gezeigt, baß sie mit ber Taubeneinfalt recht wohl bie Schlangenklugheit zu verbinben wisse, ja man hat ihr wohl nicht ganz mit Unrecht vorgeworfen, baß sie mit zu großem Eifer sich Einfluß über bie höchsten regierenben Kreise zu verschaffen suche. Viele gräfliche unb fürstliche Häuser hatten sich ber Richtung begeistert unb unbebingt angeschlossen, seit Speners Berufung nach Berlin unb burch seinen Einfluß in ben Hofkreisen war vollenbs bie Besetzung zahlreicher geistlicher Stellen ben Führern ber Pietisten in bie Hand gelegt. Nun galt es auch bie Ausbilbung ber jungen Geistlichen zu leiten unb sich anzueignen. Bubbeus in Jena hielt mit Recht bas bamalige Leben auch ber theologischen Stubenten für einen unbeschreiblichen Jammer: „Die acabemische Barbarei unb bie unglaubliche Frechheit, mit welcher baselbst bie Jugenb zur Wahrnehmung bes Hauses Gottes bereitet wirb, opfert sie augenscheinlich bem Satan auf. Dieser Gott ber Welt ist wahrlich mit unter bie Hauptquellen bes verborbenen Christenthums zu zählen" [1]). In Leipzig hatte man

---

[1]) Pontoppibans Menoza, neue wohlfeile Ausgabe (Berlin bei Schlawitz 1859) S. 566. Dieses Buch, welches höchst werthvolle Beiträge zur Beurtheilung ber kirchlichen Zustänbe unb Persönlichkeiten in ber ersten Hälfte vorigen

wegen der feindlichen Docenten die Herrschaft über die Studenten nicht behaupten können, so scheute man sich nicht mit dem vernünftigen Christenthum des Juristen Thomasius einen Bund zur Gründung der Universität Halle zu schließen, von der nun zwar rein pietistische Theologen, aber auch gleichzeitig flache Spötter und durch Wolff's mathematische Logik trockne Vernunftmenschen für die Staatsämter ausgebildet wurden.

Die Geistesgröße so bedeutender Männer wie A. H. Francke, Anton, Rambach, Breithaupt mußte zwar den schlechten Einfluß zurückzudrängen, ihre Nachfolger aber, namentlich der jüngere Francke, bestimmten die Regierung zu einer Verfügung, welche nicht nur die Studien und das äußere Leben der jungen Theologen unter Aufsicht der Professoren stellte, sondern mehr noch ihr innerstes Seelenleben, sie hatten Auskunft zu geben über die Grade und die Art ihres Bußkampfes[1]). Einerseits gab dies nun viel Veranlassung zur Heuchelei, andrerseits wurde der Zweck doch nicht erreicht, wenigstens nach Menoza: „Nach dem Begriffe, welchen man sich aus dem Gerüchte machen kann, vermuthete ich daselbst mehr Zeichen des Christenthums zu finden, als ich wirklich fand. Wo Gottes Wort reichlich gelehret wird, da bessert es die, so einer Besserung statt geben und dieselbe annehmen wollen, die andern aber sinken so viel tiefer in die Finsterniß und Bosheit durch ein gerechtes Gericht Gottes hinab, und diejenigen, welche fortfahren, das Licht zu hassen, trachten mit verdoppelten Kräften sich dawider zu verschanzen."

Also auch in Halle dieselbe Klage wie anderwärts, der Glaube läßt sich nicht anerziehen. Nun, daß wir für unsern Fabricius nichts mehr zu fürchten haben, davon sind wir nach dem Vorhergehenden schon Alle überzeugt. Leider hat er uns nicht gesagt, welcher Professor den meisten Einfluß auf ihn geübt habe. Joach. Lange wurde kaum noch gehört, der fromme Sig. Jak. Baumgarten mit seiner Gelehrsamkeit und trocknen Verstandesrichtung kann ein Gemüth wie Fabricius wenig angezogen haben, so bleiben nur noch der jüngere Chr. Ben. Michaelis, ein warmer Missionsfreund, der es im Tamulischen so

---

Jahrhunderts bringt, hier zu benutzen und dadurch zu empfehlen, haben wir um so mehr Veranlassung, als es die Eindrücke schildert, welche vorgeblich ein in Trankebar von Missionar Gründler bekehrter asiatischer Prinz auf seinen Reisen von den europäischen Christen empfängt. Pontoppidan selbst war Mitglied des Kopenhagener Missions-Collegiums.

[1]) Tholuck, Geschichte des Rationalismus, I. Abtheilung, S. 23 ff.

4*

weit gebracht hatte, daß er den Missionaren Flüchtigkeiten beim Druck
einiger Sachen nachwies, und Georg Knapp, zugleich Condirector
der Stiftungen, den Fabricius in keinem seiner spätern Briefe
zu grüßen vergißt. Offenbar ist der Einfluß der Universität auf
ihn nicht sehr groß gewesen, er befand sich schon in den Jahren,
da man lieber im practischen Leben, denn auf den Collegienbänken
lernt. Bezeichnend ist der Ausdruck, nachdem er vorher von seiner
Arbeit im Waisenhaus gesprochen hat: „Hierbei habe ich nach aller
Möglichkeit die theologischen Collegia gehalten." Das Waisenhaus
und die damit verbundenen großen Anstalten waren seine Universität,
der Director Gotthilf Francke sein erster und fast einziger Professor.
Gleich bei der Gründung war es ja auch nicht allein auf die Erziehung
von Kindern, sondern auch von Lehrern abgesehen. Der sel. Francke
gründete große Seminare für Studirende [1]), damit sie lernten mit der
Jugend umzugehen und theils aus Mitleid, als einmal ein Student
mehrere Tage nichts zu essen bekommen hatte, theils um sie allem
bösen Einfluß außerhalb zu entziehen, stiftete er für sie Freitische und
freie Stuben. In den Erbauungsstunden nahm er auf sie besondere
Rücksicht, ja er richtete eigene paränetische Collegia ein und hielt alle
Sonntag Nachmittage erbauliche Uebungen. Als Fabricius einzog, waren
gegen 180 Lehrer thätig, davon die meisten Studenten, bei etwa 2100
Kindern, gegen 60 Studenten hatten Speisung oder Wohnung. Sein
Logis werden wir in dem großen Schülerhause uns zu denken haben,
und zwar in dem sogenannten Ober=Collegium für Lehrer, unter deren
Zahl er ja später förmlich eintrat [2]).

Da Fabricius in seiner spätern Missionsthätigkeit viele Einrich=
tungen „nach dem gesegneten Modell der Anstalten in Halle" ge=
troffen hat, ist es wohl nicht überflüssig des scharfsichtigen Menoza
(Pontoppidan) Urtheil über Mängel und Vorzüge des Werkes zu
hören: „Die Abtheilung der Kinder in gewisse Klassen und ihre Un=
terweisung in nützlichen Wissenschaften, namentlich in der Erkenntniß
Gottes, ist sehr ordentlich. Nur wünsche ich, daß man, was das
Christenthum und die Uebung der Gottesfurcht betrifft, einen mehrern
Unterschied unter den Schülern beobachtete und sich vorstellte, wie es
doch zuletzt auf Heuchelei hinauslaufe, wenn man mit Gewalt aus
allen jungen Leuten alsofort Christen machen will, anstatt, daß man

---

[1]) Schmid, Geschichte des Pietismus S. 293.
[2]) Die Stiftungen A. H. Francke's in Halle 1863. S. 19.

sich daran begnügen sollte, ihnen gute Lehren, gute Exempel und keine Gelegenheit, sich unter einander zu ärgern, zu geben. Im übrigen aber dürfte man sicherlich glauben, daß die Aenderung des Herzens des Geistes Gottes selbsteigne Arbeit sei, welche oft verhindert wird, wo man durch eitel Treiben und Fragen, ob man bekehrt sei oder sich jetzo bekehren wolle, dieselbe zu befördern vermeinet. Wir haben Parforce-Philosophen und Parforce-Poeten, die Jedermanns Gelächter sind; allein über die Parforce-Christen möchte einen das Lachen und Weinen zugleich ankommen. — Auf bemeldtem Waisenhause werden zu allgemeiner Erbauung zum öftern eine Betstunde und Vermahnungs-rede gehalten, da sich denn sowohl Fremde als die Hausgenossen ein-finden können und zwar geschieht dies nicht ohne Beförderung der Andacht. Gleichwie aber die allerbesten Dinge zufälliger Weise etwas fremdes und verderbtes gebären können, so soll es auch hiermit gehen, daß nämlich junge Studenten, welche die Kinder unterrichten, wechsels-weise, sonderlich in ihren Klassen, dergleichen Erbauungs- oder Er-munterungsreden ohne Vorbereitung und alleine aus der Fülle des Herzens, so in andre Herzen am besten dringen soll, halten. Allein, was geschieht? Da viele derselben, welche aus der Fülle ihres Her-zens reden sollten, just zu diesem Mal eben keine große Fülle, son-dern eher Mangel und ein leeres Herz haben, so höret man nicht sel-ten etwas hervorbringen, das lieber möchte stecken bleiben. Ein ander Uebel, so daraus entstehet, ist dieses, daß sothane gute Studenten durch die ohne Ueberlegung gehaltenen Reden sich nachgerade ange-wöhnen einen andächtigen Mischmasch zu machen. Sind sie aber hierinnen erst einmal zu einer Fertigkeit gelangt, so behalten und brauchen sie dieselbe auch, wann sie ein Predigeramt überkommen."

Es ist Zeugniß eines hohen Geistes, daß Fabricius seiner Um-gebung nicht gestattete, ihn auf einen von diesen beiden Abwegen zu ziehen. Man kann es dem früher gegebenen Bericht über seinen innern Entwicklungsgang abmerken, daß er nicht ganz frei war von einem Dringen auf gewisse äußere Formen des Bußkampfes und auf das eigene Thun in der Bekehrung, daß er zuviel Gewicht legte auf das innere selige Gefühl. Grade in Halle kam er davon zurück und er hat gewiß seitdem nicht bei andern darauf gedrungen. — „Von Anfang meines dortigen Studiums an, heißt es in seiner Lebensbeschreibung, ließ mich Gott merken, daß er eine ganz neue Periode mit mir an-fangen wolle. In den vorigen Jahren hatte mich Gott mehrentheils durch empfindliche Gnade geführt; aber nun verzog sich dieselbe je mehr und mehr und Gott ließ mich oft in manche Dürre und Anfech-

tung kommen; hielt mich auch dabei unter äußerlicher Schwachheit oft
so (wie ich vormals nicht eben gewohnt gewesen) daß ich das Sprüch-
lein recht einsehen lernte: Ohne mich könnet ihr nichts thun.
Gott ließ mich oft in solche Umstände kommen, daß ich gleichsam auf
allen Ecken keinen Ausweg sahe. Hierbei habe ich mehr beten gelernt
um Glauben, Treue, Demuth, Weisheit.“

Diese vier Tugenden bilden nicht nur den Inhalt seiner Gebete,
sondern sind in ihm lebendig geworden; sie sind das Resultat der Wege
Gottes, welche Er unsern Fabricius geführt, ihn Sich auszusondern zu
Seinem Boten unter den Heiden. Stehen wir daher, bevor wir von
dieser Vorbereitungszeit scheiden, noch einmal hier still.

Sein Gebet um Vertiefung des Glaubens wurde ihm erhört.
Bisher hatte er, wie gesagt, zu viel auf das Gefühl und die Empfin-
dung der göttlichen Gnade gegeben, nun blieb er fest auch bei innerer
Dürre und Anfechtung. Bei aller Unruhe des Herzens, bei allem
Straucheln, bei Fehlern und Gebrechen wandte er sich auch wider sein
Gefühl sogleich im herzlichen Gebet zu Gott, und die erste Stelle im
Gebet, ehe er zu den Nöthen und Mühen des Lebens kam, nahm
immer der Lobpreis der Wohlthaten Gottes ein. Wer so selbst mit voll-
ster Zuversicht des Herzens sich dem Gott hingiebt, welcher seine Ver-
heißungen erfüllt hat, wird sicherlich kein ungetreuer Knecht sein; die
Sonne muß leuchten, das Feuer Wärme ausstrahlen.

An der Treue im Beruf, welche einen Hauptzug seines Charakters bildet, mögen unserm Fabricius schon damals Wenige gleich-
gekommen sein. . G. A. Francke giebt ihm das Zeugniß, daß er in
der lateinischen Schule des Waisenhauses der Jugend mit aller Treue
vorgestanden habe. Fest überzeugt, daß die Seelen der ihm anvertrauten Kinder bereinst von seiner Hand gefordert würden, ließ er es
nicht an besonderer Aufsicht und persönlichen Ermahnungen fehlen,
dadurch er denn selbst oft beruhigt und erquickt wurde. Ehe er dann
später zur See geht, kann er es nicht lassen, noch einmal an seine
lieben Waisenknaben einen herzlichen Brief zu schreiben, den er also
beschließt: Es ist mein herzinnigster Wunsch, daß Gott einem jeglichen
die Gnade verleihen wolle, bei allen guten Erweckungen sich insonderheit um diese Legung eines recht guten Grundes zu bekümmern, JEsum
Christum zu erkennen und mit Ihm im Glauben eins zu werden, damit nicht bei bloßer Regung und Erweckung des Herzens
bald wieder alle Lust und Kraft verschwinde. Der HErr
lasse dieses wenige und alles andre Gute, was ich euch in herzlicher
Einfalt wünsche, aus Gnaden und überschwänglich erfüllt werden.

Nehmet dieses wenige, so mit redlichem Verlangen nach eurem zeitlichen und ewigen Wohlsein begleitet ist, noch als das letzte Zeugniß
meiner Aufrichtigkeit und Liebe an und haltet mir's zu gute. Ich grüße
euch alle von Herzen, insonderheit die, welche ich besonders näher gekannt und unter besonderer Aufsicht gehabt. Der treue Heiland und
gute Hirte weide euch und leite euch auf rechter Straße um seines Namens willen und erquicke die, so Ihn lieben und Ihn zu ihrer Lust
erwählet haben, in Zeit und Ewigkeit. Amen." Wie treu hält er auch
zu seinen Collegen im Amt, wie innig war er ihnen verbunden! Das
macht, sie hatten sich gefunden auf rechtem Grunde. Mit Diesem hatte
er in der Einsamkeit Gott angefleht und angebetet und Sein erbar-
mungsvolles Herz gespürt, mit Jenem gemeinsam das Wort Gottes
betrachtet: „Nimmermehr werde ich der mannichfaltigen Erquickungen
vergessen, die uns der gute und treue Hirte JEsus Christus mit
einander bei gemeinschaftlicher Weide in seinem Wort, bei so öfterem
gemeinschaftlichen Flehen und Gebet und bei dem beständigen, herzlichen, brüderlichen Umgang aus Gnade geschenkt."

Treue, selbst in den kleinsten Dingen, vermag nicht ohne Demuth zu sein, die schmerzlich die unzureichenden Kräfte und vielfachen
Verfehlungen anerkennt. Demüthig war Fabricius im höchsten
Maße; er wußte sich nicht geltend zu machen, so erklärt man gewöhnlich den Umstand, daß seine außerordentliche Begabung und Wirksamkeit so wenig anerkannt wurde. Als solcher muß er schon in Halle
erschienen sein, da sein Bruder Sebastian ihm schreibt: „Deine Demuth
läßt mich nicht zweifeln, Du werdest Dich herunterhalten zu den Nie-
brigen und Dich unter alle Deine lieben Amtsbrüder erniedrigen und
für den geringsten halten." Schönere und bezeichnendere Worte aber
als die an G. A. Francke vor der Abreise von England wüßte ich
nicht über eine Beschreibung von Fabricius' Wirken zu setzen: „Mein
Wünschen, Seufzen und Flehen soll durch die Gnade des HErrn JEsu
beständig dahin gehen, daß der Grund in der Erkenntniß der eignen
großen Armuth immer tiefer gegraben, und das Herz nach Christo
und nach Seiner herrlichen und lebendigen Erkenntniß immer hungriger
und begieriger werde. Ach Er schenke uns die Gnade in täglicher
Niedrigkeit und wahrem Hunger uns nach Ihm mit rechtem Ernst
zu sehnen, zu Ihm zu treten unaufhörlich und Ihn anzusprechen als
unsern Bruder, Freund und Rath, damit Er uns von Grund aus
heile und uns recht licht und helle mache, daß wir in Seinem Licht
Ihn sehen mögen, und Er uns einen recht himmlischen Sinn schenken

könne, Ihm allein zu leben und zu dienen und Seinen Namen also
zu verherrlichen. Das geschehe! Ja, Amen!"

Glaube, Treue, Demuth, diese drei zieren gewiß als Edelsteine
die Krone, welche ihm der HErr, der gerechte Richter, beilegen wird
— ob auch Weisheit? An Einsicht in das Heilsgebäude der göttlichen
Weisheit, die ein Abglanz des ewigen Lichts ist und sitzet auf dem
Thron der Herrlichkeit, hat es ihm gewiß nicht gefehlt[1]), auch hat er
ihr die mannichfache Weise Menschen zur Seligkeit zu führen abge-
lauscht, aber in den irdischen Geschäften wird ihm Mangel an Umsicht
vorgeworfen. Ob und inwieweit solcher Vorwurf gegründet ist, kann
nur aus seinem ferneren Wirken gesehen werden. So viel ist schon
aus dem Bisherigen klar, daß Gott Sich ihn zu einem besondern Rüst-
zeug erkoren und bereitet hat. Hören wir denn jetzt, wie ihn Sich
der HErr beruft, und wie er und seine Verwandten die Berufung aufnehmen.

---

[1]) Ziegenbalg hat allen seinen Nachfolgern ein kräftiges Zeugniß hinterlassen, daß er Weisheit für ein Haupterforderniß des Missionsdienstes halte. Er
hatte aus unbekannten Gründen seine Bibliothek zurücklassen müssen, war aber
von guten Freunden noch wieder mit einigen Büchern für die Seereise versehen.
Sobald er jedoch das Schiff bestiegen, legte er auch diese wieder bei Seite und
forschte allein in der Schrift. Diese Forschungen hatten zu ihrem Zielpunkt, ihm
Klarheit zu verschaffen über das Wesen der göttlichen Weisheit, „weil ich in einem
solchen Amte stund, darinnen vornehmlich die wahre Weisheit müßte zum Grunde
liegen." Er hat uns seine Gedanken niedergelegt in einem fünftheiligen, erbaulichen Buch „Allgemeine Schule der wahren Weisheit, Leipzig 1710." Zuerst führt
er aus, wie der zur wahren Weisheit erschaffene Mensch dieselbe verloren hat, aber
sie wieder erlangen kann von der sich mitzutheilen bereiten persönlichen Weisheit.
Im andern Theil werden die unterschiedlichen Arten wahrer und falscher Weisheit
angezeigt. Im dritten Buche vernehmen wir die Lectionen, welche in dieser Schule
zu lernen sind, und im vierten werden alle Hülfsmittel, die Weisheit zu erlangen,
aufgezählt. Der fünfte Theil handelt von den schönen Früchten und herrlichen
Belohnungen der wahren Weisheit, desgleichen von den rechten Kennzeichen und
wunderbaren Schicksalen der Weisen, und endigt dann: „Darum, wer angefangen
hat der himmlischen Weisheit Schöne lieb zu gewinnen, und sie zu seiner Ge-
spielin Gemahl zu erwählen, der sehe zu, daß er sich von ihr weder Freude noch
Leid trennen lasse, sondern ihr in allen Zufällen und Begebenheiten treu verbleibe,
bis sie ihn aufnehme in ihre sichtbare Gemeinschaft und allda ihn genießen lasse
ihre königlichen Herrlichkeiten ohne einziges Aufhören und Ende."

Kapitel 4.

Der Ruf und die Zustimmung.

Gen Himmel fahrend hat der HErr die Mission eingesetzt, denn Er wollte nicht blos den Seinen eine Stätte am Thron des Vaters bereiten, sondern vielmehr die Zeit herbeiführen, da wieder eine Hütte Gottes unter den Menschen sein wird. Wider Willen aber drängt Gott Seine Seligkeit Niemandem auf, darum wird der HErr nicht wieder kommen, ehe nicht das Evangelium zur freien Entscheidung allen Völkern gepredigt ist, wenigstens zu einem Zeugniß über sie. In der Kirche darf es daher wie an Hirten und Lehrern, so auch an Evangelisten nicht fehlen. Der HErr hat es auch nie Seinerseits mangeln lassen, nachdem Er als Sieger zur Höhe aufgefahren, giebt Er fort und fort Seiner Kirche die nöthigen Gaben und Kräfte. An ihrem Gebrauch zur Ausbreitung des Reichs zeigt sich nun, ob Christi Bekenner wirklich Seine Erscheinung lieb haben und ernstlich nach Seiner Zukunft sich sehnen; nur zur ersten Grundlegung der Gemeinden bezeichnete ja besondere Offenbarung des Geistes die Missionare (Apostelgesch. 13, 2), bald lenkte auch die Mission in die Gränzen natürlicher Entwicklung ein. Die Christen, unter den Heiden zerstreut, waren sämmtlich Missionare, wenn nicht mit Worten, so mit ihrem Leben und Leiden. Mit der äußerlichen Ausdehnung erlosch dann die innere Kraft auch an den Gränzpunkten, wo man mit Heiden zusammentraf. Die wachsende Macht der Bischöfe hatte den Laien fast alle Einwirkung genommen, so hielten sie sich auch nicht mehr verpflichtet mitzuwirken; die Mission blieb allein den Bischöfen, sie waren auch Seelsorger der Heiden in ihren Sprengeln. Man begann nun wohl eine Mission mit der Ernennung eines Bischofs[1]. Gewiß hat auch diese Anschauung etwas

---

[1] Aus den Klöstern erhielten die Bischöfe die nöthige Mannschaft. Erst als man es mit Völkern ganz verschiedener Sitten und Sprachen zu thun bekam, wurden förmliche Missionsseminare errichtet. Zunächst in Spanien. Der Domini-

Richtiges und Schönes, und wenn wir mit Recht protestiren, sobald
ein Bischof, wie im Münsterlande, auch über die Evangelischen eine
Herrschaft beansprucht, werden kirchlich Gesinnte sich doch nur
darüber freuen, daß auch evang. Pfarrer noch ihrer Katholiken und
Juden sich annehmen. Ja für die Judenmission dürfte die nächste
Aufgabe sein, den Pfarrern über diese Seite ihres Berufs das Gewissen zu schärfen.

Diese kirchliche Anschauung ward auch von den Lutheranern
beibehalten, nur mußten sie auch diese Sorge ihren Nothbischöfen, den
Fürsten, übertragen. Die machten es sich meistentheils leicht und vertrieben ebenso wie die ihren Bischöfen das Schwert leihenden katholischen Fürsten Andersgläubige und Ungläubige, nach dem Grundsatz,
„weß das Land, deß die Religion"; nur Schwedens Könige trafen einige
Vorkehrungen zur Bekehrung ihrer heidnischen Unterthanen, der Lappen.
Der Preis aber gebührt den dänischen Herrschern. Friedrich IV.
(1699—1730), ein für kirchliche Interessen erwärmter Fürst, hatte
schon als Kronprinz den Entschluß gefaßt, für das Seelenheil der
ihm unterworfenen Heiden Sorge zu tragen. Doch vergeblich ließ der
junge König in seinem Reich nach den rechten opferfreudigen Männern
suchen, er wandte sich darnach durch seinen Hofprediger Dr. Lütkens
an A. H. Francke, der damals immer aushelfen mußte, wenn es
irgendwo an Lehrern oder Predigern fehlte, und bald waren Ziegenbalg und Plütschau nach Indien unterwegs (1706). Weil auch

---

caner-General Raimund de Pennaforte verabscheute die gewaltsame Bekehrung der
Mauren und Juden, er verlangte einen überzeugenden Unterricht. Solchen zu
ertheilen waren nur Männer geeignet, die den Koran und die rabbinischen Schriften in der Ursprache lesen konnten. Darum gründete er mit Unterstützung seines
Königs 1250 zu Murcia und Tunis Lehranstalten, in welche Mönche von guten
Anlagen aufgenommen und durch bekehrte Juden im Hebräischen und Arabischen
unterrichtet wurden, zugleich erhielten sie Anleitung zum Disputiren mit Juden
und Muhammedanern. Darf man dem Biographen Raimunds Glauben schenken,
so übertraf der Erfolg dieser ersten Seminarszöglinge bei den Saracenen sogleich
weit die Erwartung. Mehr als 10,000 traten über und suchten mit außerordent-
licher Begeisterung das Evangelium unter ihren früheren Glaubensgenossen weiter
zu verbreiten. Dagegen war die Ernte unter den Juden anfänglich sehr mager.
Sie schätzten zwar den Mann hoch, der durch seinen vielvermögenden Einfluß den
Muthwillen des Volks zügelte, den Arm des Starken entwaffnete und Gerechtigkeit und Schonung gegen die unterdrückten Kinder Israel anpries — aber hierbei ließen sie es auch gewöhnlich bewenden. Vgl. Gesch. der Apologetik von
G. H. van Senden, übersetzt von Binder, II. S. 110 ff.

ferner der König sein Volk nicht zu gleichem Missionseifer anreizen konnte,
während die Theilnahme in Deutschland durch Herausgabe der Halleschen Nachrichten stets zunahm, ging thatsächlich die Leitung des Ganzen auf Halle über, wie denn stets vom Kopenhagener Missions-
Collegium der dortige Director um Auswahl neuer Missionare gebeten
ward. Die Halleschen Anstalten dienten als Missionsseminar; wenn
der Director einen der Lehrer für geschickt erachtete, konnte er ihn
ohne Aufsehen weiter beobachten und erproben, ehe er ihn direct auf-
forderte. Die jungen Theologen aber hatten vielfache Gelegenheit das
Missionswerk kennen zu lernen; wenn dann die Stimme ihres Herzens sie trieb, sahen sie wohl ihre persönlichen Verhältnisse darauf an
und — warteten schweigend, ob auch das Herz klopfte, bis ein Ruf
an sie gelangte. Dann waren sie gewiß, daß Gott sie zu diesem Werk
berufen und in Zeiten der Anfechtung, wenn ihre Kräfte für das
große Werk zu schwach erschienen, konnten sie sich freudiger der Hülfe
des HErrn getrösten, weil sie nicht auf selbsterwählten Pfaden gegangen. Alle einlaufenden Gelder kamen auf diese Weise der Mission direct
zu gute und jener wunderlichen Verirrung vieler Missionsfreunde,
welche wähnen, die Mission blühe, wenn die Seminare gefüllt sind,
und auf jedem Missionsfest ein Missionar Vortrag hält, war aller
Boden entzogen. Damals mochte vielleicht der Director bei sich denken,
daß er auf den Grund der Herzen schaue und nur wahrhaft Bekehrte
auslese, jetzt werden Aufnahmebedingungen gedruckt und obenan steht
zu lesen, nur wahrhaft Wiedergeborne können angenommen werden.
Daß nun der sich Meldende sich für einen wahren Gläubigen hält,
mag hingehen, da es ja erste Sorge namentlich lutherischer Christen
ist, zur Gewißheit ihres Gnadenstandes zu gelangen; höchst bedenklich
aber, daß durch die Abstimmung über seine Aufnahme diese Meinung
vor aller Welt besiegelt wird. Dazu kommt nun die Volksmei-
nung von der Heiligkeit der Missionare, noch genährt durch über-
triebene Schilderung der Gefahren und Entbehrungen. Das sind gefährliche Klippen, an denen oft die apostolische Gesinnung zerschellen
wird: Nicht, daß ich es schon ergriffen hätte, ich jage ihm aber nach;
gefährliche Klippen, an denen manches aufrichtige Gemüth Schiffbruch
leidet und in den Abgrund der Verzweiflung hinabfährt, wenn es den
wahren innern Zustand mit diesem Heiligenschein zusammenhält. Dagegen wie wahr und ergreifend ist der Hergang bei unsern Alten!
    Als im Mai 1738 der tüchtige Missionar Sartorius zu Cudelur,
einem Seitenschößling des ersten Trankebarer Filials Madras, plötzlich mit Tode abging, bat die englische Societät zur Verbreitung christ-

licher Erkenntniß, welche auf den englischen Plätzen die Stelle des
Kopenhagener Collegiums einnahm, für Missionar Geister in Cudelur
wieder um einen Collegen. Da in Trankebar nach Pressiers Tode
(Febr. 1738) und Walthers Rückkehr (1739) außer Dal und Bosse,
einem untüchtigen Missionar, über dessen Absetzung schon länger ver=
handelt wurde, nur drei eben angekommene Brüder Obuch, Wie=
debrock und Kohlhoff in Arbeit standen, wurden auch für diesen
Platz von Kopenhagen aus bringend zwei neue Arbeiter gefordert. In
der Vorrede zur 45. Continuation der Halleschen Nachrichten, Mai 1739,
lesen wir daher schon die Aufforderung: „Gott wird herzlich angerufen,
daß er selbst diejenigen zeigen wolle, welche er erwählet hat, und jeder
christliche Leser dringend gebeten, mit mir den HErrn der Ernte
demüthig darum anzuflehen." Anfänglich wollte es nun fast schwer
werden Leute zu finden, die auf einen Ruf mit Samuel antworteten:
HErr, hier bin ich. Der Eine hat dem wohlgemeinten Antrag gegen=
wärtig nicht gehorsamen können „weil ich wegen meiner Leibes=Consti=
tution und Memorie mich zu diesem Werck, welches gar wichtig ist,
nicht tüchtig zu seyn gesehen." Ein Andrer, Informator auf Ilsen=
burg, möchte einen so gesegneten Ort nicht nach einem Vierteljahr schon
wieder verlassen. „Dazu kam die Noth der Schulkinder, die ich vor Augen
sehe, welche kaum ein Zutrauen zu mir genommen und mich so bald
wieder verlieren sollten." Schon begann man zu zweifeln, ob noch
in dem Jahre neue Boten würden ausgehen können. Da forderte am
13. August Prof. Francke den Schweden Johann Zacharias Kier=
nander[1]) auf, nach Cudelur zu gehen. Dieser war im Herbst 1735,
in seinem 24. Jahr, nachdem er in Upsala wegen eines in großer
Noth[2]) verübten leichtsinnigen Streiches nicht hatte bleiben mögen, von
christlichen Freunden nach Halle gewiesen, fand völlig mittellos dort
im Waisenhause freundliche Aufnahme und Beschäftigung bei den Schul=
anstalten. Als ihm um Ostern des folgenden Jahres rechter innerer

---

[1]) Aus Kiernanders Jugendgeschichte stehe hier folgender Zug: Es begab sich
in der Nacht vor seiner Taufe, nachdem schon beschlossen war, das Kind solle den
Namen Balsar bekommen, daß seiner Mutter ein ansehnlicher Mann in priester=
lichem Gewande erschien und sie fragte: Wie werdet ihr das Kindlein nennen?
Balsar war die Antwort. „Nein keineswegs, sondern Johannes Zacharias", mit
diesen Worten verschwand die Erscheinung. So geschah es denn auch und oftmals
hat später die Mutter aus seinen Namen einen kräftigen Grund zu Ermahnungen
genommen.

[2]) Der unbemittelte Vater hatte ihm schon im 17. Jahr, als es mit dem
Lernen nicht recht vorwärts ging, alle Unterstützung entzogen.

Friede geschenkt wurde, nach langen Kämpfen und Zweifeln, gelobte er dem HErrn: So Er in Seiner Gnade ihn erhalten und befestigen werde, wolle er gern auch am Ende der Welt unter den Heiden Ihm dienen. Francke war demnach an den rechten Mann gekommen und nach sechs Tagen war schon die Zusage in seinen Händen.

Wie schwer die zwei noch Fehlenden gewonnen wurden, lassen wir uns am liebsten von Fabricius erzählen: „Wegen der zwei Missionare nach Trankebar hat es so hart gehalten, daß vor weniger Zeit und Tagen noch Keiner zu finden gewesen. Doch hat nun Gott noch zu rechter Zeit und da die Noth, so zu reden, am größten war, zwei zu finden gewußt, die Er ohne Zweifel schon von langer Zeit her darzu im Verborgenen präparirt, nämlich mich, den allergeringsten und unnützesten und noch einen, Herrn Zeglin. Am 11. Sept. (1739) ist mir zuerst der Antrag dazu geschehen.“ Zeglin, ein treuer, demüthiger Pommer, ängstlichen Gemüths und schwächlicher Constitution, der eben erst das 23. Jahr vollendet hatte und auch an den Anstalten unterrichtete, berichtet Näheres über seine Berufung. Im tiefsten Gefühl seiner Untüchtigkeit hatte er mehrere Berufungen in sein Vaterland noch im August entschieden von sich gewiesen und dabei gedacht und nach Hause geschrieben, lieber wolle er noch zu den Malabaren, als nach Hause[1]). Und siehe, der HErr nahm ihn beim Wort, am letzten desselben Monats forderte ihn Francke im Namen Gottes auf zu gehen, bekam aber ein entschiedenes Nein. Plötzlich überfiel den jungen Zeglin eine außerordentliche Begierde: „Ach, wenn es noch einmal an dich käme, wenn doch Jeder ausschlüge, damit weil Keiner sonst will, die Nothwendigkeit auf dich fällt. Meine Gedanken liefen dergestalt Tag und Nacht, daß ich nicht ruhen noch rasten konnte. Es war mir zu Muthe, als wenn die ganze Welt für mich betete und mich zur Annahme des Rufes triebe. Am 11. Sept. trug ich in meinem Morgengebet dem HErrn alle Gründe für und wider vor und gerieth dabei in solche Ruhe des Herzens, daß ich den Vorsatz faßte: Wird Hr. Dr. Francke aus freiem Trieb noch einmal den Ruf an dich bringen, so willst du ohne alle weitere Weigerung folgen. Dabei dachte

---

[1]) Welch ein Abstand zwischen dieser Gesinnung, die einerseits vor den eigenthümlichen Schwierigkeiten eines Wirkens unter abgefallenen Christen und andrerseits vor dem Lehramte unter den von Gott Gelehrten und auch mit heiligem Geist Gesalbten demüthig zurückbebt, und jener Berufsüberschätzung vieler Missionare, denen die Arbeit in manchen Gebieten des kirchlichen Thuns nur als Müssigstehen am Markt erscheint!

ich zugleich, es wird bald erfolgen, sah einmal nach dem andern aus
dem Fenster, ob nicht ein Waisenknabe mich riefe. Nach einigen Stun=
den ging ich an meine ordentliche Arbeit, aber es wollte heute nicht
fortgehen, ich betete, Gott wolle noch in der bevorstehenden Stunde
sich über mich erbarmen und mich ja nicht einen Schritt thun lassen
ohne seinen Willen. Die Stunde konnte nicht zu Ende gehen, so
kam ein Bote, ich sollte zu Hrn. Dr. Francke kommen. Da war's rich=
tig, ich gab mein Jawort von mir."

Dies Ja ermuthigte Francke noch selbigen Tags an Zeglins
und Kiernanders Freund und Mitarbeiter Fabricius sich zu wenden.
Drei bis vier Tage blieben nur noch zur Entscheidung, es war keine
Zeit übrig, Antwort von den Verwandten zu erhalten, noch zu ihnen
zu reisen. Doch dies war ein geringes Hinderniß, denn selten hat
wohl Jemand die Berufung zum Missionar so freudig und muthig
aufgenommen, seltener noch die Verwandtschaft so ergeben, ja zurathend
beigestimmt. Das Lesen der Missionsnachrichten hatte ja schließlich
den Entschluß Theologie zu studiren in Fabricius zur Reife gebracht. Seit=
dem, wenn er in Gebet und Fürbitte der Mission gedachte, empfand
er Neigung auch einmal hinauszugehen. Sorgfältig hatte er bis dahin
diese Neigung verschwiegen, ja wenn Freunde von selbst darauf kamen,
gänzlich zurückgehalten. Nun kommt dieser Ruf, und Gott giebt ihm
Freudigkeit, daß er sich bald in die gänzliche Trennung von seinen
vielgeliebten Verwandten findet und auch auf den persönlichen Abschied
verzichtet, daß er im Herzen sonderbar beruhigt ist, auch Mutter und
Geschwister werden diese Nachricht vielmehr als eine erfreuliche Bot=
schaft ansehen. Der ganze Brief an seine Verwandten, in dem er
ihnen Kunde giebt von dem angenommenen Berufe, ist ein Jubellied:
„Ich schätze das für eine der größten Wohlthaten Gottes, die er mir
in meinem Leben erwiesen, daß er mich noch zu dem seligen Studium
der Theologie hat gelangen lassen. Seitdem genieße ich einer solchen
beständigen und gründlichen Gemüthsruhe, daß ich's nicht aussprechen
und Gott nicht genug dafür loben und erheben kann. Tausendmal sei
Dir gesungen, HErr mein Gott, Preis Lob und Dank, Daß es mir
bisher gelungen. Ach laß meines Lebens Gang ferner doch durch Jesu
Leiten nur geh'n in die Ewigkeiten, da will ich HErr für und für,
ewig, ewig danken Dir! Ach der liebe und treue Gott wird uns
fernerhin gern alles Gute thun. Ewig währet Sein Erbarmen, ewig
will Er uns umarmen mit der süßen Liebeshuld. Gott hat mich eines
gar köstlichen Rufs gewürdigt, das Evangelium von dem Gekreuzigten
in der Wüste des Heidenthums predigen zu helfen. Die Umstände sind

also, daß ich des Willens Gottes vollkommen überzeugt bin und seine
selige, herrliche und wunderbare Führung darunter fast mit Händen
greifen kann." Seinen Lebensabriß schließt er mit folgenden Worten:
„So oft ich mich in der Ueberlegung auf die andre Seite lenken wollte,
ist mir eingefallen: Sollst du ungehorsam sein, dem Wink des HErrn
Jesu zu folgen, der dich bis in den Tod geliebet hat; zumal, da nun
Niemand dahingehen will und es eine Sache ist, die dem Fleisch zuwider, und da man sein Leben auf eine besondre Weise gering halten
muß. So ist mir vorgekommen, daß ich ein unruhiges Gewissen lebenslang haben könnte, wenn ich den Beruf ausschlagen wollte." Des besondern Winks und Willen Gottes zur Genüge versichert, sieht er der
Seereise und allem Uebrigen recht getrost und ohne Furcht entgegen.
Der Beruf hat ihn nicht von ungefähr, sondern unter Gottes specieller
Leitung getroffen, „dazu schon von weitem her mancherlei Stücke meines
vorigen Lebens und mancherlei Vorbereitungen von Seiten Gottes abgesehen gewesen sind."

Am 22. Sept. schon befanden sich Fabricius und Zeglin auf der
Reise nach Kopenhagen zum Examen und zur Ordination, denn es war
hohe Zeit, wenn sie noch mit den Spätschiffen von England fortkommen
sollten. Wohl in Erinnerung an die bei Ziegenbalg's und Plütschau's
Examen vorgekommenen Differenzen mit den Orthodoxen Kopenhagens[1]
lautete ein Paragraph ihrer Reiseinstruction: „Bei dem Examen und
wo Sie sonst mit Theologen oder andern Personen ins Gespräch
kommen, haben Sie alle Freimüthigkeit, aber auch dabei alle Vorsicht
in den Discursen zu gebrauchen und unter göttlichem Beistand in alle
Wege dahin zu sehen, daß Sie Niemand Anstoß geben, sondern das
Zeugniß eines wohlanständigen Bezeigens und christlicher Bescheiden-
heit erhalten." In dem Empfehlungsbrief an den Präsidenten des
Missions=Collegiums, Geheimrath von Holstein, lautet es sogar ent-
schuldigend: „Die beiden Missionscandidaten sind stille Leute, die Manchen wohl nicht aufgeweckt genug scheinen möchten, sie sind aber gleich

---

[1] „Es schreibt Ziegenbalg (in seinen ersten Briefen zweimal von Lange
in Berlin, dann zum drittenmal von Bergen in Pirna 1708 etwas anders
herausgegeben), es wären die Dänischen Theologi nicht mit ihm zufrieden gewesen, und er hätte gesehen, daß ihnen seine Hypotheses allzu sehr nach dem P.
(Pietismo) geschmeckt; er habe sich, da er vor dem König predigen müssen, be-
flissen', alle Hypotheses der sogenannten P. (Pietisten) in eine Summa zusammen
zu fassen und öffentlich vorzustellen gedenkend, daß solches entweder einen Durchbruch oder seinen Abschied verursachen würde." Unschuldige Nachrichten 1708.
S. 750 ff., auch Fenger Anhang.

wohl gesetzt, und ist insonderheit der Hr. Zeglin durch manche schwere Anfechtung gegangen, daher er auch bei seinen noch jungen Jahren in diesem Stück schon geübt ist. Sollten etwa ein oder andere, was die Munterkeit betrifft, diese an ihnen vermissen, so werden sie doch, wenn sie nach dem Grunde forschen, in der Hauptsache wohl ein Mehrers finden, als sie vermuthen." Die Aufnahme war übrigens über alle Erwartung günstig. Beide mußten im Cabinet des Geheimraths von Holstein einen Vortrag halten, worüber dieser dann an Francke schreibt: „Es scheinen selbige ganz feine und christliche Leute zu sein, insonderheit verspreche ich mir viel Gutes von Fabricius, welchen ich vorigen Sonntag habe predigen hören und ihm das Zeugniß geben muß, daß seine Predigt ordentlich verfaßt, gründlich ausgearbeitet und erbaulich applicirt war. Der andre lässet noch nicht so gesetzt zu sein, allein er ist auch jünger."

Gleich freundliche Aufnahme und Anerkennung fanden sie bei den Angesehensten am Hofe und bei der Geistlichkeit, so daß man sich eigentlich über das Mißtrauen wundern muß, das in Halle gegen Kopenhagen herrschte. Unter Friedrich IV. zwar war es nicht unbegründet. Er selbst, ein so reges und thätiges Interesse er an dem Werk der Mission, der Bibelverbreitung, der Begründung von Waisenhäusern nahm, scheint sich doch in seinem Privatleben nicht ganz von dem leichten Wesen vieler Höfe jener Zeit losgemacht zu haben. Auch war er mißtrauisch, daß die Halleschen Theologen nicht der Augsburgischen Confession gemäß lehrten. Doch seine Gemahlin, eine Stollbergische Prinzeß, und sein Bruder Karl vertraten kräftigst die Hallesche Richtung, und seit Dr. Lütkens die verlangten Missionare nur in Halle zu finden vermocht hatte, ward grade die Missionssache der Hebel, Dänemark dem Pietismus immer mehr in die Arme zu führen. Darum concentrirten sich auch grade auf diesen Punkt die Angriffe der Gegner. Vergebens, A. H. Francke hatte durch seine Freunde bei Hofe nachdrücklich betheuern lassen, daß er vollständig mit der Augustana übereinstimme, und das Missionscollegium mußte ihm auf königlichen Befehl den Dank und die Anerkennung des Königs aussprechen. Seit der Thronbesteigung Christians VI. (1730) vollends sammelten sich in Kopenhagen die edelsten Kräfte der deutschen Grafenhöfe, treffliche Geistliche wurden berufen (die Hofprediger Seydlitz und Bluher, später Hauber und Struensee), kurz Kopenhagen war eine Burg des Pietismus. Wenn dennoch der jüngere Francke sich argwöhnisch zeigt, so ist dies Ausfluß der kleinlichen Furcht, daß man endlich doch in Kopenhagen sich von Halle emancipiren und ein eignes Missionsseminar gründen möchte. Denn das ließ sich ja allerdings nicht läugnen, daß während in Deutschland die religiöse Bewegung um 1730 ihren Höhepunkt erreicht hatte, sie in Dänemark fort und fort wuchs. Der große Kopenhagener Brand von 1728 scheint einen Wendepunkt gebildet zu haben, da Viele ihn für ein Gottesgericht ansahen[1]). Man kann sich daher denken, wie lieb es unserm Fabricius gewesen sein wird, daß er grade an diesem Tage auf Befehl des Königs vor Sr. Majestät zu predigen hatte. Er hielt eine Bußpredigt über Sach. 13, 9: „Ich will dasselbige dritte Theil durchs Feuer führen und läutern, wie man Silber läutert und fegen, wie man Gold feget. Die werden dann meinen Namen anrufen und Ich will sie erhören. Ich will sagen: „Es ist mein Volk"; und sie werden sagen: „HErr mein Gott." Nach der Predigt bezeugte ihm der König seine höchste Zufriedenheit. Auch Zeglin erhielt Befehl vor dem König eine Predigt zu halten, ist aber über die Ehre ziemlich betrübt, da ihr durch eine Visitationsreise des Bischofs schon lange ausgedehnter Aufenthalt nun noch länger dauern muß: „Hr. Fabricius dagegen ist ganz muthig. Ich weiß öfters nicht, wo ich mich vor Scham hin verkriechen soll, wenn ich den lieben Menschen ansehe. Ich hätte es nimmermehr in ihm gesucht. Er ist ein rechter alter und erfahrner Christ. Es ist der größten Wohlthaten eine, die mir Gott in diesen Umständen erzeigt, daß Er mir einen solchen Menschen zugesellt hat. Sein stiller einfältiger, evangelischer, gelassener Wandel leuchtet mir beständig in die Augen. O Gott, sei nochmals hochgelobt für einen solchen Gefährten."

Am 23. Oct. empfingen sie ihre Vocation und Instructionen: „Wir Präses und Assessoren des Missionscollegii thun hiermit kund und zu wissen, daß wir den Candidaten Ministerii Joh. Phil. Fabricium in Betrachtung seiner in der heil. Schrift und Gottesgelahrtheit

---

[1]) Im Jahr 1720 predigte Dr. H. Türkop in der St. Petrikirche vor der deutschen Gemeinde und handelte eine solche Materie ab, die eine Warnung wider Gottes gerechte Gerichte enthielt. Unter andern gebrauchte er folgende Worte: „Ehe zehn Jahre zu Ende gehn, soll Kopenhagen zum Steinhaufen werden. Merket wohl, was ich sage, und ich will es noch einmal sagen, damit ihr es desto besser merken möget: Ehe zehn Jahre zu Ende gehn, soll Kopenhagen zum Steinhaufen werden." Diese Weissagung nahmen einige zu Herzen, andere hingegen lachten darüber, und als 1728 der Termin bis auf zwei Jahre verflossen war, so wurde viel von dieser Sache geredet. Ehe man sichs versahe, war diese Prophezeiung erfüllt und Dr. Türkop selbst schien so wenig als andre solches damals gewärtiget zu haben; gestaltsam sein Schrecken so groß war, daß selbiger eine langwierige Krankheit nach sich zog." S. Menoza S. 674.

erlangten guten und gegründeten Wissenschaft wie auch beigebrachten
glaubwürdigen Zeugnissen seines christlichen Lebens und Wandels zum
Missionarium in Ost=Indien angenommen und berufen haben. Gestalt
wir Ihm denn hierdurch das Amt eines Missionars im Namen des
dreieinigen Gottes wirklich auftragen und Ihm aufs nachdrücklichste
anbefehlen, die selig machende Erkenntniß von Christo Jesu nach
Anweisung der h. Schrift und der in diesem Königreich angenommenen
symbolischen Bücher unter den Heiden fortzupflanzen. — An den ge=
sammelten Gemeinden hat Er alle in dem dänischen Ritual vorgeschrie=
benen Ministerialacte treulich zu verrichten. Gleich wie Er übrigens
nach der von Ihro Königl. Maj. allergnädigst ertheilten Instruction
und den vom Missionscollegio bereits gemachten und noch ferner zu
machenden Verfügungen sich allerunterthänigsten und äußersten Fleißes
mit willigem Herzen zu achten durch die Aufnahme und Erweiterung
dieses Werks aus allen Kräften zu befördern schuldig sein soll. Wo=
gegen Er zu seinem nothdürftigen Unterhalt die von Ihro K. M. einem
Missionario allergnädigst beigelegten 200 Reichsthaler jährlich
zu genießen hat." Zu diesem letztern Punkt halte man noch die be=
treffenden Worte der Instruction: „Er soll sich begnügen lassen mit
dem, so wir ihm zur jährlichen Besoldung und Unterhalt allergnädigst
zugelegt haben, auch nicht bei den Verrichtungen seines Amts einig
Geld von den Leuten fordern."

Nun zu solchem Amt lockte allerdings fleischliche Menschen nichts,
und wir begreifen kaum, wie es möglich ist, daß Fabricius vor seiner
Abreise zur Unterstützung seiner Mutter noch von dieser Besoldung
etwas Gewisses aussetzt. Dazu bedarf es einer außerordentlichen gegen=
seitigen Liebe und besonderen Familiensinnes. Gern lassen wir uns noch
näher in diese liebe Familie einführen und vernehmen jetzt etwas aus
den Briefen, die Fabricius bei der Rückkehr aus Kopenhagen in Halle
Anfang November vorfand. Der Brief der Mutter darf wohl unab=
gekürzt hier stehen.

Mein lieber Sohn!

Daß Du dem Willen Gottes folgen wilt, gefällt mir wohl,
der Gott, der Dich darzu berufen, wolle Dir auch beistehen,
Dir Kraft und einen getrosten Muth verleihen, Dich gesund über
das wilde Meer, wohin Dich der liebe Gott sendet, mit seinen
heil. Engeln begleiten. Der Gott, der Dich nach seinem Eben=
bilde erschaffen, wolle Dein lieber Vater seyn, sein lieber Sohn,
der Dich mit seinem Blute erkaufet, wolle Dein lieber Bruder
seyn, der h. Geist, der Dich in der h. Taufe geheiliget, wolle in

Deinem Herzen wohnen. Bete vor mich, Deine Geschwister und ihre Kinder, daß uns der liebe Gott wolle geschickt machen, nach seinem h. Willen auf der rechten Bahn zu wandeln und vor seinem Thron mit Loben und Danken die große Majestät mit allen h. Engeln und Auserwählten preisen mögen. An Deine Hrn. Mitbrüder ergeht auch mein herzlicher Gruß. Ich grüße Dich auch vielmal und wünsche Dir den Frieden und Segen Gottes und verbleibe Deine liebe getreue Mutter

2 Tim. 4, 5.   Elisabeth Charlotta Fabriciin.

Näheres über diese Mutter, deren ganzes Herz in jenen kurzen Worten, deren ganze Weise „eine special-gehorsamste Empfehlung von unserer lieben alten Mutter" in den Briefen der Söhne an Dr. Francke sich ausprägt, entnehmen wir einem Brief ihres Sohnes Lutz, welcher als Nassau-Weilburgischer Justizbeamter vor Kurzem nach Atzbach bei Gießen gekommen war und von der Geneigtheit des gnädigen Herrn, der alle seine Diener persönlich kennt und eine feine Ordnung eingeführt hat, bald weitere Beförderung erwarten darf. Mutter, Schwester Ottona und Bruder Sebastian waren mitgezogen, um ihm bei der ersten Einrichtung zu helfen. Ihre Wohnung ist in einem Wirthshause, ein kleines Gärtchen ist ihre Freude; da sie alle Bedürfnisse um Geld kaufen, leben sie still für sich hin. Ottona sieht besonders darauf, daß die täglichen Andachten und die Sonntagserbauung frisch fortgehen, liest auch oft beim Mittagessen gute Sachen vor, die Bruder Philipp geschickt hat. Sonntags wird oft der weite Weg nach Gießen nicht gescheut, um Pfarrer Griesbach zu hören, zumal die Herzensfreundin, die verwittwete Frau Dr. Rambach, immer freundliche Aufnahme gewährt. Die Mutter, „noch immer recht rüstig und wohl führt in der Haushaltung ein gesegnetes Präsidium" (doch zog oft alte Anhänglichkeit sie zu längerem Besuch nach dem nahen Kleeberg). Dort sitzen sie nun zusammen in einem Zimmer und schreiben Alle an ihren lieben Johann Philipp und beeifern sich, wer unter ihnen dem Willen Gottes am willigsten und freudigsten beistimme. Die Augen voll Thränen — nicht über die weite Entfernung und Trennung, sondern aus Freude über die seligen Führungen Gottes. Schwester Ottona freut sich herzlich über Philipps Gehorsam gegen den göttlichen Willen, der liebe Herr Jesus werde auch auf dem Wasser bei ihm sein: „Ach mein herzenslieber Bruder, ich erinnere mich oft Deiner freundlichen, tröstlichen und erbaulichen Zuredungen, wie auch nicht weniger Deiner liebreichen Briefe, welche mich oft gestärkt und aufgerichtet haben." In Jesu Liebe findet sie Trost: „Was ist es Schönster, das ich nicht in Deiner Liebe habe? Sie ist mein Stern, mein Sonnenlicht, mein Quell, da ich mich labe, mein süßer Wein, mein Himmelsbrot, mein Kleid vor Gottes Throne, meine Krone, mein Schutz in aller Noth, mein Haus, darin ich wohne."

Nur Eins, bemerkt Lutz, kann sie schwer verwinden. Sie hat dem lieben Philipp vor einigen Wochen eine hübsche Haube gestrickt und nun kann die füglich nicht mehr an ihn gelangen, und gesetzt auch, was in dem warmen Lande damit anfangen?

Als Muster nüchternen Urtheils, wie es sich in unsern heutigen christlichen Kreisen selten findet, stehe hier noch folgende Stelle seines Briefes: „Gott wird Dir beistehen, daß Du nach einiger kurzen Zeiten Verlauf gleich den andern Dich in Indien eingewöhnen wirst und Dir hernach Dein dortiger Stand und Beruf ebenso ordinair vorkommen wird, als wenn Du noch hier in einem Stande wärest. Ja wir glau= ben auch gewiß, Du werdest dort Deinen Beruf weit ruhiger und mehr befreit von allerhand Verdrießlichkeiten, Aergernissen und heimlichen Kränkungen führen können, als solches wohl in hiesigen Gegenden selbst unter dem größern Haufen derer, die sich Christen nennen, gegen rechtschaffene Prediger insgemein zu geschehen pflegt. Mach Dir keine Gedanken, als ob wir über diese Veränderung etwa sehr wehmüthig wären. Wir versichern Dich nochmals, daß wir Alle und insonderheit die liebste Mutter uns hierin ganz außerordentlich wohl zu finden wissen und durch Verleihung des Höchsten ganz gelassen, auch im Uebrigen in Gott vergnügt, munter, lustig und gesund sind. Nun soviel hiervon. O treuer Gott! erhöre heut, was Deine Kinder bitten, mach uns durch Deine Kraft bereit, uns nun zu überschütten mit rei= chem Maß der Frömmigkeit, daß wir Dir in der letzten Zeit mit vieler Treue dienen. — Wenn ich ohne Dienste wäre, so trüge ich allenfalls kein Bedenken, meinen herzliebsten Bruder zu begleiten, indem ja wohl auch viele Europäer im civilen Stande einen Gott wohlgefälligen Be= ruf zu führen Gelegenheit haben werden." Was ihm versagt blieb, ward in anderer Weise seinem Bruder Sebastian zu Theil, der ein eifriger Förderer der Missionssache in der Heimat wurde. Bald nach Philipps Abreise führte er die schon länger beabsichtigte Reise nach Halle aus und wurde sogleich Privatsecretär bei dem jüngern Francke; schon in dieser Stellung, noch mehr aber als Inspector der Cansteinschen Bibelanstalt besorgte er alle äußern Geschäfte bei der Hinaussendung der Missionare und alle indischen Aufträge. Später redigirte er auch allein die Missionsnachrichten und hatte nach G. A. Francke's Tod (1769) großen Einfluß auf die ganze Leitung. Director Schulze widmet ihm 1790 folgenden Nachruf: „Der seit mehr als 30 Jahren um das gesammte Missionswesen so vielfach verdiente H. Inspector Seb. Andr. Fabricius ist am 10. Januar in einem Alter von 74 Jahren in seine Ruhe eingegangen. Es würde undankbar sein, ihm das Lob eines unermüdeten Eifers in diesen die Ehre Gottes so nahe angehenden Geschäften zu versagen. Er fand an denselben ein wahres Vergnügen und alle, auch die ältesten noch lebenden Herrn Missionare werden ihm gewiß das Zeugniß geben, daß er sowohl vor als nach ihrer Absendung als Vater und Freund gegen sie gehandelt habe. Es wird ihm noch manche dankbare Thräne gewidmet werden." Auch wir werden später noch auf ihn zurückkommen. Gleiche Gesinnung zeigen die Briefe der andern Geschwister. Die Schwester A. Elisabeth Fabriciin in Philippsthal giebt sich zufrieden, weil sie weiß, daß ihr Bruder auf Gottes allerseligsten Wegen wandelt und dazu erwählt und berufen, und da sie sich bei einem Vetter Mediciner befindet, schickt sie ihm noch für die Seereise ein rothes Pulver und giebt sonst ärztliche Rathschläge. Zum Schluß schreibt sie ihm noch zur Ermunterung ein ganzes schönes Lied auf, das als weniger bekannt, hier auch folgen möge:

1. JEsus ist mein Bräutigam,
   O wie sollt ich Ihn nicht lieben?
   Hat nicht dieses Gotteslamm
   Alle Treue mir verschrieben?
   Niemand rede mir darein,
   Nur mein Jesus bleibet mein.

2. Ach sein Himmel ist in mir,
   Er mein Himmel auf der Erden;
   Laßt mich geh'n ihr Sorgen ihr,
   Er wird mir noch süßer werden.
   Nichts heißt bei ihm Ueberdruß,
   O wie lieblich schmeckt sein Kuß.

3. Naht Er in mein Herzenshaus,
   O was läßt Er mich genießen!
   Ruf ich seinen Namen aus,
   Ach so fühl' ich Balsam fließen!
   Von den Wunden quillet mir
   Oel und Wein zum Trost herfür.

4. Nun es bleibt dabei, mein Herz
   Soll Ihn ewig lieb gewinnen;

Tausend Lust und tausend Schmerz
Aendert nicht die treuen Sinnen:
JEsum lieb' ich ganz allein,
Das nur soll mein Wahlspruch sein.

Johann Conrad Fabricius, in Steinfurth verheirathet, und wie
es scheint dort Pfarrer, will die natürliche Bewegung des Herzens der
schuldigen Liebe zu Gottes Verherrlichung unterwerfen. Er schaffe, daß
Sein Name in aller Welt kund werde, Er mache unter den Heiden
seine Ehre bekannt! Der Bruder Georg, ein Jurist, war in der letzten
Woche auf etliche Tage da gewesen. Er freut sich über dessen Liebe
zu Gottes Wort und bittet, Gott wolle ihm ferner Seine Kraft und
Segen beilegen. Auch der Familienälteste in Kleeberg zeigt in seinen
Briefen an Francke gleiche Liebe und christliche Gesinnung, so daß also
von dieser ganzen großen Familie, die ich nun vorgeführt habe, gelten
kann, sie waren Ein Herz und Eine Seele. Dadurch erscheint uns
Philipps Freudigkeit in noch höherem Licht, und Worte, wie die folgenden, erhalten die rechte Bedeutung: „Die sonst so zarte Liebe zu
Ihnen allen, die wohl unter Angehörigen nicht größer sein kann, macht
mir nun in meinem Gemüth kein Hinderniß mehr, ob ich gleich Viele
verlasse, Sie hingegen nur Einen missen." Nachdem er die Hand an
den Pflug gelegt, konnte er sie nicht wieder abziehen; er stellte sich
mit ganzem Herzen in den Dienst der Mission, darum ließ der HErr
ihn auch bald eine Frucht sehen. Als Segen einer von ihm mit dem
Geheimrath von Degenfeld geführten Correspondenz liefen für die
Mission 1400 Thlr. ein, dazu 40 Thlr. für ihn selbst, wie Francke
bemerkt, zur Vergeltung für die gegen seine Mutter bewiesene Liebe.

Jetzt gingen ihre Wege aus einander und hier auf Erden haben
sie sich nimmer gesehen, gewiß aber sind nun die schwesterlichen Ab-
schiedsworte Wahrheit geworden: Sollte es dem HErrn nicht gefallen, uns in dieser Welt wieder zusammenzuführen, so werden wir
uns doch im Himmel, in der ewigen und vollkommenen Herrlichkeit
alle zusammen sehen, da uns nichts mehr trennen noch betrüben wird."

Der HErr hatte gerufen und auf Seinen Ruf ertönte von allen
Seiten ein freudiges Ja. Niemand fragte: HErr, was wird uns dafür? wenn sie beharren in diesem freudigen Glauben, können sie gewiß
sein, daß jetzt ihre Wege nur zeitlich aus einander gehen und daß sie
hier über alle räumlichen Schranken hinweg im HErrn vereinigt, dort
vor Gottes Thron sich wiedersehen, und ein Loblied ohne Ende singen
werden, nachdem hier schon ihre höchste Lust gewesen, Christum in
schönen Liedern zu preisen.

Kapitel 5.

Von Halle über Holland und England nach Trankebar.

Unsre Reisen gehen
in des Freundes Nähen!

In fast allen norddeutschen Seestädten ist eine Kirche dem h. Nikolaus, dem Patron der Schiffer geweiht; bevor es auf die See ging, pflegte sich dort die ganze Schiffsmannschaft zum Gebet zu vereinigen. In unseren Zeiten wird auch dies Stück christlicher Sitte wohl überall gefallen sein; doch in den Kirchen der abgelegenen Halbinsel Mönchgut hängen noch von den Decken herab die fein geschnitzten, mit vollem Segelwerk versehenen Schiffsmodelle, welche von den Abfahrenden gestiftet wurden. Unsere Schiffsleute mögen sich auch wohl schwer in die Zeit zurückversetzen können, wo die Strandung eines venetianischen Schiffes mit indischen Artikeln (1518) zuerst den Blick englischer Kaufleute auf den fernen Osten lenkte und es vielleicht kaum glauben, daß noch um Mitte vorigen Jahrhunderts man in Madras sehnsüchtig nach dem Frühschiff oder Spätschiff ausschauete, auch wohl ein Jahr lang gar keine Nachrichten von Europa erhielt, daß regelmäßig zwei Jahre vergingen, ehe man auf eine gestellte Frage von Europa Antwort erhielt. Dem Binnenländer freilich wird bei dem Gedanken an eine Seereise nach Indien oder auch nur nach Amerika schon bedenklich zu Muth, dagegen bei einer Landreise von etwa 150 Meilen malen nur noch ängstliche Gemüther sich die möglichen Gefahren aus. Die Reiselieder werden wohl bald alle aus unsern Gesangbüchern verschwunden sein, als ob es nicht mehr lohnte, für so kurze Zeit um Gottes Hülfe zu bitten; das schöne Reiselied Paul Flemming's: „In allen meinen Thaten" ist ja durch Auslassungen zum gebräuchlichsten Hochzeitsliede umgestempelt, und wenn eine Gesangbuchscommission seine volle Aufnahme durchsetzen sollte, werden es gewiß die Meisten auf die moderne Hochzeitsreise beziehen. Darum stehe

hier ein Reisebild aus den ersten Jahrzehnten des vorigen Jahrhun=
derts; es trägt ja nicht wenig zum Verständniß der damaligen Missions=
thätigkeit bei, wenn man die großen Verkehrshindernisse bedenkt. Auch
lernen wir auf dem Wege eine Reihe alter Missionsfreunde kennen.

Die englischen Spätschiffe noch zu erreichen, war also der trei=
bende Gedanke unserer drei Missionare auf ihren Reisen, darum war
Phil. Fabricius nur eine dreitägige Bedenkzeit zur Annahme des
Missionsrufes vergönnt, darum reiste er mit Zeglin schon am 22. Sept.
nach Kopenhagen — um am 6. November wieder in Halle zu sein, —
darum geschah nun am 16. Nov. der endliche Aufbruch nach England,
nachdem G. A. Francke der Familie Fabricius auch den Wunsch hatte
abschlagen müssen, daß die Missionare doch den kleinen Umweg zu
ihnen nicht scheuen möchten, zumal in jenen Gegenden noch gar nichts
zur Erweckung des Missionssinns geschehen wäre.

Eine Instruction zur Reise nach England auf acht Folioseiten
enthielt die nöthigen Verhaltungsmaßregeln: „Bei jedem Postwechsel
ist nachzusehen und nachzuforschen, ob noch alles Gepäck vorhanden
und in gutem Stande sei. Welches denn am füglichsten von einem
unter ihnen allein zu besorgen ist, obwohl die übrigen auch mit nach=
sehen können. — Wofern dieselben mit Extra=Post gehen, haben sie
bei jedem Postwechsel die Postofficianten inständig zu ersuchen und
darauf zu sehen, daß sie mit tüchtigen Pferden und Wagen versehen
und was daran fehlet, sogleich gut gemachet, auch sodann alles·wohl
und ordentlich aufgepacket werde, damit nichts unter Weges verloren
gehe. Die Pferde können sie sich vorher zeigen lassen, und wo sie
selbige nicht tüchtig finden, bitten, daß sie mit andern versehen werden
mögen. — Auch ist dahin zu sehen, daß sie durch ein nicht zwar
überflüssiges, aber doch zulängliches Trinkgeld bey denen Postillions
einen guten Willen erwecken." Außerdem wird ihnen verzeichnet, was
die Missionare Worm und Richtsteig (1729) auf dieser Reise an
Postgeld verausgabt, wonach sie von Station zu Station zu sehen
haben. Bei schlechtem Wetter können sie auch wohl einen Tag liegen
bleiben. In nicht besonderem Ruf der Ehrlichkeit scheinen damals die
Holländer gestanden zu haben: „In Holland müssen sie sich wohl in
Acht nehmen und sich nicht mit allen Leuten, die sich zu ihren Dien=
sten offeriren, einlassen, sondern auf die ihnen mitgegebene besondere
Nachricht achten. Einer muß beständig beim Gepäck bleiben und nicht
davon gehen, und daß sie niemand davon etwas anvertrauen, ohne sich

vorher zu erkundigen, ob es sichere Leute sind" [1]). Nun gar erst Eng=
land: „Nach ihrer Anlandung in England haben sie sich wohl zu er=
kundigen, wie sie ihre Reise nach London mit sicherer Gelegenheit fort=
setzen, damit sie nicht an untreue Leute, oder unterwegs gar unter
die Räuber kommen."

Das nächste Reiseziel war Wernigerode; denn schon damals war
das gräflich Stollberg'sche Haus ein Brennpunkt christlichen Lebens.
Dort sollte Kiernander, wie vorher Geister und später fast alle Missio=
nare für die englischen Stationen examinirt und ordinirt werden,
da in Kopenhagen wahrscheinlich confessionelle Bedenken im Wege
standen. Nach gemeinsamer Andacht mit Gebet und Gesang bra=
chen die drei Brüder auf noch vor Tagesanbruch, begleitet von
Prof. Francke. Mancher mag sich wohl ein Plätzchen im Wagen ge=
wünscht haben, die vielen erbaulichen und belehrenden Gespräche mit
anzuhören und fröhlich einzustimmen in ihre geistlichen Lieder. So
pflegten damals die Frommen im Lande zu reisen. Unsere Reisen durch
ihre Zerstreuung pflegen von Gott abzuziehen, damals fand sich kaum
eine ruhigere Zeit zur Einkehr in sich selbst und zur Betrachtung des
Wortes. Wenn christliche Brüder ihres Weges fuhren, hatten sie wie
einst der Kämmerer aus dem Morgenlande ihre Bibel vor sich, lasen
laut einige Kapitel, damit auch der Postillon es hören könne, und
betrachteten das Wort, und wenn sie Theologen waren, gingen sie bis=
weilen wichtige Abschnitte der Theologie durch. Die drei Missionare hatten
noch ganz besondere Arbeit, sie waren instruirt, sich unterwegs im
Lateinischen zu üben. Das war nämlich aller Hallenser schwächste Seite,
seit die Gründer dieser Richtung die lateinischen Vorlesungen zu Fall
gebracht hatten [2]), mit der Londoner Societät aber konnten sie aus
Unkunde des Englischen nur lateinisch verkehren.

Doch wir müssen unserer Phantasie Zügel anlegen und vorläu=
fig, wir stehen noch am ersten Reisetage, Nachts um 1 Uhr mit in

---

[1]) Diese Furcht war nicht ganz ohne Grund; der Missionar Plütschau wurde
bei seiner Heimkehr 1712 so völlig ausgeplündert, daß er nicht die nöthigen Klei=
dungsstücke behielt und genöthigt war zur Beendigung seiner Reise das Mitleid
holländischer Missionsfreunde in Anspruch zu nehmen.

[2]) Bei Ziegenbalgs und Plütschau's Examen scheint es in Kopenhagen des=
halb Verwicklungen gegeben zu haben, sie wurden in deutscher Sprache examinirt,
weil sie des Lateinischen nicht mächtig waren (Fenger, Gesch. der Trank. Miss.
Beilage A. S. 270). Dieser Vorwurf von feindlicher Seite wird übrigens durch
die vielen lat. Aufsätze und Briefe im ersten Band der Hall. Nachr. bedeutend
limitirt.

Wernigerode einfahren. Folgenden Tags war Empfang bei der gnädi=
gen Herrschaft, der regierende Graf mußte zwar verreisen, versprach
aber doch seine Verwendung, um ihnen aus Dänemark Schutzbriefe
wegen des Kriegs zwischen England und Spanien zu verschaffen. Die
jungen Gräfinnen ließen sich Abends auf ihrem Zimmer von den Missio=
naren einige Züge aus ihrer Berufung erzählen und dann ein Ge=
bet sprechen. Dem Examen über den Artikel von Christo wohnte auch
der jüngere Graf bei. Kiernanders Ordinationstag, an dem sie alle drei das
h. Abendmahl empfingen, war für sie ein rechter Segenstag. Mitten
in der Predigt über Luc. 24, 46—47: „Also ist es geschrieben und also
mußte Christus leiden und auferstehen von den Todten am dritten Tage
und predigen lassen in seinem Namen Buße und Vergebung der Sün=
den unter allen Völkern und anheben zu Jerusalem", forderte der Pa=
stor sie auf, wie die Taube Noä mit dem Oelblatt des Friedens über
das Meer zu gehen und den Heiden zu verkündigen, daß Gott mit
ihnen versöhnt sei und sie in den Bund des Friedens aufnehmen wolle.
Bei der herrschaftlichen Tafel ward zu ihrer Stärkung auf der See=
reise eine Collecte von herrlichen Sprüchen gesammelt. Es
war ein Freudentag, darum sprach auch Francke am Abend noch über
das Wort Ps. 118, 24—25: „Dies ist der Tag, den der HErr gemacht;
laßt uns freuen und fröhlich darinnen sein. O HErr, hilf, o HErr,
laß wohl gelingen."

Solcher Freudentage folgten noch viele auf dieser Reise, denn
überall sammelten sich die Knechte und Kinder Gottes um sie. An der
Gränze des Kirchspiels erwartete sie der Pastor mit seinem Wagen, im
Pfarrhause waren Gemeindeglieder versammelt und baten um einen Vor=
trag, beim Abschied ermunterte sie etwa ein altes Mütterchen in Aller
Namen: „Fürchten Sie sich nur nicht auf der Reise, denn es wird ein
Durchbrecher vor Ihnen hergehen, der wird Bahn machen," oder
„Gehen Sie in Gottes Namen nach Indien, denn es muß ja doch
alles noch geschehen und erfüllet werden, was der liebe Gott verheißen
hat." Manchmal half es nichts, sie mußten wieder vom Wagen herun=
ter, um einer alten Wittwe ins Haus zu folgen, und sich ein Geld=
stück in die Hand drücken zu lassen. So konnten sie es schon verschmer=
zen, daß in Peine z. B. der Thorwärter sie noch länger zwang bei
ihren Freunden zu bleiben, da ihrethalben die Thore nicht wieder ge=
öffnet wurden, verzögerte doch auch wiederum in Hannover der Postillon
gegen ein Trinkgeld die Abfahrt der Post um sieben Stunden. Dann
mußten sie noch einen Umweg durch ein andres Thor nehmen, um bei
Missionsfreunden einzusprechen, „dadurch das ganze Haus in Bewegung

gesetzt wurde; viel andre Leute kamen herbei und flossen in solcher Liebe gegen sie über, daß sie noch einen leiblichen Segen ihnen gaben, ja der zwölfjährige Sohn bat mit Thränen seine Mutter, daß er sein gespartes Geld hingeben dürfte; wenn er groß wäre, würde ihm Gott schon mehr bescheeren." Erquickung und Erholung war ihnen auch zu gönnen, denn allmälig stellte sich große Kälte ein, die schlecht be-schlagenen Pferde konnten auf den glatten Wegen nicht fortkommen, bald fiel dieses, bald jenes. Bergan wollte es gar nicht mehr gehen, es mußte Hülfe aus den Dörfern geholt werden. Aus dem Wagen aber hörte man Beten und Singen.

Endlich ist Stadthagen erreicht, es sind wieder die Gränzen einer Missionsgrafschaft überschritten, aus dem Bückeburgischen Lande läßt man sie sobald nicht fort. Der Superintendent Dr. Hauber[1]) war schon in Sorgen gewesen, sie möchten wegen der späten Jahreszeit eiligst vorbeigereist sein. Dieser eifrige Missionsfreund legte besondern Werth darauf, daß die wenigen evangelischen Missionare geleistet, was ganze katholische Schaaren nicht zu Stande gebracht, eine Uebersetzung der Bibel, er hatte sich darum auch eine Geschichte der vollendeten und angefangenen Bibelübersetzungen zusammengetragen. Ein Auszug aus den Halleschen Missionsnachrichten auf Befehl des regierenden Grafen begonnen war halb vollendet, als ihm der Jurist Niekamp den Rang ablief[2]). In Bückeburg, wohin die Missionare berufen wurden, durch-

---

[1]) Büsching in seinen Beiträgen zur Lebensgeschichte denkwürdiger Perso-nen schreibt wohl einigermaßen Tendenzgeschichte, wenn er diesen würdigen Theo-logen halbwegs den Rationalismus einläuten läßt (vgl. auch Tholuck, Geschichte des Rationalismus I. S. 148). In den Berichten der Missionare erscheint er ganz anders. Namentlich Miss. Schwartz, der ihn den zum deutschen Geistlichen nach Kopenhagen Berufenen (1749) bei Gelegenheit seiner Ordination öfter sprach, gedenkt seiner sehr anerkennend, ja begeistert. In seiner Harmonie der Evangelisten und dem Leben JEsu Christi (Lemgo 1737) findet sich gleichfalls noch nichts von dem neuen Licht. Vgl. über Hauber auch Steph. Schultz Leitungen des Höchsten I., 99 ff.

[2]) Joh. Luc. Niekamp, Kurzgefaßte Missionsgeschichte 1705—1786, fort-gesetzt bis 1767 von Mich. Meier; beide noch jetzt sehr brauchbar. Der erste Theil von Grischov ins Lateinische und von Gaubard ins Französische über-setzt. Auch Kleinknecht, Pfarrer in Augsburg schrieb „Zuverlässige Nachricht von den neubekehrten malabarischen Christen in Ostindien 1749." Fried. Sam. Bock, später Professor in Königsberg, veröffentlichte noch als Candidat 1743 eine „Kurzgefaßte Missionsgeschichte." Nimmt man hinzu, daß die ersten Missions-berichte auch ins Holländische, Dänische und Englische übertragen wurden, so liefert auch diese außerordentliche schriftliche Thätigkeit einen Beweis, wie groß damals das

blätterte der Graf alsbald begierig Niekamps Auszug. Am Sonntag mußten sie theils in der Kirche predigen, theils im Schlosse Erbauungs-
stunde halten, wobei Fabricius eine Adventsbetrachtung über Psalm 45,
11—12 hielt. Die verwittwete Gräfin Sophie ließ sie noch besonders
zu sich rufen, um ihnen den göttlichen Segen anzuwünschen. Zum
Abschied erhielten sie silberne Medaillen, wurden auch frei nach Minden
befördert.   In Minden, der Heimat des Missionars Wiebebrock,
war damals ein Kaufmann Clausen Mittelpunkt des christlichen Lebens, sein Haus ein wahres Bethel, auch im Waisenhause herrschte
reger christlicher Sinn. Auf Clausens Rath beschlossen sie nun, statt
über Bielefeld, Wesel, Cleve, über Osnabrück und Amsterdam nach
Rotterdam zu reisen, und weil die gewöhnliche Post erst in drei Tagen
ging, ließen sie es sich bis dahin bei den christlichen Freunden wohlgefallen. Nur unser Fabricius mag etwas ungeduldig geworden sein,
einen lieben Bruder so ganz in der Nähe zu haben, ohne ihn sprechen
zu können, besonders als sie dann Bentheim passirten, denn wo Bentheim liegt, kann doch wohl Steinfurt nicht weit sein.

Vom 4.—8. December schwebten sie mit drei andern Passagieren
zwischen Osnabrück und Naarden, 4 Meilen von Amsterdam. Drei
Tage im offenen Wagen bei strömendem Regen und heftigen Stürmen
und dabei der Wagen so übermäßig schwer und beladen, daß schließlich aus den drei Tagen viere wurden. Wenn es aber von außen am
heftigsten stürmte, fühlte und merkte ich in mir ein sanftes und stilles
Säuseln des h. Geistes, meldet der schwächliche Zeglin; denn die ganze
Reisegesellschaft war Einer Gesinnung, sie sangen und beteten auch
Morgens und Abends gemeinsam. Wie ganz anders die Reisegesellschaft auf der Treckschuhte von Amsterdam bis Rotterdam! Zwei englische Kaufleute und sieben Juden lärmten, schwätzten, spielten Karten
und trieben allerlei Unfug, bis endlich Fabricius sie strafte und mit

----

Interesse an der tamulischen Mission gewesen ist. Viele Candidaten fühlten sich
nicht mehr sicher, daß sie nicht nächstens ins Tamulenland geschickt würden, z. B.
als der berühmte St. Schulz von seinem Professor in Königsberg zum Juden-
missionar geworden wird. Prof.: wie wenn sie eine Reise zur Motion über sich
nähmen. Sch.: das wäre wohl gut, aber ich habe nicht Zeit Motionsreisen zu
machen. Prof.: ich meine eine Reise, die das Reich Christi angeht. Sch.: ich
dachte bei mir selbst: eine Reise zur Motion und doch auch zur Beförderung des
Reiches Christi, das kann doch wohl unmöglich unter die Malabaren sein, denn
das ist wohl eine Reise zur Beförderung des Reiches Gottes, aber nicht eigentlich
zur Motion; dagegen bei dem jüdischen Institut kann beides stattfinden. Leitungen
des Höchsten I., 35.

den Juden sich in ein ernstes religiöses Gespräch einließ. Weil hier
Fabricius zum erstenmal als Missionar auftritt, theile ich eine Stelle
darüber aus Zeglins Briefen mit: „Nun da ging's herrlich; der Teufel
wurde so geschweiget, daß er hätte wünschen mögen, er hätte diese
seine Tragödie nicht angestellt. Gott schenkte Gnade, daß den gedachten heillosen Leuten in Kraft und göttlicher Weisheit ein Wort der
Bestrafung, Warnung und herzlichen Ermahnung von meinen lieben
Brüdern konnte und durfte auf's Herz und Gewissen gelegt werden.
Sie schwiegen alle still und hörten als aufs Maul geschlagen sehr
attent zu, ja billigten es und gaben ihnen Recht, außer daß ein Jude
zwar eine Zeit lang widersprach, aber doch endlich beichten und sagen
mußte: Ich bin schon öfters vor ein so hitziges, ja noch viel hitzigers
Feuer gewesen, bin aber doch glücklich davon gekommen, auch hat mein
Vater einen Eid von mir genommen, meine Religion steif zu behalten.
Und beim Abschied ist er zu Herrn Fabricio gekommen und hat ihm
wehmüthig abgebeten, was er ihm etwa möchte zuwider gethan und
geredet haben. Ich dachte: Nun das ist ein Präludium von dem, was
auf der Insel (!) Coromandel geschehen soll von dem lieben Fabricio.“
In Rotterdam waren alle gestorben, an die sie empfohlen und wegen
Besorgung ihrer Sachen gewiesen waren. Nur der alte Gott lebte noch
und sorgte ohne Empfehlungsbriefe für sie, so daß sie schon am folgenden Tage nach England fuhren und bald in den Hafen von Har-
wich gelangten. Kaum waren sie in Sicherheit, so fing es an zu
stürmen und zu wettern 14 Tage hindurch, daß sie nicht aus dem Hafen
heraus konnten und noch einmal sich in Geduld schicken lernten. Wir
benutzen die Pause einiges aus den Briefen nachzutragen, die unterdeß
in Halle mit Collectengeldern einliefen, die selbst direct mitzunehmen
die Missionare nach ihrer Instruction verweigert hatten.

Die Geheimräthin v. Münchhausen in Hannover, welche sie unter Gebet und Thränen entlassen hatte, giebt uns folgende Characteri-
stik: „Ich könnte nicht sagen, welcher mir am besten gefallen hätte, die
Gnadengabe Gottes war an allen reichlich zu spüren, Herr Kiernander
ist sehr gesetzt und ernstlich, Fabricius sehr freudig, gläubig
und beherzt und der Hr. Zeglin spricht wenig, aber es ist voller
Kraft und Geist. Ich habe meine Wünsche ihnen nicht münolich kund
thun können vor Wehmuth, Gott wolle aber auch mein Lallen in
Gnaden erhören.“ Frau Gräfin Sophie zur Lippe schreibt, indem sie
Geld schickt und sich ein Exemplar des Niekamp'schen Auszugs bestellt:
„Die rechtschaffene Redlichkeit und der Sinn dieser lieben Männer lässet
mich nicht zweifeln, Gott werde auch ihr Vornehmen segnen, sie über

die See begleiten und sein Werk auch durch sie in Indien ausrichten. Das soll mein stetes Gebet für dieselben sein." Superintendent Hauber: „Ich versichere Ew. Magnificenz vor dem Angesicht Gottes, daß ich die ihnen gegebne Gnade an meiner eigenen Seele empfunden habe. Es sind solche Männer, welche die Gnade unsers Heilandes aus der Erfahrung verkündigen können. Ich achte es gewiß für einen Segen der Mission, daß die dazu berufenen Arbeiter schon auf der Durchreise so vielen Segen in der Christenheit ausstreuen und im Vorübergehen manche Seelen zu dem HErrn weisen." In allen Briefen spricht sich jene Gesinnung aus, welche die Mission als eigne Angelegenheit betrachtet, die Missionare sind i h r e Sendboten und was Francke für sie thut, müßte eigentlich jeder Einzelne thun. Jeder ist ihm dafür zu Dank verpflichtet und sucht ihm weiter Muth einzusprechen. Missionsgesellschaften gab es noch nicht, so konnte Keiner auf den Gedanken kommen, er unterstütze etwa ein Geschäft, und doch entbehrte man des Vortheils der Organisation nicht. Die in Halle gebildeten Pastoren hielten enge zusammen, das war die Gesellschaft und Jeder mit seiner Gemeinde repräsentirte einen Zweigverein. Die jährlichen Feste mußten durch die Leipziger Messen ersetzt werden. Dorthin reiste der Director gleich andern Handelsherren und empfing von den Kaufleuten aller Länder die mitgegebenen Gelder, während sie sich aus der Bude der Waisenhausbuchhandlung neue Missionsberichte holten. So war Leipzig schon damals ein Centralpunkt der tamulischen Mission. Am glänzendsten bewährte sich diese Weise in der jetzt bayerischen alten Reichsstadt Dinkelsbühl [1]).

In Bayern hat denn auch vielfach die Sache sich kirchlich weiter dahin entwickelt, daß nicht mehr die Person des Pfarrers, sondern das Pfarramt den Mittelpunkt bildet. Wie weit sind wir aber jetzt meist

---

[1]) Seit einer Epiphaniaspredigt des Pfarrers Busch, 1745, blieb diese Gemeinde 60 Jahre hindurch unter der Pflege der beiden Pfarrer Busch, Vater und Sohn, in der Missionssache eine leuchtende Stadt auf dem Berge; viele Tausend Gulden flossen über Leipzig nach Halle. Die ersten 50 Ducaten aus Dinkelsbühl waren von folgendem Wunsche begleitet:

Das rothgefärbte Lamm helf', daß die schwarze Heerde
Durch's Wasserbad im Wort bald vollends schneeweiß werde,
So wird zu Dinkelsbühl und in Ostindien
Ein Heerde und Ein Hirt in Einem Geiste steh'n!

Die durch die Güte meines verehrten Herrn Decan Pürckhauer mir zur Einsicht übergebenen Belege des Pfarrarchivs sind Zeugnisse eines gar lebendigen Eifers.

von diesem rechten Anfange abgekommen! Wie vielfach ist die Mission nur Sache der Mode oder der Neigung, wie selten wird sie rein aus Gehorsam gegen den Willen des HErrn, aus Eifer für die Kirche ohne Ausblick auf den Erfolg getrieben!

Während die drei Reisenden still im Hafen lagen, haben wir uns so noch einmal die Missionsfreunde in Deutschland betrachtet, landen wir nun mit ihnen am h. Weihnachtstage in London[1]), um dort die leitenden Persönlichkeiten kennen zu lernen.

Ihre Wohnung erhielten die Missionare in Kensington nahe bei London, etwa eine Meile von der St. Pauls Kathedrale, jetzt aber schon zum Westende der Stadt gehörig. Dort wohnte nämlich der Hofprediger Ziegenhagen, der das Gewicht seiner einflußreichen Stellung an der deutschen lutherischen Hofgemeinde zu Gunsten der Mission gebrauchte und als Nachfolger des Hofpredigers A. W. Böhme[2]) von 1722—78 die ostindische Missionsache in England vertrat. Durch A. H. Francke's Vermittelung war er ja nur in diese Stellung gekommen und es hing damals nur an einem Faden, daß er nicht die etwas weitere Reise nach Trankebar angetreten hätte, da Francke ihn als Propst ins Auge gefaßt hatte, die Kopenhagener aber nur aus nichtigen Gründen ablehnten. Nun arbeitete er in England für die Mission, so viel es seine schwache Gesundheit erlaubte. Die sehnlich

---

[1]) In England, wo der verbesserte gregorianische Kalender erst 1751 eingeführt wurde, schrieb man den 14. December.

[2]) Rambach giebt in der Vorrede zu „A. W. Böhme's erbaulichen Schriften" Altona 1731, genauere Nachrichten über das Leben dieses thätigen, reichgesegneten Dieners Christi. 1693 bezog er die in der Gründung begriffene Universität Halle. Ein zweijähriger Dienst an seinem heimatlichen Hofe zu Arolsen endete 1700 mit einem großen geistlichen Proceß und Absetzung, da er in seinen Vorträgen zu freimüthig gewesen war. Nachdem er kurze Zeit Inspector der Freitische in Halle gewesen, folgte er 1701 einem Rufe als Informator nach England, gerieth dort in große Noth, bis 1705 der Prinz Georg von Dänemark, Gemal der Königin Anna, ihn zum Hofprediger berief, in welcher Stellung ihn später Georg I. bestätigte. Er besaß einen großen Einfluß nicht nur bei Hof, sondern überhaupt in den erweckten Kreisen Englands und nutzte diesen Einfluß zum Besten der Kirche aus. Den Halleschen Anstalten sind große Summen durch ihn zugeflossen, man baute dort ein eigenes Haus für die durch Böhme gesandten englischen Pensionäre. Die nach Carolina auswandernden armen Pfälzer fanden an ihm einen kräftigen Vertreter. Die Trankebarer Mission wurde durch ihn gehalten, als man sie in Kopenhagen zu vergessen schien. Leider habe ich seine 1737 zu Flensburg edirten Briefe, welche viel Gutes über unsere erste Missionszeit enthalten sollen, nicht erlangen können.

erwarteten Gäste empfing er mit herzlicher Freude und Lobpreis Gottes, quartirte sie ganz in der Nähe ein, so daß sie den täglichen Mittags= tisch bei ihm nehmen konnten. Außerdem erlaubte er gern, daß sie an den Bibelstunden Theil nahmen, die er an drei Abenden der Woche mit seinen Hausgenossen hielt. Bevor sie ausgingen in die Wüste des Heidenthums wurden sie noch einmal auf eine frische grüne Weide ge= führt, denn Ziegenhagen war ein theologisch hochgebildeter und christ= lich tiefgegründeter Mann, der auch gern aus dem Schatz seiner Er= kenntniß Mittheilungen machte. Es war ihm darum zu thun, seinen Gästen den Inhalt der Schrift planmäßig vor Augen zu stellen, die Lücken ihres theologischen Wissens auszufüllen, und er hatte gelehrige Schüler, die mit Begeisterung seinen Winken weiter nachgingen und seine Predigtmanuscripte studirten. Es war als ob sie auf's neue eine Hochschule bezogen hätten, und Gott der HErr sorgte schon dafür, daß ihnen Zeit gegeben wurde.

Einige Tage nach ihrer Ankunft trat eine in England ganz un= gewöhnliche Kälte ein, so daß die Themse ganz zufror und Kaufleute der Curiosität halber ihre Buden dort aufschlugen. Die Tinte wurde nicht nur im Tintenfaß, sondern unter dem Schreiben vor dem Kamin in der Feder unbrauchbar. Ward nun einerseits das Verlangen nach dem warmen Lande in ihnen dadurch mehr rege, so erkannten sie doch auch in dem harten Winter eine Fügung Gottes, „daß wir uns über drei Monate an einem fetten Ort auf seiner grünen Weide recht zu sättigen Gelegenheit haben möchten. Fürwahr, Du Gott Israels, Du bist ein verborgener Gott!" Nicht blos zu theologischen Arbeiten war ihnen die Zeit erwünscht, daß sie etwa schriftlich Texte der h. Schrift bearbeiteten und ihrem Lehrer mittheilten oder gelegentlich in den deutschen Kirchen predigten [1]) (wie Fabricius am 2. Weihnachtstage von der rechten Weihnachtsfeier wahrer Christen nach dem Beispiel der Hirten), sondern sie legten sich auch fleißig auf Erlernung der eng= lischen Sprache, in die ein Hausgenosse Ziegenhagens, der Candidat Verein sie mit aufopfernder Hingebung einführte.

Zu ihren liebsten Bekannten gehörte ein Kaufmann Isaak Hollis, der schon 1725 Walther, Pressier und Bosse aufgesucht hatte, sich von ihnen über die Mission erzählen zu lassen und seine reichlichen

[1]) Alle Jahr zu Weihnachten wurde in ihnen eine Collecte für die Mission gesammelt, die den Grundstock der englischen Unterstützungen bildete und ganz be= deutende Erträge lieferte, namentlich wenn Missionare anwesend waren oder frische Berichte aus Indien vorgelesen werden konnten.

Gaben ihnen zu bringen. Seitdem wurden in Trankebar 15 Kinder auf seine Kosten unterrichtet und gepflegt. Seine Freundlichkeit und Liebe gereichte den Missionaren zu nicht geringer Erbauung und Ermunterung. „Aus seinem ganzen Betragen leuchtete eine ungemeine Begierde nach der Ausbreitung des Reiches Christi auch in Ostindien, sonderlich unter der dortigen Jugend hervor."

Wir brauchen aus der ganzen Zahl der englischen Missionsfreunde nur Hollis namentlich hervorzuheben, denn ihre Thätigkeit war organisirt und concentrirt in einem Verein, von dem wir jetzt noch sprechen müssen.

Weil die ersten ostindischen Briefe in Deutschland so begierig aufgenommen waren, übersetzte sie der Hofprediger Böhme in's Englische und widmete sie der Ausbreitungsgesellschaft (societas de propaganda fide in partibus transmarinis), um deren Mitglieder für die ostindische Mission zu gewinnen. Da jedoch die Societät durch ihr Gründungspatent auf West = Indien beschränkt war, konnte sie ihre Theilnahme nicht zusagen; dafür nahm sich mit um so regerem Eifer der Sache an eine nicht so gebundene, etwas ältere Schwestergesellschaft „zur Verbreitung christlicher Erkenntniß" (societas de propaganda Christi cognitione), die bisher im Lande Armenschulen errichtet und Tractate vertheilt hatte. Einige Mitglieder hielten wöchentliche Missionsconferenzen, erließen Aufrufe und konnten schon 1711 eine portugiesische Druckerei mit einem Setzer und Papier nach Trankebar senden. Es gelang der Societät mancherlei Transportvergünstigungen auf den Schiffen der ostindischen Compagnie für die Mission zu erwirken. Ziegenbalgs Anwesenheit bei seiner Rückreise nach Indien Ende 1715 fachte das Feuer mächtiger an; Walther, Pressier und Bosse, 1725, erhielten nicht nur Audienz bei dem Erzbischof von Canterbury, sondern auch bei allen Gliedern der königlichen Familie (König Georg schrieb später eigenhändig nach Trankebar) und wurden zu correspondirenden Mitgliedern der Societät ernannt. Diese hohe Gönnerschaft vermehrte natürlich den Eifer der alten Missionsfreunde und zog neue heran. Es muß aber auch Strohfeuer darunter gewesen sein, das nicht Stand hielt, denn ganz davon abgesehen, daß unsern Reisenden kein solcher Empfang geworden, liegen noch andere Beweise für merkliche Abnahme des Interesses vor, wovon später mehr. Ziegenhagen ließ es an sich nicht fehlen, wenige Tage nach ihrer Ankunft stellte er seine Gäste der Societät vor, sie wurden mit einer lateinischen Anrede begrüßt, Kiernander antwortete in derselben Sprache, überreichte auch die Rede zugleich schriftlich, weil das Latein bei der verschiedenen

Aussprache zum Verkehr nicht ausreichen mochte, wie ja Ziegenbalg
früher lieber gleich eine tamulische Ansprache gehalten hatte. Zum Ab=
schied wurde Jedem eine englische Bibel, Lexicon und das allgemeine
Gebetbuch (common prayer-book) überreicht, was im Vergleich zu
dem früheren klingenden Golde etwas geringfügig erscheint. Die Herren
mögen es wohl nicht zu schwer empfunden haben, daß die endlich noch
unerwartet schnelle Abreise einen Abschiedsbesuch vereitelte. Einzelne
Mitglieder der Societät ließen es dagegen an Eifer nicht fehlen, sie
sorgten für ein bequemes Schiff und einen guten Capitain. Eine Mission,
die nicht zugleich Colonisation treibt und nur wenige Missionare aus=
sendet, kann natürlich kein eignes Schiff besitzen, wohl aber kann der
HErr ihren Boten bei Fremden eine heimische Stätte bereiten. Der
Capitain Macklesfield hatte schon Walther und Pressier hinausgebracht,
dann für Kohlhoff und seine Genossen ein Schiff gesucht, und er war
mit seinen Passagieren so wohl zufrieden gewesen, daß er gebeten,
solche Leute möge man doch immer an ihn weisen. Nun war er
freilich schon zu alt geworden, aber sein Sohn wollte eben mit sei=
nem neuen großen Schiff Colchester die erste Fahrt machen. Mit
dem ließ sich nun leicht ein Contract abschließen. In der großen Cabine
unter seiner Stube wies er ihnen ein bequemes Logis an, mit genü=
gendem Licht und ziemlichem Raum, Mittags waren sie an seinem Tisch.
Mit großer Freundlichkeit erwies er ihnen alle erdenkliche Liebe. Ihre
Cabine theilten sie mit 3 Passagieren, einem alten ostindischen Schiffs=
capitain, der 12 Jahre in Trankebar gewesen war und auch das in
Indien damals durchaus nöthige Portugiesisch verstand, einem wohl=
gesitteten 12jährigen Knaben und einem 17jährigen Jüngling, der ihnen
alsbald durch die Devotion beim Beten gefiel. Einer von den vier
Inwohnern der Nebencabine, als Capitain für ein englisches Fort be=
stimmt, verstand auch Deutsch. So können wir sie ohne Sorgen fah=
ren lassen über das weite Meer, zumal sie Den in seinem Worte reich=
lich unter sich wohnen ließen, dem auch Wind und Meer gehorsam
sind. Sie wußten wohl zu antworten auf die Fragen Salomos: Wer
fasset den Wind in seine Hände? Wer bindet die Wasser in ein Kleid?
Wer hat alle Enden der Erde gestellet? Wie heißt er? und wie heißt
sein Sohn? Weißt du das? (Sprüche 30, 4).

So schnell sie übrigens London hatten verlassen müssen, so lang=
sam ging es vorwärts. Am 1. April (1740) waren sie zu Schiff ge=
gangen, am 20. endlich segelten sie von Portsmouth ab, eher hatten
sich die 32 Kauffahrtei=Schiffe nicht gesammelt. Drei Kriegsschiffe soll=
ten sie gegen die spanischen Kreuzer schützen. Die neue Wartezeit hätte

wohl Manchen ungeduldig gemacht, die drei Missionare nahmen sie als
ein Geschenk des HErrn, schrieben noch einmal an ihre Anverwandten
und ordneten alle ihre Sachen aufs genaueste. Es ist mir z. B. eine
große Freude gewesen die genauen übersichtlichen Rechnungen über die
Reise (auch nach Kopenhagen) zu sehen, von Fabricius fester Hand
schön und sauber geschrieben [1]). Ihnen war wiederum für seine Verwandten ein Schein auf 50 Thlr. beigelegt, und er sucht nun Francke's
Sorgen, daß er an seinem Gehalt zu viel sich entziehe, durch Hinweis
auf erhaltene Geschenke zu entkräften, die in England anzugreifen,
Ziegenhagens Freigebigkeit nicht gestattet habe. Den Seinen meldet er:
„Ich bin ganz gesund wie ein Fisch im Wasser, auch in meinem Gemüth immer fröhlich und recht ruhig unter der Gnadenaufsicht des
HErrn JEsu, und seines Willens in diesen Führungen aus vielen Umständen gewiß."

Ein letzter Händedruck den begleitenden Freunden gegeben, ein
letzter Blick auf die entschwindende Küste geworfen und nun sein Leben
dem treuen Hüter zu treuen Händen befohlen; denn

Man sieht sich an, als sähe
Man sich zum letzten Mal,
Und bleibt in gleicher Nähe
Dem HErrn doch überall.

Ja die Stille und Ruhe des Schiffes bietet noch ganz besondere
Gelegenheit dem HErrn auch von sich aus nahe zu treten und ihm die
Herzensthüre zu öffnen; man schaut hinter sich auf die zurückgelegte
Lebensstrecke und gürtet sich zu neuem Lauf. Indische Missionare sollten schon aus diesem Grunde die lange ruhige Reise ums Cap der
übereilten abmattenden über Suez vorziehen. Fabricius mit seinen Freunden benützte auch diese Ruhe nicht nur zum Erlernen der Sprachen
und Lesen der Missionsberichte, nein er weiß auch ein Wörtchen von
dem innern Nutzen der Seereise als einer Sammlungszeit zu sagen:

---

[1]) Auch die Tagebücher, wie die meisten Briefe rühren von Fabricius her,
Kiernander als einem Schweden mochte das Deutsche doch etwas schwer fallen, der
ängstliche Zeglin blieb gern demüthig in der Stille, wie er einmal an Francke
schreibt: „Eins wollte ich mir wohl herzlich ausbitten, nämlich daß doch meiner
nur im allerhöchsten Nothfall publice gedacht würde und daß auch meine Briefe
könnten zurück behalten werden. Denn in der That, ich verdiene nicht die Stelle
und es mag mir armem Wurm manchmal ein Terminus entfahren, der doch nicht
von Herzen geht; darum bitte herzlich, meiner so viel möglich zu schonen." Dies
stehe hier auch als Beweis, wie wenig die oft überschwänglichen Aufmerksamkeiten
während der Reise den demüthigen Missionaren geschadet haben.

„Auch ist dieser Periodus von 4—5 Monaten zwischen Asia und Europa gar besonders bequem, theils zurück zu denken an die vielen und unzähligen Wohlthaten Gottes, so man in Europa von Kindheit auf erfahren und an die dagegen bald hie bald da gemachten vielen Fehler, theils vor sich zu denken an die so gar besondern Umstände, wo man hineingeführt wird. Welches denn kräftig antreibt, sein Herz vor Gott auszuschütten."

Einmal hatten sie einen großen Sturm durchzumachen, hielten sich aber fest an dem HErrn, der die Seinen kennt und erfuhren recht, wie gut es ist, in der Zeit der Noth unter dem Schirm des Höchsten zu sitzen und im Herzen sagen zu können: Ich weiß, daß Gott mich ewig liebt. Sonst ging es schnell vorwärts und sie wären noch eher am Ziel gewesen, wenn die damaligen Seefahrer die Berechnung der Längengrade besser verstanden hätten. So galt es für sehr schwer, accurat auf Ceylon zu treffen. Der Colchester hielt sich zu weit links und kam auf die linke Seite der Insel, nahe an's Cap Comorin, bis der Capitän aus der Art des Grundes und den nur dort gewöhnlichen rothen Krabben, einer Art Krebse, seinen Irrthum erkannte und umwandte. Am 28. August setzte er die Missionare bei Cudelur ab, 3750 deutsche Meilen hatten sie zur See zurückgelegt. Missionar Geister empfing sie hocherfreut, war doch Kiernander zu seinem besondern Mitarbeiter bestimmt, und lobte mit ihnen den HErrn, der bis dahin geholfen. Am 8. September lagen Fabricius und Zeglin auf der Rhede von — Trankebar.

Kapitel 6.

In Trankebar.

Säht ihr ihn plötzlich, glaubtet ihr zu träumen.
Ein Garten liegt mit wunderbaren Bäumen
Fern an der Coromandel-Küste Säumen.
Und zu den Heiden aus der Palmen Mitte
Spricht oft das Glöcklein einer Gottes-Hütte:
„Laßt euch mit Gott versöhnen doch, ich bitte!"

Diese Worte besingen ursprünglich die Lage des Missionshauses bei Cudelur — Cudelur, das Fabricius und Zeglin eben verlassen hatten. Ich meine aber auf der Rhede Trankebars muß es ihnen noch mehr wie Träumenden zu Muth gewesen sein, im Vorschmack jenes seligen Gefühls, das der Psalmist besingt: Wenn der HErr die Gefangenen Zions erlösen wird, so werden wir sein wie die Träumenden, dann wird unser Mund voll Lachens und unsere Zunge voll Rühmens sein. Trankebar ist ja für Indiens evangelische Christen das Jerusalem, von dem die fröhliche Kunde anhob, um allmälig bis an die Gränzen des Landes zu dringen; es ist die Gotteshütte in dem Gottesgarten, in jenem fruchtbarsten Theile des Tamulenlandes, der Kornkammer Indiens, leiblich wie geistlich.

Nächtlicher Stunde hatten die Schiffer die Anker ausgeworfen, die Reisenden waren am Ziel, mußten aber in Geduld noch den Morgen abwarten. Die Meereswellen schlugen an das Schiff, höher noch werden die Gedanken ihres Herzens gestiegen sein; wie wogte es auf und ab in ihrem Innern! Nacht um sie her; doch in ihnen leuchtete die Sonne der Gerechtigkeit und erwärmte ihre Herzen für das Volk, welches in Finsterniß und Todesschatten sitzt. Dunkle Nacht liegt über Indien. Hüter ist die Nacht schier hin? fragt bange das Herz. Da fällt das Auge auf die unbeschreibliche Pracht des südlichen Sternenhimmels; also ist Abrahams Samen in diesem Lande, spricht eine

Stimme. Abraham glaubte dem Gott, der auch wohl von den Todten erwecken kann, und aus seinem erstorbenen Leibe sind Viele geboren. Hier ist mehr denn Abraham. Dem HErrn werden Kinder geboren wie Thau aus der Morgenröthe, auch dort wo die natürliche Morgen= röthe fortfällt. Plötzlich wie die tropische Sonne aus dem Meer her= vortaucht, nachdem vorher nur einzelne, wenn auch glänzende Gestirne die Nacht erhellten, wird auch das Licht des Evangeliums über Indien aufgegangen sein, wird der Bräutigam seine Kammer verlassen und der Held seine Siegeslaufbahn angetreten haben.

Die Stunden freudig ungeduldigen Wartens sind vorüber. Tranke= bar erscheint im Sonnenlichte. Dort auf der Südseite, nahe den Wällen der Festung, mitten aus weißglänzenden Häusern erhebt sich der Thurm der dänischen Zionskirche. Unwillkürlich wendet sich der Blick weiter auf das dicht daneben liegende an der Kreuzesform leicht erkennbare Neu=Jerusalem, dort am Altar harren Ziegenbalgs und Gründlers Gebeine der fröhlichen Auferstehung entgegen. Jener Palmengarten aber, genauer jener Cocoshain, im Norden aus der Mitte der schwar= zen Stadt zeigt Dir die Lage der Ziegenbalg'schen Plätze; dort wohnte und wirkte der fromme Mann unter seinen lieben Eingebornen, dort steht die kleine alte Jerusalemskirche, die er und sein Gefährte Plütschau von ihrem geringen Gehalt aufführen ließen. Doch es ist nicht ge= rathen, zu lange auf der Rhede liegen zu bleiben, auf der ganzen Coromandelküste giebt es keinen sichern Hafen, und Trankebar heißt nicht umsonst die „Wellenstadt", manchen Fuß breit Landes hat das Meer schon verschlungen und bisweilen, wenn die Wellen des Meeres sich mit den Wellen des zur Regenzeit hoch anschwellenden kleinen Flüßchens Uppenaru zu vereinigen drohten, war das Ganze in großer Gefahr [1]). Manches Schiff wähnte sich schon sicher auf der Rhede

---

[1]) In alten Zeiten scheint Trankebar einmal gänzlich zerstört worden zu sein, we= nigstens erhielt Ziegenbalg auf Anfragen nach dem Ursprung der Stadt folgende Auskunft: „Ein gelehrter Mann Namens Nelleiinapullei wußte, daß vor alten Zeiten auf diesem Platz die Stadt Trankebar gewesen war, welche durch große Wassergüsse verwüstet und zu einem großen Sandhügel geworden war. Dieser hatte einen Bramanen zum Priester, welcher ihm alle dieses Platzes Herrlich= und Vortrefflichkeit referirete und zeigte. Darauf kamen beide, Priester und Jünger zu diesem Ort und nahmen ihn in Augenschein, da sahen sie von dem Thurm der großen Pagode die Spitze noch hervorragen: das übrige alles war Wüste und viel Buschwerk. Dies alles ließ Nelleiinapullei abhauen und wegnehmen, und machte den Platz zurechte, daß er da wohnen konnte."

und die Sturmwinde führten es wieder davon, auch die Mission kann ein Lied davon singen [1]).

Kanonenschüsse vom Fort her begrüßen nun unsere Ankömmlinge, ihre Ankunft ist ja ein Ereigniß für ganz Trankebar, der wohlgewogene Commandant Panck hatte ihnen eigens ein Fahrzeug bis Cudelur entgegengeschickt; von der Citadelle wehen dänische Fahnen, weht der Danebrog. Vor 120 Jahren ward die dänische Flagge zum ersten Male dort aufgehißt. Ein dänischer Capitän Roelant Crape ward im August 1618 nach Ceylon gesandt, um dem Fürsten von Candy die gesuchte Hülfe gegen die Portugiesen zuzusagen und dafür Handelsvortheile auszubedingen. Unvorsichtiger Weise aber ließ er sich noch vor Ankunft der größern Flotte zu Feindseligkeiten gegen die Portugiesen hinreißen, wurde an der Coromandelküste von ihnen überfallen und als dabei sein Schiff strandete, gelang es ihm, freilich nur mit 13 Mann, zum Fürsten von Tanjour, Atschudappen, zu entkommen. Der Unfall schlug zum Besten aus. Seiner Klugheit und seinem Eifer gelang es, wichtige Zugeständnisse für die dänisch-ostindische Compagnie zu erhalten: gegen einen jährlichen Tribut von etwa 4000 Rupis (gleich östr. Gulden) ward der Flecken Trankebar mit 15 dazu gehörigen Dörfern, ein Gebiet von etwa 1½ Stunden Breite und 2 Stunden Länge, an Dänemark abgetreten und mit dem inzwischen angekommenen Admiral Gedde im November 1620 officiell der Tractat abgeschlossen. Crape, als erster Commandant, bemühte sich sehr die neue Stadt zu heben und Einwohner, namentlich Handelsleute durch Privilegien herbeizuziehen. Katholiken, deren Kirche am Westende schon Ende des 16. Jahrhunderts erbaut sein soll, muß er schon in ziemlicher Anzahl seßhaft gefunden haben (um 1740 zählte diese Gemeinde zwischen 4—500 Seelen) nun fanden sich auch Muhammedaner ein und bauten sich eine Moschee. Die Zahl der Heiden mehrte sich bedeutend, so daß zu der einen, sehr heilig gehaltenen Hauptpagode drei hinzukamen. Anfangs schien es sogar, als wolle Trankebar das gleichzeitig gegründete Madras überholen; der Handel blühte dergestalt, daß es die Speisekammer der ganzen Coromandelküste genannt wurde.

---

[1]) Am 31. Juli 1708 erhielten die sehr bedrängten Missionare eine erste Unterstützung aus Europa bestehend in 2000 Thlrn. Die Hälfte war auf einem Schiff, das Schiffbruch litt, das Geld aber wurde gerettet und kam glücklich — wieder in Kopenhagen an. Die zweiten Tausend aber lagen schon auf der Trankebarer Rhede zur großen Freude der Missionare und siehe — das Landungsboot schlug um. Eine schwere Prüfung für die Mission.

Für die geiſtige Hebung oder gar chriſtliche Erziehung ſeiner indiſchen Unterthanen that in jener Zeit das däniſche Regiment nichts, wenn man nicht etwa die Zwangstaufen gefangener Schiffsmannſchaften dafür anrechnen will. Zwar beſagt die Inſchrift eines Grabſteins in der Zionskirche: „Der Wahrheit Liebhaber, des Laſters Feind, ſeines Vaterlands Prophet, Indiens däniſcher Apoſtel Mag. Jakob Worm nach kurzem Sein in Indien wegen ſeiner großen Erweckung unter den Schwarzen in das himmliſche Vaterland von Chriſto aufgenommen,“ aber weder von einer ihm zugeſchriebenen Bibelüberſetzung, noch einer geſtifteten Gemeinde hatte ſich eine Spur erhalten. Wahrſcheinlich, daß der wegen Schmähſchriften aus dem Vaterlande verbannte Dichter die prunkvolle Grabſchrift noch ſelbſt gemacht hat [1]).

Eine Wendung trat erſt ein, als es dem Könige Friedrich IV. gelang, in Ziegenbalg und Plütſchau zwei Miſſionare für Trankebar zu finden. Leider wurden die Trankebarer Behörden von dieſem Umſchwung in der Geſinnung nicht mitergriffen. Als am 9. Juli 1706 die Sendboten landeten, ließ man ſie hülflos und rathlos auf dem Markt ſtehen, und es wagte lange Niemand ſie ins Haus zu nehmen. Im November 1708 wurde Ziegenbalg ſogar auf die Citadelle als Gefangener abgeführt; nach viermonatlichem harten Gefängniß erlangte er zwar in Folge ſeines weiſen, feſten Benehmens die Freiheit wieder, aber die Feindſchaft gegen das Evangelium dauerte fort, zumal von den 1709 eintreffenden neuen Mitarbeitern, Gründler, Böbingh und der Student Polycarpus Jordan, ſich Böbingh zu den Feinden ſchlug. Erſt Ziegenbalgs Heimreiſe 1714 und die Abberufung des Commandanten beſeitigte die Schwierigkeiten. Die Spannung zwiſchen dem orthodoren Kopenhagen und dem pietiſtiſchen Halle aufzuheben, glückte ihm nicht gleicherweiſe, und ſo ſank er ins Grab nach raſtloſer Thätigkeit, ehe die ſehnlich erwarteten friſchen Kräfte ankamen.

Auch Gründler, der Mitbegründer [2]) des Miſſionswerks war ſehr

---

[1]) Fenger, Geſch. der Trank. Miſſion S. 6 ff.
[2]) Unter einem ſchönen Bilde Gründlers ſteht der bezeichnende Vers:
    Herr Ziegenbalg und ich, geliebte Malabaren,
    Sind's, die zuerſt zu Euch aus Liebe ſind gefahren.
    Ich legte den Grund, er zog die Balcken dran,
    Doch das Gedeihen hat der HErr allein gethan.
Es iſt dies keineswegs eine bloße Spielerei mit den Namen, Gründlers Thätigkeit wird wirklich gewöhnlich unterſchätzt. Die portugieſiſche Gemeinde, welche er beſonders zu beſorgen hatte, war nicht nur der Anfang, ſondern auch ſpäter noch die Grundlage weiterer Miſſionsthätigkeit.

schwach. Mehrere Monate hindurch ließ er sich auf die Kanzel tragen. Die Feinde triumphirten schon, nun gehe es mit der Mission zu Ende. Da nahm Gründler seine Zuflucht zum Gebet; einmal auf der Kanzel erstickten Thränen seine Worte, ein volles kräftiges Gebet aus tief bewegten Herzen ringt sich zu Gott empor: „HErr, erbarme Dich über Deine armen Schafe, züchtige sie nicht so sehr, daß Du beide Hirten zugleich hinwegnimmst, friste mir so lange dies kranke Leben, bis neue Hülfe kommt." Im September 1719 langten darauf Schultze, Dal und Kistenmacher an; ein halbes Jahr durfte Gründler sie noch in das Werk einführen und in der Sprache unterweisen, darnach rief ihn der HErr ab.

B. Schultze[1]) griff nun das Werk mit großer Energie an, Tags nach dem Begräbniß versammelte er die Mitarbeiter, ermahnte zum Gottvertrauen und betete mit ihnen. Der Bericht liest sich recht schön, hat aber schon einen bedenklichen Schluß: „Endlich als wir uns ein wenig in Gott gestärket, versprachen sie alle, mir gern zu folgen und beizustehen, zu dessen Versicherung sie mir ihre rechte Hand gaben." Schultze betrachtete sich als Propst der Mission und forderte unbe- dingten Gehorsam auch von Dal und Kistenmacher, die leider un- ordinirt ausgesandt waren. Wäre er minder herrschsüchtig und an- maßend aufgetreten, möchten sie ihm dies auch zugestanden haben. So gingen sie ihre eigenen Wege, Dal übernahm die portugiesische Ge- meinde, Kistenmacher war kränklich und starb bald. Man erwartet nun, Schultze werde unter der Last der pastoralen Arbeit an der tamu- lischen Gemeinde fast zusammenbrechen. Mit Nichten, er findet daneben (fast möchte ich sagen „statt dessen") Zeit zur Fortführung der Bibel- übersetzung und Uebertragung deutscher Kirchenlieder. Vom zweifel- haften Werth dieser Arbeiten später ein Ausführlicheres. Als 1725 Pressier, Walther und Bosse herauskamen, fühlte er sich neben den beiden ersten gediegenen Männern in seiner Oberflächlichkeit nicht wohl, er mußte sein Reich allein haben, suchte und fand auch in Madras ein neues Arbeitsfeld. Da er selbst an Besserung der ver-

---

[1]) Dieser Missionar hat unzweifelhaft bisher eine zu günstige Beurtheilung erfahren. Da er nun in unsere ganze Missionsgeschichte so sehr verflochten ist, daß je nach seiner Beurtheilung die Darlegung der geschichtlichen Entwicklung sich we- sentlich anders gestaltet, habe ich mich für verpflichtet gehalten, später so viel irgend möglich die actenmäßigen Belege für meine Anschauung einzuflechten.

nachläſſigten und verkommenen Trankebarer Gemeinde verzweifelte, läßt
ſich denken, wie viel ſeine Nachfolger zu thun hatten.

Bald ging es mächtig vorwärts im Innern und auch nach außen
ſeit dem Uebertritt des Unteroffiziers Rajanaiken, der durch ſeinen,
unter Verfolgungen nur erhöhten, raſtloſen Eifer im Königreich Tanjour
eine Gemeinde gründete und pflegte. Zwei hoffnungsvolle Mitarbeiter
Worm und Richtſteig erlagen ſchon nach fünfjähriger Arbeit 1735,
nach längerer Kränklichkeit auch Preſſier 1738. Walther durch
den Tod ſeiner Frau und aller fünf Kinder gebrochen, erbat ſeinen
Abſchied und ſchwamm gleichzeitig mit Fabricius und Zeglin auf dem
Meere. Das Miſſionswerk ſollte durch die letzten Unglücksfälle nicht
eine neue Unterbrechung erleiden, bevor ſie eintraten, waren ſchon
1737 in Obuch, Wiedebrock und Kohlhoff umſichtige, thatkräftige
Streiter angekommen. Die Miſſion erſtarkte und dehnte ſich immer
mehr aus, (im Jahre 1738 traten zu den Trankebar'ſchen Gemeinden
hinzu 609, ebenſoviele im folgenden Jahre, ſo daß in der Vorſtadt
Wölipaleiam und im Dorfe Sandirapadi nur noch eine heidniſche Familie ſich fand)‛, es war eine Zeit hoher Blüte, als Fabricius und
Zeglin die Arbeit mitaufnahmen.

Während unſere beiden Ankömmlinge das Landungsboot beſtiegen
und von den gewandten Eingebornen, ſchließlich auf ihrem Rücken,
ſicher und trocken ans Land gebracht wurden, haben wir uns in kurzen
Zügen die Geſchichte Trankebars und der dortigen Miſſion vorgeführt.
Eilen wir jetzt ſchnell zum Strandthor, um noch beim erſten Empfange
gegenwärtig zu ſein. Nun der ſcheint ſehr formlos ausgefallen zu ſein,
ſonſt zogen wohl die Schulen mit Fahnen aus und ſangen ein Loblied, und die erwachſene Gemeinde gab nach indiſcher Weiſe ihrer Freude
einen etwas lauten Ausdruck, in der frühen Morgenſtunde aber war
man auf einen Empfang nicht vorbereitet. Jedes lief, wie es ging und
ſtand, auf die Freudenbotſchaft hin zum Strande. Formlos war
der Empfang, aber deshalb um ſo herzlicher, und das Dankgebet zum
HErrn gewiß bei Allen ein aufrichtiges: „Gelobet und ewig geprieſen
ſei für dieſe unſchätzbare Wohlthat der Name des HErrn ewiglich, und
alle ſchwarzen Schafe und Lämmer, Heiden und Chriſten müſſen ſagen
Amen.“ Dal, Obuch und Kohlhoff begrüßen ſie zuerſt. Zeglin
eilt alsbald auf ſeinen lieben Landsmann und Schulfreund in Stettin
und Halle, den treuen Kohlhoff zu. Es muß eine hohe, kräftige
Geſtalt geweſen ſein, aus allem Volk hervorragend, ſonſt würde ihn
nicht der fromme Soldatenkönig Friedrich Wilhelm I. der Miſſion ge-

worben haben[1]). Fabricius werden wir uns wohl mit dem alten Herrn
Dal, dem ehrwürdigen Senior der Mission, im Gespräch zu denken

---

[1]) Joh. Balthaf. Kohlhoff, geb. 15. Nov. 1711 zu Neuwarp in Vor-
pommern, wo sein Vater Bürgermeister war. Als in seinem 12. Jahr sein Vater
todtkrank wurde, erinnerte sich der Knabe des dreimaligen Gebetes Christi im
Garten Gethsemane, ging auch in den Garten, flehte dreimal zum HErrn um
Genesung; am späten Abend wiederholte er es und siehe in die Krankenstube zurückkehrend, fand er den Vater so entschieden gekräftigt, daß er schon folgenden
Tags das Bett verließ. Bis zum 17. Jahre besuchte er darnach die Schulen in
Stettin. Da kommt ihm die Nachricht, ein Capitain fahnde schon 3 Tage nach
ihm. Er flüchtete zu den Eltern, und weiter von Mutter und Schwester begleitet
zu Wasser nach Loitz in Schwedisch-Pommern. Eine Stunde nach seiner Abreise
kommt ein Unteroffizier mit 10 Soldaten ins väterliche Haus und jagt dem Flücht-
ling 6 Meilen nach. Der aber entkam sicher nach Stralsund und besuchte dort
bis übers 20. Jahr das Gymnasium unter dem Rector Pyl, welcher der Jugend
allzuviel Freiheit vergönnte und den neuen Schüler sehr lobte, daß er sich zu
einer äußerlichen Ordnung bequemte. Innerlich wenig gefördert, verließ er das
Gymnasium. Da ihm die Universität Halle von seinen Eltern dringend abgerathen
wurde, er auch selbst große Abneigung davor hatte, ging er nach Rostock und
fand freundlichste Aufnahme. Aber Friedrich Wilhelm führte scharfe Aufsicht auch
über die theologische Richtung seiner Unterthanen, nach einem halben Jahr kommt
den Eltern strenge Ordre zu, entweder alsbald den Sohn zu stellen oder ein Zeugniß vorzuweisen, daß er auf der königlichen Academie zu Halle studire. Es half
nichts, eiligst brach er nach Halle auf mit großen innern Kämpfen unter Thränen
und Gebeten, daß Gott ihn vor allen Irrthümern bewahren und den Geist der
Prüfung schenken möge. Das Gebet blieb nicht unerhört, durch besondere Fügung
kam er auf dem gemiedenen Waisenhause zu wohnen und — wurde Missionar. Er
starb erst 1790, nachdem er an seinem 50jährigen Amtsjubiläum die Freude erlebte,
seinen ältesten Sohn mitzuordiniren. Die Familie ist noch jetzt im Tamulenlande
angesehen. Außer Kohlhoff und Zeglin hat Pommern den Tamulen noch drei
wackere Missionare geliefert: den Wolliner Polzenhagen, Schwartzens Freund
und Reisegenossen, der 1756 auf den Nikobaren eine Mission anlegen wollte und
dem Klima zum Opfer fiel, den reich gesegneten Colberger Geride, einen Mann
von apostolischer Kraft und Einfachheit (gest. 1803) und in diesem Jahrhundert
den Stettiner Bärenbruck, Gründer der Station Mayaveram (gest. zu Stettin
1833, nach Wallmann „eine Missionszierde des lieben Pommerlandes".) Gern
hätte ich das mir vorliegende reiche Material in ein Büchlein „Fünf Pommersche
Missionare im Tamulenlande" verarbeitet meinen lieben Landsleuten als Abschieds-
gruß dargeboten, um für das viele empfangene Gute mich durch Weckung des
Missionssinnes an meinem Theile dankbar zu beweisen und zugleich historisch meine
Berufswahl zu rechtfertigen. Aber bei der knapp zugemessenen Zeit bin ich in den
Vorarbeiten stecken geblieben. Möchte doch eine ausdauernde Kraft die Arbeit
aufnehmen!

haben, deſſen originelles treuherziges Weſen bald ſein Herz gewann,
daß er gleich lobend in die Heimat berichtete und die gefaßten Vor=
urtheile und falſchen Meinungen zu beſeitigen ſuchte. Nicht reich be=
anlagt, hat Dal, indem er ſich allein auf das Portugieſiſche beſchränkte,
bei der Bibelüberſetzung und dem Geſangbuch weſentliche Dienſte ge=
leiſtet. Man mußte ihn lieben dieſen dreiviertel Dänen, wie er ſich
ſelbſt nennt (er ſtammte aus dem nördlichen Schleswig), mit dem
deutſchen Herzen und mit all ſeinen Sonderbarkeiten. Er beſaß von
Natur ein gut Stück trocknen Humors und hat manche Anecdote in
Umlauf geſetzt. Als unter der Schultze'ſchen Herrſchaft zuerſt Kiſten=
macher befohlen ward in das Mühlenhaus zu ziehen und darnach auch
Dal in das zweite Miſſionshaus überſiedeln ſollte, glaubte er dem
ſtrengen Befehl doch einigen Gehorſam ſchuldig und ließ allwöchentlich
ein Stück Möbel aus der Reſidenz fortſchaffen. Als ihm dann Schultze
auch noch Vorſtellungen machte, daß er in ſeinem eigenen Hauſe nicht
genug Inſpection halte, that er noch ein Uebriges und dehnte die
Inſpection auch auf Schultze's Haus aus. Sechs Jahre hindurch ging
er Morgens um 7 Uhr, friſche Luft zu ſchöpfen, bis an Schultze's
Wohnung und die tamuliſche Schule, zu ſehen ob die Häuſer noch
ſtünden und kehrte dann ſtillſchweigend wieder um. Man wird ihm
dies zu gut halten und nicht falſch auslegen, wenn man erfährt, daß
er ein ſehr warmes Herz für die Miſſion hatte und als Senior ihre
Intereſſen nach außen hin nicht ohne Umſicht vertrat. Wie manche
Nachſchrift bei den allgemeinen Briefen giebt davon Zeugniß[1]). Außer
dem allgemeinen gemeinſamen Tagebuch lief gewöhnlich noch ein In=
terimsdiarium von ihm ein, oftmals unter dem Titel Kreuz=, Noth=
und Hülfsdiarium; wer dem entrinnen wollte, mußte ſchon fleißig
arbeiten und ſeinem Amt brav vorſtehen. Daran die neuen Miſſionare

---

[1]) Oft ſind es Stoßſeufzer origineller Art, zumeiſt lateiniſch: Theuerſte
Herren! Omnia erunt DESPERATA, ſi B(oſſe) in bibendo perſeveraverit,
DESPERATISSIMA ſi cum defectu 850 thalerorum in aerario vitam
finiverit; LUCTUOSISSIMA ſi W(alther) inſuper Miſſionem noſtram
reliquerit. Wer helfen kann, der helfe! Maeſtiſſimo animi affectu ſcribebat
Trangambariae 7. Sept. 1738.   Nicolaus Dal.

Ein ander Mal die beherzigenswerthe Bemerkung: Qui in Indiam non
venit Philologus, in India Philologus non fiet. Später als er nach Obuchs
Tod Fabricius von Madras zurückhaben wollte, ſchreibt er mit Bezug auf Wal=
thers, Schultze's und Geiſters Heimreiſe: „Die Geſunden gehen nach Europa und
die Ungeſunden gehen in die andre Welt, wie ſollten wir denn unſre beſten Ar=
beiter ſo wegſchenken können?"

zu erinnern, war auch der sprachkundige Obuch mit zur Begrüßung erschienen. Auf dem Schiff mochte es genügen, daß sie sich aus den Missionsnachrichten die einzelnen tamulischen Wörter zusammensuchten, jetzt wollte nun Obuch den regelrechten Unterricht beginnen und hoffte bald dabei zu sehen, ob er sich nicht Fabricius zu seinem speciellen Mitarbeiter heranziehen könne.

Inzwischen sind sie bis zu Wiebebrod's Wohnung gelangt und überraschen den biedern Westphalen, wie er grade einen Brief in die Heimat schreibt. Nun darf er frische Berichte aus der Heimat hören, wie es dem alten Freund Clausen in Minden geht, ob er noch zu den Herrnhutern sich neigt und was die Frau Schwägerin bei Minden macht; denn überall sind ja die lieben Brüder gewesen und bringen Grüße und Briefe mit. Wie sie denn dort sitzen und erzählen, kommen auch noch Bosse hinzu und sein Freund, der Missionsarzt Dr. Cnoll, dem unter die Hände zu gerathen grade nicht zu den erfreulichsten Aussichten gehörte [1]. So war der Kriegsrath vollzählig und die neuen Brüder konnten sich aussprechen, ob sie die Bestimmungen über ihre nächste Zukunft annehmbar fänden. Ihren Mittagstisch sollten sie bei Wiebebrod haben, als Wohnung aber die Hälfte von Bosse's Haus, das Conferenzzimmer und ein anstoßendes Kämmerchen. Bei der letzten Mittheilung können Fabricius und Zeglin ihre Freude nicht verbergen, es ist ihnen damit ein Herzenswunsch erfüllt; sie, die sich so innig an einander geschlossen und in einander gefunden, dürfen noch ferner beisammen wohnen. Da übersehen sie gern den bedenklichen Umstand, Bosse's Hausgenossen zu werden, sie machen sich sogar Hoffnung den verirrten Bruder, der durch seine Trunksucht ein Schandfleck der Mission geworden, durch milde und weise Behandlung auf den rechten Weg zurückzubringen, hatt' er doch vorher der Mission an zehn Jahre treu gedient; mögen sie an dem Werk der innern Mission,

---

[1] Die Mission hat nicht recht Glück mit den Aerzten gehabt, die sie von 1730 bis in dies Jahrhundert hinein in Trankebar stationirte. Nachdem Ziegenbalg und Gründler die Arzneikunst der Tamulen so hoch erhoben, daß Gründler einen eignen Tractat verfaßte, um ihre Kenntnisse unter den europäischen Aerzten zu verbreiten, nimmt der Entschluß zur Aussendung eines Arztes uns überhaupt Wunder. Lic. Schlegelmilch starb nach 14 Tagen. Cnoll schadete der Mission in seinen früheren Jahren durch ungeistlichen Sinn und unsittlichen Wandel. König trat in die Dienste des Nabob. Die Halleschen Medicamente aber, besonders die berühmte Essentia dulcis, wurden von Trankebar aus über ganz Indien verbreitet und brachten der Waisenhauskasse nicht geringen Gewinn.

um den einmal beliebten Ausdruck zu gebrauchen, über ihre Befähi=
gung für die äußere sich ausweisen!

Zwar war fast gleichzeitig mit ihrer Ankunft an Bosse stricter
Befehl vom Kopenhagener Missionscollegium ergangen, alsbald zurück=
zukehren. Er aber blieb auf eigne Gefahr, da die übrigen Missionare
alle Verantwortlichkeit ablehnten, und reichte noch eine Vorstellung
ein, in Folge deren wirklich seine Rückkehr noch um ein Jahrzehnt
sich verschob. Es war gewiß traurig für die Uebrigen solche Schande
ihres Standes stetig unter Augen zu haben, um so höher ist es ihnen
anzuschlagen, daß sie sich nicht lieblos von ihm abwandten, sondern
unverdrossen an ihm arbeiteten durch liebreiche Vorstellungen, durch
pädagogische Mittel und kirchliche Zucht. Christen, die also handeln,
darf man nicht vorwerfen, daß sie einen Bann unter sich dulden. Es
ist modern pietistische Unart, um des Gespöttes der Welt willen den
gefallenen Bruder zu meiden, selbst wenn er Buße thut, nachdem man
ihn vorher vielleicht bis in den Himmel erhoben. Das heißt auf leichte
Weise den Bann von sich thun. Nicht also unsere Missionare, sie
ließen Fabricius und Zeglin zu Bosse ziehen, um ihn unter ganz
specielle Aufsicht zu stellen und noch einmal allen persönlichen Einfluß
aufzubieten. Und wirklich, es ging gut über ein halbes Jahr, da be=
kam er in unbewachtem Augenblick einen Rückfall. Ich rücke hier den
Brief ein, welchen Fabricius damals schrieb, um ihn so in einer neuen
Thätigkeit den Lesern vorzuführen: "Gott zum Gruß! Sie erlauben,
daß ich Ihnen mit wenigem mein bekümmertes oder mitleidendes Ge=
müth entdecke wegen dessen, was Sie seit dem Pfingstsonnabend von
Uebervortheilung des Feindes erlitten. Ach möchten doch Ihre armen
Collegen und Brüder die Freude haben, sowie bisher den Feind von
Ihnen, und zwar beständig und völlig überwunden zu sehen. Ich an
meinem geringsten Theil kann wegen der gegen Sie außer diesem Fall
tragenden besondern Hochachtung nicht umhin durch diese wenigen Zei=
len Sie von Herzen und um Gottes willen zu bitten, daß Sie doch
hierauf bedacht sein wollen. Wenn irgend eine Sache ist, die auch ich
für meine Wenigkeit besonders sehnlichst wünsche, so ist's diese. Nun
Gott schenkt ja Kraft: er hat es schon bewiesen. Schenkt er aber Kraft
auf 2—3 Monate, warum sollte er sie nicht gern auf Jahre und auch
auf Lebenslang schenken? Wer überwindet, krieget den Preis!"

Ob Menschen auch noch so treu arbeiten, Gedeihen giebt allein
der HErr und auch Er zwingt Niemanden, den schmalen Weg zu
wandeln. So verlangt er auch von seinen Dienern nur, daß sie treu

erfunden werden. Treue hatte Fabricius zunächst an seinem Hausge=
nossen bewiesen, so konnte er einmal mit offener Stirn vor die Heiden
hintreten. Doch zunächst haben wir es noch mit seiner Vorbereitungs=
zeit zu thun — unter andern Gesichtspunkt fällt sein zweijähriger
Trankebarer Aufenthalt kaum — und wir können uns um so eher
noch länger dabei aufhalten, als späterhin wenig von den Trankebarer
Verhältnissen die Rede sein wird.

Gewöhnlich pflegt Morgens um 6 Uhr, wo im Winter d. h. in
der Regenzeit der Tag anbricht (im Sommer eine Stunde früher) das
laute unangenehme Schreien der Krähen, die in Indien eine viel
größere Rolle spielen als in Deutschland, die Schläfer aus ihrer Ruhe
zu wecken, Fabricius und sein Freund aber wollten in noch früherer
Morgenstunde ihren Gott preisen und standen um fünf auf, „da dann
Jeder an seinem Theile vor allen Dingen zu Gott naht, dem großen
Wohlthäter und der lebendigen Quelle alles Guten." Ehe sie dann
an andere Arbeiten gingen, lasen sie fortlaufend aus der Bibel einige
Kapitel cursorisch, zuerst ein Kapitel aus den historischen Büchern des
alten Testaments und der Propheten, dann einen Psalm und zum
Schluß aus dem Neuen Testament und zwar jedesmal zwei Kapitel
im Grundtext. Die beiden folgenden Stunden waren dem Tamulischen
gewidmet, entweder unter Obuchs Leitung oder falls er behindert
war, mit dem Missionsdiener Christoph, der auch deutsch verstand.
Das Mittagmahl wurde bei Wiedebrock eingenommen. Es wird Man=
chem bedenklich, wenn er hört, daß die Tamulen weder Brot noch
Kartoffeln haben, sondern Tag ein, Tag aus nur von ihrem Reis
leben (der Name selbst stammt wohl aus dem Tamulischen) und daß
die einzige Abwechselung nur in der verschiedenartigen Zubereitung der
überaus starken Pfeffersauce, des Kari, bestehe. Die Europäer brau=
chen dort freilich mehr, um bei Kräften zu bleiben, finden es aber
auch; nur an den Kari müssen sie sich gewöhnen und es soll die
schnellere oder leichtere Gewöhnung eines der ersten Kennzeichen sein,
ob das Klima zusage. Fabricius ist bald eingewöhnt und zufrieden:
„Der Indianischen Speisen sind wir nun gar gut gewohnt, und der
Reiß sammt andern milden Gaben Gottes bekommen uns recht wohl.
Nebst den Fischen, die Gott hier bei jeder Mahlzeit verehrt, hat man
auch zu Zeiten mancherlei Grünes oder auch Fleisch von Schafen,
Schweinen oder Hühnern und Vögeln, desgleichen Milchspeisen auf
verschiedene Art und zum Trinken recht gutes Wasser. Das Klima
ist in vielen Stücken bequemer als in Europa, ausgenommen die

Hitze[1]), doch hat man auch solche leichte Kleidung, die sich dazu schickt[2])."

Nach Tisch entließ sie der liebe Wiebebrock nicht, sie hatten denn zusammen eine Stunde Tamulisch getrieben, und auch zu Hause setzten sie sich alsbald an das Neue Testament. In der Dämmerstunde, oder wenigstens zu der Zeit, wo nach deutschen Begriffen die Dämmerung eintreten sollte, conversirten sie mit ihrem Christoph oder zwei Knaben, um sich allmälig an die tamulischen Klänge zu gewöhnen; „denn die Tamulen zu verstehen, braucht man gute tamulische Ohren, sie reden gar geschwind", darum begleiteten sie auch die ältern Missionare bei ihrem Ausgehen zur Heidenpredigt als stumme Zuschauer. Herr Dr. Cnoll ist überaus unzufrieden, daß die neuen Missionare stets so eifrig und ungeduldig auf die Sprache sich legen, sie aber behaupten: „Von Anfang an haben wir es in sachter Ordnung und langsam angehen lassen." Wir wollen es ihnen glauben, es beruhte nur nicht ganz auf freiem Willen. Zu Ende September wurde erst Fabricius, dann Zeglin krank; Fabricius an einem heftigen Fieber und zugleich einer Augenkrankheit, so daß er zeitweilig ganz blind war; bei Zeglin kündigte sich sein altes Leiden, die Hypochondrie, mit heftigen Schmerzen an. Es ist etwas Eigenes mit dieser Hypochondrie bei unsern Alten, sie wird mit äußerlichen Mitteln kurirt und scheint mit der Gemüthsstimmung wenig Verbindung zu haben. Warmes Klima galt als wirksamstes Heilmittel dagegen. Als Kistenmacher an dieser Krankheit stirbt, sind Alle verwundert: „Er selbst und Jedermann hätte geglaubt, wenn er würde in diese heißen Lande kommen, würde er von seinem Uebel befreit werden." Bei Zeglin äußerte das Klima „wo man sehr ungezwungen zum Schweiß kommen kann", auch bald seine heilsame Wirkung. Nachdem Beide ungefähr einen Monat unfreiwillige Ferien gemacht, legten sie sich mit erneuerter Kraft auf's Tamulische, und Obuch bemerkte bald, daß Fabricius es am weite-

---

[1]) Es giebt sogenannte Winter, in denen das Thermometer nie unter 18 Grad Wärme sinkt, wenigstens in Madras.

[2]) Der Begriff der leichten Kleidung ist freilich zu verschiedenen Zeiten verschieden, was Fabricius darunter versteht, sagt er selbst an anderm Ort: „Beim Ausgehen hier trägt ein Prediger immer einen langen leichten schwarzen Rock, fast als einen Schlafrock (bis oben zugeknöpft) und einen Kragen, wie auch in Teutschland gewöhnlich." Dazu denn die unvermeidliche Perrücke; als er sich einmal eine neue verschreibt, bemerkt er übrigens doch dazu, es wäre schon gut, wenn sie nicht voll so groß und gewichtig wäre als in Europa, da man sie dort nicht eben der Wärme wegen trage.

sten bringen werde. Nach halbjährigem Aufenthalt in Indien predigten sie zum ersten Male. Es heißt darüber im Tagebuch: „Den
31. März als am Charfreitage predigte ich Fabricius zum ersten mal,
im Namen Gottes, in der Malabarischen Gemeine, nachdem ich erst
vorher zu Anfang dieses Monats einen kleinen Versuch mit einer Malabarischen Catechisation in der Schule gethan. Der Text war Joh. 1, 29.
Siehe, das ist Gottes Lamm, welches der Welt Sünde trägt. Gott
schenke Barmherzigkeit, hinfüro nach fernerer Erlernung der Sprache,
von eben dieser Sache alle Tage des Lebens zu lallen und zu zeugen.
HErr sende Dein Licht und Deine Wahrheit!" Seitdem predigten sie
alle sechs Wochen. Außer dem Tamulischen ward auch Englisch weiter getrieben, und Fabricius konnte bald den Brüdern durch Uebernahme der gesammten englischen Correspondenz eine Erleichterung
schaffen.

Keineswegs jedoch mochten sie sich mit diesen sprachlichen Arbeiten begnügen. Täglich eine Stunde meditirten sie über dem Wort
Gottes, insonderheit, was sich zu öffentlichen Vorträgen eigne und wie
es am besten für die Zuhörer sich schicke. Eine Stunde war dem Lesen erbaulicher Kernbücher gewidmet. Den ganzen Tag endlich schlossen
sie, wie er begonnen war, mit dem göttlichen Wort. Nur trat an
Stelle der cursorischen Lectüre eine eingehende Betrachtung, von den
Psalmen gingen sie zur Bergpredigt über und darnach zum ganzen
Matthäus. Als Hauptstück der Vorbereitung zum Amt und des Fort-
kommens im eignen Christenthum betrachteten sie den Umgang mit Gott
in anhaltendem Gebet „Gott schenkt dazu vor wie nach täglich e i n i g e
S t u n d e n, früh und spat. Gott behüte uns darin vor aller Trägheit und tobtem Wesen und lehre uns darinnen die wahre Klugheit
beweisen, daß unsere Freude vollkommen sei. Denn aus der Gnaden-
fülle Jesu Christi ist alles zu erlangen, was wir brauchen."

Das häusliche Stillleben der beiden Brüder, wie sie in der rechten Vereinigung von Gebet und Arbeit auf ihren Beruf sich vorberei-
teten, wäre damit ausführlich geschildert. Es bleibt noch übrig, kurz
der Ereignisse zu gedenken, welche in jener Zeit die Gemüther der
Trankebarer bewegten und die Stille unterbrachen. Von Stille läßt
sich eigentlich nur in geistlichem Sinne reden, von der Ruhe in Gott, um
sie herum toste vielmehr wilder Kriegssturm. Die einheimischen Fürsten von Tanjour und Madura hatten gegen die muh. Herrscher von
Arcot das wilde Volk der Mahratten herbeigerufen, welche die Muhammedaner als Eindringlinge haßten. Das ganze Land wurde von
ihnen verwüstet, die Landchristen kamen in die größten Gefahren und

auch die Trankebarer wagten zeitweise nicht sich aus dem schützenden
Bereich der Festungskanonen zu entfernen, der ganze Missionsgrund
war auch mit Soldaten belegt. Bei den Neujahrsbesuchen 1741 dreh-
ten sich alle Gespräche um die Mahratten, wie sie Cudelur bedroht
und die Holländer in Porto Novo geplündert. Kurz darnach flüchteten auch die Landleute ihre Mobilien in die Stadt, es kam auch Befehl die Häuser der Vorstadt abzubrechen, dennoch ließen sich Obuch
und Wiebebrock nicht abhalten zu Fuß nach der holländischen Stadt
Negapatnam zu reisen, da ihr Amt sie rief. Die dortigen Lutheraner
sehnten sich nach dem Sacrament und zudem war über wichtige Missions-
angelegenheiten Rücksprache zu nehmen.

Die Errichtung der Mission zu Trankebar hatte auch das Missions-
feuer bei den Holländern angefacht. Sie waren den Trankebarern in
vieler Hinsicht förderlich, mit Geld, Bauholz u. dgl. und empfingen
wiederum nicht allein Erbauungsbücher, sondern sogar in Trankebar
gebildete Lehrer und Catecheten. Besonders nahm sich der höchst verdiente General-Gouverneur von Imhoff der allgemeinen Reichssache
an, er gründete in Columbo auf Ceylon ein Missionsseminar unter
dem tüchtigen Pastor Wetzel, auch eine singalesische und tamulische
Druckerei, zu deren Errichtung die Trankebarer einen Schriftgießer
und viele Materialien sandten. Die Bemühungen des Prof. Wernbly
in Lingen, schon damals in Holland eine Missionsgesellschaft zu gründen, scheiterten an der allgemeinen Gleichgültigkeit und der Abneigung
der eigennützigen Compagnie. Obuch und Wiebebrock wollten nun den
Boden recognosciren, ob sich nicht in Negapatnam eine lutherische
Mission gründen lasse, denn so weitherzig war man doch nicht, es
gleichgültig mit anzusehen, daß durch ihre Unterstützung neben der
Wahrheit auch bedenkliche Irrthümer weiter verbreitet würden. Es
wurde damals ein reger Verkehr zwischen Deutschland und der kleinen
lutherischen Kirche Hollands unterhalten, manche Hallesche Bücher wurden ins Holländische übertragen. Die Trankebarer Brüder mahnten
aufs bringendste diese Verbindung zu erhalten und ließen es ihrerseits
an Eifer nicht fehlen in Indien für sie zu werben, Ziegenbalg
schon hatte Exemplare des von dem Rotterdamer Prediger Zacharias
Dezius übersetzten „wahren Christenthums" mit herausgebracht, am
eifrigsten beweist sich jedoch der treue Dal.

Wie bittet er jedesmal, daß doch die neuen Missionare ihren
Weg durch Holland nehmen sollten, und ist unermüdlich im Brief-
schreiben nach Holland, dem Cap, Batavia, Cochin und Ceylon. Einige
Stellen aus einem seiner Briefe an den luther. Pastor zu Gravenhaage

Gottl. Pambo mögen hier zugleich als Zeugniß confessioneller Treue
stehen. Nachdem er unter Anderm gebeten ihn doch zu benachrichtigen, welche
evangelisch=lutherischen Bücher neuerdings ins Holländische übertragen
seien, fährt er fort: „Es wäre zu wünschen, daß wir mehrere Gelegenheit hätten, die Evangelische lautere Lehre hie und da unter den Holländern
in Indien auszubreiten. Auch die Reformirten wissen z. B. den Joh.
Arnd zu ästimiren und spüren die Kraft davon. Die besten Bücher
der Reformirten verlieren fast alle ihre Kraft, wenn die absolute Prä-
destination mit hineingebracht wird. Auch Holländische Lutherische Gesangbücher würden bei vielen Reformirten angenehm sein, weil sich
allenthalben Hochdeutsche finden, von denen sie die Melodeyen lernen
könnten. Da sie aber in Indien kaum zu sehen sind, so bedienen sie
sich wol statt deren von unserm Portugiesischen Gesangbuch. Die symbolischen Bücher habe ich auch zu Rotterdam gesehen und wo mir recht,
auch von Dezius ebirt. — Nun so gebe denn der barmherzige Gott,
daß das helle und reine Licht des Evangelii durch unsere wertheste
Evangelisch=Lutherische Brüder in Holland dergestalt auf den Leuchter
gestellet werde, daß nicht allein die sämmtlichen vereinigten Provinzen,
sondern auch das ganze Niederländische Ostindien dadurch erleuchtet
werden möge. Derselbe gnädige Gott erwecke auch in der Reformirten
Kirche viele rechtschaffene Männer, so wol Diener des Worts als
christliche Politiker, damit durch derer Beförderung endlich einmal
solche Anstalten gemacht werden, daß das selig machende Evangelium
Gottes an mehrern Orten in Indien gepredigt und ausgebreitet werden könne." Eine schöne Vereinigung lobenswerther confessioneller Be-
schränktheit mit christlicher Weitherzigkeit!

In Trankebar beschäftigte man sich schon länger mit größeren
Ausbreitungsplänen, seit Bövingh im Jahr 1711 Trankebar verließ
und sich auf kurze Zeit nach Hugly in Bengalen begab, hatte man
die Besetzung dieses holländischen Platzes ins Auge gefaßt, aber die
besorgten Holländer wollten die Errichtung von Missionen nur an
ihnen direct untergebenen Orten zulassen. Nun in Negapatnam waren
sie alleinige Herren, dort bestand schon eine kleine Gemeinde von Eingebornen — Obuchs und Wiedebrocks Bericht lautete ungünstig, nicht
eher als die Engländer Negapatnam eroberten, entstand dort eine
Station unter Gericke.

Man mochte sich mit dem Geschick der Brüdergemeinde trösten,
die eben auf Ceylon einen sehr unglücklichen Missionsversuch gemacht
hatte. Am 2. Januar 1740 landete in Columbo der jüngere David
Nitschmann, Bischof der Brüdergemeinde, ursprünglich ein Wagner,

7*

der 1732 auch zu St. Thomas die geſegnete Miſſion auf den weſt-
indiſchen Inſeln eingeleitet hatte, mit ihm ein Arzt, Namens Eller.
Es waren die letzten Tage der von Imhoff'ſchen Verwaltung, v. Imhoff
und der Paſtor Wetzel nahmen ſie ſehr freundlich auf und wieſen ihnen
im Innern des Landes unter den Cingaleſen einen Ort Mogurugam-
pelle als Station an. Dort konnten ſie, begünſtigt von den Diſtricts-
behörden in aller Stille wirken, aber ſie dehnten ihre Proſelytenmacherei
auch auf die Chriſten Columbos aus, was den Geiſtlichen in jener
ſchwarmgeiſtiſchen Sichtungsperiode der Brüdergemeinde wohl Bedenken
erregen konnte. Columbo ſelbſt ward den Brüdern verboten, dennoch
kam Nitſchmann ohne Veranlaſſung in die Stadt und war ſo un-
beſonnen dem Gouverneur zu ſagen: „Ehe wir in Streit mit der Regierung leben, wollen wir lieber nach Holland zurückkehren." Der
Gouverneur nahm ihn beim Wort und befahl ihnen alsbald die Inſel
zu verlaſſen. Im Oktober ſegelten ſie zurück. So endete der erſte
Verſuch der Brüder in Oſtindien, er mißglückte durch ihre Ungeduld;
Wetzel betrauerte es lebhaft, denn bei ſeinen geiſtlichen Collegen fand
er wenig Anklang und Unterſtützung mit ſeinen Miſſionsbeſtrebungen [1]).

In Trankebar folgte man dem Ausgang dieſes Handels mit ge-
ſpannteſter Aufmerkſamkeit, es war, als ahnte man die große Verwirrung, welche 20 Jahre ſpäter durch Gründung einer Brüdercolonie
in Trankebar entſtehen ſollte. Francke warnte ſehr bringend vor den
Verführern, die ſich überall einſchlichen und Unruhen erregten; was
nur irgend an Schriften gegen ſie erſchienen war, ſandte er ein. Man
hat jetzt kaum eine Vorſtellung, welch Mißtrauen den Herrnhutern
auch von der Halleſchen Richtung entgegengebracht wurde. Man ath-
mete in Trankebar wieder auf, als dieſe Gefahr beſeitigt war, denn
an ein gedeihliches Wirken war ja allerdings nicht länger zu denken,
wenn in ihrem Gebiet ſich eine neue Miſſion aufthat, zu ernten, wo
ſie nicht geſäet hatte.

Haben wir einmal unſern Blick auf die damals ſchwebenden
größern Miſſionsfragen gerichtet, welche alle Gemüther lebhaft be-
ſchäftigten, ſo kehren wir nun zu den kleinern häuslichen Verhältniſſen
zurück, die ja oftmals im Leben ſich Beachtung zu erzwingen wiſſen
und auf das perſönliche Wohlbefinden den größten Einfluß üben. Jene
Reiſe hatte für den einen Theilnehmer Obuch ſchlimme Folgen; unſere alten Miſſionare gingen in ihrem Beſtreben, ſich zum Volk herun-
terzulaſſen, ſo weit, daß ſie auf Reiſen außerhalb des Compagnie-

---

[1]) Vgl. auch Hough, Christianity in India III, 358 ff.

Grundes die einheimische Kleidung anlegten; sie gingen meist zu Fuß, um Gelegenheit zu finden zum Volk zu reden, ihre Fußbekleidung bestand dann einzig aus großen Holzschuhen. Dies ward Veranlassung, daß Obuch ein alter Schaden am Fuß wieder aufging, über dreiviertel Jahre war er so krank, daß der Arzt öfter an Amputation dachte und mindestens auf ein langwieriges fistulöses Leiden gefaßt war. Obuch wollte doch unterdeß noch etwas nützen, und arbeitete fleißig an Uebersetzungen, ja er bereitete vom Bett aus Einige zur Taufe vor. Da kommt ihm plötzlich der Gedanke: „Diese bereitest du zur Taufe, du mußt sie auch taufen. Und siehe in wenig Tagen ließ es sich zur Besserung an und wurde zur Verwunderung plötzlich heil, daß ich an meinem Theile bekennen muß: Der HErr hat es gethan, der HErr hat alles wohlgemacht, ihm sei Ehre, Hallelujah." Während der Krankheit nun mußte für andre Vertheilung seiner Arbeit Sorge getragen werden. Fabricius fiel die Oberaufsicht über die drei nord= westlichen Landkreise Tanjour, Combaconum und Tirupalaturei zu. Den Missionaren war nämlich der Eintritt in das Gebiet des Königs von Tanjour versagt, ihre persönliche Wirksamkeit blieb in den engen Gränzen der dänischen Compagnie. Die Christen dieses kleinen Ge= biets bildeten die Stadtgemeinde, die wiederum in zwei Gemeinden zer= fiel, die Portugiesische (Mischlinge und europäisirte Indier) zu Fabri= cius Zeit 300 Seelen stark und die tamulische 1226 Glieder zählend. Die Landgemeinde mit 2578 Seelen war in 6 Kreise getheilt, außer den obengenannten noch Mahaveram, Madewipatnam südlich von Tanjour und der Marrawerkreis am Meere. Sie standen unter der Pflege des Landpredigers Aaron, der Catecheten Diogo und Rajanaiken, lauter Namen von gutem Klang. Allmonatlich hatten sie dem über= geordneten Missionar specielle Rechenschaft über ihre Amtsführung zu geben und das Weitere mit ihm zu besprechen (Diogo und Rajanaiken wurden demnach an Fabricius gewiesen). Zu den hohen Festen suchten sie möglichst Viele der Landchristen nach Trankebar zu bringen, damit sie den Missionaren selbst bekannt und sich der Gemeinschaft bewußt würden. Es muß köstlich gewesen sein, wenn die Züge der Wall= fahrtenden in Trankebar einzogen und um die Jerusalemskirche ihre Zelte aufschlugen, wie einst die Gläubigen des alten Bundes um den Tempel her. Die Trankebarer Kirche erlangte dadurch einen großen Ruhm unter den Heiden weiter im Lande, in großer Noth zogen auch sie wohl dorthin und thaten Gelübde, wie eine in jene Zeit fallende liebliche Geschichte beweist.

Einer heidnischen Mutter wurde von einem Sclavenhändler ihr

Sohn heimlich fortgeführt und in Trankebar an einen Herrn verkauft.
Nach mehrmonatlichem Suchen findet sie ihn dort, aber er soll nicht
losgelassen werden, bis der Sclavenhändler einen andern an seiner Statt
einliefere. Als sich dies nun lange verzieht, kommt sie in ihrer Bekümmerniß einstmals zur Christenkirche, hebt ihre beiden Hände auf
und betet: „O Herr, der Du in diesem Tempel wohnst, mache doch
mein Kind los aus der Sclaverei. Wirst Du solches binnen zehn
Tagen thun, so will ich sammt meinen Kindern Dein Sclav werden."
Am zehnten Tage wird ihr Sohn frei, sie thut ihn alsbald in die
christliche Schule und meldet sich auch selbst zur Taufe; als Christin
führte sie einen gottesfürchtigen gewissenhaften Wandel, daß sie z. B. nie
des Morgens mit Jemandem redete, bis sie erst ihr Morgengebet zu
Gott mit aller Andacht verrichtet hatte. Ihr Sohn wurde dann später ein
tüchtiger Landprediger und ist unter dem Namen Philipp wohlbekannt.

Billig darf eine Schilderung des Trankebarer Lebens nicht
schließen, ohne die Schulen berührt zu haben, in denen eine Reihe
solcher trefflichen Gehülfen gebildet ist. Sie erregten unsers Fabricius
Bewunderung gleich in der ersten Zeit seines Aufenthalts. Ihm kam
manches viel angenehmer und trefflicher vor, als er es sich vorher
gedacht, „worunter insonderheit die lieblichen Schulanstalten rechne, in
welchen die lieben Kinder Gottes Wort so reichlich handeln und tractiren und so einen guten Schatz mit guter Manier in ihr Gedächtniß
sammeln, auch bei aller Gelegenheit, sonderlich in der Kirche bei den
Predigten (zur Erhaltung der Aufmerksamkeit pflegten die Missionare
mitten in der Predigt die Gemeinde zu fragen) und Repetitionen, so
fein und prompt und ohne Unachtsamkeit alles, was sie gefragt werden,
beantworten können, daß es eine Lust ist und schon etliche Mal ge-
wünschet, daß manche liebe Freunde aus Europa einmal hier sein und
es mit ansehn könnten." Kinder zu unterrichten, war seine besondere
Freude schon in Halle gewesen, er nennt es eine Wohlthat, der man
nicht an vielen Orten theilhaftig wird „unter der Aufsicht treuer Lehrer Kinder zu unterrichten und selbst dabei ein Kind werden zu lernen."
Daher begrüßt er auch mit besonderm Jubel eine völlig neue Einrichtung der Schulen, die wahrscheinlich nach dem von Presster hinter-
lassenen Plan geordnet war, „indem dabei manche gute Einrichtungen,
etwas näher nach dem gesegneten Modell der Anstalten in Halle, Gott
Lob! zu Stande kamen. Zum Exempel, den sämmtlichen Schulmeistern
und Seminaristen werden nun beständig in Bibelerklärung, Glaubenslehre und Kirchengeschichte Anweisungen gegeben. Sodann sind mit
ihnen als auch den Catecheten, Gehülfen und Landpredigern wöchent-

liche Bibelstunden, wie auch monatliche Conferenzen; und welches Gott
sonderlich nach seiner Güte nicht ungesegnet lassen wird, so verbinden
wir uns mit ihnen alle Sonntage in fußfälligem Gebet." Im August
1741 wurden nämlich nach jahrelangem Bauen die großartigen Schul-
gebäude in der schwarzen Stadt auf den Ziegenbalg'schen Plätzen vollendet und bezogen, wobei Kohlhoff, der sich kürzlich verheirathet
hatte, als Oberaufseher das Haus Ziegenbalgs bezog.

Man kann sich den Umfang dieser Baulichkeiten denken, wenn
erzählt wird, daß die portugiesische Knaben- und Mädchenschule 53,
die beiden tamulischen 194, das Seminar 15 Schüler hatte und daß
diese dort nicht nur Unterricht, sondern auch Unterhalt und Wohnung
empfingen. Die Meisten wurden von Wohlthätern in Europa völlig
unterhalten, so hatte z. B. Fabricius Gönner, der Baron von Degenfeld, sechs Kinder, über die ihm Fabricius immer namentlich berichtete.
In den tamulischen Schulen waren außer den Missionaren noch acht
Lehrer, drei Lehrerinnen und eine Mattenflechterin thätig. Die Mattenflechterin hat eine wichtige Stellung, denn die Tamulen sitzen bekanntlich nicht auf Stühlen oder Bänken, sondern mit untergeschlagenen
Beinen auf am Boden hingebreiteten Matten. Es geht auch sonst etwas
anders her als in Deutschland. Wenn zum Aufstehen geläutet ist und
der Wache haltende Schullehrer das Gebet gesprochen, führt er seine
gesammte Jugend vors Thor an den Fluß, daß sie sich dort nach tamulischer Sitte reinigen, dabei denn auf die Kleinen besonders zu achten,
daß sie sich auch die Augen waschen oder in der Regenzeit, daß sie
nicht ein überreichliches unfreiwilliges Bad in den angeschwollenen Teichen und Flüssen nehmen. Mittags ist darauf zu sehen, daß sie den
Reis nicht verschlafen. Ein Fest eigner Art ist der Sonnabend, da
wird nicht nur Kopföl ausgetheilt, sondern auch Ricinusöl, welches
sehr gern genommen wird und daher sorgfältig verwahrt werden muß, daß
nicht Nascher darüber kommen. Weil die Schulen in offener Veranda
gehalten werden, ist dem Lehrer vorgeschrieben, daß er sich während
der Stunde in kein Gespräch einläßt, eine schwere Anforderung an die
redseligen Tamulen, noch schwerer aber bei der Hitze, daß „der Schulmeister unterm Lehren munter sein, auf und abspazieren und den Kindern zusprechen soll"; es soll wohl vorkommen, daß Lehrer und Schüler
sanft schlafen.

Nach der Fertigkeit im Lesen, was im Tamulischen nicht leicht
ist, da keine Unterscheidungszeichen gesetzt und die Wörter gar nicht
von einander getrennt werden, sind sechs Classen gemacht; die oberste,
die Seminarklasse, soll die künftigen Lehrer, Catecheten und Theologen

heranbilden, an ihr unterrichten daher die Missionare selbst. Fabricius
wird auch sein Pensum bekommen haben, außerdem lag ihm ob ab=
wechselnd mit Zeglin jeden Dienstag sämmtliche Kinder in der Kirche
zu catechisiren. Dafür war nach Obuchs Genesung die Aufsicht über
die Landgemeinden leichter, zumal man auch dem Catecheten Diogo
durch seine Ordination am Tage nach dem Weihnachtsfest 1741
die selbstständigere Stellung eines Landpredigers einräumte. Es war
dies wohl der schönste Tag, den Fabricius in Trankebar erlebte, und
eine der erhebendsten Feierlichkeiten, sieben Missionare, die beiden däni=
schen Prediger, deren einer Schönebölle den Missionaren sehr nahe
stand, und Aaron legten dem Ordinanden die Hände auf, der darauf
eine tiefeingehende Predigt über den Spruch hielt: „Es ist in keinem
Andern Heil, ist auch kein andrer Name den Menschen gegeben, darinnen
wir sollen selig werden.“ Am Nachmittag wurde er den zahlreichen
Landchristen öffentlich vorgestellt, ihnen ihre Pflichten vorgehalten,
darauf knieten sie nieder zum Gebet, Diogo und Rajanaiken fleh=
ten, daß das Reich der Finsterniß mehr und mehr abnehme und die
wahre Religion immer mehr im Lande Wurzel fasse, was die ganze
Versammlung mit einhelligem Amen sich aneignete.

Solche Festlichkeiten, so viele Abwechselung und Anregung als
in Trankebar, war auf den Stationen Cudelur und Madras nicht zu
finden, in Trankebar war auch der Mittelpunkt des Verkehrs mit der
Heimat und den Missionsfreunden in allen Ländern. Eine bessere
Vorschule also hätte Fabricius nicht haben können. Sein Aufenthalt dort
aber neigte sich dem Ende zu, Schultze in Madras hatte um seine
Entlassung gebeten und es war Befehl gekommen, sobald er abgehe,
solle einer der Trankebarer an seine Stelle treten und statt seiner in
Trankebar ein neuer Arbeiter eingestellt werden. Dieser neue Gehülfe
kam schon im Juli 1742 an, es war Olaf Maderup, ein National=
däne; seine Ankunft rief den letzten Sturm hervor, den Fabricius in
Trankebar erlebte.

In früheren Zeiten hatte die örtliche Regierung sich dem Missions=
werke feindlich bewiesen, das war nun völlig anders geworden und in
offene Gunst umgeschlagen, die Frau des Commandanten kämpfte einen
völligen Bußkampf. Auch in Kopenhagen herrschte lebhaftes Missions=
interesse, es war daher ein ganz natürlicher, durchaus nicht wie früher
aus einem Gegensatz gegen Halle entsprungener Wunsch, selbst Missio=
nare auszubilden und hinauszusenden. Als Walther zurückkam, be=
schloß man daher mit seiner Hülfe in Kopenhagen ein Missionsseminar
zu errichten, zwei Candidaten fanden sich alsbald. Nach Walthers

Tode ging der eine[1]) zurück, Olaf Maderup aber blieb treu und
ließ sich aussenden. Er hatte Anfangs eine sehr schwierige Stellung.
Francke war gegen ihn, indem er seine Wahl als persönliches Miß-
trauensvotum ansah, und ermahnte die Missionare zu großer Vorsicht,
drohte auch bei ähnlichen Vorfällen seine Hand ganz abzuziehen. Halb
Trankebar hatte Maderup gegen sich, weil er verheirathet heraus-
kam, während dort viele ledige Jungfrauen sehnsüchtig warteten, indem
seit einem Jahr wegen Mangel an jungen Männern keine Hochzeit
hatte gehalten werden können. Doch durch sein treues Wirken versöhnte er bald Alle. — In Trankebar war jetzt offenbar ein voll ge-
rütteltes Maß von Missionaren, acht an einem Orte. Ob Schultze
wirklich noch abgehen werde, war sehr zweifelhaft, er entschloß sich erst
im Herbst fest dazu und bat schnell um einen Nachfolger. In der allgemeinen Conferenz wurde mit Stimmzetteln abgestimmt, wer gehen
sollte; — und siehe alle Stimmen vereinigten sich auf Fabricius als
den geeignetsten und tüchtigsten. Er selbst erkannte darin den göttlichen Willen und ließ es sich gern gefallen, interimistisch in Madras
einzutreten, bis von London genauerer Befehl käme. Er machte sich
alsbald auf den Weg zu Lande in einem Palankin, da eine Seereise
nach Norden im November nicht möglich ist und die Brüder eine Fußreise
während der Regenzeit durchaus nicht gestatten wollten. Ungern wurde
er in Trankebar gemißt, wie es in den Briefen über ihn lautet: „Es
ist ein mit uns im HErrn aufs genaueste verbundener Bruder. Wir
zweifeln nun nicht an einem guten Fortgang der Mission in Madras,
da uns des lieben Bruders besondre Treue in dem Anhangen an Gott
und seine Geschicklichkeit, nach welcher er sich in so einer kurzen Zeit
zur Führung eines solchen Werks allhier habilitirt hat, vor Augen
gewesen. Der HErr sei mit diesem seinem Knecht und lasse seine treue
Arbeit alldort in überschwänglichem Segen sein." Ein köstlicher Nachruf!

Welche Gesinnungen den Scheidenden beseelten, drückt wohl am
richtigsten der Schluß eines Briefes aus, den er zu Anfang des Jahres
seinen Verwandten geschrieben. Er faßt den ganzen Gewinn des Tran-

---

[1]) Er hieß leider Fabricius und hat mir dadurch eine unangenehme Täuschung
bereitet; ich bemühte mich den kurzen Lebenslauf zu erhalten, den unser Fabricius
bei seiner Ordination zu Kopenhagen in ein bestimmtes Buch geschrieben hat. Ich
vermuthete dort über das Todesjahr seines Vaters, seine eigne Gymnasialzeit und
Studiengang genauere Notizen zu finden. Herr Bischof Martensen hatte auch
die große Freundlichkeit mir eine Abschrift zu schicken, aber es war nicht das Leben
von Johann Philipp, sondern das minder interessante von Elias Naur Fabricius.

kebarer Aufenthalts für sein Inneres zusammen und lautet im Auszuge, wie folgt:

Trankebar, 5. Januar 1742.

In unserm Erlöser Hoch= und Herzinnigst = geliebteste Angehörige!

Der HErr mit Ihnen! Gott sei gelobet, daß er mir vergnügte und erfreuliche Nachrichten von Ihnen allen in diesem abgewichenen ersten Jahre meiner Pilgrimschaft in Indien zukommen lassen. — Was sind alle äußerliche Wohlthaten, zusammt dem bittern, lieben Kreuz, als lauter Seile der Liebe Gottes? Dabei wir uns billig der Worte Davids erinnern und uns vorhalten mögen: Meine Seele, liebe Seele, vergiß nicht, was Er dir Gutes gethan hat, der dir so gern alle deine Sünde vergiebt und heilet alle deine Gebrechen. Nun der getreue und gnädige Gott wolle fortfahren, uns in allen unsern Umständen sein Herz erfahren und erkennen zu lassen, damit wir den redlichen Schluß machen und dabei bleiben mögen: Liebe, Liebe, ach Liebe! dir ergeb ich mich, dein zu bleiben ewiglich. — So hat sich Gott auch meiner Seelen im abgewichenen Jahr herzlich angenommen, daß sie nicht ver- dürbe, so daß ich auch in das kindliche Lob einstimmen und sagen kann: Meine Seele vergiß nicht, was er dir Gutes gethan hat. Durch seinen Beistand, Hülfe und Erbarmung bleibe ich auf dem Wege der Verleugnung aller Dinge dieser Welt und lasse mir mein Ziel nicht verrücken, noch das Kleinod rauben. Die Geduld aber unsers HErrn achte ich für meine Seligkeit, Amen. O daß ich ihn dafür recht innig lieben und loben und mich zu seinem Dienst, so wie ich wünschte, hin- geben könnte. Hiermit breche für diesmal ab, grüße und küsse Sie durch die Liebe unsers süßen Erlösers, womit er uns unter einander verbunden hat. Beten Sie für uns, wie auch wir thun für Sie. Die Gnade unsers HErrn JEsu Christi sei mit Ihnen allen. — Unser HErr JEsus Christus sagt: Wer mein Jünger sein will, der verleugne sich selbst und nehme sein Kreuz auf sich täglich und folge mir nach. Item: Ich will Vater, daß wo ich bin, auch die bei mir seien, die du mir gegeben hast, daß sie meine Herrlichkeit sehen.

Johann Philipp Fabricius.

Kapitel 7.

Geringer Anfang der Station Madras und Fabricius' erste Arbeit.

Zu einer Zeit, wo von England gar keine Hülfe zu erwarten stand, da der innere Zwist des Königs mit den Schotten und dem Parlament schon einen hohen Grad erreicht hatte, legte englische Energie den Grundstein zur Herrschaft im Tamulenlande. Der Agent Langhorne suchte lange nach einem geeigneten Niederlassungspunkte, aber die besten Punkte waren schon von andern Europäern in Besitz genommen und ihm selbst standen nur sehr geringe Mittel zur Verfügung. Er mußte froh sein, als ihm nach langwierigen Verhandlungen der Fürst von Chandranaghur nördlich von St. Thomas das Dorf Madras oder Sennapatnam und den sandigen Küstenstrich umher abtrat. Eine unfruchtbare Sandscholle und eine offene Rhede mit so hoher und heftiger Brandung, daß kein anderer Punkt der Küste zum Landen der Waaren ungeeigneter sein kann, und jetzt — Madras die Hauptstadt und der erste Handelsplatz Südindiens: fürwahr Gottes Segen läßt aus der Wüste Wasserströme fließen; gilt dies schon von den irdischen Reichen, wie vielmehr in der Kirche. Es streit für uns der rechte Mann, den Gott selbst hat erkoren; bei den Menschen ist nur Schwachheit und Sünde, bei Ihm Hülfe und Erbarmung und viel Segen. Das beweist auch die Geschichte der Mission in Madras.

Zum ersten Male sah Madras vorübergehend einen evangelischen Missionar im Januar 1710, Barth. Ziegenbalg. Die Veranlassung zu dieser Reise muß jedoch keine erfreuliche gewesen sein, wie sich schon aus dem merkwürdigen Benehmen der Trankebarer Gemeinde bei Ziegenbalgs Abschied schließen läßt: „Viele fielen mir zu Fuße und weinten bitterlich, meinend, daß ich nicht wieder zu ihnen kommen würde, wie ich denn in der Predigt öffentlich meine vorhabende Reise und die Ursach derselben der Gemeinde vorstellte." Die Gemeinde meint, Ziegenbalg werde nicht wiederkommen, weil die Feindschaft in Trankebar ihn zu sehr hinderte, und sie meint es auf Grund seiner Predigt. Ver-

muthlich hatte er ihnen darin angekündigt, daß er mit den jetzt eben
von Madras abgehenden Schiffen nach Europa reiſen wollte, um beim
Könige perſönlich Vorſtellung wegen der Hinderniſſe zu thun[1]). Am
7. Januar 1710 zog er mit einer großen Caravane von Kaufleuten aus
Trankebar, denen auch 6 Soldaten zum Schutz beigegeben waren, Zie=
genbalgs Uriasbrief, denn einer aus dieſer Schutzgarde wird den Brief
in der Taſche getragen haben, wodurch der Herr Commandant Haſſius
zu Trankebar den Commandanten Harriſon in Madras benachrichtigte,
welch gefährlicher Mann in Madras einziehe, und wenn dieſer Ziegen=
balg mit ſeinen Bekehrungsvorſchlägen in Europa durchbringe, ſei es
um die oſtindiſche Handlung geſchehen. Die Briefe fruchteten, äußer=
lich fand Ziegenbalg freundliche Aufnahme, aber keins der abſegelnden
Schiffe durfte ihn aufnehmen. Statt nach Kopenhagen machte er nur
einen kleinen Ausflug nach Palleacatta. So war alſo der erſte Aufent=
halt eines evangeliſchen Miſſionars in Madras weder ſeinem Anlaß
noch ſeinem Verlauf nach für die Miſſion erfreulich, doch that er immer=
hin die Dienſte einer Kundſchaftsreiſe. Ziegenbalg erkannte bald, daß
„Madras eine ſolche Stadt ſei, darinnen viel Gutes zur Beförderung
dieſes Werks könnte angerichtet werden, wenn uns England die Hand
bieten wollte.“ Nach Trankebar ſchreibt er: „Ich kann hier ſonſt nicht
mehr auf der Straße gehen, daß nicht alſo bald eine große Menge
Heiden mich umringen, mir nachgehen und verlangen, daß ich ihnen
das Wort Gottes ſagen ſolle. Auch haben ſich viele von den katho=
liſchen Schwarzen zu mir gefunden, die es ſehr gerne ſehen würden,
wenn wir hier eine Kirche bauen könnten, allwo wir einen großen Zu=
lauf haben ſollten.“ Den 12. Febr. kam er ſchon wieder in Tranke=
bar an.

　　Dort wuchſen aber die Hinderniſſe von Tag zu Tag, der katho=

---

[1]) Dieſer meiner Darſtellung ſcheinen direct folgende Worte Gründlers zu
widerſprechen: „Ziegenbalg tröſtete und vermahnte die trauernde Gemeinde freund=
lich, nebſt ertheiltem Bericht, daß er mit Gott geſonnen wäre, ſie über 4 Wochen
wiederzuſehen.“ H. R. I, 92. Ich vermuthe, daß Z., nachdem ſein ſchneller
kühner Entſchluß vereitelt war, vorläufig nur die oben citirten Worte nach Halle
gemeldet habe, die ja allerdings genug zwiſchen den Zeilen leſen laſſen. In Halle
aber wo man den eigentlichen Hergang noch nicht kannte, trug man in Gründlers
Worte, wonach Z. wohl verſichert hatte, er werde mit Gottes Hülfe wieder zurück=
kehren, gleich das Datum der Rückkehr ein. Denn jenen in Madras vereitelten
Reiſeverſuch, der feſtſteht, etwa in Ziegenbalgs zweite Anweſenheit zu ſetzen,
ſcheint mir aus mannichfachen Gründen unhaltbar (die Reiſe ward ſchon im Herbſt
1709 beſchloſſen), während hier alle Momente wohl in einander greifen.

lische Pater machinirte wider die Missionare, ihr eigner College Bö=
vingh gab eine Klageschrift wider sie ein, der vom Könige heraus=
gesandte Kommissar v. Bonsac, welcher zwischen dem Commandanten
und Ziegenbalg vermitteln sollte, starb unter verdächtigen Umständen,
als er sich für die Missionare entschied: da überlegte sich Ziegenbalg,
nachdem er, an der freien Predigt gehindert, schon das ganze Neue Testament
übersetzt hatte, ob es nicht besser sei, auf andern europäischen Plätzen zu
missioniren. Er projectirte eine Reise auf die holländischen Plätze und nach
Ceylon, gab aber schließlich doch wieder Madras den Vorzug. Ein ganzes
halbes Jahr, vom Juli 1711 an finden wir ihn dort wirken. Die ersten zwei
Monate wohnte er mitten unter den Heiden im Hause eines Eingebor=
nen, verkündigte ihnen sowohl bei Tage als Abends das Wort Gottes,
hielt Gespräche in den umliegenden Dörfern und weit ins Land hinein
bis zum Wallfahrtsort Tripetti. Die übrige Zeit aber lag er krank
auf dem Thomasberg und konnte nur litterarisch thätig sein. Auch fand
er die Umstände in Madras wohl weniger günstig, als er erwartet
hatte, der Kaplan Lewis bewies sich zwar freundlich, aber in seinen
Briefen spricht er doch mit wenig Zutrauen von den einheimischen Chri=
sten, mit dem Commandanten Harrison endlich kam es zu einem offe=
nen Zerwürfniß, als Ziegenbalg einen deutschen Juwelier traute, und
weil auch Gründler immer dringender um Rückkehr bat, finden wir
Ziegenbalg zu Anfang 1712 wieder in Trankebar.

Günstiger fand er die Sachlage bei seiner Rückkehr aus Europa,
im August 1716. Der Prediger Stevenson, ein großer Missions=
freund, hatte den Widerstand des Gouverneurs überwunden und eine
englische Armenschule gegründet, und da nun der neue Gouverneur
Collet ihn unterstützte und Ziegenbalg beistimmte, ward noch eine por=
tugiesische hinzugefügt, für die tamulische fand man Cudelur geeigneter.
Schon 1718 aber mußte Stevenson Gesundheitshalber in die Heimat
zurückkehren, die Schulen kamen zurück und nach Ziegenbalgs und
Gründlers Tode, wo man in Trankebar genug mit sich selbst zu
thun hatte, gingen sie fast ganz ein.

Selbst dieser geringe unscheinbare Anfang einer Missionsthätigkeit
in Madras wäre also untergegangen, wenn nicht Gottes Hand selbst
die Fehler und Sünden der Menschen zum Besten der Kirche zu be=
nutzen wüßte. B. Schultze konnte mit Niemand zusammenarbeiten,
er mußte sein Reich allein haben. Wir haben schon früher gehört, daß
er sich mit seinen Collegen oder vielmehr Untergebenen Dal und
Kistenmacher (er verbat sich die Anrede „Herr College“, da sie nicht
ordinirt waren) nicht stellen konnte. Vor dem Herauskommen neuer

Gehülfen hat er ordentliche Angst; es ist fast lächerlich zu sehen, wie er im Sommer 1722 auf das bloße Gerücht hin, es kämen neue Missionare, sein Bündel schnürt. Es läßt sich denken, wie ihm seit ihrer unvermutheten Ankunft im Juni 1725 der Boden unter den Füßen brannte. Pressier schreibt später darüber: „Es ist erweislich, daß Herr Schultze schon vor unserer Ankunft allhier der Trankebar'schen Mission müde gewesen und insonderheit gegen das Missionscollegium Verdruß und Mißtrauen gefaßt hatte. Wir selbst erinnern uns, daß der gute Mann von dem Werk und der Gemeinde zuweilen recht desperat gesprochen, so daß wenn wir uns nicht nach Dr. Antons Rath gegen den Geist der Verzweiflung (contra spiritum desperationis) gewappnet hätten, wir leicht alles verloren hätten geben mögen. Also stand sein Gemüth ganz dahin, an einem Orte, da er allein schalten und walten könnte, etwas Neues anzufangen. Dieser Vorsatz nahm zu als wir drei Neuen (Walther, Pressier, Bosse) am Werke begannen nach und nach mitzuhelfen. — Noch vor unserer Ankunft hat Herr Schultze, wenn er von Herrn Dal erinnert worden, dies und jenes besser einzurichten[1]), gemeiniglich es damit abgewiesen, daß er gesagt: „Wir wollen warten, bis ein Propst oder neue Missionarien kommen, daß auch solches fast zum Sprüchwort geworden. Als nun neue Missionare da waren, so gingen doch seine Gedanken nicht sowohl auf innern Ausbau (domestica), als auf auswärts anzurichtende neue Anstalten."

Im Februar 1725 reiste Schultze plötzlich nach Cudelur und Madras ab, ohne mit seinen Collegen darüber conferirt zu haben, so daß ihnen nicht bewußt war, ob er da zu bleiben willens, oder innerhalb 14 Tagen nach Trankebar zurückkehren würde. Als er nun die Kasse an Bosse übergab, weigerten sich die übrigen Missionare das eigenmächtig entnommene Reisegeld in die gemeinsame Rechnung zu setzen, sondern sie glaubten es ihm auf Privatrechnung setzen zu müssen, bis das Collegium desfalls entschieden habe. Pressier bemerkt dazu: „Es ist hier an beiden Theilen Vergebung nöthig; denn Herr

---

[1]) Die wiederholte Mahnung des Collegiums, des HErrn Werk weiter zu führen, glaubte er nicht auf innern Ausbau, sondern auf größere äußere Verbreitung beziehen zu müssen. „Ihre Meinung mußte extensiv verstanden werden. Wäre es intensiv, so würde Ihr Begehren sein, ich sollte mehr predigen, mehr katechisiren, mehr Conferenzen halten, mehr unter die Heiden gehn, mehr Reis den Kindern in die Näpfe thun, mehr Kleider austheilen. Nein, nein, Sie konnten nichts mehr von mir prätendiren, ich that schon hierinnen in manchen Dingen mehr, als Sie von mir verlangen konnten." Diese Worte sind aus einem für das Missionscollegium bestimmten Briefe Schultze's.

Schultze hat uns dazu gebracht, durch seine Eigenheit und Mißtrauen, darunter es angefangen wurde. Es war wohl von der Wichtigkeit, sollte auch Herrn Schultze wohl nöthig und förderlich gewesen
sein, wenn er darüber mit seinen Collegen in den ordentlichen Conferenzen sich eingelassen hätte. Weil er aber alles in seiner einseitigen
Anordnung nahm und zwar mit solchem Eilen und Treiben, als würben wir ihn hier halten, so wurden unsere Gemüther sehr entfremdet
und daher entstand der Disput wegen des genommenen Reisegeldes."
Schultze in seinem Mißtrauen fürchtete allerdings, man werde ihn
nicht fortlassen. Nachdem er länger in Cudelur und Palleacatta son-
birt, ob dort wohl anzukommen sei, und endlich vom Gouverneur in
Madras Erlaubniß zur Anlegung einer Schule erhalten hatte, erschien
er plötzlich in Trankebar, wohl weniger um Rücksprache zu nehmen,
als um sich Geld zu holen. Seine schleunige Abreise erzählt er selbst
also: „Ich fand die Leute bei der Mission ganz widersinnig und doch
hatte Keiner von den Missionaren einen einzigen wahren Grund wider
die Madrassischen Anstalten. Darum mußten sie mich zufrieden und
ziehen lassen, aber mit höchstem Unwillen des Herrn Dal, lieber hätten
sie mir das Stadtthor verbieten wollen, das ist eine wahrhaftige Be-
gebenheit, allein ehe sie es sich versahen, indem ich ziemlich eilte, meine
Sachen auf den Kahn zu bringen, ging ich fort und also durch.

„Was kann man für ein Herz zu solchen Anstalten haben, die
aus nicht lautern und gottgefälligen Absichten gegründet sind, und wie
kann man Lust haben mit Theil daran zu nehmen?" fragt mit Recht
der Hofprediger Ziegenhagen und unsere Bedenken werden noch
erhöht, wenn wir vernehmen, wie Schultze Mission treibt. Wir
wollen nicht seine Collegen, „die keinen einzigen wahren Grund wider
die Madrassischen Anstalten" vorbringen konnten, sondern ihn selber
hören. Er setzt in Madras einfach seine Trankebarer Praxis fort. Dort
hatte er eine große Menge heidnischer Schulen unter heidnischen Lehrern
und konnte weiter nichts erreichen, als daß einige Bibelsprüche, die
mehr an die natürliche Erkenntniß sich anschließen, gelernt wurden.
Seine Nachfolger hielten sich mit Recht verpflichtet, erst für die Christen-
kinder christliche Lehrer zu bilden, und hoben mit einem Schlage sämmtliche heidnische Schulen auf, da sie nicht nützten, sondern schadeten. An den
vier Thoren der schwarzen Stadt zu Madras aber konnte man am 5. Sept.
1726 Anschläge des Inhalts lesen, daß der Missionarius Schultze
willens sei, auf Ordre des Gouverneurs mit den tamulischen Kindern
eine Schule anzufangen. Von Morgens bis in die Nacht hinein dauer-
ten nun die Besuche der ihre Kinder anmeldenden Heiden, eine tamu-

lische und eine portugiesische Schule wurden errichtet, in denen der Missionar persönlich jeden Morgen eine Stunde Catechisation hielt. Sie wird dem Prof. Francke mit begeisterten Worten also geschildert: „Mit meiner angerichteten Schule gehet es von Tage zu Tage weiter, es befinden sich bereits 60 Kinder darin. Sie sind zwar alle noch Heiden, allein ich suche ihnen auf alle Weise mit dem Worte Gottes anzukommen. Indem aber die Leute allhier schlauer sind als in Trankebar, so habe müssen auf eine neue Methode bedacht sein, ihnen die Lehre des Christenthums beizubringen. Dieselbe ist diese. Die Heiden lieben sehr die englische Sprache, weil sie mit derselben besser handeln und wandeln können und an diesem Orte unter den Engländern mehr nützlicher ihr Gewerbe treiben mögen. Dieses wußte ich, darum ich ihren Kindern diese Sprache zu lehren vorgab. Meine einzige Absicht ist aber, ihnen mit der englischen Sprache das Christenthum beizubringen. Ich lehre sie englische Wörter und mache Phrasen daraus, und damit sie alle es mit Verstande fassen, was ich ihnen sage, so richte ich mich nach ihrer Faßlichkeit, so daß es den Namen hat, ich docire die englische Sprache, allein wenn ein Kluger es mit anhörete, würde er sagen müssen, es wäre eine Catechisation über die Bibel. Ich bin herzlich froh, daß ich nur Gelegenheit finde, Gottes Wort zu verkündigen." Als das Missionscollegium ihm zu bedenken giebt, daß solche Anstalten dem Hauptzweck der Mission nicht dienen, kann er dies gar nicht begreifen, er wittert katholischen Einfluß, das Collegium werde von Dal, Dal aber von dem katholischen Pater in Trankebar regiert, er vermuthet, gewiß habe auch der Papst schon genaue Nachrichten über Herrn Dals freundliche Gesinnung, und unmittelbar darnach vertheidigt er seine nicht mehr katholische, sondern jesuitische Praxis mit den nach seiner obigen Erläuterung ziemlich bedenklichen Worten: „Alle Tage katechisire ich die Schulkinder und suche in ihre zarten Herzen die süße Himmelslehre tropfenweise einzuflößen (instillare)[1]."

Auf die Katholiken ist er überhaupt sehr übel zu sprechen, sie betrachtet er als seine ärgsten Gegner. Eben hatten sie mitten in der englischen Stadt eine große prächtige Kirche vollendet, die sticht ihm in die Augen: „Wenn nach Gottes Willen die englische Mission sich ausbreiten sollte und es uns an einer Kirche ermangeln sollte, so könnte Orbre

---

[1] Wem fielen hierbei nicht die heimlichen Taufen der Katholiken ein, wobei sie unvermuthet dem Kranken oder Sterbenden dreimal Wasser auf den Kopf, oder geht dies nicht an, auch wohl auf die Füße tröpfeln. Dort das heimliche Sacrament, hier noch widersinniger sogar ein heimlicher Unterricht. Das sogenannte Schulsystem ruht noch jetzt zumeist auf dieser Anschauung.

kommen, daß uns die Katholiken müßten Freiheit geben, in ihrer Kirche zu predigen oder daß sie uns diese Kirche einräumen möchten und ihr Wesen außen vor dem Thor in den Vorstädten anstellen. So lang als die Katholiken hier die Oberhand haben, welches aber höchst unbillig auf protestantischen Oertern, so wird die englische Mission nimmer zu Kräften kommen."

Doch halt, noch ein Mittel giebt es, ihr aufzuhelfen, das Recept besteht in folgendem Vorschlage an die Ausbreitungsgesellschaft in London: „Wenn mein Wunsch nach Gottes Willen ist, so wäre meine unmaßgebliche Vorstellung diese, daß man nunmehr müßte anfangen zu arbeiten an einer general-protestantischen Mission. Dem Lichte der Wahrheit wird die heidnische Finsterniß und die Römischen Lügen weichen, das weiß ich gewiß. Hierbei ist nun meine Anfrage, ob ich von hier aus an einige hohe Häupter von der protestantischen Christenheit schreiben solle und ihnen die Wichtigkeit der Sache nebst den leichtesten Mitteln darzu zu gelangen vorstellen möge. Ohne die freien Reichsstädte hier zu specificiren, so würde nöthig sein an J. K. M. von Schweden, item an J. K. M. von Preußen, item an einige fürstliche Hoheiten in Teutschland (a. a. O. wird der Reichstag in Regensburg genannt), item an die hochmögenden Herren Staaten in Holland Briefe zu verfertigen. Wie dieses Werk durch Gottes Beistand allhier in Indien wird möglich sein, so wird es auch nicht so schwer in Europa fallen. Denn wenn die hohen Häupter so vielen hundert Predigern in ihren Ländern können Aufenthalt geben, wäre es dann so was Großes, daß sie etwan 2 bis 4 mehr besoldeten. Wenn ihnen dies nur auf eine beliebte Art möchte vorstellig gemacht werden, so zweifle ich nicht, daß sie würden das geringste Bedenken deswegen tragen. J. K. M. von Dänemark besoldet vier. Vielleicht J. K. M. von England thut desgleichen oder noch mehr. J. K. M. von Preußen eben auch. J. K. M. von Schweden thun nicht weniger [1]). Die hochmögenden Staaten von Holland werden sich nicht weigern. Hamburg ꝛc. ꝛc. offeriren willigst vier Missionarien zu besolden. Auf allen protestantischen Plätzen in Indien, auch in Moguls Gebiet und China mögen unsere Missionare Gemeinden sammeln."

In einem Stücke jedoch ist S c h u l t z e unbedingt zu loben, er

---

[1]) In diesem Jahrhundert, wo doch nicht mehr mit solcher Sicherheit auf die gekrönten Häupter gerechnet werden kann, übertrug der Miss. Gützlaff verschiedenen Damen-Vereinen oder auch in Ermangelung einzelnen begeisterten Damen die Sorge für je eine Provinz des himmlischen Reichs.

hat nicht utopiſche Pläne ausgeheckt, um währenddeß die Hände in
den Schoß zu legen, ſondern er hat ſich abgemüht von Morgens früh
bis Abends ſpät, mit einem unermüdlichen Eifer und bewunderns=
werther Ausdauer gearbeitet, aber — es giebt auch ein Eifern mit
Unverſtand; was nützt es, Waſſer zu holen in durchlöcherten Gefäßen?
Madras liegt ſchon der Nordgränze des Tamulenlandes nahe und es
giebt in der Stadt viele Leute, die auch Telugu reden. Keinem der
ſpätern Miſſionare, ſo viel ich weiß, iſt es eingefallen, neben dem
Tamuliſchen noch Telugu zu lernen; geſchweige darin Schriften zu
verfaſſen, da ihre Kräfte für die große Menge der Tamulen nicht zu=
reichten. Schultze wird es leicht Sprachen zu lernen, ſo lernt er auch
Telugu, wir freuen uns, ihn jetzt unter beiden Nationen predigen und
lehren zu hören und fürchten nur, ſeine Kräfte werden der großen
Arbeitslaſt nicht gewachſen ſein. Es iſt wahr, er geht hin und wieder
aus, hält jeden Morgen ſeine Catechiſation, predigt Sonntags in meh=
reren Sprachen, ſonſt aber ſitzt er von früh bis Mittag und von
Mittag bis Abend und überſetzt — die ganze Bibel, viele Tractate,
ſchreibt auch eine Grammatik. Nun, wenn wir von einer Bibelüber=
ſetzung hören, ſchlägt uns Evangeliſchen das Herz höher, das reine
lautere Gotteswort iſt ja ein Hammer, der Felſen zerſchmeißt, ein
Schwert, das ſchneidet Mark und Bein, und dieſem Worte wohnt
inne die Kraft des heiligen Geiſtes, des Tröſters, des Geiſtes der
Wahrheit, der zeugen ſollte von Chriſto, und die Chriſten ſollen Zeug=
niß geben in aller Welt, was dies Wort und der heilige Geiſt in
ihnen perſönlich gewirkt haben. Zeugniß legt man aber nicht mit Ueber=
ſetzungen, ſondern mit lebendigem Wort ab, vom Herzen zum Herzen,
das geſchriebene Gotteswort iſt dann ein Mittel des ferneren Auf=
baues, daß die Zuhörer ſelbſt forſchen, ob die mündliche Predigt darin
gegründet und darnach normirt iſt. In der mündlichen Rede wirkt
oftmals auch eine gebrochene Zunge, ein Katholik mag auch wohl ge=
trieben von Wahrheitsdurſt die Mängel einer Ueberſetzung überſehen,
ob aber dies je von Heiden geſchehen wird?

Ueber die außerordentlich mangelhafte Sprache in Sch. Ueber=
ſetzungen ſpäter ein Mehreres, hier nur die Bemerkung, daß wenig
oder nichts gedruckt, wenig auf die Nachwelt gekommen iſt und daher
ſeine Arbeiten nicht einmal die Grundlage zu ſpätern, beſſern Werken
geworden zu ſein ſcheinen. Was unter ſeiner perſönlichen Aufſicht ſpä=
ter in Halle erſchien, diente nur „dem activen Mann eine Beſchäfti=
gung zu geben.“ Dies der Nutzen für die Zukunft — und für die Ge=
genwart?

Der jüngere Francke hatte nach Trankebar geschrieben: „Wie haben sie sich nicht darüber freuen müssen, daß doch gleichwohl das Neue Testament in die warugische Sprache (Telugu) von ihm über- setzt ist?" Pressier, ein grade in schriftlicher Arbeit ausgezeichneter Missionar, antwortet darauf im Namen aller Collegen: „Es ist das allerdings Freude und dankenswerth; wir erkennen es auch als eine eigene Gabe an Herrn Schultze, daß er dergleichen Arbeit mit solcher Ausdauer treiben kann. Daß wir aber mit unsern Freudenbezeugen etwas an uns halten, hat folgenden Grund. Hier in Trankebar zeigt's die Erfahrung, daß damals H. Sch. seiner Neigung an Uebersetzungen zu arbeiten, gar zu sehr nachgehänget, ob er gleich hier nur der einzige war, auf dem die Arbeit an der malabarischen Gemeinde und der Hei- benschaft ruhte. Ebenso ist er nun an die fünf Jahre in Madras (1731) auch nur allein gewesen. Wie ist's da möglich, daß ein einiger Mann ohne die Hauptstücke seines Amtes zu versäumen, so viel schriftliche Arbeit absolviren kann! Das Hauptwerk bei einer anfangenden Mission ist die mündliche Arbeit theils durch die Missionarien, theils durch die Catecheten und Schulmeister. Von der heiligen Schrift sind die vier Evangelisten und die Apostelgeschichte (wenn man will, noch die Epi- steln) auf eine gute Zeit genug. (Ziegenbalg übersetzte fast nur, während er an der mündlichen Wirksamkeit gehindert war.) Es ist in diesen Landen mit Bibelausgaben noch nicht so wie in Europa. Es ist H. Sch. an die fünf Jahre da und doch sind die drei Catecheten, die er angenommen hat, noch nicht recht brauchbar. Da wäre das erste und vornehmste gewesen die Präparation dieser Leute, und dieselbe hätte binnen solcher Zeit wohl geschehen können, daß sie, obgleich ihrer zwei nicht lesen können, doch durch Hören und durch die Praxis und prak- tische Anweisung in ihrem Amte, unter dem Umgange mit der Gemeinde und Heiden und durch H. Sch. Exempel, hätten mehr brauchbar ge- macht werden können. Wenn die vornehmsten in der Gemeinde selbst noch nicht mal lesen können (welches doch H. Sch. nicht hiermit im- putirt wird), warum thut dann die ganze Bibelübersetzung so eilfertig noth: die Heiden sind so begierig nicht darnach, die Apostel brachten erst mündliche Botschaft: ihre Briefe aber schrieben sie an schon ge- sammelte und mit einem großen Maß der Salbung gesammelte Ge- meinden."

Noch fehlt ein Zug, um ein vollständiges Bild der anfänglich in Madras beliebten Missionspraxis zu geben, und wenn sonst nicht viele Missionsfreunde, wird Sch. wenigstens den neuesten Missions-

Kritiker [1]) dadurch für sich gewinnen. Er mag durchaus nichts mit pöbelhaftem Bettlervolk zu thun haben. Jeder, der getauft werden

---

[1]) **Langhans**, Pfarrer bei Bern, „Pietismus und Christenthum im Spiegel der äußern Mission.“ Er berücksichtigt vielfach auch die lutherische Mission: „Nun aber die Kleinobien des Christenthums, unsere köstlichen Neulutheraner! Von sämmtlichen Missionen hat die ihrige anerkannter Maaßen am wenigsten geleistet. Eben deßhalb hat sie das gehobenste Selbstgefühl.“ „Es ist selbstverständlich, daß die Lutheraner es allen andern, selbst den Katholiken und Englischkirchlichen, weit zuvor thun (im Proselytismus), theils wegen des bekenntnißtreuen Zelotismus, der dieser Secte von ihrem Stifter her eigen ist, theils wegen des kläglichen Ungeschicks, das diese von allen Missionaren stets am meisten unpractischen in der eigentlichen Heidenbekehrung an den Tag legen.“ „Andere so geschickt zu kritisiren wissend, werden die Lutheraner selbst um so leuchtendere Vorbilder sein. Allein ein Blick in ihre eigenen, allerdings durch große Genauigkeit und Gewissenhaftigkeit sich auszeichnenden Berichte lehrt uns, daß diese Mission von allen wohl die am niedrigsten stehende und in jeder Beziehung elendeste ist, daß sie, bei vollständigem Ungeschick, irgend welche achtungswerthe Elemente aus der eigentlichen Heidenwelt an sich zu ziehen, in ihrem Proselytismus ausschließlich entweder auf Katholiken, Syrer, Reformirte oder aber auf solche Heiden angewiesen ist, welche wegen lasterhaften Lebenswandels, selbstverschuldeter Armuth, durch Ausschweifung sich zugezogener Krankheiten u. s. w. aus der heidnischen Gesellschaft förmlich ausgestoßen sind (zahlreiche Citate aus dem Leipziger Missionsblatt). So anerkennenswerth nun solch christlicher Samariterdienst an diesen Elenden ist, so wenig verdient doch, mein' ich, eine solche Mission besonderes Lob, deren Thätigkeit in dem Maaß, wie die lutherische, hierauf beschränkt bleibt.“ Gute Lutheraner begehren allerdings kein Lob, aber ein so großes Lob, wie in diesen Worten gespendet wird, können unsere Missionare nimmermehr mit gutem Gewissen annehmen, sie suchen den Fußtapfen des Sünderheilands zu folgen, der den Armen predigte, die Hungrigen speiste, die Kranken heilte, von berufenen Sünderinnen sich die Füße waschen und mit den Haaren trocknen ließ, aber wie wenig sie nach dieser Richtung hin leisten, kann der scharfblickende Kritiker, der ja genugsame Einsicht in die Missionsdiplomatie gewonnen hat, aus gegnerischen Berichten herauslesen. Der ehrwürdige, stillwirkende Missionar Schwarz in Mayaveram hat durch Gottes Gnade viele Heiden taufen dürfen; es läßt sich nicht umgehen, daß endlich davon berichtet wird, und geschieht in anspruchsloser Weise. Dies läßt Herrn Pastor Genzken in Schwarzenbeck nicht ruhen, das haben allein die nach altkirchlicher Sitte geschenkten Taufkleider bewirkt. Der tamulische Catechet Joseph muß nun eine Betrachtung über Taufkleider anstellen (Nachrichten aus und über Ostindien, März 1865) die sich in seinem Munde und in dem ganzen Zusammenhang merkwürdig ausnimmt, und weil in Poreiar ein eingeborner Christ eine Speiseanstaltung für solche gegründet hat, die Sonntags von weither dorthin zur Kirche gehen, wird noch beigefügt: „Am Sonntag wollen sie sich ohne Futter gar nicht zeigen.“ In andern Berichten aber könnte Langhans grade ausgespro-

will, muß zuerst nachweisen, daß er auch genugsamen Erwerb habe. „Im Monat Januar 1729 habe ich 23 Personen getauft, so daß die Missionsgemeinde schon 40 stark ohne die Catechumenen, die noch lernen. Ich nehme keine Bettler, noch faule Müßiggänger, die mir möchten um Reis oder Kleider sich zum Christenthum angeben. Nein, sondern alle Glieder müssen erstens wohnhaft sein, zweitens ihr Brod selbst zu verdienen wissen. Dergleichen Subjecte recipire ich. Es sind demnach alle Handwerksleute oder Tagelöhner zwar arm, aber keineswegs Bettelvolk. Wenn sie aber sich in meinem Hause einfinden, so gebe ihnen während der Information etwas zum Essen."

Zur Illustration dieser Praxis dient eine Nachricht über Sch. Amtsführung in Trankebar, er thut sich nicht wenig darauf zu gut, seinen Nachfolgern einen gesammelten Schatz von 6000 Thlrn. übergeben zu können und schlägt vor, so lange zu sparen, bis 25,000 Thlr. daraus würden, damit die Mission allein von Zinsen unterhalten werden könne (in Trankebar gab es damals 10 Procent). Aber seine Nachfolger dachten anders, wie uns wieder Pressier in seinem ausführlichen Bericht meldet: „Wir bemerkten bald ein und andern Mangel, daß man in der Beihülfe der Armen und Kranken in der Gemeinde gar zu sparsam haushalte und thaten deshalb freundliche Erinnerung, doch ohne sonderbare Wirkung. Als uns aber Herr Schultze nach seiner Abreise freiere Hand gemacht hatte, so zogen wir den Mammon, so wie es nach und nach die Noth erforderte, aus dem Schrank hervor und H. Sch. half seines Theils zu Madras auch dazu, daß der Fond bald begann kleiner zu werden." Wie nothwendige Sachen von Sch. unterlassen waren und wie gut das gesammelte Geld von seinen Nachfolgern angewendet wurde, zeigt uns folgende Stelle des Tagebuchs: „Den 5. März 1726 ward draußen in der gewesenen Papiermühle nebst der einige Zeit her daselbst schon gehaltenen heidnischen Schule, noch eine für die Pariakinder angelegt, als welche bisher noch keine gehabt haben, indem sie ihres geringsten und verachteten Geschlechts wegen nicht unter den andern Kindern sitzen dürfen." Den von seinen weisen Vorgängern zugestandenen Brauch, daß in der Kirche die Parias auf der einen, die Sudras auf der andern Seite saßen,

---

chen finden, daß die Lutheraner durch ihre laxe Kastenpraxis eben die höhern Stände an sich zu fesseln suchen. Für den Proselytismus endlich ist auch diese Arbeit eine Erklärung, wir arbeiten auf einem alten Gebiet unserer Kirche, und die Anhänglichkeit an unsere Väter und an das von ihnen gepredigte Wort treibt wieder zu uns hin.

hatte Sch. mit vieler Mühe aufgehoben, durch Unterricht und weise
Unterstützungen die Parias sittlich und gesellschaftlich zu heben, fiel
ihm nicht ein.

Nach alledem kann man nicht anders erwarten, als daß der Anfang der Station Madras ein sehr geringer gewesen ist, und daß es
dabei auch nicht an mancherlei Noth wird gefehlt haben. Ein so wich-
tiges Werk durfte nicht überstürzt und unbedacht angefangen werden.
„Man muß es in einer guten Sache auf Gott wagen, aber auch mit
guten und gehörigen Mitteln es anfangen. Macht man sich durch seine
eigne Schuld Schwierigkeiten und Noth, so kann man auch hernach
nicht solche Zuversicht zu Gott behalten. Die Trankebarsche Mission
ist auch vormals nicht so ohne Rath, ohne gehörige Weile, Gebet und
Ordnung angefangen worden (Preßier)." Hat aber die Trankebarer
Mission schon durch so viele Noth hindurch müssen, so können wir
nach Gottes Weisheit voraussehen, daß er der Madrasser Mission
noch ein größeres Läuterungsfeuer gesandt haben wird.

Im Jahre 1727 starben zwei Männer, auf deren Unterstützung
S c h u l t z e vorzugsweise gerechnet hatte, König Georg von England,
nachdem er kurz vorher noch an die Missionare geschrieben, und A.
H. Francke. Schultze schreibt tief ergriffen an dessen Sohn und Nachfolger Gotthilf August: „Mein bester Freund, Herr Prof. Francke,
unser theurer Lehrer und Vater ist todt! Und da auch J. K. M. von
England glorwürdigsten Andenkens um eben dieselbe Zeit das Zeitliche
gesegnet, so ging mir in Madras die Sonne und Mond, zwei Lichter
zugleich aus. Es ging fast ein ganzer Monat hin, daß ich in einem
fürchterlichen Schatten sitzen mußte, ehe mir der wahre Morgenstern
und der Aufgang aus der Höhe erscheinen wollte." Aus Deutschland
empfing er nun längere Zeit keine Briefe und auch des brüderlichen
Verkehrs mit den Trankebarer Collegen beraubte er sich selbst, sie erfuhren
in zwei Jahren blos durch Hörensagen von seinem Treiben, und nur die
Summen, welche er eigenmächtig von den nach Trankebar bestimmten
Geldern abnahm, waren fühlbare Beweise, daß er noch in Indien weile.

Zwei Jahre hatte er in Madras schon vorbereitend gewirkt, da
erst empfängt er Briefe vom Kopenhagener Missionscollegium, er scheint
nämlich gar nichts über seinen Abgang von Trankebar nach Kopenhagen geschrieben zu haben. Den Inhalt der empfangenen Botschaft
giebt er kurz dahin an: „Sie geben mir wirklich meinen Abschied und
erklären mich theils unwürdig, theils aber ungeschickt ferner einen
Augenblick in Ihrem Dienst zu bleiben. — Sie geben mir Ordre,
Knall und Fall ohne allen Verzug mit dem ersten dänischen Schiff

nach Hause zu kommen [1])." Nach dem Urtheil des gewiß urtheils=
fähigen Hofpredigers Ziegenhagen jedoch war der Brief des Colle=
giums „mit vieler Höflichkeit und Freundlichkeit verfaßt", es versprach
Sch. eine geeignete Stellung in Dänemark zu verschaffen, und ver=
langte nur, daß er vorher sich persönlich rechtfertige [2]). Einen Monat
vor diesen Kopenhagener Briefen war ein Bescheid der Londoner So=
cietät, der er nichts von seinem Bruch mit Trankebar gemeldet
hatte, eingelaufen, wonach sie sein Unternehmen in Madras unter=
stützen und ihm Unterhalt gewähren wolle. So mochte er wohl mei=
nen, ihm sei der Rücken gedeckt und entwarf einen so maßlosen, hef=
tigen Brief an das Collegium und verdächtigte in Eingaben an die
Londoner Societät das ganze Trankebarer Werk dergestalt, daß Zie=
genhagen, der seine Angelegenheiten vor der Societät zu führen
hatte, sich entsetzte und urtheilte, wären diese Schreiben nicht unter=
drückt oder möglichst zum Besten gekehrt, man ihm alsbald auch in
London seinen Abschied gegeben hätte. „Der Brief an das Missions=
collegium ist so heftig und bitter, ja auch unbescheiden, daß ich sollte
denken, man könnte an den geringsten Mann nicht härter schreiben. —
Ich kann nicht absehen, wie geliebter Bruder die schwere Sünde des
falschen Zeugnisses und lieblosen Richtens von sich ablehnen kann. —
Seine Vorschläge sind in solch dreister Schreibart abgefaßt, als ob
gel. Bruder gewohnt sei, alles durch Commando und par force zu

---

[1]) Selbst wenn der Befehl so streng abgefaßt gewesen wäre, konnte sich
Schulze nicht beklagen, es war nur eine Strafe für sein einstiges Benehmen
gegen Kistenmacher. Als dieser sich nicht in allen Stücken sein strenges Regi=
ment und geringschätzige Behandlung hatte gefallen lassen wollen, berief Sch. den
Commandanten und die beiden dänischen Prediger zu einem Consistorialgericht und
bestand auf Suspension und Gehaltsentziehung trotz Kistenmacher's Abbitte und trotz
der Fürsprache der Prediger. Von Kopenhagen kam darnach Gegenbefehl, aber die Kraft
des ohnehin melancholischen Kistenmacher scheint durch den Vorfall gebrochen
zu sein.

[2]) Die Hauptstelle lautet wörtlich: „daß derselbe sich zuvörderst nach Tranke=
bar verfügen, mit den übrigen H. Missionarien daselbst was zur wahren Aufnahme
der Trankebarer Mission und Ausbreitung des Reiches Christi am sichersten vor=
zunehmen sei, überlegen, sodann mit der ersten Gelegenheit nach Kopenhagen
zurückgehen und von dem eigentlichen Zustande der Mission und wie das Werk
des HErrn daselbst am besten fortgesetzt und auf einen festen Fuß gestellt werden
könne, dienliche Vorschläge thun solle, da dann das Missions=Collegium nicht
ermangeln wolle bei J. K. M. alles Mögliche anzuwenden, daß seine vieljährigen
und mühsamen Dienste mit einer convenabeln guten Beförderung recompensirt
würden."

vollbringen. — Der Hochmuth und daraus entſtehendes dominantes We=
ſen, wie auch Eigenſinn und daraus fließender Ungehorſam gegen die
Vorſchrift ſeiner Vorgeſetzten ſind freilich Dinge, die ein jedes gott=
liebendes Gemüth von Herzen verabſcheuen muß, ſonderlich an einem
Lehrer der Heiden. Ich muß ſo frei ſein und ihm bekennen, daß ich
nicht nur das letzte Mal, ſondern ſchon vor mehrer Zeit in ſeinen Briefen
und einigen Nachrichten einen gewiſſen Mangel an Urtheil (defectum
judicii) bemerkt und auch davon mit dem ſeligen Herrn Prof. Francken
geſprochen habe.“

Es ſcheint faſt, daß Francke's Tod, den Sch. ſo ſehr bedauerte,
ihn grade auf ſeinem Poſten erhalten hat, denn der jüngere Francke
beſaß offenbar eine geringere Menſchenkenntniß, er ließ ſich täuſchen
durch Sch. wirklich großen Eifer und glaubte, wo es ſich um das Zu=
ſtandekommen einer neuen Miſſion handelte, vorläufig Manches über=
ſehen zu dürfen. Aus dieſem Beſtreben heraus ſind die gedruckten
Nachrichten über Sch. gefloſſen, die übrigens, wenn man ſie nur
einigermaßen nüchtern und kritiſch lieſt, genug zu denken geben.
G. A. Francke beſchwichtigte nun nach allen Seiten hin, ſtellte den
Frieden mit den Trankebarern wieder her und was die Hauptſache, er
erwählte zu Sch. Collegen den tüchtigen und beſonnenen Sartorius,
eine wahrhaft edle Perſönlichkeit, über den Ziegenhagen alſo an
Sch. ſchreibt: „Herr Sartorius hat ein ſehr gutes Zeugniß bei
allen, die ihn kennen, dahero, wenn er ſollte über den gel. Bruder
Klage führen, die wohlgegründet iſt, ſo kann Er verſichert ſein, daß
man bei der Societät es Ihm nicht zu gut halten wird.“ Schultze
lenkte nun ein, den neuen Brüdern gegenüber (außer Sartorius
noch Worm und Richtſteig für Trankebar) will er gar nicht zugeben,
daß er jemals wider ſeine Collegen einige Feindſchaft gehabt, es wären
nur geringe Differenzen und Mißverſtändniſſe geweſen, er wolle auch
nicht läugnen, daß an ſeinem Theil manches aus Uebereilung geſchehen.
In Trankebar herrſcht große Freude über ſolchen Ausgang der Ver=
wicklungen: „Wie froh iſt man nun nicht allerſeits, nachdem Gott in
der Sache durch wunderbare Lenkung der Gemüther angefangen die
Verwirrung zu heben.“ So dürfen auch wir mit etwas größerem Ver=
trauen den weitern Fortgang des Werks verfolgen.

Sartorius, der im Juli 1730 zu Madras ankam, muß in
allen Stücken unſern beſten Miſſionaren beigezählt werden. Seine
feſte und doch milde Gemüthsart, ſeine ſchöne Begabung und die Gründ=
lichkeit ſeines Wiſſens machten ihn zu einem geeigneten Collegen für
Schultze. Er, dem nach achtjähriger Wirkſamkeit das Zeugniß ge=

geben wird, daß er das Tamulische gleich einem Brahmanen gesprochen, der wegen seines schönen Tamuls von allen Collegen bewundert ward, wartete doch über ein Jahr, ehe er seine erste tamulische Predigt hielt. Bei seiner Ankunft in Madras waren schon 200 getauft, in den beiden Schulen waren gegen 24 Kinder, ein Missionshaus, mitten in der schwarzen Stadt gelegen, war angekauft, aber so klein, daß der Versammlungssaal nur 40 Menschen faßte, und Sartorius nur eine kleine Kammer eingeräumt werden konnte, die zugleich seine Studier=, Wohn= und Schlafstube war. Studirt hat er darin genug, zunächst brachte er Ziegenbalgs tamulisches Lexicon zu einem gewissen Abschluß, seinem Eifer um guten Unterricht in den tamulischen Schulen entsprang seine tamulische Geographie, und für die Catecheten schrieb er eine Art Einleitung in die h. Schrift. Diese schriftliche Arbeit ging aber stets Hand in Hand mit der mündlichen, und er verstattete sich zu solcher Arbeit nur die Mußestunden. Der stete heftige Widerstand der Katholiken und das gröblich unsittliche Leben der Europäer legten wohl manche Hindernisse in den Weg, aber den vereinigten Kräften dreier Missionare, nachdem im Juli 1732 noch Missionar Geister von der in erstem Liebeseifer entbrannten Societät gesandt war, konnte es doch unter des Herrn Beistand nicht schwer fallen, trotz aller Feindschaft einen festen Grund zu legen — wenn nur nicht unter ihnen selbst der Feind Eingang gefunden und ihre Gemüther verunreinigt hätte. Im Jahr 1735 gab die Societät Erlaubniß zum Bau einer Kirche, von Deutschland waren schon früher 100 Pf. Sterling dazu eingezahlt, aber es kommt und kommt nicht zum Bau[1]), vielmehr verlassen Sartorius und Geister im August 1737 Madras und gründen eine neue Station in Cudelur.

Ueber diese neuen Mißhelligkeiten fehlen mir ausführliche handschriftliche Mittheilungen; ich denke, meine Leser werden auch wohl an der obigen Schilderung der früheren Zustände übergenug haben, daher ich mich hier mit einigen Andeutungen begnüge. Ende 1733 reiste Sartorius nach Trankebar zur Ordination des ersten Landpredigers Aaron, hauptsächlich scheint es sich aber um Besprechung der Missions=

---

[1]) Es ist auch nicht dazu gekommen; als später nach der Eroberung von Madras alle Missionsgebäude niedergerissen wurden, verstand man, weßhalb Gott den Wunsch Vieler nach einer Kirche bis dahin nicht erfüllt. Dennoch giebt Taylor S. 7 nach einheimischer Tradition die Lage der nie gebauten Kirche genau an, wie sich überhaupt in seiner werthvollen Arbeit mannichfache Irrthümer und Fehlschlüsse finden.

lage gehandelt zu haben; es fällt schon auf, daß Sartorius in seinem Tagebuch, als ihn die Engländer um Errichtung einer Station in Cudelur bitten, nur auf die mangelnde Ordre der Societät hinweist. Genaueres erfahren wir aus einem Schreiben Dals den 10. Jan. 1734 (noch einen Tag vor Sartorius Abreise) an Conferenzrath Schröber in Kopenhagen: „In Madras spielt dasselbe Stück, was früher in Trankebar. Schultze bleibt derselbe (Madraspatnae eadem fabula luditur, quae olim Trangambariae. Schultzius manet idem). Daher es denn gekommen, daß Herr Geister, der sonsten als ein geschickter Mann gerühmt wird (?), den Muth gänzlich sinken läßt. Herr Sartorius[1]) aber muß seiner Aussage nach sich zum öftern mit Herrn Schultzen brav herumzanken (während er ihn früher gegen Francke entschuldigt hatte). Um solchem Unheil ein Ende zu machen, haben wir nach England geschrieben, daß es nöthig sein würde den dortigen Missionaren eine hinlängliche Instruction zu ertheilen."

Ende 1735 wird auch die Instruction ausgefertigt, welche besonders eingehend über das Verhältniß des Seniors zu seinen jüngern Collegen, über die Vertheilung der Arbeit, die Kasse sich verbreitet[2]). Die Instruction scheint nur bewirkt zu haben, daß Sch. sich ganz zurückzog, wohl in sein Haus am Thomasberg und Arnds wahres Christenthum ins Tamulische übersetzte; er war auch in dieser Zeit vielfach kränklich. Die Stationsberichte sind allein von Sartorius verfaßt. Wiederum begegnet uns eine Notiz in einem Briefe an Schröber von Francke: „H. Dal hat nebst den übrigen Missionarien zu Trankebar vorgeschlagen, daß H. Schultze nach Cudelur translocirt werde und daselbst eine neue Schule anrichten möchte, welchen Vorschlag ich auch für gut ansehe und bei hochlöblicher Societät in England unterstützen werde." Hier also liegt der eigentliche Grund, warum die Societät eine neue Mission in Cudelur wünscht, die neuen Missionare Obuch, Wiedebrock und Kohlhoff scheinen sogar einen stricten Befehl mitgebracht zu haben, und weil nun Sch. seine schwache Gesundheit und seine nur in Madras zu verwerthende Kenntniß des Telugu vorschützte, gingen Geister und Sartorius im August 1737 nach Cudelur ab (Sartorius starb leider schon im Mai darauf).

---

[1]) Schultze und Sartorius kamen im Ganzen gut aus, der eigentliche Streit spielte mit Geister, der sich durchaus nichts wollte sagen lassen. Sein späteres Betragen macht mehr als wahrscheinlich, daß auch in diesem Falle ein großer Theil der Schuld auf ihn fällt.

[2]) S. den Anhang bei Fenger.

Schultze zog nun wieder ins Missionshaus, um die nominell auf 400 Seelen angewachsene Gemeinde zu pflegen; auf ihm, der auch schon älter und schwächer geworden, ruht jetzt die ganze Arbeit, er aber vollendet die Uebersetzung des Neuen Testaments ins Hinduſtani und schreibt auch eine Grammatik dazu. Sein völliges Ungeschick, eine Gemeinde zu leiten, wurde bald ganz offenkundig. Einer von den Schullehrern hatte sich eine Gelegenheit gesucht, über's Dach in das anstoßende Packhaus eines Kaufmanns zu kommen und nach und nach eine Summe von über 600 Thlr. zu stehlen. Dies that er nicht selbst, sondern brauchte verschiedene Schulkinder dazu, und die übrigen Diener des Hauses nahmen Theil an dem Diebstahl. Die Sache wurde entdeckt und die meisten Schulkinder und Diener wurden über die Gränze geschickt, damit die Obrigkeit nicht zugreifen möchte. Der Hauptanstifter aber blieb, auch als er entdeckt war, ja er avancirte vom Schulmeister zum Catecheten d. h. er wurde Sch. rechte Hand[1]). Schon 1740 forderte Sch. in einer Art Verzweiflung seine Entlassung, man fürchtete aber in Trankebar, er werde sie bei seinem unbeständigen Sinn wieder zurücknehmen und die Gemeinde völlig ruiniren, man wollte ihm deshalb einen Gehülfen zuschicken. Dal aber widerrieth mit Hinweis auf die frühern Streitigkeiten. Es müßten wenigstens zwei der tüchtigsten gesandt werden, dann bliebe Sch. gewiß nicht und würde vielleicht noch Gründer der langersehnten Mission in Bengalen, wie schon derer in Madras und indirect der Cubelurschen. Diesmal jedoch blieb Sch. sich treu, seine Kräfte waren völlig erschöpft (er litt am Asthma), er wiederholte die Bitte um Sendung eines Trankebarer Bruders nach Madras, und wir haben gehört, wie Ende 1742 Fabricius dahin abreiste. Um Fabricius fast fünfzigjähriges Wirken in Madras recht beurtheilen zu können, war es unumgänglich nöthig, in diese höchst betrübte Vorgeschichte einen Blick zu thun.

Sch. blieb noch einen Monat dort, um seinen Nachfolger einzuführen. Wie wenig Erfreuliches dieser zunächst dort gefunden, erhellt aus einer spätern Mahnung Sch. an seine Nachfolger, sich nicht zu hohe Gedanken von der Madrassischen Mission zu machen: denn wer ein schönes Schloß im Morast aufführen wolle, müsse erst viel Schutt herbeifahren[2]). Fabricius aber läßt sich nicht entmuthigen, der Bericht

---

[1]) Eine ähnliche Rolle spielte in Trankebar der dänische Schullehrer Otto Friedrich Rabewitz, dem Sch. unbedingt vertraute, so daß einmal eine förmliche Revolte unter den übrigen Missionsdienern entstand, um ihn zu beseitigen.

[2]) Geister bemerkt dazu sehr bitter: „In diesem Stück hat Sch. die wirkliche Wahrheit geschrieben, so daß ich wünschen möchte, er hätte seinen Schutt

an Francke, worin er die Uebernahme der Station anzeigt, schließt
mit den Worten: „Der barmherzige Gott wolle sich dieses Weinstocks,
den er auch hier gepflanzet hat, nun ferner gnädiglich annehmen. Der
Anblick so vieler Armen, Elenden, Verirrten soll mich durch Gottes
Gnade nicht niederschlagen noch verhindern, daß ich nicht Gott loben
sollte für die Erbarmung, mit welcher er diese Leute angesehen hat,
und daß ich mich nicht von Grund der Seelen freuen sollte über die
Freundlichkeit und Leutseligkeit Gottes unsers Heilandes, nach welcher
er unter so viel Blinde, Lahme, Aussätzige, Unreine und Todte noch
jetzo tritt als ihr Arzt und Erlöser."

Dann In solcher Gesinnung griff also nun Fabricius das Werk in
Madras an. Zunächst suchte er seine Gemeinde kennen zu lernen.
Nach Ausweis des Kirchenbuchs waren bisher getauft 691, gestorben
185, aber als er nun mit den Catecheten ein genaues Seelenverzeich=
niß verfertigte, befand es sich, daß auf Compagnie=Grund ungefähr
240, in Palleacatta 25 Christen wohnten. Die nach allen Seiten ins
muhammedanische Gebiet ausgesandten Kundschafter fanden noch etwa
30 auf, konnten aber auch über diese nur schlechte Nachricht geben.
Der Bericht über den innern Zustand der Stadtgemeinde lautet nicht
minder entmuthigend: „An denen, die fleißig zum Gehör des göttlichen
Wortes kommen, findet sich hie und da etwas Gutes, oder doch wenig=
stens eine gute Hoffnung aufs zukünftige. Die Diener der Europäer
können wegen ihrer Arbeit fast nie zur Predigt kommen, daher sie
denn auch mit der Zeit allen Hunger und Verlangen darnach verloren
haben. Auch herrscht sonst in den Pariadörfern (es gehörten nur we=
nige Sudras zur Gemeinde) unter manchen Christen noch manches
heidnische Wesen."

Sobald es irgend anging wurden nun in den beiden Pariadörfern
Korukkapötei und Pöteitscheri Schulen errichtet unter den Parialehrern
Alexander und Boas. Den Kindern, die Tags über gearbeitet
hatten, mußten sie Abends den Catechismus erklären und bald hatte
der eine 8, der andre 10 Kinder gesammelt. Dadurch ward es mög=
lich, die Kinder bei ihren Eltern in Arbeit zu lassen und viel an Kost
und Kleidung zu sparen. An beiden Orten wurde allsonntäglich Abends
auch die Predigt wiederholt.

Fabricius wußte wohl, daß im Tamulenlande sehr vieles auf
treue Gehülfen ankommt. Jenen diebischen untreuen Catecheten entließ

anderswohin geworfen. Etliche gute Grundsteine möchten besser sein als große
Haufen Schutt."

er alsbald, der nun von den Katholiken als Schullehrer angestellt wurde, aber auch sie bald verließ und völlig ins Heidenthum zurückfiel. Seine Catecheten Schawrimuttu und Paul tüchtiger auszubilden und persönlich an sich zu fesseln, ließ er sich sehr angelegen sein. Sie mußten die Predigten nachschreiben, Dienstags nahm er mit ihnen das Evangelium Matthäi und aus andern Büchern sonderlich diejenigen Stellen durch, die für die Jünger und Boten Christi im Lehramt lehrreich sind.

Die Erfolge solch treuer Arbeit blieben nicht lange aus: „Ich habe auch gemerkt, daß die armen Leute von der Gemeinde und die lieben Gehülfen eine besondre Zuneigung zu mir gewonnen; wie ich sie denn auch im HErrn herzlich lieb habe, und gleichwie mich der HErr JEsus mit den Armen seiner unverdienten Erbarmung umfasset, (dessen ich Sünder doch nicht werth bin) sie auch alle in Liebe nach meinem geringen Vermögen gern aufzunehmen und zu umfassen mir angelegen sein lasse; wie mir mein Gewissen vor dem HErrn JEsu Zeugniß giebt.“

Die Vorbereitung zum h. Abendmahl wird sehr gewissenhaft eingerichtet. Viermal ist es nur gehalten in dem Jahr, es soll aber künftig, so Gott will, öfter geschehen. Die Meisten von der Gemeinde hatten es noch nie genossen [1]), darum ging er zunächst in den Predigten das noch einmal durch, was sie einst schon vor der Taufe gelernt hatten. Daran schloß sich dann ein gründlicher Unterricht über die Sacramente und die Beichte.

Mit dem innern Aufbau ging Hand in Hand die Herstellung der äußern Ordnung. Das Missionshaus, noch immer in der schwarzen Stadt gelegen, welches zugleich als Kirche und theilweise auch als Schule dienen mußte, war in äußerst baufälligen Zustand gerathen, da Sch. in übergroßer Sparsamkeit [2]) nichts auf die Reparatur verwandt hatte. Seit bei einem drohenden Einfall der Mahratten ein Theil der Vorstadt eingerissen war, hatte die Gemeinde auch ihren Gottesacker verloren, nur in einer Ecke konnte man die Todten begraben, auf Fabricius Vorstellung räumte der Gouverneur einen weiten Platz ein, aber da er offen war, mußte natürlich eine Mauer herumgezogen werden. Die Kasse war so leer, daß er sich aus Trankebar

---

[1]) Geister schreibt sogar das Unglaubliche: „Noch keine Communion war gehalten worden bis auf Herrn Fabricii Zeit.“

[2]) Es scheint freilich, daß er zuletzt keine Unterstützung mehr von Halle erhalten hat, denn er klagte, man wolle ihn aushungern.

das Geld vorschießen ließ, und die Londoner Herren waren der ganzen
Mission so überdrüssig, daß er deshalb einen Tadel erhielt. Kaum daß
noch das Gehalt des Missionars zusammengebracht wurde. Ziegenhagens
Vorschlag, Fabricius einen Gehülfen zu senden, fiel durch. Ziegenhagen
selbst verlor den Muth zur Fortsetzung einer Mission, „die in Grimm und
bitterer Feindschaft angefangen und in solchem ungöttlichen Sinn auch
fortgeführt worden." In dieser kritischen Zeit hielt allein das Vertrauen
auf Fabricius, der in so kurzer Zeit mehr Reelles geschafft als alle
seine Vorgänger, das Werk aufrecht, und er selbst wankte auch nicht, ob ihn
Menschen unterstützten oder verließen, wenn nur der HErr zu ihm stand.

Mit großem Eifer gab er sich auch der eigentlichen Heidenpredigt
hin und zog mit seinen Catecheten predigend von einem Orte zum andern. Fesselten ihn Stationsarbeiten, so sangen Abends im Freien die
Schulkinder ein geistliches Lied nach tamulischer Weise und wurden dann
in Gegenwart der herzulaufenden Heiden examinirt, ob vielleicht auch die
Herzen einzelner Zuhörer erfaßt würden. Gleich in diesem Jahre 1743
wurden sechs Tauf= und Aufnahmeacte gehalten, bei deren erstem die
Brüder Kohlhoff und Zeglin als Pathen zugegen waren. Die
Gemeinde wuchs um 22 Heiden und 20 Katholiken.

Dies war ein Angeld zu größeren Erfolgen und die Missionsfreunde konnten gegründete Hoffnung fassen, daß da der HErr Sein
Werk so weit angesehn, solch einen tüchtigen Diener darüber zu
setzen, Er es auch ferner an Thau und Regen von oben her nicht
werde mangeln lassen. Doch was der HErr gut gemacht, verdarben
die Menschen mit ihrer Klugheit. Im August 1743 erhielt Geister
in Cudelur Ordre, die Station Madras zu übernehmen, kam auch
schon im September an, ließ aber bis Ende des Jahres Fabricius noch
freie Hand, da er kränklich war. Dann bat er ihn, ganz zu bleiben,
da er die Arbeit nicht allein tragen könne, und Fabricius willigte
gern ein, da er seine Gemeinde lieb gewonnen hatte.

Der HErr hat Seine Jünger immer zwei und zwei ausgesandt
und in der bösen Luft des Heidenthums ist es auch besonders nöthig,
daß ein Bruder sich an dem andern aufrichte und stärke. Zwei Arbeiter werden einen Bau schneller fördern als Einer, aber wenn der Eine
feindlich ist, reißt er auch in einer Stunde nieder, was des Fleißigen
Hand in einer Woche gebaut. Dies Schauspiel bietet uns Madras in
der nächsten Zeit. Ein giftiger Mehlthau auf ein Weizenfeld, das
Einbrechen eines Wolfs in den Schafstall war Geisters Uebersied-
lung und Uebernahme der Station.

Kapitel 8.

Fabricius tritt ein für das lutherische Bekenntniß.

Einer der mildesten und freundlichsten Geger der lutherischen Leipziger Mission, dieser Erbin der Arbeit unserer Väter im Tamulenlande, urtheilt: Die pietistische Richtung hat sie von ihren Vorgängern nicht geerbt, so wenig als die Bereitwilligkeit zum Zusammenwirken mit Reformirten[1]." Von der pietistischen Richtung zu reden, ist hier noch nicht der Ort, daß aber die Bereitwilligkeit zum Zusammenwirken mit Reformirten nicht so groß gewesen ist, als man gewöhnlich denkt, werden die Thatsachen dieses Kapitels beweisen. Unsere Väter haben niemals mit Reformirten in der Mission zusammengewirkt, sondern ihre Missionsthätigkeit ist durch Geldbeiträge der Reformirten gefördert worden, und als sie ihre Thätigkeit auch auf englisches Gebiet ausdehnten, hat eine englische Gesellschaft das Patronat übernommen und sich verpflichtet „die Unterhaltung der evang. luth. Mission in Madras" zu besorgen. Gewöhnlich leistete sie nicht viel mehr als den Gehalt der Missionare, und die eigentlichen Stationskosten wurden von der Halleschen Kasse bestritten, dennoch hat sie sich von Uebergriffen in das innere Gebiet nicht frei gehalten und zuletzt durch allerlei Mittel soweit den Sieg errungen, daß sie Leuten, deren Gedächtniß von gestern her ist, die rechtmäßigen Nachfolger der alten Missionare als Eindringlinge und Friedensstörer verdächtigen kann.

Einen Hauptgrund, den lutherischen Character unserer alten Mission zu bestreiten, muß der Umstand abgeben, daß sie wesentlich von Halle geleitet und mit Arbeitern versehen wurde. Es ließe sich dagegen anführen, daß die Herrschaft der Halleschen Richtung durchaus nicht unbeschränkt war; ein bewußt lutherischer König gründete die Mission, und ließ die berufenen Missionare auf die lutherischen Bekenntnisse und das dänische Kirchenritual verpflichten; es ließe sich

---

[1] Blumhardt, Handbuch der Missionsgeschichte 3. Aufl. I, 399, 400.

hinweisen auf den schon oftmals angedeuteten Gegensatz zwischen dem orthodoxen Kopenhagen und dem pietistischen Halle, der zur Folge hatte, daß in dem angestellten Examen hauptsächlich die Rechtgläubigkeit der Candidaten erforscht wurde; es ließe sich hinweisen auf die gesunde lutherische Missionspraxis unserer Alten, ihr Vertrauen auf die Kraft der Sacramente und des Worts, ihr klarer Blick und feines Verständniß für den Unterschied von national Berechtigtem und christlich Unhaltbarem. Wir sind es überzeugt, wenn ein aufrichtiger Gegner einem solchen Patriarchen-Missionar in den Beichtstuhl folgte und ein genaues Privatexamen mit sich anstellen ließe, sein Gewissen würde ihm schlagen wegen der Seelen, die er durch selbst aufgerichtete Zäune zurückgehalten hat von dem Sacrament der Wiedergeburt, wegen der Seelen, denen er eingreifend in das Privilegium des Herzenskündigers die Stärkung mit Leib und Blut Christi versagt hat, oder aber, er würde gestehen: Ich habe mich getäuscht in meinem Beichtvater, er hat einen andern Geist denn ich, ich will nimmer wieder in eine Privatbeichte gehen.

Ja fürwahr, diese alten Pietisten sind nicht die Leute, zu denen man sie stempeln möchte, sie sind nimmermehr Unionisten und Religionsmenger. Man hatte sich ausgerechnet, nach ihrer sonstigen Anschauung müßten sie wohl dem Unionswerk nicht ganz feindlich sein, fand sich aber getäuscht, sie hielten zu sehr auf das Wort und wußten, daß Eine Heerde nur da ist und wird, wo man hört auf die Stimme des Einen Hirten.

Im Allgemeinen ist ja die Stellung des ältern Pietismus zur Unionsfrage so allgemein anerkannt, daß es nur der Erinnerung an Einzelheiten bedarf. Speners Schwiegersohn, Rechenberg, bei Tafel von König Friedrich I. aufgefordert, sich für die Union zu interessiren, bezeugte seine Furcht, daß der Friedensvermittler aus zwei Kirchen vier machen werde. Der Propst Lütkens, jener ehrwürdige Vater unserer Mission, bemerkte über ein in Berlin 1703 angestelltes Friedensgespräch, daß der Wahrheit im Namen der Liebe viel zu viel vergeben sei, und nahm alsbald darnach den Ruf nach Kopenhagen an.

Andrerseits ist auch die feindliche Stellung der damaligen Orthodoxie gegen die Mission übertrieben worden. Der fanatische Eifer des Regensburger Superintendenten Ursinus gegen die allerdings noch sehr unklaren Missionsbestrebungen des Freiherrn von Welz zu Anfang des 17. Jahrh., fand in dieser Weise nur Wiederhall auf der Universität Wittenberg, während auf der zweiten sächsischen Universität Leipzig die Mission unter vielem Beifall vertheidigt ward, wie ja auch Ziegenbalgs Buch von der wahren Weisheit mit Approbation dieser Facultät erschien. Der edle L ö s c h e r ist von großer Freude über den Beginn einer Mission erfüllt, obgleich ihm die rechtgläubige Stellung der ersten Missionare nicht ganz sicher erscheint, und 1713 wird selbst von Halle nach Trankebar geschrieben, daß nun auch Löscher mildere Saiten aufziehe. In Dänemark hatte Lütkens von Anfang an einen tapfern Mitstreiter an dem Bischof O c k s e n in Ripen, später wohl in Aarhus, gefunden, und nachdem an Trellunds Stelle im Missionscollegium der besonnene S t e e n b u c k [1]) getreten, war der feindliche Einfluß gebrochen, nicht als wäre die Orthodoxie verdrängt, nein in Dänemark gingen Pietismus und Orthodoxie einen schönen Bund ein, wie sie ja auch im Anfang der Reformation vereinigt waren. Es zogen sich zwar auch viele schwärmerische Elemente nach Kopenhagen, aber gerade in der Mission behauptete die gemäßigte Richtung die Oberhand, deren ausgezeichnetster Vertreter wohl in aller Hinsicht der Historiker P o n - t o p p i d a n [2]) ist.

Dieselbe beide berechtigte Seiten des Christenthums vereinigende Richtung war seit Walther und Pressier in Trankebar auch zum Durchbruch gekommen. Ziegenbalg, der in der Heimat noch die ersten Kämpfe mitgemacht hatte, stand noch am meisten oppositionell und doch waren seine wissenschaftlichen Bestrebungen (er ist ja auch wissenschaftlich hoch bedeutend), die heidnische Litteratur und das Wesen des Heidenthums zu erforschen, so sehr antipietistisch, daß man in Halle nicht wagte Werke drucken zu lassen, die noch jetzt in vieler Beziehung eine Zierde der indologischen Litteratur sein würden [3]). An Walther end-

---

[1]) In M e n o z a, 50. Brief, finden sich von ihm viele treffende und gesunde Aussprüche. Der dort erwähnte gemüthskranke Conferenzrath Schr. ist S c h r ö d e r, langjähriger eifriger Secretair des Missionscollegiums.

[2]) Pontoppidan, geb. 1698 in Aarhus, seit 1735 Hofprediger und später Professor in Kopenhagen, starb 1764 als Bischof von Bergen. Er schrieb eine Kirchenhistorie des dänischen Reichs, eine vielgebrauchte Erklärung des luth. Catechismus, erweckliche Hirtenbriefe. Sein Menoza wurde ins Holländische und Französische übersetzt und erlebte bald 4 Auflagen. — Es ist auch für unsere Missionsgeschichte zu bedauern, daß Pontoppidans Kirchengeschichte nicht fortgesetzt ist, da uns nun über die Zeit von 1700 an eingehendere Nachrichten fehlen.

[3]) Durch diese Aengstlichkeit ist uns leider eine ausführliche Beschreibung des tamulischen Heidenthums, welche nach den Citaten in La Croze histoire du christianisme des Indes und nach den Andeutungen in der Genealogie der malabarischen Götter, sehr unterrichtend gewesen sein muß, wie auch eine Bibliotheca malabarica, eine Recension vieler tamulischer Bücher enthaltend, wohl unrettbar verloren gegangen.

lich, unsern gelehrtesten Missionar, dem Verfasser einer Sanscrit=
grammatik, der zuerst einen Theil des Yadschur Veda übersetzt nach
Deutschland schickte, der auch zuerst planmäßig an den Muhamme=
danern missionirte, findet sich keine Faser pietistischer Eigenheiten. Miss.
Worm war ein Schüler des vermittelnden Jenaer Professors Bubbeus
gewesen. Kohlhoff aus dem streng=lutherischen Pommern und Meck=
lenburg mit großer Furcht nach Halle ziehend, hatte dort wohl seine
Furcht, aber nicht seine Orthodoxie abgelegt. Maderup, der Däne,
fühlte sich daher alsbald wohl in Trankebar. Der Missionsstrom floß
so ruhig dahin, die ganze Praxis war eine so gesunde und nüchterne, die
Ausdehnung und Entwicklung so allseitig und stetig, daß die mit 1725
beginnende und etwa bis 1760 reichende Periode unserer Missionsge=
schichte den Höhepunkt repräsentirt und unter dem Gesammteindruck des
schönen Bildes einzelne Schattenseiten, die ja bei keinem menschlichen
Thun fehlen, ganz zurücktreten. Vor den Einseitigkeiten einer erstarr=
ten Orthodoxie und eines krankhaften Pietismus war demnach die
Mission gesichert, von der englischen Kirche her aber drohten ihr
öfter Gefahren.

Es läßt sich nicht läugnen, daß Ziegenbalg zu großen Werth
auf die Unterstützung des weltlichen Arms legte, A. H. Francke selbst
warnte ihn wiederholt davor, die göttliche Weisheit hat auch gewiß
darum die schweren Verfolgungen der Ortsobrigkeit zugelassen. Als
nun dagegen englische Missionsfreunde ihm reiche Beihülfe sandten,
zugleich aber auch einigen Einfluß auf die Führung der Missionssach=
beanspruchten, giebt er dieser alten Neigung nach und fügt sich mög=
lichst ihren Wünschen. Die Engländer hatten daran Anstoß genommen,
daß im portugiesischen Catechismus Luther's Name genannt war.
Der Hofprediger Böhme ermahnt zur Vorsicht, schließt aber doch sei=
nen Brief mit den Worten: „Bei all diesem Handel, geliebte Brüder,
ist die Meinung keineswegs, als ob Ihr zu einer andern Partei tre=
ten und etwa einer andern Kirche Liturgie oder Confession einführen
solltet; denn in solchem Fall, wodurch Uebel ärger werden müßte,
würde ich getrost widersprechen und lieber alles fallen und sinken lassen,
als in ein solches gefährliches Gemenge willigen." Darauf erfolgt nun
von Trankebar die Versicherung, sie sagten ihren Christen nichts von
Luther, noch von Calvin, sondern einfach die Bibel, wogegen an sich
nichts Erhebliches einzuwenden, wenn es nur nicht eben im apologeti=
schen Interesse nach England gemeldet wäre; Calvin zu nennen, fehlte
aller Grund und von Luther deutlichen Bericht zu geben, zwangen sie
bald genug die Katholiken. Standhafter benahmen sich die Trankebarer

bei der Streitfrage über die Eintheilung der Gebote. In desselben portugiesischen Lehrbuchs erster Auflage war das reformirte 2. Gebot: Du sollst dir kein Bildniß, noch irgend ein Gleichniß machen ꝛc. ausgelassen, in der 2. Auflage aber als Erklärung dem ersten Gebot beigefügt, aus praktischen Gründen gegenüber dem Götzendienst. Die Engländer monirten dies als katholisch und als Verstümmelung der Gebote, die Missionare erwiderten, weil die Eintheilung der Gebote etwas Menschliches sei, zögen sie es vor ihre eigene zu behalten. Der Prof. Chr. Ben. Michaelis, des ältern Francke rechte Hand in Missionssachen, lobt sie deswegen unterm 25. Januar 1719: „Sie können versichert sein, daß Ihnen dies von einigen evangelischen[1]) Theologen nicht würde gut geheißen werden, daß sie der Reformirten Eintheilung des Decalogs angenommen hätten." Ferner am 27. November: „Man hat die englische Nation mit allem Fleiß zu schonen und sich dergestalt gegen sie zu bescheiden und weißlich zu verhalten, daß sie keine wenigstens gegründete Ursach finden, mit ihrer Neigung und Willigkeit zurückzugehen. Jedoch werden Sie auch andrerseits sich vorsehen, daß Sie nicht etwa aus Menschengefälligkeit etwas thun, welches in Dänemark und bei der evangelischen Kirche eine üble Nachrede machen könnte."

Besonders erfreulich ist es bei dieser Gelegenheit auch von Böhme, der sonst eben bei den Confessionellen keines guten Vertrauens genoß, ein kräftiges Zeugniß zu hören, das darum auch unverkürzt hier stehe: „Es haben sich Einige bereden lassen, es sei gar kein Unterschied zwischen der englischen und lutherischen Kirchen Verfassung. Wie denn viele Engländer mit dieser Sache sehr frei sind und mir selbst vordem wohl gesagt haben: Warum kommt Er nicht zu unserer Kirche, indem ja gar kein Unterschied ist. Denen ich aber also geantwortet habe: Wenn kein Unterschied ist, so will ich bleiben, wo ich bin; denn was sollte mich bei solchen Umständen bewegen, von einer Kirche zu der andern zu laufen und ohne Noth mir allerlei Urtheile dadurch zuzuziehen. Und mit solcher Antwort habe ich ohne viele Weitläufigkeit ihrem Anmuthen abgeholfen, also daß ich nun deshalb keine fernere Anfechtung habe, auch mich versichert halte, daß ich mehr Credit unter den Best-

---

1) Die schöne Bezeichnung „evangelisch", deren einfacher Gebrauch nun auch verkümmert ist, seit königliche Befehle decretirt haben, evangelisch solle unirt bedeuten, war in jener Zeit noch allein Eigenthum der Lutheraner. (Die Benennung corpus evangelicorum ist nur scheinbare Ausnahme, da die Reformirten doch nur als Augsburgische Confessionsverwandte die Gleichberechtigung besaßen.)

gesinnten habe, als wenn ich auf einmal zugefahren und zu ihrer Kirche mich bequemt hätte. Denn hätte ich dieses Letztere gethan, so würde ich dadurch bei Vielen die Reflexion auf mich gezogen haben, als suchte ich etwa in dieser Kirche Beförderung oder eine fette Präbende oder etlicher Menschen Gunst. Das ist gewiß, daß einige Prediger in Deutsch= land bejahet und völlige Freiheit gegeben haben, nur zu der Kirche von England sich zu confirmiren. Was sind mir dieses für Lutheraner! Wenn einer von denen, die von der Welt Pietisten gescholten werden, dergleichen gesagt hätte, so dürfte man wohl ganze Bücher wider einen solchen schreiben und ihn als einen Verstörer des Lutherthums abmalen, da Jene nun unterdeß, um Menschen zu gefallen, auf's schändlichste heucheln und aus solchem Grunde alles gut heißen, woran die Großen scheinen einen Gefallen zu haben. Es ist doch einmal gewiß, daß die Lehrsätze der Kirche von England im Punkt vom Abendmahl und Prä= destination den Reformirten in Holl= und Deutschland mehr favorisiren als den Lutheranern[1]): Ob ich zwar nicht leugnen will, daß die Theo= logen in ihren Erklärungen sehr frei sind, und Viele unter ihnen mehr der Lutheraner als Reformirten Confession beistimmen. Unterdessen pflegt man doch von einer Kirche nicht nach etlicher Privatlehrer Mei= nung, sondern nach ihren öffentlichen Confessionen zu urtheilen."

Jener Vorwurf Böhme's bezieht sich wohl auf die Tendenz man= cher preußischer Theologen der Neigung ihres Hofs nach einer festen glänzenden Staatskirche, die seit Anfang vorigen Jahrhunderts beson= ders hervortrat, mit ihrer Theorie zu Hülfe zu kommen, und wollte er gerecht sein, so müßte er zugestehen, daß wenn einmal unirt sein soll, für eine mehr hochkirchliche Richtung die festen liturgischen und kirchlichen Ordnungen anziehender sind als der Subjectivismus und Independentismus anderer reformirter Partheien, zumal doch auch die größere Verwandtschaft der Lehre sich nicht läugnen läßt[2]). Es ist bemerkenswerth, daß die beiden Missionare, welche der luth. Mission Gefahren von Seiten der bischöflichen Kirche zuzogen, aus der Mark stammen, B. Schultze aus Sonneburg in der Neumark und Geister aus Berlin.

---

[1]) Walther sagt in seiner tamulischen Kirchengeschichte, daß in den 39 Ar= tikeln über die Sacramente nur in Bibelworten geredet sei, um den Streit zwi= schen Lutheranern und Calvinisten nicht aufkommen zu lassen. — Am meisten lutherisch in der Abendmahlslehre spricht sich noch die bischöfliche Kirche Schott= lands aus.

[2]) S. Rudelbach, Reformation, Lutherthum, Union S. 314, 332, 337, vgl. mit seiner Grundveste der luth. Kirchenlehre. Streitschrift wider Sack S. 65.

Im letzten Kapitel ist von der Uebereilung gesprochen, mit der Schultze nach Madras ging, jetzt müssen wir noch eine Hauptbegründung unsers damaligen Urtheils nachbringen. Die Trankebarer klagten, daß er gar nicht mit ihnen Rücksprache genommen: „Wenn einer unter uns bei andern Confessionsverwandten wollte eine Mission anrichten, sollte es nicht der Mühe werth sein, mit den andern Collegen einmal zu sprechen, wie man sich wegen des Unterschieds der Lehre, der Riten u. dgl. zu verhalten hätte?" Die Besorgniß war gegründet, denn bald kamen Gerüchte nach Trankebar, Schultze habe das Abendmahl nach englischer Weise gereicht oder empfangen. Sie melden bestürzt „die Religionsmengerei" nach Halle mit folgendem charakteristischen Zusatz: „Sonst sind auch wir Uebrigen hier in Indien solche strenge Lutheraner nicht, daß wir nicht sollten der reformirten Kirche condescendendo Liebesdienste erweisen. Zumal auch der Kirchen Status[1]) hier anders ist als in Europa. Ein Exempel davon mag sein, daß im vorigen Jahre der holländische Kirchenrath von Negapatnam uns unsern portugiesischen Schulmeister abnahm und ihn da zum Catecheten machte. Und nachdem derselbe in diesem Jahre (1731) zum Vorleser nach Palleacatte befördert worden, so haben sie schon wieder um den jetzigen Schulmeister angehalten."

Von G. A. Francke kommt an Schultze die Warnung: „Es hat schon Jemand, der von Trankebar nach Dänemark gereiset ist, daselbst ausgebracht, daß sie sich beim h. Abendmahl der englischen Ceremonien bedienet, welches auch schon einige Besorgniß erwecket. Ob ich nun wohl gern alles zum Besten deute, so bitte doch darinnen ja vorsichtig zu handeln und alle Religionsmengerei zu verhüten." Er war so vorsichtig, nicht einmal die Uebersetzung englisch kirchlicher Schriften in den Missionsnachrichten zu erwähnen, wie aus einer Klage Schultze's bei der Londoner Societät hervorgeht: „Die englische Liturgie oder

---

[1]) Sowohl die Holländer als Engländer hatten wenig geistliche Kräfte in Indien und noch größern Mangel an niedern Schulen und den nöthigen Lehrern. Die Trankebarer halfen aus so viel sie konnten, öffneten reformirten Kindern ihre Schulen rc. und empfingen dafür wiederum die Vergünstigung, die hin und her zerstreuten Lutheraner mit dem Sacrament zu versorgen, daher die vielen Reisen nach Negapatnam und Ceylon. Von Sacramentsgemeinschaft war in jener Zeit so wenig die Rede, daß Fabricius die Taufe zweier Kinder reformirter Eltern mit dem Beisatz entschuldigt, er sei von den Eltern gebeten, weil der englische Geistliche gestorben und noch nicht wieder ersetzt sei. — Die Liebesdienste fanden dort ihre natürliche Gränze, wo sie ohne Aufgeben des eignen kirchlichen Standpunkts nicht mehr geleistet werden konnten.

Common Prayer Buch, item Wolffgang Saberns schönes biblisches Lustgärtlein sind ins Malabarische übersetzt worden, man hat sie aber in dem gedruckten Diarium nicht mit einem Wort erwähnen wollen. Sie müssen freilich Ursachen gehabt haben sie auszulassen, doch dächte ich das Spruchbuch wäre so nöthig als nützlich mit ehestem zum Druck zu befördern."

Das Schlimmste und Bedenklichste aber war, daß Schultze die erwähnte Ordre des Kopenhagener Collegiums so aufgefaßt hatte, als wäre er damit entlassen, sich nun förmlich und gänzlich von Kopenhagen lossagte und ganz in den Dienst der Engländer trat, die anfänglich nur beabsichtigten, ihn zu unterstützen. Freilich wurde kein Confessionswechsel oder eine neue Ordination verlangt, aber wie weit die Engländer meinten, ihr Berufungsrecht ausdehnen zu können, zeigte sich sogleich, als sie im Eifer für das neue Unternehmen beschlossen, Verstärkung nachzusenden. Man hielt in Halle die bei dieser Angelegenheit erfahrene besondere Fügung Gottes für so wichtig und merkwürdig, daß darüber im Archiv eine ausführliche „vertraute Nachricht" niedergelegt wurde. Von London wurde gebeten für Schultze einen Gehülfen in Halle auszusuchen. Ein Candidat, der bei einem vornehmen General in Dienst stand, nahm den Ruf an und bestimmte schon den Tag seiner Ankunft in Halle. Da geht ein neuer Brief aus England ein, der Bischof von Sodor habe ihnen ein Glied der englischen Kirche vorgeschlagen und dieser Candidat sei nun schon aus Schottland nach London unterwegs. Alsbald wurde von Halle aus eine Beschwerdeschrift abgesandt, es sei zu spät, schon sei ein deutscher Candidat angenommen. Kaum ist dieser Brief abgegangen, so kommt ein Abschreiben des deutschen Candidaten, die Eltern haben durchaus nicht ihre Zustimmung geben wollen, er selbst aber sei aus innerer Erregung krank geworden — und von London meldet Ziegenhagen, der große Ernst der Vorstellung habe ihn veranlaßt noch einmal alles aufzubieten, um den Deutschen durchzusetzen, und wirklich sei in der Sitzung beschlossen, ihn zum schleunigen Herüberkommen aufzufordern. Von Neuem große Bewegung in Halle, wie ist es möglich, bis morgen als den letzten Termin Jemanden zu finden, der durch seine Tüchtigkeit nöthigenfalls den Engländer aussticht. Am Abend verfällt man auf den Tischinspektor Sartorius, den man zwar ungern missen würde. Er erbittet sich nur die Nacht Bedenkzeit — und reist am Morgen freudig nach England ab. Dort hat Ziegenhagen inzwischen den zweiten absagenden Brief erhalten und geräth in große Betrübniß gewiß, die Societät werde sich nun auf jeden Fall für den Engländer als den

erst Engagirten entscheiden. Der betreffende Engländer war schon vier
Wochen in London, hatte zu Aller Gefallen zwei Probepredigten gehalten und darin auch seine bevorstehende Abreise nach Ostindien angekündigt, der gesammte Reisebedarf war schon angeschafft, und er steht
nun vor der Societät, um die letzten Instructionen zu erhalten und
feierlich entlassen zu werden. Man kommt noch auf das Gehalt zu
sprechen, da entfährt ihm auf einmal ein mißfälliger Ausdruck, wahrscheinlich über die Geringfügigkeit des Salärs. Die Glieder der Societät sehen sich bedenklich an, heißen ihn abtreten — und beschließen
ihn nicht zu schicken. Ziegenhagen sitzt staunend dabei und verehrt
bewundernd die göttliche Vorsehung, denn er hat es Niemandem zu
sagen gewagt, daß noch ein Hallenser unterwegs sei. In der Societät
ist auch große Verwunderung und Sartorius wird mit großer Bereitwilligkeit angenommen.

Wozu nun diese weitläuftige Erzählung? weshalb die außerordentliche Freude darüber in Halle? Einzig, weil die große Gefahr
abgewandt war, daß Schultze einen reformirten Gehülfen erhielte.

Schon vorher hatte Francke für diesen Fall an Schultze geschrieben: „Sollte Ihnen die Societät einen reformirten Collegen schicken,
würden Sie freilich in schwere Umstände und in ein Gedränge kommen,
dabei ich keinen andern Rath zu geben wüßte, als daß Sie denselben
mit aller Liebe und Freundlichkeit bäten, sein Werk für sich als ein
Missionarius von der englischen Kirche anzufangen und Sie Ihr Werk
auch für sich treiben zu lassen, dabei Sie ihm aber doch mit der Un-
terweisung der malabarischen Sprache an die Hand gehen wollten; im
nächsten Jahr aber könnten Sie solches an die Societät berichten und
sich einen Gehülsen von hier ausbitten, da ich Sie dann nebst dem
Herrn Hofprediger Ziegenhagen bestens unterstützen will. Sie sorgen
nicht, daß Sie um beswillen die Societät verlassen werde, sondern
vertrauen nur darunter auf Gott. Es ist besser, daß solchergestalt zwei Missionen in Madras seien als daß Eine
ist aus zwei Religionen vermenget[1].“

Ziegenhagen meldet ihm den glücklichen Ausgang mit diesen
Worten: „Wenn Gott die Sache nicht ganz wunderbar und wider aller
Menschen Vermuthen gelenkt hätte, wäre Ihm gleich zum ersten Mal

---

[1] So urtheilte man damals noch in Halle, während schon 1708 in Erlangen
der Grundstein zu einer unirten Concordienkirche im Beisein selbst lutherischer Geistlichen gelegt wurde. Dasselbe Gebäude, in dem jetzt die theologischen Collegia
gelesen werden. Ironie der Geschichte! vgl. Unsch. Nachr. 1712 S. 713.

ein Engländer zum Collegen gegeben. Dieser Punkt von den Gehülfen gehöret nicht unter die geringsten Schwierigkeiten. Es würde sehr nützlich sein,
wenn Er in seinem nächsten Schreiben sich besonders gegen die Societät be-
dankte, daß sie Ihm einen Mitarbeiter, der mit Ihm von einerlei Nation
und Sprache ist, der auf eben der Universität und unter denselben
Lehrern erzogen, zugesandt habe: vielleicht würde dadurch vorgebauet,
daß die Societät nicht weiter darauf dächte, Leute von ihrer Nation
(die gemeiniglich eine geringe Meinung von den Deutschen haben) nach
Madras zu senden."

So war durch Gottes Gnade der Confessionsstand der neuen
Gemeinde als lutherisch gesichert, doch blieb die Stellung immerhin so
schwankend, daß gewiß strenger Confessionelle Bedenken trugen, sich
direct da hinein zu begeben. Dies erweckt uns schon ein Vorurtheil
gegen Geister und auch gegen Kiernander, der ja zudem der freilich anders gearteten bischöflichen Kirche Schwedens entstammte. Ihre
Ordination hatten beide in Wernigerode empfangen.

Die Persönlichkeit Geisters erscheint nach allen vorliegenden Berichten in höchst ungünstigem Licht. Francke vermuthet, er habe bei
den Streitigkeiten mit Schultze Schaden an seiner Seele gelitten. Er
hatte immer Klage geführt, wenn Sch. irgend etwas, insonderheit mit
den Schulmeistern ohne seine Einwilligung geändert hatte, jedem Versuch desselben eine Art Direction zu üben, war er aufs bestimmteste
entgegengetreten. Unter dem Vorwande des Gewissens, als hindere
ihn Sch., sich von aller Arbeit zurückziehend, versuchte er nicht einmal
das Tamulische zu lernen, bis er mit Sartorius nach Cudelur kam.
Sein dortiges Verhalten hält ihm Francke offen vor: „Es hat sich
auch in Cudelur gar bald gezeigt und durch Herrn Sartorii geführte
Beschwerden offenbart, daß Sie auch mit demselben nicht harmoniren
können, da er doch jederzeit ein friedsames Gemüth bezeiget und sich
vorher Ihrer treulich angenommen. Nach dessen Tode, und ehe Sie
in der malabarischen Sprache die Fertigkeit erlanget, selbst zu predigen, haben Sie schon alles in derselben reformiren und der wohlver-
dienten Vorgänger Arbeit gänzlich verwerfen wollen und damit abermal
mit den Trankebarschen Brüdern durch unnöthige Hitze und allerlei
ungegründete Forderungen das gute Verständniß unterbrochen. Selbst
mit dem Herrn Kiernander, der Ihnen, wie ich fürchte, nicht ohne
Schaden seiner eignen Seele in manchen Stücken gefolget, hat die brüderliche Liebe gewankt. Und da Sie jetzt an Herrn Fabricio einen
solchen Collegen haben, der von Natur und durch die Gnade eines
sanftmüthigen, demüthigen, bescheidenen und verträglichen Wesens ist,

zeiget sich aufs neue eine Disharmonie. Sollte man dabei nicht auf
die Gedanken kommen, daß Ihnen die Liebe, als eines der vornehmsten
Kennzeichen wahrer Christen und noch vielmehr eines Knechts Gottes
und Missionars fehle?"

Wie sanftmüthig und verträglich Fabricius gewesen war, spricht
sich auch durchweg in einem umfangreichen Briefe [1]) vom 31. Januar 1746 aus, von welchem Tage Geister den Katechismus der englischen Kirche eingeführt hatte.

An Ihro HochEhrw. Herrn Doctorem Franck.

Außer dem, was ich Ew. HochEhrw. in den Briefen von dem,
was bei hiesiger Mission im vorigen Jahr vorgefallen, berichtet, sehe
ich mich diesmal genöthigt die Haltung des H. Miss. Geister und seine
Gesinnung gegen die Mission Denenselben noch besonders zu eröffnen,
weil solches auf die Missionsumstände einen durchgängigen Einfluß
hat. Ob ich gleich sein Gemüth schon vor meiner Abreise von Trankebar hierher kennen lernen und der Druck nicht nur jetzt, sondern bald
nach seiner Ankunft Ende 1743 schon angegangen, so wissen doch Ew.
HochEhrw., daß ich in meinen im Januar 1744 und Jan. 1745 abge-
lassenen Briefe nichts davon berühret, sondern mit gänzlichem Stillschweigen übergangen, weil ich gar zu ungern an dergleichen gehe. Ich würde auch
noch ferner im Stillschweigen heimlich zu leiden fortfahren, wenn nicht schädliche Consequenzen davon befürchten müßte. Indessen weiß ich, daß Ew.
HochEhrw. den H. Miss. Geister ohnedem schon kennen, daher ich denn,
ohne die geringste Furcht einer Mißdeutung, und auch nicht als ein
Verkläger, sondern um der Noth willen so kurz als möglich und ohne
einige Uebertreibung die Sache schreibe. Ich habe mich bemüht, immer
so behutsam und gelinde, als mir durch die Gnade möglich gewesen,
von ihm zu halten, auch deswegen in meiner täglichen Fürbitte für
ihn zu Gott mir Gnade der Demuth und Liebe gegen ihn fort und
fort angelegentlich ausgebeten, wodurch ich auch vor unchristlichem Haß
und ausbrechendem Zank, wovor ich mich sonderlich scheue, behütet
worden bin. Ich kann aber doch meinestheils an ihm nichts anders
finden als eine dem Geiste Christi und seiner Diener ganz entgegengesetzte, ja feindliche Gesinnung (mentem a mente Christi et ser-
vorum Ejus alienissimam, ja hostilem), wenigstens so lange ich
ihn kenne. Zeugnisse davon sind mir 1) sein beständig fortfahrender

---

[1]) Er hat die Form eines Postscripts, wie denn alle vertraulichen Eröffnun-
gen von den Missionaren auf diesem Wege gemacht wurden, so daß die eigentlichen Briefe stets fast unverändert abgedruckt werden konnten.

Haß gegen die lieben theuern Brüder zu Trankebar, 2) vieler ganz
unnöthiger Umgang mit Blanken, wo er nur weiß, daß er etwa zu
Gast werde gebeten werden; hingegen 3) Nichtsachtung und fast be=
ständige Durchziehung und Verwerfung aller unserer schwarzen Chri=
sten, welcher generelle Haß so weit geht, daß er keinen Christen, ob=
gleich fähige und dürftige Subjecte vorhanden, zu seinem Privatdienst
gebraucht, sondern Heiden, auch erpreß gesagt, daß er nimmermehr
einen Christen zu seinem Dienst annehmen werde. Welches denn um
so viel anstößiger und unsern armen schüchternen Gemeingliedern
weher thun muß, weil diese Heiden im Missionshaus auf= und abgehen
und diese und jene ganz unschuldige Christen verläumden, auch immer,
die Christen aber niemals bei ihm Glauben finden. 4) Seine Predig=
ten sind auf eine gar kalte Weise eingerichtet und nichts als ein Dis=
curs, der auf einmal ohne Anwendung abgebrochen und geendigt wird.
Außer dieser (abwechselnden) Predigtarbeit überläßt er mir und den
Catecheten alle andere Arbeit an den Seelen, catechesiren, zur Taufe
und Abendmahl vorbereiten und beides administriren, welches mir denn
insofern von Herzen lieb ist, hingegen die Annehmung der Catechu=
menen besorgt er, und gehet durch viele große Schwierigkeiten. 5) Die
Armen werden gar unfreundlich angesehen, und wenn die Catecheten
etwas für Jemand bitten, fällt der Zorn auf sie. Wenn ich nicht bis=
her mich beholfen und mein Gehalt mit den Armen getheilt hätte, es
wäre eine große Zerstreuung geschehen. 6) Die zwei durch Gottes
Gnade von Herzen redlichen Catecheten haßt er am meisten und zwar
mit einem beständigen Haß. Er hat sie schon oft, bald den einen, bald
den andern, plötzlich abschaffen wollen, unter ganz nichtigem, mir recht
lächerlich vorkommendem grundlosem Vorwand, z. B. sie wären heim=
liche Spione der Römischen ꝛc. Gott aber hat ihm in diesem und an=
dern gefährlichen und recht auf den Ruin der Mission abzielenden, ja
mit einem Verfolgungsgeist begleiteten Anschlägen immer einen Strich
durch sein Facit gemacht und mich viel Proben der gnädigen Gebets=
erhörungen bisher erfahren lassen."

Zwei Jahre hindurch hatte also Fabricius still gelitten und mit
Weisheit böse Anschläge verhindert, bis er an eine Gränze kam, wo
ferneres Schweigen Sünde geworden wäre. Es heißt weiter in dem
obigen Briefe: „Ich komme nun auf die jetzt obschwebende besondere
Noth. Herr Geister, und vermuthlich H. Kiernander zugleich mit, hat
von Cudelur aus im Jahre 1742 oder 1743 an die Societät nach
England das unbesonnene Anerbieten, ohne die geringste dazu trei=
bende Noth gethan, daß er den Catechismus der englischen Kirche ein=

führen wolle. Nach seiner Anherkunft nun hat er mir etlichemal ge=
sagt, er fürchte, es werde die Societät solches begehren, aus welchen
Worten ich gleich nichts Gutes geschlossen und darauf immer erwidert,
daß sie uns solches nicht zumuthen werde, wenn man sie nicht darauf
bringe, und wenn sie uns dergleichen auch zumuthen sollte, es durch
bescheidentliche Vorstellung ganz füglich abwenden könne. Inmittelst
kam dann von der Societät in deren Brief nach Cudelur, so (in un=
begreiflicher Verwirrung) an H. Geister und Kiernander gerichtet war,
die Antwort auf vorgedachte Offerte mit dem 1744 von England aus=
gelaufenen und erst im verwichenen 1745. Jahr in Bengalen angekom=
menen Schiff. Und mußte sich fügen, daß H. Geister, nachdem er
den Brief hier erbrochen, denselben, ehe er ihn nach Cudelur schickte,
mir aus andern Ursachen zu lesen mittheilte. Da fand ich denn un=
gefähr folgende Worte gemeldet: **Daß Ihr den Catechismus der
englischen Kirche in Eure Schule einzuführen gesonnen
seid, hat der Societät nicht anders als angenehm sein
können, indem es ja auch eine englische Mission ist und
begehret sie demnach, daß Ihr solches bewerkstelligt.** Und
in dem Brief der Societät nach Madras, der an mich gerichtet ist,
heißt es denn auch, daß sich die Societät versichert halte, daß hinführo
der englischen Kirche Catechismus in ihren Schulen gelehrt werde."

Geister traf nun mit größter Eile Anstalten zur Einführung des
Catechismus, und als ihm von Trankebar Nachricht kam, die nächsten
englischen Posten würden Fabricius in Madras definitiv bestätigen und
auch Zeglins Versetzung dahin beordern, eilte er nur noch mehr. Ende
September 1745 wandelte er die portugiesische Schule in eine englische
um, entließ den tüchtigen Lehrer und nahm an seiner Stelle einen
englischen Unteroffizier an, der natürlich den englischen Catechismus
gebrauchte. Dann ließ er eine tamulische Uebersetzung verfertigen mit
der Ankündigung zu Neujahr die Einführung zu bewerkstelligen. Fabri=
cius verweigerte seine Zustimmung und übergab ihm folgende schrift=
liche Erklärung, daß „1) es eine gar unziemliche und die Gemeinden
verwirrende Sache sein würde, in den 5 Hauptstücken von der von An=
fang an hier in Uebereinstimmung mit Trankebar und mit der ganzen
evangelischen Kirche eingeführten Ordnung abzugehen und die 10 Ge=
bote in einer andern Ordnung zu lernen, 2) daß verschiedene Aus=
brücke, von denen wir zur Genüge wüßten, was die reformirte Kirche
damit meine, in dem englischen Catechismus gar bedenklich und wir
uns derselben nimmermehr theilhaftig machen könnten, z. B. der Aus=
bruck: **der h. Geist heiligt mich und alle Erwählten Gottes.**"

Dies Botum sandte er gleichzeitig nach Cudelur und Trankebar. Kiernander antwortete mit einer bogenlangen heftigen Schrift, aus Trankebar jedoch schrieb ihm jeder einzelne Bruder ermuthigend und zustimmend zugleich die schon oben verwertheten geschichtlichen Mittheilungen des Archivs sendend. Ehe diese Antworten noch ankamen, versuchte Geister ihn für die Einführung nur in der obersten Klasse zu bestimmen. Bergebens. — In der nächsten Conferenz begehrte er Theilung der Missionsgeschäfte, erhielt aber von Fabricius die feste Antwort, daß er sich von keinem einzigen Geschäft bei der Mission lossagen könne. Als dann von Trankebar ein wohlgegründetes Abmahnungsschreiben einlief, legte Fabricius dieses vor, nebst einer schriftlichen Auseinandersetzung über die übeln Consequenzen solcher Accommodation. Nachstehend sandte er sie auch Kiernander in folgendem Briefe zu, der in einer Biographie von Fabricius, trotz der Länge, nicht fehlen darf:

Madras d. 23. Dec. 1745.

WohlEhrwürdiger,
   Im Herrn theurer Bruder!

Ihr an mich unterm 14. h. abgelassenes werthes Schreiben (es suchte durch Freundlichkeit zu gewinnen) habe wohl erhalten und daraus abgenommen, daß Sie fatale Folgen besorgen, so man der Ordre der Societät wegen Einführung des Catechismi der englischen Kirche nicht nachleben wollte. Mein theuerster Bruder, ich glaube, daß Ihre Geneigtheit sich hierinnen zu accommodiren, Ihrestheils eine gute Meinung zum Grunde hat, indem ich versichert bin, daß Sie in Ihrem Amt dem Herrn Christo dienen und seine Schafe und Lämmer weiden und etwa denken, mitbehülflich dazu zu sein, daß die evangelisch= lutherische und die reformirte englische Kirche mit einander vereinigt werden, wenigstens hier in Indien. Aber ich meines geringen Theils gedenke über diese wichtige Frage, ob solches rathsam und mit gutem Gewissen vorgenommen werden könne, mich in keine Controverse einzulassen, indem solche Frage von gelehrten und bewährten, gottesfürchtigen und mit dem Heil. Geist gesalbten Theologen zur Genüge abgehandelt und sententia negativa (ablehnend) beantwortet worden ist, wie ich mich denn schon neulich auf Walchium[1]) bezogen habe, dessen Bücher und vielleicht noch mehr anderer, Ihnen ad manum

---

[1]) Joh. Georg Walch, gestorben als Professor in Jena 1775, schrieb ausführliche Werke über die Religionsstreitigkeiten innerhalb und außerhalb der lutherischen Kirche.

(zur Hand) sind. Ich glaube, es wird auch von Trankebar Ihnen mitgetheilt worden sein, was Herr Dr. C. B. Michaelis, item der sel. H. A. W. Böhm, Hofprediger in London, in sehr bedenklichen terminis (Ausdrücken) gewarnt haben. Da nun bei so bewandten Umständen und in Erwägung, daß die Societät nicht einmal von selbst darauf gekommen ist, uns dieses zuzumuthen, sondern durch Anerbieten von hier aus bewogen worden, auch ohne Zweifel die Ordre ohne Zustimmung derjenigen Mitglieder der Societät, so Presbyterianer sind, gestellet worden ist, und da ich für höchst nöthig erkannt und vorgeschlagen, daß man erst die Sache nach Halle berichten und ohne Vorwissen des Herrn Dr. Francken, die Einführung nicht bewerkstellige: so sehe nicht, wenn man nach solchem Vorschlag thäte, was daraus für fatale Folgen entstehen könnten. Man giebt einem ja in wichtigen Sachen, und die viel weniger zu bedeuten haben als diese, etwas Frist. Aber daß Sie und H. Geister ungeachtet dieses billigen Vorschlags und ungeachtet, daß ich (bevor unsere gottesgelehrte, erfahrene und viel weiter als wir sehende Vorgesetzten in Halle, von denen wir ausgegangen sind, Ihre Einwilligung darein gegeben) nicht beistimme, auch unsere Brüder in Trankebar es widerrathen, dennoch so schleunig und einseitig gedenken, die Sache zu bewerkstelligen, kommt mir sehr wunderlich und bedenklich vor. Gott weiß, daß ich übrigens gegen Sie eine herzliche Hochachtung und Bruderliebe hege, aber (ich rede mit Ihrer Erlaubniß ganz offenherzig und deutsch heraus) dies kommt mir sehr paradox vor. Soll man nicht in Uebernehmung wichtiger und nicht nur auf unsere Personen, sondern auch auf unsere Nachfolger und Gemeinden fallenden Veränderung lieber einen Schritt zu langsam thun als zu geschwind. Diese Eil und Hitze und was mir sonst klar genug von H. Geister, als dem Anstifter der Sache, in die Augen leuchtet, macht mich, wenn ich auch alle andern Umständen bei Seite setze, gewißlich glauben, daß in dieser Sache Te inscio molimina (dir verborgen, Anstiftungen) des argen Feindes zum ersten Grund liegen. Die fatalen Folgen, die wenn die Accommodation zum englischen Kirchen=Catechismus erfolgen sollte, sich ereignen würden, wollen Sie doch vielmehr erwägen. Als nämlich:

1) Würde darinnen ein falsum (Fälschung) und Untreu sich äußern, daß wir aus Menschengefälligkeit zur reformirten Kirche uns accommodirten und wir revocirten (widerriefen) damit auf einmal realiter (thatsächlich), was unsere Theologen in Behauptung der Reinigkeit der Lehre unserer lutherischen Kirche an den Reformirten und Ihrer Lehre aussetzen. Nennen dies indessen eine

evangelische Mission und ist doch reformirt geworden. Absit! ne una mica veritatis perire debet (das sei ferne! nicht ein Tüttelchen der Wahrheit darf vergehen).

2) Zerrüttung der Gemeinden und Trennungen von Trankebar.

3) Ueble Nachrede durch die ganze evangelische Kirche und derselben Abneigung, die doch NB. auch an diesen englischen Missionen, sie zu unterstützen, vielleicht mehr thut als die englische Kirche.

4) Ohne alle Hinderniß würden ins Künftige Engländer diesen Gemeinden zu Lehrern gegeben werden.

NB.! Auf diesen Punkt antwortete mir H. Geister: Was würde denn daran gelegen sein?

Ich bitte, Sie wollen dies reiflich vor Gott überlegen und vor solchen Weitläuftigkeiten Sich Ihrestheils in Acht nehmen. Als vor verschiedenen Jahren zwei Prediger, ein evangelischer und ein reformirter im Brandenburgischen zur Stiftung oder Beförderung einer Union, das heil. Abendmahl gemeinsam administrirten, ist nicht darüber ein großes Aufsehen und Weitläuftigkeit entstanden? Und ist aus solcher Union etwas geworden? Siehe hiervon Walch. Schließlich empfehle Sie göttlicher Gnade und verharre unter Anwünschung eines gesegneten Jahreswechsels

Ew. WohlEhrwürden

geringster Mitbruder und Diener
Joh. Phil. Fabricius.

In Veranlassung dieses Briefes weilte Kiernander vom 19.—22. Jan. 1746 in Madras, um Rücksprache zu nehmen und — sich schließlich für sofortige Einführung des Catechismus zu erklären. Geister betrachtete die Weigerung seines Collegen als völligen Bruch und sprach außer der Conferenz kein Wort mit ihm, nicht einmal über Tisch. Fabricius indessen suchte ihm in allem zu beweisen, daß er keinen Haß gegen seine Person habe, behielt seinen Tisch dort, ob er gleich genug andere Gelegenheit hatte und suchte so viel als möglich zu vermeiden, daß die Disharmonie offenkundig würde. „Ich kann nichts weiter thun, sondern übergebe es einzig der göttlichen Direction und berichte es an Ew. HochEhrw. in geziemender Schuldigkeit", lautet der Brief an Francke weiter. „Indessen hat H. Geister noch weiter nichts nach dem neuen Jahr vorgenommen, als daß er einigen von unsern Leuten den Catechismus gezeigt. Ob er nun warten will, bis die Briefpost abgeht, oder ob er von der wirklichen Einführung durch die recht auf den Grund greifenden kräftigen Vorstellungen von Trankebar sei abgeschreckt worden, weiß ich nicht. Mein Vertrauen steht indessen bei solchen auf die Zweiung und Zerreißung der Mission gerichteten Anschlägen auf Gott, der mir das Wort: Rufe mich an in der Noth, so will ich dich erretten und du sollst mich preisen in meinem Gemüth bei dieser Sache einen tiefen Eindruck hat geben lassen."

Noch am selben 31. Jan., sobald die Post abgegangen war und es also nicht mehr nach Europa gemeldet werden konnte, führte Geister den Catechismus ein, und nun handelte Fabricius nach Vorschrift des Apostels Johannes, er hob auch den persönlichen Verkehr auf: „Am folgenden Tage, welches der erste im Monat war, fing ich an allein zu speisen, nachdem ich mich schon seit einigen Wochen genöthigt gesehen hatte, mich von der Conferenz fern zu halten." Er that, was ihm allein noch offen stand, ging fleißig aus zur Heidenpredigt, übte specielle Seelsorge und vertrauete auf den Gott, der helfen kann.

Als diese schwere Post in Halle ankam, zugleich mit der doppelten Trauerkunde von des Miss. Obuch und des Landpredigers Aaron Lobe, gerieth Prof. Francke in so tiefe Bekümmerniß, daß selbst seine Gesundheit wankte. Er richtete sich aber auf im Gebet und entfaltete eine außerordentliche, umsichtige Thätigkeit, wie er denn überhaupt der Mission mit vollster Liebe und Hingebung, mit bewundernswerther Weisheit gedient hat[1]). Namentlich an den Hofprediger Ziegenhagen in London ging eine umfängliche Denkschrift nach der andern ab: „Es heißet auch hier, es ist besser in die Hand des HErrn fallen, als in die Hand der Menschen. Denn wenn Gott verwundet, so heilt er auch wieder. Wenn aber Mitarbeiter selbst solche gefährliche Anschläge schmieden, so bleibt freilich nichts übrig als zu Gott zu seufzen und zu beten. Daher die Mißhelligkeiten bei der englischen Mission noch betrübter, als jener Todesfall ist. — Es ist wohl gewiß, daß wir in der Catechismussache dem H. Geister und der Societät nichts einräumen können, oder wenn sie geschehen, nicht wieder rückgängig zu machen wäre, alle Hoffnung wegen der englischen Missionen hinfallen dürfte. Herrn Fabricii Vorstellung finde ich ganz gegründet, und habe ich mich gewundert, daß auch der sel. H. Böhme, der sonst sehr nachgebend war, so wohl gesinnt gewesen. Ich bin auch gewiß, daß mein sel. Vater, wenn er noch leben sollte, ebenfalls der Meinung gewesen sein würde, daß man lieber alles sinken und fallen lassen müßte, als in so etwas willigen. Denn er war aller solcher Mengerei

---

[1]) Wenigstens in der Missionsthätigkeit übertrifft er seinen Vater, und hier läßt sich nicht mit Tholuck sagen: „Gottes Gaben erben nicht, was Gott versagt, erwirbt sich nicht." Gesch. des Rationalismus I, 27.

von Herzen feind und hat einmal in einer Sache, die nicht so viel auf
sich hatte als diese, da nämlich der hiesige reformirte Professor des
Gymnasii (Heyder) nur blos einen Sitz auf der Bank der Professoren,
obwohl damals noch nicht in der Facultät, haben sollte, dem vorigen
Könige bei dem Antritt seiner Regierung (Friedrich Wilhelm I., 1713)
eine nachdrückliche Vorstellung gethan und darunter, wie er selbst sagte,
um der daraus zu befürchtenden Folgen willen hazardiret (aufs Spiel
gesetzt). — Sollte sich nun die Sache nicht in der Stille rückgängig
machen lassen, oder die Societät unsern Vorstellungen nicht zugänglich
sein, so müßte man erklären, daß die dänischen Missionare nach Trankebar zurückgehen würden und ich bei den Wohlthätern nicht verantworten könne, ferner den englischen Missionen etwas zufließen zu
lassen." In einem andern Briefe warnt er vor falscher Nachgiebigkeit:
„Die betrübte, ja feindliche Gemüthsverfassung des armen Herrn Geister
ist aus H. Fabr. Schreiben, dessen ganze Art doch nicht ist, in dergleichen Jemand zu viel zu thun, offenbar genug, und wenn man selbige mit der Katechismussache zusammenhält, so muß einem seine un-
lautere Absicht, die er auch dabei hat, und sein Haß deutlich einleuchten:
es kann auch davon kaum gelinder geurtheilt werden, als daß er sehr
geneigt sei, gar zur englischen Kirche überzugehen, welches zwar betrübt, aber in der That noch erträglicher sein würde, als die Mengerei,
wiewohl insofern durch H. Geisters Abtritt von unserer Kirche die Sache
aufs künftige unheilbarer würde, da sie dadurch noch mehr aus unsern
Händen käme. Es stehet aber dahin, ob man bei aller auch möglichen
Connivenz, ihn doch davon werde abhalten können, wie denn eben
jetzo von Berlin die Nachricht erhalte, daß da einigen von der böhmi-
schen Gemeinde in Absicht des von ihnen verlangten Brotbrechens unvorsichtiger Weise nachgegeben worden, um sie von dem Abtritt zur
reformirten Kirche abzuhalten, jetzo dennoch nicht nur ein großer Theil
zu denselben übergegangen, sondern auch die übrigen, die das Brot-
brechen bisher gebrauchet, gleichfalls auf dem Sprunge stehen." In
gleich fester Gesinnung faßt er ein Schreiben an Geister ab und giebt
ihm in Bezug auf die Aeußerung der Societät, daß die Mission eine
englische sei, folgende Punkte zu bedenken, welche doch auch von allen
Denen erwogen werden mögen, welche es noch immer lieben die
Lutheraner auf den alten Stationen Madras, Cudelur, Tanjour,
Tritschinopoli, Negapatnam als Eindringlinge und Proselytenmacher
zu verdächtigen:

　„Ich bitte zu erwägen

　1) Die erste Gründung der Mission zu Madras, welche von

Trankebar aus als eine evangelisch=lutherische Mission angefangen worden, gleichwie auch der erste Missionar von der Societät in der Eigenschaft eines lutherischen Missionars in Dienste genommen, und die also entstandene Anstalt nie anders als für eine evangelisch=lutherische Mission angesehen worden. Woraus folgt, daß dieselbe sowohl als die Cudelursche, die von dieser abstammt, auch ferner also fortgeführt werden müsse, wenn nicht die ganze Sache völlig alterirt werden soll.

2) Die Absicht, in welcher man die englischen Missionen von hier aus mit so erkleklichem Zuschuß, obgleich für sie beinahe nichts eingekommen, unterstützt, nämlich daß man sie, da sie als ein Schöß=ling der Trankebarischen Mission anzusehen, mit dieser als Ein Werk und die sämmtlichen Missionsanstalten als ein gemeinschaftliches evangelisches Bekehrungswerk betrachtet; auf welche Erwägung sich aber auch gründet, daß auch das Missionscollegium selbige unter andern noch durch Ueberlassung Herrn Fabricii und Herrn Zeglins zu unter=stützen gesucht, welche aber gänzlich wegfällt, wenn die Sache auf einen ganz andern Fuß gesetzt wird.

3) Die abermalige Entblößung der englischen Missionen von Arbeitern, indem Herr Fabricius bei solcher Veränderung und Trennung nicht in Madras bleiben und weder H. Zeglin, noch einer von den neuen Missionaren den englischen Missionen sich widmen würde, da denn bei solchen Umständen Niemand weiter von hier aus Ihnen zu Hülfe geschickt werden könnte.

4) Die völlige Trennung der dänischen und englischen Missionen, welche der letztern Wachsthum sehr hemmen würde.

5) Die Verwirrung der Gemeinden, da dieselbe in den englischen Colonieen nicht nur bisher schon eines andern Catechismi gewohnt ge=wesen, sondern auch die Glieder zuweilen von dieser zur dänischen ziehen und umgekehrt. Wie Sie denn auch bedürfenden Falls von Trankebar keine Catecheten oder Schulmeister bekommen könnten, die den neuerlich eingeführten Catechismus weder selbst verstünden, noch andere zu lehren im Stande wären.

6) Die daraus zu besorgenden Weitläuftigkeiten zwischen der Societät und dem Missions=Collegium, wie auch mir, woraus die englischen Missionen den größten Schaden haben würden.

7) Die Größe sothanes Catechismi, den die armen Kinder und Catechumenen weder auswendig zu lernen, noch deutlich zu verstehen im Stande sein möchten.

Endlich kann ich nicht leugnen, daß wenn dieser neue Anlaß zur

Trennung nicht gehoben wird, ich genöthigt sein würde, mich der eng=
lischen Missionen gänzlich zu entschlagen. Wie ich denn nicht sehen
kann, warum ich, wenn man meine Vorstellungen nicht annehmen
wollte, dieselbe mit so vielen Kosten ferner unterstützen helfen sollte."

Er kündigt ferner an, daß er keine Freudigkeit habe, etwas über
die englischen Missionen in den Halleschen Nachrichten drucken zu
lassen, bis er gewiß sei, solche Neuerung sei nicht vorgenommen oder sei
wieder rückgängig gemacht. Ebenfalls werden vorläufig keine Gelder ein=
geschickt, nur Ziegenhagen spendet privatim eine Beihülfe an Fabricius,
der auch von Francke kräftig aufgerichtet und ermuthigt wird: „Ich
kann Ihr ganzes Verhalten nur billigen und bitte Gott herzlich, daß
Er Sie auf diesem Wege erhalten und unterstützen wolle, in einer
solchen Prüfungszeit als diese ist, in Gebuld auszuhalten, bis seine
Stunde der Erlösung kommen wird. Wir stehen Ihnen bei mit un=
serm Gebete und wollen darinnen nicht müde werden, sondern gewiß
glauben, Gott werde auch hierin seine Verheißung erfüllen. Es ist des
HErrn Werk und Sache, die er nicht um unseres Verdienstes, son=
dern um Seines Namens willen erhalten wolle."

Ehe dies Alles noch in Europa niedergeschrieben war, hatte der
HErr schon in Indien geholfen. Ende April 1746 kam endlich die schon
vor allen Wirren an Geister ausgefertigte Ordre nach Cudelur zu gehen.
Nach kaum vierzehn Tagen war er abgereist, er mochte einsehen, daß
er gegen Fabricius Festigkeit und bei seinem weisen gemäßigten Vor=
gehen nicht aufkommen könne. Auch in Cudelur blieb er nicht über
vier Wochen, als die Franzosen die Stadt bedrohten, schiffte er sich
nach Batavia ein, lebte dort als Dolmetscher und hatte mit viel Noth
zu kämpfen; im Jahre 1748 nach Europa zurückkehrend, verschwand
er mit dem Schiff spurlos zwischen dem Cap und Amsterdam. Es
steht zu hoffen, daß die Noth diesen unlautern Geist geläutert habe.

In Madras fiel die Catechismussache geräuschlos zu Boden und
im Sept. 1748 meldet Fabricius, „daß in Cudelur der englische Cate=
chismus abgeschafft und alles, Gott sei Dank, wieder in einer evan=
gelischen und brüderlichen Harmonie gehet." Die Societät in
London endlich nahm von der ganzen wichtigen Frage nicht im Geringsten
Notiz; als Geisters Anzeige von der vollendeten Uebersetzung und seines
Collegen sehr weise abgefaßte Gegenvorstellung verlesen wurden, waren
grade diejenigen, welche die Sache betrieben hatten, nicht zugegen.
Fabricius aber freute sich des mit Gottes Hülfe errungenen Sieges
und nannte sich fortan mit Vorliebe dänischer Missionarius.

Kapitel 9.

Krieg und Noth.

Der HErr ist der rechte Kriegsmann,
HErr ist sein Name.

Die Missionsgeschichte soll uns so recht eigentlich von den Kriegen des HErrn erzählen, wie er den Menschen mit sich selbst in Kampf bringt, wie er die Familien unter sich uneins macht, und wie er, der Friedefürst, ganze Völker einander entfremdet, daß endlich die ganze Erde in einem Feuer der Liebe und des Eifers um die Sache des HErrn entbrennt und ihrem Könige huldigt:

Herrscher, herrsche, Sieger siege,
König brauch Dein Regiment,
Führe Deines Reiches Kriege,
Mach der Tyrannei ein End'!

Von Krieg und Kriegsgeschrei kann also auch die Missionsgeschichte nicht schweigen, ob aber auch so rein weltlichen Kämpfen, wie den indischen Kriegen des vorigen Jahrhunderts eine ausführlichere Darlegung gewidmet werden darf[1]? So viel der Himmel höher ist denn die Erde, sind auch des HErrn Wege und Gedanken höher denn unsere Wege und Gedanken. Wie das wunderliche Gewirr der Völkerwanderung schließlich als eine große Wallfahrt zum heiligen Berge der Kirche sich darstellte, so hat auch der allmächtige König, welcher zur Rechten des Vaters die Weltregierung leitet, bis er alle seine Feinde zum Schemel seiner Füße gelegt hat, in jenen vermeintlich rein weltlichen Kriegen einem der schönsten, größten und bevölkertsten Länder der Erde den lang entbehrten Frieden und ein geordnetes christliches Regiment gegeben, so daß jetzt die Missionare überall sicher das Evan-

---

[1] Für diese Kriegsgeschichte sind außer den Missionsberichten benutzt: Orlich, „Allgemeine Geschichte von Indien", Neumann „Geschichte des englischen Reiches in Asien" und Sprengel „Leben Hyder Ally's. Englische Werke waren leider nicht zu erlangen.

10*

gelium verkünden können. Wohl werden auch jetzt noch manche Klagen laut, aber sie alle müssen verstummen, wenn das Jammerbild der
vorigen Zeiten aufgerollt wird. Mancher auch, der über die geringen
Erfolge jener alten Missionen die Achseln gezuckt hat, wird sich vielmehr wundern, daß unter jenen gewaltigen Wettern die treuen Zions-
wächter nicht ganz gewichen sind. Kein Missionar aber hat so viel
unter den Kriegsstürmen gelitten, als Fabricius, sein stilles Ausharren
muß Bewunderung erregen, wie ich denn nicht anstehe, sein dreijäh-
riges Exil zu Palleacatta, von dem dies Kapitel uns berichtet, als
einen Glanzpunkt unserer Missionsgeschichte zu bezeichnen.

Wir sahen ihn zuletzt siegreich aus einem schweren inneren Kampfe
hervorgehen. Es lohnt sich kaum zu schildern, mit welchem großen
Eifer er alsbald daran ging, die natürlich während jener Zeit vernach-
lässigte Pflege der Gemeinde um so eifriger zu treiben und die letzten
Spuren jenes Kampfes in Kirche und Schule zu vertilgen, da schon
nach wenig Monaten der ganze Bau zusammenstürzte.

Schon bei Gelegenheit der ostindischen Reise berichteten wir, daß
zu Folge des 1739 zwischen England und Spanien wegen der verschiedenen Handelsinteressen ausgebrochenen Seekrieges den Missionaren
dänische Schutzbriefe nachgesandt wurden. Als nun durch Friedrichs
des Großen Auftreten die österreichische Erbfolge ganz Europa in Mit-
leidenschaft zog, fand Spanien, das in jener Frage mit Frankreich
stimmte, auch zur See an dieser Macht einen Bundesgenossen. Anfänglich schien es, als würden diese Feindseligkeiten auf das Tamulenland keinen Einfluß haben. Der neue Gouverneur von Pondischeri,
der Madras und Calcutta wieder zu unbedeutenden Fischerorten herabdrücken wollte, fühlte sich Anfangs den Engländern so wenig gewachsen, daß er den Nabob von Arcot, Anwareddin, zu dem Befehle vermochte, in seinem Fürstenthum müsse Frieden gehalten werden. Die
Engländer fügten sich, aber daß das Land dennoch keiner ruhigen Zeiten sich erfreute, läßt sich an dem unter Trankebar erzählten Einfall
der Mahratten abnehmen, und auch mit dieser halben Ruhe war's zu
Ende, als der tüchtige französische Statthalter der Inseln Bourbon
und Mauritius La Bourbonnais mit neun Schiffen und 3300 Mann
Landungstruppen in den indischen Gewässern sich zeigte. Bei Ceylon
stieß er am 7. Juli 1746 auf ein englisches Geschwader, „da sie denn
auf einander so heftig kanonirten, daß man es in Trankebar hören
konnte. Sie richteten einander dermaßen zu, daß ein jeder Theil einen
Hafen suchen mußte, um seine Todten zu begraben, die Verwundeten
curiren zu lassen und die Schiffe zu repariren. Die englische Flotte

aber, so nur aus 6 Schiffen bestanden, hatte am meisten gelitten, und sich so entkräftet, daß sie in dem ganzen Jahre weiter nichts agiren konnte." Nicht so die Franzosen, sie gingen bald wieder zum Angriff über.

Unter dem 29. August meldete Fabricius: „Heute morgen kamen 8 französische Schiffe und steuerten nach neun Uhr auf ein im Hafen liegendes Schiff und auf die weiße Stadt. Ich versammelte unsere Kinder und Missionsleute während der Zeit zum Gebet und zur Lesung einiger Kapitel aus der Bibel. Gegen eilf Uhr entfernten sie sich wieder, und war durch göttliche Beschirmung kein sonderlicher Schade geschehen." Es war nur eine vorübergehende Errettung; als zahlreiche Flüchtlinge vom Lande die Furcht vor einem neuen Angriff allgemein machten, erwählte Fabricius zur Abhandlung des Evangeliums von den zehn Aussätzigen den Spruch Pf. 50, 15: Rufe mich an in der Noth, so will ich dich erretten, so sollst du mich preisen. Gott hatte ihm unter besondern Eindruck grade diesen Spruch ins Gemüth kommen lassen, nachdem er vorher schon eine andere Betrachtung sich erwählt hatte, und über dasselbe Wort sprach er auch Abends zu den Heiden. Es bezeichnet auch wie kein andres die damalige Lage der Missionsgemeinde in Madras, da war nichts als lauter Gebet und eitel Erhörung.

Am 14. Sept. in der Frühe landeten die Franzosen ohne alle Hinderung eine halbe Meile südlich von Madras. Fabricius berief alsbald die gegenwärtigen Christen und Kinder zum Gebet zusammen. „Darauf sendete ich die Kinder sammt dem Schulmeister und etlichen Wittwen von hier nach Palleacatta. Die Vorstadt Kuppam gegen Süden wurde des Feindes wegen abgebrannt, worinnen auch etliche Familien von unsern Christen gewohnet. Weil nachgehends die schwarze Stadt von den Soldaten verlassen wurde, so lagen mir des Nachmittags die Catecheten so lange an, bis ich mich wider Willen entschloß, mit ihnen und den noch übrigen Leuten in der Mission, nachdem ich alles, so viel möglich, verschlossen hatte, die Nacht außer der Stadt zu bleiben. Wir kamen denn, weil es schon dunkel war, eine kleine Stunde von Madras nordwestwärts in ein Ruhehaus und blieben daselbst die Nacht. Allein in meinem Gemüth hatte ich keine Befriedigung bei solcher Flucht, zumal noch etliche portugiesische Familien von unsern Christen in der schwarzen Stadt zurück waren." So ging er denn am nächsten Morgen wieder hinein, und siehe alsbald wurden die Thore der schwarzen Stadt ganz verschlossen, weshalb er sich mit gutem Vergnügen und Zuversicht im Missionshaus zu bleiben entschied und Gott herzlich für diese Fügung dankte. Denn während alle übrigen Häuser der verlassenen schwarzen Stadt von den eigenen englischen Soldaten geplündert wurden, blieb nun das Missionshaus unberührt. Den wenigen nicht geflohenen Christen gereichte seine Zurückkunft zum großen Trost, sie zogen alle zu ihm ins Haus und stärkten sich täglich unter einander mit gemeinschaftlichem Beten, Singen und Betrachtung der Schrift. Durch ein Wasserthor unterhielt er zugleich einigen Verkehr mit den nach Palleacatta Geflüchteten. Indessen wurde die Blokade immer strenger und das Bombardement begann, um die kleine Gemeinde des Missionshauses aber baute der HErr eine schützende Mauer.

Der 15. Sonntag nach Trinitatis war ein Tag wahrer Erquickung und Stärkung: „Vormittags betrachteten wir in unserer gemeinschaftlichen kleinen Versammlung die Worte, Matth. 7, 24—27, von dem thörichten Mann, deß auf Sand gebautes Haus den Platzregen und Winden nicht widerstehen konnte, und Gott gab uns Gnade, unser Herz vor ihm in vielen Thränen auszuschütten. Des Nachmittags stärkten wir uns mit der Betrachtung des 23. Psalms: „Der HErr ist mein Hirte, mir wird nichts mangeln.“ Gott hat unser Herz durch sein Wort ohne Furcht gemacht. Unter dem Gesange zersprang nahe bei dem Missionshause eine kleine Bombe in der Luft, wovon ein Stück auf der Straße aufgehoben und hereingebracht wurde. Der 46. Psalm „Gott ist unsere Zuversicht und Stärke, eine Hülfe in den großen Nöthen, die uns getroffen haben“ und ein schön Lied darauf im portugiesischen Gesangbuch hat uns sammt vielen andern Psalmen ungemeine Erquickung gegeben. Des Abends, da ich ein klein wenig auf den Altan ging, sah ich eine Bombe von weitem her grade auf mich zukommen. Gott aber wandte sie ab, daß sie überhin ging und etliche Häuser lang hinter das Missionshaus nach der Seeseite zu fiel.“

Am 21. Sept. Morgens mußte sich die Festung ergeben[1]),

---

[1]) Das Verhalten des englischen Gouverneurs Morse während der Belagerung und bei der Uebergabe der Stadt muß sehr schmählich gewesen sein. Eine darauf bezügliche Stelle in Fabricius' Missionsbiarium ist unterdrückt. Er zeigt sich darin sehr aufgebracht und will von ihm früher geliehene Gelder, für welche das Missionshaus als Hypothek haftete, nach dessen Demolirung nicht auszahlen: „Ich für mein Theil habe allen schuldigen Respect für Ihn als für einen großen Mann, ja als für einen Wohlthäter, indem seine Vorschüsse in Betrachtung derselben Zeit eine geneigte Wohlthat für die Mission gewesen sind. Wann aber nun 1) er seine Hypothek, nämlich das Missionshaus, so ihm H. Geißler mit Ueberlieferung des Hausbriefes verhypothekiret hatte, und welches nun mit allen seinen zugehörigen Gebäuden nicht mehr in rerum natura (in der Welt vorhanden),

nachdem in der letzten Nacht von der Landseite her vier Batterien Bomben geworfen, und auf der Seeseite zwei Schiffe so mit Kugeln geschossen, daß fast keine Minute ohne Krachen und Knallen verging. Am selben Abend noch ging Fabricius zum commandirenden General, zeigte seine dänischen Schutzbriefe vor und erhielt darauf schriftlich Schutz zugesichert, nicht nur für seine Person, sondern auch für seine Gemeinde und das Missionshaus. „Nebst dem, daß ich wirklich ein dänischer Missionarius bin, kommt es uns jetzt nicht uneben zu statten, daß von Anfang an bis jetzo auch diese Mission hier insgemein die dänische Mission heißt."

Die Gemeindeglieder in Palleacatta aber waren in großer Angst um ihren treuen Hirten und die Catecheten schrieben ihm folgenden ergreifenden Brief:

„An unsern lieben Pastor Fabricius, der bisher allezeit ein festes Vertrauen in unserm Heilande JEsu Christo gehabt, entbieten wir, seine Diener, unsere demüthige, innigste Ehrerbietung. Auf die Nachricht von der Einnahme der Stadt sind wir höchst bestürzt worden und wissen keinen andern Rath zu fassen, als dieses Oles (Brief) an Ihn abzusenden. Wo Derselbe noch willens sein sollte, dort dem Vorgegangenen ungeachtet zu verbleiben, so bitten wir zu bedenken, daß solches ganz und gar nicht göttlicher Wille sein könne, und daher alle Hindernisse durch göttliche Kraft zu überwinden, niemanden, der Ihn dort zu bleiben überreden wollte, zu folgen, was in der Eil fortgebracht werden kann, fortbringen zu lassen, und ehe ein Unglück passirt, eilends die Flucht zu nehmen und zu uns zu kommen. Wir glauben, es sei jetzt gar nicht Zeit um den Schaden, der durch desselben Entweichung dem Missionshause begegnen kann, oder um die Verantwor-

---

sondern von den Franzosen rasirt ist, verloren hat; und wann 2) es wahr ist, was Jedermann sagt (und welches ich als ein in Kriegssachen Unerfahrener nicht verstehe), daß der Verlust der Stadt Madras und folglich auch der Verlust seiner Hypothek aus seiner Schuld erfolget; und wann es 3) wahr ist, daß wenigstens eine Capitulation mit dem Feind hätte gemacht werden können, in welche die Mission mit einzuschließen ich ihn vorher expreß gebeten hatte; wann sage ich, dieses alles wahr ist, so überlasse ich's der Einsicht der hochlöblichen Societät, ob geschlossen werden könne oder nicht, daß seine Schuld von 600 Pagoden für extinct (getilgt) zu halten oder zum wenigsten, daß er sie nicht eher fordern könne, bis die Mission (durch seine Procuration) völlige Vergnügung und genugsame Aequivalente gegen das was sie verloren, aus den bonis (Gütern) der französischen Paters, die sie in und um Madras besitzen, zuvor bekommen hat." Man erkennt alsbald den alten Juristen.

tung bei den Vorgesetzten in Europa besorgt zu sein. Die Beschirmung
desselben vor den Feinden wollen wir Gottes Willen überlassen. Was
giebt er uns dannenhero für einen Rath, lieber Herr Pastor? Wo
sollen wir ohne Ihn herumziehen? Wir haben Ihm solche Besorgniß
schon vorhergesagt, daß wir Ihn nicht können allein in Madras zurück=
bleiben sehen, aber Er hat darinnen uns kein Gehör gegeben. Wann
sollen wir wieder Sein werthes Angesicht sehen? Unser Herz ist ganz
mit Traurigkeit, Schmerz und Trostlosigkeit erfüllt. Wo Er nicht bald
dort entweicht und sich auf die Reise hieher macht, wo sollen wir dann
hingehen und wo sollen wir Trost finden? Der HErr aber wird Ihm
allen nöthigen Rath offenbaren. Wir ergeben Ihn und uns in des
HErrn Willen."

Statt selber zu kommen, konnte er ihnen Nachricht senden, es
verlaute, die Franzosen wollten den Platz bald räumen, und sie auf=
fordern zurückzukehren. So bald sollten sie sich aber einer Erlösung
nicht zu erfreuen haben. Es ging nicht, wie Fabricius in den Tagen
an seine Verwandten schrieb: „Es ist dieses Jahr noch unter die Lei=
densjahre zu rechnen, nach dessen Ablauf der Segen um so lieblicher
sich zeigen wird." Die Leidensjahre gingen nicht zu Ende, sondern
fingen erst recht an. Zwar erhob zunächst der HErr seine züchtigende Hand
wider die Sieger. Unermeßliche Beute hatten sie auf ihre Schiffe ge=
schleppt, da kam ein gewaltiger Sturm, daß der größte Theil strandete
oder versank, viele todte Körper, die an den Strand geschwemmt wur=
den, gaben davon Zeugniß, nach zwei Tagen fanden sich endlich drei
Schiffe wieder ein, aber jämmerlich zugerichtet ohne Masten. Dazu
entstand Zwietracht unter den feindlichen Anführern. La Bourdonnais
wollte sich streng nach den Verhaltungsbefehlen der Regierung und der
Compagnie richten, welche sich gegen die Errichtung eines eigenen
ostindischen Reiches sträubten, wollte daher Madras an den Nabob
ausliefern und die gefangenen Engländer gegen ein hohes Lösegeld
freigeben. Dupleix aber vernichtete die geschlossenen Verträge, beschloß
Madras zu behalten und ließ alle Engländer als Gefangene nach Pon=
discheri führen [1]).

Nun rückte der Nabob gegen Madras heran, wurde jedoch jäm=
merlich geschlagen, und Madras blieb definitiv den Franzosen, deren
Commandeur Paradis alle aus der Stadt verwies, die seinem Könige nicht

---

[1]) Der edle La Bourdonnais verließ Madras, wurde heimgekehrt des Hochver=
raths angeklagt, in die Bastille geworfen und starb an den Folgen der dreijährigen
Haft.

den Eid der Treue schwuren. Fabricius hielt aus in all den Gefahren und hatte überreichliche Arbeit. In der allgemeinen Plünderungszeit waren auch etliche Arme aus der Gemeinde verleitet, einiges zu nehmen oder sich schenken zu lassen. Darauf ward große Visitation angestellt. Sonntags wurde über das große Gebot der Liebe geprebigt, wie sie sich gegen Gott und den Nächsten sehr versündigt, auch unter den Heiden den Namen Christi und der Gemeinde zur Lästerung gemacht hätten. Wer irgend noch solche Sachen verborgen hielt, brachte sie nun zu seinem Seelsorger, der überhaupt in diesen Tagen der Gefahr es reichlich spürte, welche Kraft dem Worte Gottes innewohne. Namentlich in den Catechisationen konnte er manche erfreuliche Frucht sehen. Seine Rede muß aber auch in jener Zeit gewaltig gewesen sein, denn sie deutete einfach aus, was Gott in den Gerichten der Stadt zu sagen habe. Er redete von dem Gericht, das über die hochmüthige Stadt hereingebrochen, nach dem Spruch „Wer sich selbst erhöhet, der soll erniedrigt werden"; er stellte ihnen vor, „wie auf die Hintansetzung der göttlichen Furcht und auf die Verachtung seiner Gnade nothwendig schwere Gerichte erfolgen müssen, wie aber doch ein großer Unterschied unter den Züchtigungen und Läuterungen der Gläubigen und unter den Strafen der Unbußfertigen sei und bleibe"; ein andermal handelte er vor seiner Gemeinde „von der schuldigen Unterthänigkeit unter die Obrigkeit und Uebergabe unserer selbst an Gott."

Ein williger Gehorsam gegen die Obrigkeit war damals nicht leicht. Die Franzosen begannen zur bessern Vertheidigung der weißen Stadt einen Theil der schwarzen einzureißen und rückten bis ans Missionshaus vor. Auf bringendes Bitten ward noch eine Frist zum Ausräumen gewährt, aber zugleich Fabricius bedeutet, er thäte am besten auch auszuziehen. Diese Andeutung kam natürlich einem Befehl gleich. Fabricius schickt sich freudig darein: „Nun Gott, der alle Dinge regiert, wird sich der armen Gemeinde erbarmen und seine Sonne nach der Nacht der Trübsal vielleicht desto heller wieder aufgehen lassen, woran ich gar keinen Zweifel habe. Indessen hat am selben Tage das holländische Oberhaupt in Palleacatta, Herr Wouter de Jongh mich aufs neue einladen lassen, bald dorthin zu kommen; daher ich denn in Gottes Namen meinen Weg dahin nehmen werde, um nicht weit von der Gemeinde entfernt zu sein, und sie von da aus in der Zeit unsers Exilii besorgen zu können."

Am Nachmittag des 5. December wanderte von Madras eine Caravane nach Norden zu, auf den Köpfen tragen die Männer, dunkle Gestalten, allerlei Hausgeräth, andere treiben Ochsen vor sich her, be-

laden mit Getreide und Reis, ihrem ganzen Vorrath bei der steigenden
Theuerung; in der Mitte aber geht ein würdiger, freundlicher Mann,
umgeben von einer Kinderschaar, fast lauter Waisen, und ihm folgt
eine Anzahl Wittwen, der kostbarste Schatz der Gemeinde, denn es ist
ja die kleine Christengemeinde von Madras, die ins Exil, in ihr Pella
nach dem gastfreundlichen Palleacatta wandelt. Es ist nur noch eine kleine
Schaar, manche haben Schutz gefunden in der ehrwürdigen Mutter-
gemeinde zu Trankebar, viele haben sich zerstreut hierhin und dorthin,
die Parias dürfen in ihren beiden Dörfern bei Madras zurückbleiben
und werden von zwei Schulmeistern versorgt, welche sie zum Genuß
des Abendmahls nach Palleacatta hinüberbringen sollen; alle Bedürftigen der Gemeinde aber ziehen mit und machen sich keine Sorgen, ihr
Lehrer wird auch weiter für sie sorgen, und alle Missionsdiener ziehen
mit, denn ihrem lieben Pastor ist es Gewissenssache, in der Zeit der
Noth sie nicht zu entlassen. Gott wird ihm durchhelfen, obschon er im
letzten Jahr keine Hülfe aus Europa erhalten hat und in der nächsten
Zeit nichts erwarten kann [1]).

Palleacatta, die „alte Burg", wird schon in den allerältesten Zei-

---

[1]) Er bekam vielmehr einen Tadel, daß „in den Ausgaben für die Bedienten nach Zahl und Lohn nichts verringert worden", worauf er sich aber wohl zu
vertheidigen wußte: „Es ist auch eine res conscientiae (Gewissenssache), entweder von ihrem sehr knappen geringen Lohn noch etwas abzukürzen, da sie bei
ihrer Missionsarbeit etwas nebenher auf andre Weise zu erwerben gar keine Gelegenheit haben, oder auch ohne ihr Verschulden sie dann und wann, wenn die
Mission Mangel spüret, abzudanken. Ihr Lohn ist so beschaffen, daß ich mich
mannichmal vor Gott gedrungen gefunden, weil kein ander remedium (Mittel)
gesehen, von meinem eigenen salario (Gehalt) in Nothfällen ihnen etwas zufallen
zu lassen. Und Leute, die mit Fleiß wohl von Jugend auf zu Mitgehülfen in der
Gemeine, Schulen und sonstigen Missionsarbeit zugerichtet worden, hernach wann
sich ein leiblicher Mangel zeigt, abdanken, würde einestheils der neuen im Glauben
und Vertrauen schwachen Heerde unserer Christen ein stark Exempel des Unglaubens
zum Hinsinken in noch größere Zaghaftigkeit und Traurigkeit werden, und anderntheils die Abgedankten in desperate Umstände setzen, da sie Armuths wegen betteln
müßten, indem man hier nicht so leicht Arbeit und Dienste findet. Auch würde es
eine gar schlechte Prudenz (Klugheit) der Missionarien sein, solche Abdankungen
vorzunehmen. Denn wo sollte man hernach, wenn der leibliche Mangel bei der
Mission aufhöret, wieder neue zur Missionsarbeit qualifizirte Leute hier bekommen,
da wir mitten in einem heidnischen Lande sind. Eben diese sämmtlichen conside-
rationes (Erwägungen) haben mich auch bewogen, die Missionsbedienten in unserm dreijährigen Elend bei Palleacatta doch nicht abzudanken, sondern sie zu con-
serviren, und ich weiß, daß ich darinnen nach dem Willen Gottes gethan habe."

ten als Handelsplatz genannt, von neuem taucht es dann auf als eine
Residenz der Holländer. Um 1660 erbauten sie sich dort das Fort
Geldern mit vieler Mühe wie Baldäus erzählt: „In vorigen Zeiten
wurden viele Unkosten aufgewandt, die Festung zu erhalten, als welche
auf einem unfesten salzigen Grunde stehet, so daß man in Sorgen
stund, daß sie alle Regenzeit würde über Haufen fallen." Ein Blick
auf die Karte lehrt, daß diese Furcht nicht unbegründet war, es sieht
fast aus, als läge es mitten im Wasser, ja in der Zeit des Nord=
Monsums ist es „rundherum so voll Wassers, daß es alsdann wohl
einer Insel bei zwei Meilen groß gleich siehet." Unmittelbar nörd=
lich von der Stadt hat ein großer See, dem weithinauf eine schmale
waldige Halbinsel vorgelagert ist, seinen Ausfluß, und jenseit dieses
Flusses an der Spitze der Halbinsel nahe dem Dorfe Carumanel
lag ein Ruhehaus, nur eine Viertelstunde von der Stadt entfernt[1]),
dort hat Fabricius seine schönsten Jahre in Indien verlebt. Seine
Sprache wird lebendiger, man hört sein Herz schlagen, sobald er wie=
der auf diese Zeit zu sprechen kommt.

Was ist's, das ihn so an diesen Ort fesselt? That es die Nähe
der Stadt, thaten es ihre Bewohner? Die Stadt an und für sich
gewiß nicht. Es ist ein öder trauriger Ort in einer unfruchtbaren
wüsten Gegend, die Häuser der Europäer ungemüthlich und schlecht
gebaut, unpraktisch, mit der Front nach Norden, daß sie den unge=
sundesten Winden ausgesetzt sind, die angenehm abkühlenden aber ent=
behren. Doch in den Häusern wohnte manche liebe christliche Familie,
die Mehrzahl freilich strengst reformirt, so daß die richtige Stellung
für einen Geistlichen schwer zu finden war. Ihr Catechet Mingo war
in Trankebar und Madras gebildet, ihre Kinder und Sclaven pflegten
sie in Madras taufen zu lassen, sahen es auch wohl gern, wenn der
dortige Missionar hinüber reiste, ihnen eine Ansprache zu halten, wäh=
rend früher Schultze noch vergeblich auf die Erlaubniß zum Predigen
gewartet hatte, aber ·zur Austheilung des Abendmahls kam jährlich

---

[1]) Als ich die Beschreibung Carumanels las, war mir's, als würde ich
zurückversetzt auf den Darß, jene waldige Halbinsel, die dem Neuvorpommerschen
Ufer vorgelagert sich fortsetzt im Zingst und der Sundischen Wiese. Auf der einen
Seite bespült ihn das Wasser des Barther Bodden, auf der andern das schäumende
Meer selbst, nach Mecklenburg zu aber führt ein Dünenweg hin ins vielbesungene
Fischland. Dort habe ich bei meinem lieben Gastfreunde Fabricius liebliche stille
Wochen verlebt; ich wußte damals noch nichts von dem gleichnamigen Missionar
und doch datirt von da her die Genesis dieses Büchleins, so erscheine es denn nun
dort als Gegengastgeschenk.

ihr Prediger von Negapatnam, nur mit wenigen Gliedern vereinigte
unſern Fabricius auch dies engſte Band zur innigſten Gemeinſchaft.
Immerhin floß zwiſchen Carumanel und Palleacatta noch ein breiter
Strom, was bot ihm denn nun Carumanel? Aeußerlich wenig. Ein
kleines Ruhehaus war ſeine Wohnung, ſeine Kirche und Schule, aber
um dies Haus herum hatten die Miſſionsdiener und etliche aus der
Gemeinde ihre Hütten aufgeſchlagen, ſie lebten ſich innigſt in einander,
das Wort Gottes war ihre tägliche Speiſe. Kurz die Miſſion wurde
dort in der Einſamkeit und Stille in allen Stücken fortgeführt — kamen
doch in dem erſten traurigſten Jahr zur Gemeinde von außen hinzu
52 Seelen —, die um Madras verbliebenen Chriſten aufs möglichſte
mit dem Worte Gottes verſorgt, auch unter die Heiden fleißig aus=
gegangen, oder auch ausgefahren auf die einzeln liegenden Inſeln, ſo
daß auf der ganzen Halbinſel und weiter Fabricius eine wohlbekannte
Erſcheinung wurde, wie denn ſpäter, ſo oft Heiden aus dieſer Gegend
nach Madras kamen, ſie nicht verſäumten, ihren lieben Vater und
Lehrer aufzuſuchen.

Es läßt ſich ſchon denken, daß dies einfach ſchöne Verhältniß
und die Stille der Umgebung ein Gemüth, wie unſers Fabricius an=
ziehen mußte. Dazu kam die gemeinſam durchgemachte Noth und Ge=
fahr. „Leiden iſt jetzt mein Geſchäft" ſchreibt er einmal an Francke,
aber auch ein andermal: „Des HErrn Gnade und Verheißung ſind
meines Herzens Stärke, mein Stab und meine Rathsleute und ſo oft
mir Angſt iſt, rufe ich zu dem HErrn und er erhöret die Stimme
meines Flehens." Es war eine an Gebetserhörungen reiche Zeit. Als
ſie von Madras aufbrachen, hatte er nicht ſo viel Geld den Trägern
einen kleinen Lohn zu geben, und ſiehe, noch unterwegs, als er eben
in einem Ruhehaus eine Betſtunde gehalten, kommt eine Frau mit
einer ziemlichen Summe Geldes, bittet ihn ſelbe zu verwahren oder
vorläufig für die Miſſion zu verwenden. Freunde in Sadras und
Palleacatta ſchickten Unterſtützungen, doch ſetzte er ſich von Neujahr
1747 an, rein auf tamuliſche Koſt und ließ Waſſer ſein einziges Ge=
tränk ſein, und als er einmal an einem Fieber erkrankte, heilte er ſich
außer durch inländiſche Medicin noch durch zweitägiges Faſten. Sein
Vortrag am Sonntag Lätare behandelte die Frage Chriſti: „Wo kaufen
wir Brot, daß dieſe eſſen?" und ſtellte vor „was man in theurer Zeit
und Hungersnoth, dergleichen jetzt iſt, zu beobachten habe." Bald
darauf kam ihm Kunde, daß ein engliſches Schiff mit Briefen und
Geld für ihn in Cudelur gelandet ſei, und die Trankebarer Brüder,
wohl erſchreckt durch Gerüchte über ſeine tamuliſche Koſt, ſchickten zur

See Zwieback und andere europäische Bedürfnisse, und außerdem eine
vom dänischen Prediger gesammelte bedeutendere Collecte. Obgleich es
im Februar 1748 schon wieder heißt: „Der leibliche Vorrath zur Un=
terhaltung der Mission geht jetzt zu Ende", so erhielten doch die Witt=
wen sogar eine größere Unterstützung als vor dem Kriege, indem er
von seinem geringen Gehalt freiwillig ein Drittel abzog, so daß er
jährlich nur ungefähr 170 Thaler empfing. Vielleicht meinte er, in
Carumanel nicht die volle Arbeit eines Missionars zu besorgen, in
Wahrheit jedoch hatte er überviel zu thun. Die Einladung seines Freun=
des, des holländischen Oberhauptes in Masulipatnam, auf seine Kosten
eine Reise dorthin zu thun, schlug er aus, während doch wohl jeder
Andere die unfreiwillige halbe Muße zur Erholung oder wenigstens
zur größeren Erforschung des Landes benutzt hätte, und zwar mit den
charakteristischen Worten, „weil ich mich von unserer Mission auf eine
so weite Reise nicht abmüßigen konnte."

Den deutschen Missionsfreunden hat er in bescheidener Zurück=
haltung nie geschrieben, womit er sich denn so eifrig beschäftigte, drum
lassen auch wir jetzt den Schleier noch darüber ruhen. Eine köstliche
Beschäftigung aber muß es gewesen sein, das konnten wenigstens seine
Verwandten aus der innigen Weise seiner fast ganz auf das Jenseits
gerichteten Briefe schließen. So heißt es einmal: „Ich freue mich auf
die Ewigkeit, da ich Euch wiedersehen werde. Wir warten und eilen
zu der Zukunft des frohen Tages, da wir in unser himmlisches Vater=
land eingehen werden. Wir warten mit treulichem Aushalten und
suchen an dem angenehmen Tag der Gnade unsere Arbeit und Tage=
werk in unserm Christenthum zu bereiten, fleißig auszurichten und zu
vollbringen, doch nicht wir selbst aus eigner Kraft, sondern der uns
täglich stärkt und mächtig macht, Christus. Aber wir eilen auch nach
unserer Heimat zu durch brünstigen Glauben, Liebe und Verlangen.
Inzwischen trägt der Herr selbst alles, was drückt. — Der HErr Jesus
ist allein alles und wir nichts; Er muß allein in uns leben; seine
Liebe, seine Sanftmuth, seine Reinigkeit, seine Demuth glänze und
erscheine an uns. Darum müssen wir täglich als arme todeswürdige
Sünder zu ihm nahen und ihn ergreifen als unsere Weisheit, Gerech=
tigkeit, Heiligung und Erlösung."

Das dreijährige Exil zu Palleacatta ist eine Stille im Sturm;
der HErr schlief, während die Wellen das Schifflein umbrausten und
in die Tiefe zu versenken drohten, und seitdem ist dies Stillesein ein
Vorrecht seiner Christen geblieben. Wir haben auf eine Weile das
Toben des Krieges vergessen, oder vielmehr überhört, denn geruht hat

er währenddeß nicht. Madras behielten die Franzosen vorläufig, aber
damit war die Macht der Engländer noch nicht gebrochen; unter denen,
die sich durch die Flucht der wortbrüchigen Abführung nach Pondischeri
entzogen, befand sich grade der eigentliche Gründer des englisch=ostindischen
Reiches, der junge Robert Clive; ein Angriff der Franzosen auf Cudelur
mißglückte gänzlich, die Engländer behaupteten allein die See und würden
sich gewiß Madras zurückerobert haben, wenn nicht im Frieden zu
Aachen 1748 ohnehin die Rückgabe ausbedungen wäre. Am 1. Sept. 1749
zogen die Engländer wieder ein, am folgenden Tage kam von Cudelur
aus Missionar Breithaupt, der schon drei Jahre in Indien gewartet
hatte, wann endlich er seiner Bestimmung gemäß in Madras als Hel=
fer und College des treuen Fabricius einziehen könnte. Am 6. Sept.
traf denn auch dieser mit seinem Häuflein unter herzlichem Lob, Preis
und Dank wieder ein. Nun möchte man denken, jetzt wird doch die
harte Prüfungszeit vorbei sein; er hat genug gelitten und ist genug
von Gott geprüft worden. Aber es hieß hier: Ein Weh ist vorüber,
siehe das andere Weh kommt Drei Jahre lang die hindernde Gegen=
wart Geisters und der innere Streit, drei Jahre im Exil zu Pallea=
catta, nun noch drei Jahre eitel Jammer und Noth. Wie führt der
HErr so wunderlich die Seinen!

Ihr einziges Eigenthum in Madras war vorläufig der Kirchhof,
und ein kleines Häuschen darauf, in dem sonst eine eingeborne Christen=
familie wohnte, die aber jetzt dem tamulischen Schulmeister und seinen
Kindern weichen mußte, die Missionsdiener und portugiesischen Schul=
kinder wurden hin und her in den Vorstädten kümmerlich untergebracht,
die Missionare fanden vorläufig liebreiche Aufnahme bei einem Eng=
länder Herrn Eyre [1]). Zu ihrem größten Kummer jedoch fanden sie
keinen Platz zum Gottesdienst, der Catechet mußte unter freiem Him=
mel auf dem Begräbnißplatz eine von den Missionaren verfaßte Predigt
ablesen, Fabricius wollte es trotz der dabei von der glühenden Sonne
drohenden Gefahr auch einmal versuchen, aber siehe strömender Regen
machte es unmöglich, ja hinderte ihn auch, zum Abhalten eines portugiesi=
schen Vortrags in die nördliche Vorstadt zugehen. Auf die Dauer waren
solche Zustände unerträglich, ihre Mittel reichten aber nicht weiter,
als daß sie neben dem Kirchhof noch einige kleine Hütten für die Ge=
hülfen bauten, auf demselben einen Bretterverschlag zum Gottesdienst
herrichten ließen und daß sie für sich und die Kinder zwei kleine Häus=
chen in der nördlichen Vorstadt mietheten.

---

[1]) Wohl der in den spätern Kriegen vielgenannte tapfere, und zuletzt noch
unglückliche General Sir Eyre Coote.

Das war die Gestalt der Madrasser Mission drei Jahre hindurch, fürwahr eine Kreuzgestalt! und hätte wohl anders sein können, denn der Admiral Boscawen, bevor er nach England zurücksegelte, hatte noch Ordre gegeben, der evangelischen Mission Kirche, Haus und Garten der Katholiken in dem Dorfe Vepery, eine viertel Meile westlich von Madras, welche sie sich während der französischen Herrschaft erbaut hatten, als Entschädigung für den Kriegsschaden auszuliefern, um auf diese Weise die katholischen Patres für ihre französenfreundliche Gesinnung und mancherlei Spionage zu strafen, und nach England war schon ein Bericht abgegangen, daß nach dem Befehl geschehen sei. Da erhob ein reicher armenischer Kaufmann, Peter Huskan, auf dessen Kosten die Kirche gebaut war, Einsprache und dem neuen missionsfeindlichen Gouverneur Prince war dies ein willkommener Anlaß, die Auslieferung zu hintertreiben, gab er doch auch sonst Proben seiner feindlichen Gesinnung. Auf ein demüthiges Erinnerungsmemorial an den obersten Rath zu Cudelur wurde wiederholt die Rechtmäßigkeit der Forderung zugestanden und Befehl gegeben, wenn der erst getroffene Ausweg nicht richtig sei, einen schicklichen Platz einzuräumen und darauf durch Collectengelder ein Missionshaus zu erbauen. In Madras wird die Ordre pünktlichst befolgt, der Gouverneur schlägt zum Hohn eine alte Batterie vor und verweigert selbst die leihweise Hergabe leerstehender Räume.

Unglücklicher Weise entstand grade damals bei Gelegenheit der Taufe eines angesehenen Kaufmanns ein Auflauf der Heiden. Sie rotteten sich zusammen, machten die Frau abwendig, nahmen die Kinder aus den Missionshäusern weg und hielten nach dem Manne selbst Haussuchung bei einigen Christen. Und da sie ihn nicht fanden, schleppten sie zwei beliebige Christen fort zu einer hohen christlichen Rathsperson, die sie ins Gefängniß abführen ließ, "weil sie mit behülflich gewesen, eine heidnische Familie zum Christenthum zu bringen." Alsbald macht sich Fabricius in Person auf, zugleich mit seinem lieben Freunde, dem ernst christlichen englischen Prediger Swynsen. Der hohe christliche Beamte machte gar kein Hehl aus seinem eigentlichen Grunde, behauptete aber im Recht zu sein, "weil man sich eines Aufstands von den Heiden besorgen müßte, wenn wir Leute von hohem Geschlecht zu Christen machen wollten." Innerlich schämte er sich denn doch wohl und gab auf Fabricius Verbürgen die Gefangenen frei, indem er zugleich die Sache als ihm zu weitläuftig an den Gouverneur verwies. Andern Tags erscheint der oberste heidnische Kaufmann mit vieler Anmaßung und schleppt nicht nur jene beiden Christen wieder fort, sonbern zudem noch drei andre, darunter einen Catecheten und Schullehrer, den christlichen Kaufmann selbst aber fand er trotz alles Suchens nicht, weil die Missionare ihn schon länger nach Palleacatta abgefertigt hatten. In ihrem Tagebuch steht hinter dieser Erzählung: „Nach allen den kümmerlichen Leidensumständen, wodurch uns bisher der treue, allweise Gott mit unserer Madraſſiſchen Miſſion von so langer Zeit her zu deren Beſten führet, wandten wir uns denn auch jetzt bei dieſer neuen Art des Leidens mit Flehen und kindlichem Vertrauen zu Gott, dessen Werk dies ist, und übergaben uns seinem gnädigen Willen, Hülfe und Errettung."

Am Himmelfahrtsfest wurde eine Bittschrift an Gouverneur und Rath aufgeſetzt, die Eingangs einen so entschiedenen Ton anschlägt, wie man ihn wohl nach den gangbaren Vorstellungen von Fabricius nicht erwartet: „Ew. Gnaden wiſſen, daß der HErr JEſus Chriſtus, der König aller Könige, ſeinen Knechten befohlen hat: Gehet hin und lehret alle Völker, ingleichen: Prediget das Evangelium aller Creatur. So kann Ihnen auch nicht unbekannt sein, daß mit Consens der Hoch=löblichen Societät in England wir in einem ſolchen Amte hieher nach Madras gesandt worden sind. Wir müssen aber um Vergebung bitten zu sagen, daß es uns scheinet, daß Dieselben, anstatt einem solchen gött=lichen Werke, wie es billig ſein sollte, zu aſſiſtiren, geneigt ſeyen, geradeswegs uns an Ausrichtung dessen, was Christus befohlen hat, zu hindern." Das fruchtete, der Gouverneur ließ Fabricius rufen, ent=ſchuldigte ſich, ließ die Gefangenen los und hörte zu, wie Fabricius ſeine Vorurtheile bescheidentlich widerlegte. Seitdem hatte er wenigstens äußerlich ſo hohe Achtung vor dieſem Gottesmann, daß er ſeinem Amte keine weiteren Schwierigkeiten machte, obgleich er die Entschädigungs=frage nichts förderte.

Der äußere Zuſtand der Gemeinde blieb jämmerlich, die Elemente selbst schienen sich mit den Feinden verbündet zu haben. In den Jah=ren 1750 und 51 wurden die Schiffe mit den europäischen Wohlthaten durch Sturm verschlagen und trafen viel viel später ein, so daß einmal Brot für die Missionare und die armen Kinder mangelte, als grade rechtzeitig ein Freund in Bengalen, der von ihrer Noth nichts wußte, ihnen 200 Thaler einſandte. Der Anfang der Regenzeit im Herbſt 1752 machte endlich das Maß ihrer Leiden voll und ließ Sie in solche Be=ſchwerlichkeiten gerathen, dergleichen sie bisher noch nie erfahren. Am Abend des Reformationsfestes hatten sie Gott angefleht, ihnen doch bald ein festes Haus anzuweisen. „Da entſtund, nachdem wir uns ſchon ſchlafen gelegt, gegen Mitternacht ein fürchterlicher Sturm aus

Norden, welcher mit Regen, Blitzen und Donner begleitet war und in kurzer Zeit Oeffnungen in unser Ziegeldach machte, so daß, da das Dach unmittelbar über uns und kein Boden dazwischen ist, der Regen und Stücke Ziegeln in unsere Kammern kamen." Nach anderthalb Stunden ließ er so weit nach, daß sie sich aus dem benachbarten Hause, wo die portugiesischen Kinder waren, Licht holen konnten. „Ehe wir's uns aber versahen, kam ein neuer ganz heftiger Sturm aus Süden, dessen größte Heftigkeit bis Morgens 6 Uhr anhielt. Die Lichter wurden ausgelöscht und die Thüren aufgeschlagen, das Dach kriegte allenthalben fürchterliche Oeffnungen, die Ziegeln wurden mit großem Gerassel heruntergerissen, der Regen kam von oben und von der Seiten ins Haus, so daß wir durch und durch naß wurden und keinen Ort mußten, uns vor dem Regen und Kälte und einfallenden Stücken Ziegel zu bergen: es müßte denn unter den Tischen gewesen sein, wohin etliche bei uns seiende Knaben ihre Zuflucht nahmen. Endlich fanden wir in der Kammer der portugiesischen Schule in einem Winkel noch ein Plätzchen, wo wir etwas Obdach hatten und, bis es Tag wurde, sitzen konnten." Der Anblick der Verwüstung am folgenden Morgen! Kleider, Bücher, Papier, alles durchnäßt und beschmutzt. Jene Kammer und der Verschlag zum Gottesdienst wurden mühsam zur Wohnung hergerichtet. Da aber das Verdeck nur schmal und gegen Regen und Wind offen war, auch an manchen Orten die neue Bedeckung den Regen nicht abhielt, so gab es viele beschwerliche Tage und Nächte, und wenn' ein Sonnenblick kam, wurde getrocknet, was vom Regen betroffen war. So ging es bis zum 15. November, als wieder ein starker, kalter Sturmwind einsetzte und 24 Stunden hindurch wehte, während zugleich das Wasser von dem gewaltigen Regen also anschwoll, daß es bis ans Missionshaus hinanstieg. Am selben Abend mußten die Missionare mit einigen Betten und Kisten aus ihrem letzten Zufluchtsort, der portugiesischen Schulkammer, in ein deutsches Nachbarhaus flüchten, weil das Fundament nicht mehr sicher war und die Seitenwand einzufallen drohte.

So war nun die Mission wieder auf demselben Punkt, wie im Herbst 1746, die Missionsleute hatten keine Stätte, da sie ihr Haupt hinlegten, denn in der ganzen Stadt war nicht einmal eine Miethswohnung zu haben. „Wenn die Noth am höchsten ist, so ist die Hülfe am nächsten. Des HErrn Rath ist wunderbar und führet es herrlich hinaus. Wollen gelinde Mittel nicht zureichen, den Seinen zu helfen, so gebraucht er Schärfe; er gebeut dem Donner und Blitz, dem Sturm und Wetter, dem Meer und Fluten.   Wie unerforschlich sind die Wege Gottes, sein Weg gehet durchs Meer und tiefe Wasser[1])."

Dies große Elend erweichte nämlich endlich die Herzen der Obern und des neuen Commandanten, daß sie sich nicht mehr weigerten, die frühere katholische Kirche in Vepery nebst Wohnhaus und Garten und einer Geldentschädigung von 500 Pagoden an die Evangelischen abzutreten (die prächtige katholische Kirche in der weißen Stadt war schon geschleift).   Nicht vertrieben etwa die Evangelischen die Katholiken, sondern die Obrigkeit überwies ihnen confiscirtes Kriegsgut, welches noch unbenutzt war und sonst zu profanem Gebrauch verwendet wäre.   Die Missionare fanden nun manche Spuren der wunderbaren Gnade Gottes zu bewundern.   In eben dem Jahre, da ihre Missionshäuser vom Feinde zerstört wurden, legte er selbst den Grundstein zu dieser ihrer neuen Kirche und derselbe Tag, an dem einst die kleine Schaar ins Exil wanderte, wurde nun der fröhliche Einweihungstag des neuen Gotteshauses.   Seit dem ersten Advent 1752 redet man von einer Mission zu Vepery.   Es war ein Jubeltag, wie ihn die Gemeinde zu Madras noch nicht erlebt und wie sie ihrer nicht viele erlebte.   Wie wird da aus voller Brust das tamulische „Allein Gott in der Höh' sei Ehr" erklungen sein, und wie mag es wiedergeklungen sein in Aller Herzen, als die Gemeinde knieend „Herr Gott, Dich loben wir" anstimmte! Die Predigt handelte gemäß dem Evangelium von der „hülfreichen Zukunft Christi zu seiner Gemeinde und den Pflichten der von Ihm in Gnaden besuchten Gemeinde."   Zum Schluß der Kirche wurden auf der Empore einige Oden nach tamulischer Weise gesungen.   So besaß nun die Mission eine feste, wohlgebaute Kirche mit einem großen Garten und Begräbnißplatz, die sonst nöthigen Baulichkeiten, kurz einen ganzen Bezirk mit Mauer und Thoren umgeben.   Der verjagte Vogel hatte wiederum sein Haus und die arme Schwalbe ein Nest gefunden. Nun konnte auch die ganze Mission einen neuen, frischen Aufschwung nehmen, doch muß alsbald vor zu hohen Gedanken gewarnt werden, Fabricius selbst sollte erfahren, als er im Sommer 54 unter mancherlei Gefahren nach Trankebar[2]) reiste, wie viel Land und Volk noch immer unter stetigen Kriegen zu leiden hatte.

---

[1]) Wie manches Andre in dieser Darstellung Worte des Hofpredigers Ziegenhagen aus einem zusammenhängenden Vortrag, gehalten den 14. October 1753 in der deutschen Hofkapelle zu London: „Die besondere Providenz Gottes, so er bei der evangelischen Mission zu Madras erwiesen." H. N. VII, 833 ff.

[2]) Sein erster und eigentlich letzter Besuch, veranlaßt durch wichtige Arbeiten, denn

Es erging nämlich dem ganzen Lande grade so, wie der Mission zu Madras, der Friede zu Aachen machte den Leiden kein Ende, sondern gab ihnen nur ein etwas anderes Kleid; Engländer und Franzosen kriegten nicht mehr direct gegen einander, sondern trugen den Namen irgend eines beliebigen Prätendenten als Deckmantel vor sich her; dem armen Lande schlug nicht einmal solche Erquickungsstunde wie der Mission, sondern der grauenhafte Krieg währte eigentlich fast ununterbrochen bis Anfang unsers Jahrhunderts. Es ist schon früher erzählt worden, daß der Nabob von Arcot 1740 in einer Schlacht von den Mahratten getödtet wurde; den eintretenden verwirrten Zustand benutzte der wahrscheinliche Mörder Anwareddin, Raja von Elore und Vasall des Nisam oder Subah von Golconda, und setzte sich auf den erledigten Thron; weil er nun an den Engländern eine Stütze suchte, hielten die Franzosen natürlich um so fester an der alten Nabobsfamilie und unterstützten ihren alten Freund Scander Sahib oder sonst einen beliebigen Prätendenten. Noch mehr verwickelten sich die Verhältnisse, als 1748 der Nisam starb und wider seinen Nachfolger Nasir Sing (Dschong) sich Muzaffir Sing als Prätendent erhob. Scander Sahib mit Muzaffir Sing und den Franzosen verbündet besiegte und tödtete den Nabob Anwareddin 1749 in einer Schlacht und bewies sich den Franzosen dankbar durch die Schenkung vieler Ortschaften. Ihr Einfluß wuchs, als auch der Nisam Nasir Sing fiel und der französische Feldherr Bussy den Salabat Sing erhob, welcher den Gouverneur von Pondischeri zum Statthalter der ganzen Küste vom Krischna bis Cap Comorin ernannte, so daß in Wahrheit nun Dupleix Nisam und Nabob zugleich war. Es läßt sich denken, daß die Engländer alles daran setzten diesen Einfluß zu brechen und in ihrem neuen Candidaten für die Nabobschaft, Muhammed Ali, sich die Herrschaft zu sichern.

In eine der Episoden dieses Kampfes fiel also Fabricius' erwähnte Reise nach Trankebar. Auf der Hinreise kam er noch glücklich bei Pondischeri vorbei, da das holländische Oberhaupt von Sadras zwei Briefboten mit den Abzeichen der holländischen Compagnie vor seiner Sänfte herlaufen ließ, welche auch auf geheimen Wegen wohl zu führen wußten, über das Glacis der Festung und unter den Forts vorbei. Am Colerunfluß dagegen fanden sie das bestellte Boot nicht vor, nach

---

allein zur Erholung, oder auch selbst zur brüderlichen Erquickung und Stärkung, hätte er niemals Zeit und Geld gehabt. Sein dreitägiger Aufenthalt im August 1762 war durch eine Testamentsexecution (in Sachen der Hagemeisterschen Erben) hervorgerufen.

11*

halbstündigem Warten erschien plötzlich ein Detaschement französischer
eingeborner Soldaten, rückte mit gefälltem Gewehr gegen die friedliche
Reisegesellschaft vor und nahm sie mit vielem Ungestüm gefangen. Dann
ging es durch Gebüsche und Moräste auf die gewöhnliche Landstraße
zu den Posten zurück, die zum Glück von einem Europäer commandirt
wurden. Um Mitternacht erst kam eine Ordre des Oberoffiziers, bei
dem die Holländer schon vorgearbeitet hatten, die Gefangenen wieder
frei zu geben. Auf der Rückreise vermied Fabricius solche Verwicklungen
durch Wahl des Seeweges.

In Indien ein förmlicher Krieg zwischen Engländern und Franzosen, während sie in Europa befreundet sind! Die französische Regierung und Compagnie schieben alle Schuld der kostspieligen Kriege auf
Dupleix' ehrgeizige Pläne, rufen ihn mitten aus seinem Siegeslauf ab
und überhäufen ihn mit Schmähungen und Kränkungen, daß er seinen bald erfolgten Tod als eine Erlösung mit Freuden begrüßt. Ein
im December 1754 abgeschlossener Tractat gab alle errungenen Vortheile zu einer Zeit Preis, wo in Amerika Verwicklungen zwischen
beiden Mächten drohten.

Die Mission kam nicht zur Freude über diesen vortheilhaften
Friedensvertrag, Krieg hinderte sie nicht, aber desto mehr leibliche Noth.
Das Schiff mit den englischen und deutschen Wohlthaten scheiterte im
Juni an der afrikanischen Küste, alle Sachen gingen verloren und
von der Mannschaft retteten sich nur 23 Leute auf eine kleine unbe-
wohnte Insel. „Sie haben sich, nachdem sie durch göttliche Vorsehung
auf ihrer kleinen Insel beim Graben in die Erde, gut Wasser gefunden mit Kräutern und Wurzeln, Vögeln und Vogeleiern bei fünf oder
sechs Monaten erhalten, bis sie, da ein Zimmermann unter ihnen gewesen, von Brettern und Nägeln des zerscheiterten Schiffs ein kleines
Boot zuwege gebracht, womit sie nach Mosambique gekommen.“ Von
da kamen sie über Madagascar und Bombay auf einem englischen
Schiff nach Madras und berichteten selbst die Geschichte ihres Unglücks
und ihrer Errettung, die Missionare aber dankten mit ihnen Gott und
trösteten sich über den zeitlichen Verlust mit Hiobs Worten: der HErr
hats gegeben, der HErr hats genommen, der Name des HErrn sei
gelobt.

Der 1756 durch Friedrich den Großen entzündete Weltkrieg wurde
auch alsbald in Indien gespürt, zunächst freilich nur in Bengalen, wo
Clive durch die Schlacht bei Plassey (1757) Englands Oberherrschaft
begründete. Dieser Sieg hatte auch Einfluß auf die Geschicke des Tamulenlandes, indem im Friedensschluß (1765) der Großmogul den

Nabob von Arcot von jeglicher Vasallenschaft gegen den Subah von Golconda befreite. Einige unbedeutendere Gefechte abgerechnet begann der eigentliche Kampf auf der Coromandelküste erst mit der Ankunft des französischen Generals Lally in Pondischeri April 1758. Er nahm Cudelur ein und rückte im December auch gegen Madras vor.

Ehe man es sich in Madras versah, waren schon die Wege nach Palleacatta nördlich und Sadras südlich versperrt, daher mußte der von den Missionaren beabsichtigte Transport vieler Sachen und die Ueberführung von Missionsfamilien nach Palleacatta unterbleiben, und da das englische Fort zur Aufnahme der ganzen Gemeinde nicht geeignet erschien, beschlossen sie alle Gefahren in Vepery gemeinsam zu tragen. Am 12. December wich die englische Armee in die Festung zurück, kaum hat sie Vepery verlassen, so sprengen feindliche muhammedanische Reiter ins Missionsgehöft, erbrechen Thüren und Kasten und rauben, was sich rauben läßt. Dann kommen sie auch vor die Kirche, wohin sich die meisten Frauen und Kinder geflüchtet. Breithaupt will eine Fürbitte versuchen, aber alsbald wird ein Säbel auf ihn gezückt, und dann ging ein Rauben an, daß die Weiber allen Schmuck, die Männer, mit Ausnahme der beiden Missionare, ihre Kleider hergeben mußten, Breithaupts jüngstem Kinde wurden Betten und Windeln unter dem Leibe weggenommen. Nun retteten sich alle in wilder Flucht über den Fluß in die Stadt, auch Breithaupt mit seiner Familie, von der lange der älteste zehnjährige Knabe getrennt war; beim Ausgang wollte man ihn noch zurückhalten und eine Kugel durch den Kopf schießen. Fabricius war unterdeß muthig ins französische Lager gegangen, um eine Schutzwache zu erbitten, die französischen Officiere nahmen ihn freundlich auf und bedauerten selbst, daß er nicht eher Schutz gesucht, ihm aber war es Gewissenssache gewesen, nicht eher mit den Franzosen zu unterhandeln, als bis sie sich wirklich zu Meistern der Gegend gemacht hatten. „Und wir sind wohl vergnügt, daß wir es unterlassen haben und glauben vielmehr, es sei Gottes Wille gewesen, daß wir durch den Verlust unserer wenigen Habe mit leiden sollen. Was wir selbst verloren, darum machen wir uns sammt den Unsrigen durch Gottes Gnade keinen Kummer. Auch hat Gottlob die Kasse der hiesigen Mission eigentlich keinen Verlust erlitten, weil sie keine eigene Gelder in Vorrath hat. (!) Nur schmerzt es uns, daß verschiedene Sachen, so von andern Leuten bei uns in Verwahrung und zum Theil Wittwen und Waisen gehörig gewesen, mit verloren gegangen sind." Abends kam Fabricius wirklich mit einer Salvegarde zurück, fand aber in ganz Vepery keine lebendige Seele vor. So saß er allein mit sei-

ner Wache in den öben Räumen, um eilf kommen Plünderer und
gehen wieder. „Nach Mitternacht aber kamen vier Franzosen mit Gewehr, davon zween mir (Fabricius) ihre Pistolen auf die Brust setzten
und nach Wein und Geld fragten, auch mir meine Taschen visitirten
und vollends herausnahmen, was sie fanden, ohne daß die Salvegarde
mich beschützen konnte." Am nächsten Tage, als sich schon wieder einige
Gemeindemitglieder zusammengefunden hatten, gerieth Fabricius in neue
Gefahr; er hatte es französischen Offizieren bestimmt verweigert, sie
näher an die Festung heranzuführen. Kaum sind sie eine Strecke weiter geritten, so werden sie von einer englischen Abtheilung beschossen,
sehr erzürnt sprengten sie zurück und bezeichneten Fabricius als einen
Verräther. Auch diese Gefahr ging durch Gottes Gnade vorüber.
Schließlich aber half doch kein Sträuben, die Ueberfälle wiederholten
sich, Fabricius mußte seinem schon nach Palleacatta vorangegangenen
Collegen dahin folgen und zum zweitenmal ins Exil gehen, doch konnte
er schon nach zwei Monaten, als die Franzosen unverrichteter Sache
abzogen, wieder zurückkehren. Er dankte Gott, daß er ihnen früher
Wohnung und Kirche außerhalb der Stadt gegeben, denn sie waren
im Ganzen wohl erhalten, während in der Stadt viele Gebäude zer-
schossen waren. „Der HErr hat Großes an uns gethan, deß sind
wir fröhlich. Preiset mit uns den HErrn und laßt uns mit einander
seinen Namen erhöhen", mit diesen Worten übersendet Fabricius die
Nachricht von der überstandenen Noth nach Halle. Der Belagerung
folgte eine erschreckliche Theuerung und Hungersnoth auf dem Fuße,
die über ein Jahr anhielt und in der Tausende oftmals in einer
Woche dahinstarben. Theuerung und Hungersnoth bilden von da an
die stehende Klage der Missionsberichte, meistens heißt es doch zum
Schluß dankend: „Es hat, Gott sei Dank, das Unglück Hungers zu
sterben, Niemanden von unserer Gemeinde betroffen, indem wir nach
aller Möglichkeit, obgleich mit nicht geringer Mühe, für ihre tägliche
Nothburft durch Gottes Fürsorge haben besorgt sein können."

Wir übergehen hier die weitere Schilderung der Kriegsereignisse
und bemerken nur, daß es seitdem stetig mit der Macht der Franzosen abwärts ging, bis sie im Januar 1761 auch ihre Hauptstadt Pondischeri verloren. Im Pariser Frieden (1763) [1]) ward sie wieder zurückgegeben, aber
unter so beschränkenden Bedingungen, daß die Franzosen sich von nun

---

[1]) Die Friedensunterhändler waren der ostindischen Verhältnisse so kundig,
daß sie sich vereinigten, den längstverstorbenen Nisam Salabat Sing wieder auf
den Thron zu erheben.

an darauf beschränkten, an den Höfen der mahrattischen Fürsten und
bei den Sultanen zu Mysore (Maisur) gegen die Engländer diplo=
matisch zu intriguiren, und im Geheimen ihnen Kriegsmaterial und
Heerführer zuzuschicken, im Jahre 1770 lösten sie sogar ihre ostindische
Compagnie auf. Dieser diplomatische Krieg der Franzosen hat jedoch
noch unheilvolle Früchte genug getragen, und es würde zu sehr ermü=
den, wollte ich fortfahren all den Kriegsjammer und alle Gefahren
der Missionare ausführlich zu erzählen.

Im Jahre 1767 verfeindeten sich die Engländer mit dem mäch=
tigen Sultan von Maisur Haider (Hyder) Ali und so dürfen wir uns
nicht wundern, daß die Mission in Madras, welche bei allen Ereig=
nissen immer in erster Reihe zu leiden hatte, bis zum Friedensschluß
1769 wieder sehr schwere Zeiten durchmachen mußte. Monate lang
gab es eine stete Flucht von Vepery in die weiße Stadt und von der
weißen Stadt nach Vepery. Es war im September 1767, die hohen
englischen Herren waren auf einem Landgut, um den Thee in der
kühlen Morgenluft zu genießen, als unvermuthet der junge Tippu
Sahib, Haiders Sohn, mit einer Reiterschaar heransprengte und fast
den ganzen Rath gefangen nahm. Es entstand eine unbeschreibliche
Verwirrung, die Missionare mit den Kindern und Dienern flüchteten
in die Festung, aber da alle Befehlshaber noch auf dem Landgut waren,
fand sich Keiner, der befohlen hätte die Thore zu schließen, hätte Gott
nicht die Feinde mit Blindheit geschlagen, daß sie nach einigen vom
Fort aus abgefeuerten Kanonenschüssen wieder abgezogen wären, so war
Madras verloren. „Die Leute in hiesiger Gegend sind so furchtsam
geworden, daß sie noch etliche Wochen lang bei jeglichem Geräusch
oder falschem Gerüchte in Schrecken gerathen oder zu laufen anfangen.
Wir hielten uns mit den Unsrigen bei zwei Wochen lang in Madras
auf, ehe wir wieder hierher nach Vepery zogen." Nach diesem Schreck
dachte man auch an bessere Vertheidigungsmaßregeln; auf das platte
Dach der Missionskirche wurde eine kleine Kanone gestellt und einige
Besatzung hineingelegt. Den Missionaren war dies sogar sehr lieb,
„weil dadurch die Mission sehr wohl vor Schaden bewahrt werden
könnte, im Fall eine streifende Partei des Weges kommen sollte." Zu=
nächst drohte ihnen aber nicht ein Sturm der Feinde, sondern ein
eigentlicher Sturm.

Wiederum an einem 31. October, wie im Jahre 1752, brach
ein gewaltiges Unwetter über die Stadt herein, wodurch auch die
Missionsgebäude und die Kirche großen Schaden erlitten. „Das fürch=
terliche Getöse und Brausen läßt sich nicht beschreiben. O! wie viele

müssen nicht von dieser Nacht sagen: ich kam in Jammer und Noth.
Aber ich (Breithaupt) rief an den Namen des HErrn: o HErr, errette
meine Seele. Der Anblick der geschehenen Verwüstungen, die sich
folgenden Tags den Augen darstellten, war traurig und fürchterlich.
Viele Häuser waren gänzlich eingefallen. Thore, Thüren und Fenster
waren theils zerbrochen, theils gänzlich mit ihren Gestellen ausge=
worfen. Steinerne Mauern und Pfeiler lagen hin und wieder umge=
fallen. In den Gärten lagen die Bäume über und neben einander auf
der Erden. Vieles Vieh und Gevögel wurde allenthalben todt gefun=
den und die Anzahl der Menschen, die in Madras ihr Leben in der
Nacht eingebüßt haben, soll zweihundert und einige sechzig sein. Von
der römisch=katholischen Kirche ist nur noch ein kleines Stück stehen
geblieben." Der Erbauer der evang. Missionskirche hatte für das Dach
zu schwache Querbalken genommen, im Sturm war nun wirklich ein
Balken gebrochen und „ob wir zwar keine Mittel in Händen haben,
so können wir doch nicht anders als es auf die gnädige Fürsehung
unsers Gottes wagen, der nach seiner Verheißung und Gnade das
Nöthige uns zufallen lassen wolle. Ihm sei Lob, Preis und Dank
für alle bisher erzeigte Güte. — Bis auf dieselbe Datum stunden
auch die Kriegs=Affairen der Engländer gut. Allein von der Zeit an
hat der heilige Gott das Kriegsglück sich von uns zu unsern Feinden
wenden lassen." Haiber Ali erschien mit einer großen Streitmacht vor
den Thoren von Madras und dictirte den Engländern die Friedens=
bedingungen.

Schon im Dezember 1770 wird wieder von Unruhen erzählt, welche
durch umherstreifende Mahratten erregt die Missionsfamilien etlichemal zur
Flucht nach Madras genöthigt haben, und 1774 von einer „fürchterlichen
Noth, so in den ersten Monaten dieses Jahres dem ganzen Lande drohte und
welche uns nöthigte einem Theil von unsern Schulen und deren Auf=
sehern einen Aufenthalt von 3 Monaten in Madras zu besorgen." Nun
die fürchterliche Noth blieb diesmal nur eine Drohung, das Kriegs=
gewitter tobte seit einigen Jahren mehr im Süden um Tanjour, wo
die Engländer gegen den Raja eine selbst in Indien unerhörte, schänd=
liche Politik verfolgten, daß man im Mutterland sich der Schand=
thaten zu schämen anfing und den edlen Lord Pigot als Gouverneur
nach Madras sandte. Er setzte den Raja aus dem Gefängniß wieder
auf den Thron, um alsbald dessen Geschick zu theilen. Als er gegen
einen neuen Betrug an diesem indischen Fürsten Protest erhob, beschloß
die Mehrzahl des Raths seine Gefangensetzung, was denn auch Nachts

von einem Oberst Stuart[1]) geschah, der noch am Abend bei dem Gouverneur als Gastfreund gespeist hatte. Der kränkliche Lord Pigot starb nach acht Monaten im Gefängniß (1778) und nun herrschte mehrere Jahre hindurch das schändliche Regiment des Sir Thomas Rumbold[2]), mit Frechheit und Willkür wurde allem Recht und aller Wahrheit Hohn gesprochen, systematisch wurden die Regierungsgelder veruntreut. Hatten die Missionare bisher schon über das gräuliche Leben der Europäer als das größte Hinderniß der Verbreitung der christlichen Lehre geklagt, wie mag nun ihre Seele zu Gott geseufzt haben, von ihnen galt ja nun, was die Schrift von dem gerechten Lot sagt, daß die Sodomiter ihn mit ihren Sünden geplagt hätten. Und solche Plage drückt schwerer als äußere Noth. Im Januar 1781 wurden endlich der Gouverneur und vier seiner Räthe des Amts enthoben, leider zu spät, um einen auf die unverständigste Weise 1779 mit Haider Ali begonnenen Krieg zu ersticken. In diesen Kriegen mit Maisur wurde nun freilich das Maß der Leiden für die arme Mission geschüttelt und gerüttelt voll. Man darf ja nicht vergessen, daß Fabricius währenddeß sein siebzigstes Lebensjahr erreicht hat, und daß auch Breithaupt schon 35 Jahre in Indien arbeitet. Der neue Krieg stand in Zusammenhang mit der ganzen Weltlage. Der Kampf der nordamerikanischen Colonieen gegen England wirkte natürlich, ähnlich wie früher der östreichische Erbfolgekrieg und der siebenjährige Krieg, alsbald auf Indien zurück. Der Anerkennung der nordamerikanischen Unabhängigkeit von Seiten Frankreichs folgte auf dem Fuße die Eroberung Pondischeri's und Mahé's auf der Westküste, aber auch ein Schutz- und Trutzbündniß Frankreichs mit Haider, seine Truppen wurden von Franzosen einexercirt.

Haider erfocht Sieg auf Sieg gegen die jämmerlich geführte

---

[1]) Die Missionare melden später als ein Gottesgericht, daß ihm im Kampf ein Bein abgeschossen wurde.

[2]) Es ist ein Räthsel, wie der ehrwürdige Missionar Schwarz sich von einem solchen Mann zu einer angeblichen Friedenssendung an Haider Ali gebrauchen lassen konnte (1779), die ebenso völlig erfolglos blieb, wie eine zweite an Tippu Sahib (1784), wo ihm der Eintritt ins Land gar nicht gestattet wurde. Die tamulische Staatskunst lehrt zwar: „Beiden den Theologen und den Kriegern gehört das Geschäft der Gesandtschaft (Nambi Achapporul I, 75)", aber bei christlichen Theologen ist doch wenigstens die allerhöchste Vorsicht nöthig; uns scheint daher Fabricius' weise Zurückhaltung einem Missionar geziemender zu sein. Zum mindesten können wir nicht ohne Weiteres von dieser Gesandtschaft des hochverdienten Miss. Schwarz urtheilen: „Sein Betragen bei dieser schwierigen Unternehmung ist unstreitig über alles Lob erhaben. (Chr. Friedr. Schwarz nach Pearson von Hoffmann S. 267, 268)." Ein persönlich höchst ehrender Erklärungsgrund ist später nachzubringen.

englische Armee; nachdem er im September 1780 das Corps des Ober=
sten Baillie gänzlich aufgerieben und Arcot erobert hatte, würde ihm
wohl auch Madras nicht länger haben widerstehen können, wäre es
nicht durch den tapfern General Sir Eyre Coote entsetzt worden. Die
Mission hörte fast ganz auf. „Unsere Hoffnung, mehrere Leute zum
Christenthum in diesem abgewichenen Jahr (1780) unterrichten zu
können, ist durch die in den letzten fünf Monaten durch Gottes heiliges
Gericht über das ganze Land als eine Flut gekommene schreckliche
Kriegsunruhe vernichtet geworden, indem die Noth und Furcht bei den
Leuten so groß wurde, daß auch die meisten von unserer Gemeinde
von hier weg nach Palleacatta, Pondischeri und Trankebar flüchteten,
und wir im August, September und October nur kümmerlich mit den
übrigen den Gottesdienst in der Kirche zu Vepery halten konnten. Zu
Anfang des Novembers aber wurden wir auch daran gänzlich gehindert,
indem das Gouvernement für die mit dem General Coote von Ben=
galen gekommenen Truppen nicht Quartier genug in der Regenzeit
finden können und deshalb plötzlich solche nach Vepery sendete und sie
daselbst in unsern Wohnungen nicht nur, sondern auch, gethaner ge=
ziemender Vorstellung ungeachtet, in unserer Kirche selbst Quartier
nehmen ließ, so daß Hals über Kopf alles mußte ausgeräumt werden.“
Der Gottesdienst wurde kümmerlich bis Weihnachten in Privathäusern
gehalten, die Wohnungen aber fanden sich nach Abzug der Truppen
so beschädigt, daß die Missionare noch ein ganzes Jahr in Madras
wohnen mußten. „Du aber Lamm Gottes, heiliger Herr und Gott,
nimm an die Bitt von unserer Noth, erbarm dich unser aller.“ Das
wurde von nun an Anfang, Ende und Grundton aller ihrer Berichte
und Briefe. „Der gnädige Gott wolle doch Sieg verleihen und dieses
armen Landes sich erbarmen! Der Hunger in der Stadt ist sehr groß
und drückt uns in nicht geringem Maße“, berichtet Breithaupt im Sep=
tember 1781 und im nächsten Januar: „Im November, da es nur
zwei Tage stark regnete, starben die armen Leute, besonders Fremde,
in solcher Anzahl, daß sie nicht konnten hinaus gebracht und einge=
scharrt werden; sie wurden daher auf Karren hinausgeführt und in
den Fluß geworfen, der sie in die See trieb.“ Dabei nahm der Krieg
noch größere Dimensionen an, Holland wurde hineingezogen und bald
waren alle holländischen Plätze, selbst Negapatnam, von den Englän=
dern erobert, und die lieben Freunde, bei denen sonst Fabricius schon
öfter einen Zufluchtsort und Hülfe gefunden, wurden gefangen nach
Madras geschleppt und waren fast täglich sein Besuch. Ob auch da
das Sprüchwort sich als wahr mag erwiesen haben: „Getheilter Schmerz
ist halber Schmerz?“ Ich glaube kaum, der Schmerz war ja ver=

doppelt, nicht getheilt. Es war ein endloser, unbeschreiblicher Jammer. Damit man sehe, daß die Berichte aus Madras nicht übertrieben sind, stehe hier noch eine Nachricht des Missionars Schwartz vom August 1783: „Der Jammer des Landes ist sehr groß. Fast siehet man keine Menschen in den offenen, sonst volkreichen Oertern und Dörfern. Die da noch leben, sehen mehr den Skeletten gleich, so daß man wohl schwerlich eine Beschreibung von der Größe des Elends zu stark oder übertrieben ausdrücken kann. Im Tanjourschen sind noch in Verglei= chung die meisten Leute (Trankebar glich wegen steter Neutralität der Dänen einer Oase in der Wüste). Von dem Colerun bis Madras und herauf nach Velur und dem Gebirge soll man, wie die Armee bezeugt, fast keine lebendige Seele antreffen [1]). Was Gott mit diesem Lande machen wird, müssen wir seiner Weisheit überlassen. Denn menschliche Muthmaßungen sind in diesem Stück kindische Dinge." Wir wissen jetzt was des HErrn Absehen gewesen, aber für seine armen Knechte, die nicht herauskamen aus dem Kreuz, muß es oft gewaltig niederbeugend gewesen sein. Wir ermüden schon, wenn wir das ewige Einerlei von Krieg, Flucht und Hungersnoth lesen; der alte Vater Fabricius hatte grade eine besondere Vorliebe für ein einsames ruhiges Leben, ein Gemüth tief empfänglich für die stillen Freuden des Hauses und an seinem Todestage selbst ist es in Vepery sehr unruhig, da die feindlichen Reiter allenthalben herumschwärmen. Gewiß hat er oftmals in seinem Leben recht müde sich nach Ruhe gesehnt:

Hier wallen wir der Heimat zu in Regen, Sturm und Wind:
O lieber Heiland, stärk uns du, so oft wir müde sind.
Wir danken, daß du in der Zeit so gleich uns worden bist:
Nach dir uns gleich in Ewigkeit, wo deine Ruhe ist.

Seine ganze Lebenszeit über hat er in Unruhe zugebracht, ein Kreuzträger, wie die Erde noch nicht viele getragen, aber dieweil seine Hoffnung auf Gott stand und sein Herz Ruhe fand in Gott, so wur= den ihm mitten im Trubel doch auch manche köstliche Stunden beschert in der brüderlichen Gemeinschaft mit seinen Mitarbeitern und Gehülfen, in der Correspondenz mit den Verwandten und Freunden der Heimat, darum soll nun auf das wilde „Schlachtengemälde" ein trautes deutsches „Stillleben" folgen.

---

[1]) So sah es in Deutschland selbst nach dem dreißigjährigen Kriege nicht aus; darf man nun bei gerechter Geschichtsbetrachtung die große religiöse Verkom= menheit des deutschen Volkes in der folgenden Zeit nicht allein der todten Ortho= dorie zuschieben, so muß man auch aufhören wegen des Verfalls der tamulischen Mission allein die hereinbrechende Aufklärung anzuklagen.

Kapitel 10.

Haus und Amt.

Von welterschütternden Kriegen zu den kleinen Angelegenheiten des Hauses und zu der stillen amtlichen Wirksamkeit überzugehen ist ein großer Sprung, aber es läßt sich doch nicht läugnen, daß wir den eigentlichen innern Werth eines Mannes nirgend besser als an seinem Verhalten im engen Freundeskreise und aus seiner Treue im Amt erkennen können. Daher erklärt sich auch wohl das Verlangen sehr vieler lieber Missionsfreunde, über die persönlichen Verhältnisse ihrer Missionare möglichst genaue Nachrichten zu bekommen; je weniger nun diesem Verlangen oft gerade von den Edelsten nachgegeben wird, da sie auch ein Heiligthum für sich zu behalten wünschen, eine Blume, deren Duft und Farbe nicht von der Oeffentlichkeit ausgesogen wird, um so gerechtfertigter erscheint es, nach ihrem Tode aus den einzelnen uns erhaltenen Strichen und Zügen ein Gesammtbild zusammen zu stellen, ob etwa dadurch für die Zeichnung der ganzen Persönlichkeit noch einige neue Anhaltspunkte sich ergeben. Unser Fabricius verliert nicht bei solchem Versuche. Man erkennt ja alsbald, daß bei ihm das Haus nur dem Amte diente; sein brieflicher Verkehr mit den europäischen Freunden und Verwandten erhielt ihn geistig frisch, seine innige Zugehörigkeit zur Familie seines lieben Collegen überhob ihn der Sorge für die äußern leiblichen Bedürfnisse, ihm aber ersetzte seine Gemeinde die eigne Häuslichkeit und die Sorge für die Brüder und Schwestern in Christo, für die große Zahl der Kinder und Wittwen ließ ihn genug Familienfreude fühlen. Kurz Haus und Amt lassen sich bei Fabricius nicht scheiden und wollen zusammen behandelt werden.

Schon bei Gelegenheit seines Abschieds aus Europa haben wir einen Blick gethan in seine Familienverhältnisse und gefühlt, daß so innige Beziehungen auch durch die weiteste Entfernung nicht gelockert werden können. Wir haben ein Interesse gewonnen auch für die weitern Geschicke der lieben Verwandten und möchten gern die Nachrichten mitlesen, die sie ihrem Philipp nach Indien hinübersandten. Sie sind aber nicht aufbewahrt und lassen sich nur aus seinen Antworten ergänzen.

Seine Mutter war ihm nicht lange mehr erhalten. Schon Anfang 1745 hatte man ihm von deren Tod geschrieben, welche Nachricht er mit großer Ergebenheit aufgenommen zu haben scheint: „Der lieben alten Mutter seliger Tod hat mich zwar afficirt, aber nicht betrübt, Gott erquicke sie ewig vor seinem Thron;" ihr folgte 1752 seine jüngste Lieblingsschwester Ottona, nachdem sie kurz vorher in das Fräuleinstift der Franckeschen Stiftungen aufgenommen war. Genaueres wissen wir über die Familie des Kleeberger Bruders Jakob, dessen Kinder unser Philipp einst unterrichtet hatte. Ende 1745 konnten sie ihm nach Madras melden, wie es ihnen allen gut und wohl gehe und wie besonders ihr Haus mit herrlichem geistlichen Segen gekrönt worden; beigelegt waren Schreiben seiner beiden Schüler Reinhard und Helfrich, nun schon Studenten in Halle, der Tochter Johannetta, die sich inzwischen nach Wiesbaden verheirathet und den Onkel Philipp als Pathen ihres Kindes hat eintragen lassen. Auf so herzliche Zuschriften lief auch eine herzliche Antwort ein: „Ich habe solches mit innigster Bewegung des Herzens gelesen. Es war mir ein unbeschreiblich angenehmer Geruch und hat mich recht lebendig gemacht. Der Herr wolle ferner unter Ihnen und allen den Ihrigen wohnen und wandeln und mit Strömen der Liebe über Sie herabregnen. Gott hat Sie sehr herrlich begnadigt und zweifle ich nicht, daß diese gar deutlichen Gnadenblicke, womit Sie der Allerhöchste angesehen hat, Sie sehr erquicken werden unter aller Mühseligkeit dieses Lebens und bei Ihrer vielleicht manchmal etwas beschwerlichen Haushaltungs- und andrer Last. Der HErr, der eine mehr als mütterliche Aufsicht auf uns hat, und alles so regieret und geordnet hat bei denen, die Ihn fürchten, daß ihr ewiges Wohlsein befördert wird, auch den Samen der Gerechtigkeit, die ganz kindlich auf ihn schauen, ganz wohl und weislich während ihrer Pilgrimschaft hier auf Erden versorget und sie keinen Mangel leiden läßt, der sei und bleibe Ihrer lieben Kinder und Kindskinder getreuer Hirt. Er weide Sie immer auf grüner Au und führe Sie zum frischen Wasser. Ihrer aller herzlichen Liebe und Fürbitte bitte mich ferner empfohlen sein zu lassen. Ich freue mich auf die Ewigkeit, da ich Sie wieder sehen werde. Liebster Vetter Reinhard, Er fahre nur fort in recht gutem Vertrauen hinzuzunahen und hinzuzubringen zu der Quelle der Gnaden, dem Herrn Jesu, der Ihn und mich täglich ruft und spricht: Komm. Wen da dürstet, der komme und wer da will, der nehme das Wasser des Lebens umsonst. — Mein liebster Herr Vetter Helfrich, Sein Brief war mir als eine schöne Blume von gutem Geruch. Ich wünsche, daß der treue Heiland Ihm Gnade gebe, in allem Guten zu wachsen, wie ein Bäumlein an den Wasserbächen. Ach, der Herr Jesus, der Ihn zu sich gezogen hat aus lauter Liebe, bewahre Ihn in seinem Frieden. Sie alle grüße ich und küsse ich aufs herzlichste in dem HErrn, und schenke Ihnen zum Andenken den Spruch unsers Heilandes, da er sagt: Joh. 10, 27. 28. Meine Schafe hören meine Stimme, und ich kenne sie und sie folgen mir und ich gebe Ihnen das ewige Leben, und sie werden nimmermehr umkommen und Niemand wird sie mir aus meiner Hand reißen."

Ein andermal dankt er für die mitgetheilten Nachrichten aus seinem engern Vaterlande und läßt uns durchblicken, wie ihn mit seiner Schwägerin die gleiche Liebe zum geistlichen Liede besonders verbindet:

In dem Herrn Jesu unserm holdseligen Immanuel, theuergeschätzter Bruder und Frau Schwester!

— — ich wünsche nun aufs neue von Grund meines Herzens, daß die Gnade des HErrn fernerhin fort und fort über einen Jeglichen unter Ihnen walten und sich in Strömen der Liebe durch unsern HErrn Jesum Christum ohn Aufhören offenbaren wolle. Und daß der HErr Ihnen noch ferner in allen Leiden und aller Unruh dieses mühseligen Lebens als ein starker Schirm und Zuflucht zur Seiten stehen und endlich uns alle wieder in dem Paradies Gottes zusammen bringen wolle, damit wir da, wie wir hier in Schwachheit angefangen und täglich fortfahren, in der Vollkommenheit und Ewigkeit dem glorwürdigen Heiland, unserm erwürgten Lamm, sammt dem Vater und dem heiligen Geist recht inniges und ewiges Lob singen und bringen mögen. Amen! Das geschehe. Dem geliebten Bruder bin herzlich verbunden für alle mir in seinem werthen Brief mitgetheilten neuen Nachrichten aus meinem Vaterland. Der HErr wolle ferner alles bei Ihnen und in Ihrer Nachbarschaft, ja in der ganzen christlichen Kirche in Europa zur Erhaltung seiner herrlichen reinen Lehre und zur Erhaltung und Vermehrung seiner auserwählten Gläubigen und geliebten Kinder in Gnaden regieren und preisen lassen, und sich auch in Gnaden seiner neuen armen Gemeinden hier in Ostindien fernerhin erbarmen. — Der liebwerthesten und in dem HErrn theuer geachteten Frau Schwester Ihre vollkommenen schönen geistlichen Poesieen (worinnen der dem hocherhabenen Gott und unserm theuersten Erlöser so angenehme Gnadenbegierige und Gnadenhungrige Sinn deutlich zu lesen) sind mir ein überaus angenehmes Präsent und Erweckung gewesen, und wünsche derselben von Grund des Herzens ferner reiche Gnade und Segen, und tägliche Freude in dem HErrn nach Jes. 12, 2. 3. und 61, 10. Und bitte ferner in der Fürbitte für das Heil der in Finsterniß sitzenden Heiden unserer Arbeit mit behülflich zu sein. Wir und alle, die dem HErrn angehören, arbeiten in dem allen auf die Ewigkeit, daß Gott das Gebet und Treue und Wachen für unsere und anderer Seelen in ein fröhliches Jubiläum verwandeln und nach vorbeigegangenen Leiden dieser Zeit die Thränen von den Angesichtern abwischen wird. Ihren vier Kindern (außer den obengenannten noch Christiana) sende ich nach der Ordnung ihres Alters unter herzinnigster Anwünschung alles Guten von Christo, ihrem geliebtestem Heilande, statt einer Antwort auf ihre Briefe etliche Sprüche: 2 Cor. 5, 17—21, Phil. 4, 7. 8, Col. 3, 1—4, Matth. 11, 25—30."

J. Ph. Fabricius.

Bei Palleacatta 26. Febr. 1749.

Als der Brief ankam, war die Schwägerin nicht mehr am Leben, und es begann für das Haus eine Zeit mannichfacher Sorgen und Leiden. Ihr Sohn Helfrich folgte ihr zunächst, zu Anfang 1763 starb auch ihr Mann „der theuer geachtete Senior der Familie". Sein Sohn Reinhard wurde nach alter patriarchalischer Weise im Amt des Vaters bestätigt. Philipp freute sich besonders, daß der liebe „nun selige und im Lebzeiten so theuer und ehrwürdig gewesne Herr Bruder" ihm noch kurz vor seinem Ende geschrieben und wünscht, daß „Gott seinem Sohn Stärke verleihen wolle das Amt, so sein seliger Großvater und Vater über ein halbes Jahrhundert verwaltet, wohl und mit Ruhm als ein Diener Gottes und seines Herrn und als ein Vater seiner Untergebenen zu führen." Und wiederum, ehe der Brief eingetroffen, hatte man auch Reinhard zu Grabe getragen, in das Haus der Väter zog nun ein Fremder ein, das Band mit dem Geburtsort, von dem er so gern Nachrichten empfangen, war nun zerrissen. Fast gleichzeitig (1765) verstarb in Weilburg auch der Bruder Ludwig [1]), den wir früher seine ersten Einrichtungen in Atzbach treffen sahen. Zu allen Gelegenheiten, freudigen wie traurigen stellte

---

[1]) Konrad, der zweitälteste, früher in Steinfurth, das wohl richtiger im Hessischen, denn, wie ich früher gethan, bei Bentheim zu suchen ist, war erst nach Idstein und von dort nach Wehen gekommen; er starb schon vor Jakob und hinterließ zwei Söhne Tilemann und Mar, die später in Halle studirten.

immer Bruder Philipp aus Madras sich ein, auch um ihre Theilnahme
und um ihr Gebet für sich bittend:

> Grüß euch, ihr Lieben,
> dort über Land und See!
> Theil nehmt ihr drüben
> an unserm Wohl und Weh.
> O dankt dem HErrn! in seinen Händen
> ruhn wir getrost an den Erdenenden.

Wenn es anging, bekam jeder der zahlreichen Verwandten seinen
eigenen Brief und Zuspruch jährlich, oftmals mußte aber auch ein gemeinsamer Brief bei allen die Runde machen. Sehr lieblich nimmt es
sich aus, daß schon die Ueberschrift solcher Briefe „Große und Kleine"
zugleich anredet, denn mit den Kindern hielt er es besonders und die
ihm von Wiesbaden aus übertragene Pathenschaft gereichte ihm zu
großer Freude: „Ob ich gleich dieses liebe Kind zu sehen das Vergnügen nicht haben kann, will ich doch nicht unterlassen, an dasselbe in
meinem armen unwürdigen Gebet vor Gott täglich zu gedenken und es
dem Herrn Jesu zu übergeben von Herzen wünschend, daß es sein eigen
sei und bleibe in seinem Reich unter ihm und ihm diene in ewiger
Gerechtigkeit, Unschuld und Seligkeit, und daß sein und unser aller
Name im Himmel angeschrieben sei und bleibe, bis die selige Ewigkeit
anbrechen wird, da wir, die wir einander hier gesehen haben und die
wir einander nicht gesehen haben und doch in dem Herrn Jesu durch
das Band der innigsten Liebe verbunden gewesen sind, uns vor dem
Angesicht des dreieinigen Gottes in unaussprechlicher Freude sehen und
kennen lernen werden."

Der Raum gestattet nicht mehr Mittheilungen zu machen, doch
müssen wir wenigstens die Reihe der Geschwister noch ganz durchflie-
gen. Georg, der junge Jurist, hatte bald in Worms eine Anstellung
als Rath gefunden, und gab erfreuliche Beweise, daß er sein Amt in
tief christlichem Sinn auffasse und führe. Gewiß hören wir gern, wie
ihn Philipp, selbst ein alter Jurist, ermuthigt und ermuntert: „Ich
glaube, daß der HErr ein besonders gnädiges Aufsehen hat auf einen
gewissenhaften Advocaten, welche der gerechten Sache und dem armen Unterdrückten dienet und daß ihr Gnadenlohn im Himmel
groß sein wird, indem Gott selbst der Wittwen und Waisen, Ge-
drückten und Gerechten Procurator und Vater ist. Darum hats mich
innigst gefreut, daß ich verschiedentlich die Bestätigung aus des lieben
Bruders Bericht erhalten, daß derselbe diesen seinen Beruf also im
Aufsehn auf den HErrn und in seiner heiligen Furcht führe. Wer

dann Gott also in seiner Berufsarbeit dienet und auf die Ewigkeit
sieht, der wird auch ewiglich von Gott erquickt werden. Wer aber
Menschen dienet und Gott aus den Augen setzt und ein Procurator
der Ungerechtigkeit und halber Judas ist, der wird nicht viel dabei gewinnen. Nun der HErr segne, stärke und erhalte meinen lieben Bruder." Als Georg c. 1776 plötzlich starb, waren von dem großen Ge-
schwisterkreise nur noch am Leben die älteste unverheirathete Schwester
Elisabeth und Sebastian, der sie zu sich nach Halle genommen hatte.
Sebastian war, wie schon erwähnt, bald nach Philipps Abreise in
Francke's Haus gekommen und hatte die wichtige Stellung eines Pri-
vatsekretairs erhalten. Philipp hoffte, er würde ihm nach Indien folgen, schrieb auch deshalb an Francke, und tröstete sich über die abweh-
rende Antwort mit dem Gedanken, daß er doch in der Heimat Mitarbeiter am Missionswerk sei, und in der That man weiß nicht, ob er
der Mission draußen noch mehr hätte dienen können. Er wurde der
treueste Freund und später der väterliche Berather sämmtlicher Missionare, durch seine Hand ging ihr ganzer Verkehr mit Deutschland, er
vermittelte Nachrichten von Freunden und Verwandten, ordnete die
Geldsachen, besorgte die stetig anwachsenden Aufträge, gab Kunde von
den wichtigsten Begebenheiten in Kirche und Staat, Kinder der Missionare wurden in seiner Familie erzogen, ihre jüngern Brüder studirten unter seiner Aufsicht. Die Directoren wechselten und doch wurde
die Leitung in Einem Sinn fortgeführt und die Tradition erlitt keine
Unterbrechung, denn Sebastians Kräfte schienen wie sein Eifer nicht
abzunehmen, sein scharfes Auge entdeckte bald, wenn draußen irgendwo
gefehlt wurde, und sein liebevolles Gemüth sann stets auf Versöhnung, wenn einmal die Brüder sich einander entfremdeten. Als er nun
1754 die Inspection der Cansteinischen Bibelanstalt erhielt, wurde die
Arbeit der beiden Brüder sich noch ähnlicher, denn auch Philipps
eigentliche Lebensaufgabe ist ja die Herstellung einer richtigen tamulischen Bibelübersetzung geworden, und alles auf Druck Bezügliche wurde
ihm von Sebastian stets aufs willigste und genaueste besorgt. Es war
von unermeßlicher Bedeutung für unsern Fabricius, daß ihm wenigstens dieser Bruder bis zuletzt gelassen, daß ihm die letzte Verbin-
dungsbrücke zur Heimat nicht abgebrochen wurde. Zunächst blieb er
durch ihn immer heimisch im Waisenhause und den zugehörigen Anstalten, die er so lieb gewonnen hatte, daß sie ihn sogar in seinen
Träumen beschäftigten, er konnte die alten Freunde weiter auf ihrem
Lebensgange verfolgen und gewann in dem Freundeskreis seines Bruders selbst noch neue Freunde. Besonders nahe standen ihm der alte

Herr von Bogatzky, dessen Erbauungsbücher er ungemein hoch hielt, und der blinde Candidat Schmidt, der in Halle eine überaus gesegnete Thätigkeit entfaltete, in keinem Briefe darf der Gruß an den lieben blinden Herrn Schmidt fehlen.

Es ist dies derselbe blinde Candidat, der in Bogatzky's Leben und sonst in Halleschen Berichten vielfach genannt wird. Er wohnte mit Bogatzky auf derselben Flur des Waisenhauses, pflegte auch immer dessen Freitags=Bibelstunde für Studenten mit einem Gebet zu schließen und erhält nach seinem 1768 erfolgten Tode von Bogatzky den schönen Nachruf: „Der HErr hatte ihm zwar das Licht seiner Augen genommen, aber desto heller das Gnadenlicht in ihm angezündet. Christus der Gekreuzigte war ihm recht vor seine geistlichen Augen gemalt, von dem redete er so lieblich und einbringlich, daß seit 30 Jahren alle erweckten Schüler und Studirenden zu ihm kamen, um von ihm erbaut zu werden. Seine Stube war ein rechtes Betkabinet. Ich bin, da er in der Stube mir gegenüber wohnte, täglich zu ihm gegangen, da hat er der Blinde und Kranke mich den Sehenden und Gesunden sehr oft durch sein brünstiges und bemüthig fröhliches Gebet getröstet, wenn mir oft schier aller Muth und Freudigkeit vergangen" [1]. In diesen Worten ist uns zugleich angegeben, warum Fabricius den blinden Herrn Schmidt so liebte, hier ist offenbar die Schule, in der er das anhaltende eifrige Beten gelernt hat, worin er unerreicht in unserer alten Mission dasteht.

Aus der zahlreichen Schaar seiner übrigen Freunde muß ich noch einen namentlich hervorheben, der ihm am nächsten gestanden zu haben scheint, den Frankfurter Senior Joh. Philipp Fresenius, Verfasser eines weit verbreiteten, psychologisch feinen Beicht= und Communionbuches. Mit ihm fühlte er sich verbunden durch gleichen Sinn und Aufmerksamkeit für die Führung der einzelnen Seelen und durch gleichen Eifer für die Verbreitung des evangelischen Glaubens [2]. Vielleicht entspann

---

[1] Sonntags=Bibliothek von Tholuck 1. Band. 2. Aufl. Leben Bogatzky's von Steffann S. 67.

[2] Fresenius gründete 1736 als Hofprediger zu Darmstadt unter Beihülfe des freigebigen Fürsten eine berühmte Proselytenanstalt für Juden und Katholiken, durch welche über 400 Seelen dem evangelischen Glauben gewonnen wurden. Aus der Bekanntschaft mit ihm und dem Gründer des Jüdischen Instituts in Halle, Prof. Callenberg, erklärt es sich auch wohl, warum Fabricius in seinen Berichten immer die Gespräche mit Juden besonders genau verzeichnet. Er hatte auch einmal die Freude, drei Kinder eines jüdischen Vaters taufen zu können.

sich ihre Freundschaft in Gießen, wohin Fresenius im August 1734 kam und sich alsbald an den Familienfreund der Fabricier, Prof. Rambach, anschloß. Sein Wahlspruch Dominus providebit (der HErr wirds versehen) kehrt häufig in unsers Fabricius Briefen wieder. Als einmal sein Bruder vergessen hat zu melden, wie es Dr. Fresenius gehe, erhält er die nachdrückliche Mahnung: „Der liebe Bruder hat gar nichts geschrieben von dem Befinden unsers theuern Herrn Dr. Fresenii. Ich bitte solches niemals zu vergessen und bei Gelegenheit meine Hochachtung im HErrn an denselben zu vermelden, und daß ich Gott anrufe, daß er ihn ferner bei gutem Wohlsein erhalten und mit herzlichem Segen schmücken wolle. Wir fühlen hier, daß für uns gebetet wird."

Wie tief muß es ihn ergriffen haben, als ihm 1761 die trauernde Wittwe selbst die Nachricht vom Tode des Freundes mittheilte, wie schön erbaulich er gestorben sei. Freunde und Verwandte hatten sich um das Sterbebett versammelt und das Lied angestimmt: Ein Lämmlein geht und trägt die Schuld der Welt und ihrer Kinder; es geht und träget mit Geduld die Sünden aller Sünder. Als dann der Beichtvater ihn noch mit andern Liedern getröstet und den schönen Vers vorgesprochen: Du bist mein, weil ich dich fasse und dich nicht, o mein Licht, aus dem Herzen lasse — da habe der Sterbende seine Hände erhoben, als wollte er seinen HErrn fassen, und sei todt zurück gesunken [1]). Die Liebe zum Vater übertrug nun Fabricius auf die Söhne, indem er für sie betete, Gott möge ihnen den Geist des Vaters schenken.

Die deutschen Freunde und sein liebes Vaterland konnte Fabricius nie vergessen, und er hat mit der That seine Liebe bewiesen. Es waren im vorigen Jahrhundert viel mehr Deutsche in Indien als jetzt, die englischen Truppen waren häufig in Deutschland geworben, namentlich Hannoveraner, die Familienbriefe und Erbschaftssachen hin und wieder mußte fast sämmtlich Fabricius besorgen, selbst zum Vormund ließ er sich bestellen, und sogar deutsche Gerichtsbehörden ersuchten ihn um Auskunft und Vermittlung. Lange Zeit hindurch hielten die Missionare in Madras allsonntäglich Gottesdienst für die deutsche Garnison, später zogen sie ihnen in die Quartiere nach, was war es jedesmal für ein Schmerz, wenn nach einem Schlachtentage Mancher aus der lieben Freunde Zahl an dem gewohnten Platze fehlte. Allerlei Kummer war natürlich auch mit dieser Liebesarbeit verknüpft, wie Fabricius selber einen Fall erzählt: „Vor Ostern 1743, da ich in unserer malabari=

---

[1]) Rocholl, Christophorus S. 75—77.

schen Gemeinde das heilige Abendmahl halten wollte, hatte ich viel
Verdruß und Lästerung zum Lohn von einem deutschen sehr unchristlich
lebenden Fähndrich von Abel, da ich nach meinem Gewissen ihm und noch
zwei andern das heil. Abendmahl, worum sie heftig anhielten, abschlug."

Doch ich wollte unsern Fabricius im Hause unter seinen Verwandten und Freunden schildern und habe allmälig die Gastfreundschaft
so weit ausgedehnt, daß jeder Deutsche, brav oder nicht brav, wenn
nicht als Freund, so doch als christlicher Bruder unter dem Dache
Platz findet. Es wird jetzt Zeit, daß wir aus den Vorhallen in die
innersten Gemächer des Hauses eintreten, aber sieh sie fehlen, denn es
fehlt die waltende Hausfrau — Fabricius ist nie verheirathet gewesen,
seine Braut war seine Gemeinde und mit den Armen theilte er seinen
Tisch. An Versuchen ihn zur Ehe zu bewegen, hat es nicht gefehlt:
„Eine hiesige englische Predigerwittwe, so den Lüsten ergeben zu sein
scheinet, hat in der Meinung, daß es sich wohl schicken möchte, wenn
ich sie heirathete, durch diese und jene Complimente, welche sie mir oft
sagen lassen, ja auch durch Einladungen vieles versucht; Gott aber,
auf dessen Augenwink und Führungen ich allein zu merken mir täglich
aufs neue vornehme, hat mich wohl bewahret, so daß ich sie noch bis
dato nie mit keinem Auge gesehen. Wie ich denn vor dem familiaren Umgang mit Europäern mich bisher sehr gehütet und also in der
Welt von der Welt abgesondert lebe" [1]).

Als der Missionar Hüttemann in Cudelur sich mit einem sehr jungen Mädchen verheirathet hatte und deshalb in Halle getadelt ward mit
Hinweis auf Fabricius Beispiel, vertheidigte er sich: „daß Herr Fabricius sich nicht verheirathet, rührt hauptsächlich von dem Mangel der
Gelegenheit her. Er selbst ist weit davon entfernt, sein Beispiel andern zur Regel vorzuschreiben, ja ich habe aus seinem eignen Munde
mehrmalen gehört, daß es sonderlich in diesem Lande viel besser und
verträglicher, wenn ein Missionar sich ordentlich verheirathen könne,
indem beim Gegentheil er schwerlich seinem Amt sonderlich in der speciellen Seelsorge, welches doch mit ein Hauptstück, recht vorstehen könne.

---

[1]) Sobald nur ein ernsterer Ton in jenen Kreisen sich geltend machte, gab
Fabricius auch diese Zurückhaltung auf; als einmal Missionar Klein ihn von
Trankebar mit einem Besuch überraschte, fand er ihn Abends traulich mit zwei Engländern zusammen religiöse Gespräche führend. Um das einsam liegende Missionsgehöft herum bauten sich befreundete englische Familien ihre Wohnungen, und
als nun durch Schwartz selbst in der Armee christlicher Sinn wieder herrschend
wurde, verkehrte er mit den erweckten Officieren und äußerte oft seine große
Freude über diese Veränderung.

Und eben aus diesem Grunde hat sich der liebe Bruder sonderlich auf
die schriftliche Arbeit gelegt." Dieser falschen Darstellung verdan=
ken wir, daß Fabricius eine klare Aussprache über seine Ehelosigkeit
gegeben hat: „Daß ich sollte je in dem Gedanken gestanden haben
oder auch mich habe verlauten lassen, als ob ich glaube, ein unverhei=
ratheter Missionar könne in diesem Lande schwerlich sein Amt, sonder=
lich in der speciellen Seelsorge, recht ausrichten, und daß ich aus eben
dem Grund mich sonderlich auf die schriftliche Arbeit gelegt, ist nicht
an dem. Denn ob ich gleich bei Anderen ihrer Verheirathung einen
Wohlgefallen daran solchergestalt zu erkennen gegeben, daß sie sehen
können, daß ich mir auf meinen Cölibat im Gegensatz gegen sie nichts
einbilde, so bin ich doch so weit nicht gegangen. Auch widerlegt sich
die Unterstellung, als rühre es hauptsächlich aus dem Mangel der Ge=
legenheit her, daß ich mich nicht verheirathet, von selbst dadurch, daß
ich eine Person, die ein Kleinod ist, deren man unter Hunderten kaum
eine antrifft und mit der ich vorher etliche Jahre in Bekanntschaft und
Correspondenz gestanden und an deren Einwilligung zu einer Heirath ich
auch gar nicht hätte zweifeln dürfen, meinem lieben Bruder Breithaupt
recommandirt habe. Ich erinnere mich, daß mich Herr Hüttemann einst
nach der Ursache meines ledigen Standes fragte und daß ich ihm dar=
auf nach der Wahrheit meldete, daß es mir zwar an der Neigung zu
heirathen nicht gefehlet, wohl aber an der Erkenntniß des göttlichen
Willens oder Verstattung dazu. Er wird sich aber dessen nicht erin=
nert haben."

Solcher Grund zur Ehelosigkeit muß Achtung und Bewunderung
abnöthigen, zugleich aber wird unsere Neugier angeregt, dies Kleinod
der Frauen, Breithaupts Gattin, kennen zu lernen. Breithaupt ein
Hannoveraner, Sohn eines Ackerbürgers in Dransfeldt und entfernter
Verwandter des bekannten Abtes Breithaupt, hat unserm Fabricius treu
zur Seite gestanden von 1749—1782. Er war nach einer gefährlichen
und langen Seereise 1746 angekommen, aber mußte wegen des Krieges
noch drei Jahre in Cudelur arbeiten, ehe er an seinen Bestimmungs=
ort Madras gelangte. Er war sehr schwächlicher Natur, seine Ver=
wandten hielten es sogar für eine Versuchung Gottes, daß er sich
nach Indien wagte, und wirklich er ist öfter an Brustleiden dem Tode
nahe gekommen, allmälig aber besserte sich seine Gesundheit etwas.
Fabricius freute sich außerordentlich des lieben, treuen Collegen, dem
er sich aufs innigste verbunden fühlte, mit dem er während der langen
Jahre auch niemals nur im Geringsten ein Mißverständniß gehabt.
Alle Briefe sind voll von seinem Lobe, über die Art ihres Verkehrs

mag folgender kleiner Zug uns belehren: Im Jahre 52 war Breit=
haupt wieder mehrere Monate krank gewesen, und Fabricius hatte ihm
sämmtliche Predigten und sonstigen Unterricht abgenommen, auch durch=
aus Breithaupt nicht eher auf die Kanzel gelassen, als bis er wieder
völlig gesund war. Nun kommt der Termin, wo er, der Stationsvor=
steher, seinem Collegen das Gehalt auszahlen will, aber es wird nicht
genommen, alles Bitten und Flehen ist umsonst, Breithaupt meint,
wer die Arbeit gethan habe, dem gebühre auch das Geld, also College
Fabricius müsse es nehmen. Der dreht sich und windet sich, es hilft
nichts, bis er schließlich fest erklärt, keinen Bissen Speise eher zu sich
zu nehmen, als bis er das Geld los sei. Es scheint wirklich die Probe
gemacht zu sein (beide hatten ihre kleine Wirthschaft gemeinsam), genug
Breithaupt giebt endlich eingeschüchtert nach.

Nun die Erzählung, wie Fabricius ein Brautwerber geworden.
Als während Breithaupts Aufenthalt in Cudelur Kiernanders Frau
sich sehr viel Mühe gegeben, ihn zu einer Heirath zu überreden, hatte
er Gott gebeten, ihm eine Zierde in seinem Amt und eine Gehülfin
auf dem schmalen Wege zur seligen Ewigkeit anzuweisen, und auch
fest beschlossen nur eine gottesfürchtige Person evangelischer Religion
zu heirathen, und er wies daher das Bündniß mit einer Reformirten
zurück. Ein Jahr später etwa kam er nach Madras, nahm zufällig
das Schatzkästlein seines Freundes zur Hand und fand, daß auch ein
Buchhalter Meier und Frau in Palleacatta einen Spruch hineinge=
schrieben. Auf Befragen erzählt ihm nun Fabricius die wundersame
Geschichte der lieben Freunde, denen er während der Zeit seines Exils
so viel Liebe verdankte. Der Mann Caspar Zwanziger aus Markt
Uhlefeld bei Erlangen hatte in England durch Werber nicht nur seine
Freiheit, sondern auch seinen ehrlichen Namen verloren, denn er mußte
einfach in die Stelle eines Verstorbenen eintreten und dessen Namen Chri=
stian Meier sein Lebelang tragen. In Indien war es ihm geglückt,
vom Militair freizukommen und eine einträgliche Stellung in hollän=
dischen Diensten zu erhalten, als größtes Gut aber gewann er ein
treues Weib. In Palleacatta aber begab es sich, daß die fromme
Frau in große geistliche Anfechtungen gerieth, und wollte schier nichts
helfen, bis sie nach Carumanel sich aufmachte, von Fabricius sich Trost
sprechen ließ und schließlich in seine Hände das Bekenntniß zum evan=
gelischen Glauben niederlegte. Darnach ward sie Wittwe, Fabricius
aber kehrte zurück nach Madras. Dort erhielt er eines Tages einen
kläglichen Brief, wie ihr die Reformirten keinen Frieden ließen, sondern
bei aller Gelegenheit anfingen von der Religion zu disputiren. Diesen

Brief theilte Fabricius seinem Collegen mit, dem schon bei der ersten
Erzählung der Gedanke aufgestiegen war, ob sie nicht eine Frau für
ihn wäre, und sprach dazu für ihn ganz unvermuthet: „Ich gebe zwar
nicht gern in Jemandes Heirathssache einen Rathgeber ab, doch wenn
ein Missionarius sich zu verheirathen gedächte, wollte ich ihm wohl zu
dieser Person rathen." Im Sommer 1750 fand die Verlobung statt,
aber der Gouverneur von Negapatnam suchte 3 Jahr die Hochzeit
mit allen Mitteln zu hintertreiben, unter dem Vorwand die Compagnie
erlaube den Wittwen ihrer Bedienten nicht, sich nach auswärts zu verheirathen. Erst im October 53 meldet Fabricius, daß die Hochzeit geschehen, „auch ein Segen unsers Exilii", er wohnt nun ruhig in seinem Stübchen und studirt und alles wird ihm aufs beste besorgt. Auf
die Nachrichten seiner Verwandten kann er jetzt wieder mit Familien-
nachrichten antworten, besonders lieb ist ihm Breithaupts Stiefsohn,
ein frommer Knabe, dessen Fortschritte er mit liebevollstem Auge verfolgt und berichtet [1]). Bald kann er diesen, bald jenen Zug aus dem
Leben der wirklich edeln Frau erzählen [2]), wie sie zum Besten des
Waisenhauses in Halle ihre Schmucksachen verkauft, wie sie um ihre
alte Schwiegermutter in Dransfeld besorgt ist, ja sogar den durch den
siebenjährigen Krieg bedrängten Armen in Dransfeld eine Summe
aus ihrer Erbschaft zuweisen läßt. Ihr Mann zwar hatte durchaus
nicht gestatten wollen, daß sie von ihrem Eigenen so viel für seine
Armen gebe, aber Fabricius über den liebenswürdigen häuslichen Zwist
hinzukommend und als Schiedsrichter angerufen, gab den Ausschlag
für die Armen.

Die glückliche Ehe währte nur zehn Jahre. In der Todtenschau
des Jahres 1763 unterbricht Fabricius mit einem Male den ruhigen
Gang der Erzählung: „Da ich diese Nachrichten zu Papier bringe, kann
ich übrigens nicht unterlassen zu melden, daß unsere Mission allhier
einen großen Verlust durch den Abschied einer theuern und herzlichen
Fürbitterin erlitten. Es war solche meines geliebten Collegen gott-

---

[1]) „Auch an ihrem Söhnlein Johann Caspar Zwanziger vom vorigen
Mann zeigen sich bei seinem noch nicht siebenjährigen Alter deutliche Gaben des
Heiligen Geistes und ein kindliches brünstiges Gebet aus dem Herzen, wobei er
auch schon das Portugiesische fertig liest und versteht und aus eigenem Antrieb
erlernet hat sammt der englischen Lectüre".

[2]) Als er für einen französischen Pater einen Aufsatz von vollen siebzehn
Bogen zur Widerlegung der römischen Irrthümer verfaßte, half sie bei der Rein-
schrift: „wobei noch, wegen unserer übrigen vielen Geschäfte, meines geliebten Col-
legens theure Ehegenossin mit ihrer saubern Hand uns treulichst unterstützet hat."

selige Ehegenossin, welche den 16. Nov. nach einer mehr als fünfmo-
natlichen beschwerlichen und schmerzhaften Krankheit das von ihr sehnlich erwartete selige Ende ihres langwierigen Leidens erlangte. Ihre
ungeheuchelte Gottesfurcht, Liebe zu Gottes Wort, Eifer für seine Ehre,
herzliches und anhaltendes Gebet für sich, die Ihrigen und uns alle,
wie auch ihre Jedermann in die Augen fallende Demuth im Wandel
und besonders ihre Sorgfalt für das ewige Heil ihrer Kinder, die sie
bei gesunden Tagen in ihr Kämmerlein besonders zu nehmen und dem
Herrn JEsu durch brünstiges Gebet zu übergeben gewohnt war, ingleichen ihre Geringschätzung irdischer Dinge und Vertrauen auf Gottes Fürsorge, ihr Anhangen an dem Herrn JEsu sammt ihrem Mitleiden und Gutthätigkeit gegen die Armen bleiben bei uns in gesegne-
tem Andenken. Wie ihr Leben erbaulich war, so war auch ihr Ende
erbaulich. — Unter stetem Gebet zu ihrem Erlöser gab sie bei völligem
Verstande ihre Seele in seine Hände. Gott sei für alle seine Güte,
so er ihrer Seelen erzeiget, herzinnigst gelobt!"

Es würde zu weit führen, wollten wir noch mehr von den Fa-
milienverhältnissen Breithaupts erzählen, die alle unsern Fabricius aufs
persönlichste betrafen, der stets ein Familienglied blieb und noch nach
des Vaters Tode vom Sohne gepflegt und hochgehalten wurde; auch
über das ununterbrochen gute Verhältniß zu den Brüdern in Trankebar und Cudelur (nur einmal entstand wegen der Bibelübersetzung eine
sachliche, nicht persönliche Differenz), wie zu jedem Trauertage oder
Freudenfeste wenigstens ein theilnehmender Brief ankam, müssen wir
fortgehen, indem wir allein den Nachruf für seinen lieben, alten Herrn
Dal aufnehmen: „Die traurige, und mir sehr schmerzhafte Zeitung,
daß unser lieber ehrwürdiger Herr Dal von unserm Haupt weggenommen worden, habe ich über Cudelur erhalten. Gott, der seinem treuen
Knecht nach langer Arbeit seinen seligen Feierabend geschenket, sei für
alles Gute, so durch ihn dem Missionswerke geschehen, herzlich gelobt.
Seine Rathschläge pflegten immer besonders auf die Erfahrung gegründet und reiflich überlegt zu sein und im Beten war er ermüdet.
Sein graues Haupt war mir und uns allen ehrwürdig. Was sollen wir
nun thun bei so vielen Veränderungen und Mühseligkeiten (der Land-
prediger Aaron starb fast gleichzeitig)? Ich denke, wir müssen uns
desto mehr stärken im HErrn und in der Macht seiner Stärke, der
Herr JEsus wird Sie auch, seine Glieder, mit des heiligen Geistes
Kraft stärken und mich mit Ihnen, daß wir ungeachtet aller Hitze und
Kummer, grünen und nicht verwelken, Amen, das thue unser Herzens-
Immanuel!"

Im Ton dieses Briefes war sein ganzer Verkehr mit den Brü=
dern, die sich daher auch wohl fühlten bei ihm in Madras, und so
oft es nur die unsichere äußere Lage oder die drängende Amtsarbeit
erlaubte, einen oder zwei aus ihrer Mitte zur Erhaltung der brüder=
lichen Gemeinschaft entsandten, denn das war man ja schon von dem
jungen, vielmehr später vom alten Vater Fabricius gewohnt, daß er
von seiner Gemeinde sich sehr schwer, auch nur auf einige Tage, los=
machen konnte, daß er möglichst das alte Kirchengesetz inne hielt, keine
Nacht außerhalb seiner Gemeinde zu sein. Selbst die directe Heiden=
predigt, die er wie kein andrer schätzte und übte [1]), dispensirte ihn nicht
davon; so lange er allein war, ging er nicht über den Compagniegrund
hinaus, indem er sich sagte, daß innerhalb dieser engen Gränzen schon
genug Heiden wohnten, denen er nicht eindringlicher das Evangelium
predigen konnte, als wenn er unter ihnen eine wahrhafte Missionsge=
meinde gründete, eine leuchtende Stadt auf dem Berge. Es harmonirt
dies Verhalten wenig mit den neueren Anschauungen, fahrende Geist=
liche (clerici vagi) zwar hat man nicht gern, weder nach der alten,
noch nach der neuern Weise, da sie von einer Pfarrstelle zur andern
wandern, aber fahrende Missionare, die wo möglich die Menschen erst
entdecken, welche bekehrt werden sollen, das entspricht völlig der Idee
eines Missionars, giebt es doch ganze Missionsgesellschaften, die von
dem Missionsbefehl nur die Worte gehört zu haben scheinen: „Gehet
hin in alle Welt" [2]). Sogar der Apostel Paulus arbeitete Jahre

---

[1]) „Ich finde, daß das wöchentliche Ausgehen und Ausreisen zu den Hei=
den hier und dahin (außerdem, daß es auch vorhin fast die vornehmste Pflicht
beim Missionarien=Amt ist) auch der leiblichen Gesundheit trefflich verträglich ist."
[2]) Diese verkehrte Missionspraxis hat übrigens eine sehr ernste Rückseite.
Es scheint wirklich Missionsfreunde und Missionare zu geben, welche die biblische
Grundlage ihrer Arbeit nicht in Matth. 28, 18—20, sondern in Matth. 24, 14
suchen, welche das Evangelium nur predigen wollen zu einem Zeugniß über die
Völker. Es wird solche Gesinnung meistens beruhen auf einer krankhaften Sehn=
sucht nach der Zukunst des HErrn, der ja nicht kommen will, bis allen Völkern
gepredigt ist. Im Grunde aber wäre dies eine Mission nicht aus Liebe, sondern
aus Haß oder wenigstens aus dem Eifer der Donnerskinder Luc. 9, 54, die auch
Städte mit Feuer verbrennen wollten, welche die erste Verkündigung nicht ange=
nommen. Daß nur nicht am Gerichtstage die Rollen wechseln und aus den stolzen
Zeugen Angeklagte werden, indem andere sich wider sie erheben: „Dieser Missionar
hat mir gepredigt, hat mir mein Sündenelend und meinen ganzen Jammer auf=
gedeckt, und als nun sein Wort ausging und ich wollte mich von ihm führen las=
sen zu dem Seelenarzt, siehe da, es war kein Führer zu haben, und ich gerieth in

lang an Einem Orte, da follten es die kleinen Nachfolger wohl etwas
länger aushalten; unfere Väter beriefen daher nicht im Allgemeinen
Miffionare, fondern Miffionspaftoren für beftimmte Gemeinden. Fabricius war folch ein feßhafter Miffionar, darum läßt fich bei ihm von
einer Gemeindethätigkeit reden. Er war in feiner Gemeinde zu Haufe.
Uns muß es hier genügen, fein Wirken unter diefen Gefichtspunkt ge-
ftellt zu haben, und nur einige charakteriftifche Züge und principielle
Ausfprüche können wir aus feiner amtlichen Thätigkeit anführen.

Die Gemeinde in Madras beftand eigentlich aus zwei Gemeinden der tamulifchen und portugiefifchen mit getheiltem Gottesdienft und
getheilten Schulen. Man darf nun nicht auf den Gedanken verfallen,
als habe etwa Breithaupt die portugiefifche, Fabricius die tamulifche
Gemeinde zu beforgen gehabt, nein Jeder war für beide Gemeinden,
und fie hatten abwechfelnd die Woche; Dienstag Abend wurden dann
in der Conferenz, zu der fie alle Gehülfen und Lehrer zuzogen,
die Zuftände und Bedürfniffe der Gemeinden befprochen. Die portugiefifche Gemeinde, bei weitem die fchwächere, beftehend aus Abkömm-
lingen und Sclaven der Europäer, geftaltete fich allmälig zu einer englifchen um, wie fich dies deutlich aus einer Nachricht des Miff. Schöllkopf ergiebt, der 1777 nach einem Aufenthalt von nur wenigen Tagen
in Madras ftarb: „Als wir nach Haufe kamen, hörte ich den H. Miff.
Fabricius die Kinder katechifiren, wobei die Fragen und Antworten
bald englifch bald portugiefifch waren, um die Kinder, deren Mutter-
fprache die portugiefifche ift, auch in dem Englifchen, als welches hier
zu Lande fehr nöthig ift, fertig zu machen.“ Sehen wir nun auf die
Elemente, aus denen die Gemeinde in Madras hervorging, fo können
wir fowohl die Armenier als die Muhammedaner, obwohl Fabricius
zuerft in unferer Miffion einige Muhammedaner taufte, außer Betracht
laffen, und alsbald die Römifch-Katholifchen und die Heiden näher ins
Auge faffen.

Man hat fich daran gewöhnt, die Miffionen der Katholiken zu
ignoriren oder verächtlich anzufehen, als entftünde nur eine andere Art
des Heidenthums oder wären die Erfolge nur rein äußerliche, und es

---

Verzweiflung und ich kam darin um.“ Von denen, welche die Predigt des Evangeliums gehört und nicht angenommen haben, wiffen wir, fie gehen ewig verloren; bei folchen, die gar nicht in die Lage kamen, fich für oder wider den HErrn
zu entfcheiden, wagen wir nach Confequenzen der Glaubenslehre einige Hoffnung
zu hegen. Dürfen wir leichtfinnig an unferem Theil den Heiden auch diefe Hoffnung rauben?

pflegen wohl die Missionare am härtesten sich zu äußern, welche am meisten Katholiken in ihre Gemeinden aufnehmen und deshalb mindestens Grund hätten den Katholicismus als eine Vorstufe anzuerkennen. Können wir solch unwahres Gebahren verbunden mit rastlosem Proselytismus nicht billigen, so dürfen wir andrerseits nicht vergessen, daß die gegenseitige Stellung im vorigen Jahrhundert eine ganz andere war. Damals betrachteten noch die Katholiken die Mission als ihr Erbgut, wo sie Schadenersatz für die großen Verluste der Reformation suchen mußten; sie wirkten daher den missionirenden Lutheranern auf allerlei Weise entgegen, erregten Aufstände und Verfolgungen, kurz ließen kein Mittel unversucht, daher steht auch Fabricius mit ihnen auf stetem Kriegsfuß. Gleich im ersten Jahre hatte er einen Kampf gegen sie zu bestehen: „Die hier ziemlich zahlreichen Römischen, deren Patres um gewisser Absichten willen von den Obern hier in Madras bisher gar große Gewogenheit genossen haben, haben mich und diese Gemeinde ihren Haß und Verfolgungsgeist in diesem Jahr verschiedentlich merken lassen und da sie in einer gewissen Sache mich bei dem H. Gouverneur verklagt, so hatte vom Sonntag Palmarum an bis in den Junium nicht geringes Leiden, doch hat Gott, an den ich mich allein gehalten, uns so schön geholfen, daß unsere Hoffnung auf ihn gar nicht gefehlet hat." Diese feindselige Stellung mehrte sich nach der Einnahme durch die Franzosen und die Niederreißung des Missionshauses, sie wollten keine ketzerischen Catecheten mehr dulden; die aus andern Orten einwandernden protestantischen Portugiesen, ja die in der englischen Armenschule aufgezogenen Kinder suchten sie je und je an sich zu ziehen. Man kann es daher Fabricius nicht verargen, daß er nach seinem Wiedereinzug gegen solch Treiben auftritt: „Da nun sich jetzt einmal eine recht gute Gelegenheit zeigte, einmal den Mund deswegen aufzuthun, und mir dieses die drei Jahre lang auf meinem Herzen gelegen: so habe um des Gewissens willen und wegen der unrechtmäßigen Verführung so vieler armen Seelen, die frei öffentlich an einem protestantischen Ort geschieht, und damit mich künftig Niemand vor Gott und seinem Gericht anklagen könne, daß auch ich geschlafen und ein stummer Hund gewesen sei, diese anstößige und betrübte Sache vor einigen Monaten dem Admiral Bescowen und dem Gouverneur in einem Memorial vorgestellt und darinnen zu Aenderung und Einschränkung der höchst ärgerlichen und schädlichen Macht der Römischen allhier einige unmaßgebliche Vorschläge und Bitten demüthigst gethan, welche hoffentlich vor Gott und Menschen nichts von einem Unrecht gegen sie in sich halten." Man merkt schon an dem Stil, daß die erlittenen Ver-

folgungen ben sanften Fabricius erbittert haben, barum muß er sich
auch vom Prof. Francke eine Zurechtweisung gefallen lassen: „Mir
wäre es nicht lieb, wenn Sie etwa um wirkliche Einräumung einer
ihrer (confiscirten) Kirchen gebeten hätten; denn ob sie gleich die freie
Religionsübung nicht aus einem gegründeten Recht [1]) sich anmaßen
können, so bringt es doch die Eigenschaft des Evangeliums mit sich,
daß man gegen andere Religionsparteien keine andre als geistliche
Waffen gebrauche." Fabricius nahm den Tadel bemüthig an und erst
barauf ließ es ihm Gott gelingen: „Ew. Hochwürden weise Erinnerun=
gen harmoniren genau mit der bisherigen göttlichen Führung, die uns
von allem bem, was die Römischen hier besitzen, und auch von bem,
was nun schon über ein Jahr lang (Oct. 1750) confiscirt lieget, nicht
bas geringste zugetheilet, und auch unser Gemüth besfalls in solche
Ruhe gebracht, baß wir nichts mehr bavon begehren, sondern vielmehr
Gott für seine bisherige Regierung herzlich preisen und uns an seiner
Gnade begnügen lassen wollen. Ich kann nun wohl merken, baß mein
Gemüth etliche Jahre her durch die Betrachtungen ber Intriguen, Stol=
zes und Frechheit ber Römischen und des Schabens, ben wir auch
ohne Zweifel mit von ihnen erlitten, etwas zu ängstlich gewesen um
Abgewinnung eines Vortheils über sie und banke baher Ew. Hochw.
herzlich für Dero güte Ermahnungen."

Es verging kein Jahr, in bem nicht Katholiken zur evangelischen
Kirche übergetreten wären, am meisten Aufsehen machte aber der Ue=
bertritt eines katholischen Paters, eines aus Coimbra in Portugal ge=
bürtigten Dominikaners Manuel Joze ba Costa, „eines wohlstubirten
und scharfsinnigen Mannes." Während seines mehrjährigen Dienstes
in Goa und Diu waren ihm schon Zweifel über das Papstthum ge=
kommen. Nach Siam versetzt wird er mit einem Jesuiten Antonio
Robrigues bekannt, an bem er auch einiges Mißfallen an ber römischen
Lehre bemerkt. Endlich entbecken sie sich einander und lesen zusammen

---

[1]) In Fabricius hatte nämlich wieder einmal der Jurist die Oberhand be=
halten, baß er sich also verlauten lassen: „Die Patres befinden sich hier nicht aus
irgend einigem Recht oder alten Stipulation oder Capitulation (wie etwa die por=
tugiesischen Patres in Negapatnam und Trankebar ober wie biejenigen römischen
Geistlichen, so in protestantischen Landen von Teutschland nach dem Westphälischen
Friedensschluß und bem anno regulativo (1624) ihre sacra exerciren), sondern
nur precario, vor Geschenke, und ben englischen statutis zuwider haben sie sich
eingenistet und ausgebreitet und bei tiefem Schlaf ber englischen Gouverneurs und
Prediger sich beinahe recht zu einer religione dominante gemacht."

die lateinische Bibelübersetzung (Vulgata), auch fällt ihnen ein Trankebarer protestantischer Catechismus in die Hände, aus dem sie insgeheim auch mehrere Gemeindeglieder unterrichten, so daß 43 aus der
römischen Kirche austreten. Rodrigues tritt auch offen aus, wird
excommunicirt, stirbt bald und wird von den Römischen begraben, als
habe er sich wieder zurückgewandt. Da Costa wird von einem andern Pater gefangen genommen und nach Goa der Inquisition über-
schickt. Ein ihm bekannter Muhammedaner weiß aber zu bewirken,
daß er an der tamulischen Küste abgesetzt wird. Er kommt nach Trankebar, verkehrt mit Widebrock, wagt aber nicht, sich ihm zu entbecken,
da er fürchtet, er möchte es weiter kund thun, so daß dann die Katholiken die Rückkehr zu seiner Gemeinde nach Siam verhinderten.
Endlich hört er von Fabricius, kommt verkleidet ins Missionshaus zu
Madras, trifft aber nur Breithaupt. Dies wird die Veranlassung, daß
er noch anderthalb Jahr mit seiner Absicht zurückhält, endlich da er
eine Gelegenheit findet über Bengalen nach Siam zurückzugehen, wendet
er sich vorher wiederum an Fabricius, bittet in der Stille sein Bekenntniß anzunehmen und ihn als protestantischen Missionar für Siam
zu bestätigen. Sobald er weiteren Unterricht von Fabricius empfangen
hatte, der ihm ein zum Druck bereitliegendes „ausführliches Manuscript
von dem Ursprung, Art und Lehre des Papstthums" mittheilen konnte
wurde er in Gegenwart einiger Zeugen aufgenommen und dann wei-
tergesandt, nachdem er einen ausführlichen Absagebrief, nach seiner
Abreise zu publiciren, hinterlassen. In Calcutta trat er dann in Miss.
Kiernanders Gemeinde öffentlich über, verfiel aber bald in eine Krankheit und starb nach einem Jahr, ohne sein sehnlichstes Verlangen, in
Siam das Evangelium zu predigen, erfüllt zu sehen, zu großem
Schmerze der Missionare in Madras. Wie eifrig Fabricius auf ähnliche Gelegenheiten einging, hatte er schon im Jahre 1756 beweisen,
als ein französischer Pater, der in manchen Punkten dem evangelischen
Glauben sich näherte, seine sonstigen Einwände widerlegt zu sehen
wünschte. Fabricius arbeitete eine Schrift von 17 Bogen aus und
ließ sich dazu Chemniz' Examen und andere Bücher von Cudelur kommen. Höchst wahrscheinlich ist in dieser Erzählung uns gerade die
Veranlassung zur Ausarbeitung des obenerwähnten Manuscripts angegeben, welches später [1]) gedruckt unter dem Titel „Spiegel des
Papstthums" erschien.

---

[1]) Im December 1774 wird über die Druckerei gemeldet: „Auch ist ein
Zeugniß in tamulischer Sprache gegen die Lehren der römischen Kirche unter der

Es wäre nun freilich ein bedenkliches Lob für einen Missionar, der ausgesandt ist die Heiden zu bekehren, wenn ihm nachgesagt werden müßte, er verwende den besten, oder auch nur einen großen Theil seiner Zeit und Kraft auf andre christliche Confessionen. Dies trifft aber bei Fabricius so wenig zu, daß mit obiger Schilderung seine Beziehungen zu den Katholiken völlig ausreichend dargelegt sind, während seine Reisen und Gespräche mit Heiden gut zusammengestellt und aus den Berichten der Uebrigen ergänzt, recht wohl ein praktisches Handbuch für Missionare geben würden und in einem mehr erbaulich gehaltenen Lebensbilde einen Haupttheil ausmachen müßten; für uns eben ein Grund, sie hier nur zu berühren.

Im Morgenlande, wo das ganze Leben mehr ein öffentliches ist, kann der Missionar leicht und ungesucht, ohne lästig zu fallen, den Leuten sich nähern. Fabricius benutzte diese Freiheit mit dem Takt und der Geschicklichkeit, die ihm genaueste Beobachtung und liebendes Eingehen auf die Neigungen und Anschauungen des Volks erworben hatten. Zunächst lag ihm daran, eine Tagereise um Madras herum den Leuten bekannt zu werden, damit nur erst die Aufmerksamkeit von der ihnen auffälligen fremden Persönlichkeit auf den Inhalt des Vortrags gelenkt würde. Es kam wohl vor, daß sich die Leute begierig um ihn drängten und um einen Vortrag baten, und dann doch gar nicht auf den Inhalt achteten, ja offen gestanden, sie wollten nur einmal einen Blanken tamulisch reden hören. Er ging oft wöchentlich mehreremale aus, zumeist vor Tagesanbruch und kam dann Abends zurück; als er einen Collegen bekam, blieb er auch öfter eine Nacht fort. Am liebsten trat er in die Schulen ein, wo sich bald auch die Erwachsenen einfanden, oder er benutzte die öffentlichen Ruhehäuser zu Lehrzimmern. Mit seinem Vortrag schloß er sich gewöhnlich an äußere Dinge an, die äußere Noth führte ihn auf das innere Elend, die Tamulen lieben geistliche Umdeutungen und Gleichnisse, da suchte er nun nicht lange, sondern er redete in der bilderreichen Sprachweise der Bibel und erzählte die Gleichnisse der Evangelien. Seine Ansprachen waren nach der Stimmung der Zuhörer verschieden; waren sie erhitzt vom Götzendienst,

---

Arbeit, damit wir in diesem hier in Indien so nöthigen Stück nicht zurückbleiben mögen." Schwartz ließ durch seine Catecheten häufig den Katholiken aus diesem Buch vorlesen, so wird z. B. im Dec. 1777 berichtet: „Wir lasen einigen Römischen die zwei ersten Capitel aus dem neulich edirten Büchlein gegen das Papstthum vor, wie nämlich der heilige Geist es vorher verkündigt, daß ein solcher Abfall in der christlichen Kirche entstehen würde, ingleichen wie die Knechte Christi Lutherus und seine Amtsbrüder dagegen gezeuget." 1798 erschien eine zweite Auflage.

bei einem Opfer oder Procession, so ging er ihnen lieber aus dem Wege, oder gab nur ein kurzes strafendes Zeugniß [1]); hatte er unaufmerksame Zuhörer, so blieb er in den Vorhöfen des Glaubens stehen, erzählte von der Schöpfung, zeigte die Thorheit des Götzendienstes; hielten sie aber stille, so verbreitete er sich über das Leben des HErrn, die von ihm gestiftete Versöhnung und pries die Seligkeit seiner Anbeter. Zum Beschluß vertheilte er kleine Bücher, nach denen die Tamulen großes Verlangen haben, in letzter Zeit gewöhnlich seinen Brief an die Heiden, der die ganze Predigt zusammenfaßte [2]). Dabei ließ er sich nicht durch höfliche Beifallsäußerungen und Zustimmung täuschen [3]), er schlug den augenblicklichen Nutzen der directen Heidenpredigt sehr gering an, vertraute aber, daß, da sie nun wüßten, wo weitere Belehrung zu holen sei, manche ihn später aufsuchen würden. Viele gewannen ihn doch auch persönlich lieb, und wenn Geschäfte sie nach Madras führten, sprachen sie dann auch gewiß in Vepery vor. Auch das bloße Gerücht von ihm lockte bisweilen Einzelne herbei. Ferner gesteht er offen, daß sehr Viele zunächst nur kämen in Hoffnung äußerer Hülfe, mit solchen Leuten ist er vorsichtig, aber er weist sie nicht von sich, er kennt des HErrn Art, daß Er auch durch solche äußere

---

[1]) Namentlich gegen offenkundigen Teufelsdienst pflegte er sogleich aufzutreten: „Auch ist das ver mein te Teufelsaustreiben, so in diesem Lande im Schwange geht und wodurch die Pusarigel oder Teufelsbanner ihren Lebensunterhalt suchen, ein recht Satansspiel. Nicht weit hier von Vepery, bei einer Ammen-Pagode, in einem Garten geschiehet dergleichen zum öftern; daher auch schon mehrmal gegen solches teuflische Spiegelfechten daselbst zu den Heiden geredet worden ist. Vor einiger Zeit kam einer von uns dahin, als eben ein Heide seinen Sohn dahin gebracht hatte, von dem die dortigen Pusarigel den Teufel austreiben sollten. Nach einer gethanen Vorstellung von den geistlichen Banden des Satans, damit sie verstrickt seien, wie auch von der Befreiung davon durch Christum, den Heiland der Welt, so da erfolge, wenn man sich zu ihm bekehrete, wurde, weil dem Knaben nichts zu fehlen schien, der Vater gefragt, woher er denn wisse, daß sein Sohn besessen sein sollte. Worauf er keine andern Merkmale anführte als diese, daß er so sehr vergeßlich wäre und des Nachts von Hunden und Katzen träumte.“ Hieraus läßt sich zugleich erkennen, wie Fabricius theologisch zu dergleichen Fragen stand.

[2]) Siehe die Uebersetzung von ihm selbst im Anhange.

[3]) Gewöhnlich billigten sie den Vortrag, legten sich dann aber aufs Entschuldigen und wiesen auf die vielen Hindernisse hin, die einmal ein Heide in folgendem treffenden Gleichnisse schilderte: „Es sind nur immer so viel Hindernisse im Wege, solchen guten Weg zu betreten. Das Suchen der ewigen Seligkeit ist gleich einem Menschen, der zu einem mit vielem grünen Wassermoos überzogenen Teiche kommt und gerne gut Wasser schöpfen will; je mehr er das umherstehende Moos wegstößt, desto mehr fällt wieder hinzu.“

Noth die Herzen lenken und leiten will, darum wird auch stets mit besonderer Vorliebe in den Berichten auf diese Führungen Gottes hingewiesen. Da ist zum Exempel Jemand durch einen glücklichen Fall zum christlichen Glauben gekommen. Er war auf einen Baum grade vor Fabricius' Wohnung gestiegen, Blätter zu tamulischen Tellern zu pflücken, fiel herunter und beschädigte sich am Fuß. Die Catecheten nahmen ihn in ihre Wohnung, pflegten ihn und erzählten ihm dabei von der christlichen Lehre. Kaum hören seine Verwandten, daß er Lust habe überzutreten, so holen sie in Masse ihn ab. Nach 2 Monaten kommt er geheilt wieder, um für die Pflege zu danken und sich taufen zu lassen, trotz fortwährenden Widerstandes seiner Frau und der Verwandten.

Bei solchen Taufbewerbern suchten die Missionare zunächst zu erforschen, welche Beweggründe sie hergetrieben, und gewöhnlich hielt dies nicht schwer, da die Tamulen leicht zu durchschauen sind, darnach wurde nun die Behandlung des Einzelnen eingerichtet. In Trankebar hatte man unter Walther nach dem Vorbild des altkirchlichen Catechumenats dieser Erforschung halber eine längere Wartezeit festgesetzt, die auch dazu dienen sollte, allmälig zu kirchlicher Zucht und Sitte überzuführen. In Madras begegnet davon nichts weiter, als daß sie zuweilen verdächtigen Leuten Arbeit gaben, um sie länger unter Aufsicht zu behalten, doch fehlte es nicht am sorgsamsten Unterricht, diesen hielten die Missionare mit Recht für ihre eigentliche Hauptaufgabe, wie denn Schwartz einmal erzählt, daß er jedem Täufling persönlich 60 Stunden, nämlich 2 täglich, gewidmet habe, außer dem Wiederholungsunterricht der Catecheten.

Fabricius schreibt über den Catechumenenunterricht im ersten Jahr seiner Wirksamkeit zu Madras: „Tauf- und Aufnahmeacte, durch welche die Missionsgemeinde mit neuen Proselyten von den Heiden und Römischen vermehrt worden, sind nach jedesmaliger sorgfältiger Unterrichtung 6 gehalten. Und geschiehet der Unterricht an sie bei einer jeden Präparation ordinair in einundzwanzig Catechisationen und eben soviel Repetitionen, worauf am Ende noch zwei oder drei Generalwiederholungen folgen. Daneben lernen sie in der übrigen Zeit den Catechismum auswendig, welcher ihnen von Jemand vorgesprochen wird." In gleicher Weise hat er es wahrscheinlich stets gehalten, denn er hatte den Inhalt sich schon so weit firirt, daß er ihn den Catecheten zum Behuf der Wiederholung und des Aushülfe-Unterrichts schriftlich geben konnte: „Zu dem Ende ist den Catecheten der Stoff einer Präparation, in Frag und Antwort verfaßt und in 21 Lectionen eingetheilt, schriftlich gegeben worden." Im Jahr 1756 meldet er von den Zubereitungen, „daß sie ordentlicher Weise etwas über einen Monat währen und daß durch täglich zweimaligen catechetischen Unterricht, wovon der eine allemal in einer Wiederholung besteht, den Catechumenen die Milch der reinen evangelischen Lehre vorgetragen wird." Um diese Zeit herum erfahren wir denn auch, daß jenes den Catecheten in die Hände gegebene Vorbereitungsbüchlein nunmehr aus 24 Kapiteln besteht, und endlich im Februar 1767 wird berichtet, daß ein tamulisches Lehrbüchlein[1]) von 24 Kapiteln, in Frage und Antwort verfaßt, gedruckt ist. Nun war eine feste Grundlage des Unterrichts vorhanden.

Fabricius täuschte sich nicht über die Wirkungen solchen Unterrichts und erwartete nicht vor der Taufe, was mitzuwirken sie eingesetzt ist; sie war ihm nicht eine unwirksame Besiegelung des vorhandenen Glaubens oder gar nur eine feierliche Weihe[2]) auf Christum, die

---

[1]) Herr Miss. Schwarz in Mayaveram, der gründlichste Kenner und Erforscher unserer alten Missionsgeschichte, dem ich auch einige Aufschlüsse verdanke, schreibt mir über dies Vorbereitungsbüchlein „aitta postucham": „Es ist eine weitere Erklärung des kleinen Tractates „erste Milch". Dieser letztere ist gewiß auch vom sel. Fabricius verfaßt." Der genannte kleine Tractat ist jetzt in Trankebar wieder abgedruckt und wird bei dem Catechumenen- und Confirmanden-Unterricht gebraucht. Vielleicht wird schon in dem obigen Bericht von 1756 auf „die erste Milch" angespielt. Es ist wahrscheinlich die Erstlingsarbeit der tamulischen Presse zu Madras gewesen. Unterm März 1766 heißt es: „Durch Gottes Hülfe werden wir auch anfangen, mit einer eigenen Presse tamulische Tractätlein zu drucken, so er uns seine Gnade dazu zu erzeigen fortfährt, wie wir zuversichtlich hoffen." Ist nun, wie wir vermuthen, die „erste Milch" eins jener Tractätlein, so ist es naturgemäß vor seiner weitern Ausführung gedruckt. Das größere Vorbereitungsbüchlein erschien 1780 in zweiter Auflage. Auf den übrigen Stationen wurde es gern gebraucht, so schreibt Miss. Pohle im Nov. 1788: „In den Freitagspredigten fahren wir mit den Malabaren fort, uns über des Herrn Fabricii Buch Ajitta Posthagam zu erbauen, womit wir bis ins 17. Kap. vom gläubigen Nahen zu Jesu gekommen sind." Möchte es doch bald durch eine neue Auflage unserer Mission wieder gewonnen werden!

[2]) So schreibt Dr. Prochnow, indem er den Hindus, die sich weigern vor der Taufe oder bei der Taufe die Kaste aufzugeben, die feste Ueberzeugung beimißt, daß sie von Natur reiner und heiliger wären als der taufende Missionar selber: „Das heißt ja das heilige Sacrament der Taufe zu einer Carricatur herabwürdigen, ja ins grade Gegentheil verwandeln; statt eine Weihe für Gott und Christum zu sein, wird es eine Weihe für den Teufel; statt Christum aufzunehmen, nehmen solche mit der Kaste getaufte Heiden sieben andre Teufel auf und werden noch viel ärger als zuvor." Wir würden es nur consequent finden, wenn Herr Missionsinspector Prochnow

sich daher auch etwa verschieben oder sogar verweigern läßt, wenn sich
der Catechumene nicht entschließen kann, vorher mit dem Missionar ein
„gutes Frühstück" einzunehmen, sondern das Sacrament der Wie=
bergeburt, der göttliche Anfang des neuen Lebens im Menschen; der
vorhergehende Unterricht soll den Menschen dahin bringen, daß er Gott
stille hält wie ein Kind (denn nur als ein Kind geht der Mensch ein
in das Reich Gottes und auch bei Erwachsenen ist die Taufe ihrem
Wesen nach Kindertaufe) und ihn in sich handeln und wirken läßt; es
soll im Herzen Sehnsucht und Lust am christlichen Glauben und im
Verstande Erkenntniß der Wahrheit gewirkt werden. Aus solcher An=
schauung heraus schreibt offenbar Fabricius: „Manche Catechumenen
kommen zu einer nicht geringen Erkenntniß und Fertigkeit, die Fragen
wohl zu beantworten, und zeigen sich auch Kennzeichen der Zustimmung
des Herzens und Lust an solchen göttlichen Lehren und mehr andere
gute Hoffnung gebende Wirkungen des Worts. Mit andern aber hält's
auch wieder härter. Doch wenn man bei angewandtem Fleiß bei sol=
chen doch eine Willigkeit wahrnimmt, dem gehörten Unterricht zu fol=
gen und forthin nach dem Eintritt in die Gemeinde noch weitern Un=
terricht anzunehmen, so ziehen wir in Gottes Namen das Netz zu und
wünschen lauter gute Fische gefangen zu haben. Daß aber solcher
Wunsch nicht immer eintrifft, wissen wir zuvor aus den Gleichnissen
Christi und sehens auch hernach zu unserer Bekümmerniß oft in augen=

---

seinen Missionaren für den Fall, daß katholische eingeborne Christen (lutherische
kommen ihnen wohl nicht in den Weg) zu ihnen zu treten begehrten, die Instruction
ertheilte, solche mit Anwendung des Exorcismus noch einmal zu taufen. — In
die Decembernummer der „Biene" von 1860 hat Dr. Prochnow folgenden Be=
richt eines Missionars billigend aufgenommen: „Wir haben hier einen Eigenthümer
von 6 Dörfern, der aus der Königsfamilie stammt, als Knabe einen christlichen
Lehrer hatte, der das neue Testament beinahe auswendig gelernt hat und wenn er
manchmal an die Brüder hier Briefe schreibt, sie halb mit Bibelsprüchen ausfüllt.
Dieser kam auf einmal und verlangte bringend die Taufe. Br. B. sagte zu ihm:
„gut komm nur, Erkenntniß hast du genug, du magst die Taufe schon empfangen."
Er kam an einem Sonntage, da wurde denn ein gutes Frühstück bereitet, ein
Paar unserer Gemeinde=Aeltesten eingeladen und dann hieß es: nun wollen wir
uns setzen und erst zusammen essen. Wir setzten uns; aber unser lieber Gast sagte:
nein, erst tauft mich, dann will ich die Kaste brechen." (!) — Da wurde
er nicht getauft. — Unser HErr will am jüngsten Gericht die mit der ewigen
Seligkeit belohnen, welche seinen Jüngern um seinetwillen einen Trunk kalten
Wassers gereicht haben. Seine Diener und Boten weisen arme Heiden, welche sie
für gut gegründet in der Erkenntniß und der Taufe würdig erklären, um eines
guten Frühstücks willen vom Eingang des Himmelreiches fort!

scheinlichen Exempeln. Indessen gebühret uns immer unter Anrufung
Gottes in unserer Arbeit fortzufahren." In dieser Praxis wissen sich
die Missionare in Uebereinstimmung mit Luther, wie sie denn ausdrücklich
sich einmal auf eine Stelle der Himmelfahrtspredigt in der Kirchenpostille
beziehen: „Du mußt auch in dem Taufamt nicht darnach warten, bis
du gewiß seist, wer da glaube oder nicht, sondern da siehe nach: Wo
das Wort Gottes gehet und gehöret und der Taufe begehret wird, da
ist dir befohlen die Taufe zu reichen, beide jungen und alten. Denn
wo das als Hauptstück recht geht, da geht das andre alles auch recht."

Solche Ansicht und Praxis können freilich nur Männer vertre-
ten, welche fest überzeugt sind und etwas gespürt haben von der dem
göttlichen Worte innewohnenden sacramentalen Kraft, vermöge deren
es nie leer zurückkommen kann, sondern ausrichten muß, wozu es gesandt ist. Fast in jedem jährlichen Bericht werden „Exempel von
Früchten des Worts, so sich bei Lebenden und Sterbenden geäußert"
angeführt. Treue Predigt des Wortes und schriftgemäße Verwaltung
der Sacramente hilft allein wider die Schäden in der Gemeinde, deren
auch die erste Christenheit genug zu tragen hatte: „Bei Erblickung
mancher Hindernisse von außen und von innen, und der nicht geringen
Gebrechlichkeit vieler von der Gemeinde, die oft bald hinterwärts, bald
zur Rechten, bald zur Linken zu weichen beginnen, richte ich (Fabricius) mich oft auf durch Betrachtung der Kirchen-Historie, wenn ich
eine sehr gleiche Gestalt, auch wohl in den ersten Jahrhunderten selbst
hin und wieder finde. Nun es sei denn ferner auf die von Alters her
bewährt gefundene Gnade Gottes und auf das alte Evangelium, das
man vom Anfang gepredigit, allein angefangen." Ein ander Mal
ermuthigt er sich: „Mein Trost ist immer, daß Gottes Wort, wenn
es in Lauterkeit und unter Anrufung Gottes verkündigt wird, doch
einen Stachel in einigen Herzen nach sich lassen muß, und daß wenigstens am Ende alle, die uns jetzt hören, die Wahrheit davon mit Augen
sehen und dann werden bekennen müssen, daß wir es ihnen treulich
gesagt haben, wie auch, daß ein anderer ist, der da säet und ein anderer, der da erntet."

Die Ernte, welche Fabricius gemeinsam mit Breithaupt ein-
sammeln durfte, ist allerdings menschlich angesehen, nicht reichlich zu
nennen. Leider hat er nur bei Uebernahme der Station angegeben, wie
viel gegenwärtige Glieder die Gemeinde zählte, etwa 270 Seelen, sonst
werden immer die laufenden Zahlen des Kirchenbuchs genannt, wie viel
seit Anfang der Mission innerhalb der Gemeinde und aus den Heiden
getauft, und wie viel Katholiken aufgenommen worden, nach dreißig-

13 *

jähriger Wirksamkeit ist die Zahl auf 2200 angewachsen gegen 690 bei Schultze's Abgang. Da die Zahl der Verstorbenen (im Jahr 1752 liegen von den 1083 Aufgenommenen schon 350 auf dem Kirchhof) in jener unruhigen Zeit die Zahl der Gebornen gewiß erreicht hat, und unter Schultze allein c. 250 wieder abgefallen waren, ist es mir nicht wahrscheinlich, daß Fabricius jemals mehr als 800 Seelen zu versorgen hatte; und zwar wird die höchste Zahl erreicht sein im J. 1778, dem kritischen Wendepunkt in unserer alten Mission, von wo an es daheim und braußen schnell abwärts geht.

Mittelpunkt der Mission war seit 1752 Vepery; die dort und in dem westlich anstoßenden Dorf Purfebakam wohnenden Christen genossen die meiste geistliche Pflege, an zwei Orten konnten sie jeden Morgen ein Gebet und ein Kapitel aus der Schrift vorlesen hören, an mehreren Abenden der Woche hielt Fabricius in der erleuchteten Kirche tamulische Catechisationen, während Breithaupt mehr den Portugiesen sich gewidmet zu haben scheint; zu der Freitagsbetstunde pflegten auch die Auswärtigen, namentlich aus der Stadt, zu kommen. In Vepery befanden sich auch die tamulische und portugiesische Schule, über 40 Kinder wurden ganz und allein von der Mission unterhalten.

Der portugiesische Lehrer war meist ein durch wunderliche Schicksale nach Indien verschlagener Europäer und dann immer mit Fabricius nahe befreundet. Der erste Gillet hatte in seiner Jugend zu Straßburg Theologie studirt, war dann 20 Jahr Handelsmann in Pegu gewesen, und von dort aus Anlaß einer Revolution vertrieben, lief er Fabricius in die Arme, als der grade wegen eines Lehrers in großer Noth war. Im August 1748 starb er im Exil zu Carumanel, „der treue Mitgenosse in den bisherigen Leidensumständen." Bis in den Mai 1756 folgte Dirk Steenhover, dann Benjamin Leander, den die Missionare selbst aufgezogen hatten. 1770 wurde der portugiesische Schullehrer in Cudelur, Obeck, ein frommer tüchtiger Handwerksmann aus Magdeburg, ihnen abgetreten, den Fabricius nicht genug loben kann. Seit 1761 wurde noch dazu für die anwachsende englische Schule, bis dahin vom portugiesischen Lehrer mitbesorgt, ein alter Invalide angenommen. Im J. 1752 richteten die Missionare auch eine Mädchenschule ein und nahmen eine portugiesische Schullehrerin an, „auch ein Segen des Exils." Sie war Magd bei der von Fabricius oft erwähnten alten Frau Cornelis in Palleacatta. Da nun die Herrschaft oft den portugiesischen Gottesdienst in Carumanel besuchte, ja zuweilen sich ganze Wochen dort aufhielt, kam die Magd mit, zeigte große Liebe zu Gottes Wort und solchen Eifer zu lernen, daß sie den Schulkindern

Gebacknes mitbrachte, um dafür von ihnen das ABC zu lernen. Als
Fabricius später von einem wohlgesitteten Corporal um eine Frau an-
gesprochen wurde, machte er den Brautwerber bei ihr. Bald Wittwe
geworden, wird sie als Schulmeisterin berufen: „Und finden wir nun,
da sie fertig gedruckt und geschrieben lesen, auch schreiben gelernt, und
sich wohl mit Gottes Wort bekannt gemacht, vornämlich aber eines
stillen sittsamen und eingezogenen Wandels ist, und die Kinder wohl
informiret, rein und sauber hält und gewöhnet, und mit ihnen oder
vor ihnen aus dem Herzen brünstig betet, an ihr alle gute Eigenschaften einer Schulmeisterin, wozu sie der Geist und die gute Führung
Gottes augenscheinlich zubereitet hat." Der erste Gehülfe an der portugiesischen Gemeinde war lange Zeit hindurch der Catechet Paul, der
Fabricius manche Freude, aber auch durch schwere Sünden manche trübe
Stunden bereitete. Ein lieber Schullehrer in Deutschland, Bauer in
Alter-Kütz, sorgte für seinen Unterhalt und wechselte durch Fabricius
mit ihm Briefe. So viel über die portugiesische Schule und Gemeinde.

Als tamulischer Schulmeister diente lange der alte Enoch,
seit 1762 aber war ihm Amurbapullei übergeordnet. Die größte
Aufmerksamkeit jedoch verdient der tamulische und portugiesische Catechet
Curupabam, der in Fabricius' Geschick so traurig verflochten ist. Im
Juli 1752 wird er zuerst als Abschreiber erwähnt, später erscheint er
als Gehülfe in der tamulischen Schule und seit 1757 als Catechet an
Pauls Stelle. Ende 1754 heißt es über ihn im Tagebuche: „Des
seligen Landpredigers Aaron Sohn, Curupabam, hat uns auch seit
seinem nun anderthalbjährigen hiesigen Aufenthalt, wegen seines
geänderten Sinnes und guten Wandels, bisher Vergnügen gemacht.
Er war in ziemliche Unordnungen gerathen und um deswillen von
Trankebar weggekommen. Er kam aber endlich in seiner Noth hieher,
da wir denn nicht übers Herz bringen konnten, daß wir ihn um seines lieben seligen Vaters und um seines bekümmerten Schwiegervaters,
des Landpredigers Diogo, willen nicht hätten aufnehmen sollen, und
freuen uns nun desto mehr, da wir sehen, daß sein Sinn sich merklich geändert hat, und er wegen seiner guten Fähigkeit noch ein brauchbarer Arbeiter werden kann, da er sich seine vorigen Vergehungen zu
desto mehrerer Demüthigung dienen läßt." Seitdem wird er stehend
als ein „insbesonders tüchtiger und nützlicher Gehülfe" bezeichnet.

Als einen eignen Zweig der Vepery Mission müssen wir die
„schwarze Stadt" von Madras nennen, dort wohnte bei dem alten
Begräbnißplatz der Catechet Schawrimuttu, der erstlich von Miss.
Sartorius unterrichtet und dann in den Trankebarer Anstalten erzogen

mit Fabricius zugleich nach Madras gekommen zu sein scheint. Er bewies sich sehr nützlich im Unterricht der Catechumenen, im Besuch der Kranken, bei Schlichtung von Streitigkeiten, und hielt mit den nahe wohnenden christlichen Familien das Abendgebet in seinem Hause. Als er nach 28jährigem treuen Dienst 1772 zugleich mit Leander starb, wird ihm nachgerühmt, daß er im Gebet jeder Zeit einen besonderen Fleiß hat spüren lassen. Unter ihm stand in der Stadt ein tamulischer Lehrer, auch gehörten die beiden Pariadörfer Korukkapettah und Pötei = tscheri zu seinem Bezirk, wo unter Boas und Alexander, denen später noch ein Gehülfe beigegeben ward, besondere Pariaschulen be= standen. Für die Erhaltung äußerlicher Ordnung war noch ein eigner Pariavorsteher angestellt [1]).

Fabricius wurde auch jährlich gewöhnlich zweimal nach Sabras und Palleacatta von den Holländern gerufen zu Taufen und Trauungen, bei dieser Gelegenheit reichte er dann nicht nur den dorti= gen Deutschen das Abendmahl, sondern versorgte auch die kleinen luther= ischen Gemeinden aus den Eingebornen. Seit 1757 wurde in Sabras ein eigener Landcatechet Sinnappen stationirt, der 1755 von den Katholiken übergetreten, zuerst in Conjeveram sich niedergelassen hatte, aber vor der Feindschaft der Heiden wieder von dort hatte abgehen müssen. 1770 kam als neue Außenstation die drei Tagereisen westlich liegende Stadt Welur hinzu, wo der Pariacatechet Tasanaik in Segen unter den niedern Classen arbeitete. Diese Außenstationen regel= mäßig zu besuchen, war Fabricius' sonderliche Aufgabe, und weil er, stets zu Fuß reisend, unterwegs immer das Evangelium verkündete, überließ er (seit 1770 etwa) die Heidenpredigt in der nächsten Nähe von Madras allein seinem Collegen, während er die eigentliche Stations= leitung stets sich vorbehielt. Breithaupt bei seinen vielen Krankheiten beschied sich der Gehülfe seines ältern Collegen zu sein und schmiegte sich ihm ganz an; es scheint ein ideales Verhältniß gewesen zu sein. Dies kam auch der Mission wohl zu Statten, denn bei den Tamulen ruht vorderhand doch noch alles auf den Missionaren, und selbst den treuesten eingebornen Gehülfen, die wir jetzt der Reihe nach in ihren Wirkungs= kreisen besucht haben, kann nichts selbstständig überlassen werden.

---

[1]) „Am 3. Febr. 1744 ist auf eine gute Art den in einigen Dörfern auf der Compagnie Grund wohnenden und den größten Theil der Gemeinde ausmachenden Paria=Christen aus ihrem eignen Mittel ein eigner christlicher Vorsteher gesetzt worden. Es war derselbe nach vorhergegangenem Rath mit uns von allen unter ihm stehenden Personen dazu erwählet."

Fabricius war aber auch allenthalben; eifrig mit Katholiken zu disputiren, freudig den Heiden das Evangelium zu verkündigen, fühlte er sich doch nirgends so wohl, so heimisch als in seiner Gemeinde, jedes einzelne Glied trug er auf seinem Herzen. Die elendesten und niedrigsten Hütten der Armen waren vor seinem Besuch nicht sicher und dies will im Tamulenlande viel besagen: „Ich pflege die Leute von unserer Gemeinde, so sonst auch von dem Catecheten wöchentlich besucht werden, dann und wann in ihren Hütten zu besuchen und merke davon guten Effect und vertraulichere Zuneigung."

Liebe und Gebuld im Verkehr mit den Schwachen characterisirt besonders seine gemeindliche Thätigkeit: „Wir haben nach der besondern Beschaffenheit des Temperaments hiesiger Leute, aus der Erfahrung immer mehr gelernt, daß (wie es auch dem Exempel des Umgangs Christi mit seinen Jüngern am gemäßesten ist) Liebe und Gebuld und stetes gutes Exempel, sammt freundlichem Unterricht, das beste Mittel ist, an ihnen etwas Fruchtbarliches auszurichten. Es findet sich überhaupt bei den hiesigen Tamulen ein nicht geringer Mangel einer guten und wohl überlegenden Urtheilskraft, daher sie durch den sonst auch wohl zuweilen nöthigen Ernst, wenn sie nicht dabei von unserer recht aufrichtigen Liebe und treuem Herzen von langer Zeit her überzeuget sind, entweder nur zu einer äußerlichen heuchlerischen Furcht, die hernach bei ihnen im Verfolg der Zeit nur eitel Böses ausgebieret oder aber zu besperaten Gedanken und Unternehmungen sich bringen lassen. Wenn wir aber liebreich mit ihnen umgehen und neben der nöthigen Gravität Liebe mit untermischen und bei ihren Fehlern, wie groß sie auch scheinen, nur so lange es möglich, als mitleidige Aerzte uns beweisen und ihnen wieder zurechte zu helfen suchen, sie auch an uns stets ein gutes Exempel der Demuth, Verläugnung, Liebe und Redlichkeit, auch der anhaltenden Treue in unserm Berufe, sehen: so haben wir viel mehr gewonnen und solches alles sammt dem Wort Gottes schlägt ihr Gewissen am kräftigsten. Bei wem aber dieses Alles nichts helfen sollte, der kann doch hernach über den Mangel der Sanftmuth und treuen Liebe gegen ihn nicht klagen, wie auch Judas nicht konnte [1]."

---

[1] Eine der köstlichsten Perlen in den gesammten weitläuftigen Missionsberichten und wohl werth, daß sie jedem jungen Missionar unter den Tamulen in die Instruction gesetzt würde. Solche Stellen lassen uns wirklich den Mangel eines Bildes vom Vater Fabricius vergessen, er schildert sich selbst, sein Herz, sein Gemüth, seine ganze äußere Erscheinung, und wir können wohl begreifen, wie schon

Diese Liebe bewies sich aber auch **streng** gegen offenbare Sünder, die sich auf mehrmalige Erinnerung nicht bessern wollten: „Solche,
welche in groben Lastern leben, werden vom heiligen Abendmahl ausgeschlossen, und wo sie nicht vor ihrem Ende Reue und Besserung bezeugen, bekommen sie kein christliches Begräbniß. Unter diese Klasse
gehören auch die, welche Verächter des göttlichen Worts und heiligen
Abendmahls gewesen und geblieben sind. Wir haben auch Exempel
von einigen dann und wann gehabt, welche in ihrem Zorn und Zank
Aufwiegler geworden oder Lästerreden geführt. Da nun alle Zank-
und Streitsachen unter unserer Auctorität von den zusammenkommen-
den vornehmsten Gliedern der Gemeinde geschlichtet werden, so werden
auch von denselben solche mit unserer Zustimmung aus der Gemeinschaft der Gemeinde bis zu ihrer Besserung so ausgeschlossen, daß sie
nicht für Mitglieder der Gemeinde gehalten werden, obgleich Niemand,
wer er auch sei, verhindert wird, zur Anhörung göttlichen Worts zu
kommen. Und der Erfolg in Absicht auf diese ist denn auch mehrentheils gewesen, daß solche nach einiger Zeit sich gedemüthiget und
Abbitte gethan, und wieder in die Gemeinde aufgenommen werden.“
Bemerkenswerth ist hier die Mitwirkung der Gemeindevertreter bei Ver-
sagung des Abendmahls und es scheint beim ersten Anblick als würde
sogar das Abendmahl als Mittel benutzt, die äußere Ordnung aufrecht
zu erhalten. Beim nähern Zusehn aber verschwindet der Argwohn, es
handelt sich um absichtliche Friedensstörer, um Aufwiegler und Lästerer,
im Zorn darf das Bundesmahl, das Mahl des Friedens nicht genossen werden, denn schon wer Opfer des Gebets auf dem Altar niederlegen will und dabei sich erinnert, daß sein Bruder etwas wider ihn
habe, muß alsbald umkehren und sich zuvor versöhnen mit seinem Bruder. Das Zurückweisen vom Abendmahl ist also in solchem Fall löb-
lich, aber die Betheiligung einer Gemeindevertretung an diesem innersten Punkte der pastoralen Seelsorge, das scheint nicht unbedenklich.

Fügen wir an dies eine Bedenken sogleich ein andres über einen
zweiten wichtigen Punkt der Privatseelsorge. Prof. Francke hatte
gewünscht, es möge doch in Madras die Privatbeichte eingeführt wer-

---

1761 Eingeborne und Europäer anfangen vom alten Vater Fabricius zu sprechen,
und wie alle ihn liebten, achten und verehren. Mit Recht, denn dem natürlichen
Menschen, und hätte er das ruhigste Wesen, ist es doch unter den Tamulen nicht
leicht gemacht, sich stets sanftmüthig und ruhig gemessen zu beweisen, wie denn Fabricius selbst in der ersten Zeit seines indischen Aufenthalts in Trankebar einmal
zum Stock gegriffen hat, zur großen Verwunderung seiner Collegen.

ben, wie sie ja auch in Trankebar bestünde, und gleichzeitig suchte auch
Miss. Hüttemann in Cudelur seine Collegen dazu zu überreden. Hier-
wider werden nun in dem gemeinschaftlichen Schreiben von 1754, das
ausnahmsweise von Breithaupt verfaßt ist, zuerst triftige Gründe prac-
tischer Art geltend gemacht: „Wir nehmen uns die Erlaubniß hierdurch
gehorsamst zu melden, daß aus zwei ziemlich wichtigen Ursachen die
Privatbeichte in der Form, wie sie in unserer evangelischen Kirche an
den meisten Orten in Deutschland üblich ist, nämlich, daß nur einzelne
Personen eine nach der andern zu dem Beichtvater apart in den Beichtstuhl kommen, in hiesigem Lande nicht wohl practicabel und schicklich
sein will. Nämlich 1) die aparten Anreden an eine jede Person würden, zumal wenn der Communicanten viele sind, den Prediger in diesem heißen Clima, sonderlich bei der unumgänglich nöthigen besondern
Anstrengung des Gemüths, so stark angreifen, daß zu befürchten, es
möchten wenige im Stande sein, es auszuhalten und die Kräfte würden wenigstens (gesetzt, daß auch die Gesundheit nicht darunter einen
Stoß bekäme) hernach bei den Sonntags- oder Festpredigten ganz erschöpft sein. Denn in diesem heißen Lande über eine Stunde fortreden,
wie doch bei einer solchen Privatbeichthandlung nöthig ist, ist eine
harte Arbeit. 2) Ist es auch hier sehr gegen das allgemeine Deco-
rum des Landes für Eheweiber und für junge Weibspersonen nahe
zu einer Mannsperson zu treten und mit ihm insgeheim und allein
zu reden, und würde daher manchen Leuten sonderlich bei ihrem öftern
Mangel an Urtheil anstößig sein. Da nun die geliebten Brüder in
Trankebar wegen des dänischen Rituals gleichwohl an eine Privatbeichthandlung gebunden sind, so halten sie solche zwar, jedoch in einer
andern Form. Nämlich sie halten solche öffentlich in der Kirche und
der Prediger läßt nicht einzelne, sondern immer mehrere Personen,
manchmal wohl bis an zehn und mehr zusammen zu sich kommen und
absolvirt mit ihnen die Beichthandlung auf einmal und doch klagen sie
über sehr große Entkräftungen und wünschten, daß sie nicht an solche
Art der Beichte gebunden wären [1]); obzwar allbort der, so die Beichte
hält, den Sonntag darauf vom Predigen frei ist.“ Bei dem ersten
Grunde klingt der schwächliche, kränkliche Breithaupt ziemlich stark
durch und warum, fragt man mit Recht, warum so starke Communionen,

---

[1]) Dagegen schreibt der alte Miss. Kohlhoff in Trankebar noch am 30. Dec.
1775 an den Hofprediger Pasche in London: „Schriftliche Arbeit kann ich nicht
thun. Predigen ist meine Lust, Beichtsitzen ist eine meiner liebsten Arbeiten.“

daß bisweilen 150 hinzugingen, warum wurden sie nicht öfter gehalten, was doch Fabricius gleich im Anfang seiner Wirksamkeit als bringend nothwendig ausgesprochen hatte? Das einseitige Urtheil über die Trankebarer Praxis richtig zu stellen, fehlt uns leider ein gleich eingehender Bericht, nach allen Anzeichen jedoch würde er verschiedentlich differiren.

Doch dies mag auf sich beruhen, die Privatbeichte, obwohl höchst wünschenswerth, ist doch nicht absolut nothwendig, wenn wichtige practische Bedenken dagegen sprechen; nun heißt es aber weiter in jenem Bericht: „Der eigentliche Zweck und Nutzen der Privatbeichte, nämlich mit einem Jeden apart nach Erforderung seiner Umstände desto besser zu reden, fällt bei jener Praxis doch weg." Waren jene Uebelstände in Trankebar vorhanden, so wurde allerdings der eigentliche Zweck der Privatbeichte in Frage gestellt, aber dieser darf doch nicht allein in die seelsorgerliche Unterredung gesetzt werden, sondern mehr in die auf Grund derselben ertheilte Privat-Absolution; daß grade diese es ist, welche den reumüthigen Sünder tröstet und stärkt, davon verräth sich in jenem Bericht keine Ahnung. In diesem Punkte war Fabricius der pietistischen Richtung seiner Zeit ergeben, daß die gläubige Seele sich selbst, vielleicht zur Unzeit, die göttliche Vergebung zueignet und dazu des Trägers der Schlüsselgewalt nicht zu bedürfen meint. Wir durften es hier nicht verschweigen, weil diese Neigung verhängnißvoll auf seine letzten Lebensschicksale eingewirkt hat. Sein Heiligungseifer war unermüdlich, so daß ihm die Rechtfertigung wohl davor etwas zurückgetreten ist. Vielleicht hat ihm Gott darum das letzte gewaltige Läuterungsfeuer geschickt, um die letzten Schlacken von dem lauterem Golde zu scheiden.

Der Eifer, mit dem die Madrasser Missionare Seelsorge trieben, war gewiß musterhaft, aber die Mittel, wodurch sie nun den vermeintlichen Zweck der kirchlichen Privatbeichte besser zu erreichen strebten, mögen vielleicht von einem gewissen ängstlichen, examinatorischen Zug sich nicht frei erhalten haben: Sie hielten eine allgemeine Beichte, nahmen aber innerhalb der vorhergehenden 14 Tage „privatim und ohne Anstoß" die Einzelnen vor, indem sie „Mann und Weib, Mutter und Tochter, Eheleute und Schwiegereltern zusammen nahmen und mit ihnen das Nöthige zu ihrer Besserung, Erweckung und Erbauung redeten" [1]. Wenn schon die Vorbereitung zu jedem Abendmahl so

---

[1] Ziegenhagen, durch dessen Hand dieser Bericht ging, schrieb darunter: „Die Privatbeichte ist auf keinerlei Weise in den englischen Missionen einzuführen." Dieser Machtspruch wirkte dann auch in Halle dieselbe Ueberzeugung.

genau genommen wurde, so kann man sich denken, ein wie genauer Unterricht dem ersten Abendmahl vorherzugehen pflegte, fünf Wochen lang täglich ein zweistündiger Unterricht vom Missionar selbst, an dessen Schluß die öffentliche Confirmation auch der Erwachsenen fiel. Es kam vor, daß in Einem Jahr viermal solche Vorbereitung zu halten war.

Aus diesem Allen läßt sich eine Vorstellung gewinnen, wie viel Kräfte allein die Gemeindepflege in Anspruch genommen hat, und doch ist bisher eine ganze nicht unwichtige und höchst beschwerliche Seite der Wirksamkeit unberührt geblieben: die Sorge für den Unterhalt und das irdische Fortkommen der Gemeindeglieder, man kann aber auch noch weiter sagen, die Sorge für Erhaltung der Missionsstation selber. Die Londoner Societät that nichts weiter, als daß sie für jeden Missionar das jährliche Gehalt von 50 Pf. Sterl. schickte, nur im Jahre 1761 geschah das außerordentliche Ereigniß, daß die Societät 40 Pfund „als ein liebreiches Präsent" wegen der 1758 erlittenen Ausplünderung zulegte. Ja während Fabricius im Exil zu Palleacatta mit größter Selbstverläugnung die Mission zu erhalten suchte, meldete ihm Ziegenhagen die traurige Nachricht, daß die Societät mit dem Gedanken umgehe, die Madrassische Mission mit der in Cudelur zu vereinigen, „woraus ich denn aufs neue sehe, schreibt Fabricius nach Halle, daß es der Feind auf allerlei Weise versucht, die Madrassische Mission zu vernichten. Meine Hoffnung aber stehet fest auf Gott, daß solches nicht geschehen werde. Ich denke, den Handel kann man wohl von einem Ort zum andern verlegen, aber nicht die christliche Religion." Er ließ es seinerseits nicht an Vorschlägen fehlen, wie in England das Missionsinteresse geweckt werden könne, er bat um Veröffentlichung ausführlicherer Berichte, wie zu Hofprediger Böhme's Zeiten, aber es wurde so ungünstig aufgenommen, daß sein Bruder Sebastian ihm bringend rieth, „das Purren" in London zu lassen. So blieb Fabricius denn angewiesen auf die von dem deutschen Hofprediger gesammelten Collecten, die für ihn 50 Pf. zum allerhöchsten 100 austrugen, und auf die Beihülfe von Halle, die gewöhnlich auf 100 Pfund fixirt war. Es waren dies jedoch nur gütige Unterstützungen, für die stets sehr gedankt werden mußte, die auch oftmals ausblieben, so daß dann die Mission in Schulden gerieth.

Dazu war die Zahl der zu unterhaltenden Wittwen und Waisen, wie sich schon aus der vielen und mancherlei Noth schließen läßt, welche das vorige Capitel schilderte, eine ganz bedeutende. Fabricius trug für sie in einer Weise Sorge, daß nur noch von Schwartz sich Aehnliches berichten läßt, der seinen ganzen politischen Einfluß seinen

Armen zu gut kommen ließ. Fabricius suchte andere Auswege, die schließlich ihn selbst ins Elend führten. Uebrigens ließ er sich nicht an augenblicklicher Abhülfe genügen, sondern bemühte sich durch Einrichtung von Webereien, Strumpfwirken und Mattenflechten das Uebel dauernd zu heben. In den unruhigen Zeiten war alles vergebens. In der Rechnung von 1762 beläuft sich bei einer Gesammtausgabe von 952 Pagoden (à 2 Thaler) [1]) der Posten für die Schulkinder (einbegriffen das Tuch, welches jährlich zweimal alle Missionsdiener zur Kleidung erhielten) auf 243 Pagoden, die Almosen an Geld auf 157 Pag., wovon 54 an Wittwen, Lahme und sieche Personen, 60 Beihülfe an andre Arme der Gemeinde, 43 für Catechumenen [2]). Man möchte nun wohl befürchten, daß so bedeutende Unterstützungen die niedrigsten Kasten werden herzugelockt haben, es verhält sich aber gerade umgekehrt, nicht die Parias, sondern die Sudras waren die vorzüglich der Unterstützung bedürftigen: „Die vom geringen Pariageschlecht können noch leichtlich unterkommen. Mit andern aber von höherm Geschlechte haben wir, wo sie nicht eine Profession gelernt haben, desto mehr Mühe. Wir haben bisher einige Leute nach ihrer Taufe oder Aufnahme noch einen und zwei Monate oder länger bei uns unterhalten müssen und die Sorge für ihr leibliches Unterkommen macht uns oft große Noth, wie denn auch die meisten von unserer Gemeinde in ihren äußerlichen

---

[1]) Siehe bei Anhang Nr. 2.

[2]) Von Anfang der Mission an ist armen Catechumenen während der Unterrichtszeit, so lange sie ihrer Arbeit nicht nachgehen können, der Unterhalt gereicht. Als Miss. Hüttemann sich 1778 in gehässiger Weise gegen das Almosenwesen erklärte, antwortete ihm der christlich erfahrene langjährige Leiter der Missionsgeschäfte in Halle Prof. Freylinghausen: „Wenn die Catechumenen während dem Unterricht verhungern müßten, ist es dann unchristlich, ihnen ein nothdürftiges Almosen zu reichen? Wollte es wohl Herr Hüttemann verantworten, den Herrn JESUM selbst lieblos zu beurtheilen, daß er mehr als einmal das Volk, so seine Lehre angehört, aus Mitleiden (mich jammert des Volks!) auch leiblich gespeiset, ob er gleich wohl vorher wußte, daß sie es ins Fleisch führen würden Joh. 6, 15. 26. Und was ist unrechtes daran, daß auch Wittwen, Kranke, Alte in der Gemeinde ein Almosen bekommen, denen es zum Theil von den Wohlthätern ausdrücklich bestimmt wird. Nach Herrn Hüttemanns Principien sind die Apostel zu tadeln, daß sie nicht die Armen aus der Gemeinde in Judäa weggejagt, weil sie von zum Theil auswärtigen Almosen unterhalten werden müssen, viel weniger aber die Apostel und Lehrer aus ihren Mitteln besolden können. Denn die auch das Letztere nicht können, will er gar nicht unter den Christen haben. Deren Seelen, für welche doch Christus gewiß auch gestorben, sind ihm viel zu gering."

leiblichen Angelegenheiten bei Niemand anders als bei uns Rath und Hülfe oder auch Fürwort begehren."

Und keine andre Noth haben die Sudras gemacht? sind sie nicht mit ihren Kastenprätensionen aufgetreten? oder wenn Fabricius ihnen ihre Forderungen nachgegeben, hat er dadurch nicht wieder die Parias verletzt? So denkt vielleicht mancher Leser und erwartet, daß endlich, nachdem so manche andere Missionsfragen berührt sind, die allerwichtigste, die Kastenfrage an die Reihe kommt. Da muß ich nun mit einem Geständniß beginnen. Gern würde ich dieser Erwartung entsprechend Actenstücke über die frühere Beurtheilung der Kastenfrage mitgetheilt haben, obgleich ich anfänglich nicht zu begreifen vermochte, wie Christen über eine Frage, die nicht das Bekenntniß, sondern nur die Missionspraxis betrifft, so maßlos in Wort, Schrift und That sich ereifern können, und obgleich mir schließlich der Eindruck zurückblieb, daß gerade das jedem Christen eingeborne und nur gewaltsam unterdrückte Bedürfniß nach einem Bekenntnißstande wieder heraustrete und sich nun räche in der ungesunden Hervorhebung bald dieser, bald jener practischen Frage, durch die man sich unterscheidet und sich trennen läßt, für die man kämpft und eintritt mit einem Eifer, daß selbst die alten Orthodoxen sich beschämt fühlen müssen: gern würde ich dennoch wenigstens aus historischem Interesse Mittheilungen gemacht haben, und ich habe deshalb sorgsam geforscht, aber nur gefunden, was ich schon vorher hätte wissen sollen, daß in einer Biographie des ehrwürdigen, friedliebenden Vater Fabricius für die Behandlung solcher Frage nirgend ein Anhalt sich bietet.

Während seiner langen amtlichen Thätigkeit ist nicht ein einziger berichtenswerther Fall vorgekommen, der ihn zu einer Aussprache genöthigt hätte, in allen Berichten und Privatbriefen kein Wort über die Kastenfrage, denn das wird man wohl kaum für eine Aussprache halten, wenn er auf eine Anfrage seines Bruders Sebastian [1]), ob

---

[1]) Leider ist die Anfrage nicht erhalten, doch ist es uns trotzdem endlich gelungen über den doppelten Abendmahlskelch, der bisher als Schreckbild gegen die lutherische Mission gebraucht wurde, den wahren Sachverhalt zu ermitteln. Im Sommer 1777 landete Miss. Pohle in Trankebar, am 19. Sept. schrieb er an Prof. Freylinghausen in Halle einen Brief, worin folgender Passus vorkommt: „Die alten Missionare (wahrscheinlich Kohlhoff und Zeglin) sind in manchen Stücken zu furchtsam und unentschlüssig, wo man einen Entschluß fassen sollte; daher denn die jüngern weniger freie Hand haben etwas anzufangen und durchzusetzen. Daher rührt es noch, daß man in Trankebar zum Anstoß anderer und wider ihr Erinnern, zwei Kelche beim h. Abendmahl hat, weil die andern Malabaren die Parier verabscheuen und

etwa in Madras für die Sudras und für die Parias besondere Abend-
mahlskelche gebraucht würden, kurz antwortet, „daß niemals und zu
keiner Zeit bei dieser Madrassischen Mission zwei verschiedene Kelche

nicht aus einem Kelch mit ihnen trinken wollen." Diese, wie schon der weitere
Verlauf beweist, offenbar einseitige Darstellung eines Neulings in Indien, können
wir nicht durch einen Gegenbericht modificiren, da die ältern Brüder ohne Weige-
rungen und ohne irgend welchen Conflict schon zu Anfang nächsten Jahres das
Aergerniß abstellten, offenbar ein Beweis, daß der Gebrauch des doppelten Kelches
nicht aus jenem anstößigen Grunde entsprungen war. Wie etwa in Deutschland
bei größern Communionen gleich zwei gefüllte Kelche auf den Altar gesetzt und
consecrirt werden und, wenn die Abtheilung der Männer entlassen ist, für die Frauen
der zweite Kelch gebraucht wird, so werden die Missionare, ohne eine unzulässige
Concession machen zu wollen, nachdem die Sudras entlassen, den zweiten Kelch
genommen haben, bis die Sudras den eignen Kelch als Prärogative beanspruchten.
So erklärt sich auch Fabricius' kurze Antwort, er hielt es für eine Verläumbung
und ging nicht weiter darauf ein. An Pohle, der bald in Schwartzens Gemeinde
nach Tritschinopoli versetzt war, richtete Freylinghausen, während er nach Trankebar
gar nichts schrieb, die weitere Anfrage: „Zu meiner mehrern Nachricht bitte mir
zu melden, ob wirklich bei Ihnen in Tritschinopoli Sutirer und Pareier aus einem
Kelch trinken, und ob solches bei den erstern keinen Anstoß verursacht, zumal bei
neuen Proselyten, die es noch nicht gewohnt sind, und ob es nicht hingegen den
Vortheil habe, daß die Verabscheuung der Pareier nach und nach immer mehr verringert werde." Aus Pohle's Antwort ersieht man zugleich, daß er selbst in der
Gemeinde, welche er selbst für die beste erklärte, noch viel zu ändern hatte: „Bei
mir zu Tritschinopoli trinken Suttirer und Parreier aus einem Kelch. Hierüber ist
auch meines Wissens nie ein Streit vorgefallen. Allein darüber, welches Geschlecht
den Vorgang haben solle, haben sie sich unter Herrn Schwartz und in seiner Ab-
wesenheit unter mir sehr gestritten. Herr Schwartz hatte endlich, um Friede zu
machen, den Suttirern den Vorgang eingeräumt; da sie mich deswegen
beunruhigten, wußte ich von dem allen anfänglich nichts, bis ich endlich
erfuhr und habe den Suttirern auch diesen Unterschied und Vorgang nicht eingeräumt."
Dann erzählt er von einer Schlägerei zwischen einem Catecheten und Lehrer in
Tanjour: „Wenn dies seine Richtigkeit hat, würde ich dem Catecheten Njanapragasam
80, dem Santappen aber 100 Prügel und Jedem von seinen Gehülfen bei dieser
Affaire gleichfalls 80 Prügel geben lassen." So ließ er später seinen Catecheten in
einem Verhör durchprügeln und nannte dies strenge Kirchenzucht, während Schwartz
„mit blutendem Herzen" den Njanapragasam vor der Gemeinde sein Vergehen ab-
bitten ließ. Wir merken wohl, daß Klein recht hat, wenn er über Pohle bemerkt:
„Es würde viel besser für das Werk überhaupt sein, wenn H. Pohle entweder
bei uns 2—3 Jahre geblieben oder H. Schwartzen so lange bei sich gehabt hätte,
um mehr Erfahrung im Umgange und Behandlung hiesiger Landeseinwohner zu
erhalten. Er ist scharf und lässet weit mehr leibliche Züchtigungen geschehen als
wir. In Summa, es fehlet ihm noch in manchen Stücken." Freyling-

für die Sudrer und Pareier bei der Administration des heiligen Abend=
mahls gewöhnlich gewesen, sondern für beide Geschlechter nur Ein Kelch
gebraucht wird." Jenes völlige Schweigen und diese für alle Kasten=
stürmer unbegreiflich kurze Antwort (heut zu Tage müßten wegen der
nöthigen gründlichen Erwiderung alle Stationsarbeiten mindestens ein
Vierteljahr ruhen) sind ein beredtes Zeugniß, daß Fabricius mit lie=
bender Hingabe eingegangen ist auf die eigenthümlichen Sitten der
Tamulen und sanftmüthig, geduldig und anhaltend sie mit christlichem
Geist zu verklären gearbeitet hat, denn sein Heiligungseifer bürgt uns,
daß liebloser Hochmuth und aufgeblasene Niedrigkeit in seiner Ge=
meinde sich nicht breit machen durften. Seine Nachfolger Gericke und
Rottler fuhren mit derselben milden Praxis fort und es blieb Friede
in der Gemeinde, bis zuerst Rhenius 1815 in der schwarzen Stadt
eine Gegenmission ohne Kaste gründete, hauptsächlich auf die Glieder
von Rottlers Gemeinde berechnet, und dann Haubroe 1820 den Con=
flict in die Gemeinde selbst hinein trug, welcher Conflict gerade Ver=
anlassung werden sollte, die aus ihrem eigenen Gotteshause vertriebene
Gemeinde des alten Vater Fabricius der lutherischen Kirche, von der
man sie unmerklich abtrennen wollte, zu erhalten.

Im ganzen vorigen Jahrhundert hat es demnach eine Kasten=
frage in der Mission nicht gegeben, denn wenn auch dieser Missionar
langsamer, jener schneller gegen die Kastenübel vorging je nach seiner
Persönlichkeit, so sind sie doch eigentlich niemals darüber in Conflict
gerathen. Wohl mochte Ziegenbalg in der ersten Zeit, wo ihn die
schwierigen äußern Verhältnisse an der Missionsarbeit verhinderten und
die wenigen von ihm bekehrten Christen gänzlich von ihm abhängig
waren, die Schwierigkeiten der Sache, nach manchen Aussprüchen,
noch nicht völlig klar erfaßt haben, wohl mochte nachher Schultze
die von eben diesem Vorgänger in der äußerlichen kirchlichen Ordnung
gethanen Zugeständnisse in eigenwillig herrschsüchtiger Laune rückgängig
machen, von einem Verwerfen aber der Kaste auch als bürger=
liches Institut und von einer Bekämpfung mit äußeren Mitteln
findet sich bei beiden keine Spur.

So haben wir denn recht gethan unsere Schilderung von Fabri=

---

hausen ermahnt ihn daher, indem er zugleich die indirecte Anklage gegen Schwartz
zurückweist: „Gehen Sie mit den ältern Missionaren, die die Umstände aus län=
gerer Erfahrung kennen, und absonderlich mit dem lieben Herrn Schwartz, dem es
weder an Muth noch an evangelischem Sinn fehlt, fleißig zu Rathe." Pohle that
also und wirkte weiter friedlich und segensreich.

cius amtlicher Thätigkeit, wie er treu und gesegnet in seiner Gemeinde
gewirkt, und von seinem häuslichen Stillleben, wie er in der Familie
seines Collegen von der Arbeit ausgeruht und im brieflichen Verkehr
mit den Verwandten und Freunden sich geistig gestärkt hat, wenn wir
dieses Friedensbild nicht von der brennenden Streitfrage unterbrechen
ließen. Einen treuen Hirten seiner Gemeinde, der anhielt mit Lehren und
Strafen, Trösten und Vermahnen, einen Versorger der Wittwen und
Waisen, einen eifrigen Vertheidiger der reinen Lehre, einen Prediger
der Gerechtigkeit und der Gnade unter den armen Heiden haben wir
kennen gelernt, wir haben Fabricius auch gesehen unter seinen Gehülfen,
im häuslichen Kreise, wir haben seine Briefe gelesen an Freunde und
Verwandte, was ihm aber seine eigenthümliche Bedeutung für unsere
Mission verliehen, was seinem Hause eine besondere Weihe gegeben, was
den Kern und Mittelpunkt seiner amtlichen Thätigkeit gebildet hat, das
fehlt uns noch, es fehlt uns die Hauptsache. Wenn Du eintrittst in
eine tamulische Kirche, und es kommt Dir vieles so fremd und seltsam
vor, wie die braunen Gestalten auf dem Boden sitzen und keine Ruhe
halten mögen, nun aber beginnt der Gesang, Du verstehst kein Wort,
aber es ist ja dieselbe Weise, die Du in der Heimat gehört, und es
muß auch derselbe Inhalt sein, denn so aus voller Brust und vollem
Herzen werden nur deutsche, lutherische Kirchenlieder gesungen. Ein
Prediger steigt auf die Kanzel, es ist Dein Landsmann, bist ihm vielleicht öfter daheim begegnet, er schlägt seine Bibel auf und liest, es
klingt anders, ist aber doch dasselbe Gotteswort, ebenso kernig und
kräftig wie es Dir Dr. Martin Luther in die Hand gegeben, und
seine Predigt, sie geschieht in derselben heiligen und geweihten Sprache,
daß die Hörer es nie vergessen können, hier ist Gottes Haus. Und
wenn Du den Prediger fragst, wer hat Dich in der heidnischen Sprache
also über den christlichen Glauben reden gelehrt, und wenn Du die
Gemeinde ansprichst: Wer gab euch die Bibel und das Gesangbuch, so
schallt es einstimmig zurück: „Das danken wir unserm Vater Fabricius, dem Sanjasi-Ajir, dem Mönchspriester, es ist seine Lebensarbeit,
Gott segne ihn dafür!" Nun so folge noch, lieber Missionsfreund,
folge dem fleißigen Einsiedler in die stille Arbeitszelle

Kapitel 11.

Die Studierstube.

Die Studierstube pflegt wohl nicht der beliebteste Ort eines Hauses zu sein, der Lärm der Kinderschaar darf nicht in der Nähe erschallen, und es wird sorgsam darauf geachtet, daß nicht irgend welches Wirthschaftsgeräusch die Gegenwart anderer arbeitenden Personen verrathe, der eintretende Bauersmann bleibt verlegen an der Thür stehen, bis ein Stuhl für ihn abgeräumt ist, bewundert still die Gelehrsamkeit seines Pfarrers und dankt Gott, daß er sich in der frischen freien Luft bewegen darf, wenn er nicht, schon etwas mehr aufgeklärt, sich zu dem Gedanken versteigt: „Die Gelehrten, die Verkehrten." Doch giebt es auch Studierzimmer, die Jedermann gern betritt, wenn man sich sagen muß: Hier ist ein für die Kunst oder die Wissenschaft bedeutendes Werk entstanden, hier hat ein Mann gearbeitet, ein Fürst des auserwählten Volks, an dessen Werken ich mich täglich erbaue. Wer weilte z. B. nicht gern in jenem Zimmer der Wartburg, wo Luther an der Uebersetzung des Neuen Testaments gearbeitet hat, und lobte dort Gott für diese Wohlthat? oder hat Dich nur Neugier und der berühmte Tintenklex hineingezogen? nun der fehlt auch nicht in Fabricius' Studierzimmer, dort sind manche Geschosse wider Satans Macht und Reich geschmiedet und nach ihm geworfen, und ihre Spuren sind unaufgefrischt noch bemerkbar am heutigen Tage. So tritt denn mit ein in das Studierzimmer, es ist nicht abgeschlossen und liegt nicht abgelegen, wir sind ja im Morgenlande, und insonderheit der hier einst saß, arbeitete nicht für sich und allein, sondern für seine Gemeinde und mit seiner Gemeinde, denn das Hauptwerk, was hier entstand, die Bibelübersetzung, es ist nicht nur Einzelarbeit, sondern Arbeit der ganzen tamulischen Gemeinde.

Wo keine Bibel ist im Haus, da siehts gar öb und traurig aus, sagt wahr unser deutsches Sprüchwort. Wie mag es erst aussehen, wenn ein ganzes Volk noch keine Bibel besitzt, ja noch mehr, wenn es in seiner Sprache noch nicht einmal Wörter hat für die Hauptstücke des christlichen Glaubens, oder noch schlimmer, wenn Wörter wie Wiedergeburt, Dreieinigkeit, Sünde, Buße ganz andere Bedeutung in der

heidnischen Luft erhalten haben? Mitten in der Christenheit können
wir von solchem Elende trotz aller Beschreibungen uns keine rechte
Vorstellung machen. Bei den Tamulen nun begann, wie früher er=
zählt, ungefähr gleichzeitig mit der Reformation das Licht in die Fin=
sterniß hineinzuscheinen, katholische Missionare machten zuerst die
Sprache dem christlichen Geist dienstbar, aber es läßt sich schon von
vornherein vermuthen, daß sie der eigentlichen Aufgabe nicht gewachsen
waren, und daß sie auch auf sprachlichem Gebiet sich nicht vor zu gro=
ßer Anbequemung ans Heidenthum bewahrt haben; auf die Bibel leg=
ten sie schon ihrem Princip nach weniger Gewicht als auf Legenden
und Heiligengeschichten, so kam es denn, daß bei Ankunft der luthe=
rischen Missionare kaum weitere Stücke der Bibel ins Tamulische über=
tragen waren, als die sonntäglichen Evangelien, und auch diese gewiß
nur einer geringen Anzahl zugänglich, da die auf der Westküste zuerst
in Cochin, darnach in Ambalacate eingerichteten tamulischen Druckereien
wieder in Stillstand gerathen waren. Dies wurde natürlich anders bei
den Protestanten, welche es überall als eine ihrer Hauptaufgaben be=
trachten, die Bibel dem Volk in die Hände zu geben. Wie die Erfin=
dung der Buchdruckerkunst der Reformation eines der vorzüglichsten Ver=
breitungsmittel geschaffen, so vermag man sich protestantische Missionen
kaum ohne Presse zu denken. In Trankebar griff sie gleich von Anfang
mächtig ein, und wie die gesammte Thätigkeit unsers Fabricius einen
neuen Lebensimpuls empfängt, sobald eine Presse zu seiner Verfügung
gestellt wird, werden wir ja bald sehen. Doch kein Bibeldruck ohne
vorherige Uebersetzung, deshalb haben wir bei unserem kurzen Ueber=
blick beiderlei Arbeit zugleich zu betrachten.

Während der Verfolgungen durch die Ortsobrigkeit an directer Heiden=
predigt verhindert, hatte schon Ziegenbalg die Uebersetzung des Neuen Te=
staments begonnen und vollendet, und weil die englischen Missionsfreunde
mit großer Aufopferung ihm sehr frühe schon eine Druckerei mit drei Ge=
hülfen zugeschickt hatten, so konnte er bei seiner Heimreise 1714 die vier
Evangelien und die Apostelgeschichte mitnehmen und im Lager vor
Stralsund sie dem König Friedrich IV. mit der Bitte um Schutz vor
den Feinden überreichen, wie es in der Vorrede heißt: „Weil Ew.
Königl. Maj. aus hoher Gnade zu diesen Landeseinwohnern uns Un=
würdige hieher gesendet haben und viele Unkosten anwenden, daß diese
Völker zu der christlichen Kirche gebracht werden möchten, auch
uns unwürdige Lehrer vor den Feinden schützen: So legen wir
uns zu den Füßen Ew. K. M. nieder und überreichen in tiefster
Demuth diese in malabarischer Sprache gedruckten ersten Bücher heili=

ger Schrift. Indem denn nun dieses heilige Wort Gottes unter allen
Ostindischen Schätzen der größte Schatz und die edelste Perle ist: so
flehen wir sehr bemüthigst, daß Ew. Mt. hinkünftig allezeit allergnä=
bigst uns unwürdigen nöthige Hülfe und Beistand widerfahren lassen
wollen." Gewiß ist die Ueberreichung der ersten biblischen Bücher in
tamulischer Sprache ein nicht geringes Mittel gewesen, das Herz des
Königs in den traurigen Streitigkeiten mehr zu Gunsten der Missio=
nare zu leiten, wie überhaupt bei allen Missionsfreunden die Freude
außerordentlich war, so daß sie selbst dem katholischen Kaiser Karl VI.
ein Exemplar überreichten. Im Tamulenlande war der Segen dieses
Werks an einzelnen Seelen nicht gering, und dies ermunterte Ziegenbalg
damit fortzufahren, so weit es seine andern Arbeiten erlaubten. Als
er 1719 starb, war das ganze Neue Testament im Druck vollendet und
die fünf Bücher Mosis in Angriff genommen, außerdem lagen noch
druckbereit Josua und Richter [1]. Seinem thätigen Nachfolger Schultze
ward die Presse zur Versuchung, er wollte sich als Uebersetzer einen
Namen erwerben und versäumte dabei sein Amt, doch muß es mit
Freude erfüllen, daß grade seine Uebersetzung des Alten Testaments
zu seinen verhältnißmäßig besten Arbeiten gehört; Anfang 1726 hatte
er sogar die Apocryphen schon übersetzt und alles noch einmal durch=
gesehen. 1728 war auch der Druck beendigt, Schultze aber hatte dies
nicht mehr abgewartet, sondern war schon seit zwei Jahren in Madras.
An seinem Entschluß, Trankebar zu verlassen, hatte auch die Bibel=
übersetzung einigen Antheil; unter den neuen Gehülfen befand sich
ein ausgezeichneter Hebräer, Walther, der bald Fehler entdeckte, und
da er mit seinem feineren Sprachtalent auch des Tamulischen ziemlich
früh mächtig geworden, so legte er Schultze seine Bemerkungen über den
Hiob zur Beurtheilung vor. Schultze aber wollte den neuen Collegen
durchaus keinen Einfluß auf die schriftliche Arbeit gestatten und fühlte
sich sehr verletzt. Sein Fortgang aber gab ihnen natürlich noch mehr
freie Hand, so daß die gedruckte Uebersetzung des Alten Testaments
vom Psalter an nicht mehr rein als Schultze's Arbeit zu beurtheilen ist.
Mit dem längern Aufenthalt wuchs auch die sprachliche Fertigkeit der
tüchtigen Missionare Walther und Pressier, so daß die großen Gebre=
chen der Uebersetzung, die bei einem Erstlingswerk nicht hatten ausbleiben
können, ihnen immer drückender wurden und Pressier es vorzog, jedes=
mal, wenn er über Stücke der Schrift predigte oder catechisirte, vorher

---

[1] Vgl. im 2. Heft der Halleschen Nachrichten 1865 meinen Beitrag zur
Geschichte der tamulischen Bibelübersetzung, durch den die folgende Darstellung we=
sentlich ergänzt wird.

eine neue Uebersetzung des Textes zu geben. Der jüngere Worm wagte
es zuerst Hand ans Werk zu legen und die Revision des Matthäus
zu beginnen, nach seinem Tode setzten Walther und Pressler mit großem Fleiß die Revision fort, bis im Jahre 1739 der neue Matthäus
erschien als Probe und Norm für weitere Arbeiten. Er sollte das Eis
brechen, aus dieser Tendenz bei seiner Herausgabe erklärt sich der gewaltige Widerspruch, der nun laut ward. Schultze war gar nicht befragt worden und hatte doch nicht Lust, sich lebendig begraben zu lassen.
Geister in Cudelur aber machte Front sowohl gegen Schultze als gegen
die Trankebarschen Brüder. Schultze's Abgang löschte das Feuer nicht,
er schürte in Europa von Neuem, aber mußte nun erleben, daß sein
klägliches sprachliches Ungeschick völlig an den Tag kam und jeder Erfahrene erkannte, daß seine Lorbeeren viel eigentlicher seinem tüchtigen
tamulischen Schreiber Peter Maleiappen gebührten.

In Indien selbst artete der Widerspruch aus in den sogenannten Sprachenstreit, indem Geister das Amt eines Missionars nur
darein setzte, Sylben zu stechen, d. h. unaufhörlich den bisherigen kirchlichen Sprachgebrauch durchzuhecheln und doch nichts zur Verbesserung
beizutragen. Als Fabricius in Trankebar landete, hörte er bald von
diesen Sachen und den Mängeln der alten Uebersetzung, es wollte ihm
aber gar nicht in den Sinn und dünkte ihn eine Mißachtung der verdienten Vorgänger. Als Liebhaber des Friedens suchte er darnach eine
Mittelstellung einzunehmen, und durch eine aufgesetzte Vergleichungs-
formel, welche die Weise der gemeinschaftlichen Arbeit regelte und bei
nicht erfolgter Einigung den Abdruck des Alten festsetzte, allen Grund
zum Zwiespalt wegzuräumen, durfte auch zu seiner Freude sehen, daß
nachdem trotz mancherlei Beanstandungen alle Brüder unterschrieben
hatten, die erregten Wogen sich wieder legten. Für ihn selbst erwuchs
daraus ein gedoppelter Vortheil, einmal erhielt auch er, obgleich er von
Trankebar fortgekommen war, durch die allseitige Unterschrift des Ver-
gleiches das Recht, an der schriftlichen Arbeit sich zu betheiligen oder
wenigstens darüber befragt zu werden, anderntheils wurde dieser Sprachenstreit für ihn zu einer deutlichen göttlichen Weisung selbständig eine
Bibelübersetzung zu unternehmen. Darüber nun Ausführlicheres mit
seinen eignen Worten:

„Bald nach meiner Ankunft in Madras hat sich eine besondere
Gelegenheit gefunden, mit einem der englischen Sprache und englischen
Bibel kundigen Tamulen in genauere Bekanntschaft und dadurch zu
mehrerer festerer Gewißheit in unserer biblischen und kirchlichen malabarischen Sprachart zu gelangen. Er hatte noch vor meiner Ankunft

wegen Bekanntschaft mit Herrn Schultzen aus Neugier in der tamulischen Bibel ein und andres gelesen und weil er mir in einigen Wörtern und Redensarten, darinnen wir bisher zweifelhaft gewesen, den
Grund oder Ungrund sehr wohl zeigte, so schrieb Verschiedenes von
ihm damals nach Trankebar und Cudelur und, als die lieben Brüder
H. Kohlhof und Zeglin im Frühjahr 1743 hier waren, so fanden sie
an ihm in etlichen Unterredungen eben dasselbe. Nachdem denn nun
das ganze Jahr 1743 hindurch ein und anders mit ihm versuchsweise
durchgangen, so habe in dem folgenden nun vergangenen Jahre die
Evangelisten und die Hälfte der Apostelgeschichte mit ihm nach dem
Grundtert genau und mit aller nöthigen Sorgfalt der biblischen Sy-
nonymik, Einfachheit und Deutlichkeit bisher revidirend durchgegangen.
Es kommt darinnen dieses Menschen Erfahrung, so er auch in den
hiesigen verschiedenen Landessprachen, im Persischen und etwas im Arabischen hat, zuweilen wohl zu statten. Ob ich nun zwar gefunden,
daß es Gottes Führung mich in diese Arbeit einzulassen, so tractire
ichs doch nur bis dato als eine Privatarbeit und (außerdem, daß ichs
vor einiger Zeit den lieben Brüdern in Trankebar zu wissen gethan)
überlasse es fernerhin einzig der göttlichen Leitung, ob und wie weit
es auch für die ganze Mission ein oder keinen Nutzen haben werde."

Bis zur Uebergabe der Stadt an die Franzosen 1746 arbeitete
Fabricius fast täglich mit diesem tamulischen Sprachgelehrten Namens
Muttu zusammen. Dann trennten sich ihre Wege nach Süden und
Norden. Muttu flüchtete nach Cudelur, durch ein Briefchen an Kiernander und dessen Empfehlung bei der Regierung erhielt er die Stellung eines Dolmetschers und machte sich so beliebt, daß er zum Vornehmsten unter den eingebornen Beamten emporstieg und gleichzeitig
mit Fabricius wieder in Madras einzog. Fabricius hatte in der Stille
des Exils mit allem Fleiß fortgearbeitet, seine beiden Catecheten Paul
und Schawrimuttu waren sprachlich sehr gewandt, mit Pauls Hülfe
hatte Schultze einst Arnd's wahres Christenthum übersetzt und Schawrimuttu machte seinem Lehrer Sartorius alle Ehre, er betrachtete Muttu
als eine Art Nebenbuhler und hätte ihn gern durch größere Eleganz
des Stils ausgestochen.

Vor dem Auszug nach Carumanel hatte Fabricius seine Arbeiten
über die drei Evangelisten und die Apostelgeschichte nach Trankebar übersandt und etwas später von Palleacatta aus den Römerbrief und ersten
Corintherbrief folgen lassen. Eine Bitte um fernere Mittheilungen
schlug er mit den Worten ab, sie möchten Geduld haben, bis die ganze
Arbeit zu Ende sei und er alles wieder von Neuem verglichen und

revidirt habe. Zu Geduld und zu neuer sorgsamer Durchsicht forderte ja
auch der strenge Befehl des Missionscollegiums auf, der ganze Spra=
chenzwist solle dadurch beigelegt sein, daß die alte Uebersetzung einfach
ungeändert abgedruckt werde. Schultze hatte diesen Befehl ausge=
wirkt und sich als der eigentliche Autor erboten, etwa nöthige Verbes=
serungen selbst dazu einzusenden. Das Collegium war bereitwillig dar=
auf eingegangen, aber die eingesandten Bemerkungen erwiesen sich bei
näherem Zusehen als eine Reihe grammatischer Fehler und wirkliche
Verschlechterungen. Fabricius unterstützte den Protest aller Missio=
nare kräftigst, das Collegium stand von seiner Zumuthung ab, und die
alte Uebersetzung wurde ganz ungeändert abgedruckt, wenigstens nach
Fabricius' Meinung. Er hatte nichts dagegen einzuwenden, indem ja
ein bloßer Abdruck keine Verwirrung erzeugte und eine schwache Auf=
lage einen künftigen Neudruck nicht ausschloß.

Im Gegentheil diese Anordnung des Collegiums konnte ihm
nur lieb sein, er gewann Zeit, seine Uebersetzung immer und immer
wieder von Neuem durchzusehen, und daß eine neue Uebersetzung nicht
ausbleiben könne, war ihm bei den großen Fehlern der alten, ihrer
Dunkelheit und großen Weitläuftigkeit unzweifelhaft: „Es ist ganz
unwidersprechlich, daß die alte Uebersetzung nicht bleiben kann. So
wenig als etwa der erste Text der Uebersetzung Luthers, von dem man
noch einige Exemplare hat, im Deutschen hat bleiben können oder die,
so vor Luther gemacht worden, so wenig kann auch diese erste tamu=
lische Uebersetzung ohne großes Nachtheil der malabarischen Kirche blei=
ben." Darum arbeitete er still weiter, im Herbst 1750 war das Neue
Testament vollendet, wie er seinem Sebastian meldete. Er ließ es sie=
benmal abschreiben, um es nach Trankebar und Cudelur zu schicken.
„Ich weiß, daß mich Gott dazu angewiesen und die nöthige Gabe ganz
unverdient mitgetheilt hat und es war auch höchst nöthig, darum ich
kein Geprahle damit mache, sondern glaube, Gott werde es selbst zu
seiner Zeit legitimiren und in den allgemeinen Gebrauch einführen.
Es läßt sich nun Gottlob eben die Deutlichkeit, Kraft, Kürze und
Annehmlichkeit darinnen allenthalben spüren, als in unsern europäischen
Uebersetzungen, welche 4 Stücke vorhin demselben fehlten, unzähliger
Sinnfehler zu geschweigen." Im selben Jahr schreibt er Sebastian
von dem großen Glück, daß er von Starcke's Bibelwerk die drei Theile
über das Neue Testament und das Alte bis zum Hiob empfangen
habe. „Sollte nach dem Absterben dieses Mannes noch der Rest vom
Psalter bis Maleachi zu Stande kommen, so möchte wohl wünschen,
daß solche noch der hiesigen Missionsbibliothek könnten zugefügt wer=

ben, weil solches Buch bei der Revision, oder vielmehr neuen Trans=
lation (Uebersetzung) große Hülfe thut."

Mit einigem Erstaunen vernehmen wir, daß Ende 1753, also erst
nach vollen drei Jahren, die nochmalige Revision bald zu Ende kommen
soll, er wollte kein Werk der Uebereilung liefern, sondern als ein armer
Sünder und Bettler hatte er den Text von neuem durchkrochen und mit
Fleiß erwogen, wie jedes Wort am bequemsten zu geben, er hatte alles
von vorn und hinten noch einmal balancirt und mit den verständigsten
Eingebornen sich berathen. Die Sage schildert ihn uns unter einem
Baum stehend, umgeben von Christen und Heiden wie er ihnen Theile der
Uebersetzung vorliest. Im Gespräche und aus dem Eindruck konnte er bald
erkennen, ob es deutlich genug gegeben sei, etliche Bedenken wurden
notirt und dann auf der Stubierstube im kleinern Kreis der gewöhn=
lichen Mitarbeiter noch einmal überlegt. Es ist ein Bild überraschend
dem ähnlich, was uns von Luthers Bibelarbeit gezeichnet wird.

In wenigen Tagen sollen nun die Brüder in Trankebar Mit=
genossen seiner Freude werden und Mitgehülfen bei einer nochmaligen
Durchsicht, da erreicht ihn eine seltsame Kunde. In Trankebar hat
man ohne sein Wissen eine revidirte Bibelübersetzung gedruckt und ist
schon bis zum 2. Corintherbrief gekommen. Anfänglich dem Befehl
des Collegiums gehorsam, hatten sie nur unbedeutende Aenderungen
gemacht, allmälig wurden es mehr und vom Johannesevangelium an
eine völlige Umarbeitung. Unbedenklich benutzte man dabei Fabricius'
Arbeit, indem es so viel bequemer war und keine weitläuftigen Ver=
handlungen gab. Auf die Liebe und Nachsicht eines als so mild und
verträglich bekannten Bruders ließ sich schon zählen und, als nun sein
Manuscript zu Ende war, wurde er von dem bisher Geschehenen un=
terrichtet und um weiteres Manuscript angegangen. Da ward auf ein=
mal der still dahinfließende Bach zu einem rauschenden Strom, um der
Sache willen wappnete sich Fabricius nicht nur mit Stärke, sondern
mit Schärfe, er rügte offen das begangene Unrecht und verweigerte fernere
Uebersendung; sobald man aber in Trankebar Reue zeigte und zu ge=
meinsamer Arbeit sich bereit erklärte, war alles vergeben und vergessen,
die gewohnte Milde im Urtheil gewann wieder die Oberhand.

Die Trankebarer hatten mit zu großem Selbstvertrauen gehan=
delt und etwas völlig Unbrauchbares geliefert; um eine neue bessere
Ausgabe wenigstens vom zweiten Theil des N. T. bald zu erhalten,
reiste Fabricius im Sommer 1754 zu gemeinschaftlichen Besprechungen
auf einige Monate nach Trankebar. Der zweite Corinther= und der Ga=
laterbrief wurde vollendet, und dadurch eine Verständigung über die ver=

schiedenen Ansichten erzielt. Der Spruch des Schatzkästchens am Tage seiner Wiederabreise lautete: Es ist vollbracht, und dies nahm er als göttliche Versicherung. Wirklich störte kein Zwischenfall von da ab mehr den ruhigen Fortgang. Die Brüder sandten ihm Bemerkungen und Bedenken schriftlich nach Madras, und nachdem er darüber wieder sich ausgesprochen, schritt man zum Druck. 1758 war das Neue Testament im Druck vollendet, aber nicht zu vergessen, die correcte Ueber=setzung begann erst mit dem zweiten Corintherbrief; eine durchgängig nach seiner eignen Arbeit gedruckte Uebersetzung zu veröffentlichen, sollte Fabricius jedoch auch nicht mehr lange versagt bleiben.

Bei der Eroberung Pondischeri's 1760 erbeuteten die Engländer auch eine Druckerei und die Regierung fragte bei Fabricius an, ob er nicht die Oberaufsicht übernehmen könne, wogegen ihm verstattet sein solle, sich derselben umsonst mitzubedienen. Er ging voller Freude darauf ein, im Mai 1761 wurde nahe der Kirche eine Officin erbaut; bald darnach empfing er ein bedeutendes Legat, welches er, da es allein auf seinen Namen stand, ganz zur Einrichtung der Druckerei verwandte. Ehe aber tamulische Lettern von Halle ankamen, vergingen noch einige Jahre, so daß der Druck des Neuen Testaments erst 1766 begonnen und 1772 zu Ende geführt wurde. Gewiß hat er während dieser Zeit noch fleißig daran gebessert.

Noch langsamer ging es mit dem Alten Testament. Am 18. Oc=tober 1756 meldete er: „Eben die Ursach, so mich bewogen, nach Gottes Leitung die Arbeit am Neuen Testament vorzunehmen, bewegt mich übrigens auch, damit im Alten Testament fortzufahren, darinnen ich die Bücher, so am meisten vorkommen und zugleich fast am schwer=sten sind, zuerst vorgenommen, nämlich die Psalmen, Bücher Salo=monis und Propheten, bin aber bisher nur bis in den Jeremias ge=kommen."

Wie eifrig er fortgearbeitet und wie weit etwa er Ende 1758, wo die Franzosen die Mission völlig ausplünderten, gekommen, läßt sich aus folgendem lieblichen Briefe über die Plünderung an seine Ver=wandten ersehen: „Es sind uns zwar viele Bücher geraubt worden, aber durch Gottes Vorsehung haben wir noch die nöthigsten alle behalten. Ich kann hierbei nicht umhin, ein besonderes Exempel der genauen Aufsicht und Vorsehung unsers Gottes zu melden. Nach erlittener Plünderung fand ich zwei Hauptbücher von denen, die ich täglich be=sonders brauchte, nicht; nämlich die hebräische Bibel und Starcke's Bibelwerk über die Propheten und hatte über den Verlust beider Bücher einen innigen Kummer. Etliche Tage hernach wurde mir zuerst die hebräische Bibel wiedergebracht, so Jemand in einem Garten gefunden, und nach langer Zeit, da wir indessen von Palleacatta wiedergekommen und ich inmittelst vom Herrn Missionar Klein in Trankebar den Starck über die kleinen Propheten geliehen bekommen, kriegte ich das andre Buch auch wieder. Das war nebst anderm Madrasischen Raub im Monat December schon auf dem Wege nach Pondischeri gewesen. Ein Detaschement von der englischen Garnison in Sengilipötei (Chingleput?) aber hatte bei Sadras den Franzosen einen Theil des Raubes, worunter dieses Buch begriffen war, abgejagt. In Sengilipötei haben es die Engländer zerreißen und Patronen daraus machen wollen; ein deutscher Chirurgus aber hat es zu sich genommen, aber nicht gewußt, daß es unser sei, bis mein lieber Collexe es bei demselben neulich in Madras im Hospital zu sehen bekommen und es mir mit Freuden überbrachte. Beide Bücher sind mir also wieder in meine Kammer gebracht worden und zwar ganz unversehrt. Das war eine Glaubensstärkung."

Der Herr Pastor Starcke gelangte endlich im Tamulenlande zu großem Ansehn, weil man Fabricius so viel in dem Bibelwerk lesen sah, so daß einmal bevor die europäische Post abging, der Catechet Paul dringend bat, doch dem hochgelehrten Herrn Starcke besondere Verehrung und Dank zu bezeugen. Daß es übrigens in Fabricius' Studierkammer nicht an andern tüchtigen Hülfsmitteln gefehlt hat, brauche ich als selbstverständlich nicht zu erwähnen, bei irgend welchem Unfall war er ja zunächst auf Rettung seiner Bücher bedacht; ob Kleider und Geld genommen und beschädigt worden, das bekümmerte ihn wenig, aber wenn die Manuscripte etwa durch ein Unwetter beschmutzt und zerstreut sind, das wird ausführlich gemeldet. Der Druck des Alten Testaments sollte nach Verabredung in Trankebar geschehen, aber bald fehlte es an Lettern, bald an Papier, bald an Druckerschwärze, bald an einem Corrector, nach halbjähriger Arbeit folgte öfter zweijährige Ruhe, so daß man sich schier wundern muß, 1782 zu hören, nun sei der zweite Theil nach Vollendung des Buches Hiob abgeschlossen. Sie hielten sich ganz an die 1754 geschlossene Vereinbarung, Fabricius' Manuscript wurde noch einmal durchgearbeitet, namentlich von Zeglin und später von Klein; wesentliche Dienste leistete dabei der fromme und gelehrte Dolmetscher Danielpullei. Die Bemerkungen wurden sodann nach Madras geschickt. 1786 wurde der Psalter in einem besondern Abdruck vollendet, hierbei war Fabricius noch recht thätig, er sandte einzelne Verse in ganz neuer Uebersetzung. Ob er noch die letzte Revision der Salomonischen Bücher und einiger

Propheten gelesen hat, läßt sich nicht sagen, im Druck wurden sie erst 1798 vollendet, aber grade von diesen Büchern wissen wir ja, daß Fabricius sie als die ersten des A. T. in Angriff genommen und daher gewiß wiederholt aufs genaueste durchgearbeitet hat. Wir haben die ganze Bibel in der Uebersetzung von Fabricius und wir dürfen nicht zugeben nach den vorliegenden Actenstücken, daß man seine Arbeiten zu einer bloßen Revision herabdrücken will, können es auch nicht historisch gerechtfertigt finden, wenn die Mitarbeit der übrigen Missionare zu sehr betont wird. Sein unsterbliches Verdienst ist es, dem edlen herrlichen Kern des Gotteswortes auch in der tamulischen Sprache eine schöne Schaale geschaffen zu haben, nun erscheint es als hellpolirtes scharfes Schwert, voll alldurchdringender Kraft. Neuere Missionare haben Versuche gemacht über Fabricius hinwegzuschreiten, aber aus der Mitte der tamulischen Gemeinden erhoben sich seine Vertheidiger, der alte Sänger Vedanaichen erklärte es mit Recht für ein kindliches Vergnügen, wenn der Sohn auf die Schultern des Vaters steige und erfreut ausrufe: „Vater, ich sehe über Dich weg." In begeisterten Worten pries er die Vorzüge „der goldenen Uebersetzung des unsterblichen Vater Fabricius."

Es ist nicht unwahrscheinlich, daß auch die kleine Bibel, d. h. der jetzige Text des kleinen Catechismus die letzte Gestaltung durch Fabricius empfangen hat; man redet wenigstens von Fabricius'schen Ausgaben. Ziegenbalg hatte sich eng an die Formeln der Katholiken angeschlossen, wie sie in Madura gebräuchlich waren. Während die ersten katholischen Gebetsstücke in der Sprache des allerniedrigsten Volkes an der Fischerküste abgefaßt waren, hatten wiederum die Madura-Missionare nur für die vornehmsten Kasten in lauter hohen und fremden Wörtern geschrieben, so daß beim Tauf=Unterricht außerordentlich viel Fleiß darauf verwendet werden mußte, selbst den mittleren Klassen den Wortsinn des Catechismus deutlich zu machen. In den Sprach=streitigkeiten wurde nun mit vieler Mühe ein neuer gemeinsamer Catechismustext ausgearbeitet, ob er aber wirklich gedruckt erschien, ist mir zweifelhaft, so viel aber ist gewiß, daß man in Trankebar nach Geister's Abreise wieder die ganz alte Form lernen ließ. Demnach ist es allerdings wohl möglich, daß die neue allgemein befriedigende Fassung von Fabricius herrührt.

Hat man bisher geschwankt, bis zu welchem Grade die Bibel=übersetzung als Fabricius' Arbeit bezeichnet werden dürfe, und mußten wir seinen Antheil am jetzigen Catechismustext ganz unbestimmt lassen, so kann über sein alleiniges Anrecht an das tamulische Gesangbuch nicht

wohl ein Zweifel aufkommen. Fabricius stammte aus einer sanges-
lustigen und sangesfreudigen Familie und lebte selbst ganz in den alten
Liedern unserer Kirche; fast in jeden seiner Briefe, die er vor seinem
Abgang nach Indien geschrieben, hat er Lieberverse eingeflochten. Aus
der ersten Zeit seines indischen Aufenthalts haben wir ein Zeugniß,
daß seine Liebe zum Kirchenlied noch mehr sich gesteigert hat. 1743 theilt
er seinem Bruder Sebastian ein vortheilhaftes Mittel mit, wie er seit
etlichen Jahren gegen die Schwachheit und Trägheit des Geistes Tags
unter der Arbeit sich frisch erhalten habe: „Nämlich außer dem täglichen
Ausschütten des Herzens, etwa Morgens und Abends, nehme ich mir
nach dem Bibellesen des Morgens einen der schönsten Verse aus dem
Gesangbuch (die ich zu dem Ende alle gezeichnet habe) ins Gemüth
und repetire den bei jeder Stunde nebst einem kurzen Gebet und Seufzer durch Hingebung an den dreieinigen Gott. Ich weiß keine bessere
Stärkung gegen Herzensbangigkeit und Schwachheit."

Er ließ es sich auch sehr angelegen sein, den Gesang zu heben,
vom Exil in Carumanel aus bittet er seinen Bruder: „So etwa einmal ein musikalisches Büchlein, worinnen die Vocalmusik von den vornehmsten Kirchenmelodeyen in den vier Stimmen befindlich, dem Bruder zu Gesicht kommen sollte, so bitte solches für mich zu erwerben.
Dann wollte ich sehen, ob unter unsern Schulen ein Singchor anrichten könnte." Diesem Wunsche muß entsprochen sein, denn kaum hat
die Mission in Vepery einen festen Sitz bekommen, so hören wir von
fleißigen Singübungen, an hohen Festtagen sammelt sich der Sänger-
chor auf dem platten Dache der Kirche und beginnt die Festfeier mit
einigen Festgesängen. Aus dem großen Eindruck läßt sich schließen,
daß sie es zu einer ziemlichen Fertigkeit müssen gebracht haben, was
viel sagen will, denn ob auch die Tamulen in allen Künsten den Europäern den Vortritt einräumen, in der Musik meinen sie weiter zu sein,
und hinwiederum den Europäern erscheint der tamulische Gesang als
ein wirres lautes Durcheinander ohne Melodie. Miss. Sartorius hatte
beim Unterricht die Tonintervalle seinen Schülern nicht anders begreif-
lich machen können, als daß er auf einer Leiter auf und niedersprang;
wir können uns Fabricius kaum in solcher Situation denken, wie er
es aber auch mag angefangen haben, jedenfalls muß es eine treffliche
Methode gewesen sein, da er unsern deutschen Kirchengesang völlig in
den tamulischen Gemeinden eingebürgert und volksbeliebt gemacht hat.
Dies könnte ihm unmöglich gelungen sein, wenn nicht zu den Melodieen
auch passende tamulische Texte vorhanden waren, denn Lieder ohne

Worte eignen sich nun einmal nicht fürs Volk. Wer nun hat dem
tamulischen Volk sein Gesangbuch gegeben?

„Schon 1715 gab Ziegenbalg ein tamulisches Gesangbuch von
48 Liedern heraus. 1721 folgte eine zweite vermehrte Ausgabe, deren
erste Abtheilung 52 Lieder zählt, bei der zweiten Abtheilung von
48 Liedern werden die Seitenzahlen von vorn begonnen, so daß es wohl
mehr als Vermuthung ist, wenn wir diese zweite Abtheilung für einen
bloßen Neudruck der ersten Ausgabe halten, die neuen 52 Lieder rühren wohl zum großen Theil noch von Ziegenbalg her, doch hat sicher
Gründler auch einen Beitrag geliefert; von Schultze kann noch nichts darin
sein, denn er hat uns genau Tag und Stunde der Entstehung seines ersten Lie-
des verzeichnet: „Am Abend des 17. Mai 1722, als ich alle Mitarbeiter hatte
gehen lassen, da die Tagsgeschäfte zu Ende und ich allein war, sammelte ich
mich von des Tages Zerstreuung und sang das schöne Lied: Liebe, die du
mich zum Bilde. Als ich ausgesungen hatte, war ich heiter und froh. Da fiel
mir ein, siehe das kannst du singen, aber was können die malabarischen
Schulkinder? O dachte ich, könnte man ihnen dieses Lied doch mittheilen! Dadurch bekam ich Lust einen Versuch zu machen, ob ich es
nicht übersetzen und das Versmaß beibehalten könne. Ich setzte mich
hin, fing an zu schreiben, und es ging prächtig, so daß ich bald mit
einigen Versen fertig wurde. Da wuchs meine Lust so sehr, daß ich
nicht aufhörte, bis ich mit dem ganzen Liede zu Stande war. Es war
zwei Uhr in der Nacht. O dachte ich, es ist gut. Mit Gott vermögen wir viel, mit Gott ist nichts unmöglich, er wird ferner helfen.“
Als der Mai des nächsten Jahres zu Ende ging waren schon 112 Lieder von ihm gefertigt, so daß also die von ihm im selben Jahre veröffentlichte Ausgabe schon eine große Zahl von Liedern zählte. Die
vierte Auflage von 1733 ist hauptsächlich Walthers Fleiß zu danken,
sie hat 292 Nummern, darunter 42 mit Ziegenbalgs und 3 mit Gründb-
lers Namen; 133 sind durch ein Sternchen als neuere Arbeiten von
denen Schultze's unterschieden. Diese neue Zugabe hat einen ganz
eigenthümlichen Typus, es sind nicht Lieder wie unsere deutschen, sondern Oden nach der Melodie: „Meine Seele erhebt den HErrn,“ welche
Schriftstellen in poetischem Gewande wiedergeben; einer ganzen Reihe,
nämlich 24, liegen Gebete aus Arnd's Paradiesgärtlein zu Grunde.

Die Herausgeber hatten sich erlaubt, auch an Schultze's Arbeiten
zu ändern, darüber ist er gewaltig erzürnt und will wiederum von
ihren Liedern nichts wissen. In einer Beschwerdeschrift ans Missions-
Collegium 1737 läßt er sich folgendermaßen aus: „Die Herren Missionare haben das malabarische Gesangbuch wieder aufgelegt, und ohne

mein Wissen und Willen nicht nur meine Compositionen verstümmelt, sondern viel neue Lieder, aber meist nach der Weise: Meine Seele erhebet den HErrn, componirt, welche so hoch=poetisch gerathen, daß es kein Mensch, außer die Verfasser, verstehen kann. Dieses Zeug wird in Trankebar öffentlich in der Kirche gesungen. Vor diesem konnte das gemeine Volk und Weiber, die nicht mitsingen, doch zum wenigsten verstehen, was gesungen ward, nun aber wird ihnen gleichsam lateinisch die Messe gesungen."

Wie weit Schultze mit diesem Urtheil im Recht gewesen, vermag ich nicht zu beurtheilen; da diese neuen Lieder sich nicht zu erhalten vermochten, scheint wenigstens der Tadel des Hochpoetischen nicht ungegründet zu sein; daß aber andrerseits Schultze's Arbeiten viel weiter dahinter zurückstanden, können wir nach allem Früheren schon von selbst vermuthen. Nach Fabricius' Urtheil sind seine vielgerühmten Lieder, über deren Entstehung er durch eine ergreifende Schilderung einen poetischen Hauch zu verbreiten wußte, unter seinen sämmtlichen Arbeiten das schlechteste und unbrauchbarste: "Unter uns melde, daß wir Herrn Schultze's gedruckte tamulische Lieder hier keinem Kind zeigen können." — "Herr Schultze in Halle macht ganz erbärmliche Arbeit und haben wir sein Trifolium(?) von Liedern keinem Kind, geschweige verständigen Leuten, zeigen können."

Die bisherigen Arbeiten sind also nicht darnach angethan, die lutherische Kirche auch vor den Tamulen als eine singende darzustellen; die Kirche, welche sich in der Reformationszeit durch ihre Lieder die Herzen erobert hatte, entbehrte noch immer im Tamulenlande ihres eigenthümlichen Schmuckes, aber sie konnte und durfte ihn nicht länger entbehren; darum schickte ihr der HErr Leiden, daß aus den Leiden Lieder entsprungen, denn

> Je größer Kreuz, je mehr Gebete;
> Zerriebne Kräuter riechen wohl.
> Wenn um das Schiff kein Sturmwind wehte,
> So fragte man nicht nach dem Pol.
> Wo kämen Davids Psalmen her,
> Wenn er nicht auch versuchet wär?
>
> Je größer Kreuz, je mehr Verlangen,
> Im Thale steiget man bergan;
> Wer durch die Wüsten oft gegangen,
> Der sehnet sich nach Kanaan;
> Das Täublein, findet's hier nicht Ruh,
> So steugt es nach der Arche zu.

Fabricius hat viel gelitten, darum hat er viel gebetet und viel

gesungen. Hätte er es über sich vermocht, von sich selbst und seinen
Arbeiten zu sprechen, gewiß es gäbe ein wahrhaft erhebendes Bild,
nun bleiben uns nur kurze Andeutungen. Zu Anfang des Jahres 1751
schreibt er seinem Bruder Sebastian in der Nachschrift zu einem Briefe,
dem wir schon eine Mittheilung über die Bibelübersetzung entnahmen:
„Aus eben solcher unverdienten freien Darreichung göttlicher Gnaden-
gaben habe auch nun seit drei Jahren her ungefähr vierzig Lieder zum
Anfang anders übersetzt und solche den deutschen in Verstand, Deutlichkeit, Annehmlichkeit und Metrum gleich zu machen gesucht; denn
den vorigen Uebersetzungen fehlten diese vier Erfordernisse. Ob ich nun
gleich darinnen reüssirt zu haben versichert bin, so mache doch auch kein
Rühmens davon, habe sie auch eben um deswillen noch nicht einmal
nach Trankebar mitgetheilt, so doch bei guter Gelegenheit geschehen wird.“

In der stillen Einsamkeit zu Carumanel seit Ende 1747 hat demnach
Fabricius begonnen, seinen HErrn in tamulischen Liedern zu preisen, nicht
war es eine Uebersetzungsarbeit, sondern aus betendem Herzen sind sie
entsprungen und darum ist ihre Zahl nach drei Jahren nur eine geringe und sie mehrt sich auch in der Folgezeit nur langsam; im Herbst
1756 sind es über hundert. Hüttemann hatte in demselben Briefe an
Prof. Francke, worin er die falschen Ansichten über Fabricius' Bibelübersetzung und seine Ehelosigkeit entwickelte, auch erwähnt, daß in
der Madras-Gemeinde neue Lieder vorgesprochen würden. Diesem Umstande verdanken wir es, daß der im Anhange ganz und unverändert
abgedruckte Brief, der uns ein vollständiges Programm zu Fabricius'
schriftlicher Thätigkeit giebt, auch seiner Lieder Erwähnung thut. Schon
vor einigen Jahren, als die Brüder ihn von einer bevorstehenden neuen
Ausgabe des Gesangbuchs benachrichtigten, hatte er ihnen seine Rathschläge mitgetheilt, auch seine sämmtlichen Lieder übersandt. Wenn
nun grade in jenen Jahren (1752) aus Trankebar gemeldet wird, daß
neue Lieder auf einem Bogen gedruckt worden, so können dies wohl
selbstverständlich nur etliche von Fabricius sein und gleicherweise wird
die 5. Trankebar-Ausgabe von 1756 schon Spuren Fabriciusscher Arbeit tragen; aus diesem Grunde gewiß hat Fabricius, an der Stelle, wo
er die Hoffnung ausspricht, daß sich seine Lieder zu rechter Zeit selbst
empfehlen werden, im Manuscript die Worte: „vielleicht erst nach
meinem Tode,“ wieder ausgestrichen. Anderntheils geht aus der ganzen Stelle hervor, daß sein Einfluß auf die neue Auflage nicht allzu
groß gewesen sein kann, und es läßt sich zum Voraus denken, daß er
nach Abdruck des Neuen Testaments alsbald an einen Druck seiner
neuen Lieder gehen werde. 1774 erschien sein Gesangbuch ohne alles

Geräusch, er giebt nicht einmal die Zahl der Lieder an, bald aber
herrschte über ihren hohen Werth nur eine Stimme, und wenn fünf
Jahre später in Trankebar noch eine fünfte Auflage des alten Gesangbuchs erschien, so war offenkundige Absicht dabei, die Gemeinden zum
Fabricius überzuleiten. Alle seine Collegen geben ihrer Bewunderung
unverhohlen Ausdruck. Schwartz spricht oftmals seine Freude aus und
John, als er krank 1788 bei Gericke in Madras weilte, während Fabricius im Gefängniß saß, erzählt: „des Abends fühlte ich mich ziemlich abgemattet, der Geist aber wurde durch etliche auserlesene Lieder,
die Herr Fabricius überaus schön ins Malabarische übersetzt hat und
die Herr Gericke vorlas, erquicket. Wenn 1786 ein „Anhang von
auserlesenen und übersetzten Liedern zum Gesangbuch“ fertig wird, so
läßt sich aus dieser Notiz nicht sehen, ob allein jener Zweck der Ueber-
leitung dabei maßgebend war oder ob Fabricius inzwischen neue Lieder
übersetzt hat; der Wortlaut des nächstjährigen Berichts: „In unserer
Buchdruckerei ist wieder eine kleine Anzahl neu übersetzter tamulischer
Lieder geendigt“ deutet auf die letztere Annahme hin, denn es wird
uns ausdrücklich erzählt, daß er auf Bitten der übrigen Missionare noch
eine Anzahl Lieder gedichtet. Man könnte versucht sein aus dem Umstande,
daß die zweite Madras-Ausgabe von 1797 einen Anhang von 12 Liedern hat, zu schließen, Fabricius habe seit 1774 überhaupt nicht mehr
übersetzt. Wenn aber die Missionare Gericke und Päzold schon 3 Jahre
früher melden, daß sie kürzlich einen Neudruck des ausgezeichneten tamulischen Gesangbuchs vom sel. Herrn Fabricius angefangen, zu der
frühern Zahl noch die hinzufügend, welche er später nach Wunsch der
Missionare hinzugedichtet habe, so läßt eben das frühe Datum dieser
Nachricht die Vermuthung zu, daß eine andre Zahl späterer Lieder in
das Gesangbuch selbst Aufnahme gefunden hat [1]).

Wie dem auch sei und was genauere Untersuchungen künftig ergeben mögen, eins bleibt unangetastet stehen: Fabricius hat im höchsten Alter noch einmal seine Harfe ergriffen und hat seinen Gott Lieder gesungen. In der Zeit, wo um ihn her alles dunkle Nacht war,

[1]) Auch Miss. Schwarz in Mayaveram ist dieser Ansicht, er schreibt mir,
obige Nachrichten wesentlich ergänzend: „Die 12 Lieder, die in der Ausgabe
von 1794 (?) im Anhange stehen, finden sich in einer früheren Ausgabe zum
Theil schon mitten im Buche. Wie sie in besagter Ausgabe in den Anhang gekommen sind, weiß ich nicht zu erklären. Mehrere davon müssen schon in der
ersten Madras-Ausgabe gestanden haben. Die vom seligen Fabricius später übersetzten 91 Lieder wurden in Trankebar besonders gedruckt in den Jahren 1786 u.
1787. Davon besitze ich ein Exemplar.“

wo die Wogen der Trübsal über seinem Haupt zusammenschlugen, hatte er, eine gnädige Fügung Gottes, die Uebersetzung des Psalters zu vollenden und gleich den Sängern des Alten Bundes, ergriffen durch ihr Vorbild, hat auch er dann seine Klagen und seine Buße in Liedern ausgesungen. Fabricius hat seine Lieder gelebt, darum leben sie im Volk fort, aber es ergiebt sich auch von selbst daraus, daß er nur Lieder gedichtet hat, auf welche er durch seine persönlichen und amtlichen Erfahrungen geführt worden. Ein einzelner Mann kann unmöglich den Ansprüchen einer Gesammtkirche genügen, Fabricius' Gesangbuch enthält nicht genug practische Lieder, und betont dafür in übertriebener Weise (wir geben das Urtheil eines Reformirten) die Sacramente und das Geschichtliche [1]). „Die stärksten Seiten des Buchs sind die von der Verläugnung seiner selbst und der Welt. Wenige möchten vor diesen herzprüfenden Liedern bestehen können." Wir sehen Fabricius' Stärke ist auch die Stärke seines Buches, zugleich aber sind darin einzelne Ausstellungen gegründet. Miss. Corbes [2]) macht auf eine characteristische Aenderung des letzten Verses von dem Liede: „Gott hat das Evangelium" aufmerksam:

Original:	Umarbeitung:
Darum komm, lieber Herre Christ!	O Herr, der du nicht willst
Das Erdreich überdrüssig ist	Den Tod des Sünders,
Zu tragen solche Höllenbränd,	Gieb noch Frist,
Drum mach's einmal mit ihr ein End,	Damit derselbe sich zu Dir bekehre,
Und laß uns seh'n den lieben jüngsten Tag.	Und Buße thue.

Gewiß vermag Niemand über solche Umarbeitung, wenn er sie auch theologisch verwirft, dem alten Vater Fabricius zu zürnen, wir wissen kein überzeugenderes Beispiel von der Liebe seines Herzens und der Milde seines Charakters. Man gewinnt ihn lieb mit seinen Schwächen, die seinen Liedern mehr genützt als geschadet haben. Es giebt

---

[1]) Hiermit und mit dem, was in Kap. 8 über die confessionelle Stellung gesagt werden mußte, vergleiche man nun, was Dr. Gundert im Aprilheft des Baseler Magazins S. 192 vorbringt: „Die strengen Lutheraner mögen in Deutschland keine Pietisten sein wollen; draußen in Indien treten sie dennoch in das Erbe ihrer pietistischen Vorgänger mit ihren theologischen und ascetischen Arbeiten, ihrem Gesangbuch u. s. w. ein, und üben die „kleinliche Kirchenzucht" so gut wie ihre reformirten Nachbarn." Nachdem es dem vorgängigen Herrn Redacteur mit seinem Todtschweigen der lutherischen Mission nicht recht hat gelingen wollen, scheint jetzt der Kampf mit gelegentlichen kleinen Bemerkungen geführt werden zu sollen.

[2]) S. Corbes „die Gesangbücher unserer ostindischen Gemeinden" im Leipziger Missionsblatt 1852, Nr. 9.

wohl gegenwärtig keine Miffion auf der ganzen Erde, die fich eines
folchen Gefangbuchs rühmen könnte. „Künftlichere Verfe laffen fich
allerdings fertigen, aber fchwerlich werden wir beffere Kirchenlieder
bekommen."

Seine Sangesluft und Sangesfreudigkeit ließ Fabricius auch der
portugiefifchen Gemeinde zu gut kommen, im Jahre 1765 lieferte die
Buchdruckerei in Vepery „etliche 30 der erwecklichften, vorher nicht gedruckten und aus dem Deutfchen überfetzten Kirchengefänge." Fügen
wir an diefe Nachricht fogleich an, was wir Weiteres über Fabricius'
fchriftliche Thätigkeit im Portugiefifchen wiffen, denn wenn diefe Arbeiten auch für die Gegenwart bedeutungslos geworden fein mögen,
ihrer Zeit haben fie gewiß dem Aufbau der Gemeinde gedient. Im
Jahre 1781 entfchuldigt Breithaupt feinen alternden Amtsbruder: „Mein
College, Herr Fabricius, hat bei feiner übernommenen Arbeit an der
neuen Ueberfetzung und mehrmaligen Revidirung der Bibel und anderer
fchriftlicher Arbeit im Tamulifchen und Portugiefifchen, als wozu
ihm Gott vor andern ein fchönes Talent gegeben hat, das Ausgehen
und Reden mit den Heiden, ausgenommen auf Reifen, die er nach
holländifchen Plätzen und fonft auf Erfordern gethan, meiftentheils
mir allein überlaffen." Diefe Stelle ift einmal darum wichtig, daß
Breithaupt für fich keinen Antheil an der fchriftlichen Arbeit beanfprucht,
und zum andern läßt fie von Fabricius eine ausgedehntere Thätigkeit auch
in der portugiefifchen Sprache erwarten. In dem oft citirten Briefe des
Anhangs vom October 1756 fragt er an, ob nicht portugiefifche Bücher
in Halle könnten gedruckt werden. Den Anfang follte ein Spruch=
büchlein von auserlefenen Sprüchen machen und dann Arnd's Paradiesgärtlein folgen, welches fchon zur Hälfte fertig fei. In Halle erklärte
man fich zum Druck portugiefifcher Sachen bereit, das Paradies=
gärtlein wurde überfandt, Fabricius glaubte im Frühjahr 62, daß
es bereits gedruckt fei und kündigte fchon andere Schriften an. Anfang
1765 aber fchreibt Sebaftian, er habe das Manufcript des Paradies=
gärtleins im Trankebarer Kaften wieder zurückfenden müffen, weil in
Halle kein Corrector zu bekommen fei und weil ihn perfönlich der Druck
der böhmifchen Bibel ganz in Anfpruch nehme. Noch im felben Jahre
begann in Trankebar der Druck nach Vereinbarung mit dem lieben
Bruder Herrn Fabricius, fchritt aber fehr langfam vor, während die
neue Druckerei in Madras unmittelbar hinter einander außer jenen
Liedern und dem Spruchbuch noch ein alsbald beim Taufunterricht mit
Nutzen gebrauchtes Vorbereitungsbüchlein lieferte, vielleicht eine
Ueberfetzung der gleichnamigen tamulifchen Arbeit. Darnach wurden alle

15

Kräfte für den Druck des tamulischen Neuen Testaments und Gesang=
buchs angespannt, so daß Fabricius noch einmal einen Anlauf nahm,
Portugiesisches in Halle drucken zu lassen, und diesmal mit mehr Glück.
„Auch ist Bogatky's Schatzkästlein von Fabricius ins Portu=
giesische übersetzt und in Halle gedruckt worden 1773." [1]) Um allen An=
forderungen gerecht zu werden, hatte er vorher von Breithaupt es noch
einmal revidiren lassen. Ob zur beabsichtigten Herausgabe einer por=
tugiesischen Postille irgend welche Schritte gethan und Vorbereitungen
getroffen sind, ist mir unbekannt. Immerhin lehren diese wenigen
Notizen, daß Fabricius im Portugiesischen sehr fleißig und, wie wir aus
der bereitwilligen Mitwirkung der übrigen Missionare sehen können,
mit Erfolg gearbeitet hat.

Das Schönste bei all diesen Arbeiten ist noch, daß sie nicht aus
der Feder eines auf seine Stube gebannten Gelehrten geflossen, sondern
unmittelbar aus dem Leben herausgeboren sind, aus der Gemeinde
für die Gemeinde. Konnten wir doch nicht umhin, an anderen Orten
zu erwähnen, wie die Sorge um einen geordneten Taufunterricht die
Ausarbeitung des tamulischen „Vorbereitungsbüchlein" und seiner Grund=
lage, des Tractates „erste Milch", veranlaßte, wie das Bedürfniß, den
heidnischen Zuhörern das flüchtige Wort zu fixiren, zur Aufsetzung des
Briefes an die Heiden führte, wie Fabricius seine Gemeinden wider die Ver=
lockungen der Papisten zu wappnen suchte durch den Spiegel des Papst=
thums: am deutlichsten zeigt sich dieser Zusammenhang zwischen münd=
licher und schriftlicher Thätigkeit in den vorbereitenden Arbeiten, der Ge=
meinde eine tamulische Postille zu schaffen.

Als Fabricius im Sommer 1754 in Sachen der Bibelübersetzung
einige Monate in Trankebar weilen mußte, hinterließ er bei der Ab=
reise den Catecheten mehrere tamulische Predigten, die er auf einige
Sonntage im Voraus zum Vorlesen gearbeitet hatte, ja selbst von
Trankebar aus versorgte er seine Gemeinde mit Predigten, indem er
durch expressen Boten mehrere auf einmal übersandte. Er pflegte fast
alle seine Predigten reiflich zu überdenken und ausführlich aufzuschreiben,
einmal sicherlich aus Gewissenhaftigkeit, dann aber auch in der Hoffnung,
es könne mit der Zeit eine kleine Postille von solchen Predigten ent=
stehen, die grade für die Umstände der Gemeinde sich eigneten. An
und für sich, wenn anders die Zeit gefunden werden könnte, wäre er
auch nicht gegen Uebersetzung einer deutschen Postille, zumal dann die
Einwilligung der übrigen Missionare leichter zu erhalten wäre. Es

---

[1]) Walch, Neueste Religionsgeschichte V. 170.

läßt sich auch nicht läugnen, daß die Eigenthümlichkeit des Verfassers in den Fabricius'schen Predigten stark hervortritt. „So viel ich weiß, schreibt unser Missionar Schwarz, haben sie eine leichte verständliche Sprache; ihre Eigenthümlichkeit ist die des sel. Fabricius selbst: nicht die Rechtfertigung, sondern die Heiligung steht auf erster Linie." Leider hat er selbst eine Sammlung seiner Predigten nicht mehr durch den Druck veröffentlichen können. Sie befinden sich aber noch handschriftlich in Madras, vor Jahren wurden in einer kleinen periodischen Zeitschrift einige derselben gedruckt. Da das große Bedürfniß nach einer Postille (auf wie vielen Außenstationen kann denn sonntäglich der Missionar predigen?) noch immer sehr groß ist und sich wohl kaum durch neuere Arbeiten wird befriedigen lassen, wäre gewiß eine Sammlung von Predigten unserer alten Missionare, so viele derer sich erhalten haben, am Platze; ihre Worte würden sicher mit mehr Aufmerksamkeit von den Gemeinden aufgenommen und tiefer bewahrt werden.

Zum Schluß müssen wir noch einige Worte über Fabricius Verdienste um Lexicon und Grammatik hinzufügen. Vielleicht denkt Mancher, dem von seiner Jugend her noch einiger Widerwille gegen solche dicken Bücher einwohnt, endlich entpuppt sich doch noch der reine, trockne Gelehrte, und er ist schon im Begriff, seine Liebe und Verehrung für Fabricius auf einen etwas tiefern Grad herabzudrücken. Es ist jedoch ein anderes, daheim Lexicon und Grammatik über eine todte Sprache zu schreiben, und ein anderes, wenn Missionare, deren Beruf die Beschäftigung mit fremden Sprachen mit sich bringt, ihren Nachfolgern diese schwere Arbeit erleichtern wollen. Das ist ja gewiß ein ersprießlicher Dienst für die Mission selbst, wenn nun die neuen Boten ihren Mund um so eher zur Verkündigung des Evangeliums öffnen können.

Von Anfang der Mission an haben die Missionare ausgesprochener Maßen zu diesem Zweck an Lexicon und Grammatik gearbeitet; als Fabricius hinauskam, handelte es sich schon um den Druck eines Lexicons, aber Prof. Francke glaubte nicht, daß der Nutzen den aufzuwendenden Kosten gleichkäme und schlug vor, die jungen Missionare möchten zu ihrer eignen Uebung das alte handschriftliche Exemplar noch einmal zum Gebrauch abschreiben. Dies scheint denn auch eine Hauptbeschäftigung unsers Fabricius in Trankebar gewesen zu sein. In Madras ist es in der ersten Zeit eine seiner Privatarbeiten, das tamulisch-lateinische Lexicon in ein lateinisch-tamulisches umzusetzen. [1] Seit 1764

[1] Vgl. meinen Beitrag zur Geschichte des tamulischen Lexicons und der Grammatik in den Hall. Nachrichten 1865, I S. 21 ff.

15*

giebt er der englischen Sprache aus practischen Gründen den Vorzug vor
dem Latein. 1779 endlich erschien das erste tamulisch=englische Lexicon; der Umfang, etwa 24 Bogen in Quart, zeigt schon, daß es nur den
nächsten practischen Bedürfnissen dienen und nicht als eine gelehrte Arbeit
gelten will. Doch hat er sorgfältig alle Arbeiten der Vorgänger benutzt; die Trankebarer Brüder waren offenbar in Sorge gewesen, es
möchte dies nicht geschehen und sie müssen an Prof. Freylinghausen
nach Halle deshalb geschrieben haben, wenigstens findet sich in einem
seiner Briefe an Miss. Klein eine bezügliche Notiz: „An Herrn Fabricius habe nur einfließen lassen, daß ich aus einer gewissen Stelle der
alten Missionsnachrichten gesehen, daß in Trankebar das Malabarische
reiner, bei Madras aber corrupter geredet werde, so werde er doch auch
bei seinem Lexicon darauf Rücksicht genommen haben." Dies Werk
kam einem allgemeinen Bedürfniß entgegen. 1809 erschien eine von
Miss. Päzold besorgte zweite Auflage, nach Miss. Schwarz „ein noch
immer brauchbares Buch", es enthält nur 185 Quartseiten. Jetzt wird
es sehr selten geworden sein, aber es hat seine Dienste geleistet und
lebt fort in den neuern größeren Werken, denn es bildet anerkannt
oder nicht anerkannt, eine ihrer Grundlagen.

Die Herausgabe eines englisch=tamulischen Lexicons beschäftigte Fabricius noch in hohem Alter. Es erschien etwa im Jahre 1786.
„Die zweite, zum Theil bedeutend erweiterte Ausgabe, die 1827 vom
Miss. Haubroe begonnen und erst 1852 vollendet wurde, ist leider in
ihren ersten Theilen sehr mangelhaft besorgt und daher wenig brauchbar." So hat also Fabricius das Programm, welches er schon im
October 1756 von seiner litterarischen Thätigkeit entwarf, in allen
Theilen durchgeführt, ja die dort angekündigte, dem Lexicon anzu-
hängende Analyse etlicher Kapitel des Neuen Testaments hat sich zu
einer vollständigen Grammatik erweitert. Die erste Nachricht davon
giebt uns der nach einem Aufenthalt von wenigen Tagen in Madras
verstorbene Miss. Schöllkopf am 19. Juni 1777: „Heute Vormittag
fing ich das Malabarische an. Herr Miss. Fabricius hat eine mala-
barisch=englische Grammatik aufgesetzt, welche auch, sobald das mala-
barisch=englische Lexicon fertig ist, gedruckt werden wird. Sie ist sehr
kurz und faßlich. Dieser Anleitung bediene ich mich, und wo ich nicht
fortkommen kann, kann ich den Verfasser selber fragen und hinläng-
lichen Bescheid bekommen." Miss. Schwarz besitzt ein Exemplar dieser
seltenen Grammatik, gedruckt 1778. „Es ist ein kleines Compendium
von 63 Seiten, recht brauchbar", lautet sein Urtheil. Miss. Gericke
wurde 1790 gebeten, diese Grammatik, die vergriffen war, wieder auf-

zulegen und that es alsbald. Diese wiederholten Auflagen sind ein
Beweis für die Brauchbarkeit und Nothwendigkeit aller dieser Bücher,
es freut uns aber, daß auch der Prof. Dr. Schulze in Halle nach
Fabricius' Tode als Missionsdirector ausdrücklich ihren Nutzen für die
Mission bezeugt: „In der malabarischen Sprache hat Fabricius eine
ganz besondre Stärke gehabt. Seine im Druck noch vorhandenen schriftlichen Arbeiten sind noch jetzt (etwa 1798) den neuen Missionaren
sehr nützlich."

Es ist erstaunlich, wie die Arbeitskraft eines einzelnen Mannes so
Vieles und so Ausgezeichnetes hat leisten können, erstaunlich, von welchen
Früchten unermüdlichen Fleißes uns dies kleine Studierstübchen Kunde
geben mußte; fast auf allen Gebieten finden wir Fabricius in bahnbrechen-
der Weise thätig, aufbauend und erhaltend, stets zur Vertheidigung bereit
dem, der Rechenschaft von seinem Glaubensgrunde verlangt, dem jungen Bruder ein Leiter ins Amt, den heilsbegierigen Heiden ein Führer
zum Himmelreich, den Gemeinden ein Hirte auf der Weide des göttlichen Wortes und ein Sänger der Großthaten des HErrn. Wahrhaft
bewundernswürdig ist es, wie wenig er selbst aus all seinem Thun
gemacht hat, mühsam aus zerstreuten Notizen haben wir uns ja ein
Bild zusammenstellen müssen, weil er selbst nie anders, als gezwungen,
von sich selbst geredet hat. Um so mehr wünschten wir von Herzens-
grund, daß ihm selbst wenigstens in hohem Alter einige Anerkennung
gezollt wäre, oder zum Mindesten, daß er sein graues Haupt mit Ehren in die Grube hätte legen können. Des HErrn Wege gehen durch
tiefe Wasser. Der stille Dulder verlor noch sein einziges Gut auf Erden, seinen ehrlichen Namen, damit er desto stärker nach dem wohlver-
wahrten himmlischen Kampfpreis sich sehne und sich strecke.

Kapitel 12.

Die letzte Noth.

Einst in meiner letzten Noth
Laß mich nicht verstoßen!

Am 7. Mai 1778 wurde in Trankebar ein bis dahin selten vorgekommenes Fest gefeiert, der Catechet Rajappen sollte zum Landprediger ordinirt werden. Als die Glocken das Fest einläuteten, gerieth die ganze Stadt in Bewegung, Heiden und Katholiken nicht ausgenommen; vom Lande waren viele Eingeborne hereingeströmt, die obersten Beamte, fast alle Europäer, auch auswärtige englische Officiere hatten sich in der Kirche eingefunden. Auf dem Altarplatz sind acht Missionare vereinigt, denn die Brüder Schwartz und Gericke sind als Festgäste von Tanjour und Cudelur herbeigeeilt, aber im Herzen der Missionare findet die freudige Bewegung der Gemeinde und der ganzen Stadt keinen rechten Wiederhall. Wohl danken sie dem HErrn für seine Wohlthat, daß Er sie wiederum eine sichtbare Frucht ihrer Arbeit sehen läßt, aber diesmal vermögen sie sich nur mit Zittern zu freuen; sie können es sich ja nicht verhehlen, die Mission ist an einem gefährlichen Wendepunkt angelangt, soll Bestand haben, was seit zwei und siebenzig Jahren in diesem Lande gearbeitet ist oder soll auch das Jerusalem des Tamulenlandes wüste werden, eine Stätte der Trauer und Zerstörung? Diese sorgliche Frage ließ bei ihnen damals eine eigentliche Festfreude nicht aufkommen; von allen Seiten sahen sie Gewitter aufziehen und waren in Aengsten, wo zunächst der Blitz zünden werde.

In der Heimat griff die Aufklärung immer mehr um sich, man bemühte sich, das Christenthum von seinen abergläubischen Zusätzen zu reinigen und wieder zu einer rein natürlichen Religion zu machen, hatte daher begreiflicher Weise kein Interesse daran, den Tamulen ihre Naturreligion zu nehmen. Professor Freylinghausen in Halle schaute recht düster in die Zukunft und betrachtete es als wahres Wunder Gottes, daß überhaupt noch Beiträge für die Mission ein-

liefen. Nicht nur das Missionsinteresse aber nahm in der Heimath
ab, sondern die Gegner verstiegen sich zu offnen Angriffen und die
am günstigsten Gesinnten hielten doch mit ihren Zweifeln nicht zurück,
ob nicht der geringe Erfolg der Missionsarbeit daher komme, daß die
bisherige Methode eine falsche gewesen, man müsse die Heiden zuerst
in Wissenschaften unterrichten und für das Christenthum empfänglich
machen. Andere wieder berechneten genau, wie große Summen Geldes
dem Vaterlande schon durch die Mission entzogen seien, schließlich werde
das eigene Land darüber verarmen. Prof. Miller in Göttingen ver=
öffentlichte seine gelehrten Bedenken durch den Druck und der berühmte
Hofrath Niebuhr in Kopenhagen war auf seinen weiten Reisen der
Mission so nahe gekommen, daß er sich berechtigt glaubte, seine Reise=
beschreibung mit verkleinernden Berichten und Ausfällen zu schmücken.
Leider übten diese unaufhörlichen Angriffe unbemerkt auch Einfluß auf
die Leiter der Mission, ja auf die Missionare selbst. Das Schulwesen
trat immer mehr in den Vordergrund, John gründete ein europäisches
Pensionat, Gerlach sollte eine höhere gelehrte Schule ins Leben rufen,
und da die ältern Missionare sich widersetzten, gab es Mißstimmungen
und Gegensätze.

Alljährlich wird von Halle geklagt, die Missionsberichte müßten
interessanter werden, es sei mehr Rücksicht zu nehmen auf die Natur=
umgebung und die Geschichte. Sogar der alte Fabricius, der je älter
er wurde, desto unlieber Berichte verfaßte und die darauf verwandte
Zeit bedauerte, nimmt ergötzlicher Weise einen Anlauf und erzählt —
das erste und letzte Mal in seinem Leben — allerlei Sonderbarkeiten
von einer seltenen Schlangengattung.

Das Missionscollegium in Kopenhagen war mit neuen unbe=
kannten Gliedern besetzt, und in London war der treue Secretair mit
Tode abgegangen, so daß die Missionare nicht mehr wußten, wohin
sie vertrauensvoll ihre Sorgen und Bedenken melden könnten. Sorgen
und Bedenken aber gab es gerade in noch nie dagewesenem Maße.
In Trankebar wechselte das Regiment, bisher einer Compagnie von
Kaufleuten gehörig, wurde es nun unmittelbares Kronland und bekam
einen königlichen Gouverneur. Es möchte scheinen, daß die Mission
den Wechsel an und für sich nicht eben hätte bedauern brauchen, da
die Compagnie=Beamten oftmals hindernd aufgetreten waren und noch
im letzten Jahre die Christen des Dorfes Sandirapadi gezwungen
hatten, bei der Feier eines Götzenfestes Frohndienste zu leisten. In
Wirklichkeit jedoch war der Moment höchst bedenklich, denn die Mis=
sionare verloren selbstverständlich nun das Privilegium, direct dem

Könige unterstellt zu sein, auch die niedere Gerichtsbarkeit über ihre Gemeinden ward ihnen genommen, und dadurch zunächst eine Zeit großer Unruhe und Verwilderung heraufgeführt.

Auf den englischen Plätzen, außer in Tanjour und Tritschinopoli unter Schwartz, schien es mit der Mission völlig aus zu sein; der alte Kiernander zu Calcutta in Bengalen hatte von seinen Reichthümern, die er sich durch Handelsschaft erworben, eine herrliche Kirche und Missionshäuser aufbauen lassen, er konnte aber, da er keine der einheimischen Sprachen redete, nicht selbst das Evangelium den Heiden predigen. Sein Gehülfe Diemer, der mit ihm nicht im besten Einvernehmen stand, betrachtete sich auch nicht als Missionar, sondern als englischer Kaplan, und wartete nur auf den Tod seines Schwiegervaters, um mit dem erheiratheten Vermögen ins Vaterland zurückzukehren. Die kleine portugiesische Missionsgemeinde befand sich in einem höchst jämmerlichen und verkommenen Zustande, den zu bessern Missionar Gerlach, der nach dem Scheitern seiner Schulpläne von Trankebar aus hinübergegangen war, weder Geschick noch Eifer genug besaß.

Endlich war nun auch aller Welt offenbar geworden, wie viel der edle Gericke zu Cubelur mit seinem Schwiegervater Hüttemann seit vollen zehn Jahren durchgemacht hatte. 1764 von einem heidnischen Ordensmann in schändlicher Weise und großartig betrogen, hatte Hüttemann einen förmlichen Haß gegen das tamulische Volk gefaßt, der allmälig in Verfolgung der Mission selbst ausartete. Zu Anfang des Jahres 1778 schickte er eine zum Druck bestimmte Schrift an die Londoner Societät voll der gröbsten Beschuldigungen gegen die Halleschen Directoren, die Missionsberichte seien unwahr [1]), die ganze

---

1) In dem einen speciellen Fall, den er anführt, war diese Beschuldigung leider nicht ganz ungegründet, er betraf den bekannten, um die Mission höchst verdienten Catecheten Rajenaiken. Die Missionare hatten ihn in den Berichten so hoch erhoben, die Missionsfreunde in der Heimat ihn so lieb gewonnen, wie der Hallesche Director den Missionaren erfreut meldet, daß schon das bloße Nennen seines Namens in den Missionsberichten Aufmerksamkeit erregte. Briefe und Geschenke wurden ihm reichlich zugeschickt, so daß er hochmüthig wurde und in das Laster der Trunksucht verfiel. Die Missionare wagten nichts davon zu sagen, obgleich sein Betragen der Mission je länger, je schädlicher wurde. Schwartz setzte seine Entfernung von Tanjour durch, die Herrnhuter in Trankebar wiesen seine Dienste zurück. Zuletzt hat er noch Buße gethan und einige Jahre in alter Treue gedient. Auch Hüttemann sah auf dem Sterbebett (1781) sein Unrecht ein und bat die Obern in Halle und seine Mitarbeiter um Vergebung.

Mission nichts weiter als eine große Armenanstalt, die tamulische Na=
tion in den Grund hinein verdorben und unverbesserlich, die einzige
Hülfe bestehe darin, daß man Gymnasien errichte, worin die europäischen
Wissenschaften englisch vorgetragen würden, die Tamulen sollten eng=
lisch lernen, nicht die Missionare tamulisch. Hüttemann selbst that
weiter nichts, als daß er alle vierzehn Tage eine Predigt hielt, die
ganze Mission hatte schon lange auf Gericke's Schultern allein geruht,
nun aber trat er auch diesem hindernd entgegen und wollte keine Gel=
der für die Armen auszahlen, ja die Gehülfen nicht mehr besolden.

Alle diese Sachen mochten wohl die in Trankebar zu einem
Feste versammelten Missionare traurig stimmen und gemeinsame Be=
rathungen nothwendig machen, und doch erschienen sie noch gering=
fügig klein gegen die eine Trauerkunde, welche man bisher sich nur
zuzuflüstern getraut hatte, daß eine Säule der Mission gefallen sei,
daß der alte Missionar Fabricius die ihm anvertrauten Gelder von
Wittwen und Waisen und die Fonds der Mission zu Geldspeculationen
verwandt und nun alles verloren habe. Zuerst hatte ein englischer
Oberst es dem Missionar Schwartz in Tritschinopoli erzählt, aber
Schwartz wollte ihm nicht glauben: „Es ist unmöglich, ich kenne
Herrn Fabricius so lange, daß ich es mit der höchsten Wahrscheinlich=
keit als Lästerung ausgeben könnte." Allein bald sollte er zu seinem
Schrecken erfahren, daß die Nachricht wahr sei und eben bei jener An=
wesenheit in Trankebar theilte er den übrigen Brüdern das Nähere
darüber mit. In einem gemeinschaftlichen Briefe nach Halle schildern sie
uns den ersten Eindruck: „Bei dem Hiersein der lieben Brüder Gericke
und Schwartz wurden wir erst völlig unterrichtet, in welches Labyrinth
Herr Fabricius in Madras selbst gerathen und alle Missionen zugleich
gestürzt. Es war uns freilich ein und andere niederschlagende Nach=
richt schon vorher zu Ohren gekommen: allein wir konnten und woll=
ten dieselbe nicht völlig glauben. Nun aber erfuhren wir, daß nicht
nur das, was wir vorhin gehört, wahr, sondern noch fürchterlichere
Sachen passirt wären, deren die meisten uns allen unbegreiflich bleiben.
Weil wir jährlich die Geldsendungen aus Halle und London durch
Herrn Fabricius empfangen sollen, wir aber zur Erhaltung derselben
keine Wechsel bekommen konnten, so häufte sich die Summe unseres
Geldes in Madras jährlich. Dazu kamen noch manche Legate. Alle
diese Gelder hat er auf Anrathen der schwarzen Bedienten, des Cana=
kappels und des Catecheten an andre Schwarze wieder ausgeliehen,
ohne sichere Hypothek, um nur dadurch Vortheile den schwarzen Be=
dienten zu verschaffen. Die Schuldner aber sind davon gegangen und

so ist Capital und Zinsen verloren. Nachdem wir diesen letzten Umstand durch die Brüder aus den englischen Missionen in seinem Um-
fange erfuhren, so überlegten wir gemeinschaftlich, ob es nicht nöthig
sei, daß entweder einer aus uns oder Herr Schwartz, als der auch
viel in Madras bei Herrn Fabricius ausstehen hat, eine Reise nach
Madras thun möchte. Der Schluß war, daß wir noch etwas verziehen
und einige Nachrichten einziehen müßten. Allein bald darauf wurde uns
die Krankheit des Herrn Fabricii berichtet und zuletzt hieß es, daß
es sehr bedenklich aussehe. Wir baten daher Herrn Schwartz, daß er
die Reise nach Madras thun möchte, welches er auch willig übernahm."

Lassen wir uns nun von Schwartz noch mehr Einzelheiten berichten: „Meine letzte Reise nach Madras war die angreifendste,
welche ich bis jetzt gethan. Nicht nur der Körper, sondern auch das
Gemüth wurden dabei angegriffen. Unser Bruder Herr Fabricius bekam ein Geschwür am Haupte, welches höchst gefährlich. Sein Leben
war in der äußersten Gefahr nach der Meinung der Doctoren, aber
das war noch nicht das Traurigste. Dieser arme Bruder hat aus
Mangel täglicher Wachsamkeit sich in die bedenklichsten und gefähr-
lichsten Umstände gesetzt. Ew. Hochwürden wissen, daß er die Gelder
des verstorbenen Hagemeister (eines Deutschen, der ihn auf dem Sterbe-
bette zum Testamentsvollstrecker einsetzte) wie auch anderer Wittwen
und Waisen gehabt. Diese Gelder hat er auf Zinsen ausgethan (weil
er wiederum Zinsen davon zahlen mußte). Hierdurch ist er nach und
nach gleichsam als ein Geldwechsler und Bankier geworden. Viele
Leute haben ihr Geld in seine Hände gegeben. Endlich kam es heraus,
daß er des Nabobs Schwiegersohn (Cayordy Cawn) über 50,000 Thaler geliehen. Dieser Schwiegersohn hatte sich nicht wohl verhalten.
Weil er sich nun scharfe Disciplin vorstellte, so lief er fort. Herr
Fabricius meldete sich bei dem alten Nabob und bat ihn, die Schuld
seines Schwiegersohns auf sich zu nehmen, welches er aber mit großem
Unwillen abschlug. Hierdurch wurde die ganze Sache in Madras
kund, welche Herr Fabricius auch so gar vor dem Herrn Breithaupt
geheim gehalten hatte.

Ehe er aber des Nabobs Schwiegersohn so viel Geld, (welches
aber alles andrer Leute Geld war) geliehen: so hat er mit einem Paleiocaren (einem unter dem Nabob stehenden abhängigen Besitzer eines
Stück Landes) sich in gleiche Händel eingelassen. Diesem Paleiocaren hat er
vor mehreren Jahren über 50,000 Thaler geliehen, wogegen Jener dem
Herrn Fabricio ein Stück Landes verpfändet hat. Da aber der Nabob
diesen seinen wahren oder vermeinten Vasallen öffentlich angriff, um

Geld von ihm zu erpressen, so meldete sich Herr Fabricius wieder — und so wurde auch diese Sache kund.

Der alte Greis hat sich und uns alle in jammervolles Elend gesteckt. Wenn ich alle Unruhe, so ich in Indien erfahren, zusammen rechne, so sind sie diesem schrecklichen Falle kaum ähnlich. Die ganze Reise, welche ich zwar ungern that, wurde mir zur Angstreise. Ich war an Körper und Gemüth angegriffen. Am Körper bekam ich einen Aus-schlag, welcher ein unangenehmes Jucken erweckte und daher schlaflose Nächte verursachte. Das einzige Mittel, in dieser schrecklichen Sache zu helfen oder auf menschliche Weise zu rathen, war zu versuchen, ob nicht des Nabobs ältester Sohn die Schuld, so sein Schwager bei Herrn Fabricius gemacht, auf sich nehmen wollte. Ich that es, redete mit ihm, und er versprach es zu thun. Allein bei seines Vaters Leb-zeiten kann er das Geld nicht abzahlen. Ob die Gläubiger sich nun mit einer solchen fast vagen Zusage befriedigen, ist ungewiß.

Das Geld, welches hiesiger Mission zugehörte, nämlich 1000 Pa-goden, hat er, ohne mich zu fragen, ausgegeben. Der Grundgütige Gott helfe um Christi und seines Blutes willen, und lasse diese ärger-liche Sache uns alle zur steten Wachsamkeit erwecken. Wahrlich, ich hätte mir solchen Fall nimmermehr von Herrn Fabricio vorstellen kön-nen. Ich glaube es gern, daß er es nicht aus Geiz gethan oder aus Verlangen einen weltlichen Aufzug zu machen, sondern aus einer Un-überlegenheit (oder wie soll ich es ausdrücken, um weder gegen die Wahrheit oder Liebe etwas zu behaupten). Was aber auch die Quelle und Ursache dieser gefährlichen Sache sein mag, so ist sie arg und see-lengefährlich — und dem Missionswerk ein Schandflecken. Gott wolle Ew. Hochehrwürden und Herrn Fabricii Herrn Bruder in dieser Sache trösten, ja er helfe uns allen zum Ruhme seines heiligen Namens."

Der Thatbestand ist uns in diesem Brief ausführlich genug dar-gestellt, zugleich kann man daraus deutlich abnehmen, wie viel Wahrheit sei an dem herkömmlichen Urtheil über den durchgreifenden Gegensatz zwischen Schwartz und Fabricius, unsern beiden größten Missionaren. Ihre Bedeutung liegt auf verschiedenen Gebieten, Schwartz hat Großes geleistet für die äußere Ausbreitung, Fabricius für den innern Aufbau der tamulischen Mission, und wie sich die Thätigkeit Beider ergänzt, so ergänzen sich ihre Charaktere, nicht aber sind sie entgegengesetzt. Bis auf jene Catastrophe hegte Schwartz für Fabricius eine außerordent-lich hohe Verehrung; als Beweis, wie gut sie zu einander standen, wollen wir hier nur erwähnen, daß Fabricius noch zwei Jahre vor-her den Druck einer Schwartzeschen Arbeit, Gespräche zwischen einem

Heiden und Christen übernahm, nachdem er vorher auf Schwartzens Bitten der sprachlichen Revision mit Freuden und aufs sorgsamste sich unterzogen hatte.

Als Schwartz sich im Jahre 1779 entschloß, den Bitten der Regierung um Uebernahme einer Friedensgesandtschaft an Haider Ali's Hof nachzugeben, war sein letzter und entscheidender Beweggrund „zu versuchen, ob ich dem armen Herrn Fabricius in seiner ganz unaussprechlichen Noth durch Intercession behülflich sein könnte, dadurch daß ich bat, der Nabob möchte den Schuldbrief seines Schwiegersohns auf sich nehmen." Wenn man nun bedenkt, daß Schwartz unter allen Missionaren am meisten Grund zum Unwillen gegeben war, da seine Freundin die verwittwete Oberstin Wood einen großen Theil ihres Vermögens verloren hatte, und er selbst über zwei Jahre weder sein Gehalt noch die Unterhaltungskosten seiner Nation ausbezahlt bekommen konnte, und wenn man seine vorsichtige Ausdrucksweise mit dem Verhalten anderer Missionare vergleicht, so kann man getrost den durchgreifenden Gegensatz ins Reich der Phantasie verweisen.

Wirkte doch auf den eignen Bruder der oben mitgetheilte Trankebarsche Bericht so niederdrückend, daß er an den Rand schrieb: „Wenn Nachricht, daß mein Bruder gestorben, wäre eingelaufen, so würde mich solches nicht so sehr vor Gott gebeugt und mit Jammer mein Herz überschüttet haben. Gott, o großer Gott, hilf aus Gnaden, daß nur dein Werk nicht Schaden leide!" Die Missionare zu Trankebar sprechen sich am schärfsten aus, kaum daß noch ein Ton des Mitleids hindurchklingt. Es ist wahr, ihre Mission verlor an 10,000 Thaler, jedoch nur Capitalien. Noth hatten sie deshalb nicht zu leiden, jedenfalls war es kleinlich, nun die Vergangenheit aufzuwühlen, ob nicht Fabricius früher schon Veranlassung zu Mißtrauen gegeben, es war grausam, in der schlimmsten Zeit noch Zahlungen von ihm zu verlangen, und wenn sie nicht erfolgten, ihm Vorwürfe darüber zu machen, es war herzlos, dem auf den Tod Erkrankten die augenblickliche Beantwortung ihrer harten Zuschriften zuzumuthen. Der harte Ton ihrer Briefe ist wirklich fast unbegreiflich, sie glauben aber durch sein Verhalten dazu berechtigt zu sein. Sie beginnen einen Brief mit der Erklärung, daß sie völlig an ihm irre geworden seien, und schließen: „Wir wissen fast nicht, was wir denken und schreiben sollen. Wir sehen ins Dunkle — Gott helfe Ihnen und uns heraus und handle nicht mit uns im Zorn, sondern in Gnaden. Wir bedauern Sie, aber auch alle die, welche durch diese Umstände betrübet worden und es künftig werden. Mit Wehmuth Ihre sehr betrübten Brüder." Daß

ihre Wehmuth und Betrübniß nicht ganz auf chriſtlichem Grunde ruht,
ergiebt wohl folgende Stelle jenes Briefes: „Stimmt es mit dem
Amte eines Miſſionars, mit der Vernunft, mit dem Chriſtenthum und
einem guten Gewiſſen oder mit der uns zur einzigen Richtſchnur gegebenen heiligen Schrift, ſchreckliche Summen an ſchwarze Fürſten und
unſichere Perſonen gegen göttliche und Landes-Geſetzen grade zuwider-
laufende hohe ungerechte Zinſen hinzugeben und dieſe Summen von
den Ihnen anvertrauten Geldern der Armen, der Wittwen, Waiſen,
ja von dem Gehalte ihrer Brüder zu nehmen. Wie können Sie dies
vor Gott und Menſchen verantworten? Bei all dieſen ſchrecklichen
Dingen, worüber Ihre Brüder ſeufzen und jammern, ſcheinen Sie noch
am ruhigſten und gleichgültigſten [1]) und geben durch die Ausdrücke:
Gott hat mir alles vergeben, Er wird noch alles wohl machen ꝛc. einen
Glauben vor, deſſen Grund wir nirgends in der h. Schrift finden.“

Das Schuldregiſter ſteigt immer höher, Fabricius wird nun zu
dem Betruge noch der Heuchelei oder wenigſtens des ſträflichen Leicht-
ſinnes beſchuldigt, beſonders ſein liebſter Jugendfreund Zeglin braucht
Ausdrücke, bei denen man allerdings in Gedanken behalten muß, daß
ihn wohl das Alter mißtrauiſch und trübſinnig geſtimmt hat: „Des
alten Bruders Fabricius Umſtände ſind ſo traurig, daß ich mich fürchte
mich darauf einzulaſſen. O Wehe, o Wehe, daß ſo iſt geſündigt worden!“ und ein ander Mal: „O HErr übergieb uns nicht unſerm
Eigenwillen! Ach daß Herrn Fabricius Sache Ihm zur Errettung der
Seele gedeihen möchte. Wie iſt der Nathanael ſo umgeſchmol-
zen?“ Ferner: „Ach daß Gott Herrn Fabricius aus ſeiner ſchändlich
und ärgernißvoll gemachten Schuld auf eine ſeiner armen Seele ret-
tende Weiſe helfen könnte. Er iſt unbegreiflich unempfindlich, und, man
geſtatte mir das Wort, voll Glaubens.“

Haben wir bis jetzt die Ankläger allein zu Wort kommen laſſen,
ſo wird doch das Vertrauen zu dem alten Fabricius, deſſen bisheriger
Lebensgang uns nur zu Liebe und Bewunderung anregen konnte, noch
nicht ſo erſchüttert ſein, daß wir nicht begierig wären, nun auch ſeine
Selbſtvertheidigung zu hören. Leider iſt er auch hier ſeiner Weiſe getreu geblieben, wir haben von ihm nur Geſtändniſſe ſeiner Schuld,

---

[1]) Schwartz dagegen ſchreibt im Februar 1779: „Herr Fabricius hat aus
unüberlegender Dummheit ſich und das Werk in große Noth geſetzt. Aus Geiz
hat er es gewiß nicht gethan. Der Schade aber iſt nichts deſto weniger ſehr groß,
doch fühlt Herr Fabricius die Noth, ſo er angerichtet, demüthigt ſich und bittet um
Erbarmung und Vergebung.“

aber keinen eingehenden Bericht, der uns die einfachen Thatsachen vor-
legte, losgelöst von den übertreibenden Gerüchten. Ein gewisses Dunkel
wird stets über seiner letzten Lebenszeit ruhen, aber hoffentlich werden
die nachfolgenden Mittheilungen doch einiges Licht in die Nacht hin-
einwerfen.

Im Herbst 1778 machte Fabricius noch einen Versuch, die Brüder
sofortiger Mittheilung seiner Umstände nach Europa zurückzuhalten, von
„indem in Kurzem es Sie selbst um der Bruderliebe willen reuen
würde, da ich die gewisseste Versicherung habe, daß die schwere Versuchung, in welche mich Gott hat fallen lassen und die dadurch über
mich gekommene väterliche Züchtigung und Prüfung sich mit Sieg und
Segen endigen, und ich im Stande sein werde, richtige Bezahlung zu
thun. Der HErr wird Gnade geben, daß ich mit Ihnen vollkommen
ausgesöhnt werde. Lassen Sie um der Liebe Christi willen die in diesen Zeilen gethane Bitte statt finden." Er selbst läßt auch wirklich in
jenem Jahre in seinen europäischen Briefen noch keine Andeutung fallen, der Anfang des nächstjährigen Berichts aber wird mit folgenden
Worten gemacht: „Zu Anfang dieses unsers gemeinschaftlichen gehorsamen Schreibens muß ich, Fabricius, mit innigster Herzensbeugung
und Scham das Bekenntniß lassen vorangehen, daß vor einigen Jahren
ich mich auf eine ganz unbesonnene Weise von dem Schwiegersohn des
Nabobs, Cahorby Cawn, habe überreden lassen, für ihn auf zwei Monate
eine große Summe Geldes aufzuborgen, vor Ablauf welcher zwei Monate
er aber in des Nabobs Ungunst fiel und nachher von hier zur See nach
Goa, Bombay und andere Orte auf der Malabarküste heimlich abgegangen.
Es war keine Begierde einiges Gewinnes für meine Person, so mich
dazu angetrieben, sondern ich muß es dem Grimme des Satans gegen
das Missionswerk und meiner Thorheit und Schuld zuschreiben, daß
mich Gott zu meiner tiefsten Demüthigung in meinem Alter in solche
schwere Versuchung hat fallen lassen, wodurch ich bei allen Missionen
in Schulden gerathen bin, und wobei mich nichts so sehr schmerzt als
dieses, daß ich meinen liebsten Brüdern und theuersten Vorgesetzten
dadurch Kummer und Schrecken verursacht habe. Ich kann aber auch
nicht unterlassen zu berichten, daß bei diesem schweren Leiden der gnädige Gott mich so unzählige Mal, bei Erweckung zum Glauben und
Geduld, seiner Hülfe und der Errettung aus der Noth versichert hat,
daß ich mich versündigen würde, wenn ich daran zweifeln wollte. Indessen kann ich nichts anderes thun, als um liebreiche Geduld demüthigst
bitten. Auch habe hierbei der Wahrheit gemäß zu melden, daß mein

geliebter Bruder, H. Breithaupt nicht den geringsten Antheil an meinem unvorsichtigen und unvernünftigen Handel hat."

Der Brief des folgenden Jahres drückt die gleichen Gedanken noch bestimmter aus: „Der Herr, der vormals mich durch manche Leidensumstände geführt, hat dieses gegenwärtige lange Leiden über mich verhängt, um durch seine Gnade in Christo Jesu und durch seinen Geist mich von den Sünden meines ganzen Lebens zu reinigen. Ew. Hochwürden wollen versichert sein, daß ich dies in stetiger tiefer Beugung vor Gottes Gnadenthron erkenne, seine Ruthe küsse und unter seine gewaltige Hand mich täglich demüthige, und daß mein Gott und mein Erbarmer, so oft ich in meinen Aengsten zu ihm gerufen und so oft der Unglaube mich anfechten oder verunruhigen wollen, mich des Unglaubens halber bestraft, und nicht nur zum Glauben erweckt, sondern auch die tröstlichsten Verheißungen seiner Hülfe mir gegeben hat und noch giebet. Ich kann dem gnädigen Gott nicht genug danken, daß mich dieses, und dieses allein, bisher in so langer Zeit vor Melancholie bewahrt, auch vor allen Versuchungen und untrichtigen Wegen so behütet hat, daß mir auch kein Gedanken dazu eingekommen ist. Ein und andre, die von meinen geheimen Aengsten und tiefen Beugung vor Gott nichts wissen, mögen mir wohl daher vielleicht eine Sorglosigkeit zuschreiben, aber sie irren sich sehr. Ein sehr großer Trost ist mir indessen die Gütigkeit und Freundlichkeit meines lieben Bruder Breithaupts, mit welcher er mir bisher zugethan geblieben ist, und ich bitte Gott täglich, daß er ihm solche in Zeit und Ewigkeit reichlich vergelten wolle. Ich bin bis dato der gnädigen Hülfe Gottes (ob es gleich bisher immer geheißen hat: Meine Stunde ist noch nicht kommen) so gewiß versichert, als jemals."

Diese freudigen trostreichen Worte konnte Fabricius mitten in der größten Noth niederschreiben, während Breithaupt klagt: „Ich kann ohne empfindliches Mitleiden nicht daran gedenken, in welche Noth und Gedränge Hr. Fabricius mehr als einmal in diesem Jahre (1779) seiner Schulden wegen gewesen ist, und es fällt mir zu schwer, davon etwas mehr zu schreiben." Das Wort, welches Breithaupt nicht aus der Feder heraus will, klingt allerdings schwer: Fabricius saß im Gefängniß, wenigstens meldet Breithaupt später einmal gelegentlich, daß Miss. Kiernander in Calcutta, als Fabricius im Gefängniß saß, sich erboten habe, für seine Person, aber nicht für seine Schulden Bürge zu werden. Wie lange dies erste Gefängniß gedauert hat, können wir demnach nicht bestimmen, wohl aber wissen wir aus andern Berichten, daß noch außerdem mancherlei große Noth sich eingestellt hat: „Hätte

des lieben Herrn Breithaupts Sohn nicht ein monatliches Gehalt von
25 Pagoden, so er als Schreiber bei der Compagnie hat (wodurch
H. Fabricius, Breithaupt und sein Sohn bisher sich unterhalten, so
hätte die Noth sehr groß werden müssen. So aber hat Gott geholfen,"
meldet uns Miss. Schwartz. An Breithaupt kam von London Befehl,
Fabricius kein Gehalt mehr auszuzahlen und selbst die für ihn einlaufenden Geschenke zu verkaufen, bald darnach wurde er völlig suspendirt; er aber blieb sich stets gleich, im November 1782 schildert
ihn Gericke: „Was Herrn Fabricius anlangt, so spricht er, betet, predigt, übersetzt, schreibt, druckt, giebt den Armen nach seinem Vermögen,
schläft nach alter Weise und speiset bei H. Breithaupt als an einem
Freitisch mit dem Appetit eines zufriedenen, vergnügten, fröhlichen,
allezeit gleichgesinnten Mannes, wie er immer gewesen ist; während
seine Brüder, so oft sie an ihn gedenken, ihn bedauern und sich grämen.
Nun sein Unglück, das er angerichtet, und das uns so sehr, ihn aber
so wenig kränkt, wird doch künftig seinen Nutzen haben, indem es
allen jetzigen und künftigen Missionaren als eine Warnung vor mancherlei scheinbaren (verlockenden) Irrwegen heilsam sein wird."

All diese vielen Urtheile verglichen mit Fabricius' eignen Aussprüchen machen einen räthselhaften Eindruck, wir staunen und müssen
dann gestehen: Hier liegt ein psychologisches Räthsel vor. Seine Mitarbeiter haben es nicht zu lösen vermocht, sie wollen den gefallenen
Bruder beurtheilen nach sich selbst, aber siehe ihr Maßstab reicht nicht
aus, Beweis genug, daß sie es mit einem Manne von anderer Geistes-
richtung zu thun hatten. Es ist sicherlich ein Fehler; Fabricius als
einen Pietisten zu betrachten und zu beurtheilen; gewiß trägt manches
seiner Worte und Unternehmungen pietistischen Anstrich, aber es ist
doch aus einer andern Wurzel entsprungen. Ich würde Fabricius lieber
einen Mystiker, denn einen Pietisten nennen. In den früheren Erzählungen mußte schon auffallen, welch außerordentliches Gewicht er
auf das Beten aus dem Herzen legte, fast erscheint es als das Maß,
mit dem er die Frömmigkeit der einzelnen Gemeindeglieder mißt. Es
bildete einen Hauptbeschwerdepunkt gegen Geister: „daß Schulkinder
zum Gebet mit eigenen Worten aus dem Herzen angewöhnt und am
Freitag in der öffentlichen Betstunde, die ich beständig hielt, eben dergleichen Gebet von den Catecheten und mir geschieht, dagegen hat
H. Geister mehrmals mit klaren Worten seinen Unwillen bezeugt, auch
mir eine Gebetsformel vor der Predigt abzulesen vorschreiben wollen,
die er aus vielen Sprüchen zusammengestoppelt und selbst immer ab-
liest." Als Mann des Gebets erscheint er in fast allen Erzählungen,

lebt er in der Ueberlieferung, die durch den beständigen Umgang mit Gott sogar seine äußere Erscheinung geweiht erscheinen läßt, so daß selbst die Schlangen auf sein Gebot sich zurückzogen. Er führte ein ununterbrochenes Gebetsleben, bei jedem Stundenschlage, so hörten wir früher, sprach er sein Gebet und erquickte sich an einem Liederverse. Er weiß, sein Leben steht unter besonderer Leitung Gottes; daß er Theologie studirte, zur Mission sich entschloß, nach Madras übersiedelte, die Uebersetzung des Neuen wie später des Alten Testaments begann, zu diesem Allen hat er bestimmte Fingerzeige Gottes gesehen. Aus allen Briefen nach dem letzten unglücklichen Ereignisse geht deutlich hervor, daß er von Gott eine besondere Versicherung der Hülfe und der speciellen Vergebung empfangen zu haben glaubte, daher seine unerschütterliche Freudigkeit, seine nie wankende Zuversicht, ob es um ihn donnert und blitzt. Er fühlt sich völlig abhängig von der Stimme in seinem Innern, er kehrt um mitten auf der Flucht, weil er in seinem Herzen keine Befriedigung fühlt, er heirathet nicht, weil er eine specielle Weisung des HErrn vermißt. Diesem mystischen Zuge widerspricht es durchaus nicht, daß er festhält an den Symbolen, daß er die dem Wort innewohnende sacramentale Kraft und die objective Bedeutung der Sacramente anerkennt, grade in der lutherischen Kirche ist ja der Mystik eine berechtigte Stelle einzuräumen, Luther ist großgezogen an den Schriften der alten Mystiker, Joh. Arnd ist ein treuer Lutheraner, trotz der Angriffe mancher ihn nicht verstehenden Orthodoxen, so gut wie ihr Hauptdogmatiker, Joh. Gerhard, schon als 22jähriger Jüngling in seinen heiligen Meditationen von dem gewaltigen Feuer der Mystik sich ergriffen zeigt. Dieser Neigung halben darf man auch Fabricius nicht unpractische Innerlichkeit vorwerfen, davon haben wir bisher noch keine Proben gehabt, im Gegentheil, wenn er eine Sache angegriffen hat, vermag ihn nichts mehr davon abzubringen. Die schriftlichen Arbeiten, welche er im Anfang seiner Wirksamkeit als nothwendig erkannt hat, beschäftigen ihn noch am Ende seines Lebens, seinen ganzen Einfluß, sein ganzes Vermögen bietet er auf, um sie endlich gedruckt in Händen zu halten; durch seine Ausdauer hat er Großes erreicht, kein Unglück vermag ihn zu erschüttern; ob er suspendirt ist, ob man ihm sein Gehalt verweigert, er bleibt seinem Berufe treu, er versorgt die Gemeinde, er predigt, er übersetzt und hofft, der HErr werde ihm schließlich doch noch aus aller Noth helfen.

Auf die Dauer konnte sich Fabricius allerdings nicht verhehlen, daß er mit seiner Hoffnung, sofern sie auf einen äußerlich guten Ausgang rechnete, übel daran sei; offen vor Gericht sich als zahlungs-

unfähig zu erklären, fiel ihm doch zu schwer, die Art und Weise, wie
solche Sachen von den Advocaten damals betrieben wurden, hielt ihn
zurück, sie suchten dabei nur ihren eignen Vortheil. So klammerte er
sich denn an einen Strohhalm mit seiner Hoffnung an. Im September
1783 wurde Cayordy Cawn von dem Nabob freundlich eingeladen, von
seiner Flucht zurückzukehren und liebreich und mit Ehren wieder auf=
genommen. Weil er zweimal seinen Bedienten gesandt und Zahlung
hat zusichern lassen, hofft Fabricius schon, daß alsbald der Anfang damit
gemacht werde, doch lauten seine gleichzeitigen Briefe endlich minder
zuversichtlich: „Gleichwie ich meines unsinnigen schändlichen und höchst
untreuen Verhaltens wegen, wodurch ich mich gegen das Werk Gottes
und gegen meine theuersten Vorgesetzten, besten Freunde, Brüder und
Wohlthäter gräulich versündigt und ihnen schrecklichen Schmerz und
Leid verursacht, mich täglich vor Gott als den elendesten Sünder auf
Erden bekenne und anklage und mit Anhalten um Vergebung flehe,
also thue ich es auch hier. Daß ich nicht aus einiger Absicht eigenen
Vortheils für meine Person, sondern durch eine schreckliche Sich=
tung des Satans einen solchen gefährlichen Schritt gethan, ist
Gott bekannt. Und er ist's auch, auf den ich, nachdem die geschehene
Sache nicht geändert werden können, durch Jesum Christum meine
Hoffnung und Vertrauen bisher gesetzt, und den ich dabei täglich in
tiefster Demüthigung angefleht habe. Und er, der gnädige und gütige
Gott ist's auch, der in so langer langer Zeit mich getröstet, im Glau=
ben und gelassener Gebuld erhalten und seiner Gnade und Errettung
mich immer versichert hat. Ich muß auch um Vergebung bitten, daß
ich auf Ihre liebreiche Zuschrift nicht eher geantwortet habe. Nichts
ist daran Schuld gewesen als die Scham.“

Trotz aller Noth, trotz aller Sorgen hielt Fabricius immer treu
aus auf seinem Posten; als im November 1782 Breithaupt starb,
schien neue Lebenskraft in den Greis zu strömen, mit Aufbietung all
seiner Energie nahm er die Leitung der Mission auf sich in den schwer=
sten Kriegsläuften. Gericke, der nach der Eroberung Cudelurs durch
die Franzosen damals grade in Madras weilte, hatte Breithaupts Tage=
buch mit einigen Bemerkungen eingeschickt, indem er glaubte, Fabri=
cius werde keine Berichte mehr abfassen: da sagte ihm denn der alte
Mann ruhig: „Sie haben zu viel auf sich genommen“ — und Gericke
suchte sich vorläufig eine Stellung in Negapatnam, indem er zugleich
erklärte, in Madras könne ein Missionar mit Familie unmöglich be=
stehen: „In Madras können nur Leute durchkommen, die täglich Geld
gewinnen. Gott gebe, daß die Umstände sich ändern mögen. Als ein

einzelner Mann würde ich dort meinen Reis und Carry aus dem Topf
eines Malabaren nehmen und mich schon durchhelfen. Aber wenn dort
ein Missionar eine Familie hat und seinen eigenen Topf aufsetzen muß,
so ist sein Gehalt kaum genug zum Feuerholz." Die gleiche Erfahrung machte Gericke, als er sich vom Herbst 83 bis zum Frühjahr 84
wieder dort aufhielt, er brauchte monatlich über vierzig Pagoden und erklärte, daß ein Schullehrer, der in Cudelur mit 1½ Pagoden monatlich auskomme, in Madras sicher vier brauche. Später, als er dauernd
in Madras sich niederließ, bezog er seine Haupteinnahme als Lehrer
eines Erziehungsinstituts, wie Schwartz durch seine Stellung als englischer Kaplan; natürlich mußten sie dann auch einen großen Theil
ihrer Zeit ihrem eigentlichen Berufe entziehen.

Uns wundert weiter nichts, als daß man nicht bei Beurtheilung
des armen Fabricius diesem Umstande einige Rechnung getragen hat;
in letzter Zeit wurden ihm fast in keinem Jahr die nöthigen Betriebs-
kosten gesandt, die Mission mußte Schulden machen, und als er darüber
in Halle klagt, meldet der Director sein aufrichtiges Bedauern, aber
bei den traurigen Zeitumständen vermöge er nicht einmal mehr die gewöhnlichen hundert Pfund einzusenden. Breithaupt allein macht darauf
aufmerksam, daß die Rücksicht auf Erhaltung der Mission Fabricius
zu Geldgeschäften bewogen habe: „Ich kann und muß ihm Zeugniß
geben, daß er nicht gesucht hat sich selbst zu bereichern. Ich glaube
aber, daß er wohl vor Diesem manchen Verlust bei seinen Geld-
Geschäften mag erlitten haben und daß er gedacht, auf solche Weise
seinen Schaden wieder gut zu machen. Doch dieses muthmaße ich nur,
denn er hat mir niemals gesagt, daß er etwas Beträchtliches eingebüßt
habe. So viel weiß ich nur, daß er vor ungefähr zehn oder zwölf
Jahren ist bestohlen worden; wie hoch aber sich solcher Verlust mag
belaufen haben, ist mir nicht bekannt worden. Es kann auch wohl
sein, daß er durch seine allzu große Gutherzigkeit und daraus her-
fließende Freigebigkeit bei Führung der Rechnungen ist zu kurz kommen. Denn ich habe ihn ehedem sagen gehört, daß Umstände vorkämen,
da er mehr ausgeben müßte, als er in Rechnung setzen könnte und
daß er täglich zu Gott bete, daß er ihn nicht möge weder in Sünden
noch in Geldschulden sterben lassen."

Irgend ein Missionar mußte in jenen unruhigen Zeiten der Geld-
geschäfte sich besonders annehmen, sonst würde die Mission bei Uebersendung der Gelder zu viel eingebüßt haben; so lange es gut ging,
waren auch sämmtliche Missionare recht froh, ihre kleinen Ersparnisse
an einem sichern Ort niederlegen zu können, und es stieg keinem Ein-

zigen ein Bedenken auf, als sei es für einen Missionar ungeziemend.
Die Gelder der Wittwen und Waisen mußten irgendwo untergebracht
werden, auf absolute Sicherheit konnte damals Niemand rechnen, stellte
doch Ende 1777 der Landesherr selbst seine Zahlungen ein, wie Schwartz
berichtet: „In Madras sind Familien, welche alles verloren dadurch,
daß sie dem alten Nabob geliehen und nun weder Capital noch Zinsen
erhalten. Der alte Mann ist über hundert Lack Pagoden schuldig. Er hat
eine Consolidation gemacht und verspricht in dreißig Jahren alles abzu-
zahlen. Ist das nicht ein spöttisch Werk und wird der alte Mann sich
viel um seines Schwiegersohns Schulden bekümmern. Es ist recht
traurig, daß der alte unglückliche Bruder Fabricius sich zu solchen ein-
fältigen Dingen bereden ließ." Die Schlußworte passen offenbar nicht
zu dem Vorausgehenden, man erwartet auf Grund jener Thatsache eher
eine Entschuldigung als eine Anklage. Haben viele Familien durch den
Nabob selbst ihr Geld verloren, so ist es doch wohl nicht so ganz wider
den Lauf der Dinge, daß auch ein Missionar von den politischen
Ereignissen betroffen wird. Daß des Paleiocaren Bomrasa Gebiet
unter fremde Botmäßigkeit gerathen würde, war offenbar nicht voraus-
zusehen und daß sein verpfändetes Landstück so wenig eintrug, war
wiederum Folge des Kriegs. Um endlich noch über die hohen Zinsen
ein Wort zu sagen, so ist solches Gerücht wohl erklärlich, der Zins-
fuß ist ja in Indien an und für sich sehr hoch und wird natürlich in
den Kriegszeiten noch gestiegen sein; Fabricius nahm auf jeden Fall
nicht nur hohe Zinsen, sondern mußte sie auch selbst wieder zahlen,
wie denn Breithaupt erzählt, daß er einige Summen bis zu der im
Frieden unglaublichen Höhe von achtzehn Procent habe verzinsen müssen.

Doch wozu versuchen Fabricius zu entschuldigen? Böse Absichten und Beweggründe, das hörten wir ja von allen Seiten, traute
ihm Niemand zu, zum höchsten läßt sich sagen, daß er sich durch große
Unvorsichtigkeit sein Unglück zugezogen habe, aber jedenfalls war es
ein Unglück, nicht ein Verbrechen, und da läßt sich denn hoffen, daß
mit der Zeit die Wunden vernarben werden. Die Gläubiger geben
sich endlich zur Ruh, wie Gericke bei seiner Anwesenheit 1784 bemerkt:
„Die Schuldsache hat sich nicht geändert. Gott Lob, daß ich nicht
vernommen habe, daß ihm einer von seinen hiesigen Gläubigern wäre
beschwerlich gefallen. Sie halten sich alle still und ruhig als Leute,
die ihr Recht an ihn aufgegeben haben."

Hätte es irgend eine Ordnung, oder irgend eine Spur von Verwaltung und Regiment in der Mission gegeben, so mußte dieser Zeitpunkt, wo die öffentliche Meinung sich wieder zufrieden gestellt und

Fabricius durch fortdauernde eifrige Thätigkeit seinen Namen einiger
Maßen wieder zu Ehren gebracht hatte, ergriffen werden, um den alten
Greis von der Last der Missionsarbeit zu befreien oder wenigstens,
um ihm einen kräftigen Gehülfen zu setzen. Es geschah nicht und die
Mission wie der arme Fabricius büßten gleichmäßig diese Unter-
lassungssünde.

Bis zum Jahre 1786 hielten seine Kräfte vor, wir hörten ja
schon, wie eifrig er noch an der Bibelarbeit sich betheiligte und wie
von neuem der Geist des Gesanges über ihn gekommen, seitdem aber
sank er schnell zusammen. Im Juli 1787 kündigt er dem Halleschen
Director gleichsam an, daß er nun seine schriftlichen Arbeiten abgeschlossen habe, indem er verspricht gelegentlich Exemplare seiner nun fertig
geworbenen Lexica zu übersenden; dann macht er darauf aufmerksam,
wie er seit Breithaupt's Tod ganz allein stehe und sich wegen seines
Alters von 76 Jahren auch schwach befinde. Die Schuldsache peinigt
ihn noch immer, sein Schuldner Cayorby Cawn ist gestorben, aber er
fährt dennoch fort beim Nabob Schritte wegen Bezahlung der Schulden seines Schwiegersohns zu thun. Die Trankebarer Brüder haben
einen Versuch gemacht, ihn durch Dazwischentreten des Halleschen Direc-
tors von seinem untreuen Catecheten Curupadam zu befreien, aber
vergebens. Er schreibt ihm eine warme Vertheidigung: „Da vor
nunmehr fast zwölf Jahren durch die Sichtung des Satans ich dahin
gebracht worden, dem Schwiegersohn des Nabob eine so große Summe
Geldes zu leihen, so hat der Umstand, daß des Catecheten Curupadam
Sohn damals bei ihm diente, den geliebten Brüdern in Trankebar,
Tanjour ꝛc. die starke Vermuthung gemacht, daß des Curupadam eigen-
nützige Absichten mich in dieses Unglück gebracht haben. Ich habe jedoch niemals gefunden, daß er davon einigen Nutzen gehabt hat. Es
ist wahr, er hat mir damals nicht abgerathen, und ich habe alle Schuld
dieses meines unvorsichtigen Versehens mir selbst ganz allein, wie ich
auch jetzt noch thue, zugeschrieben, so daß ich auch niemals dem Curupadam dieser Sache halber einen Vorhalt gethan habe. Nun nach
Verlauf von zwölf Jahren kann ich ihn mit gutem Gewissen nicht
wohl abbanken, zumal er auch ein sehr geschickter und gar brauchbarer
Gehülfe in der Mission ist."

So ehrenvoll diese Aussprache für das Herz des Greises ist, um
so mehr müssen wir bedauern, daß er sich dennoch in Curupadam getäuscht hat; diese letzte schwerste Erfahrung, daß seine Liebe und sein
Vertrauen auf das tamulische Volk ihn ins Unglück gebracht habe,
sollte ihm auch nicht erspart bleiben. Die Catecheten und die schlechten

Leute der Gemeinde mißbrauchten aufs schmählichste die seit 1786 ein-
getretene Gedächtnißschwäche des alten Mannes, verkauften Missions-
gut in seinem Namen und brachten ihn bei allen Europäern dadurch
in Mißcredit, so daß endlich die Gemeinde selbst gegen seine schlechten
Rathgeber sich erklärte. Im Februar 1788 lief ein Brief der Madras-
Gemeinde in Trankebar ein mit der Trauerkunde, „daß Herr Fabricius
am 31. Januar von einem Sergeanten wegen 2500 Pagoden ins
Gefängniß gesetzt worden, Curupabam und sein Sohn Aaron
wären an allem Jammer Schuld und es wäre billig, wenn diese beiden
eingesetzt würden, so würden sie schon Rath zu schaffen wissen. Am
3. Februar sei nun kein Gottesdienst gehalten worden und alle Christen
wehklagten sehr über diesen Vorfall."

Es scheint, daß es immer derselbe Sergeant ist, welcher den alten
Fabricius verfolgt. Schon im October 1778 meldet Hüttemann aus
Cudelur: „Herr Fabricius hat von einem hiesigen englischen Unterofficier Namens Connor tausend Pagoden geliehen, am vorigen Februar
forderte der Unterofficier das Geld, aber vergebens, er war vollends
entschlossen, ihn nach englischen Gesetzen ins Gefängniß zu werfen,
aber stand davon ab auf meine Fürbitte." Wenn Fabricius nun bald
darnach im Gefängniß sich befindet, so haben wir hier offenbar seinen
Peiniger zu suchen. Die Summe wird dann allmälig durch Zinsen
und Zinsenzins angewachsen sein, bis der Sergeant zum zweiten Mal
ihn setzen ließ. Er mochte hoffen, Freunde würden sich aus Mitleid
zur Zahlung der Summe bereit finden lassen. Wie lange dies zweite
Gefängniß gedauert hat, ist, wie beim ersten, ungewiß. Als im Juni
des Jahres Gericke eintraf, war er offenbar schon wieder los, denn
Gericke erzählt, gesehen zu haben, wie böse Christen mit dem alten
Mann spielten und ihn betrogen, wie es ihnen so wohl gefiel, daß sie
einen solchen Missionar hatten, der sie thun ließ, was sie wollten und
keine Schuld auf sie kommen ließ. Fabricius klagte ihm über sein
schlechtes Gedächtniß, und äußerte schließlich den Wunsch, daß doch ein
anderer der Brüder die Station übernehmen möchte, und als Gericke
sich bereit erklärte, zog er sich im September 1788 ganz zurück und
legte sein Amt nieder, um seine letzten Tage in Ruhe und Frieden zu
beschließen.

Gericke gab sich alle mögliche Mühe ihm ein ruhiges Lebensende
zu sichern; weil Fabricius Palleacatta so lieb hatte, machte er ihm
dort bei einer holländischen Wittwe für acht Pagoden monatlich eine
Pflege aus, „wo er von der schrecklichen Unruhe befreit, die er immer
in Madras haben muß, ein stilles und ruhiges Leben führen könnte."

Aber nun kam Curupadam und ein anderer Mann in unerwartete Noth. Sie waren Bürge geworden für 2300 Pagoden. Und obgleich der Schuldherr[1]) zu Herrn Fabricii Reise nach Palleacatta gestimmt hatte, so brauchte er doch gleich nach dessen Abreise gegen diese Leute das Gesetz. Sie gingen nach Palleacatta und brachten den armen unglücklichen Mann wieder zurück und Herr Fabricius kam wieder ins Gefängniß[2]). Im April 1789 heißt: „Herr Fabricius ist noch im Gefängniß und wir wissen keinen Rath. Er ist ohne Gedächtniß."

Es ist fast unbegreiflich, wie diese neue Noth bei einigen Missionaren, nun bei Schwartz, die alte Mißstimmung wieder wachruft, es handelte sich doch um einen über zwölf Jahre alten Schaden. Um so lieblicher ist es, daß Fabricius in einem Briefe an seinen Bruder Sebastian vom August 1788 ausdrücklich versichert: „Ich habe nichts anders als freundlichen guten Willen und Liebe gegen alle übrigen Missionare und hoffe nicht, daß Jemand von ihnen solches in Zweifel ziehen kann."

Zu rühmen ist jedoch die außerordentliche Liebe und Sorgfalt, mit der Gericke und Breithaupt's Sohn ihm sein schweres Geschick zu erleichtern suchten. Gern würden sie ihn durch Bezahlung der Einen Schuld befreit haben, wenn nicht dann sogleich andere Schuldner aufgetreten wären. Im Februar 1790 saß er noch und Gericke freut sich der Ruhe, die er nun doch genieße: „Wenn man bedenkt, wie ihn die Gläubiger geplagt haben, da er in Vepery wohnte, so ist das Gefängniß, weil wir es ihm erträglich machen und darin für seine Ruhe sorgen, ihm eine Wohlthat, obgleich für uns eine Schande. Ich und Herr Breithaupt erhalten ihn. Er hat kein Gehalt, da ist nichts zu machen."

Erst am 5. Januar 1791 schreibt Gericke an Pasche in London: „Herrn Fabricius habe ich endlich aus dem Gefängniß frei bekommen.

---

[1]) Schwartz, der um jene Zeit nach Madras kam und also die Sachlage genau kannte, berichtet im Januar 1789: „Der alte Bruder Fabricius sitzt noch im Gefängniß. Ein Sergeant, welcher 2000 Pagoden bei Hrn. Fabricius deponirt, und welche Summe H. Fabricius weggeliehen, hat ihn gerichtlich einsetzen lassen." Offenbar also wieder der alte Verfolger.

[2]) Es geschah dies im November 1788, während Gericke auf einer Reise nach Welur war. Auf der Rückreise kam er durch Bomrasa's Land und besuchte das Dorf, „welches so viel Aufsehen macht und Herrn Fabricii Dorf genannt wird und wo der älteste Sohn der berüchtigten Curupadamischen Familie residirt." Gericke's Besuch war ihm sehr unangenehm, das Dorf trug 3—400 Pagoden, von denen aber Fabricius keinen Pfennig empfing.

Er hat ein fröhlich Herz, lächelt, hat guten Appetit, guten Schlaf, gutes Gesicht und Gehör. Schwache Füße, kein Gedächtniß, kennet aber die Leute gut, die er vor zwanzig Jahren gekannt hat. Ich halte ihm Leute, die ihm Malabarisch und Englisch vorlesen müssen. Er versteht, was sie lesen, und wenn Jemand in seinem malabarischen Testament unrecht liest, so weiset er ihn zurecht. Bisher hat ihn Niemand von seinen Gläubigern geplagt. Ich würde die Plage empfinden. Die Leute sehen ihn in der Kirche sitzen mit Wehmuth. Es ist beschwerlich ihn in die Kirche zu führen, aber er besteht darauf, bei jedem Gottesdienst zugegen zu sein."

Ueber zwei Jahre hat demnach dies dritte und letzte Gefängniß gebauert; im Gefängniß hat er den funfzigjährigen Gedenktag seiner Ankunft in Indien erlebt, ins Gefängniß ward ihm die Nachricht gebracht, daß nun auch der letzte aus seiner Geschwister Zahl Bruder Sebastian hinübergegangen sei. Nichts mehr fesselt ihn noch an die Erde, wann wird auch ihm endlich die Stunde kommen, wo er jubeln kann: Strick ist zerrissen, und ich bin los? So mögen theilnehmend sein Freunde damals gefragt haben, er aber scheint keine Ungeduld zu kennen, sein Antlitz strahlt wieder von dem innern Frieden und der unzerstörbaren Freudigkeit seines Herzens. Herrlich ist uns in den obigen Worten Gericke's das schöne Bild des achtzigjährigen Greises gezeichnet, der nicht mehr weichen will von dem Hause des HErrn, dessen ganze Aufmerksamkeit gerichtet ist auf das göttliche Wort allein, welches er sein Lebelang nicht aus den Händen gelassen. Endlich nahte der HErr, den treuen Dulder auszuspannen von all seiner Arbeit und Mühe.

Eine Nachschrift zu obigem Briefe Gericke's vom 22. Januar 1791, Fabricius' achtzigsten Geburtstage, meldet uns erst die Krankheit und dann den Tod: „22. Januar. Unser lieber Herr Fabricius ist seit ehegestern Abend in solchem Zustande, daß wir alle Stunden sein Ende erwarten. Er ließ sich lange vorlesen, aß sein Abendessen mit fast mehr als gewöhnlichem Appetit, nahm sein malabarisch Gesangbuch und las selber, fing dabei an zu beben, und verlangte aufs Bett gelegt zu werden. Ich wurde gerufen, er hatte starke Zuckungen an der ganzen linken Seite. Die Aerzte erwarteten sein Ende gestern Abend. Er leidet noch diesen Abend nach 6 Uhr. In voriger Nacht hatte er einige lichte Augenblicke und sagte im Malabarischen „Ja" zu den Trostworten, die ihm zugerufen wurden." Am 23. Mittags nahm ihn der HErr zu sich. In der Frühe des nächsten Tages wurde er „auf Verlangen der malabarischen Gemeinde und etlicher alter europäischer Ein-

wohner von Madras in der Kirche begraben unter dem Zulauf sehr
vieler Menschen, beides Christen und Heiden."

Das lange Gefängniß und der Tod hatten die Ereignisse der letzten
Jahre vergessen gemacht, man sah nur noch seine großen Verdienste,
man erinnerte sich nur seiner unermüdlichen Liebe und Treue und be=
weinte seine vielen Leiden. Schon in der letzten Zeit seines Gefäng=
nisses war in allen tamulischen Gemeinden nur die Wehmuth vorherr=
schend, man darf wohl sagen die Gemeinden und Missionare haben ihn
herausgebetet aus dem Gefängniß: „Wäre der arme unglückliche H.
Fabricius im Gefängniß gestorben, so wäre der Lästerung kein Ende
gewesen. Wir flehten desfalls, schreibt Miss. Jänicke, öfters zum
HErrn, und Er hat uns einen sichtbaren Beweis gegeben, daß Er uns
gnädig erhört habe; denn der Mann, welcher Herrn Fabricius einge=
setzt hatte, wurde in seinem Gewissen deswegen beunruhigt, hat seine
Unruhe bekannt, und ihn, nur um sich Ruhe zu verschaffen frei gemacht."

So hat denn Gott der HErr, dem Fabricius ohne Wanken ver=
traute, ihm schließlich wirklich noch ein sichtbares Zeichen gegeben, daß
seine Schuld, von der er offenbar zu früh sich freigesprochen, nun ge=
tilgt sei. Sein Leben sollte nicht mit einer Dissonanz abschließen; die
letzten zwölf Lebensjahre zwar lassen uns nur mit Wehmuth zurück=
blicken auf sein reiches, thätiges Leben, es wurde uns schwer ihn auf
dieser letzten Wegesstrecke zu begleiten, wir scheuten zurück den Schleier
von dieser dunkeln Lebensperiode wegzunehmen, aber wir hatten ihn
schon zu lieb gewonnen, um mit den treulosen Freunden umzukehren,
sobald das Unglück hereinbrach, und sicher wollen wir nun auch nicht
denen gleichen, die an der Pforte des Grabes umwenden. Sein Ge=
dächtniß bleibe uns theuer, auch nachdem wir sein ganzes schwerbe=
wegtes Leben mit durchlebt haben.

Seine Werke sind ihm nachgefolgt vor den Thron des Vaters,
und seine Werke sind hier zurückgeblieben als ein Denkmal, das nicht
verwittert. Sie reden eine Sprache, die von Missionsfreunden nicht
überhört werden kann und ermahnen uns, die Mission zu lieben, für
sie zu arbeiten und zu leiden, wie Fabricius sie geliebt hat bis zum
letzten Athemzuge. Eine Mission, für die also gekämpft und gelitten
ist, kann nicht untergehen, denn die in den Himmel erhobene Zeugen=
schaar arbeitet weiter mit an dem heiligen Werk, ihr Beispiel treibt an
zu steter Nacheiferung, sie haben für uns die Erfahrungen gesammelt
und wenn sie fehlten, so haben sie uns eine Warnungstafel aufgesteckt.
Achten wir denn darauf und gehen wir unverrückt fort auf dem Wege,
den sie eingeschlagen haben, so kann unserer Mission im Tamulenlande

der göttliche Segen nicht fehlen, denn dann ruht auf ihr ein gedoppelter Segen, der Segen, welchen der HErr gen Himmel fahrend über die als Missionare in alle Welt hin entsandten Apostel gesprochen und der Segen des vierten Gebots: Des Vaters Segen baut den Kindern Häuser. Die Namen Ziegenbalg, Schwartz und Fabricius sind gleich einer Salbe ausgeschüttet über die Mission im Tamulenlande, arbeiten wir treu weiter in dem Weinberge, den unsere Väter so fleißig bearbeitet, in dem sie uns so viele Spuren ihrer Wirksamkeit hinterlassen haben, und bitten wir den HErrn, daß er auch ferner solche treuen Arbeiter wie den alten Vater Fabricius in seine Ernte sende:

HErr gieb dein Wort mit großen Schaaren,
die in der Kraft Evangelisten sein;
laß eilend Hülf uns widerfahren
und brich in Satans Reich und Macht hinein.
O breite, HErr, auf weitem Erdenkreis
Dein Reich bald aus zu deines Namens Preis!

Anhang

enthaltend in unverändertem Abdruck:

1. Brief an die Heiden.
2. Rechnung auf das Jahr 1765.
3. Brief an Prof. H. A. Francke.
4. Brief an die Missionare zu Trankebar.

———

Uebersetzung des gedruckten Malabarischen Briefs der Englischen Missionarien zu Madras an die von Malabarischer Nation.

Die Missionarien, welche treulich als Knechte Gottes den Leuten den Weg zeigen, den gerechten Strafen Gottes, der künftig die Welt richten wird, zu entgehen, und Vergebung der Sünden und Seligkeit im Himmel zu erlangen, wünschen von Hertzen den Einwohnern dieses Landes, ihren Freunden, die Gnade Gottes, und daß sie der ewigen Seligkeit theilhaftig werden mögen.

Wir bitten, sehet diesen Brief an als ein Zeichen grosser Freundschafft und Achtung gegen euch; dann jemanden den Weg zeigen, grossem Unglück zu entgehen, und wahrhaftig glücklich zu werden, ist ja aufrichtige Liebe und Affection. Was wir zu sagen haben, ist dieses: Ihr wisset, daß Ein allerhöchstes Wesen ist, der HErr über alles, und doch nennet ihr die Namen vieler andern Götter und Göttinnen, und anstatt Ihn anzubeten, oder Mittel zu suchen Ihn zu erkennen, bücket ihr euch vor ihnen und betet sie an. Aber ihr soltet wohl bedencken, ob dieses, was ihr thut, recht ist, und ob es euch glücklich oder unglücklich machen werde, und ob dergleichen Götter und Göttinnen würcklich sind, oder ob es nur eine falsche Einbildung in euch ist, und eine Bethörung vom Teufel, dem Urheber aller Lügen und Betrugs, womit er die Leute der Hölle zuführet. Dann, wenn ihr in einer so wichtigen Sache betrogen werdet, was wird der Erfolg davon seyn?

Bedenket, daß der HErr unser Gott, der da ist der Schöpfer und Regierer des Himmels und der Erden und alles dessen, was darinnen ist, und der allen lebendigen Creaturen ihre Speise giebt, den Menschen Verstand und ausnehmende Gaben gegeben hat, und verheisset, daß er derer, die ihm als Kinder gehorchen, ihr gnädiger Gott und Vater seyn, und ihnen ewige Seligkeit im Himmel geben wolle. Wenn nun Menschen den grossen und gnädigen Gott, von dem sie ihr Wesen und ihre Erhaltung haben, nicht achten, noch ehren, sondern sich zu andern Göttern kehren und ihnen anhangen, ist da nicht das höchste Unrecht

und Treulosigkeit! Bedencket mit Furcht, was Gott am künftigen
grossen Tage des Gerichts solchen Menschen thun wird. Dann, wenn
eines Menschen Verbrechen gegen einen andern Menschen, der seines
gleichen ist, gestrafet wird, wie viel härter wird nicht der Abfall von
Gott gestrafet werden. Ihr seyd sehr sorgfältig, zu verhüten, daß ihr
keinen Schaden in eurem zeitlichen Gut und Gewerbe leiden möget,
warum seid ihr dann so gantz und gar sorglos in der Sache von der
höchsten Wichtigkeit? Der Schade, den ihr durch eure Abgötterey
leiden werdet, ist nicht der Schade in weltlichen Gütern, sondern der
Verlust und Untergang eurer selbst, und ewige Angst und Pein in der
andern Welt. Seyd daher klug, wendet euch zu Gott, und suchet seine
Gnade; denn nach dem Tode wird niemand wiederum in einer andern
Geburt in diese Welt kommen, wie ihr vielleicht, gleich manchen andern von eurer Nation, denket; die einzige Zeit mit Gott versöhnet
zu werden, ist diese eure gegenwärtige Lebenszeit.

   Ihr denket, es seyen viele Götter; aber da das gantze Menschliche Geschlecht auf Erden von einem Vater und Mutter abstammet,
welche der Allmächtige Gott im Anfang erschaffen hat, und alle miteinander in Verwandtschaft stehen, wie können verschiedene Götter seyn
über die an verschiedenen Oertern der Erde wohnenden Menschen?

   Weil die Sünde den Verstand der Menschen verfinstert und ver-
blendet hat, so haben sie den HErrn, der sie erschaffen hat, verlassen,
und haben angefangen, Sonne, Mond, Sterne, Vögel, Thiere und
andere Creaturen anzubeten, und vor Bildern von Gold und Metall,
Holtz und Stein, die sie selber gemacht haben, sich niederzubücken. Und
weil die von Gott gebotene Heiligkeit des Lebens ihrer sündlichen und
verderbten Natur nicht gefällt, so macht ihre Phantasie daß sie dencken,
es seyen solche Gottheiten, als ihre verwegene Poeten in ihren Fabeln
ihnen vorgemahlet haben, die mit ihrer fleischlichen und wohllüstigen
Natur wohl übereinstimmen. Aber dergleichen Gottheiten sind niemals
gewesen; und wie können solche, deren Unzucht und Verkehrtheit grösser
ist, als der Menschen ihre, Götter seyn, die Welt zu regieren und zu
richten? Kann wohl ein schamloser und ärgerlich lebender Mensch auf
Erden für eine schickliche Person gehalten werden, um ein Dorf zu
regieren? Oder, werden die Einwohner eines Orts einen solchen Menschen unter ihnen zu wohnen leiden, der da offenbarlich solcher infamen
Handlungen schuldig ist, als eure Bücher von euren Göttern erzehlen?
Sehet, wie gros ist der Betrug, wodurch der Teufel euch der Hölle
zuzuführen sucht. Kann auch eine Sünde grösser seyn, denn die ist,
wann Leute anstatt des heiligen und gerechten Gottes, der uns

erschaffen hat, und der unser einiger HErr und Wohlthäter ist, solche erdichtete und infame Götter und Teufel anbeten? Sagt euch nicht euer Gewissen, daß die Verehrung solcher Götter, und das Nieder=bücken vor den Götzen, die weder sehen noch hören, noch reden, noch sich bewegen, sich ganz und gar nicht reimet mit einem Menschen der seine Sinnen hat?

Ein Thier kennet seinen Herrn, der ihm Futter giebt; wann aber ein Mensch Gott den HErrn, der ihn täglich erhält, nicht kennet, auch seinem Wort wodurch er sich den Menschen geoffenbahret hat, kein Ge=hör giebt, noch ihn mit Gebet anrufet, sondern an einem nichtigen Dinge hänget, das ihm nichts giebet, und es Gott nennet, so ist er gewißlich der betrogenste und unglücklichste Mensch. Aber, so lange ihr solche Heiden bleibet, so regieret und betrieget euch der Teufel, und macht euch die größte Unwahrheit glauben.

Erkundigt euch einmahl der Historien der berühmten und gelehr=ten Nationen der Römer und Griechen, welche in alten Zeiten sehr grosse Länder regieret haben, und richtet eure Gedanken auf die von denenselben eine lange Zeit mit grossem Pomp und thörichtem Aber=glauben getriebene Abgötterey. Die Götter und Göttinnen die sie an=beteten, waren Jupiter, Juno, Mercurius, Minerva, Apollo, Diana, Venus, Bachus, Pluto und andere. Wo sind nun diese Götter, die sie so lange Zeit und mit so grossem Aberglauben verehret haben? Nachdem das Evangelium des HErrn Jesu Christi, des Erlösers der Welt, welchen Gott vom Himmel gesandt hat, geprediget und kund=gemacht worden, ist alle in gedachten Ländern mit so grossem Pomp gethane Anbetung solcher Götter und Göttinnen, so gänzlich vergangen und verschwunden, daß auch ihre Namen daselbst nicht mehr gedacht werden. Und wo ist nun in allen andern christlichen Ländern der Dienst, welcher daselbst in den alten heidnischen Zeiten so vielen ver=schiedenen Göttern geleistet worden? So sie Götter gewesen wären, wie könnte ihre Verehrung und Anbetung verschwinden? Weil aber allein das nichts anderes, als Fabeln und Thorheit, gewesen, so ist nichts davon übrig geblieben. Da es nun gewiß genug ist, daß sie keine Götter waren, würde es nicht Thorheit seyn, zu denken, daß euer Siwen, Wüstnu, Bruma, Pulliar, Ammei und andere, die in diesem Lande angebetet werden, Götter oder Göttinnen sind?

Nun aber, liebe Freunde, höret, was wir euch weiter zu sagen haben. Der ewige und allmächtige Gott, euer HErr und Schöpfer, von welchem ihr, als verlorne Kinder so lange entfernet in der Irre

gegangen, rufet euch noch mit großer Erbarmung zu sich, und saget:
Kehret um, ihr unartigen Kinder, Ich bin der HErr euer Gott, so
habet keine andere Götter neben mir; warum gefällt euch der Weg, der
zum Verderben und Verdammniß führet? kehret um zu mir, so will
Ich eure verderbte Natur durch meinen Heiligen Geist ändern. O gebet
dann, werthe Freunde, diesem gnädigen Ruf Gottes Gehör; dann, ob
ihr gleich nach Göttlicher Gerechtigkeit mit eurer Sünde ewige Ver=
dammniß verdienet habt, und niemand unter euch auf einige Weise
dafür genugthun kan, so ist doch durch Gottes Erbarmung, und durch
seine Erbarmung allein, ein vollkommener guter Weg, den Gott selbst
durch seine Gnade gemacht hat, durch welchen ihr könnet von Sünden
gereiniget werden, und nicht allein der verdienten Strafe entgehen, son=
dern auch Gottes geliebte Kinder werden.

O höret dann mit aller Aufmercksamkeit die gute Botschafft der
für euch und für alle Menschen zuwege gebrachten so herrlichen und
seligen Erlösung! Da ist ein Erlöser, welcher die Sünde und alle
davon entstandene Unseligkeit und Fluch wegnimbt. Er ist der Sohn
Gottes, gleiches unermeßlichen göttliches Wesens mit Gott dem Vater,
und ist uns gegeben zu einem Mittler zwischen Gott und uns. Er ist
herabgekommen vom Himmel, hat menschliche Natur angenommen auf
Erden, heißet Jesus Christus, hat die Schuld und Strafe unserer
Sünden auf sich genommen, und um uns zu erlösen, die Schmertzen
und Tod eines Uebelthäters unschuldiglich an unserer statt erlitten, und
sich selbst Gotte geopfert und seiner Gerechtigkeit für uns ein Genüge
gethan, ist aber am dritten Tage, nach seiner göttlichen Krafft, wieder
auferstanden von den Todten, und ist, nachdem er befohlen, dieses
Evangelium von der Erlösung der Menschen allen Völkern zu verkün=
bigen, wieder gen Himmel gefahren.

Wer nun dem Teufel und seinen Werken, dem gottlosen Wege
der Welt, und der Sünde absagt, und durch den Glauben an diesen
barmhertzigen Erlöser, den HErrn Jesum Christum sich zu Gott be=
kehret, und im Namen des Vaters, des Sohnes, und des Heiligen
Geistes, der da ist der einige wahre Gott, getaufft wird mit Wasser,
und sich ihm als ein gehorsames Kind ergiebet, dessen Sünden werden
vergeben, und er wird ein Kind Gottes und Erbe des ewigen Lebens.

Ihr werdet daher selig seyn, wenn ihr nicht länger unter der
Gewalt des bösen Geistes bleibet, noch seine Lügen und Fabeln glau=
bet, sondern mit Dankbarkeit die unaussprechliche Wohlthat Gottes
und des HErrn Jesu Christi erkennet, und seinem Ruf folget; und

diese eure selige Bekehrung zu Gott wird auch uns, euren aufrichtigen Freunden, viele Freude verursachen. Denn der HErr Jesus, der Sohn Gottes, wird am jüngsten Tage wiederkommen vom Himmel, mit grosser Herrlichkeit, die Todten auferwecken, alle die so in dieser Welt gelebet haben richten, und einem jeden geben, was er mit seinem Leben und Wandel verdienet hat. Alsdann wird Er die unglaubigen, greulichen, Zauberer, Abgöttischen, und alle die die Lügen geliebet, und in ihrer Lebenszeit sich nicht von ihren Sünden bekehret haben, von sich weisen in das ewige Feuer, das dem Teufel und seinen Engeln bereitet ist. Aber die, welche hier an ihn geglaubet, und ein heilig Leben geführet haben, wird Er seine Brüder nennen, und zu ihnen sagen: Kommet her, ihr Gesegneten meines Vaters, ererbet das Reich das für euch von Anbegin der Welt bereitet ist.

Bedencket dann die Herrlichkeit dieser allein wahren und heiligen Religion, und lasset euch nicht länger durch falsche Lehre betriegen, sondern verwerfet die Lügen und ergreifet die Wahrheit. Leset diesen Brief mit gutem Bedacht, und betet demüthiglich zu Gott im Namen Jesu Christi, daß er euch das grosse Unrecht vergebe, dessen ihr euch aus Mangel seiner Erkenntniß schuldig gemacht habt, und daß er euch durch seinen Heiligen Geist führen möge auf dem Weg zum ewigen Leben.

Rechnung über Einnahm und Ausgab in der Mission zu Madras, per annum 1765.

Pag.[1) fan. kas

Einnahm:

Wohlthaten von Europa.
  Sind noch nicht zu handen gekommen.
Wohlthaten in Indien.
  Apr. 2. Philipp Neumeyer, ein Teutscher, zur Artillerie gehörig . . . . . Pag. 1. — —
  Aug. 28. Ein Legat des Mr. John Hubbards, so sich beläufft auf 186. 31. —
  Hinzugekommen durch die Kirchen-Büchse 20. 9. 15.
                    Summa 207. 4. 15.

[1) 1 Pagode (2 Thaler ohne Agio) hat 36 Fanam; 1 Fanam hat 80 Kas.

Ausgab:

1) Besoldungen.

Fabricii, 50ℓ, gerechnet vom 31. Aug. 1764
bis 31. Aug. 1765 nach dem hohen Preiß,
in welchem An. 1764 das Silber verkaufft
worden, Pag. 12. 31. 3. und seith dem letzten 31. Aug. nach dem damahls lauffen-
den Preiß, zu Pag. 10. 15. — des Mo-
naths; thut in den 12 Monathen dieses
Jahrs . . . . 144. 20. 24.

Breithaupts, 50 ℓ . . . . 144. 20. 24.

Des Tamul. Catecheten Schawrimuttu,
à 1³/₄ Pag. . . . . 21. — —

Des Tamul. Catecheten Curupabams
à 1³/₄ Pag. . . . . 21. — —

Ihres Gehülfen Amurbapullei, à 1¹/₂ Pag. 18. — —

Des Portug. Schulmeisters, à 3 Pag. 36. — —

Des Tam. Schulmeisters Abrahams, seith
Majo à 1¹/₄ Pag. . . . . . . 10. — —

Des Copisten Rajappens à 1¹/₄ Pag. 15. — —

Des Canacappels (Haushälter), Weba-
muttu, à 1¹/₄ Pag. . . . . . . 15. — —

Der beyden Schulmeister in den Parreier-
Dörfern, Boas und Rallappens,
à 1 Pag. Jedem . . . . 24. — —

Ihres Gehülfen Alexanders, à ¹/₂ Pag.
seith Majo . . . . 4. — —

Dem Wächter, à 1 Pag. . . . . . 12. — —

Einige Kleidung für die Missionsbediente 13. 32. —

Arzney und Arztlohn für sie und ihre
Familien . . . . 10. 17. —
_____
489. 17. 48.

2) Unterhaltung der Schulkinder.

Kostgeld für 40 Tamulische und 5 Portugiesische Kinder . . . . 176. 21. —

Kleidung und Schneiderlohn . . . . 39. 10. —

Wäscherlohn . . . . 4. 8. —

Arzney . . . . 7. 26. —
_____
Latus 489. 17. 48.

	Pag.	fan.	kas
Transport	489.	17.	48.
Der Kinder Köpffe zu ſcheeren . . .	—	23.	20.
Verſchiedenes für die Schulen . . .	1.	3.	—
	229.	19.	20.

3) **Allmoſen und Beyhülffe.**

Monathliche Allmoſen an Witwen und Gebrechliche	72.	33.	40.
Beyhülffe in Geld, an andere arme in der Gemeine	60.	19.	—
Item an Tuch	55.	28.	—
An Catechumenen	28.	29.	40.
	218.	2.	—

4) **Bau und Reparations=Koſten.**

Des Catecheten Curupabams allzuenges Hauß wegen ſeiner ſtarcken Familie zu erweitern, und das übrige davon zu repariren	17.	25.	—
Alle Reparationen in den Miſſionsge= bäuden, Häuſern der Bedienten, und Wohnungen der Witwen	14.	12.	—
Materialien	3.	24.	—

5) **Miscellan=Ausgaben.**

Den Briefträgern, item Botenlohn, Lohn für Boote, Tragerlohn 2c.	5.	19.	—
Reiſekoſten für die Catecheten . . .	—	83.	40.
Hoſpitalität an Leute von andern Orten	1.	24.	—
Lampenöhl in der Halle des Miſſionshauſes	6.	—	—
Andere Kleinigkeiten	—	28.	60.
Am Chriſtfeſt den Miſſionsbedienten .	1.	34.	—
	16.	31.	20.
Summa	989.	23.	8.
Die Miſſion war vorm Jahr verſchuldet mit . . .	606.	3.	17.
Summa	1595.	26.	25.
Die biesjährige Einnahm iſt	207.	4.	15.

Abgezogen, bleibt die Miſſion anjetzt und bis zur Ankunfft der ausgebliebenen Europäiſchen Wohl= thaten von Bengalen, verſchuldet mit . . . . 1388. 22. 10.

J. Ph. Fabricius.

J. C. Breithaupt.

17*

An den Profeſſor G. A. Francke in Halle.

Hochwürdiger,

Im HErrn theuerſter und Hochzuehrender Herr Doctor!

Mit dem am 19. Sept. durch Gottes Beſchirmung angekommenen Schiff the Walpole habe Ew. Hochwürden unterm 28. Nov. a. p. 1755 an mich gütigſt abgelaſſenes und von dero väterlichem Sinn liebreichſt zeugendes ehrwürdiges Schreiben, nebſt der Beylage eines Extracts aus einem Schreiben von dem lieben Bruder, Hrn. Miſſ. Hüttemann in Cudulur, an Dieſelben wohl erhalten; vor deſſen geneigte Communication ich deſto herzinnigſter danke, weil mir Ew. Hochw. dadurch Gelegenheit an Hand gegeben, die von Ihm darinnen, aus Mangel der Ueberlegung und Einſicht, damahls in vieler Uebereilung Ew. Hochw. vorgelegte Klagen wegen unſerer Tamuliſchen Bibel=Arbeit, deſto gründlicher zu beantworten. Ich muß aber zuvor Ew. Hochw. bitten zu glauben, daß wie ich von dieſem wertheſten Bruder verſichert bin, daß Er darunter keine arge üble Abſichten im Grunde gehabt, unſere innigſte Bruderliebe und Verbindung untereinander durch dieſen Vorgang keinen Schaden oder Noth bekommen habe, noch bekommen ſolle, als wovor uns Gott in Gnaden bewahret. Ich habe Ihn auch deſſen ſchon durch ein Briefchen an Ihn aufs herzlichſte verſichert. Nur thut mir leyd, daß Ew. Hochw. indeſſen in ſehr groſſen Kummer nothwendig geſetzt werden müſſen, ſo wohl der gantzen Sache als auch meinetwegen. Freue mich aber darauf, daß der Gott alles Troſtes Dieſelben ſowohl der gantzen Sache als auch meinetwegen, wieder kräftig, und vielleicht kräftiger als jemahls, tröſten und aufrichten, und dadurch auch mich geringen wieder deſto reichlicher tröſten wird.

Zuförderſt iſts ein gut Zeichen, daß Ew. Hochw. nicht Meldung thun von einigen Klagen der lieben Brüder in Tranquebar über mich; vermuthe auch aus guten Urſachen, daß keine von dar an Ew. Hochw. eingelaufen ſind, noch einlauffen können.

Indem ich nun im Begriff bin, weiter fortzuſchreiben, und zuerſt nothwendig die Urſach darlegen muß, warum ich bei 10 Jahre lang an einer Reforme der Tamuliſchen alten Ueberſetzung des N. Teſtaments gearbeitet; ſo empfange juſt eine Antwort von dem geliebteſten Bruder Hrn. Hüttemann, auf mein obgedachtes Briefchen an Ihn, darinnen Er mir communiciret, in was terminis Er ſeine Klage an Ew. Hochw. bereits unterm 8. Oct. 1755 revociret habe. Da Er nun vermuthlich ſolchen ſeinen Brief an Ew. Hochw. damahls nicht in duplo geſandt, ſo lege dieſe Miſſive hier sub Nro. 1 um mehrerer Gewißheit Willen

bey), welche auch zum Zeugniß unserer hertzlichsten ohnunterbrochenen
Verbindung untereinander zugleich dienen kann[1]).

Was nun 1) die Nothwendigkeit einer gar starcken Reforme der
alten Bibel=Uebersetzung betrifft, man mag nun solche mit dem gelin=
desten Namen einer Revision oder welches der Wahrheit gemässer kombt,
mit dem Namen einer neuen Version benennen, so ist solche schon von
den sel. Miss. Hrn. Pressier und Hrn. Walther genugsam erkant
worden, die beswegen eine Probe mit dem Matthaeo zu ihrer Zeit
gemacht, in welcher man die Reforme ebenso starck findet, als nun in
unserer Continuation solcher Arbeit. Wäre die alte Version noch
einigermassen mit der Version der Septuaginta Interpretum zu ver=
gleichen, oder gar mit der auserlesenen Versione Lutheri, (wie doch
in H. Hüttemanns Schreiben sogar geschehen) so würden die Argumenta, solche beyzubehalten, zutreffen, ja nicht einmahl nöthig seyn,
weil alsdann schwerlich jemand, in diesem ohnedem mit lauter pressan=
ter Arbeit überhäufften Missions=Wercke an eine neue Version dencken
würde, und die etwa nicht richtige Stellen gar leichtlich bey einer neuen
Edition könten geändert werden. Wann man nun aus Europa gekom=
men ist, und die Einsichten noch gar schwach sind, so hört man un=
gern, daß die Tamulische Bibel nicht noch solte passable seyn. Es ist
mir anfänglich so gegangen, und so ist's auch dem lieben Hrn. Hütte=
mann gegangen. Aber die Sache verhält sich gar anders. Die Septuag.
Interpretes haben doch ordentlich, deutlich und plan Griechisch, und
was sie haben ausdrücken wollen, das ist doch alles richtig und verbo

---

[1]) In diesem Briefe entschuldigte er sich, daß er ein Urtheil abgegeben, be=
vor er noch rechte Einsicht in die Sache gehabt und theilte Fabricius' folgende Stelle
seines zweiten Briefes an Prof. Francke mit, wodurch er das erste Urtheil zurück=
genommen hatte: „Meine letzte Reise war nach Madras, um mich an dortigen
theuern Brüdern zu erwecken und zu ermuntern. Nachdem nun auch mit dem
lieben Bruder Fabricius unter andern wegen der Ursachen, die ihn zu einer neuen
Version bewogen, geredet und auch nun selbst durch Gottes Gnade mehr Einsicht
in die Sprache bekommen, so finde freilich, daß die alte Version gar sehr defect
sei, welches auch nicht zu verwundern, wenn man bedenket, wie die damaligen
Verfasser so früh, so geschwind, bei so vielen zerstreuenden Geschäften, ohne gründ=
liche Subsidien in der Sprache selbst zu haben, die Arbeit übernommen und daher
auch an manchen Orten die Version ganz unverständlich, abgeschmackt und zum
Theil das Contrarium des Originals besagt. Ich widerrufe daher billig, was ich
in meinem vorigen Briefe in dieser Sache geschrieben. Gott erhalte den lieben
Herrn Fabricius, er ist in der schriftlichen Arbeit ungemein nützlich. Auch unser
lieber Bruder Breithaupt ist eine treue Seele, die es redlich meint. HErr, gedenke
deiner Knechte daselbst und ihres Werks!"

divino digne ausgedrückt. In der alten Versione Tamulica aber sind
durchgängig nicht nur eine Menge Wörter und phrases theils allzu
schwach, theils anstößig, theils allzuschlecht und barbarae, theils auch
ganz irrig; sondern es ist auch eine solche Menge und moles von
Periphrasie drinnen (indem unsere liebe Ehrwürdige antecessores
sich gemeint daburch deutlicher auszubrucken, und die Kunst, wie in
anderen Sprachen, kurz und nervös zu reden und zu schreiben, bey
ihrer vielen andern Arbeit noch nicht erlernt hatten), daß daburch die
Bibel wenigstens um den dritten Theil stärker in quantitate geworben, als Bibeln von andern Sprachen. Um welcher sambtlichen Ursachen willen der sel. Herr Pressier anstatt der Tamulischen Bibel lieber seine Teutsche Bibel hat pflogen mit auf die Cantzel zu nehmen.
Nun haben zwar von Anfang her manche Seelen bennoch ihre Erbauung barinnen gefunden, welches ja niemand zu verneinen gedenket.
Es ist aber doch ein Jammer, wenn der edle herrliche Kern in einer
so unangenehmen Schaale liegt, und durch dieselbe vielen Leuten verächtlich und eitel gemacht wird. Da hingegen, wann das Wort Gottes
in seiner eigentlichen Gestalt als ein hell polirtes scharfes Schwerd
sich zeiget, es auch grössere Krafft beweisen, ja sich selbst an besto
mehrere ohne Hinderung recommandiren kann, so daß es z. B. in
einer solchen Statt als Madras ist, öffentlich zum Verkauff gestellet
werden kan, so mit der alten Version nullo modo angehet, die man
ausserhalb der Gemeine jemanden zu zeigen sich fast schämen und Bedenken tragen muß: Es ist auch um angeregter Ursachen willen, gar
nicht zu besorgen, daß die Aenderung bei benen, die der alten Version
gewohnt worden sind, Nachtheil verursachen wird; sondern vielmehr
gewiß, daß solchen baburch ein besonderer Dienst neue Erweckung und
Nutzen geschafft wird, und daß auch überaus wenige oder gar keine
seyn werden, die die heil. Schrift nach der alten Version, so in succum
et sanguinem vertiret hätten, daß sie nicht solten eine geänderte richtige, kurtze und kräfftige Version viel lieber gewinnen. Es sind aber
leiber der Bibelleser, will geschweigen der fleissigen Bibelleser, noch
gar zu wenig unter den Tamulischen Christen, ja unter den Gehülffen
selbst; und ist zu glauben, daß sich deren mehrere finden werden, wann
ihnen Gottes Wort sauber und rein in die Hände gegeben werden kann.

2) Umb nun auf das, was bisher in dieser Absicht hier in
unsern Missionen vorgegangen, zu kommen, so hat der liebe Bruder
Hr. Hüttemann, wie Ew. Hochw. aus dem folgenden sehen werden,
auch nicht einmahl die historische Umstände barvon inne gehabt, oder
vielleicht in Eil sich derselben nicht recht erinnert, als Er an Dieselbe

geschrieben. Denn nach seinem Schreiben haben Ew. Hochw. in dem
Gedancken stehen müssen, als sey ich allein derjenige, der eine starcke
Reforme der alten Version für nöthig gehalten, hat aber dabey unter=
lassen zu schreiben, daß die lieben Brüder in Tranquebar eine certo
respectu noch weiter von der alten Version abgehende Reforme, als
ich je in Gedanken gehabt, würcklich, und zwar ohne uns davon Nach=
richt zu geben, oder Communication zu thun vorgenommen gehabt,
wie ich unten darlegen werde. Item, Er meldet sehr irrig, daß wir
nun schon seit 40 Jahren 3 verschiedene Versiones N. Ti., und wann
meine dazu käme, 4 hätten; da doch (den Matthaeum, wie obgedacht,
ausgenommen) bis jetzo in der That keine andere als nur die zweite
im Druck begriffen, und noch nicht einmahl fertig ist, woran wir dato
alle arbeiten. Ist aber ein Stück davon vergeblich gedruckt, wovon
unten melden werde, so ist's ja doch noch nicht edirt gewesen; mithin
sind die argumenta, so Hr. Hüttemann von den vervielfältigten Ver=
sionen hergenommen, ohne Grund, und sind doch sehr gefährlich vor=
gestellt. Er schreibt auch von grossen Disputen und Debatten, daraus
Leser seines Briefs vielleicht Zancken, Schreyen, Aergerniß geben und
Hassen untereinander sich vorstellen dörfften. Es ist aber Gott Lob
von dergleichen nichts vorgefallen. Wir sind bey allen der Sache
halben nöthig gewesenen Unterhandlungen immer in brüderlicher Liebe
untereinander geblieben; ja unsere Verbindung untereinander ist bis
anher grösser geworden, als sie jemahls gewesen, indem unsere Bibel=
arbeit von der Zeit an gemeinschaftlich geschiehet, und die lieben Brü=
der in Tranquebar nun wohl einsehen, daß meine Vorstellungen Grund
gehabt und hochnöthig gewesen; die Sache verhält sich in ihren wah=
ren Umständen folgendermassen. Es war schon vor meiner Ankunfft
hier in Indien, der Matthäus, wie obengedacht, zum Anfang, oder
zu einer Probe der Versions=Verbesserung, gedruckt worden, auch
wurde in den zwei Jahren, die ich in Tranquebar zugebracht, von
denen älteren H. Missionarien Verschiedenes zur Fortsetzung dieser Ar=
beit vorgenommen, wovon aber nichts zum stand gekommen ist. Nach=
dem ich in fine 1742 hierher nach Madras gekommen war, so fügte
sich's, daß ein besonders verständiger und gelehrter Heyde, der die
Englische Bibel gelesen, auch bei H. Miss. Schulzen die Tamulische
Bibel zu lesen bekommen hatte, meine Bekanntschafft suchte, indem er
damahls noch in niedrigen Umbständen und ohne Bedienung war.
Dieser zeigte mir von Zeit zu Zeit die vielen Anomalien in unserer
Tamulischen Bibel und Büchern, wovon ich auch nach Tranquebar
damahls einige Communication that. Weil ich nun diesen Mann

damahls fast täglich bei mir haben konnte, so konnte ich mich nicht
entbrechen, solcher Gelegenheit mich bestens zu bedienen, und mit ihm
nach einiger Zeit täglich ein oder zwey Stunden zur Correction der
bisherigen alten Version auszusetzen. Ich fing mit ihm im Marco
an, obgleich in folgenden Zeiten auch im obgedachten Matthaeo noch
einiges geändert werden mußte. Diese Arbeit continuirte mit ihm bis
zum Uibergang unsrer Stadt an die Franzosen anno 1746., ob ich
gleich nebst ihm auch andere Leute zugleich mit ihm zu Rathe zog,
welches mich besto gewisser machte. Damahls, ehe ich nach Paleacatta
ging, kommunicirte von der bisherigen Arbeit etwas in einer Copie
nach Tranquebar, doch nur vom Marco an bis Ende der Apostelgeschichte. Mein Gehülfe bey dieser Arbeit flüchtete nach Fort St.
Davids, wo das Engl. Haupt-Gouvernement hernach war, und bekam,
welches in paranthesi melde, ein Briefchen von mir, auf sein Begehren, an Hrn. Kiernander mit, welcher ihn an den Gouverneur recom-
manbirte. Und dieses ist ihm so glücklich ausgeschlagen, daß er, da er
nebst dem Englischen auch die Indostanische und Persische Sprache erlernt hatte, zum Translateur angenommen wurde, und nachher so beliebt geworden, daß er gegenwärtig hier in Madras der Vornehmste
unter allen schwartzen Bedienten bey dem Gouvernement ist. Ich setzte
die Arbeit hernach mit allem Fleiß fort, sandte auch einmahl eine Copie von der Epistel an die Römer und 1n. an die Corinther nach
Cudulur, von wannen sie auch nach Tranquebar gekommen ist, hielt
aber mit fernerer Communication ein, umb, wann ich zu Ende gekommen, hernach alles noch genauer zu revidiren, und alsbann eine accu-
ratere Copie vom gantzen Neuen Test. nach Tranquebar communiciren
zu können. Ich habe mich anbey in der gantzen Zeit niemahls gegen
jemanden verlauten lassen, daß ich begehre, daß solche solle gedruckt
werden, auch da indessen die liebe Brüder in Tranquebar vom Miss.
Collegio in Copenhagen (auf Angeben des Hrn. Miss. Schulzen)
Ordre bekommen hatte, die alte Version ohngeändert wieder aufzulegen,
und sie mir solches avisirten, nicht das geringste dagegen eingewandt,
indem eine ohngeänderte Auflage ja kein Aufsehen und kein Anstoß
bey niemandem würde erregt haben, auch solche, wann die Auflage
nicht zu starf, von keinem besondern praejudicio hätte sein können.
Dieses geschahe ohngefähr Ao. 1748. da ich noch in Caramanel war.
Und von derselben Zeit an habe ich bis gegen den Sept. 1753. nicht
anders gewust noch gemeint, als man drucke die alte Auflage ab. Damahls aber hörte ich, nicht allein per tertios, daß die liebe Brüder eine
grosse Aenderung gemacht, sondern es schrieb auch einer derselben kurtz

darauf im Namen seiner sambtlichen Collegen an mich, und avisirte, daß sie bisher, zwar nicht von Anfang des Neuen Testaments, jedoch von Ev. Johannis oder von der Apostelgeschichte an, sich meiner vorhin dahin communicirten Arbeit starck bedienet; da nun aber mein communicatum nur bis ans Ende der ersten Epistel an die Corinther gehe, und sie nun soweit gekommen seyen, so bäten sie um fernere brüderliche Communication meiner Arbeit an den folgenden Büchern des Neuen Testaments. Ich antwortete an sie darauf unterm 22ten Oct. d. a. daß mich diese Nachricht sehr in Verwunderung gesetzt, und bat, ehe ich auf ihr petitum Antwort ertheilen könne, zuvor um einige Communication ihres bisherigen Drucks, zu meiner Perlustration. Was sie darauf unter'm 12ten Nov. d. a. geantwortet, lege ich hier in Originali bey, sub No. 2 [1]).

Nun wurde ich den bis dahin vorgegangenen sehr grossen und schädlichen Schwachheits-Fehler meiner lieben Brüder in Tranquebar in totum verschwiegen, und weil solcher nachhero rebressiret worden, niemahlen gegen jemanden entbeckt haben. Wie dann auch Ew. Hochw. in bisherigen Briefen von mir nichts davon werden gefunden haben. Da aber jetzo auf Ew. Hochw. eingelaufenes Schreiben, die Noth erfordert, eine hinlängliche Relation von der gantzen Sache zu thun, so bezeuge nur zugleich, daß ich solches nicht thue, diesen meinen werthesten

---

[1]) Es ist ein sehr schwächlicher Brief, aus dem sich ergiebt, daß sie gedacht haben, mit dem sanftmüthigen Fabricius lasse sich alles anfangen, daher auch der scharfe Ton seiner Antwort. So schreibt Polzenhagen im Namen der Uebrigen: „Anjetz ist Ihnen eine Bedenklichkeit vorgekommen, welche wir Ihnen zu benehmen sind genöthiget worden. Wir wünschen nur, daß es zu Ihrer Beruhigung gereichen möchte: wenigstens schreiben wird darum; reicht es nicht dazu hin, so erzeigen Sie uns auch diesmal die brüderliche Liebe, wie Sie sonst gewohnt sind und sehen unsern guten Willen, als die That an; oder lassen wenigstens eine herrschende Bruderliebe hierin urtheilen. — Sollten wir in der Aenderung Ihres Manuscripts zu weit gegangen sein, oder Sie gar beleidiget haben, so würde es uns wehe thun und wir bäten herzlichst es brüderlich zu pardoniren; versichernde, daß es nicht geschehen Ihnen wehe zu thun, wofür uns Gott bewahre, sondern daß wir etwas zu viel auf Dero Gütigkeit gewaget und ein sehr starkes Zutrauen zu Ihrer Liebe uns auf diesen modum procedendi geführt. — Vielleicht ist Ihr liebreich gesinntes Herz williger es zu verzeihen, als wir darum zu bitten. Derowegen tragen wir Bedenken andre Entschuldigungs-Ursachen anzuführen z. E. die Entlegenheit des Orts, eine vermeinte Unmöglichkeit in unsern Einsichten völlig übereinzustimmen ꝛc., welche theils nicht mehr nöthig sein, theils auch nicht gänzlich hinreichen werden.

Brüdern daburch einigermaſſen einen Fleck anzuhängen, unb mich in opposito gegen ſie glorificiren zu wollen, wenn bann ber Herr, ber bie Hertzen kennet, auch weiß, baß ich gern mich zu unterſt ſetze, unb von allem natürlichen, ſchnöben Hoffarts-Sinn mich immer mehr rei= nigen wollte.

Was bann ben Tranquebariſchen Druck betrifft, ben ich enblich zu ſehen bekommen, unb ber bis Enbe 1 ad Cor. gekommen war; ſo war berſelbe ſo beſchaffen, baß ich baraus hanbgreiflich ſehen konnte, es ſey meine Schulbigkeit vor Gott, bey bieſer mir in bie Hanb gege= benen Gelegenheit nun einige Stärke anzuziehen, unb mich ber bis= herigen Methobe zu opponiren; welches in einem Schreiben an ſie de dato 7ten Dec. d. a. thät, unb wovon ich hier aus bem aufgehobenen Concept eine Copie verbotenus communicire, sub No. 3. [1]). Aus welcher Ew. Hochw. ziemlich beutlich erſehen werben, was an bem bisherigen Druck zu beſiberiren war. Wobey noch zu mehrerer Deutlichkeit, aus vielen anberen nur einzig unb allein zwey Puncte hier zur Probe an= führen will. (1.) Ob gleich ſchon von Hrn. Preſſier's unb Hrn. Walther's Zeiten an, anſtatt bes unſchicklichen Wort Saruweſuren bas Wort Parabaren (Gott) ſchrifft= unb münblich vielfältig gebraucht worben; ſo hatten boch bie lieben Brüber nun wieberum, um nach ber alten Verſion zu gehen, bas Wort Saruweſuren behalten, ob ſie gleich ſonſt manche anbere Wörter, unb zwar je weiter ſie im Druck avanciret, je mehr unb mehr geänbert; von ber Apoſtelgeſchichte an haben ſie aber, anſtatt Saruweſuren, Parabaren wieber erwehlt. Mithin könte allein um bieſer einen Urſach willen ber Druck nicht be= ſtehen, maſſen in ben Evangeliſten Gott einen anberen Namen führen würbe, als in ben folgenben Büchern. (2.) Da ſie ſonberlich von ber Apoſtelgeſchicht an meiner Arbeit ſich ſtarck bebienet; ſo ſinb ſie boch babey auf eine ſolche Methobe verfallen, bie nimmermehr beſtehen kan, unb bie auch zugleich von ber alten Verſion viel ſtärcker abgehet, als meine Elaboration. Dieſes erforbert eine kleine Explication. Nemlich bie Tamuliſche Conſtruction erforbert gemeiniglich eine ſtarcke Trans= poſition ober Inverſion bes Original=Text's, wo es anbers ſoll beutlich ſeyn, unb in eben ber Krafft zuſammenhangen, als ber Text zuſam= menhängt. Nun kommen lange Periobi vor, bie ſich burch 2. 3. 4. Verſe extenbiren. Da hat bie alte Verſion bie Tamuliſche Conſtruc= tions=Orbnung gewöhnlich beobachtet, unb ich habe ſolche auch beob=

---

[1]) Siehe ben nachfolgenben Brief.

achtet. Denn es wäre sonst, als wolte man einen Baum mit den Wurzeln oben und mit den Aesten unten pflantzen. Und ist daher nicht zu meiden, daß nicht dann und wann, wo lange Periobi sind, die Worte des 3n. Verses im Tamulischen, die Worte des 2n. Verses und vice versa werde. Wobei jedoch der Numerus der Verse in allen Capiteln bleibt, auch mannichmahl gantze Passagen sind, da die Verse ohnedem egal lauffen. Es hatten sich aber die lieben Brüder starck imprimirt, daß sie, es koste was es wolle, keine transpositionem versuum statt finden laßen wolten. Mithin mußte um dieser äussern accidentalen Form der Versiculation willen, die innere Substanz des Text's leiden. Welches dann solche abruptiones gemacht, daß hin und wieder keine Uebersetzung des Text's, sondern lauter eintzelne zergliederte propositiones anzutreffen sind, dergleichen man etwa in einem Collegio exegetico zu Zeiten macht. Zur Probe kann dienen Rom. I., 1. sequ. Da geht der Tranquebarische Druck so:

V. 1. Paulus ist ein Diener und ein berufener Apostel Jesu Christi, und ein das Evangelium zu predigen, abgesonderter.

V. 2. Dieses hat Gott von seinem Sohne durch seine Propheten in den heiligen Schrifften verheissen.

V. 3. Dieser ist nach dem Fleisch aus dem Samen Davids entstanden.

V. 4. Dieser ist nach dem Geist der Heiligung durch die Aufferstehung von den Todten, als der Sohn Gottes kräftig erwiesen. Dieser ist unser HErr Jesus Christus.

Und so fort an.

Ew. Hochw. werden dabei observiren, daß sie dennoch auch haben Wörter aus einem Vers in den andern nehmen müssen. Wolte man nun die lange periodos allemahl in solche eintzelne abgebrochene propositiones verwandeln, so würde die Tamulische Bibel alsbann dem Original=Text und allen Versionen gar ungleich seyn. Und wer giebt uns die Macht, so zu vertiren? In der alten Version aber gehets doch noch mehrentheils nach dem Zug und Scopo des Texts; und (per imitationem dieser höchst nothwendigen Tamulischen Constructions=Ordnung) ist in meiner Elaboration ein jeglicher periodus dem periodo originali in der Connexion, Zug, Stärcke, Sinn und gantzen Art conform, obgleich eine Umbwendung hat vorgenommen werden müssen. Die Ursach, daß ich diese beyde Puncte nur zur Probe anführe, ist, weil solche auch von Europäern, die kein Tamulisch verstehen, gar wohl können verstanden werden.

Auf mein obgemeltes Schreiben antworteten die lieben Brüder
so, daß sie meinen Vorschlag, die Bibel=Arbeit von der 2n. Ep. ad
Cor. an gemeinschaftl. zu tractiren aggreirten. Und wurde beschlossen,
daß ich auf einige Monate zu ihnen kommen sollte, um die zwischen
ihrer und meiner opinion differente Wörter, Phrases und Methoden
miteinander recht gehörig und bestermassen zu bijudiciren, und zu regu-
liren, und daß sie unterdessen bis zu meiner Hinkunft den Buch=
druckern eine andere Arbeit geben wolten (wo nun aber letzteres nicht
geschehen, so bin ich daran nicht in culpa). Nur hielten sie sich aus,
daß bey unserer künfftig gemeinschaftlichen Arbeit, different bleibende
opiones per plurima vota gehoben werden müsten, wozu ich consen=
tiret. Ich that darauf die Communication von meinem Elaborato bis
Ende des N. Test. —, und sandte auch praeliminariter observationes
über die mehreste differente Puncten, damit sie solche besto besser vorher, zur Facilitirung unserer Arbeit, examiniren könnten. Ich unter=
ließ auch nicht in einem ferneren Schreiben, mich bei den lieben Brü=
bern in Tranquebar mit vieler Demuth und herzlichen Affect zu ex-
cusiren, daß die Sache erfordert habe, in meinem vorigen Schreiben,
einer mir sonst ungewöhnlichen oppositen und starcken Schreib=Art mich
zu bedienen; welches einen guten Effect gehabt hat. Ich ging darauf
den 19. April 1752 nach Tranquebar, und nahm Hrn. Hüttemann
von Cudulur mit, der aber bald wieder nach Hauß eilete, wegen seiner
Arbeit und Familie in Cudulur, auch die Sachen damahls nicht tief
inspicirte. Eine von den Hauptursachen, warum der Tranquebarische
heimlich gehaltene Druck auch in vielen anderen Stücken gar schlecht
gerathen, war diese, daß die liebe Brüder, mit allzu vielem Vertrauen
auf Ihre eigene Einsichten, sich mehrentheils nur sonderlich eines von
Anfang in der Mission aufgebrachten Menschen, Namens Christoph,
bedienet, der ein wenig teutsch kan, und immer den neuen Missiona=
rien hat pflegen zu assistiren, übrigens aber, da er auch dabey zu vielem Verdruß der Missionarien dem Trunck ergeben, und insgemein zu
allem Ja sagt, zu solcher Arbeit keine Fähigkeit hat. Da ich im April
nach Tranquebar reisete, so mußte sich fügen, daß dieser Mensch just
ein paar Tage vorher wegen eines übeln Verhaltens flüchtig geworden
und nach Madras gegangen war; und da ich im Julio wieder zurück
kam, so rencontrirte ich ihn just in Cudulur, da er wieder nach Tranquebar gieng. Weil ich nun gegen dieses Menschen Assistenz schon
vorhin protestiret hatte, so schrieb mir hernach Hr. Wiedebrock, daß
dieser Vorfall doch gewiß etwas eigenes sey. Es fanden sich aber in
Tranquebar Subjecta, die die dortige Brüder selbst aufgefunden,

welche meine Meinungen bestermaſſen soutenirten. Mithin fieng die
Sache an ins Gleiß zu kommen. Wir absolvirten in meiner Gegen=
wart die 2. Ep. ad Cor. und die Ep. ad Galatas; und nun war der
größte Stein gehoben, und der Druck von meinem (gemeinschaftl. re=
vidirten) Elaborato, von der 2ten Ep. ad Cor. an zu rechnen, wurde
angefangen. Als ich das letztemahl mit meinem Hospite, Hr. Klein,
beim Abschiednehmen gebetet, schlug er mir im Schatzkästlein den
Spruch auf: Es ist vollbracht; welches ich als eine Versicherung an=
nahm, daß das Geschäffte, wozu mich Gott von Madras nach Tran=
quebar gesandt, so weit damahls möglich, ausgerichtet worden. Ich
setzte vor meiner Abreise ein Project auf, wie die gemeinschaftl. Arbeit
schrifftl. eben sowohl könte füglich continuiret werden; und diesem
nach ist bisher geschehen; Nemlich sie gehen mein Elaboratum durch,
und machen ihre observationes schrifftlich und mit kurtzen Worten.
Diese kommen mir zu und ich mache bei Sachen, die ich nicht zu ap=
probiren halte, Gegenantworten. Darauf erfolgen die vota, hier, zu
Cudnlur und zu Tranquebar, und alsdann ohne weitere Rücksendung
schreiten sie dort zum Druck. Diese Arbeit ist von grossem Nutzen.
Hr. Hüttemann entzog sich Ao. 1755. eine Zeit lang davon; da Er
aber hernach Eodem anno im Julio einen Besuch bey uns that, und
er encouragirt wurde, mit an den Mauren bauen zu helffen, so hat
solches den guten Effect gehabt, daß er hernach bald wieder sich con=
jungirt, und auch immer bessere Einsicht bekommen. Und nun kommen
wir immer allerseits in grössere Harmonie, und der Druck wird richtig
und gut. Mithin ist das, was bisher vorgegangen und jetzt geschiehet,
eine fundamentale Hebung aller in vorigen Zeiten entstandenenen
Sprach=Zwistigkeiten, und zugleich auch des vorhin der Mission ange=
fangenen nuevi und Nachtheils. Wir sind nun dem Ende des N. Test.
ziemlich nahe.

Was nun den übelgerathenen Tranquebarischen Privat=Druck
vom Matth. bis Ende der 1n. Ep. ad Cor. betrifft, so hatte zwar in
meinem oben sub No. 3 beygelegten Schreiben an die Brüder in
Tranquebar geschrieben, daß bei meiner Hinkunfft wir beswegen ge=
meinschaftl. ein concilium fassen könten; auch kann es wohl seyn, daß
ich privatim gegen Hrn. Hüttemann, im familiaren Gespräch, auf seine
Frage, was dann meine Meinung wegen solches schon mit so grossen
Kosten geschehen Drucks sey, geantwortet, es werde derselbe nicht be=
stehen können. Ich habe aber, da ich weiß, daß derselbe ohnedem und
ohne mein Erinnern, wird cassirt werden müssen, in Tranquebar, um
der Modestie willen, nichts davon geredet, sondern nur gebeten, die

2te Ep. ad Cor. als wo unsre gemeinschafftl. Arbeit angehet, mit einem neuen Bogen anzufangen, so auch geschehen.

Nun muß ich gegen Ew. Hochw. mein obiges Bitten wiederholen, nämlich, daß ich gar nicht gerne sehen möchte, daß die lieben Brüder in Tranquebar einigermassen, wegen dessen was sie gethan, (nunmehr aber richtig zu adressiren angefangen) möchten blamiret, oder beschämet, oder auch nur tecte corrigiret werden, denn es könnte solches einen üblen Effect haben, und unsere Harmonie wieder einigermassen stören. Ew. Hochw. wollen daher von der Güte sein, dahin zu sehen, daß sie auch nicht einmal erfahren mögen, daß ich eine Relation davon gethan habe, sondern nur etwa bei bequemer Gelegenheit Dero Gefallen be=zeugen, daß Sie vernehmen, daß wir alle zusammen gemeinschaftlich in der schrifftlichen Arbeit agieren, und solchen Modum fernerhin, und aufs Künfftige, nicht nur bey der Bibel, sondern auch bey allen zu drucken=den Tamulischen und Portugiesischen Büchern, Ihnen bestens recom=mandiren.

Eben die Ursach, so mich bewogen, nach Gottes Leitung die Arbeit am N. Test. vorzunehmen, bewegt mich übrigens, damit im Al=ten Test. zu continuiren, darinnen ich die Bücher so am meisten vor=kommen, und zugleich fast am schwersten sind, zuerst vorgenommen, nemlich die Psalmen, Bücher Salomonis und Propheten; bin aber bisher nur bis in den Jerem. gekommen.

Daß meine übersetzte Lieder, deren auch Herr Hüttemann er=wähnet, hier bey uns vorgesprochen und gesungen werden, hat ebener=massen keinen anderen Zweck, als die Erbauung und Erweckung, die die Gemeine aus dem Tranquebarischen gedruckten Gesangbuch nicht haben kan (ich schreibe nicht wider die Wahrheit). Dann, zu ge=schweigen, daß sich nur ein gar schwacher Extract von den Realien der teutschen Gesänge darinnen findet, und auch darinnen, weder Metrum noch Reimung richtig gehet, anbey auch die pronomina possessiva, wie auch flexiones von verbis, gar häuffig nach dem von der gemeinen Art zu reden sehr weit differirenden poëtischen Modo, der Zwängung wegen, formiret sind; so fehlt vornehmlich auch allzusehr eine richtige Construktion, und ist, wann mans solte vorsprechen lassen, wie doch hier sehr nöthig ist, nicht zu erwarten, daß unter hunderten fünffe den Verstand davon fassen solten. Lieder aber sollen doch ein besonderes Hülffs=Mittel der Erweckung seyen. Daher wir verbunden sind, auch unseren Christen nach aller Möglichkeit Mittel zur Erweckung an Hand zu geben, und zu suchen haben, daß sie eben der Wohlthat darinnen geniessen, die andere Evangelische Christen haben. Da vor einigen

Jahren die geliebten Brüder in Tranquebar uns avertirten, daß sie bald auf eine neue Auflage des Gesangbuchs denken müsten, und anfragten, was uns vor ein Rath dabey einfiele; so schrieb ich in Einfalt ein und anders an sie deshalben, habe auch von der Zeit an meine übersetzte Lieder, der jetzt über 100 sind, Ihnen communiciret, in welchen metrum und Endreimen, richtig gehen, die auch in realibus und der gantzen Form den teutschen adäquat sind, und anbey einen simplen und ordentlichen Stilum und lauter gemeine Worte haben. Indessen werde ich ihnen nicht angeben, solche drucken zu lassen, möchte auch (da ich ohnedem gehöret, daß sie jetzt das Gesangbuch wieder abdrucken) nicht gerne sehen, daß jemand anders dazu persuadirte, indem ich glaube, daß sie sich zu rechter Zeit selbst recommandiren werden. Immittelst aber können wir unsererseits unsere Gemeine dieses nicht wieder berauben. Wobei ich noch anführen muß, daß wir nicht ein eintziges Exempel je gesehen, oder gehört haben, daß jemand unter denen Gemeinden solte einen Anstoß daran genommen haben, daß wir bisher bei der Madrassischen Mission einer deutlichen Lectüre und deutlicher Gesänge uns bedient haben. Und bin ich gewiß, daß Hüttemann wann er schreibt, es habe solches unter den Gemeinen betrübte Folgen nach sich gezogen, selbst kein Exempel davon weiß, sondern daß Er das, was Er nach seiner damaligen Hypothese möglich zu seyn geglaubet, vor so gewiß angesehen, als wäre es schon geschehen.

Daß übrigens eine Tamulische (und auch eine Portugiesische) Postille oder Predigtbuch, nebst noch einigen andern Büchlein in beyden Sprachen, höchlich zu wünschen und darauf mit allem Fleiß zu denken sey), ist meinem Gemüth schon von mehreren Jahren her sehr imprimirt gewesen. Es müssen aber herauskommende Bücher so eingerichtet seyn, daß sie auch zum öffentlichen Verkauff exponiret werden können. So viel mir der HErr noch Leben und Kräffte verleihet, werde darauf mit allem Ernst gerne mit bedacht seyn. So es nicht an der Zeit mangeln solte, so werde gern eine teutsche Postille übersetzen, deren Druck auch hernach am wenigsten Gegenstand finden dürffte. So es aber an der Zeit gebrechen solte, so wäre auf solchen Fall und bis jene zum Stand kommen könte, indessen das Materiale zu einer kurtzen Postill, in solchen Predigten, als sich für die hiesigen Gemeinen und Umstände sonst auch dato wohl schicken möchten, schon da, indem ich mehrentheils alle meine Predigten hier in Indien unter reiflicher Meditation ausführlich concipiret habe. Ich werde mit den Missionarien in Tranquebar nach und nach darüber conferiren.

Quaeritur, ob nicht zur Facilitirung des Druckens erbaulicher

Bücher, auch etliche, wenigstens Portugiesische Bücher in Halle oder
in London konten gedruckt werden, wann nemlich die Manuscripte da=
von, mit der Censur aller Missionarien, in der 3. Mission, und mit
aller dem Drucker und Corrector nöthigen Anweisung versehen übersandt
würden. Könte dieses geschehen, so könten solche Bücher auch dort
gebunden, und jährlich ein Kästgen voll auf unsre Rechnung gesandt
werden. Sie würden, zu geschweigen, daß das Drucken auch sehr lang=
sam in Tranquebar gehet, viel wohlfeyler zu stehen kommen, als die
hier gedruckte. Dann von Europa müssen alle Materialien erst hier=
her kommen, zum Drucke und Binden, nichts ausgenommen. Den An=
fang würde ich erstlich machen, mit einem Spruch=Büchlein von aus=
erlesenen Sprüchen der heil. Schrifft. Und darauf würde eine Portu=
giesische Uebersetzung von Arnd's Paradieß=Gärtlein folgen, so dato
zur Hälffte fertig ist 2c. Ja ich glaube, daß auch einige Tamulische
Sachen, da doch Tamulische Typi schon in Halle sind, dort könten
gedruckt werden. Das Lesen läßt sich gar leicht lernen. Und wann
man könte ein lexicalisches Wörterbuch, wie auch eine analysia et=
licher Capitel aus dem Neuen Testament dort zum Anfang drucken,
daß würde eine gute Hülffe seyn, hernach weiter zu kommen. Ich
schreibe dieses auch um beswillen, weil das Druckpapier so die So=
cietät zu senden pflegt, nicht eben weit hinreichend ist.

Da ich nun hoffe, es werden sich die dubia, so durch des lieben
H. Miss. Hüttemann's Schreiben erregt worden, aufgekläret haben,
auch noch künftighin weiter aufklären, so habe doch auch noch, um alles
vollends zu beantworten, was darinnen angeführt worden, die etwas
irrige Passage im Anfang des Extracts seines Briefs hier ein wenig
zu erklären. Daß ich solte je in den Gedanken gestanden haben, oder
auch mich haben verlauten lassen, als ob ich glaube, ein unverheyrathe=
ter Missionarius könne in hiesem Lande schwerlich seyn Ambt, sonderlich
in cura animarum individuali, recht anrichten, und daß ich aus
eben dem Grund mich sonderlich auf die schrifftliche Arbeit applicirt,
ist nicht an dem. Dann, obgleich ich bey anderer ihrer Verheyrathung,
mein Wohlgefallen daran solcher gestalt zu erkennen gegeben, daß sie
sehen können, daß ich mich auf meinen coelibatum in opposito gegen
sie nicht einbilde, so bin ich doch soweit nicht gegangen. Auch wieder=
legt sich die Supposition, als rühre es hauptsächlich aus dem Mangel
der Gelegenheit her, daß ich mich nicht verheyrathet, von selbst dadurch,
daß ich eine Person, die ein Kleinod ist, deren man unter Hunderten
kaum eine antrifft, und mit der ich vorher etliche Jahre in Bekannt=
schaft und Correspondenz gestanden, und an deren Consens zu einer

Heyrath ich auch gar nicht hätte zweifeln dürffen, meinem lieben Bruder Breithaupt recommandiret habe. Ich erinnere mich, daß mich H. Hüttemann einst nach der Ursach meines ledigen Standes fragte, und daß ich ihm darauf nach der Wahrheit meldete, daß es mir zwar an der Inclination zu heyrathen, nicht gefehlet, wohl aber an der Erkenntniß des Göttlichen Willens oder Permission dazu. Er wird sich dessen aber nicht erinnert haben.

Hiermit schliesse mein jetzt langes Schreiben, und bitte Ew. Hochwürden in geziemender Ehrfurcht, es in Geduld durchzusehen. Wobey noch melden muß, daß das Vergnügen nicht gehabt, das geneigte Schreiben, so Dieselben im Jahre 1755 mit Englischen Schiffen an mich abgelassen, zu empfangen. Dann obgleich solches auch bey Verlust des Schiffes Dobbington den Wellen entgangen und unter anderen Briefen mit nach Tranquebar gekommen ist, so schrieb doch H. Kohlhoff, daß Dero Schreiben an mich so vom Wasser ausgebeitzt sey, daß es nicht zu lesen stehe. Ich habe zwar gebeten, es an mich zu senden, es ist aber nicht geschehen, —. Der gnädige Gott wolle uns ferner Dero hertzlichen Liebe, Fürbitte, Wachen für uns und väterlichen Erweckungen zu unserem und der Missionen Segen, Förderung und Ausbreitung, und zur Verherrlichung seines Nahmens geniessen lassen. In dessen göttlichen, gnädigen Schutz-Obhut und Beystand, Stärkung und Erquickung, dieselbe sambt Dero Hause und allen dortigen theuren Knechten und Kindern Gottes, jetzt und in meinem täglichen armen Gebet, innigst empfehlende, mit kindlicher Hochachtung verharre

Ew. Hochwürden

gehorsamster

Madras, b. 18ten Oct. 1756.

J. Phil. Fabricius.

———

Wohlehrwürdige,
Im HErrn theure Brüder!

Ihr durch den geliebten Bruder H. Polzenhagen sehr liebreich abgefaßtes Schreiben de 12 pass., Ihren unter der Presse habenden Druck des Tamulischen Neuen Testaments betreffend, haben wir wohl erhalten; und kombt nun hierbei, nach reiflich genommener Ueberlegung folgendes zur schuldigen Antwort:

(1.) Setze zum Voraus, als den Hauptpunct, daß im Reich Christi keine eigene Absichten, passiones und Arglistigkeiten statt haben, noch mit dem Sinne Christi bestehen können, und daß alles aufrichtig und lauterlich, als vor Gott und in Christo Jesu zu thun sei, und uns nur die Verherrlichung Gottes und seines hochtheuren Worts recht am Herzen liegen müsse, und also in specie auch ein recht großes Verlangen, dieser armen Nation das liebe theure Wort Gottes recht deutlich, rein accurat, in simplem, fließendem, nettem Stylo, nach dem eigentlichen genio der in diesem Land gegen Süden, Norden und Westen üblichen reinen Landes-Sprache, vorzulegen, und sie also eben der Wohlthat theilhafftig zu machen, die wir in Europa darinnen ge= nießen. Auch setze zum Voraus, daß (sonderlich in Betrachtung unserer Umstände, da wir Arbeiter in diesem Lande nur wenige Personen sind, und noch dazu Fremdblinge, unter welchen niemand die Tamulische Sprache für seine Mutter=Sprache angeben kann, und da wir auch durch die Gnade Gottes inniglich verbunden und gleichsam in einem Hause erzogene Brüder sind, und da wir sonst in andern geringen Sachen einander Communication thun:) niemand in einer so wichtigen just alle Brüder gleich angehenden, vor unsern Gehülffen und Gemein= den, der Druckerei der Holländer zu Columbo, und den spöttischen Papisten public werdenden Sache, als eine neue Version des Worts Gottes ist, (welche nun endlich einmahl an die Stelle der alten Version nach so langen Jahren kommen soll, und durch welche die wegen der Version so lange auf unserer Mission gelegene Schmach, de qua con= ferantur Beschii Scripta an H. Preſſier und Walther hinwegge= nommen werden soll,) eilig und heimlich, und ohne vorwissen auch der Vertrautesten Brüder, noch vielweniger pro autoritate et tacito im= perio, billig agiren soll. Weil, wofern eine solche Edition nun wieder eine verdorbene sein solte, die die Probe und den Strich nicht hält, solches nichts anders als großen Schaden, Nachtheil und Verantwor= tung, wie auch Kummer und Seufzen der Brüder, verursachen kann.

(2.) Umb Ihnen Anlaß zu geben, daß Sie Ihren bisherigen modum procedendi selbst desto unpartheyischer beurtheilen können, so bin ich genöthiget, meinen bisherigen modum procedendi bey der hiesigen Version kürtzl. anzuzeigen, nicht aber aus Ruhmsucht, wie ich Sie aufrichtig versichern kann. Die Hauptpunkte davon bestehen darin, 1) daß ich mich damit nicht übereilet, indem es nun 10 Jahre sind, daß ich damit angefangen; 2) daß ich (nach göttlicher Leitung, welche ich jedoch, da sie mir allein am besten bewußt, hier nur in paranthesi anzeige) mich so zu reden ex professo daraufgelegt, und den Grund= text und wie jedes Wort durch und durch am bequemsten zu geben, als ein armer Sünder und Betler durchkrochen; 3) welches am aller= nöthigsten ist, mir selbst in keinem Stückgen getrauet, sondern alles

gebornen Tamulern, und nicht dummen sondern verständigen, und die
den ihnen vorgelegten Significatum genau zu fassen, immer mehr und
mehr auch durch solche Uebung geschärfftes judicium bekommen, und
die da gewußt, daß sie mir mit einer unüberlegten oder auch schmeich=
lerischen affirmativa keinen Gefallen thäten; und nicht nur Christen,
sondern auch Heyden, auch nicht nur einmahl, sondern vielmahl, vor=
gelegt, und mich, jedoch mit Vorsichtigkeit und judicio zu ihrem Schüler
gemacht, 4) da ich zum Ende gekommen, welches nun schon 3 Jahre
sind, nachher alles aufs neue mit dem Grundtext genau conferirt, alles
von vorne und von hinten ballancirt, und so nach vorangezeigter Methode
aufs neue etlichemahl durchgegangen; so daß nun der letzte Beschluß
meinerseits hoffentlich in wenig Tagen erfolgt. Worauf es denn meinen
sämmtlichen lieben Brüdern zur gemeinschafftlichen Conferirung vorzu=
legen, meine Intention von längst her gewesen. Sie, und sonderlich
der geliebte Bruder H. Zeglin wissen Sich zu erinnern, daß da ich
von Ihnen, (als ich noch zu Carumanel war) um fernere Communi=
cation des elaborati ersucht worden, Ihnen zur Antwort geschrieben,
daß Sie Gedult haben möchten, bis solches zu Ende sey, und ich erst
alles wieder von neuem conferirt und revidirt hätte.

(3.) Was nun der geliebten Brüder Ihren modum procedendi
betrifft, so bitte zuvor, Sie wollen mir nicht übel nehmen, daß ich
dessen gedenke; wie ich Ihnen auch nicht übelnehmen, sondern mit Dank
erkennen will, wo sie mir in ein oder anderm Stück einen bessern Weg
in einer Sache zeigen können.

Ob es billig gewesen, ohne mein Wissen und Concurrenz über
das (dazu noch von mir selbst nicht revidirte) hiesige elaboratum, so
weit Sie desselben habhafft geworden sind, sich zu machen, und es ein=
seitig nach Gefallen nicht nur zu corrigiren, sondern auch sofort zum
Druck zu eilen, da doch niemand mit einem fremden elaborato also
zu thun Recht und Macht hat, mir auch dergleichen exempel gehört
zu haben, nicht erinnerlich ist; daran will ich nicht weiter gedenken,
weil solches eigentlich nur eine ungleiche Procedur gegen meine geringe
Person ist, die ich in brüderlicher, aufrichtiger, demüthiger Liebe von
Hertzen vergebe, obgleich die in Ihrem werthen Schreiben desfalls vor=
vorgeschützte Erkusen die Sache gar nicht exhauriren. Die geliebten
Brüder wollen daher ja nicht denken, daß ich deshalben eine Art von
einem Haß und Unwillen gegen Sie hege, oder hegen werde. Und ich
selbst will solches gern helfen zudecken und mir genügen lassen, daß
nur zu einer richtigen Remedur geschritten wird. Daß also von dem,
was billig gewesen wäre, zu fragen abstrahire. Nur fragt sich, ob

18*

nicht eine gemeinschafftliche Conferirung mit mir, um der Sache selbst
willen, wenigstens prudentiae gewesen wäre.   Gesetzt, Sie haben solche
nicht für nöthig gehalten, aber wäre sie nicht vielleicht dienlich gewesen
da Sie ja gewußt, daß ich mich auff diese Arbeit besonders appliciret?
Außer dem ist auch Ihr modus procedendi noch in zwey Stücken
billig zu culpiren, 1) daß Sie sich zusehr auf ihre eigene Einsichten
und Kräffte verlassen, und vielleicht außer dem Gasconier, Christoph
nicht eben alles, auch wohl nicht eben Vieles unter die Censur und
unter scharfe Censur wohlgeprüfter und geübter Leute bringen; und
2) daß sie angefangen zu drücken, ehe sie noch die Version des Neuen
Testaments zum Ende elaborirt.   Ehe man ein Buch völlig durch
elaboriret, ja ehe man es genugsamlich wieder durchgesehen, und das
hinterste mit dem vörderften et vice versâ wohl conferiret und über-
leget hat, zum Druck eilen, sobald nur ein Bogen zu Ende ist, ist
offenbar übel gethan.   Und ist eben, als wenn man mit großer Sicherheit eine gantz unbekannte See = Reise vornimmt, da doch Keiner auf
dem Schiffe ist, der auch nur einmal die Reise zuvor gethan hat.   Da
müssen nothwendig vielfahrliche Irrthümer und Extravaganzcen vor-
gehen, denen man allen überhoben seyn kann, wenn man schon die
Passage zuvor nach der anzuländenden Küste wohl experimentiret hat.
Daher kombts, daß die Arbeit nicht gleich wird, sondern immer neue
Methoden gebraucht werden, und daß manches, was man gesetzt hat
und schon gedruckt ist, den nächsten Monat uns wohl schon wieder reuen
kann.   In Summa, es kann dergleichen Arbeit nicht wohl anders genennt
werden, als ein opus tumultuarium. Welches zu schreiben desto mehr
bestärkt worden, seit dem wir 3 Bogen davon zur Probe aus drey verschiedenen Büchern des Neuen Testaments von Cudulur letzthin auf
unser Begehren einsweilen communicirt bekommen haben.

(4.) Nun ersuchen mich die geliebtesten Brüder, Ihnen jetzt die
2. Ep. ad. Cor. aus hiesiger Elaboration zuzusenden, damit sie in
dem bisherigen modo continuiren können; und begehren, daß ich hierinnen auf das gantze Werk sehen solle, i. e. daß ich um des Besten
willen des Werks des Herrn bey dieser Ost Indischen Mission, solches
thun möchte. — Ich lasse Sie, so Sie anders die bisher angeführte
puncta unpartheyisch überlegen, selbst judiciren, ob nach meinem
Gewissen, vor Gott dazu schreiten kann, solches also simpliciter zu
thun und damit den bisherigen modum wissend promoviren zu helfen.
Ich will aber, um auf das gantze Werk zu sehen (wie Sie bisher
bei Ihrem einseitigen Druck nicht gethan haben) Ihnen einen gantz
richtigen und auch wohl practicablen höchst billigen Vorschlag nach

meinem Gewissen vor Gott thun. Nämlich, daß Sie pro nunc auf
etliche Monathe den Druck des Neuen Testaments paufiren lassen, und
inmittelst ihren Buchdruckern eine andere Arbeit nach Befinden geben.
Indessen sollen Sie den ganzen Rest des Neuen Testamentes in etlichen
Exemplaren, deren auch eines nach Cudalur mit senden werde, gegen
Neu Jahr Deo. vol. bekommen. Seyen Sie dann so gut und gehen
solches (doch ohne im Text zu corrigiren) mit allem Fleiß durch und
lassen das eines Ihrer Hauptgeschäfte in solcher Zeit seyn, setzen auch
lieber um beswillen die Reise zu uns, die Sie sich sonst etwa vorgenommen, so lange aus. Und so bald sie dem Ende nahe gekommen,
avisiren Sie michs, so werde, so Gott will, alsbald zu ihnen kommen
und des lang verlangten Vergnügens, Sie allesambt zu sehen, und
auch eine Zeitlang bei Ihnen zu bleiben, mich theilhaftig machen; da
wir dann alles in brüderlicher Harmonie (mit Zuziehung einiger geübter
National-Gehülfen) durchgehen, und die differente Wörter und Phra-
seologie 2c. gegeneinander in Demuth und Wahrheit ponderiren und
determiniren können. Worauf dann alsobald der Druck zugleich wieder
angehen kann. Und dieses alles darum, damit also doch wenigstens
die noch übrige kleine Hälfte des Neuen Testaments als von uns allen
approbiret, auch von uns allen recipirt werden könne. Und wegen des
andern schon gedruckten können wir alsdann auch gemeinschaftl. ein
Consilium treffen. Ich glaube, es wird niemand, der die Wichtigkeit
der Sache und alle Umstände ponderirt, einen solchen richtigen Vorschlag sich mißfallen lassen können. Bin ich doch auch ein dänischer
Missionarius, wann Sie ja denken sollten, daß nur solche pro lubitu
mit Edirung der Bücher agiren können. Excludiren sie mich nicht, ob
mich gleich die Madrassische Noth von Ihnen gerissen hat. Ja excludiren Sie niemanden von Ihren lieben Brüdern, der mit Rath und
That zum Besten des ganzen Werkes behülflich seyn kann. Wollten
Sie aber etwa glauben, es sey besser, den nun angefangenen Druck
noch in eben dem tramite fortgehen zu lassen, und die Verbesserung
bis in künftige Zeiten und zu einer dritten Aenderung zu versparen,
so glaube ich solches nicht und würde gewiß ein schädliches Consilium
seyn. Wie lange sollen wir dann mit der Remedur des alten Schadens
warten? Und was vor eine Confusion und auch Blame würde nicht
dreymahlige Aenderung machen? Und da wir jetzt noch leben, und
nicht wissen, was vor Aenderungen der Zeiten künftig vorfallen können,
warum sollten wir nicht die Zeit auskaufen und die gute Gelegenheit
aufs beste anwenden? Und warum sollten wir auch die theure Liebes-
Gabe des Druck-Papiers nicht besser maßen employren, und (ohne

schädlichen Aufwand) sein zu · rath halten? Es ist nicht unglaublich, sondern sehr probable, daß Gott, der auch durch circumstantias redet, durch die letzthin verhängte Destruction des diesjährigen Druck-Papiers ein Notabene hat geben wollen. Welches desto probabler, wann man die Umstände der Zeit, da solches geschehen, mit dazunimbt. Ob ich irre, weiß Gott am besten.

Also, geliebte Brüder, werden Sie mir eine firme Versicherung geben, daß Sie meinen billigen, richtigen, ungekünstelten Vorschlag in totum acceptiren. So werde alsdann mit der Communication der folgenden Bücher des Neuen Testaments alsbald dienen. Indessen behalte eine Copie von diesem meinem Brief hier bey mir, welche mir auch nöthigenfalls alle Zeit zur richtigen Legitimation in dieser Sache dienen kann.

Unter herzlicher Anwünschung Göttlicher Gnade verharre allstets Meiner im HErrn Geliebtesten Brüder

geringster Mitbruder und Diener
J. Ph. Fabricius.

Madras den 7. Dec. 1753.

Inhalt.

~~~

~~~